TE TROTS VOOR TRANEN

Teresa de Luca

TE
TROTS
VOOR
TRANEN

zhu

ZUID-HOLLANDSCHE UITGEVERSMAATSCHAPPIJ

Oorspronkelijke titel
By Truth Divided
Uitgave
The Bodley Head, Londen
© 1989 by Teresa de Luca

Vertaling
Willy Montanus
Omslagontwerp
Julie Bergen
Omslagillustratie
Elaine Gignilliat

All rights reserved.
Niets uit deze uitgave mag worden verveelvoudigd en/of openbaar gemaakt door middel van druk, fotokopie, microfilm of op welke andere wijze ook, zonder voorafgaande schriftelijke toestemming van de uitgever.

ISBN 90 5112 249 7   CIP   NUGI 340

Ter herinnering aan Maria en Anthony

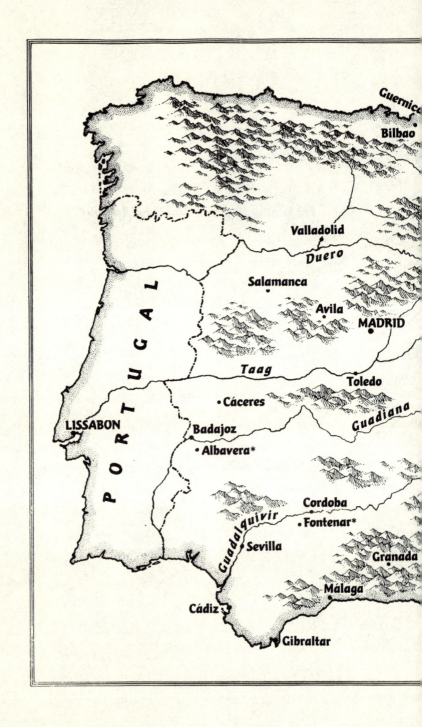

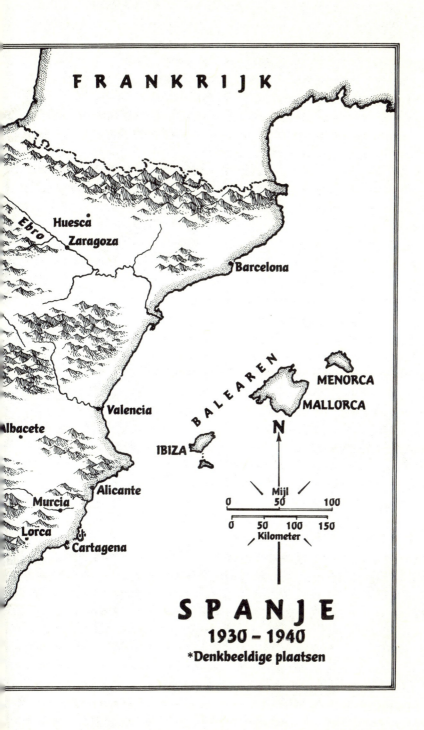

Woordenlijst

Bracero	Landarbeider
Casa del Pueblo	Arbeidersclub/ontmoetingsplaats
Caudillo	Leider (Franco)
Chorizo	Pikante worst
Churro	Beignet
CNT	(Confederación Nacional de Trabajo) Anarchistische vakbond
Latifundist	Grootgrondbezitter
NKVD	Communistische geheime politie
Novio/Novia	Verloofde
Paseo	Avondwandeling/(figuurlijk) moord
POUM	(Partido Obrero de Unificación Marxista) Extreem linkse neo-trotskistische partij
Pronunciamento	Militaire coup
Pueblo	Dorp
Puta	Hoer
Regulares	Marokkaanse troepen
Requeté	Carlistische militiesoldaat
Señorito	Jongeheer
SIM	Servicio de Investigación Militar (Republikeinse contraspionagedienst)
Tapas	Hartige hapjes
UGT	(Unión General de Trabajadores) Socialistische vakbond

Woord vooraf van de schrijfster

De Spaanse burgeroorlog is een groot en ingewikkeld onderwerp; deze roman beroert slechts de oppervlakte. Het is niet nodig om iets over die periode te weten om het boek te begrijpen, maar voor de lezers die graag wat achtergrondinformatie willen hebben, kan dit woord vooraf nuttig zijn.

Het verhaal begint in juli 1930. Het was een politiek roerige tijd in Spanje. De macht bleef in handen van de rijken, de Kerk en het leger; de armen waren nog steeds arm, zoals in het feodale tijdperk. De groeiende sociale onrust had ertoe geleid dat generaal Primo de Rivera, de man die in Spanje lange tijd dictator was geweest, afstand had gedaan. Het jaar daarna werden er vrije verkiezingen gehouden en er kwam een democratische regering. Koning Alfonso ging in ballingschap en Spanje had zijn eerste republiek.

Er volgden vijf roerige jaren van conflicten tussen de linkse en de rechtse partijen. In februari 1936 leverde een algemene verkiezing een kleine meerderheid op voor het Volksfront, een moeizame coalitie van linkse partijen. De rechtse partijen verzetten zich hevig, omdat ze bang waren voor een arbeidersrevolutie en de vestiging van een marxistische staat. Daarnaast werd de nieuwe regering al snel onder druk gezet door militante groepen arbeiders, vooral door de anarchisten, die vonden dat de regering te gematigd was en haar belofte van drastische sociale hervormingen niet nakwam.

In juli 1936 pleegden legerofficieren een staatsgreep om de regering omver te werpen en te vervangen door een rechtse militaire dictatuur. De opstand brak uit in Spaans-Marokko en leidde tot opstandjes die overal tegelijk op het vasteland uitbraken. De rebellen raakten slaags met troepen die trouw bleven aan de republiek, gesteund door haastig gevormde arbeidersmilities. Binnen enkele dagen was Spanje bijna in tweeën verdeeld, waarbij de helft van het land in handen van de rebellen was, of hen steunde, en de rest in handen van de regering. De situatie escaleerde snel tot een algehele burgeroorlog.

In eenvoudige bewoordingen ging de oorlog tussen rechts en links. Rechts was tegen de gekozen regering en ze noemden zich nationalisten, maar werden ook afwisselend opstandelingen of fascisten genoemd. Ze werden gesteund door de grootgrondbezitters, de rijken, de meerderheid van de legerofficieren en de Kerk. De linksen, die de gekozen regering steunden, stonden bekend als republikeinen, of loyalisten, en werden door de andere kant algemeen de 'Rooien' genoemd. Ze werden gesteund door het proletariaat, socialistische intellectuelen en die delen van het land die zelfbestuur wilden hebben of houden – Catalonië en Baskenland. De republikeinse kant was hevig antiklerikaal en de verwoesting van kerken alsmede het vervolgen van priesters en nonnen werden al snel een belangrijk propagandapunt.

Omdat ze bang waren een tweede wereldoorlog uit te lokken, vaardigden Engeland en Frankrijk een internationale non-interventie-overeenkomst uit, maar algauw hielden Duitsland en Italië zich daar niet meer aan, doordat ze de nationalisten/fascisten – die weldra geleid zouden worden door generaal Francisco Franco, ook bekend als de *Caudillo*, de leider – te hulp kwamen. De Sovjetunie reageerde door een verbond te sluiten met de republiek en organiseerde het rekruteren van de beroemde Internationale Brigades. Ontzettend veel mensen verloren het leven tijdens deze oorlog, die pas eind februari 1939 eindigde met een overwinning voor de fascisten. Generaal Franco bleef tot zijn dood in 1975 dictator van Spanje.

Dit is geen geschiedenisboek, maar een verzonnen verhaal. Ter wille van de leesbaarheid heb ik het vereenvoudigd, het nodige weggelaten en samengevat. Ik wilde niet zozeer verslag doen van wat er gebeurd is als wel een beeld geven van wat er gebeurd zou kunnen zijn. Dit geldt in het bijzonder voor de gebeurtenissen binnen het Alcázar; ik wil er graag op wijzen dat deze geheel speculatief zijn en het niet mijn bedoeling is geweest nog in leven zijnde veteranen van beide kanten te kwetsen. Niemand zal ontkennen dat in deze oorlog door beide kanten vreselijke dingen zijn gedaan, zoals in elke andere oorlog, maar elke overeenkomst met werkelijke personen, dood of levend, berust op zuiver toeval. Het is een blijk van volharding en de moed van het Spaanse volk dat het deze vreselijke strijd en de gevolgen ervan heeft overleefd en een succesvolle en welvarende democratie tot stand heeft gebracht.

Teresa de Luca

Proloog

Spanje, juli 1936

Dolores laadde haar geweer en wachtte. Ze hadden gezegd dat ze boven bij een raam moest gaan zitten, aan de voorkant van het huis. Degene die de wacht hield in de uitkijktoren van haar vader had op minder dan vijf kilometer afstand vijandelijke troepen gezien. Omdat ze niet op verzet waren gestuit, was hun opmars zonder problemen verlopen en van iedere schoorsteen wapperde de witte vlag. De aanval zou spoedig komen, al heel gauw.

Terwijl ze het geweer vasthield dat Lorenzo haar had leren gebruiken, voelde ze zich weer dicht bij hem, wist ze iets van wat hij voelde. Wat maakte het uit dat ze aan verschillende kanten vochten? Ze stonden beiden tegenover een overmacht die hen wilde doden en werden beiden meegesleept door de stroom van de gebeurtenissen. Zolang hun zoon in leven bleef, was al het andere niet belangrijk...

En nu, nu ze nog even tijd had, moest ze aan Jack denken. Jack die, bevroren in tijd en ruimte met zijn bos rode bloemen in zijn hand, fluisterde: 'Ik houd van je, Dolly.' Een liefde die beslist minder verheven was dan die van Lorenzo, een liefde die ze jaren geleden al van zich af had moeten schudden, maar een liefde die haar had gebrandmerkt, had veranderd, die iets van haar had weggenomen en dat buiten haar bereik had gehouden, haar ergens heen wenkend waar ze niet kon volgen, behalve misschien door de dood.

Maar ze zou niet sterven. Ze zou blijven leven en het zoeken en weer terugnemen. Er moest meer in het verschiet liggen. Er moest meer zijn...

DEEL EEN

juli – december 1930

1

Spanje, juli 1930

'Welkom!' riepen de zeemeeuwen. 'Welkom thuis, Dolores!'
Dolores leunde tegen de reling van de *Leontes* en keek hoe de haven van Lissabon langzaam naar haar toe gleed. Voor de allerlaatste keer liet ze de ervaring tot zich doordringen. Nooit meer zouden die meeuwen een verraderlijk vaarwel schreeuwen. Nog een paar uur over de stoffige, door de zon overgoten wegen en dan was ze veilig de grens over. Dan zou ze weer thuis zijn, voorgoed.
Thuis. Dat betekende Spanje, haar familie, Lorenzo. Vooral Lorenzo. Al heel gauw zou ze Lorenzo zien, niet langer een eenvoudige cadet maar een volwaardig officier. En al heel gauw zou ze zijn vrouw zijn. Zijn *vrouw!*
Ze lachte hardop, haar blijdschap verkondigend aan de heuvels boven haar, maar de zeewind slokte het geluid op, als om haar te waarschuwen dat ze discreet moest zijn. Onverschrokken bleef ze lachen tegen de wind in, hardop en toch zonder geluid te maken. Haar liefde moest voorlopig geheim blijven, maar haar blijdschap over haar thuiskomst hoefde ze niet te verbergen.
De monding van de rivier verbreedde zich tot de grote, helder glinsterende baai van Lissabon. Rijen terracottadaken verhieven zich naar een wolkeloze hemel, zich koesterend in de warme julizon. Het was weliswaar niet haar eigen land, maar het deed er sterk aan denken en de heerlijke warmte gaf haar het gevoel welkom te zijn. Gemakshalve was Dolores vergeten dat ze op een volmaakte Engelse zomerdag uit Southampton was vertrokken. Ze zou zich Southampton altijd blijven herinneren als een sombere, grauwe, bedreigende stad, gehuld in mistroostige herfstnevels; de voorbode van weer een jaar ballingschap. Vijf

lange jaren in Engeland, in een kil klooster, jaren van smakeloos eten en steeds maar weer regen. Maar nu wenkte er weer een Spaanse zomer, een zomer vol licht en liefde.

Haar lippen plooiden zich in een ondeugende glimlach toen ze dacht aan de brieven van Lorenzo, die veilig opgeborgen waren in een uitgehold exemplaar van *Levens van de grote heiligen* – een enorm dik boekwerk, dat nu ontdaan was van zijn vroegere vroomheid en vol zat met ongeoorloofde hartstocht. Het lag onschuldig onder in haar hutkoffer en zou weldra een ereplaats krijgen op de bovenste plank van haar boekenkast. Omdat de brieven in het ursulinenklooster in Hampshire altijd gecensureerd werden, zou het onmogelijk zijn geweest om liefdesbrieven uit te wisselen, maar tot haar grote geluk kende geen van de nonnen Spaans en deze vurige correspondentie had Dolores op de been gehouden. Lorenzo durfde haar thuis niet te schrijven, dus zou ze het met deze beduimelde velletjes moeten doen tot zijn verlof, de volgende maand, waarnaar ze vol verlangen uitkeek. Volgende maand zouden ze twee kostbare dagen hebben waarop ze elkaar heimelijk konden ontmoeten. Nee, niet heimelijk. Nu ze klaar was met haar school en Lorenzo officier was geworden, nu zou hij toch zeker wel met haar vader gaan praten?

Haar ogen zochten de kade af, terwijl deze hobbelend en zwaaiend naar haar toe kwam. Haar moeder en Ramón, haar oudere broer, zouden er zijn om haar af te halen, zoals altijd. Josep, de oudste van de drie kinderen, Carrasquez, zou er niet bij zijn; hij studeerde voor priester in een seminarie in het noorden. Gelukkig nam haar vader nooit de moeite om te komen. Zijn strenge, prikkelbare aanwezigheid zou alleen maar een domper op het weerzien zetten.

'Mama!' riep Dolores, toen ze de knappe, slanke gestalte aan de arm van haar broer zag. 'Ramón!' Ze rukte haar strooien hoed van haar hoofd, zwaaide er opgewonden mee en zag hen terugzwaaien. Ze bleef wuiven en roepen terwijl het schip afmeerde. Ze sprong op en neer in haar blauwe matrozenpakje, terwijl de wind door haar haastig opgestoken haar blies en een paar lange, donkere lokken losraakten, zodat haar zicht werd belemmerd.

Wat waren ze dichtbij en toch zo ver weg! Aan dit laatste, statische deel van de reis leek nooit een eind te komen. Het enige dat ze nu wilde, was de loopplank afhollen, recht in haar moeders armen. Maar ze moest haar ongeduld bedwingen, terwijl de havenbeambten aan boord kwamen om toezicht te houden op het uitladen van de bagage; pas dan konden de passagiers van boord. Het duurde eeuwen. Het was net alsof ze weer op school was, terug in de gevangenis, waar je in de rij moest staan, op je beurt moest wachten en moest doen wat je gezegd werd. Maar dat zou nooit meer gebeuren. Als ze dit schip verliet, zou ze eindelijk vrij zijn. De tijd dat ze opgesloten was geweest, zou dan eindelijk voorbij zijn...

Duizend en een vragen borrelden in haar op. Was er nieuws van Josep? Waren er nog meer moeilijkheden geweest met de arbeiders op het landgoed? Had de dobermann-teef haar puppies gekregen? Hoe was het met haar paard? Maar het allerbelangrijkste, wat zouden ze eten?

Tegen de tijd dat ze van boord mocht en eindelijk uit de sombere douaneloods te voorschijn kwam, plofte ze haast van opwinding. Ze vergat dat ze een keurig opgevoede jongedame van achttien was en rende, haar hoed verliezend, op haar moeder en haar broer af en omhelsde hen beiden tegelijk.

'Maar Dolly toch!' zei Pamela Carrasquez berispend, in haar eigen taal. Als ze het maar enigszins kon vermijden, sprak ze nooit Spaans. 'Kijk eens hoe je eruitziet! Was er geen dienstmeisje aan boord om je kleren te strijken? En je haar zit helemaal in de war... Voorzichtig, lieverd, denk om mijn make-up...'

Pamela Carrasquez had de tere schoonheid van een porseleinen pop weten te behouden – een lelieblanke huid, zo zacht als die van een baby, gouden haar en grote, nietszeggende ogen. Lichtblauwe ogen die zich voor de vijandige, buitenlandse zon verborgen onder een uitgebreide verzameling breedgerande hoeden.

Dolores ging onverschrokken door met het bederven van haar moeders make-up en knuffelde haar tot ze haar lachend en buiten adem van zich afduwde. Daarna moest haar broer een soortgelijke aanval ondergaan, die hij gelaten leunend op zijn stok en met een cynische glimlach over zich heen liet komen. Hij was een uitzonderlijk knappe jongeman, met het volmaakte profiel van een god, de bezielde ogen van een heilige en de onschuldige charme van een cherubijn, waarbij zijn zuivere gelaatstrekken glorieus werden bezoedeld door een glimlach die vol zonde was.

'Lieve idiote zus van me,' zei hij knorrig tegen haar en drukte koninklijk een kus op haar voorhoofd. 'Zoals gewoonlijk zie je eruit als een boerinnetje. Je kunt jezelf maar beter fatsoeneren voor vader je ziet. Hij is vandaag in een buitengewoon slecht humeur...'

Hij brak zijn zin af en begon vreselijk te kuchen in een zakdoek met een monogram. Zijn moeder keek hem bezorgd aan.

'Het is helemaal niet zo goed met Ramón,' fluisterde ze tegen Dolores. 'Ik heb geprobeerd hem vandaag in bed te laten blijven, maar hij wilde er niets van horen.'

'Maak er toch niet zo'n drukte over, moeder,' zei Ramón scherp, toen hij weer op adem was gekomen. Hij wendde zich tot de kruier, die geduldig met de koffer van Dolores stond te wachten. 'Deze kant op,' blafte hij, met een bevelend gebaar van zijn wandelstok en hinkte snel in de richting van de wachtende auto. De laars met de verhoogde hak om zijn misvormde been weerhield hem er niet van zich als een prins te gedragen en hij zwaaide met zijn wandelstok zoals een koning met zijn scepter.

'Wat is er allemaal gebeurd?' vroeg Dolores, terwijl ze achter in de luxueuze Hispano Suiza stapten. 'Je brieven vertellen me nooit iets.'

'Gebeurd? Wat gebeurt er ooit in Albavera?' zei Ramón, terwijl hij de chauffeur een teken gaf dat hij moest wegrijden. 'Niets, dat is wat er gebeurd is. Níets.' Zijn stem klonk snauwend en de uitgelaten stemming van Dolores verminderde wat.

'Lieverd, maak jezelf alsjeblieft niet wéér van streek,' zei zijn moeder, een nieuwe uitbarsting vrezend. Dolores was een nieuw en gretig gehoor; dadelijk zou hij weer als een dolle tekeergaan. 'Denk aan wat de dokter heeft gezegd. Diep ademhalen en kalm blijven.'

Doordat Ramón aan kinderverlamming had geleden, had hij zwakke longen en zijn door woede opgewekte astma-aanvallen waren vreselijk om te zien.

'Het is gewoon pure gierigheid,' vervolgde Ramón tegen zijn zuster. 'Wat zou het die oude vrek kosten om me in Madrid te laten studeren? Een schijntje. Alleen omdat mijn leraren alle-

maal stomme idioten zijn geweest, durft hij me ervan te beschuldigen dat ik niet genoeg mijn best heb gedaan. Hij durft te beweren dat ik mijn waardeloze tijd en zijn kostbare geld zou verspillen!'
'Onzin, lieverd,' probeerde zijn moeder hem te sussen. 'Hij wil je niet kwijtraken, dat is alles. Hij hoopt dat jij op een dag het landgoed zult overnemen. Nu Josep weg is, heeft hij jou naast zich nodig...'
'Poeh! Ik weet alles al wat je over het beheer daarvan moet weten. Je moet een sterke opzichter hebben om de arbeiders in het gareel te houden en elke maand moet je de Guardia Civil een behoorlijk bedrag overhandigen. Ik zou het landgoed met mijn ogen dicht kunnen beheren en zou het zelfs vanuit Madrid kunnen doen. Hij ook, als hij zijn hersens gebruikt. Dank zij hem en zijn eeuwige gierigheid zitten we gevangen, allemaal, veroordeeld om tot zijn dood toe in dat godverlaten oord weg te rotten!'

Dolores voelde haar ballon van opgetogenheid uit elkaar spatten. Het was vreemd hoe je door je ballingschap alle andere dingen vergat en je gedachten zich alleen op de goede dingen concentreerden. Ze herinnerde zich hoe geestig en charmant Ramón kon zijn, maar ze was zijn opvliegende aard en kinderachtige driftbuien vergeten. Ze herinnerde zich haar moeders zachtheid en kwetsbaarheid, maar niet haar lusteloze, ontevreden houding, haar lethargie. Ze herinnerde zich de verbijsterende schoonheid van het landschap en vergat de hongerige, holle ogen van de arbeiders, die te midden van overvloed van de honger stierven. Ze herinnerde zich de zoete smaak van Lorenzo's laatste kus en weigerde te denken over de onmogelijkheid van hun plan om te trouwen. Maar ze dacht zelden aan haar vader, die de oorzaak was van alles wat ze wilde vergeten. Haar vader, Don Felipe Carrasquez, de meest gevreesde, de meest gehate landeigenaar in de hele provincie Badajoz.

Ze zat tussen haar moeder en haar broer in, stak een arm door die van hen en begon te vertellen wat ze op school allemaal had gedaan, in een poging op een ander onderwerp over te gaan. Al jaren lang had Ramón geprobeerd zijn vader over te halen hem naar Madrid te laten gaan om te studeren... rechten, medicijnen, klassieke talen, literatuur, wat dan ook. Alles waardoor hij weg kon van het platteland van Albavera en zich in de stroom van het stadsleven kon storten. Maar in tegenstelling tot Josep, het studiehoofd van de familie, waren Ramóns leerprestaties abominabel slecht. Door zijn zwakke gezondheid en de uiterst beschermende houding van zijn moeder was hij niet naar school gegaan en zodoende ontsnapt aan het jezuïetenonderwijs dat anders zijn vlugge geest tot ontwikkeling had kunnen brengen. Ondanks de vele uren van gedwongen stilzitten, had Ramón geen aanleg getoond om te leren en een opeenvolging van leraren was niet in staat geweest hem gehoorzaamheid bij te brengen of hem iets te leren. Zijn vader had gedreigd hem te slaan, maar het baatte niets. Zelfs Don Felipe, met zijn driftige aard, had geaarzeld dat zieke, misvormde lichaam een pak rammel te geven, uit angst dat hij het misschien voorgoed naar de andere wereld zou sturen.

'Hij heeft mijn toelage stopgezet,' vervolgde Ramón, zijn zuster in de rede vallend. 'Wil je dat wel geloven? Alleen omdat ik een paar onbenullige schulden durf te maken, maakt hij een armoedzaaier van me! Wat heb ik voor pleziertjes, behalve een goed glas wijn en af en toe een spelletje kaart? Een heer speelt niet om te winnen. En als ik bepaalde dames in Badajoz eens met een bezoek vereer, is dat niet meer dan die oude bok zelf óók doet...'

'Alsjeblieft, Ramón,' siste Pamela. 'Niet waar je zus bij is! Vertel eens, lieverd, hoe is het met je nicht en je neef?'

'Edmund is me in de vakantie komen opzoeken,' zei Dolores. Ze zag een ader kloppen in de slaap van haar broer en wist dat hij op het punt stond in een van zijn driftbuien uit te barsten. 'We zijn gaan picknicken. Tante Margaret kon niet komen, omdat Flora op Everdean ook vakantie had en ze dus daarheen moest. Je moet van allemaal de groeten hebben.'

De Engelse neef en nicht van Dolores, de kinderen van Pamela's zuster Margaret, leken ineens onwerkelijk, heel ver weg, alsof ze verzonnen waren. Als Dolores in Spanje was, kon ze nauwelijks geloven dat Engeland bestond, en omgekeerd. Het waren twee zo volkomen andere werelden en toch hoorde zij in beide thuis. De familie Townsend was de afgelopen vijf jaar een deel van haar leven geweest. Met kerst en met Pasen was ze altijd bij hen thuis in Londen geweest en ze hadden haar zonder reserves en met oprechte genegenheid behandeld. Edmund, die nu zesentwintig was, was een soort Josep geworden. Net als Josep was hij verstandig, aardig, geduldig, intelligent en net als Josep kon je hem absoluut vertrouwen. Flora, achttien jaar oud, was net als Dolores een vrolijk leeghoofd, die aan niets anders dacht dan aan kleren en het vinden van een man – precies zoals de moeder van Dolores als meisje was geweest. Tante Margaret en oom Norman waren vreselijk Engels en nuchter en Dolores had hen nog nooit iets lelijks tegen elkaar horen zeggen. Het huis van de Townsends in Holland Park was vredig, ordelijk maar saai. Huize Carrasquez in Albavera zinderde van liefde en haat. Maar het was haar thuis. Het was nóg steeds haar thuis.

'Ik wou dat je in Engeland had kunnen blijven,' zuchtte Pamela. 'Had je het seizoen maar kunnen meemaken. Je tante en ik hebben toen zó'n plezier gehad. Al die feesten, al die leuke jongemannen, die prachtige kleren... Ik moet een naaister zien te vinden om wat nieuwe kleren voor je te maken...'

Ze liet haar hand afwezig door het donkere haar van Dolores glijden. Ze leek zo op haar vader, evenals trouwens alle drie de kinderen. Dezelfde zwarte ogen, dezelfde koppige kin en geelbruine huid. Wat was Felipe vroeger knap geweest en wat was Margaret jaloers geweest op haar rijke huwelijk! En wat was ze nú jaloers op Margaret. Engeland was langzamerhand alles gaan vertegenwoordigen wat Pamela had verloren – jeugd, plezier, vrijheid, hoop. Haar kinderen waren haar enige troost geweest, maar Josep was ze nu voorgoed kwijt; hij had zich in de armen van de Moederkerk gestort en de arme Ramón zou vast niet oud worden. Als ze nog enige hoop over had, was die op Dolores gericht. Wat had ze hard gevochten om te zorgen dat haar dochter háár lot niet zou delen! En wat was ze opgelucht geweest toen Felipe er ten slotte mee had ingestemd haar een Engelse opvoeding te geven – een daad die meer werd ingegeven door perversiteit dan door welwillendheid, want door zich te verzetten en huilend te smeken dat ze niet hoefde te gaan, had Dolores haar lot bezegeld.

Pamela had gehoopt dat Dolores zou leren van Engeland te

gaan houden, dat ze er de voorkeur aan zou geven daar verder te studeren of zou vragen bij haar familie in Londen te mogen blijven en daar misschien een geschikte jongeman zou ontmoeten. Maar het was gebleken dat Dolores Spaanse bleef in hart en nieren en ze popelde van verlangen de school te verlaten en terug te komen naar Spanje. En waarom? Wat had ze er te zoeken, behalve een vreselijk huwelijk dat voor haar geregeld was en een leven van eindeloze verveling?

'Tante Margaret wil graag dat u komt logeren,' zei Dolores. 'Ze zegt dat de verandering u goed zal doen.'

Pamela glimlachte triest. Ze kon zich precies voorstellen hoe Felipe zou reageren als ze het waagde zo'n onderneming voor te stellen. De plaats van een vrouw was thuis, onderdanig, decoratief en dom. Hij had haar nu al jaren links laten liggen, terwijl hij al haar bewegingen in de gaten hield. Zijn liefde was een soort bezitterige onverschilligheid geworden; de liefde van haar was veranderd in angst. Pamela was na verloop van tijd spijt gaan krijgen van het besluit van haar familie om in 1903 San Sebastian te bezoeken en van het gemak waarmee ze haar hadden overgedragen aan de knappe jonge Spanjaard, die op het eerste gezicht verliefd op haar was geworden en haar in haperend Frans uitbundig het hof had gemaakt. Felipe had het haar nooit vergeven dat ze een ziekelijk kind had gebaard en aan dat ziekelijke kind de voorkeur gaf boven hem. Ze had Ramón verpleegd tijdens die vreselijke ziekte, gebeden dat hij zou blijven leven, en al die tijd had Felipe gewenst dat hij zou doodgaan...

Arme Ramón. Het was wreed hem zijn weinige pleziertjes te ontzeggen: wijn, kaartspelen en vrouwen van lichte zeden waren een aanvaard vermaak voor een jongeman van zijn stand. Maar heimelijk en heel zelfzuchtig was Pamela opgelucht dat Felipe had geweigerd hem naar Madrid te laten gaan. Hij had nog steeds de zorg van een moeder nodig. Of liever gezegd, zijn moeder had iemand nodig om voor te zorgen.

'Misschien bedenkt papa zich,' zei de altijd optimistische Dolores, terwijl ze een kneepje gaf in de arm van haar boos kijkende broer. 'We moeten een manier zien te bedenken hem over te halen.'

Ramón begroette die onbenullige opmerking met een smalend gegrom. Pamela zuchtte wanhopig. Jaren geleden had ze haar man gesmeekt een huis in de hoofdstad te kopen, in de hoop dat hij uiteindelijk daar met zijn gezin zou gaan wonen en zijn landgoed vandaar uit zou besturen, zoals iedere zichzelf respecterende latifundist. Maar Felipe beschouwde Madrid als een broeinest van linkse intellectuelen en gaf de voorkeur aan zijn geïsoleerde status als heer van alles wat hij overzag. Zijn enorme haat jegens de arbeiders had hem rotsvast doen geloven dat zijn land zou worden overvallen zodra hij zich omdraaide. Zulke opstanden hadden elders in het land plaatsgevonden en waren door de Guardia Civil wreed onderdrukt.

'Je moet een eigen kamermeisje hebben,' mompelde Pamela, haar hand door het lange, ongekamde haar van haar dochter halend. 'Je moet écht meer aandacht aan je uiterlijk besteden, Dolly. Denk eraan, je bent nu een jongedame.'

'Daar heeft ze nogal wat aan, om tijd aan haar uiterlijk te besteden,' snauwde Ramón. 'Voor wie moet ze dat doen? Mijn vader laat ú ook nooit uitgaan of mensen ontvangen en mijn arme zuster zal hetzelfde lot ten deel vallen. Ze zal de hele dag in haar mooie kleren thuiszitten en naar de vier muren zitten staren, tot vader haar uithuwelijkt aan een of andere dikke, oude weduwnaar.'

'Ik zal zeker niet de hele dag thuiszitten,' zei Dolores fel. 'Ik wil dolgraag weer gaan rijden en met de honden gaan wandelen en popel om...'

Ze hield net op tijd haar mond. Ze had bijna gezegd 'om Lorenzo te zien als hij met verlof thuiskomt', maar dit was noch de tijd noch de plaats om ineens met haar geheim op de proppen te komen. Lorenzo had haar keer op keer gewaarschuwd dat ze discreet moest zijn, een eigenschap die hém gemakkelijk afging maar waarmee zij veel moeite had.

Als zoon van de onderdanige advocaat van de familie was Lorenzo Montanis een geaccepteerde figuur bij de familie Carrasquez thuis en zijn bezoeken wekten geen enkele argwaan. Hij en Josep waren samen misdienaar geweest en hij deed vaak mee aan de jachtpartijen van Don Felipe, omdat hij een uitstekend schutter was. Felipe vond dat hij heel goed reed en had het goedgevonden dat zijn robbedoes met hem uit rijden ging – een gezamenlijke bezigheid waarmee ze vele jaren geleden waren begonnen. Hij had niet voorzien waartoe dat zou kunnen leiden; Lorenzo was een rustige, eerbiedige, bescheiden jongeman en hij kende zijn plaats. Wat Dolores betreft, ze was nog maar een kind.

Lorenzo zelf wist beter. Een aarzelende, vluchtige zoen voor haar zestiende verjaardag had een ontzettend enthousiaste reactie teweeggebracht, die hem had geschokt en opgewonden en met enige moeite had hij zichzelf zowel als haar in bedwang gehouden. Was er iets erotischer dan ongeremde onschuld?

'Zulke landelijke genoegens zullen je gauw gaan vervelen,' verzekerde Ramón zijn zuster uit ervaring. 'Nu je voorgoed thuis bent, zul je merken wat ik al die jaren heb moeten doorstaan...'

'...een aardig, rustig meisje,' vervolgde Pamela vaag, nog steeds met haar gedachten bij een kamermeisje. 'Niet iemand van hier, natuurlijk. Angelina heeft een nichtje, in Castilië...'

'Waarom niet iemand van hier?' zei Dolores. 'De hemel weet dat er genoeg mensen zijn die werk nodig hebben.'

'Je weet hoe je vader daarover denkt, Dolores.'

'Hij is bang dat iemand uit de buurt ons in onze slaap zal vermoorden,' smaalde Ramón, op de minachtende toon van iemand die nergens bang voor is.

'Dan zeggen we het niet tegen hem,' zei Dolores. 'Een bediende meer of minder merkt hij toch niet op. De arbeiders hebben zo'n honger, mama, en het zou ontzettend veel kunnen uitmaken voor een meisje uit de *pueblo* als ze een regelmatig loon heeft... Wat vindt u van de kleine Rosa García? Ze is heel jong, maar sterk en vrolijk...'

Pamela schudde glimlachend haar hoofd. Het was typisch Dolores om de naam van dat arme kind te kennen. Ze was niet in staat om langs de armzalige onderkomens aan de rand van het landgoed te rijden zonder uit het zadel te springen en een of ander smerig kind te vertroetelen en als bij toeval een handvol munten in het zand te laten vallen.

'We zien wel,' zei ze toegeeflijk. Pamela was blij dat haar dochter weer thuis was, maar toch leek het alsof ze het niet kon vóelen. Mogelijk doordat haar emoties waren afgestompt omdat ze te weinig gebruikt werden, of misschien omdat ze Dolores graag voor altijd zou hebben opgegeven, in de hoop haar een beter leven te bezorgen. Ze gaf haar een klopje op haar hand en Dolores pakte de hare, kneep erin en gaf haar een kus op haar wang. Arme mama. Arme, lieve mama...

De rest van de reis verliep in een gespannen sfeer. Pamela verviel in een van haar dagdromen, alsof ze zich terugtrok in een innerlijke ruimte waar haar gezin geen toegang had. Ramón bleef in een buitengewoon slecht humeur en zijn gevit werd algauw vervelend. Zoals altijd werd Dolores' ongeduld ten opzichte van haar broer verzacht door medelijden. Ze kon best begrijpen waarom hij soms depressief en bitter was. Het moest al erg genoeg zijn om met een gebrek geboren te worden, maar Ramón moest leven met de herinnering dat hij had kunnen springen en rennen. Geen wonder dat hij zijn broer en zuster benijdde om hun vrijheid en mobiliteit en geen wonder dat hij nijdig was over zijn gebrek aan onafhankelijkheid. Doordat zijn moeder hem te veel had verwend en zijn vader hem had gemeden, leek hij veroordeeld om eeuwig als een klein kind te blijven jengelen.

Maar toch kon hij heel prettig gezelschap zijn, als het hem uitkwam. Hij was een geboren verteller en had Dolores als kind volledig in de ban gekregen van de fantastische verhalen die hij zelf verzon. Josep, die vijf jaar ouder was dan Dolores, had altijd al volwassen geleken, en Ramón, hoewel drie jaar ouder dan zij, was al lang geleden haar kleine broertje geworden.

De reis leek langer te duren dan anders, maar eindelijk reden ze de Spaanse grens over en voelde Dolores de bekende opwindende blijdschap dat ze weer in Estremadura was, met zijn eikenbossen, zijn rode aarde, zijn golvende heuvels en glinsterende beken, de wilde cactussen en amandelbomen en de onregelmatige patronen van de oude stenen muren.

Terwijl de auto bij Badajoz in zuidelijke richting afsloeg en over de smalle landweg hobbelde, rekte Dolores haar nek om de eerste glimp op te vangen van de wachttoren van haar vader. De geïsoleerde positie van het huis, op een hoger gelegen stuk grond en omgeven door bomen, was gekozen om te zorgen voor afzondering en veiligheid. Het was gebouwd door de grootvader van Dolores, een welvarende zakenman die met een rijke Cataplaanse bruid was getrouwd en tijdens de zogenaamde hervormingen van de vorige eeuw achtereenvolgens grote stukken land van de Kerk had gekocht. Toen hij pas was gebouwd, was de verblindend witte villa in Moorse stijl, met zijn sierlijke bogen en portalen, van kilometers ver te zien geweest. Sindsdien waren de bomen eromheen hoog opgeschoten en had Don Felipe er een hoge toren bij laten bouwen, vanwaar uit hij de verste uithoeken van zijn landgoed kon zien.

Eindelijk reed de auto de oprit op en de waakhonden kwamen aangerend, gevolgd door twee keffende puppies. Het voorbeeld van hun moeder volgend, lieten ze zich door Dolores aaien en likten haar gezicht. Vervolgens rende ze meteen naar de stallen, met de honden achter zich aan. Haar blijdschap keerde weer terug en met de grenzeloze veerkracht van de jeugd schudde ze de somberheid van zich af. Ze was eindelijk thuis. Ze was thuis!

'Ze is zo smerig,' zei Pamela in het Engels, vol walging haar neus optrekkend. De kleine Rosa Garcia glimlachte zenuwachtig, want ze begreep niet wat er gezegd werd.

'Dan doen we haar in bad,' zei Dolores. 'Zou je voor mij willen werken, Rosa? Angelina, het kamermeisje van mijn moeder, zal je laten zien wat je moet doen. Het is heel gemakkelijk. Het is geen zwaar werk.'

Rosa knikte gretig. Ze was wees, de jongste van een heel stel kinderen en afhankelijk van haar oudere broer Tomás, die nauwelijks zijn eigen gezin te eten kon geven.

'Lieverd, ze is heel goed om te wassen en schoon te maken en zo, maar ze wordt nooit een goed kamermeisje. Kijk eens naar haar handen! Het lijken wel rauwe hammen! Laten we haar een baantje in de keuken geven en iemand anders voor jou zoeken. We kunnen zo'n meisje onmogelijk in huis laten wonen.'

'Ik vind haar aardig,' zei Dolores koppig. 'Ze is nog jong en leert het wel. We zullen haar broer natuurlijk moeten vragen of hij het goedvindt. Ik zal het Tomás zelf vragen.'

Tomás García was een boom van een vent, vakbondsleider en de ongekroonde koning van de *pueblo*. Misschien zouden zijn

trots en zijn principes verhinderen om goed te vinden dat zijn zuster zo openlijk met de onderdrukker verkeerde.
'Maar je vader...'
'We zeggen het niet tegen hem!' herhaalde Dolores, geïrriteerd nu. Het ergerde haar om te zien dat haar moeder zo onderdanig en gehoorzaam was geworden. Haar vader leefde in zijn eigen wereld en zijn tijd werd volledig in beslag genomen door mannenzaken en de plaatselijke politiek. De bedienden was Pamela's afdeling en hij zag geen verschil tussen de een of de ander.
'Goed dan,' zuchtte Pamela, en ze voegde er hoopvol aan toe: 'Maar ik denk niet dat haar broer ermee zal instemmen.'
Rosa lachte niet-begrijpend en keek verwonderd om zich heen. Ze had nog nooit zoveel pracht gezien als in het huis van de familie Carrasquez; alles leek te blinken – de marmeren vloeren, de glanzende meubels, de zijden bekleding, de talloze porseleinen en zilveren voorwerpen. Ze had niet gedacht ooit een voet in dit paleis te zetten en was heel verbaasd geweest toen Dolores haar had aangesproken terwijl ze in een beek aan het wassen was. Zonder op haar mooie kleren te letten, was Dolores naast haar op de oever gaan zitten. Ze had zacht en vriendelijk tegen haar gepraat en haar toen voor op haar paard hierheen gebracht, haar met één hand stevig om haar middel vasthoudend, terwijl ze de teugels in haar andere hand hield.
'Niet bang zijn,' had ze gezegd, en dat was ze ook niet geweest. Ze haatte Don Felipe, dat deden alle arbeiders, en ze wantrouwde zijn bleke, buitenlandse vrouw, maar net als Tomás had ze altijd bewondering gehad voor Dolores, al was dat om andere redenen.
'Goed dan,' zei Dolores, vóór haar moeder met nog meer bezwaren kon komen. 'Angelina zal wat kleren voor je pakken en je je kamer wijzen. En zodra je broer klaar is met zijn werk, zal ik met hem praten.'
Tomás was fortuinlijker dan de meesten. Door zijn enorme kracht had hij regelmatig werk, wanneer er tenminste werk te krijgen was. Don Felipes enorme leger van arbeiders zonder land werd voor een schijntje per dag gehuurd en ze leefden op de rand van de hongerdood. Ze hadden niet het recht om hun eigen voedsel te verbouwen en zelfs als ze brandhout sprokkel-

den, werden ze al vervolgd. Enorme stukken bouwland werden met opzet niet ontgonnen om te kunnen jagen, maar stropers werden zonder pardon neergeschoten. In het verleden had men tevergeefs geprobeerd te staken, maar de honger bleek nog een wredere baas dan Don Felipe.

Dolores aarzelde om naar het huisje te gaan waar Tomás met zijn gezin woonde. Zijn vrouw, Ignacia, was een grote vrouw met ogen die fonkelden van haat, een van de weinige ondergeschikten voor wie Dolores instinctmatig bang was. Volgens Rosa was Tomás die morgen ingehuurd om te helpen met het bouwen van Don Felipes nieuwe varkenshokken – varkenshokken die veel beter waren uitgevoerd dan de ellendige optrekjes waarin degenen woonden die ze bouwden. De kudde varkens werd vet van de plaatselijke eikels en gaven de beste *chorizo*-worst van de hele provincie.

Toen de zon onderging, glipte Dolores het huis uit en wachtte achter een boom langs de weg, zodat ze met Tomás kon praten terwijl hij op weg was naar huis en zonder dat haar vaders voorman het zag. De lange man met de baard was gemakkelijk te herkennen. Hij torende boven zijn makkers uit terwijl ze vermoeid terug naar huis sjokten, met slechts een paar zielige munten als beloning voor hun werk.

'Tomás!' riep Dolores luid, terwijl ze uit haar schuilplaats te voorschijn kwam. 'Kan ik je even spreken?'

Er klonk een luid, vunzig gelach, terwijl Tomás schoorvoetend aan dit ongehoorde verzoek voldeed. Dolores bloosde, omdat ze zich ervan bewust was dat het heel ongepast was wat ze deed.

'Is het goed als Rosa in het huis komt werken, als mijn kamermeisje?' viel ze met de deur in huis, zoals altijd geïmponeerd door zijn enorme gestalte. Ze praatte door en benadrukte dat Rosa goed te eten zou krijgen en behoorlijk betaald zou worden, waardoor haar aanbod meer iets kreeg van een smeekbede.

Tomás gaf niet meteen antwoord, en toen hij dat deed, gebeurde dat met zijn gebruikelijke knorrige hoffelijkheid.

'Ik werk voor uw vader,' zei hij bitter. 'Hoe kan ik er bezwaar tegen maken dat mijn zuster voor u werkt? U hoeft mijn toestemming niet te vragen.'

'Ze is pas veertien,' zei Dolores zacht. 'En ze heeft geen vader.'

'Dank u voor uw respect,' zei Tomás waardig. 'Ik weet dat u haar goed zult behandelen.'

'O, dát zal ik zeker,' zei Dolores met een ernstige glimlach. 'Ik zal heel goed voor haar zorgen.'

Tomás wist dat het gesprek ten einde was, maar bleef stokstijf staan, zoals altijd betoverd door haar elegantie en schoonheid. Hij was nog nooit zo dicht bij haar geweest en hij stond dicht genoeg bij haar om zijn hand uit te steken en haar te kunnen aanraken...

Ze stak haar hand uit, alsof ze zijn gedachten had gelezen. Tomás keek er wezenloos naar. De dochter van een grootgrondbezitter gáf een arbeider geen hand.

Maar zonder blikken of blozen nam ze zijn grote, vuile hand in de hare. Haar hand was glad en zacht maar stevig en voelde aan als een rijpe perzik.

'Tot ziens, Tomás. En maak je geen zorgen over Rosa. Ik zal voor haar zorgen, dat beloof ik.'

Hij knikte, maakte zijn hand los uit haar greep en liep snel weg. Hij voelde dat het zweet hem overal op zijn lichaam uitbrak. Maar zijn hemd wás al doorweekt, dus was het in elk geval niet te zien.

Rosa was gewend hard te werken en ze kon nauwelijks genoeg vinden om te doen. Dolores vroeg weinig van haar en bracht haar tijd grotendeels buiten door, in tegenstelling tot haar broer, die de hele morgen in zijn bed bleef liggen en in huis rondhing als een gekooid dier, iedereen afsnauwend die in zijn buurt kwam. Hij gebruikte zijn maaltijden dikwijls boven, van een dienblad, zijn eten wegspoelend met een buitensporige hoeveelheid wijn. Ook trok hij voortdurend aan de bel, omdat hij te lui was zelf de kamer door te lopen om een boek van de plank te pakken.

Ondanks alle pracht en praal vond Rosa het huis erg somber. De andere bedienden kwamen allemaal uit andere provincies en beschouwden haar openlijk als minderwaardig. Doña Pamela sprak zelden tegen haar of tegen wie dan ook trouwens. Ze scheen doelloos rond te dwalen, alsof ze tegen wil en dank te gast was in haar eigen huis.

Maar de jonge meneer was aardig tegen haar geweest. Hij had een vriendelijke glimlach en wanneer Rosa soms naar hem toe moest omdat hij gebeld had – er werd meedogenloos gebruik van haar gemaakt wanneer Dolores er niet was – sprak hij altijd vriendelijk tegen haar, ook al vond men over het algemeen dat hij slechtgehumeurd en onbeschoft was. Ze had hem inderdaad dikwijls horen schreeuwen en vloeken. Als hij zijn eten niet lekker vond of zijn overhemden niet helemaal perfect waren gestreken, kon de ongelukkige die dat op zijn geweten had zich maar beter bergen. Dus beschouwde ze zichzelf als erg gelukkig omdat ze aan de toorn van de jeugdige tiran was ontsnapt. En bovendien had ze medelijden met hem. Zo rijk en toch invalide. Rosa associeerde gezondheid en kracht met geld en daarom vond ze hem beklagenswaardiger dan wanneer hij een arme man geweest zou zijn.

Ze genoot van haar nieuwe leven. Het was een weelde om de sappige kruimels van de tafel van de familie Carrasquez te eten, in een bed te slapen, water uit een kraan te halen en schone, nieuwe kleren te dragen. In al haar veertien jaar had ze het nog nooit zó prettig gehad. Geluk, wat altijd een abstract woord was geweest, begon enige betekenis te krijgen...

Op een zondagmorgen ging de familie zoals gewoonlijk naar de hoogmis. Ramón bleef in bed liggen; hij had het benauwd, zei hij. Zoals de meeste boeren ging Rosa nooit naar de kerk. De kerk was een weelde die alleen de rijken zich konden veroorloven.

Het was twaalf uur toen Ramón om zijn ontbijt belde. Rosa was toevallig in de keuken, zoals gewoonlijk om te kijken of er nog iets te halen viel. Ze hielp de kokkin dikwijls, in ruil voor worstjes of eieren, die ze dan aan haar broer gaf, voor de kinderen.

De kokkin zuchtte luid en maakte met veel gekletter een blad klaar met geurige, versgebakken broodjes, boter, honing en sterke, zoete koffie.

'Breng dat naar boven naar de jonge heer en meester,' blafte ze tegen Rosa. 'En vlug een beetje.'

Rosa liep haastig de trap op met haar last, genietend van de heerlijke geuren, zette het blad neer op het tafeltje bij de deur van Ramóns kamer en klopte aan.

'Binnen!' blafte Ramón. Ze ging naar binnen, keurig en nerveus als altijd, heel bedeesd in haar gesteven schortje. Ze wendde haar ogen af van de kruk en de verhoogde laars die naast het bed lagen en kwam verlegen naderbij met haar blad.

Ramón glimlachte traag naar haar, terwijl hij haar van hoofd tot voeten opnam. Sinds zijn vader zijn toelage had stopgezet, had hij geen geld meer gehad voor een hoer in Badajoz en wijn was slechts een povere vervanging van vrouwen.

'Ga zitten, Rosa,' zei hij vriendelijk. 'Je moet mijn ontbijt met me delen. Ik vind het vreselijk om alleen te eten.'

Ze aarzelde verbaasd, maar hij glimlachte nogmaals, jongensachtig, smekend, onschuldig.

'Laat me wat koffie voor je inschenken. Ga zitten, Rosa. Hier, op het bed, naast me.'

En vol kinderlijk vertrouwen gehoorzaamde ze hem.

Nuchter blijven was Pamela nooit goed bekomen en het was niet de eerste keer dat ze flauwgevallen was voor ze te communie kon gaan. Ze zakte voorover, stootte haar hoofd en moest door haar man naar buiten worden gedragen, gevolgd door een bezorgde Dolores.

Zoals gewoonlijk maakte Felipe zich nauwelijks ongerust over de toestand van zijn vrouw. Vrouwen vielen altijd flauw in de kerk. Tegen de tijd dat ze thuis waren, was ze weer helemaal bijgekomen en kon ze zonder hulp lopen. Felipe bleef in de auto en gaf de chauffeur opdracht om te keren. Hij zou gaan lunchen met de plaatselijke commissaris van politie en de politierechter, die hij beiden veilig in zijn zak had. Samen knoeiden ze met de plaatselijke verkiezingen, spraken recht met een natte vinger en hielden hun feodale ideeën over orde en wet in stand.

Felipe leunde achterover in de leren bekleding, zoals altijd in gedachten verzonken. Hij maakte zich ernstig zorgen over de politieke instabiliteit van dat moment. Nu Primo de Rivera, die zó lang militair dictator was geweest, was teruggetreden, zetten allerlei marxisten en demagogen de arbeiders aan in opstand te komen en landhervormingen, vrije verkiezingen en andere opstandige onzin te eisen. Tot dan toe hadden de vakbonden geen macht gehad en dat moest ook zo blijven. Zijn macht werd bedreigd en hij moest stappen ondernemen om zichzelf te beschermen.

Macht was het enige dat hij nu nog belangrijk vond. Macht was het bewijs van zijn succes; zijn gezin herinnerde hem er voortdurend aan dat hij had gefaald. Pamela's dunne, Engelse bloed had het zijne verdund en verzwakt. De ene zoon was invalide en een nietsnut en de andere zo'n ellendige priester. Wat Dolores betreft, dat was maar een meisje en dus nog verachtelijker dan zijn beide zoons. Vroeg of laat zou hij een man voor haar moeten zoeken. Iemand met geld en land en een degelijke politieke overtuiging, iemand die nuttig voor hem zou kunnen zijn.

Toen het geluid van de auto wegstierf, hoorde Dolores, die op de oprit stond, een ander geluid. Pamela hoorde het ook, maar ze was te licht in haar hoofd om er meer achter te zoeken dan wat gekibbel onder de bedienden.

Het was geen huilen, geen schreeuwen, maar een afschuwelijk, primitief gejammer, als het schreeuwen van een gewond dier. Dolores liet haar moeders arm los en rende naar binnen, de trap op. Ze haalde de kokkin en Angelina in en stormde zonder kloppen de kamer van Ramón binnen, met een vreselijk zesde zintuig al wetend wat ze zou aantreffen.

Rosa lag op de grond, hysterisch kreunend, haar gezicht in haar handen gedrukt. Haar rok was gescheurd en zat gedraaid en een dun straaltje bloed siepelde langzaam langs haar been. Ramón lag languit op bed, nog steeds gekleed in zijn nachthemd. Hij vocht om adem te krijgen en zijn gezicht was al blauw. Pamela kwam los uit haar verstarring en begon instructies te blaffen tegen de bedienden en haar zoon eerste hulp te geven, zonder acht te slaan op de arme, snikkende Rosa. Algauw zat Ramón rechtop tegen een half dozijn kussens, terwijl drie vrouwen druk met hem bezig waren, terwijl Dolores op de grond zat en sprakeloos van woede Rosa in haar armen wiegde. Het bloed stroomde uit de mond van het meisje en een voortand bungelde nog aan een draadje.

Dolores voelde tranen van woede over haar wangen lopen.

Ze was bozer op zichzelf dan op haar broer. Het had even weinig zin om Ramón te verwijten dat hij een bediende had verkracht als om kwaad te zijn op een op roof beluste kater. Ze had dat gevaar moeten voorzien en Rosa moeten waarschuwen dat ze op haar hoede moest zijn. Ze had Tomás beloofd op zijn zusje te passen. Ze had het beloofd en haar woord gebroken...

Ramón deed of hij nergens van wist. Hij had het meisje nooit met een vinger aangeraakt en ze loog, trachtend hem te chanteren. Zou hij zich afgeven met een meisje uit die klasse? Het idee alleen al was belachelijk!

Maar het wrede bewijs van zijn aanval vertelde een eigen verhaal en algauw had iedereen in het dorp het over het incident. Rosa was, nog steeds huilend, het huis uitgevlucht, vergezeld door Dolores, en had geweigerd om terug te keren. Tomás was toevallig niet thuis geweest en Dolores had de zaak moeten uitleggen aan Ignacia, die had gesist als een boze slang en gezworen dat er een vreselijke wraak zou volgen.

Dat waren natuurlijk loze dreigementen; represailles zouden door de Guardia Civil snel en bloedig worden onderdrukt en dat wist Tomás. De woede van Don Felipe was vreselijk en zijn vrouw en dochter kregen de volle laag, omdat ze die kleine slet achter zijn rug om in dienst hadden genomen. Terwijl Pamela zachtjes jammerde en Dolores onbewogen toekeek, verstootte hij officieel zijn zoon.

'Niet langer zul je schande brengen over deze familie!' bulderde hij. 'Je zult niet langer als een verwend kind om je moeders nek hangen! Je krijgt eindelijk wat je wilt. Maar dát zul je weten ook! Je gaat naar Madrid, maar niet om in weelde te leven. Door schade en schande zul je de waarde van het geld leren kennen. Je krijgt een vaste toelage, die je niet de ruimte biedt om te gokken, te zuipen of naar de hoeren te gaan. En God sta je bij als je om meer durft te vragen of je gezicht ooit nog in Albavera durft te laten zien! En verdwijn nu uit mijn ogen!'

Wijselijk had Ramón op zijn knieën gesmeekt of hij mocht blijven. Pamela mocht een week weg om hem in een geschikt onderkomen te installeren; binnen twee dagen na het incident waren ze weg, Dolores alleen achterlatend.

Ze moest al haar moed bijeenrapen om alleen de *pueblo* binnen te rijden en haar verontschuldigingen aan te bieden aan Tomás, terwijl Ignacia venijn spuwde en Rosa in een hoek zat weggedoken, haar zenuwachtige lachje wreed mismaakt door de ontbrekende tand.

'Ik zal het goedmaken bij Rosa, Tomás,' beloofde Dolores plechtig. 'Als ik trouw en een eigen huis heb, zal ik het goedmaken. In die tussentijd, dit is al het geld dat ik heb. Neem het alsjeblieft, in plaats van het loon dat ze gehad zou hebben.'

Ignacia griste de biljetten uit haar hand en telde ze. Wat vreselijk was deze armzalige hut, met zijn aangestampte aarden vloer, het dak van golfplaten en de ruwe, lemen muren! En nu moest Rosa weer in armoede leven, terwijl ze beter had gekend.

'Ik neem de volle verantwoordelijkheid op me,' hield Dolores vol. 'Zodra ik zelf geld heb, zal ik voor haar zorgen. Ik zwéér het.'

Ze kon zien dat ze haar niet geloofden. Tomás, die werd geremd door zijn vrouw, weigerde haar aan te kijken en de haat van Ignacia zoemde als een wesp door de lucht. Met gebogen hoofd reed Dolores verdrietig terug naar huis, sloot zich op in haar kamer, pakte *De levens van de grote heiligen* en ging er de rest van de dag in zitten lezen.

'Dus ga je met mijn vader praten?' pleitte Dolores tussen twee kussen door. Ze hadden hun paarden vastgemaakt en waren weggekropen in een door struiken en kleine eikeboompjes omgeven uitholling.

Lorenzo aarzelde. Ze zag er ook zo verrukkelijk uit in het gefilterde zonlicht, met haar haren los om haar gezicht en haar ogen stralend van liefde. Hij had zijn uiterste best moeten doen om haar niet daar ter plekke te nemen. Maar zoals altijd waren zijn kussen kuis geweest, zijn omhelzingen ingehouden en vol respect. Niet alleen omdat ze een puur, hoewel hartstochtelijk, jong meisje was, maar omdat hij wist zichzelf niet te kunnen vertrouwen. En het afschuwelijke verhaal van Ramón en Rosa was een soort afschrikwekkende waarschuwing geweest.

'Over niet al te lange tijd zal ik met hem praten. Maar nu nog

niet. Het is nu een ongunstig tijdstip. Je vader is nog steeds kwaad, vanwege je broer. En je moeder is nog steeds van streek.'
Van streek was nog voorzichtig uitgedrukt. Sinds ze uit Madrid terug was, had Pamela zich gedragen als iemand die een smartelijk verlies had geleden – ze kleedde zich in het zwart, ging twee keer per dag naar de mis, sliep en at niet en knielde uren lang op haar bidstoel teneinde God te smeken om een wonder. Ze was niet uit volle overtuiging tot het geloof bekeerd, maar het vulde de leegte in haar leven en pater Luis, de inhalige plaatselijke pastoor, had er royaal van geprofiteerd.

'Ik weet zeker dat Ramón het best naar zijn zin heeft,' had Dolores geprobeerd haar op te beuren. 'Hij wilde toch altijd al naar Madrid? En het appartement lijkt me heel mooi. Misschien kunnen we hem samen gaan opzoeken, als papa wat gekalmeerd is.'

Maar Pamela had alleen haar hoofd geschud en was weer gaan huilen. De toelage van Ramón was minimaal. Ze wist in haar hart dat hij al heel gauw in de schulden zou zitten en zich zelfs geen dokter zou kunnen veroorloven als hij er een nodig had. Hij zou zichzelf vreselijk verwaarlozen en als hij weer een astma-aanval kreeg, zou hij helemaal alleen zijn en stikken...

'En wannéér ga je met hem praten?' vroeg Dolores nogmaals, terwijl ze haar armen stevig om Lorenzo heen sloeg en al knuffelend probeerde hem tot een besluit te krijgen. Het was een kinderlijke omhelzing, maar verleidelijk. Ze was zo onschuldig, zo vol vertrouwen, en hij wist dat ze hem niets zou weigeren. Hoe kon hij haar dan iets weigeren?

Dolores keek vol aanbidding naar hem op. Wat was hij lang en sterk, en zo knap! Zijn haar had de kleur van haar kastanjebruine merrie, een prachtig goudbruin, en zijn ogen hadden de kleur van hazelnoten. Wat zouden ze samen mooie kinderen krijgen! Wat zou ze trots zijn als ze zijn vrouw was!

'Ik heb niet meer dan mijn soldij,' bracht Lorenzo haar in herinnering. 'En mijn eerste benoeming is niet wat ik had gehoopt. Het is maar een klein garnizoen, met weinig kans op promotie...'

'Maar je bent cum laude afgestudeerd!'

'Maar ik heb geen relaties. Geen relaties, geen geld, geen land...'
'Maar die heb ík wel!' protesteerde Dolores, die nu haar geduld begon te verliezen. 'Of liever, mijn vader heeft ze. Hij zal de zaken wel voor je regelen! Lorenzo, je hebt het belóófd...'
Lorenzo sloot wanhopig zijn ogen. Wat verlangde hij vreselijk naar haar! En wat was hij bang om haar kwijt te raken...
'Je moet vanavond met hem praten,' vervolgde Dolores, zoals altijd onmerkbaar het heft in handen nemend. 'Jij en je vader zijn uitgenodigd voor het diner en dan is het het ideale moment. Morgen ben je weg en zie ik je weer maanden niet! Je móet vanavond met hem praten. Als jij het niet doet... dan doe ík het!'
Ze was zo vastberaden, zo onbevreesd, zo vol zelfvertrouwen, ze had alle eigenschappen die hij miste. Een gemis dat haar niet opviel, omdat ze van hem hield...
'Goed,' zei Lorenzo met bonzend hart. Ze had gelijk, de zaak kon zich zo niet voortslepen. Als hij het nog langer uitstelde, zou ze denken dat hij laf was. Hij was in het leger gegaan om te bewijzen een man te zijn, maar zijn moed was nog nooit zo op de proef gesteld als door haar.
Hij maakte haar paard los en tilde haar in het zadel. Ze glimlachte opgetogen, want ze genoot van eenvoudige, lichamelijke kracht. Ze reden samen naar de top van de open plek, gaven elkaar nogmaals een kus en gingen toen ieder huns weegs. Dolores, dolblij, naar het huis van haar vader en Lorenzo, in somber gepeins, naar Albavera. Hij kon beter zijn vader in vertrouwen nemen. Hij was al twintig jaar de advocaat van Don Felipe en misschien zou hij een goed woordje voor hem kunnen doen. Maar het was waarschijnlijker dat hij hem voor een stomme idioot zou uitmaken.
Dolores spoorde haar paard aan. Haar vader, zo redeneerde ze, gaf weinig om haar en zou blij zijn haar kwijt te zijn. Het was waar dat Lorenzo niet vermogend was, maar haar vader had meer geld dan hij kon uitgeven, dus kon het hem onmogelijk iets uitmaken of ze met een rijke man trouwde of niet. Met de invloed van haar vader zou Lorenzo zeker een goede aanstelling kunnen krijgen en snel promotie kunnen maken. En als ze dan eenmaal getrouwd was, zou ze Rosa laten komen. Mama zou

haar natuurlijk missen, maar ze zou haar vaak gaan bezoeken. Uiteindelijk had mama gewild dat ze in Engeland zou blijven. Mama zou toch zeker wel blij voor haar zijn? Ze gaf de leidsels van haar paard over aan de stalknecht en liep zingend het huis in.
'Dolores!'
Het lied bleef in haar keel steken. Het was de stem van haar vader, koud, hard en sissend van woede en de moed zonk Dolores in de schoenen. Ze had zo vreselijk graag gewild dat hij die avond in een goede stemming zou zijn. Wat had ze deze keer gedaan om hem te mishagen?
Voorzichtig stak ze haar hoofd om de deur van haar vaders studeerkamer en voelde het bloed in haar aderen stollen. Haar moeder zat stokstijf in een hoek, recht voor zich uit te staren, zonder iets te zien. Haar vader stond met zijn benen gespreid en de handen op zijn rug en overal om hem heen lagen in kleine stukjes gescheurde snippers papier. *De levens van de grote heiligen* lag opengeslagen en leeg op de grond.
'Zo!' donderde haar vader. 'Je lijkt dus tóch op die verachtelijke broer van je. Ik heb nog nooit zulke vuiligheid en obsceniteiten gelezen!'
De harde klap tegen haar wang deed haar wankelen.
'Felipe...' jammerde Pamela zacht.
'Stil! Geef antwoord, kind! Wanneer en waar en hoe vaak heeft die man je bezoedeld?'
'Me bezoedeld?' Dolores keek hem niet-begrijpend aan.
'Hou je niet van de domme, jongedame! Heeft Ramón al niet genoeg mijn naam te schande gemaakt? Te bedenken dat die man aan mijn tafel heeft gezeten en dat ik hem heb vertrouwd! Al dat gepraat over paarden en rijden! Ik wed dat hij meer dan één paard heeft bereden!'
'Papa! Lorenzo wil met me trouwen! We zijn verloofd! Hij wil me tot vrouw!'
Haar vader lachte satanisch.
'Natúúrlijk wil hij met je trouwen! Waarom zou hij je anders verleiden? Kleine imbeciel! Een luxe leventje op mijn kosten zou hem heel goed van pas komen!'

Hij pakte het lege boek en gooide het haar toe. Door de harde klap viel Dolores op de grond.
'Je hebt het aan je vrome moeder hier te danken dat je geheim ontdekt is. Vader Luis dacht dat ze misschien wat troost zou kunnen putten uit het leven van de heilige Teresa van Avila. Ha! Mooie troost! En Angelina was er ook nog bij, die kletskous! Binnenkort weet de hele provincie dat mijn dochter geen haar beter is dan een hoer! Ga naar je kamer en blijf daar! Ik zal ervoor zorgen dat die man geruïneerd wordt en zijn kruiperige vader eveneens. Ik zal je leren om me voor gek te zetten!'
Hij greep haar ruw bij haar arm, die hij daarbij bijna uit de kom draaide, en duwde haar woedend de trap op. Toen smeet hij haar in haar kamer en gooide de deur met een harde klap achter zich dicht.
Dolores lag verstard op haar bed, te zeer van afgrijzen vervuld om te huilen. Afgrijzen niet vanwege zichzelf, maar voor Lorenzo en zijn arme, onschuldige vader, die zijn inkomen en middelen van bestaan zou verliezen. En het was allemaal háár schuld, haar eigen stomme schuld. O, waarom had ze die brieven niet vernietigd en hun geheim veilig bewaard? Had Lorenzo haar niet gewaarschuwd dat ze dat moest doen, telkens weer? Bewegingloos lag ze daar, zonder iets te merken van de zwelling op haar wang en de pijn van de gescheurde spier in haar schouder. Het enige wat ze voelde, was schaamte, schaamte dat ze de man verraden had van wie ze hield.

'Dolores!' zei Josep rustig. 'Doe de deur open en laat me binnen.'
Stilte.
'Dolores, als je er een eind aan maakt, word ik nooit aartsbisschop. Niet met een zuster in de hel. Doe die strop van je nek, kom van die stoel af en laat me erin.'
'Is er verder nog iemand?' zei een klein stemmetje.
'Alleen ik.'
'Is vader Luis weg?'
'Hij is beneden en verleent mama geestelijke bijstand. Ik krijg hier genoeg van, Dolores, en breek de deur open.'
'Als je dát doet, dan ga ik...'

'Ga je gang. Doe het maar. Mijn zegen heb je om jezelf op te hangen. Als je dat kúnt. Ik geloof niet dat je op een stoel staat en een lus om je nek hebt. Ik geloof niet eens dat je weet hoe je een lus moet máken.'
'Zweer je dat er verder niemand is?'
'Heb ik ooit tegen je gelogen?'
Er klonk een hoop gestommel terwijl Dolores haar geïmproviseerde barricade weghaalde – eerst de ladenkast, daarna de toilettafel en toen het bed. Josep onderdrukte een glimlach. Vader Luis had nu al drie dagen lang door het sleutelgat tegen haar gezeurd over doodzonde. Maar Josep kende zijn zus door en door en wist dat het geen zin had om haar te dreigen met het vagevuur.
De sleutel draaide om in het slot en Dolores deed de deur open. Ze keek nogal schaapachtig, en terecht. Er hing geen lus van het plafond en er stond geen stoel onder. De luiken waren potdicht, om nieuwsgierige ogen buiten te sluiten en de kamer rook naar een po.
'Hier,' zei Josep, terwijl hij haar een appel en een stuk worst gaf. Ze nam haastig van beide een hap en deed de deur toen weer op slot.
'Dit heeft geen enkele zin, weet je,' zei hij vriendelijk, terwijl hij de luiken opendeed om wat frisse lucht binnen te laten.
'Ik ga niet terug naar Engeland. Ik ga nog liever dood. Als ik niet met Lorenzo kan trouwen, maak ik er een eind aan. Je hebt geen strop nodig. Je kunt het doen door je adem in te houden of niet te eten.' Ze schrokte nog een paar happen appel naar binnen.
'Je kunt het ook doen door je polsen door te snijden.'
Josep zocht in zijn zak naar het pennemesje dat hij altijd bij zich had en gaf het haar.
'Dat heb ik meegenomen om je strop door te snijden,' zei hij, een glimlach onderdrukkend.
'Je gelooft me niet, hè? Je denkt dat ik het niet meen!'
'Ik weet zeker dat je het meent. Maar ik denk niet dat je het doet.'
'Nou, zij anders wel, anders hadden ze je niet laten komen,' zei Dolores met enige tevredenheid.

'Die oproep viel niet al te best, kan ik je vertellen. Ik heb al genoeg problemen.'
'Problemen?'
'Ze hebben gedreigd me eruit te gooien.' Josep ging op het bed liggen en deed zijn handen onder zijn hoofd.
'Je eruit te gooien?' herhaalde Dolores verbaasd. 'Wat heb je dan gedaan?'
'Mijn grote mond een keer te vaak opengedaan. Stel je eens voor dat jij de hele dag naar vader Luis zou moeten luisteren. Zó is het. Ze belasteren God, dát doen ze. Ze maken Hem net zo gemeen en kleinzielig als ze zelf zijn.'
'O, Josep! Jij niet ook nog eens. Nog een schande, dát doet de deur dicht. Papa zal door het dolle heen zijn. O, God! Ik had me zo op mijn thuiskomst verheugd en nu gaat alles fout!'
Ineens was al haar koelbloedigheid verdwenen en twee grote tranen liepen stilletjes over haar wangen.
'O, ik praat me er op de een of andere manier wel uit,' zei Josep, wat milder nu. Ze zag er zo vreselijk tragisch uit en het was moeilijk om niet te lachen. 'Maar ze hebben me slechts achtenveertig uur verlof gegeven. Ik moet meteen weer terug, vandaag nog, en zal je niet dankbaar zijn als ik door jou te laat kom of als mama me weer moet laten komen.'
Dolores veegde haar ogen af met haar mouw. Als ze alleen al naar Josep keek, voelde ze zich dom en onvolwassen.
'Denk aan mama,' vervolgde hij. 'Het was háár idee om je naar Londen te sturen, om je iets nog veel ergers te besparen. Het zal niet voor eeuwig zijn en het is vast beter dan thuis te blijven, waar papa op alles let wat je doet.'
'Maar Lorenzo...'
'Denk je niet dat je hem al genoeg problemen hebt bezorgd? Hoe sneller de bui is overgewaaid, hoe beter het voor hem zal zijn. Je had zo verstandig moeten zijn die brieven te verbranden of ze op een betere plaats te verstoppen. Kom hier.'
Hij klopte op het bed en zwijgend ging ze naast hem liggen. Hij sloeg zijn arm om haar heen en hield haar zo even vast, zonder iets te zeggen en zonder dat dit hoefde. Ze wist dat hij gelijk had. Hij had haar niets verteld wat ze niet al wist en toch

was het nodig geweest dat ze die woorden hoorde van iemand die ze kon vertrouwen.

'Ze denken dat ik hem zal vergeten,' mompelde Dolores met een snik. 'Ze denken dat hij me vergeten zal.'

'Bewijs dan dat ze ongelijk hebben,' zei Josep met een glimlach, niet wetend wat hij zei.

2

Londen, november 1930

'Heb je gehoord wat ik heb gezegd?'
 Geen antwoord. Dolores zat kauwend op haar pen in de ruimte te staren en hoorde niets van het gebabbel van haar nicht. Een half dozijn velletjes schrijfpapier lag verspreid op het bed, helemaal volgeschreven. Haar vingers zaten vol met inkt.
 'Wat vind je?' hield Flora aan, ronddraaiend voor de spiegel. 'Deze blauwe of die beige *crêpe de Chine*? Dolly!'
 Dolores knipperde met haar ogen.
 'Sorry, Flo. Wat zei je?'
 'O, lieve hemel. Wat schrijf je die arme kerel in vredesnaam allemaal?' Ze pakte een blaadje en keek ernaar. 'Het is zó veel dat ik bijna Spaans zou gaan leren.'
 Dolores griste het velletje terug.
 'Ik ben bijna klaar. Ik wilde hem af hebben voor de thee. En ik vind dat al je jurken prachtig zijn. Ik weet niet waarom je er zo over inzit. Je ziet er altijd leuk uit, wát je ook draagt.'
 Maar niet zo leuk als jij, dacht Flora. Dolly kon iets ouds aantrekken en toch nog de show stelen. Dolly zou bij de Moulton-Blairs aankomen en er vaag, exotisch en een beetje slordig uitzien en doen alsof ze helemaal niet merkte dat de mannen naar haar staarden, terwijl ze alleen maar oog zouden moeten hebben voor Flora. En je kon er haar niet eens om haten, wat het alleen nog maar erger maakte.
 Flora trok haar jurk uit, zonder een besluit te hebben genomen, en richtte haar aandacht op de ernstige vraag welke oorbellen ze zou dragen. Dolores verdiepte zich weer in haar brief, tot ze plotseling werd opgeschrikt door het geluid van de gong.
 'Thee!' zei ze, terwijl ze een handtekening met veel krullen

neerkrabbelde. 'Ik rammel van de honger.' Ze gaf de envelop een dikke pakkerd en stopte hem in haar tas, om daar te wachten op een heimelijke wandeling langs de brievenbus. Flora's moeder had strikte instructies om de post van haar nichtje in de gaten te houden, maar ze zou er nooit over hebben gedacht dat te doen. Maar Dolores nam liever geen risico. Heimelijkheid was een gewoonte geworden.

Flora nipte rustig van haar Chinese thee en hield haar lijn streng in de gaten, terwijl haar nichtje zich hongerig op de vruchtentaart stortte. Dolores weet haar onbevredigbare eetlust aan de jaren van karige rantsoenen in het ursulinenklooster, en doordat de nonnen het vreselijk hadden gevonden iets te verspillen, had ze de ongemanierde gewoonte aangeleerd haar bord tot de laatste kruimel leeg te eten. Toen Flora haar ermee plaagde, was ze heel stekelig geworden en gaan uitweiden over die uitgehongerde arme boeren thuis in Spanje, een onderwerp dat Flora totaal niet interesseerde. Het was te hopen dat ze er die avond bij de Moulton-Blairs niet weer over begon. Dolly zei altijd de vreselijkste dingen.

'En wat wou je vanavond aantrekken, Dolly?' vroeg haar tante, terwijl Dolores gretig haar vingers aflikte, een betreurenswaardige maar onverbeterlijke gewoonte.

'O, wat u wilt,' mompelde Dolores met haar mond vol. 'Wat denkt u van dat nieuwe roze geval?'

Margaret Townsend wisselde een gekwelde blik met haar dochter. Dat nieuwe roze geval was een schitterende organza avondjurk, afgezet met hennakleurige Franse kant en betaald van een kleedgeld waar Flora jaloers op was. Dolores had als een weerbarstig kind staan passen, met haar gebruikelijke gebrek aan ijdelheid, terwijl Flora zat te pruilen en haar neus ophaalde. Wat vreselijk dat ze niet dezelfde maat hadden...

Dolores te veranderen in een modieuze jongedame bleek een zwaar karwei, hetgeen nauwelijks verbazingwekkend was na vijf jaar in een klooster. Het was jammer dat ze niet met Flora naar Everdean had kunnen gaan en wat sociale vaardigheden had kunnen leren. Maar natuurlijk had haar vader daar niet van willen horen, want Everdean was anglicaans en dus onfatsoenlijk. Die Spanjaarden leden aan godsdienstwaanzin. Geen wonder dat ze uit de band was gesprongen zodra ze thuis was in Spanje en met die ongewenste jongeman was komen aanzetten. Toch waren haar gevoelens na drie maanden scheiding nog niet bekoeld. Ze had de attenties van een paar buitengewoon aardige jongemannen afgewezen en bleef tegen iedereen vertellen dat ze 'verloofd' was. Het was duidelijk dat het een moeizaam karwei zou worden.

'Dat nieuwe roze geval dan,' zei mevrouw Townsend en voegde er scherp aan toe: 'Dat vloekt toch niet bij jou, Flo?'

'O, gunst, nee,' zei Flora. 'Roze is zo *passé*. Verwaardigt Edmund zich om ons vanavond te begeleiden of niet?'

'Hij zei dat hij het zou doen, voor één keer. Gelukkig is Clara naar een van haar politieke discussieavonden. Je weet hoe vreselijk ze het vindt als hij sociaal doet. De mensen moeten hem vreselijk onbeschoft vinden.'

'God zij dank hoeven we er niet over in te zitten dat hij met haar trouwt,' merkte Flora op, tersluiks op een koekje knabbelend. 'Lang leve de vrije liefde.'

'Flo toch!'

'Stel je eens voor dat je Clara als schoonzus krijgt,' vervolgde Flora huiverend.

'Ze is van uitstekende familie en tamelijk welgesteld,' merkte haar moeder op.

'En lelijk,' snoof Flora.

'Daar kan zij niets aan doen,' zei Dolores.

'Nou en of! Het kan haar geen zier schelen hoe ze eruitziet.'

'Wat geeft dat? Edmund schijnt haar aardig te vinden zoals ze is.'

'Alleen omdat hij met haar te doen heeft. Je weet hoe Edmund is als het om lelijke eendjes gaat. Als ze ook maar iets om hem gaf, zou ze haar best doen zich voor hem zo mooi mogelijk te maken en aardig te zijn tegen zijn familie en vrienden. Maar gelukkig zijn de Moulton-Blairs veel te burgerlijk voor haar. Ze zou het feest totaal bederven.'

Het dinertje bij de familie Moulton-Blair was haar tantes nieuwste poging om te proberen Dolores in kennis te brengen met een geschikte jongeman, een project waaraan ze koppig had geweigerd mee te werken. Ze had heel duidelijk gemaakt totaal geen zin te hebben met de een of andere saaie Engelsman te trouwen en evenmin om in Engeland te wonen. Vijf eindeloze jaren op school waren meer dan genoeg geweest. Een vonnis van levenslang was ondenkbaar. Maar niemand luisterde ooit naar haar. Ze zou in Engeland moeten blijven, indien nodig jaren lang, tot ze eindelijk voor de druk bezweek en met iemand anders trouwde. Dat dachten ze tenminste. Ze dachten dat het maar een bevlieging was, dat ze niet wist wat ze wilde, en ze dachten ook dat Lorenzo genoeg zou krijgen van het wachten. Nou, dat was ook zo. En zij ook. Zoals ze weldra zouden merken...

'Ik denk dat ik een eindje ga wandelen,' zei Dolores onschuldig, omdat ze de brief graag voor de volgende lichting op de bus wilde doen. 'Ga je mee, Flo?'

'Hemeltje nee. Ik moet zorgen dat ik klaar ben voor vanavond.'

Drie uur was het absolute minimum voor Flora toilet had gemaakt.

'Wandelen?' herhaalde mevrouw Townsend. 'Nu nog? Er komt mist opzetten. En je weet hoe gemakkelijk je kouvat. Bovendien kun je niet in je eentje in het donker gaan ronddwalen.'

'Ik neem Bounder mee,' zei Dolly, met een blik naar de luie spaniël op het kleedje voor de haard.

'Bounder! Uit!'

Bounder rekte zich eens lekker uit, maar vertoonde niet de minste neiging overeind te komen. Dolores liet zich niet uit het veld slaan, trok de slome hond overeind en deed zonder pardon zijn riem om.

'Als je dan tóch naar buiten gaat, wil je dit dan voor me op de post doen?' vroeg mevrouw Townsend gelaten. Ze stond op en nam een brief van haar bureautje. Dolores kreeg een kleur en Flora trok een grimas.

'En blijf alsjeblieft niet te lang weg. Denk eraan dat je je haar nog moet opsteken.'

Dolores pakte nog een koekje en stapte resoluut de kamer uit. Haar tante slaakte een zucht.

'Giles Moulton-Blair is zo'n aardige jongeman,' zei ze pein-

49

zend. 'Precies de soort jongen die Pamela geschikt zou vinden. Laten we het beste ervan hopen.'
'Giles Moulton-Blair heeft zeiloren,' merkte Flora kwijnend op. 'Maar Dolly zal niet merken hoe ze eruitzien. Ik moet mijn bad klaarmaken.'

Ze liet haar moeder peinzend achter bij een tweede kop thee, nogmaals betreurend dat ze zichzelf had opgezadeld met de ondankbare taak een echtgenoot voor haar nichtje te vinden, om niet te spreken van een man die aan de verwachtingen van haar zuster voldeed. Doordat Pamela zo'n schitterend huwelijk had gedaan, was Margaret geneigd geweest wat op te scheppen over haar eigen sociale status, niet verwachtend dat ze die ooit zou moeten waarmaken. Norman Townsend was een hoge ambtenaar met een nauwelijks opzienbarend eigen vermogen. Hij was redelijk welgesteld, maar zeker niet rijk. Er was nooit sprake van geweest dat Flora een seizoen zou krijgen en de familie had geen relaties met de adel, met uitzondering van Edmund dan, die naar bed ging met de dochter van een graaf.

Pamela was natuurlijk totaal niet meer op de hoogte en koesterde nog vooroorlogse ideeën over het leven in de betere kringen. Ze was sinds haar trouwen niet meer terug geweest in Engeland, omdat ze in Spanje werd vastgehouden door haar veeleisende man, die niet naar het buitenland wilde, en door haar ziekelijke jongste zoon. Volgens haar brieven leefde ze als een kluizenaar, werd ze genegeerd door haar man, was ze geïsoleerd omdat ze slecht Spaans sprak en behalve haar veelvuldige bezoeken aan de kerk had ze geen sociaal leven. Zesentwintig hete zomers en koude winters lang had ze gedroomd van Madrid, zoals de drie zusters droomden van Moskou, terwijl ze haar dagen doorbracht met zich te kleden, te rusten en te bidden, verteerd door een uitputtende lusteloosheid. Haar ambities voor haar dochter waren met het jaar groter geworden en vulden haar eindeloze hoeveelheid vrije tijd. Dolores zou op een dag trouwen met een Engelse man van adel en een eindeloze hoeveelheid feesten en diners bijwonen. Ze zou gaan winkelen bij Harrods, thee drinken bij Fortnums, hoeden dragen op Ascot en in de *Tatler* over zichzelf lezen.

'De jongen heeft geen cent,' had Pamela geschreven, 'en Felipe is ervan overtuigd dat hij een fortuinjager is. Wetend hoe koppig Dolores is, moet ik er niet aan denken wat er zou kunnen gebeuren als ze hier blijft. Omdat ik zelf overhaast getrouwd ben, weet ik wat het is alle tijd te hebben om er spijt van te hebben. Help me te voorkomen dat ze haar leven verspilt. In tegenstelling tot haar broers is ze door en door Engels, hoezeer ze ook probeert dat te ontkennen. Ze hoort hier niet en ik zal haar graag opgeven als ze daardoor veilig is.'

Ze hoort hier ook niet, dacht Margaret met een zucht. Maar ze was in elk geval in veiligheid.

'Ben je eerder thuis dan ik?' vroeg Edmund, worstelend met zijn das. Clara deed geen enkele poging hem te helpen.

'Waarschijnlijk niet. Als het laat wordt, kan ik net zo goed bij Irene blijven. Dus haast je niet vanwege mij. Ik wil je niet graag bij zulk opwindend gezelschap vandaan halen.'

'Je weet dat ik het alleen maar voor Dolly doe. Flora kijkt nooit naar haar om en ze raakt altijd opgescheept met de saaiste kerel van het feest.'

'Die arme Dolly toch!'

'Waarom mag je haar toch niet? Jullie zouden een hoop gemeen moeten hebben en stellen beiden belang in dezelfde dingen.'

'Onzin. Ze weet niets van politiek.'

'Daar kan zij nauwelijks iets aan doen, want ze heeft haar opleiding in een klooster gekregen.'

'Ik ook.'

Edmund wendde zich van de spiegel af om haar recht aan te kunnen kijken.

'Luister, Clara, ze is nog maar een kind en bovendien mijn nichtje.'

'Wat bedoel je daar precies mee?'

'Dat je écht niet jaloers hoeft te zijn.'

'Doe niet zo belachelijk!' De lijn om haar mond werd zachter en in een moment van zwakte maakte ze zijn das weer los en maakte er handig een volmaakte strik van. Ze had nog steeds een kleur en haar anders kleurloze huid weerspiegelde de rossige tint van haar haren. Ze zag er bijna uit zoals vrouwen eruit moesten zien nadat ze gevreeën hadden, niet dat Edmund zich zo gemakkelijk voor het lapje liet houden. Hij sloeg beschermend zijn armen om haar heen en fluisterde iets onzinnigs in haar oor, waardoor ze moest glimlachen. Ze was net als die kleine vogeltjes in Italië die ze met botjes en al opeten. Een keer onbeheerst knijpen en ze zou helemaal fijngedrukt zijn.

'Ik dacht dat je Dolly misschien een keer zou kunnen meenemen naar een van je bijeenkomsten,' vervolgde Edmund hardnekkig. 'Het ligt niet aan haar dat ze zo weinig weet. En ik weet zeker dat ze het interessant zou vinden.'

'Ze zou zich vervelen,' zei Clara. 'Bovendien denkt ze dat je de wereld door goede werken en liefdadigheid kunt verbeteren. Een goedgeefse deftige dame in de dop, het meest reactionaire soort dat er is.'

'Zorg dan dat ze een andere kijk op de dingen krijgt.'

'Ik ben met jóu nog niet eens klaar.'

'Als je literatuur bestudeert, ben je ongeschikt voor de politiek, mijn liefste Clara. Je werd je te zeer bewust van de onhandelbaarheid van de menselijke natuur. Het zijn hebzucht en jaloezie waar het in de wereld om draait, weet je. En we zijn geen van allen immuun, of we een andere kijk op de zaken hebben gekregen of niet.'

'Ach, ga toch naar je stomme feest,' zuchtte Clara. 'Schiet op.'

Edmund vertrok naar zijn stomme feest en liep snel naar het metrostation van Whitechapel, met zijn gedachten nog steeds bij zijn nichtje. Misschien had Clara wel reden om jaloers te zijn! Tijdens haar eenzame schooltijd was hij Dolly's vertroweling, mentor en beste vriend geweest, een welkome bezoeker op de open dagen, en hij schreef haar regelmatig. Onder zijn wat vaderlijke houding ging een bezitterigheid schuil die hij niet graag wilde bekennen, zelfs niet aan zichzelf. Sinds haar terugkeer naar Engeland was hij heen en weer geslingerd tussen opluchting dat haar halfbakken verloving in de kiem was gesmoord en ongerustheid over de pogingen van zijn moeder om haar aan de man te brengen. Dolly zou beslist meer van haar leven moeten maken dan met de een of andere middelmatige vent te trouwen, maar Edmund deelde Clara's vooroordeel tegen de kinloze saaie

mannen die haar werden voorgeschoteld. Ze verdiende iets beters...
'Je ziet er oogverblindend uit,' complimenteerde Edmund zijn zuster ironisch, terwijl ze hem binnenliet.
'En jij ziet eruit om op te vreten,' zei zijn zus op haar beurt, terwijl ze hem een bepoederde wang voorhield. 'Dolly is nog niet klaar. Ze is na de thee gaan wandelen en heeft de tijd vergeten.'
Op dat moment klonken er voetstappen op de trap, die aankondigden dat Dolores eraan kwam. Zoals gewoonlijk zag ze er op een slordige manier heel aantrekkelijk uit, met haar lange, donkere, dikke haar op een achteloze manier opgestoken. Flora bleef maar aan haar hoofd zeuren dat ze het moest laten knippen en permanenten, maar Dolly had volgehouden dat Lorenzo het niet mooi zou vinden. Alsof mannen wisten wat ze mooi vonden.
'Edmund,' zei ze buiten adem, en gaf hem een kus op zijn wang. 'Wat een opluchting dat je met ons meegaat!' Ze schonk hem haar stralende, zonnige glimlach en Edmund voelde zich ineens heel vrolijk.
'Ik ben alleen maar gekomen om jou morele steun te geven en te zorgen dat Archie Prendergast je niet lastig valt,' zei hij, met een schuinse blik naar zijn zuster. Archie Prendergast werd algemeen geacht Flora's exclusieve bezit te zijn.
'Archie is niet arm genoeg voor Dolly,' zei Flora. 'Gelukkig voor mij. We kunnen het ons niet allemaal veroorloven op geld neer te kijken.'
'Archie is heel aardig,' zei Dolly tactvol. In werkelijkheid vond ze Archie vreselijk saai, maar Flora was heel trots op hem. 'Maar hij is niet vrij. Dat is met de beste mannen altijd zo. Kijk maar naar Edmund.'
'Helaas,' zei Flora. 'En waar is de charmante Clara vanavond?'
'Naar een van haar bijeenkomsten,' zei Edmund kortaf, 'zoals ik moeder heb verteld en zij ongetwijfeld tegen jou zal hebben gezegd. Ze blijft bij een vriendin in Bloomsbury slapen.'
'Terwijl dat enorme huis van haar in Curzon Street leeg staat. Wat ik daar niet mee zou kunnen doen... Maar Whitechapel is

veel gezelliger dan Mayfair, nietwaar? Ik wed dat ze dol is op die stinkende buren van je.'
'Doe niet zo krengerig, Flo,' zei Edmund rustig. De uitwisseling van beledigingen was gebruikelijk. Flora was dol op haar broer en nam het Clara kwalijk dat ze haar plaats in zijn genegenheid had ingenomen. 'Bewaar dat maar voor straks. Jij en Alice Monro kunnen in een hoekje gaan zitten fluisteren en geen spaan van iedereen heel laten. Zijn we klaar?'
'Kom je na afloop hierheen, Edmund?' vroeg zijn moeder hoopvol. 'Ik heb je bed laten luchten.'
Edmund aarzelde, in verleiding gebracht door visioenen van degelijk comfort en een uitgebreid ontbijt. Als Clara bij Irene bleef, stak er toch zeker geen kwaad in om zichzelf een keer te verwennen en zich door zijn moeder te laten vertroetelen? Zijn vader zou tijdens het ontbijt tegen hem uitvaren over de gebruikelijke dingen, maar zijn vroegere woede had plaatsgemaakt voor grommend toegegeven respect en Edmund liet zijn oppervlakkig gemopper met een onverstoorbare opgewektheid over zich heen gaan. Hij was op een tolerante manier op zijn familie gesteld en verlangde er steeds meer naar haar te delen met Clara, die geen familie had en alleen haar erfenis, bij wijze van herinnering aan haar.
'Dat is heel attent van u, moeder. Graag.'
'Ga je dan morgenochtend met me mee rijden voor je teruggaat?' vroeg Dolores smekend, die een keer per week op een oude knol over Rotten Row draafde en droomde van de open vlakten van Estremadura. Flora had de pest aan paarden.
'Dat doe ik,' zei Edmund stralend en toen schonk Dolores hem een van die speciale blikken, die betekenden dat ze hem iets te vertellen had. Maar op dat moment kwam de taxi en hij wist dat hij geduld moest hebben.
Dolores popelde om Edmund te vertellen van het plan van Lorenzo. Hoewel ze wist dat hij zijn bezwaren had ten opzichte van haar voorgenomen huwelijk, schreef ze die toe aan het feit dat hij Lorenzo nog nooit had ontmoet. Hoe kon iemand die Lorenzo kende niet vinden dat ze het gelukkigste meisje van de wereld was?
Dolores had hem vanuit Londen geschreven, jammerend over

haar gedwongen verbanning, eeuwige trouw zwerend en hem vragend om per adres naar Edmund te schrijven.
Nu zijn vader nagenoeg geruïneerd was en hijzelf nauwelijks vooruitzichten had voor zijn carrière, had Lorenzo besloten verder niets meer te verliezen te hebben.
Zijn plan, dat hij gesmeed had op het gloeiend hete aambeeld van zijn liefde en verachting, was gedurfd geweest maar eenvoudig. Hij had eerst geaarzeld om het aan Dolores voor te leggen, omdat hij wist dat ze het er onmiddellijk mee eens zou zijn en dat hij de volle last van de verantwoordelijkheid moest blijven dragen. Maar naarmate elke sombere dag verstreek, brandde de wanhoop steeds dieper in zijn ziel. Nu moest hij een keer tonen dat hij even moedig en vastberaden was als zij. Nu moest hij een keer hun toekomst in zijn eigen handen nemen.
Dolores kende zijn laatste brief uit haar hoofd en had onmiddellijk teruggeschreven dat ze het een schitterend plan vond. Vandaar haar haast om haar brief op de post te doen. Over de eettafel heen keek ze Edmund aan. Ze popelde om haar geheim met hem te delen, alsof ze daardoor het eindeloze wachten tot de droom werkelijkheid werd zou kunnen bekorten. Ze bleef verdiept in haar gedachten en merkte niets van haar omgeving.
Mevrouw Moulton-Blair had haar een plaats toegewezen tussen haar zoon, Giles, die tandarts was, en de gevreesde Archie Prendergast, die iets onbegrijpelijks deed in de City en gelukkig geen aandacht aan Dolores besteedde, zich concentrerend op de altijd flirtende Flora. Intussen probeerde Giles om Dolores het gevoel te geven dat ze thuis was door haar uitgebreid verslag te doen van een stieregevecht dat hij eens in Pamplona had bijgewoond. Hij sprak op de toon van een antropoloog die primitieve stamgebruiken beschrijft en ze kon hem bijna horen denken: een bloeddorstig stelletje, die Spanjaarden.
Tante Margaret had gelijk, ze had geen sociale omgangsvormen, als daarmee tenminste bedoeld werd dat je een zinloos gesprek kon voeren met mensen met wie je niets gemeen had. Haar eigen moeder hechtte veel belang aan sociale omgangsvormen, maar er was alleen niemand in huis bij wie je ze kon gebruiken. Dolores had meer dan ooit met haar moeder te doen. Ze had medelijden met haar omdat ze met haar vader getrouwd

was en ze duidelijk niets van de liefde begreep. Voorzover Dolores het kon zien, was ze om het geld getrouwd en wilde ze dat zij dat ook zou doen. Maar ze had in elk geval geleerd van de fouten van haar moeder. Zij zou uit liefde trouwen, en voor het leven.

Jack had net de beste week achter de rug die hij ooit had gehad. Drieëndertig wonderdweilen, negenentwintig toverbezems en niet minder dan acht stofzuigers. Hij wilde dat hij maanden eerder als verkoper was begonnen in plaats van zich rot te werken in het Empire Court met het afwassen van stapels vuile borden, niet-verkochte dagschotels te plunderen en naar huis te gaan, te moe om te lezen, laat staan om te schrijven.

Zoals de zaken er nu voor stonden, zou hij zijn derde roman ruim voor tijd klaar kunnen hebben. *Eindeloos genot,* door Griselda Latymer (schrijfster van *Verkocht aan een sjeik* en *Zigeunerbruid*), vorderde heel aardig. Net als de vorige boeken schreef het nagenoeg zichzelf, terwijl Jack nadacht over interessantere dingen. Zijn artikel voor *Red Rag* bijvoorbeeld. De moeilijkste duizend woorden die Jack ooit had geschreven, hoewel het schijntje dat ze ervoor betaalden nog niet genoeg zou zijn geweest voor badzout voor Griselda. Maar het maakte in elk geval een beetje trots om iets onder je eigen naam gepubliceerd te zien, ook al was het ene genre bijna even onoprecht als het andere. Eigenlijk was er niet zo veel verschil tussen schrijven en borstels verkopen, want in beide gevallen moest je geloofwaardig overkomen en met het oog op de gevoeligheden die de hoofdredacteur van *Red Rag* waarschijnlijk had, had Jack het verstandig geacht om de manier waarop hij aan de kost kwam te verdoezelen.

Hij had niet de moeite genomen om te liegen en was alleen selectief geweest in wat hij wel en niet had verteld. Het was volkomen waar dat hij in Lincoln bij Truscott aan een draaibank had gewerkt en ontslagen was – God zij dank – en het was volkomen waar dat hij nu een schrijver was die zichzelf had opgeleid en in leven probeerde te houden door het zweet zijns aanschijns. En dit alles had precies de juiste indruk gemaakt op de lichtgelovige Harry Martindale, die zich graag als voorvechter van de arbeiders presenteerde. Dus waarom zou hij de illusie van noeste arbeid en integriteit verstoren door gepraat over toverbezems en driestuiverromannetjes? Martindales quasi-linkse opstelling had Jacks minachting voor de heersende klasse alleen maar versterkt, een minachting die bijna even groot was als die hij voor zijn eigen klasse voelde, maar zo'n paradox kon je aan een intellectueel niet uitleggen.

Tot voor kort was Jack te zeer bezig geweest met te ontsnappen aan zijn achtergrond om eraan te denken die uit te buiten. Zijn welbespraaktheid, zowel in woord als geschrift, was een methode om het verleden uit te vagen en niet om het te verheerlijken. Hij voelde beslist geen nostalgie voor het armzalige huisje, de talloze kinderen, voor zijn afgeleefde helleveeg van een moeder, voor zijn vader, die chronische bronchitis had, voor de stank van vuil, voor de zelfingenomen stoïcijnse berusting van degenen die er trots op waren arm te zijn. Hij verachtte de schrijvers die zulke scenario's sentimenteel benaderden, tenzij ze het uit koelen bloede deden, om eraan te verdienen. Niettemin had zijn verhaal over *Bloed, zweet en tranen in hotelkeukens*, waarin hij een aanval deed op de gangbare argumenten tegen een broodnodig minimumloon, ongetwijfeld meer bijval gekregen als het werk van een boos slachtoffer van de depressie dan als dat van een welvarende huis-aan-huisverkoper of schrijver van damesromannetjes, die beiden royaal hadden bijgedragen aan het artikel en aan wie Jack beiden een hekel had, zoals men aan iedere weldoener heeft.

En dus zou hij zich die avond als een agressieve arbeider gedragen, het geweten van de overgevoelige rijken prikkelen en Harry Martindale bewerken zodat hij hem een echte baan gaf, of in elk geval een commissie voor werk in de toekomst. Het was een onbenullig krantje dat niemand las, maar het was een begin. Hij zou over elk onderwerp schrijven dat hij noemde, wat hij maar wilde – het liefst iets wat hem onverschillig liet, de volgende keer. Emotie belemmerde de creativiteit en Jack had de journalistiek altijd veel creatiever gevonden dan het schrijven van romans.

De bijeenkomst van de Twenty-Six Club, waarvoor Martindale zo aardig was geweest hem uit te nodigen, werd gehouden op een of ander deftig adres in Bloomsbury. Het was een huis van drie verdiepingen uit de tijd van koning George. De deur met zwaar koperbeslag werd opengedaan door een dienstmeisje, dat hem voorging naar een groot, slecht verlicht vertrek dat ingericht was als een oosterse bazaar, met kleden aan de wand, maar niet op de grond – die was bedekt met raffiamatten – overal vreemde, lantarenvormige lampen en kussens, geen stoelen, om op te zitten. Er waren mannen zonder das en met sandalen aan en een paar tamelijk oude vrouwen met lang haar, dat los op hun rug hing. En allemaal spraken ze erg luid.

Jack had meteen een hekel aan iedereen die daar was. Naar zijn idee waren het typische salonsocialisten, vol omgekeerd snobisme, die kliekjes vormden en het buitengewoon hadden getroffen met zichzelf. Hij was zich scherp bewust van zijn goedkope 'nette' pak, zijn onzekere status als toonbeeld van iemand van de lagere klasse, waardoor hij zich als hufter mocht gedragen zonder dat hij erop werd aangekeken. Toen bracht hij zichzelf in herinnering dat die mensen er waren om te worden uitgebuit, gebruikt, bedrogen...

Hij nam op de achtergrond een afwachtende houding aan, tot een of ander lelijk kreng opstond en een of ander langdradig verhaal hield, hetgeen hem geen bal interesseerde. Hij had het veel te druk met het taxeren van de vreemd uitziende vrouw met het rode haar, die daar met een aandachtig, peinzend gezicht zat te luisteren aan de andere kant van het vertrek...

Clara, zich niet bewust van zijn blikken, luisterde naar de dingen die Irene Derbyshire met trillende mond stond te beweren, automatisch knikkend en klappend. De bijeenkomst van die avond ging over bureaus voor zuigelingenzorg die door de plaatselijke autoriteiten moesten worden opgezet, gefinancierd door de staat. Alle kinderen en zwangere vrouwen zouden recht moeten hebben op gratis medische behandeling. Er gingen er nog steeds te veel dood door armoede en onwetendheid...

Het onderwerp had Clara na aan het hart moeten liggen, gezien het feit dat haar eigen komst op de wereld niet alleen de dood van haar moeder had betekend, maar na verloop van tijd eveneens die van haar vader. In werkelijkheid voelde ze weinig voor kinderen en had ze nauwelijks enige sympathie voor de onhandige schepsels die een keer per jaar zwanger raakten. Het zou beter zijn hun te leren hoe ze aan geboortenbeperking moesten doen dan hen aan te moedigen zich voort te planten. Niet dat ze er ooit aan zou denken zoiets hardop te zeggen. Ze wantrouwde haar eigen gedachten trouwens toch al. Die van anderen waren waarschijnlijk veel beter.

Deze bijeenkomsten gaven haar het gevoel dat ze nodig was, al was het hoofdzakelijk om haar geld. Wat had ze verder te bieden? Als je met geld liefde kon kopen, dan gaf ze het maar al te graag uit. Aan de andere kant was het verstandig om niet al te goedgeefs te zijn. En net zoals een mooie vrouw haar gezicht en figuur verzorgt om haar mooie uiterlijk te behouden, zo koesterde Clara haar vermogen, haar enige macht, die Clara graag zou hebben ingeruild voor schoonheid, als schoonheid te koop was geweest.

Liefde. In de betekenis van kameraadschap, niet met één persoon maar met alle mensen, in een rechtvaardige maatschappij van gelijkheid. Dát was liefde. Het andere soort was te intens, te pijnlijk, te gevaarlijk. Ze was voor haar eigen bestwil, of voor de zijne, veel te veel van Edmund gaan houden. Hoe kon hij zo tolerant zijn, zo geduldig, zo eeuwig vergevingsgezind? Zag hij niet dat ze hem niet verdiende? Hoe meedogenloos had ze hem niet op de proef gesteld met haar boze buien en haar bijtende sarcasme en hoe koppig verdroeg hij het niet allemaal. Wat hun confrontaties zo spannend maakte, was de angst dat ze hem op een dag te ver zou drijven, dat hij haar ten slotte zou verlaten voor de mooie vrouw op wie hij recht had, een vrouw die hem gelukkig zou kunnen maken zoals zij nooit zou kunnen.

Irene stapte van het podium af, er werd beleefd geklapt en op een beschaafde manier liep men rustig naar de tafel met de drankjes. Ze was een lange, grofgebouwde, zware vrouw van dertig, met doordringende zwarte ogen en zware wenkbrauwen, die zich totaal niets aan de mode gelegen liet liggen. Clara was gefascineerd door het feit dat ze kennelijk geen enkele moeite hoefde te doen om mannen te trekken, ondanks het feit dat ze totaal niet aantrekkelijk was. Haar huidige minnaar was Harry Martindale, parttime dichter en redacteur van *Red Rag*, een zelf ontworpen, revolutionair weekblad, dat met vreselijk veel verlies draaide en overeind werd gehouden door aanzienlijke bijdragen van de getrouwen.

'Clara,' zei Irene met haar dreunende stem en omhelsde haar. Irene kon niet met mensen praten zonder hen aan te raken. 'Fijn je te zien. Geen Edmund vanavond?' Irene zat vreselijk achter Edmund aan, omdat hij weigerde zijn principes van gelijkheid te ondersteunen door een politieke keuze te maken, en bovendien was hij behoorlijk knap.

'Hij moest proefwerken nakijken,' zei Clara. 'Ik kon hem niet meekrijgen. Dat was een goede toespraak van je.'

'Het is nog te vroeg om te juichen, ben ik bang. Zoals we weten, is aandringen op een nieuwe wet nog maar de helft van de strijd. Harry zal in *Rag* een groot stuk plaatsen over ons streven naar betere huisvesting. Gefeliciteerd met al die handtekeningen voor de petitie, Clara. Ik weet hoe druk je het hebt met de tussentijdse verkiezingen in Whitechapel! Je moet je uit de naad gewerkt hebben. Wil je me even excuseren? Ik zie daar net Ronald Carmichael...'

'Dag Clara,' groette Harry Martindale, terwijl hij een vlezige hand uitstak en zijn dikke, sensuele lippen in een vraatzuchtige glimlach plooide. Clara vond het altijd uiterst frustrerend dat het mannen toegestaan was om lelijk te zijn.

'Hallo, Harry. Hoe staat het met de oplage?'

'Stabiel. Ik hoop dat je het nummer van deze week hebt gelezen?'

'Natuurlijk,' zei Clara, van haar stuk gebracht door Harry's directe vraag en bang dat ze zich ineens niets meer zou kunnen herinneren. 'Dat stuk over de mijnwerkers vond ik aardig.'

'O ja? Ik vond het nogal ongeïnspireerd, maar ik wilde de inzender niet voor het hoofd stoten. Ik hoefde er in elk geval niet voor te betalen; je weet hoe krap ons budget is. Maar ik probeer de inhoud een beetje te verbreden, wat minder geijkte onderwerpen. Leesbaarheid, weet je. Het heeft geen zin voortdurend te prediken tegen mensen die al bekeerd zijn. Of hen te vervelen. Popularisatie, dát is de sleutel voor communicatie, denk je ook niet?'

'Zolang het niet oppervlakkig wordt,' merkte Clara serieus op.

'Dat is het gevaar. Een laagje suiker om de waarheid doen om die wat eetbaarder te maken.'
'Jij maakt de waarheid tot een medicijn,' merkte Harry een tikkeltje berispend op. 'Ik zie de waarheid liever als een voorbehoedmiddel. Voorkomen is beter dan genezen.'
Clara zweeg. Ze had twee keer een artikel ingestuurd naar *Red Rag*, produkten van een wanhopige overtuiging, om niet te zeggen van uren van onafgebroken inspanning, zonder dat ze ook maar een afwijzingsbrief kreeg voor al haar moeite. Het vermoeden dat ze zeker geplaatst zou zijn – zij het na ingrijpende herschrijving – als ze ze onder haar eigen naam had geschreven, maakte haar mislukking nog moeilijker te verdragen. Ze kon niet schrijven, net zomin als ze kon schilderen, haar eerste onbeantwoorde liefde. Het lukte haar op geen enkel gebied iets te scheppen.
'Als we de gewone man willen bereiken,' oreerde Harry, 'moeten we hem aanspreken in een taal die hij kan begrijpen, de verbale barrières afbreken die ervoor zorgen dat hij ons, linkse intellectuelen, niet vertrouwt – zonder tot zijn niveau af te dalen, natuurlijk.'
'Ja,' mompelde Clara, op haar plaats gezet. Haar eigen stukken hadden vol moeilijke woorden gestaan. 'Ja, je hebt ongetwijfeld gelijk.'
'Ik heb bijvoorbeeld besloten om voor de editie van volgende week een stuk op te nemen van een ontevreden hotelbediende. Een beetje onbeschaafd, natuurlijk, maar ter zake. Je hoort de stem van het volk, geen gezwets. En vreselijk actueel, met het onderzoek van de vakbond in het vooruitzicht. Normaal ben je geneigd dat soort dingen wat op te peppen, maar ik heb besloten er niets aan te doen, het voor zichzelf te laten spreken...'
Clara luisterde niet langer. Met een zesde zintuig had ze gevoeld dat er iemand naar haar stond te staren en ze keek om te zien wie het was. Het was een man die ze nog niet eerder had gezien en hij stond beslist naar haar te staren en deed dat heel openlijk. Ze bloosde, zich als altijd bewust van de eigenaardige kleur van dat afschuwelijke, saffraankleurige kapsel van haar, haar broodmagere figuur en grote handen en voeten. Maar zelf was hij ook mager en had een vale kleur, was slecht gekleed in

een pak dat niet goed paste, met een overhemd met een gerafelde boord en schoenen die te veel glommen.

Toen hij merkte dat haar aandacht was afgedwaald, keek Harry over zijn schouder om te zien wat daar de oorzaak van was.

'Als je over de duivel spreekt,' zei hij. 'Jack, blij dat je kon komen. Clara Neville, dit is Jack Austin, onze nieuwste aanwinst.'

Jack Austin bleef haar onbeschaamd aanstaren en zei hoe maak je het, in een niet thuis te brengen regionaal accent. Clara merkte dat ze geen woord kon uitbrengen en hopeloos ten prooi viel aan die verlammende verlegenheid waardoor ze altijd een hooghartige indruk maakte.

'Harry heeft me over je artikel verteld,' merkte ze stijfjes op. 'Ik verheug me erop het te lezen.'

'Net zo erg als ik,' zei Jack. 'Het zal de eerste keer zijn dat ik mijn naam gedrukt zie staan.'

'Maar niet de laatste keer, hoop ik,' zei Harry stralend. 'Willen jullie me excuseren? Ik spreek je nog wel, Jack.'

Jack knikte op de norse manier die deze mensen van hem verwachtten en richtte zijn aandacht weer op de vrouw met het rode haar. In een vertrek vol luidruchtige, aanmatigende vrouwen had zij de meest geschikte kandidate geleken.

'Ben je bevriend met meneer Martindale?' vroeg Jack, zich afvragend wie ze was, zo ze al iemand was.

'In zekere zin. Dat wil zeggen, we zijn beiden bevriend met Irene Derbyshire, de vrouw die daarstraks sprak.'

Zonder enige reden bloosde ze weer en toen zag hij precies hoe hij het aan moest pakken.

'Ik moet je bekennen,' zei hij, opzettelijk wat onhandig schuifelend, 'dat ik niet erg veel van politiek weet. Eigenlijk voel ik me hier helemaal niet op mijn plaats. Ken jij al die mensen?'

Het werkte voortreffelijk.

'Let niet op de rommel,' zei Jack beleefd, hoewel er geen rommel was. De kamer was zo kaal als een cel. Clara was buiten adem na de lange wandeling in de kou vanaf het Archway-metrostation. Ze had geaarzeld om een taxi voor te stellen, omdat ze dacht dat hij het misschien vervelend zou vinden haar te laten betalen.

Ze ging stijfjes op het smalle bed zitten, terwijl Jack de stapels papieren op de tafel doorbladerde en tegelijkertijd *Eindeloos genot* wegfrommelde.

'Hier is het,' zei hij, terwijl hij een nummer met ezelsoren van zijn artikel te voorschijn haalde. 'Het is een beetje slordig. Het nette exemplaar is natuurlijk bij meneer Martindale.'

Hij gaf het haar, blij zo vreselijk goed op de spelling te hebben gelet. Hij deed altijd zijn uiterste best op grammatica en interpunctie, omdat hij bang was dom, onopgeleid en onwetend te worden gevonden. Op school had hij nooit opgelet, omdat hij wist dat er geen kans was dat hij zou kunnen doorleren en had met sadistisch genoegen de lievelingetjes van de meester gepest. Hij ging prat op zijn reputatie van lastpak, zijn rappe, brutale opmerkingen en zijn minachting voor lijfstraffen, die vergeleken bij wat zijn moeder kon uitdelen in het niet vielen.

Clara tuurde bijziend naar de beschreven bladzijden, terwijl Jack haar observeerde. Ze zag er vreemd uit, onwerkelijk, als uit een andere wereld, met ogen die met het licht van kleur veranderden, soms lichtbruin en soms groen. Het jasje van haar dikke tweed pak gaapte loos naar voren op de borst als ze zich vooroverboog en een benige hand met lange vingers plukte nerveus aan de rever. Ze droeg geen trouwring. Haar mening was natuurlijk niets waard. Ze was te beschaafd om te zeggen wat ze werkelijk dacht en bovendien gaf hij geen stuiver om haar mening. Het was een excuus geweest, dat was alles, en dat wist ze.

'Ik eet nooit meer in een hotel,' zei ze ten slotte, toen ze naar hem opkeek. 'Ik denk dat ze je wel zullen ontslaan als ze dit lezen.'

'Iemand moest het zeggen,' zei Jack schouderophalend, die opmerking opbergend voor later. 'Niet dat het enig verschil maakt. Ik kan je nu al vertellen wat er gaat gebeuren bij het onderzoek. Alle werkgevers zullen opstaan en zeggen dat we slechter af zouden zijn met een vakbond, dat wij het in de horeca allemaal zo goed hebben met die fooien en gratis maaltijden en we de zaken prima vinden zo. En natuurlijk is er geen vakbond die dat kan bestrijden, hetgeen bewijst dat we geen vakbond nodig hebben, anders zouden we er wel een hebben, nietwaar? En de man van de vakbond zal zijn best doen, maar hij wordt

overstemd door al die gladde praters met hun bezwaren. Hoe dan ook, wat heeft een vakbond voor nut als de mensen er geen lid van durven worden? Niet dat een vakbond overal een oplossing voor is. Ze kunnen niet voorkomen dat je ontslagen wordt, is het wel?'
'Is dat met jou gebeurd?'
'Dat klopt. Er is niet veel vraag meer naar landbouwmachines als de boeren op de fles gaan. Het laatste wat ik heb gehoord, is dat de hele fabriek is dichtgegaan. Ik was niet van plan om van de steun te gaan trekken, dus zodra ik mijn ontslag kreeg, ben ik meteen naar Londen gegaan. Ik heb wat baantjes gehad sindsdien, kan ik je vertellen. Er is altijd werk in Londen, als het je niet kan schelen wat je moet doen. Maar ik heb altijd willen schrijven. Niet dat ik veel opleiding heb, zoals je kunt zien. Maar ik lees veel. Ik haal boeken uit tweedehandswinkels en uit de bibliotheek. Op die manier leer ik.'

Hij probeerde bedeesd te kijken en wachtte op de onvermijdelijke lof.

'Maar je stijl is zo direct, zo natuurlijk,' hield Clara aan. 'Je moet niet proberen die te veranderen. Weet je, het meeste in *Red Rag* is zo vreselijk hoogdravend. Dit zal een frisse wind zijn. Waarnemingen uit de eerste hand zijn veel krachtiger dan theorieën. Je moet doorgaan met schrijven. Wat is dát daar?' Ze wees naar een stapel papier onder de Concise English Dictionary en een versleten bibliotheekexemplaar van *Gullivers Reizen*.

'Ik schrijf een roman,' gaf Jack naar waarheid toe.
'Een roman? Wat interessant! Waar gaat hij over?'
'Dat zeg ik liever niet.' Wederom naar waarheid.
'Natuurlijk. Sorry. Nou, ik verheug me erop hem in druk te zien. Laat me weten als hij af is. Ik... ken een aantal uitgevers. De meesten lezen geen manuscripten die hun zomaar worden toegezonden, zie je. Ik wil graag helpen, als ik mag...' Ze bloosde weer, bang om neerbuigend te lijken.

'Bedankt. Ik zal het in gedachten houden. Maar ik ben eigenlijk meer in de journalistiek geïnteresseerd. Ik weet dat mensen zoals ik onder aan de ladder moeten beginnen en zich moeten opwerken, maar ik heb altijd ideeën boven mijn stand gehad. Ik wil er op een snellere manier komen.'

'Ik weet zeker dat Harry meer van je werk zal willen plaatsen,' zei Clara. 'Ik zal ervoor zorgen dat iedereen je stuk leest. Het probleem met *Red Rag* is dat niet genoeg mensen het lezen.'
'Het is nogal saai, is het niet? Het enige goede eraan is de naam, alleen maakt het die niet waar. Het blad heet onafhankelijk en controversieel te zijn, maar alles wat erin staat, is precies wat je zou verwachten. En bovendien, de meeste gewone arbeiders zouden er geen woord van begrijpen. Ik bedoel, kijk eens naar de mensen die daar vanavond waren. Allemaal even tevreden met zichzelf. "Jack, m'n jongen," imiteerde hij de dreunende stem van Harry Martindale met de hete aardappel in zijn keel, "goed werk, en we spreken elkaar nog."'
En ze lachte, geen beleefde lach, maar nu eens een oprechte reactie. Je kon zien dat ze niet vaak lachte. Het deed haar ogen weer van kleur veranderen.
'En wat doe jij?' vroeg Jack, nu ze haar verdediging had laten varen, terwijl hij heel goed wist dat ze waarschijnlijk niets deed.
'Niet veel,' zei Clara schouderophalend. Door die vraag had ze in de verdediging moeten gaan, maar in plaats daarvan riep hij de behoefte op om zijn minachting op te wekken. 'Ik ben een dilettante. Ik heb geprobeerd te schilderen, maar dat werd niets, en te schrijven, maar dat werd ook niets, en nu doe ik wat aan politiek, daar heb je geen talent voor nodig.'
'Zeg dát wel,' zei Jack. 'Kijk maar naar Ramsay MacDonald.'
'Hij is geen echte socialist,' stemde Clara voorzichtig in. 'Maar het is moeilijk voor hem, zonder absolute meerderheid. En natuurlijk is Labour een zondebok geworden voor de depressie. We zullen de problemen van armoede en werkloosheid nooit kunnen oplossen voor we de politieke macht hebben om het kapitalisme te vernietigen en de rijkdom opnieuw te verdelen.'
Jack had de indruk dat ze dat toespraakje uit haar hoofd had geleerd.
'Dus jij hebt een hoop geld?' vroeg hij.
'Genoeg,' zei Clara.
'Dat dacht ik al. Je moet die vrienden van je in de gaten houden. Die helpen je er zó van af, als ze de kans krijgen.'
'Maak je geen zorgen,' zei Clara geamuseerd. 'Ik ben eigenlijk heel gierig.'

65

'Mooi zo. Hou vast wat je hebt, is mijn motto. En behalve de politiek, wat nog meer?'
'Eigenlijk niets. Ik doe het huishouden, natuurlijk,' voegde ze er een beetje trots aan toe.
'Wat? Je bedoelt koken en schoonmaken?'
'Dat klopt,' bevestigde Clara, een beetje geschrokken door zijn beschuldigende toon.
'Terwijl je het je kunt permitteren om iemand anders te betalen om het te doen? Je berooft iemand van werk!'
Ze frunnikte weer aan haar rever en hield haar hoofd een beetje scheef om hem verzoenend aan te kijken.
'Af en toe koken voor twee mensen en een heel klein huis schoonhouden is nauwelijks een baan.'
'Twee mensen?'
'Ik en mijn... mijn...'
'Je bedoelt dat je niet met hem getrouwd bent?'
'Dat klopt.'
'Waarom niet? Ís hij al getrouwd?'
'Ik geloof niet in het huwelijk, dat is alles.'
'Kinderen?'
'Daar geloof ik ook niet in.'
'Je bent me er eentje! En wat doet die vent van je?'
'Hij geeft les op een school hier. Hij gaf vroeger colleges op Oxford, maar dat heeft hij eraan gegeven. We wonen in Whitechapel.'
Jack staarde haar overdreven ongelovig aan en knikte begrijpend.
'Je bedoelt dat jullie je rijke afkomst verloochenen uit zogenaamde liefdadigheid.'
'Als je het zo wilt stellen.'
'Ik walg van dat soort lui,' zei Jack. Zijn stem klonk neutraal, zonder emotie. Het was onmogelijk om beledigd te zijn. De belediging was eigenlijk een soort balsem en op een merkwaardige manier kalmerend.
'Erger dan van de mensen die in het Empire Court eten?'
'Met de mensen die in het Empire Court eten weet je waar je aan toe bent.'
'En natuurlijk geven zij mensen banen.'

'Als ik rijk was, zou ik elke dag in het Empire Court eten en me geen zier aantrekken van de mensen die daar werken. Als ik rijk was, zou ik in een mooi huis wonen, bedienden hebben en doen waar ik zin in had. Jullie probleem is dat jullie niet weten wanneer jullie het goed hebben. Jullie zijn door en door verwend.'
'Je bent nogal snel met je oordeel!'
'Je bedoelt dat ik geen manieren heb. Je bedoelt dat ik grof ben en onbeschaafd en mijn plaats niet weet.'
'Natuurlijk bedoel ik dat niet! Ik bedoelde alleen...'
'Dus je zou er geen bezwaar tegen hebben me nog eens te zien?' zei Jack, haar in de rede vallend.
'Eh... natuurlijk niet. Ik ben op de volgende bijeenkomst van de club en hoop écht dat je blijft komen. Ik kan je voordragen, als je lid wilt worden. De mensen zijn niet zo erg als je hen leert kennen.'
'Jij bent degene die ik wil zien... Clara.'
Hij sprak het uit als Clare-a, niet als Clah-ra, alsof hij bezit nam van haar naam. Ze werd heel rood maar gaf geen antwoord.
'Ik dacht aan een zondag,' vervolgde Jack onschuldig. 'We zouden naar Speaker's Corner kunnen gaan en vervelende vragen kunnen stellen.'
'Vervelende vragen stellen? Ja... dat is misschien wel leuk.'
'Morgen over een week dan?'
'Morgen over een week? Eh... goed dan. Kijk eens hoe laat het is! Ik moet gaan.'
'Ik loop met je mee naar de metro. Ik waardeer het echt dat je langs bent geweest, Clara want ik ken niet veel mensen in Londen en vond het leuk met je te praten.'
Hij was weer teruggevallen in de sluwe bedeesdheid waardoor ze in het begin haar reserves had laten varen. Het was allemaal gespeeld, natuurlijk, dat wist ze nu, waardoor het alleen nog maar verleidelijker was.

Dolores had vroeg ontbeten, maar een wolkbreuk zette een domper op haar enthousiasme om de dag te beginnen. De rit met Edmund waarnaar ze zo had uitgekeken, zou niet kunnen doorgaan. Haar opgewekte stemming spoelde weg met het regenwa-

ter. Maart. Hoe moest ze het ooit uithouden tot maart? Wat moest het fantastisch zijn om altijd samen te zijn, dat je niet altijd weer gescheiden werd en stiekem moest doen, dat niet elke ontmoeting gehaast was, je liefde niet op papier hoefde te zetten maar ernaar kon handelen, elke dag, altijd weer. 'Goedemorgen, Dolly,' zei Edmund, terwijl hij zich bij haar voegde. 'Ik had kunnen weten dat jij als eerste op zou zijn. Ik ben bang dat het blijft regenen.'
Hij schonk een kop koffie voor zichzelf in. Dolores stond op en deed de deur van de eetkamer dicht.
'Ik moet je dit snel vertellen, voor de anderen beneden komen. Luister, Lorenzo en ik hebben besloten ervandoor te gaan.'
Dus dát was het wat ze hem zo dolgraag had willen vertellen! Edmund onderdrukte een glimlach.
'Wat romantisch. Wanneer?'
Maar Dolly was bloedserieus.
'In maart. Lorenzo heeft in maart drie volle weken verlof. Hij komt naar Londen en dan nemen we de trein naar Schotland en trouwen daar.'
'In Gretna Green?'
'Je neemt me niet serieus, hè? Het is allemaal al uitgestippeld. Ik rekende erop dat jij ons zou helpen.'
'Dolly, ik wil niet vervelend zijn, maar moet zeggen dat ik denk dat het geen goed idee is om er samen vandoor te gaan. Het zal de verhouding met je familie alleen maar verslechteren.'
'Hoe kan die nóg slechter? Je begrijpt niet hoe de toestand thuis is. Mijn vader zal nooit toestaan dat we trouwen. Hij heeft Lorenzo al bedreigd en wat mij betreft, hij zou me voorgoed opsluiten als dat nodig was! Maar als we eenmaal getrouwd zijn, als ik Lorenzo's vrouw ben, kan hij dat niet meer ongedaan maken, toch? Vooral niet als er een kleinkind onderweg is. Maar het moet allemaal in het diepste geheim gebeuren. Als hij erachter zou komen wat we van plan zijn, zou Lorenzo's leven weleens gevaar kunnen lopen!'
'Je maakt er een griezelroman van, Dolly. Dit is de twintigste eeuw!'
De ogen van Dolores fonkelden melodramatisch.

'Niet in Spanje! Wat ben jij soms vreselijk Engels! En ik dacht dat ik op je kon rekenen! Dus je helpt ons niet?'
'Ik zal jullie niet verraden, als je dat bedoelt. Maar ik zie niet hoe ik kan helpen. Wat wilde je precies dat ik zou doen?'
'Niets ingrijpends. Alleen zeggen dat ik een poosje bij jou en Clara logeer, zodat tante Margaret niets in de gaten heeft. Ik zal haar vanuit Schotland opbellen en haar de waarheid vertellen, als we eenmaal goed en wel getrouwd zijn.'
'Je wil dat ik voor je lieg?'
'Edmund, ik kan niet zomaar verdwijnen!'
'Dat heb je slim bedacht. Had je eraan gedacht dat je bijvoorbeeld een briefje zou kunnen achterlaten?'
'Ze zouden achter me aan kunnen komen als ik dat doe. Ik heb er toevallig over in de krant gelezen, weet je, als de erfgename ervandoor gaat met de tuinknecht.'
'Maart,' zei Edmund peinzend.
'Maart. En het is nog pas november. Bijna vijf maanden. Het is een eeuwigheid.'
'Als we het er tegen die tijd nog eens over hadden,' zei Edmund opgewekt. 'Zoals je zei, het duurt nog een hele tijd. Tussen nu en maart kan er een hoop gebeuren.'
'Ik moest het aan iemand vertellen,' zei Dolores somber en op klaaglijke toon, waardoor ze zichzelf verried. Ze wilde iemands goedkeuring en de opwinding van het samenzweren. Ineens voelde Edmund zich oud.
'En hoe vond je het gisteravond?' vroeg hij vrolijk, in een poging het gesprek weer op gewone dingen te brengen. 'Ik had het idee dat Giles Moulton-Blair nogal op je viel.'
Dolores trok een lelijk gezicht.
'Ik haat Engelse mannen,' zei ze. 'Ze zijn zo saai!'
'Ik heb bedacht dat je misschien interessantere mensen zou ontmoeten als je meeging naar een van Clara's bijeenkomsten. De sfeer is er veel minder formeel en de gesprekken zijn niet zo onbenullig,' vervolgde Edmund.
'Nee maar, jij bent net zo slecht als tante Margaret,' lachte Dolores, hem doorziend.
Edmund was zo vriendelijk om schaapachtig te kijken.
'Niet alle Engelse mannen zijn saai, hoewel ik met je eens ben

69

dat degenen die je tot nu toe hebt ontmoet dat wel een beetje zijn, mijzelf inbegrepen. Ik verzeker je dat ik je niet wil uithuwelijken, ik wil alleen je ervaring wat uitbreiden. Ik wil niet gewichtig doen, maar je bent nog maar net achttien.'
'Mijn moeder trouwde toen ze achttien was.'
'Precies. Wil je me de marmelade even aangeven?'
Dolores trok met haar mes lijnen op het tafelkleed.
'Clara vindt me niet aardig,' merkte ze op, zonder wrok.
'Daar vergis je je in. Ze is alleen maar verlegen, dat is alles, en daardoor lijkt ze ongenaakbaar. Als je een beetje je best doet, kom je daar wel doorheen, geloof me. Probeer het eens een keer. Ze noemen zich de Twenty-Six Club. Ze hebben niets exclusiefs of extreems, het is gewoon een groep doorsnee middenklassesocialisten die geld en publiciteit probeert te krijgen voor een aantal stokpaardjes. En af en toe lukt het hen om iets goeds te bereiken. De nieuwe huisvestingswet is hun trots en glorie. Ze hebben al jaren actie gevoerd voor het afbreken van de krottenwijken. Je zult zien dat de meeste leden vrouwen zijn. En ze zijn ervan overtuigd dat vrouwen meer te doen hebben in het leven dan trouwen en kinderen krijgen. Flora zou hen vreselijk vinden.'

Hij zag dat zijn laatste opmerking doel had getroffen.

'Als het allemaal zo vreselijk interessant is, waarom ga jij dan niet mee naar die bijeenkomsten?'

'Omdat het iets is wat Clara voor zichzelf wil houden. Ze vindt het vreselijk om als de helft van een stel te worden beschouwd, wat ik heel goed kan begrijpen. En bovendien ben ik veel te cynisch voor dat soort dingen.'

'Hoe kun je jezelf cynisch noemen? Je zou niet op die school werken als dat zo was. Jij bent een grotere idealist dan Clara. Ik bedoel, zij vindt mensen niet echt aardig, is het wel? Niet zoals jij.'

'Pas op voor de idealistische cynicus,' zei Edmund. 'Hij is dol op de dingen waarvan hij weet dat ze slecht voor hem zijn. En, zal ik eens met Clara praten?'

'Als je wilt,' zei Dolores schouderophalend. 'Maar het zal geen verschil maken. Ik zal niet op iemand anders verliefd worden.'

'Mijn lieve Dolly,' zei Edmund, terwijl hij zijn servet opvouwde, 'het laatste wat ik wil, is dat je verliefd wordt.'

Toen hij thuiskwam, lag Clara nog in bed, wat ongewoon was voor haar. Ze had een van haar onrustige nachten gehad en het verkreukelde beddegoed gaf blijk van een of andere nachtelijke strijd. Edmund dekte haar voorzichtig toe en ging het vuur aanmaken. Hij vulde een kolenkit in de kolenschuur, verkreukelde een krant en legde aanmaakhoutjes klaar. Het was bitter koud. Maar het huis was droog en verkeerde in goede staat, heel wat anders dan het krot dat Flora zich verbeeldde. Hij leefde in weelde, vergeleken bij de meeste van zijn leerlingen, en in weelde leven dicht bij de school had wel het minste geleken wat hij kon doen.

Een idealist, en wat voor een. Als Dolores zijn strenge schoolmeestershouding zou hebben gezien, de ijzeren discipline die hij oplegde, de bereidheid waarmee hij indien nodig stokslagen uitdeelde en zijn vastbeslotenheid om niet als zacht te worden beschouwd, om weerstand te bieden aan de verleiding populair te doen en de belangen van de kinderen boven die van hemzelf te plaatsen, zou ze hem geen idealist maar een realist hebben genoemd. Het waren geharde kinderen, gewend om voor het minste of geringste een oorvijg te krijgen en ze wantrouwden vriendelijkheid. Een veel grotere uitdaging dan de studenten in Oxford, die uitstekend in staat waren om zichzelf onderwijs te geven. Een veel grotere uitdaging dan diepzinnige artikelen te schrijven waaraan niemand iets had. Vijftig paar vijandige ogen die hem aanstaarden, grinnikten om zijn deftig accent en hem wantrouwden. Zijn voorgangster was een kleine, tanige, oudere vrouw geweest, die hun ouders nog had lesgegeven, een nuchtere, ongetrouwde dame van wie ze hadden gehouden en voor wie ze bang waren geweest. Ze hadden hem als een indringer beschouwd, de schuld gegeven van haar voortijdig ontslag en twee jaar later balanceerde hij nog steeds tussen respect en afwijzing in. Hij was zich voortdurend bewust van zijn eigen tekortkomingen en niet gelukkig in zijn werk, maar gelukkig zijn in zijn werk zou voor hem een teken van gevaar zijn geweest, een vroeg symptoom van de zelfingenomenheid, die een van de gevaren was van zijn vak.

Het vuur kwam spetterend tot leven en hij warmde zijn verkleumde handen aan de vlammetjes, terwijl hij nadacht over zijn nichtje en haar halfbakken plan om er met Lorenzo vandoor te gaan. Hij probeerde objectief te zijn. Hij zou die Lorenzo graag ontmoet hebben, als man tot man met hem gepraat hebben, hem onderhouden hebben over zijn egoïsme en onverantwoordelijkheid door met zo'n plan te komen. En toch kon je het hem eigenlijk niet kwalijk nemen. Hij zou zelf nooit weerstand hebben kunnen bieden aan zoveel hartstochtelijke toewijding. En Dolores had gelijk, de zaken waren anders in Spanje en misschien was haar angst niet zo absurd als die in Engelse oren klonk. Maar wat hem het meest verontrustte, was dat ze het huwelijk scheen te verwarren met vrijheid en zich niet realiseerde dat het twee volkomen verschillende dingen waren, dat het huwelijk zou betekenen dat ze het kleine beetje vrijheid wat ze tot dan toe had gekend zou moeten opofferen.

'Hallo,' zei Clara slaperig achter hem. 'Hoe lang ben je al thuis?'

'Een half uur. Ik dacht dat jij bij Irene zou blijven, dus ben ik bij moeder blijven slapen.'

'Ik ben vroeg van de bijeenkomst weggegaan. Het was niet bijzonder interessant. Maar ik kon niet slapen en heb tot drie uur wakker gelegen.'

'Ga weer naar bed,' zei Edmund. Maar ze schudde haar hoofd, knielde voor de haard en stak haar handen uit.

'Hoe was jouw avond?' Ze maakte een lome, meegaande indruk.

'Vreselijk saai. Kan ik je een gunst vragen?'
'Je kunt het altijd vragen.'
'Ik héb je er al een gevraagd. Sluit vriendschap met Dolores.'
'O, doe me een lol!' Ze stond op het punt kwaad te worden.
'Nee, luister. Ik maak me zorgen over haar. Haar hoofd zit vol met onzin, maar toch heeft ze een goed stel hersens en massa's energie en die worden allemaal verspild. Ze heeft het zó druk met zich te verzetten tegen wat ze niet wil dat ze niet weet wat ze wél wil. Ik wil dat jij haar helpt om daarachter te komen.'

'Waarom ik? Veronderstel je dat ík weet wat ik wil?'
'Een goede leraar beweert niet dat hij alles weet.'

'Dus je wilt dat ik tantetje speel.'

'Dat heeft mijn moeder al gedaan. Ik zou liever willen dat je de grote zus speelde. Die zou ze best kunnen gebruiken. Een die ze haar vertrouwen kan geven.'

'Als ik je daarmee blij kan maken,' zei ze schouderophalend en liet zich door hem kussen. Haar reactie was warmer dan verwacht en had iets van de lome indolentie die ze soms had tussen waken en slapen in, iets ongrijpbaars, betoverends en prikkelends. Maar alsof het lontje te kort was, flakkerde het vlammetje en ging uit.

'Je hebt het koud,' zei Edmund. 'Je kunt je beter aankleden. O, en trouwens, moeder heeft gevraagd of we volgende week zondag komen lunchen. Dan krijgen Dolly en jij de gelegenheid om te praten.'

'Ik heb iets anders volgende week zondag,' zei ze, te snel. 'Ik... ik ga handtekeningen ophalen voor de L.C.C.-petitie, met Irene en Charlotte. Ik heb het beloofd.'

'Prima. Welke avond ben je vrij? Dan gaan we er een keer dineren.'

'Is het absoluut nodig dat ik die eindeloze familiebezoeken afleg? We gaan toch niet trouwen?'

'Jouw keus, niet de mijne.'

'Ik herinner me niet dat je een aanzoek hebt gedaan.'

'Je hebt altijd duidelijk laten merken dat je nee zou zeggen. Wil je zeggen dat je van gedachten veranderd bent?'

'Edmund, ik krijg hoofdpijn van je. Vanaf het moment dat ik wakker ben, zeur je al aan mijn hoofd.'

'Je bent buitengewoon prikkelbaar, dat is alles. Ga weer naar bed en ga slapen tot je slechte humeur voorbij is. Ik heb werk te doen.'

Als hij geschreeuwd had, zou ze haar zin hebben gehad, maar hij sprak rustig, zoals altijd. 'Je bent een ontstellende lastpost, Clara,' zei hij onbewogen, niet van zijn stuk gebracht door haar gekanker, haar driftbuien en slecht humeur. Ze voelde zich volslagen machteloos.

'Doe woensdag dan maar,' zei ze nederig.

Zondag was het bitter koud. Clara zat in de taxi nerveus met haar handen te friemelen, die zo geparkeerd was dat ze een goed zicht had op de plaats waar ze hadden afgesproken. Ze zou wachten tot Jack Austin er was en dan nog tien minuten blijven zitten voor ze zich bij hem voegde. Ze had vlinders in haar maag zoals ze had gehad als kind wanneer ze stond te wachten tot ze de donkere biechtstoel in moest. Ze werd gegrepen door dezelfde angst voor die naderende ontmaskering, de geestelijke naaktheid, die nóg erger was dan de lichamelijke.

Ze had half besloten niet te gaan, maar hoop, angst en nieuwsgierigheid hadden haar aarzeling overwonnen. Niet dat ze hem niet door had. Jack Austin was niet de eerste man die haar het hof maakte vanwege haar geld. Nadat ze op de jonge leeftijd van twee jaar een enorm vermogen had geërfd doordat haar vader zelfmoord had gepleegd, had ze verscheidene keren een knappe, ontwikkelde, beschaafde echtgenoot kunnen kopen en zou dat misschien ook wel gedaan hebben, al was het alleen maar uit eenzaamheid, als ook maar één van haar aanbidders de moed had gehad eerlijk tegen haar te zijn. Maar in plaats daarvan hadden ze oprechtheid voorgewend, bewondering geveinsd, haar intelligentie beledigd, gedacht dat ze haar voor de gek konden houden en haar het harde pantser gegeven van de overtuiging dat ze beter roofdier kon zijn dan prooi. En dat was ze geworden, en het was beter, tot Edmund... Ze moest nu niet aan Edmund denken.

Jack slaagde er op mysterieuze wijze in aan haar waakzaam oog te ontsnappen en verscheen heel plotseling vanuit het niets op zijn post, weer in zijn zondagse pak, hoewel hij geen jas droeg. Clara huiverde. Ze had haar magere lijf in een dikke, wollen jas gehuld en haar oranje haar in een hoed gestopt met een brede rand die diep over haar ogen hing. Ze draaide haar raampje naar beneden om hem goed te kunnen bekijken. Door haar bijziendheid werd ze niet afgeleid door allerlei details en merkte voor het eerst op dat hij een branieachtige manier van lopen had, een provocerende onbeschaamdheid in zijn houding die tegelijk aantrekkelijk en vijandig was. Het was alsof hij een territorium achter zich had afgebakend, zoals een wild dier. Hij stak een sigaret op, een hand om de lucifer houdend tegen de wind, en inhaleerde diep met het opvallende, brede gebaar waarmee een gangster een dikke sigaar paft. Hij was op een ordinaire manier heel aantrekkelijk, iets wat ze nog niet eerder had opgemerkt, omdat ze altijd te zeer met zichzelf bezig was om goed naar anderen te kijken. Gehypnotiseerd door het gloeiende puntje tussen zijn lippen, bleef ze bewegingloos en gefascineerd zitten kijken, tot hij een voorbijganger aansprak, die op zijn linkerpols keek en doorliep. Ze knipperde met haar ogen en stapte haastig uit de taxi, zich plotseling schuldig voelend omdat ze iemand die geen horloge had onnodig had laten wachten.

Ze betaalde de chauffeur en wachtte tot de taxi was weggereden voor ze de straat overstak en naar hem toe liep. Hij gooide het peukje op de grond en trapte het uit met zijn hiel.

'Ik dacht dat je niet kwam,' zei hij achteloos, alsof het hem eigenlijk niet veel kon schelen.

'Sorry dat ik laat ben. Ik werd opgehouden.'

'Ik dacht dat we maar eens met de bijbelfanaten moesten beginnen,' zei Jack, wijzend, 'aangezien het zondag is. Je bent toch niet gelovig?'

'Lieve help, nee,' zei Clara.

'Die zijn in elk geval onschadelijk.'

'Dat ben ik niet met je eens. Omkoperij en dreigementen, dát is het geloof. Het haalt de mensen zo naar beneden.'

'Net als de politiek. Ik heb liever een halfgare idioot dan een politicus. Voor wie ik mijn rotte eieren bewaar. De meesten zijn slechte amateurs, geen stuiver waard.'

'Het zijn niet allemaal huichelaars,' protesteerde Clara, niet op haar gemak. 'Sommige politici zijn heel erg oprecht. De Labour-kandidaat bij de tussentijdse verkiezingen in Whitechapel is dat beslist. Ik zou geen stemmen voor hem werven als dat niet zo was. En in feite is de politiek alleen voor amateurs, daar draait het om in een democratie. Dat mensen hun overtuiging willen delen en niet dat oplichters proberen je iets te laten kopen.'

Dus ze vond dat verkopers oplichters waren. Dát was mooi.

'Oprecht is natuurlijk niet hetzelfde als eerlijk,' zei Jack. 'En oneerlijk is niet hetzelfde als leugens vertellen. Ik bedoel, leugens vertellen is redelijk eerlijk, zolang je weet dat je liegt en waaróm je liegt. Het is oneerlijk als de enige manier waarop je leugens kunt vertellen is door ze zelf te geloven. Dat is wat oprechte mensen doen. Liegen tegen zichzelf.'

'Dat is een nogal ongebruikelijke theorie. En wat ben jíj dan? Eerlijk of oprecht?'

'Dat mag jij beslissen.'

'En je artikel in *Red Rag* dan?'

'Wat is daarmee?'

'Was het oprecht en heb je ook leugens verteld?'

'De werkelijke vraag is: geloofde je het?'

'Ja. Je gegevens waren heel nauwkeurig en je hebt je betoog logisch en met overtuiging gebracht.'

'Dan moet ik de waarheid hebben verteld. De waarheid is wat de mensen geloven. Er ís geen andere. Daarom is het zo vreselijk gevaarlijk. Heb je ooit het verhaal van de nieuwe kleren van de keizer gelezen?'

'Natuurlijk heb ik dat.'

'Natuurlijk. Het kindermeisje heeft het je voorgelezen in de kinderkamer na de thee, toen je vijf jaar oud was. Ik heb het vorige week pas gelezen. Onwetend, dát ben ik.'

Hij glimlachte onverwachts en bood haar zijn arm. Clara haakte de hare eromheen en glimlachte terug, zonder dat ze het wilde, al half betoverd.

Ze liepen rustig tussen de zeepkisten door, waarbij Clara jaloers was op degenen die het lef hadden in het openbaar te spreken en het risico te lopen uitgelachen of uitgescholden te worden en Jack de spot met hen dreef. Ze luisterden naar pleidooien om het kiesstelsel te herzien, naar gekanker over oorlogspensioenen, naar een hartstochtelijk betoog van een Russische banneling over Stalins jongste zuiveringsactie. Clara was buitensporig geïnteresseerd in een heftig betogende Spanjaard, van wie het verhaal telkens werd onderbroken door een koor van *olé*-geroep.

'Steun het Spaanse volk in zijn strijd!' schreeuwde hij. 'Steun ons in onze strijd voor de democratie! Geen dictators meer! Geen monarchen meer! Wij willen vrije verkiezingen en gerechtigheid voor iedereen! Weiger Spaanse goederen te kopen, behalve uit een nieuwe republiek! Schrijf uw parlementslid! Eis een handelsboycot...'

'Laten we een plekje gaan zoeken waar we kunnen gaan zitten

en wat praten,' siste Jack in haar oor, waardoor er een rilling over haar rug liep. 'Ik heb dit allemaal al eens gehoord en kom hier bijna elke zondag.' Het was alleen maar een excuus om elkaar weer te zien.'

'Elkaar', had hij gezegd, niet 'jou', alsof het hún geheim was, iets wat ze al deelden, bijna alsof hij haar uitnodigde om de volgende zet te doen, om zijn woorden met daden te ondersteunen.

Ze stelde voor thee te gaan drinken. 'Ik trakteer,' zei ze ferm, weer terug op veilig terrein. 'Zoals je zelf zei, kan ik het me veroorloven.'

Ze gingen naar een Lyons Corner, waar het vochtig was en naar soep rook. Jack deed een paar scheppen suiker in zijn thee en zei achteloos: 'Kun je je veroorloven om me wat geld te lenen? Vijf pond zou genoeg zijn.'

'Natuurlijk,' zei ze, te snel. Ze zou verwacht hebben dat hij subtieler was. 'Meer, als je dat nodig hebt. Zit je in moeilijkheden?'

'Ik ben ontslagen,' zei hij, 'zoals je al voorspelde. En ik was al achter met de huur. Dus zit ik een beetje in een lastig parket. Je weet hoe het is, als je probeert werk te krijgen. Nee, natuurlijk weet je niet hoe dat is. Maar maak je geen zorgen, ik vind wel iets. Er is altijd werk voor mensen die niet kieskeurig zijn, nietwaar? Ik betaal je terug.'

'Er is geen haast bij,' zei Clara, terwijl ze in haar tas frommelde. Ze stak haar hand uit onder de tafel.

'Je hoeft niet zo geheimzinnig te doen,' zei Jack, terwijl hij het bankbiljet aanpakte en het tegen het licht hield. 'Ben je bang dat de mensen denken dat ik je gigolo ben? Ik denk dat er een hoop kerels zijn die op je zak proberen te teren.'

'Natuurlijk,' zei Clara stijfjes. 'Ik probeerde niet geheimzinnig te doen, alleen tactvol.'

'Je hoeft voor mij niet tactvol te doen,' zei Jack, terwijl hij de gemorste thee van zijn schoteltje in zijn kopje goot. 'Ik behoor niet tot het gevoelige type. Dat kan ik me niet veroorloven. Luister, wil je dat ik eerlijk tegen je ben of oprecht? Ik kan het niet allebei tegelijk.'

77

De manier waarop hij haar tot een antwoord dwong, was volkomen recht door zee.
'Eerlijk, denk ik,' mompelde Clara, in een hoek gedreven.
'Dat wil niet zeggen dat de waarheid wordt verteld, weet je nog?'
'Ik weet het nog.'
'Goed. Het is niet alleen je geld,' zei Jack. 'Ik denk dat je bij de meesten dacht dat het alleen om je geld te doen was en dat was waarschijnlijk ook zo. Maar bij mij is het geld slechts een deel ervan.'
'Wat bedoel je?'
'Vind je me aardig?'
Clara werd vuurrood.
'Vind je me aardig genoeg om me te willen helpen? Zelfs als ik niet echt mijn baan kwijt was en niet echt achter was met de huur? Vind je me aardig genoeg? Er zit niet veel in voor je, behalve het voor de hand liggende. En ik zou niet verwachten dat je dááraan erg veel waarde hecht, aangezien het het goedkoopste ding van de wereld is.'
'Doe niet zo grof,' zei Clara en kwam overeind.
'Je hebt me gevraagd om eerlijk te zijn en nu klaag je omdat ik niet beleefd doe, zoals je gewend bent. Wil je graag eerst een beetje vleierij? Dat had ik je kunnen geven, helemaal geen probleem. Denk je dat ik niet weet hoe ik iemand moet vleien?'
'Je kunt iemand vleien en nog steeds eerlijk zijn, volgens je eigen normen, zolang je weet dat je liegt en waaróm je het doet. Was het gewoon te veel moeite?'
'Je niet te vleien was een compliment.'
'Een oprecht compliment?'
'Ik hoefde er niet onnodig voor te liegen. Leugens zijn een betaalmiddel en ik hou er niet van ze te verspillen.'
Ze ging weer zitten.
'Ben je écht ontslagen?'
'Nee. Ik had alleen een excuus nodig. Voor jou, niet voor mij.'
'Een excuus waarvoor?'
'Voor jou, om me die vijf pond te geven, om te beginnen. Om het onderwerp op een natuurlijke manier ter sprake te brengen.

Jij hebt geld en geen talent, dat zijn jouw woorden en niet de mijne. Ik heb talent en geen geld.'

'Er zijn massa's mensen met geld en geen talent. Waarom ik? En waarom zou ik jou helpen?'

'Daarom vroeg ik of je me aardig vond.'

'Ik ken je nauwelijks.'

'Dat is niet verbazingwekkend, als je me niet eens recht in de ogen wilt kijken. Waarom wil je me niet aankijken, Clara? Ben je bang?'

Koppig hief ze met een ruk haar hoofd op en keek hem in de ogen. Voor het eerst zag ze dat die blauw waren en verfrissend koud. Geen lauwe wellust, geen klamme sluwheid, slechts een ijzige uitdaging en de belofte van pijn.

'Ik moet naar huis,' zei ze.

'Naar Whitechapel? Of naar Curzon Street?'

'Hoe wist je van Curzon Street?'

'Ik zou het eigenlijk wel willen zien, als je dat niet te vrijpostig vindt. Mag ik met je meelopen?'

'Hoe ging het?' vroeg Edmund, terwijl hij opsprong om Clara te begroeten. 'Arme schat, je moet door en door koud zijn.'

'Hallo, Clara,' zei Dolores verlegen. 'Je zei woensdag dat ik eens langs moest komen en dat heb ik letterlijk opgevat, ben ik bang. Ik verveelde me thuis. Iedereen is verkouden. Ik heb Edmund geholpen met het merken van boeken en hoop dat dat goed is.'

'Als ze eerder was gekomen, had ze je kunnen helpen om de petitie rond te brengen,' zei Edmund. 'Jammer dat we daaraan niet eerder hebben gedacht.'

'Er zouden massa's mensen komen lunchen,' vervolgde Dolores, 'en dat moest natuurlijk worden afgezegd. Daarom kon ik weg, maar ik ben eerst te lang gaan rijden. Misschien kan ik de volgende keer helpen.'

Clara zette haar hoed af. Edmund hing haar jas op, kuste haar, keek haar bevreemd aan en ging een ketel water opzetten.

'Heb je veel handtekeningen gekregen?' ging Dolores verder. 'Ik vind het zo'n geweldig idee. Edmund heeft me uitgelegd van die wet om de krotten af te breken en het plan voor de mars en zo. Het klinkt zo spannend en ik wil dolgraag helpen. Vooral aan de campagne voor het welzijn van de baby's. Ik bedoel, een baby krijgen geeft al genoeg zorgen als je rijk bent, laat staan als je géén geld hebt. Er is een vrouw in de *pueblo* die drie kinderen is kwijtgeraakt, het ene na het andere. Ze had geen melk om ze te voeden, zie je. En haar andere drie kinderen zijn allemaal vel over been. Niemand trekt zich er iets van aan. Vader Luis zei tegen haar dat het een zegen van God was dat ze haar lijden hier op aarde kreeg.'

'Wat verschrikkelijk tactloos van hem,' zei Clara, nogal luid.

'Haar man zei tegen Vader Luis dat hij het boze oog had en probeerde haar de kerk uit te slepen, maar ze wilde de baby gedoopt hebben voor die stierf, zodat hij niet naar de hel zou gaan. Baby's kunnen niet naar de hemel als ze niet gedoopt zijn, zie je, en...'

'Spaar je de moeite, Dolores. Ik weet heel goed waaraan je moet voldoen om de hemel in te mogen. Nadat ik de weg al een keer voor mezelf heb versperd door niet naar de mis te gaan, geef ik me nu vrolijk over aan de doodzonden.'

Clara maakte een extravagant, onverschillig gebaar. 'Heb je dat gehoord, God?' riep ze naar het plafond.

Dolores lachte onzeker. Het was duidelijk als grapje bedoeld, hoewel Clara normaalgesproken geen grapjes maakte.

'Je zou met mijn broer Josep moeten praten,' vervolgde ze, niet uit het veld geslagen. 'Hij wordt priester.'

Clara lachte schamper.

'Ik denk niet dat we veel te bespreken zouden hebben.'

'O, daar vergis je je in. Josep is geen gewone priester. Of dat wordt hij niet, als hij ooit zal worden gewijd. Ik denk dat Josep écht roeping heeft. Hij zegt...'

Clara trok minachtend haar lip op en snoof heel ondamesachtig. Dolores aarzelde.

'Sorry. Verveel ik je?'

'Helemaal niet,' zei Edmund, die weer binnenkwam en Clara een waarschuwende blik toewierp.

'Neem me niet kwalijk, Dolly,' zei Clara overdreven beleefd. 'Ik wilde niet onaardig zijn. Ik ben alleen een heel klein beetje móe, dat is alles.'

'Laat mij de thee voor je halen,' zei Dolores, opspringend. 'Ga jij zitten. Dat doe ik zo graag, jullie hebben géén idee.'

Ze haastte zich naar de keuken.

'Als ik alleen al naar dat kind kijk, word ik doodmoe,' zei Clara en hikte.

'Je ziet wat ik bedoel met verspilde energie,' zei Edmund somber. 'Je zou haar allerlei dom werk kunnen laten doen, weet je. Ze is niet moe te krijgen. Je doet zelf veel te veel.'

'Onzin. Ik ben een van die rijke mensen van je die niet werken. Ik heb juist nog niet genoeg te doen en kan niet eens een baan aannemen zonder dat ik iemand anders ervan beroof. Vind je dat we een vrouw moeten aannemen om te koken en schoon te maken? Alleen om haar een baan te geven?'

'Ik kan het me niet veroorloven een vrouw in dienst te nemen,' zei Edmund kortaf.

'Allemachtig, ík zou haar betalen.'

'Ik weiger ronduit om door jou en je eeuwige geld gesubsidieerd te worden. Er moeten genoeg andere goede doelen zijn. Soms wou ik dat je het gewoon weggaf en daarmee basta.'

'Doe niet zo belachelijk!' Clara's stem werd schril en haar mond begon te beven.

'Laten we geen ruzie maken,' zei Edmund. 'Niet terwijl Dolly er is. Waarom ga je niet even rusten voor we thee gaan drinken?'

'Ik hoop dat ze hier geen gewoonte van maakt,' vervolgde Clara, zonder de moeite te nemen haar stem te dempen. 'Je hebt behoefte aan je privacy.'

'Doe niet zo flauw,' zei Edmund sussend, met zijn ogen op de keukendeur gericht. 'Ze vindt het zo opwindend om aan je protestmars mee te doen en heeft het er de hele middag over gehad.'

Dolores duwde met veel gerinkel op het blad met haar knie de deur open.

'Ik vind het zó spannend om aan de mars mee te doen,' zei ze, terwijl ze druk de thee inschonk. 'Die arme Edmund is er helemaal uitgeput van. Het is toch goed als ik meeloop? Edmund zei hoe meer zielen hoe meer vreugd. Trouwens, als ik op jullie zenuwen begin te werken, moeten jullie het zeggen. Zuster Perpetua zei altijd dat ik het geduld van een heilige nog op de proef zou weten te stellen. Clara! Voel je je wel goed?'

'Ik voel me prima. Willen jullie me excuseren? Ik moet gaan liggen.'

Ze stond op en liep op wankele benen de kamer uit.

'O, hemel. Heb ik iets verkeerds gezegd?' zei Dolores geschrokken. 'Na woensdag, dacht ik dat ze het niet erg zou vinden als ik...'

'Dolly,' zei Edmund. 'Zou je het vreselijk onaardig van me vinden als ik je vraag weg te gaan? Het is alleen dat...'

'Natuurlijk niet,' zei Dolores, haastig een slok thee nemend. 'Ik ga al. Sorry. Zeg Clara dat het me spijt.'

'Je hoeft je niet te verontschuldigen. Jij kunt er niets aan doen.'

Hij stond in de deuropening terwijl Dolores op de fiets stapte en als een razende de straat uitreed. Toen ging hij langzaam naar binnen en bleef enkele ogenblikken staan om tot zichzelf te komen voor hij op de slaapkamerdeur klopte en naar binnen ging.

Clara lag met gespreide armen op haar rug, gindampen uitademend.

Edmund trok haar overeind in zittende houding en stopte haar hoofd tussen haar knieën, bang dat ze misschien in haar slaap zou overgeven en stikken. Ze kreunde en vloekte tegen hem. Vijf maanden was het geweest sinds ze de laatste keer had gedronken. Vijf hele maanden. Zoals Dolores had gezegd, was vijf maanden een eeuwigheid en hij was zo dwaas geweest die als zodanig te beschouwen, dwaas genoeg om zichzelf te feliciteren en geloof te hebben, haar te laten zien dat hij haar vertrouwde en gelegenheid te geven hem te bedriegen, het lot te tarten. Hij zou haar liever met een andere man hebben gedeeld dan met die ene valse vriend.

Al met al was het een stuk gemakkelijker geweest dan Jack had durven hopen, zelfs al had hij wat meer gekregen dan waar hij op uit was geweest. Het was allemaal zo snel gegaan. Hij had verwacht haar eerst een beetje op haar gemak te moeten stellen, haar zelfs een beetje aangeschoten moest laten worden. De hemel weet dat daar genoeg drank was. Maar ze had hem verteld dat ze niet dronk en het had onbeleefd geleken om alleen te drinken. Naderhand had ze gedaan of ze kwaad op hem was, waarschijnlijk alleen om niet te laten merken dat ze zich geneerde. En daar had ze alle reden toe, dacht Jack grijnzend. Hij had kunnen vermoeden dat ze een beetje hardhandigheid wel lekker vond. En ze betaalde met gelijke munt terug.

Geen wonder dat ze hem eruit had geschopt zodra het voorbij was. En dat was hem heel goed uitgekomen.

3

De jonge señor Carrasquez lag nog vast te slapen, want het was nog geen twaalf uur. Consuela pakte de vuile boel bij elkaar in de zuur ruikende zitkamer en liet het licht naar binnen. Ze zag dat de mooie pendule was verdwenen van de schoorsteenmantel, waarschijnlijk om een speelschuld te betalen of het raam van de pandjesbaas te sieren – ze hoopte het laatste, gezien het feit dat ze nog loon te goed had. Haar man was het niet eens met het soort werk dat ze deed en helemaal niet als er niet voor betaald werd, en als ze niets kreeg, zou dit haar laatste bezoek zijn. Ze moest toegeven dat er geen gebrek was aan prettiger huishoudelijke baantjes in de Salamanca-wijk van Madrid, waar de welgestelden zich afscheidden van de lagere klassen. En misschien was ze inderdaad gek om in dienst te blijven van een dronkelap zonder geld en om zijn talloze smerige gewoonten te verdragen. Niet dat ze ooit van vuil was geschrokken. En, zoals ze tegen haar man redeneerde – niet dat er met haar man te redeneren viel – de jongen wist niet beter. Alsof het een misdaad was dat hij uit een rijke familie kwam. De vader zou de schuld moeten hebben, niet de zoon. En waar zouden zij allemaal zijn als de rijken er niet waren om hun loon te betalen? Een argument dat niet meer opging als het loon niet werd betaald.

Ze gooide de ramen open, waardoor de stofdeeltjes ronddwarrelden, en ging aan het werk. De koele, schone lucht blies de muffe excessen van de nacht naar buiten en de geluiden van haar activiteiten begonnen Ramóns sluimering wreed te verstoren. Het kloppen van het kleed over het balkonhek, het piepen van het raam en het ritmische geluid van de bezem drongen door tot zijn bewustzijn als verre geluiden van naderend geweld, terwijl hij in de val zat en bewegingloos lag te luisteren, machteloos tegen de dreigende aanval. Toen spatte zijn droom uit elkaar en werd hij, huiverend, opgelucht wakker. Hij rolde op zijn rug en spreidde zijn armen over het tweepersoonsbed, blij nu dat hij alleen had geslapen en niet geconfronteerd werd met sluwe, geveinsde genegenheid of botte onverschilligheid.

Consuela klopte hard op de deur en liep zonder omhaal naar binnen. Hij deed één oog open en plooide zijn gezicht in een innemende glimlach. Consuela glimlachte niet terug. Ze deed altijd stuurs tegen hem, op het strijdlustige af. Maar Ramón maakte zich geen zorgen over die gespeelde vijandigheid. Hij wist wanneer hij met werkelijke haat te maken had, hij was ermee opgegroeid en daarbij vergeleken was de stadse arrogantie van Consuela onschuldig en oppervlakkig.

'Kijk eens wat vrolijker, Consuela,' berispte hij haar traag. 'Ik heb gisteravond ontzettend veel geluk gehad bij het kaarten, hoewel geen geluk in de liefde, zoals je ziet. Ik heb het geld dat ik heb gewonnen op de gewone plek neergelegd; je weet wat voor dieven ik hier te gast krijg.'

Hij ging rechtop in bed zitten en geeuwde wellustig. Consuela deed de luiken open, waardoor hij moest knipperen tegen het licht. Zonder te wachten of het haar werd gevraagd, bukte ze zich vervolgens, haalde de laars met de verhoogde hak onder het bed vandaan en gaf die aan hem.

Met een snel, geoefend gebaar maakte hij de binnenzool open en haalde een stapel bankbiljetten uit de holle ruimte daaronder. Consuela telde uit wat ze te goed had en gaf de rest terug, waarvan hij de ene helft achteloos opzij gooide en de andere helft weer onder in de laars verstopte. Daarna sloeg hij het beddegoed opzij en liet zijn verschrompelde been over de rand bungelen, terwijl Consuela de beugel eromheen gespte, hem hielp met zijn broek en zijn voet in de stijve laars stopte. Een huldeblijk, vermomd als plicht, hoewel ze beiden wel beter wisten. Ze voelde de vertrouwde wrevel die voortkwam uit hun formele intimiteit en zoals altijd deed zijn lichte irritatie haar vingers onhandig trillen.

Consuela's slecht verborgen toewijding amuseerde Ramón en ontroerde hem en stootte hem af. Het was jammer dat de arme vrouw zo grof was, haar lichaam vervormd door het baren van kinderen, haar handen ruw van het werk en haar gezicht getekend door armoede, anders had ze ander nut kunnen hebben. Hij stuurde haar weg om zijn ontbijt te halen, terwijl hij zich nauwgezet schoor, zich besprenkelde met Franse eau de cologne en een schoon, wit overhemd met zijden das aandeed. Zijn zwarte haar glom onder de schildpad kam, terwijl hij het gladstreek met brillantine en zijn spiegelbeeld hem bespotte met zijn schoonheid. Net als thuis waren alle spiegels boven de hoogte van het middel opgehangen en ietsje naar boven gericht. Na een bijna fatale astma-aanval, toen hij zichzelf in de lange spiegel van zijn zus had gezien, hadden zijn moeder en Dolores geleerd het zonder passpiegel te stellen.

Consuela kwam terug met een kan koffie en verse, zoete broodjes. Ramón goot cognac in het dampende brouwsel, met de verfijnde precisie van een Engelse lady die melk bij de thee doet. Hij inhaleerde terwijl hij kleine slokjes nam, de verdampte alcohol rechtstreeks naar zijn longen halend, opdat die zijn onschatbare werk kon doen. Na het ontbijt moest hij zijn moeder schrijven en uitleggen dat er nog meer doktersrekeningen waren, omdat hij pas weer een aanval had gehad, zodat hij bijna geen geld meer had; gelukkig was hij snel hersteld, dank zij een recept voor een heel duur, nieuw geneesmiddel, dat alleen in Madrid te krijgen was. De medische zorg in de stad was veel beter dan die in Albavera, dus moest ze zich beslist geen zorgen maken over hem...

Ramón beschreef zijn astma-aanvallen altijd als duidelijk verleden tijd, altijd bang dat zijn moeder zich tegen haar man zou verzetten en zich naar hem toe zou haasten om hem te verplegen en zodoende de in het oog springende afwezigheid zou merken van het zilver, kristal, het tafellinnen en andere onmisbare zaken waarmee ze minder dan een half jaar geleden het appartement zo liefdevol had ingericht.

Zijn plotselinge verbanning was als een groot geschenk geweest. Na jaren nagenoeg gevangen te hebben gezeten, was hij door zijn straf eindelijk bevrijd. Als hij had beseft dat hij de vrijheid, waarnaar hij zo verlangde, zou hebben gekregen door een dienstmeid te verleiden, zou hij die tactiek al lang geleden hebben toegepast. Het was een geluk dat die meid moord en brand had geschreeuwd en geprobeerd had hem van zich af te slaan. Een groot geluk...

Wat het jong betreft dat ze verwachtte, weigerde hij ronduit te geloven dat het van hem was. Ze was ongetwijfeld daarvoor of daarna zwanger geraakt, om te proberen hem te chanteren. Maar hoe meer problemen García maakte, hoe beter. Ramón vreesde niets meer dan dat zijn vader hem zou vergeven en hem weer in de kudde zou opnemen.

Zijn brief was algauw klaar, want er stond niets anders in dan een lijst met zijn stijgende uitgaven en bloemrijke bewoordingen, waarin hij zijn moeder verzekerde dat hij heel veel van haar hield. Nadat hij zijn werk voor die dag had gedaan, zette Ramón zijn hoed op en deed zijn met bont gevoerde jas aan, pakte zijn ebbehouten wandelstok en hobbelde naar buiten, op zoek naar vermaak.

Terwijl de menigte zich verzamelde voor de mars van Stepney Green naar County Hall, hield Jack zich wat achteraf om alles gade te slaan. Naar zijn idee was het het zoveelste stel mensen dat goed wilde doen en hij was in elk geval niet onder de indruk van hun opzichtige medeleven met het lot van de werkende of vaker niet-werkende man. Die middag was een oefening in exhibitionisme, even versterkend als elke andere vrijwillige inspanning, om hun trek in thee en koekjes op te wekken. Maar Harry Martindale betaalde voor een verhaal en dat zou hij krijgen.

Hij zette zijn kraag op en stopte de handen in zijn zakken omdat hij geen handschoenen had. Hij stampte ongeduldig van de ene voet op de andere, terwijl zijn ogen waterig werden door de wind en het helder witte licht van de winterhemel. Het gezelschap zou pas over een minuut of twintig vertrekken, maar hij zou verwacht hebben dat Clara vroeg zou zijn om stuurs en energiek haar troepen op te stellen, genietend van het bitterkoude weer. Hij had sinds afgelopen zondag vaak aan haar gedacht en de gedachte aan haar gaf hem een gevoel van macht. Hij voelde het nu, smeulend diep in zijn bevroren lichaam.

Jack had nooit een vrouw het hof gemaakt omdat hij de middelen niet had om de conventionele toenaderingspogingen te doen en omdat hij niet zo gauw verliefd raakte. De meisjes uit de plaats waar hij vandaan kwam, waren er allemaal op uit om te trouwen en hij had té veel van zijn leeftijdgenoten aan de haak zien slaan en zo vroegtijdig oud zien worden om hun charmes aantrekkelijk te vinden. Wat hij van seks wist, had hij geleerd van ontrouwe echtgenotes. Het was Eva Dumford geweest, een vriendin van zijn moeder en oud genoeg om de zijne te zijn, die hem voor het eerst van haar wat vervallen verrukkingen had laten genieten, zodat uiteindelijk anderen, die jonger en aantrekkelijker maar even ongelukkig waren als zij er hun voordeel mee konden doen. Zodoende had Jack geleerd om een ongelukkige vrouw op een kilometer afstand te herkennen. En ongelukkige vrouwen waren altijd getrouwd, net zoals Clara dat in alles was, behalve in naam. Niet dat hij enige illusie koesterde zulke vrouwen gelukkiger te kunnen maken. Dat was zijn bedoeling niet en de hunne evenmin, als ze eerlijk waren. Hij had het idee dat ze verslaafd waren aan hun ellende. Ze vonden het heerlijk misbruikt te worden en koesterden zich in schuldgevoel en zelfmedelijden. Zijn minachting voor hen uitte zich in een beheerste, berekenende wreedheid en bezorgde zijn slachtoffers de weelde van een gevoel van angst dat ze zichzelf hadden aangedaan.

Clara had zich aan haar deel van de overeenkomst gehouden, nog afgezien van het geld, wat haar niets had gekost. Twee dagen later had Martindale contact met hem opgenomen en hem gevraagd een verslag te maken van de gebeurtenis van die dag in een 'directe, nuchtere stijl', een stijl die geschikter zou zijn geweest voor nuchterder mensen dan een stel verveelde, rijke vrouwen, die met hun sociale geweten te koop liepen. Ze zouden nooit iets bereiken, behalve in principe. En Jack koesterde een diepe achterdocht jegens mensen die met principes heulden. Het was een vorm van moreel parasitisme en hij voelde zich vernederd als zulke mensen het voor hem opnamen. Maar ze schreeuwden erom gebruikt te worden en hij zou hen gebruiken, zoals hij Clara had gebruikt. Ze had Harry Martindale benaderd, niet als iemand die een gunst kwam vragen, zoals Jack zou zijn geweest, maar als een gelijke. En zelfs dat had haar heel weinig gekost, ook al was het niet zijn talent maar haar invloed die het zwaarst had gewogen.

Hij zag haar voor ze hem zag, maar zodra hun ogen elkaar ontmoetten, wist hij dat ze zou doen of ze hem niet had gezien. Er volgden overdreven omhelzingen toen de getrouwen elkaar begroetten. Clara had een nieuwe rekruut bij zich, een lang, opvallend, buitenlands meisje, die ze nogal koeltjes aan een stel luidruchtige wijven voorstelde voordat ze haar aan haar lot overliet. Het meisje hield zich op de achtergrond, alsof ze niet wilde opvallen, tot iemand tegen haar riep dat ze het ene uiteinde van een spandoek met 'Huizen, geen krotten' erop moest vasthouden, hetgeen ze enthousiast deed, het omhoog houdend als een vlag.

Jack telde zevenenzestig mensen toen de mars vertrok. De buurtbewoners keken apathisch toe en vertoonden niet erg de neiging om zich aan te sluiten bij hun goed behuisde weldoeners. Ze hadden ongetwijfeld dringender zaken te doen met hun tijd en energie.

Jack sprak een vrouw met treurige ogen aan die tegen het hek van een vervallen rijtjeshuis geleund stond, een huis dat veel leek op het huis waarin hij was opgegroeid. Ze had een huilende baby in haar armen, terwijl twee ongezond uitziende kinderen aan haar rokken hingen.

'Wat vind je van die lui?' vroeg hij haar opgewekt. Ze haalde onverschillig haar schouders op.

'Wie betaalt de huur van die nieuwe huizen?' vroeg ze. 'En wie krijgt ze? Er zijn er natuurlijk niet genoeg voor iedereen. Dus wie krijgt ze?'

'De mensen die ze het hardst nodig hebben?' probeerde Jack, zich generend omdat hij zo stom moest doen. Ze zou denken dat hij een van hen was.

Smalend zei ze: 'En er is altijd iemand die er slechter aan toe is dan jij, is het niet? Ik zou nog liever hebben dat ze uit een hoed namen trokken. Dat is eerlijker.'

Misschien was het inderdaad wel eerlijker om erom te loten. Ze had gelijk, er was nooit genoeg voor iedereen, waar het ook om ging, en armoede inspireerde tot een zekere trots wanneer iedereen eronder leed, Clara en haar soortgenoten uitgezonderd natuurlijk. Maar jaloezie ondermijnde die trots en de mensen waren jaloerser op hun soortgenoten dan ze ooit waren geweest op degenen die het beter hadden dan zij. Verdeeldheid onder de armen zaaien door jaloezie was een goed sociaal beleid; die beroofde hen van hun waardigheid en weerhield hen ervan zich tegen de rijken te verenigen. Kleine hervormingen waren een goedkoop middel tegen revolutie. Geef een hond te eten en hij jaagt niet langer in troepen, maar zal je dankbaar dienen...

Hij zette de pas erin en sloot zich aan bij het eind van de stoet, waar een paar knapen vervelend deden.

'Hoe heet je, liefje?' vroeg een van hen aan de jonge beschermelinge van Clara. 'Heb je iets te doen vanavond?' Ze negeerde hen. Jack bleef erachter lopen en hield de zaak in de gaten.

'Ze is te deftig voor ons soort,' merkte de ander treurig op. 'Dat is een echte dame. Maar wel een met mooie benen.'

Degene die de andere kant van het spandoek vasthield, een oudere dame met een stramme houding, draaide zich om.

'Als jullie je niet beleefd kunnen gedragen, ga je dan elders amuseren,' zei ze snibbig.

'Heb je dat gehoord, maat? Als je niet beleefd kunt zijn, moet je je elders amuseren,' praatte hij haar bekakt na.

'Enig idee waar ik dat zou kunnen doen, ouwe rukker?'

'Ja. Maar niet met haar. Dan kun je nog beter een varken nemen.'

'Let eens een beetje op je woorden,' zei Jack. 'Vooruit, hoepel op.'

'Wie ben jij dan wel? De livreiknecht soms?'

Jack greep de spreker bij zijn kraag.

'Bied je verontschuldigingen aan en smeer hem,' zei hij, terwijl hij de arm van de knaap op zijn rug draaide. De knul slaakte een kreet van pijn. Jack draaide nog een beetje verder, waarop de andere knul wegrende.

'Alsjeblieft,' zei Clara's vriendin verontschuldigend. 'Je doet hem pijn. Hij stelde zich alleen maar aan.'

Jack liet los en gaf hem een duw.

'Bedankt,' zei ze, terwijl de jongen er haastig vandoor ging. 'Ik weet dat je probeerde te helpen.'

'Kom,' zei Jack. 'Laat mij dat maar een poosje dragen.'

Hij nam de stok over, terwijl hij met moeite zijn ogen van haar losmaakte. Lang geleden had hij alle vrouwen in verschillende categorieën verdeeld, maar deze paste nergens in. Ze had iets stralends en exotisch en stak af tegen de saaie Engelse middag als een orchidee die in een ligusterhaag bloeit.

'Als je dat graag wilt,' zei ze. 'Maar ik vond het wel leuk om dat ding te dragen. Hoor jij ook bij de Twenty-Six Club?'

'Ik ben journalist,' zei Jack. De klank van het woord beviel hem. 'Ik schrijf hier een stuk over voor *Red Rag*.'

'*Red Rag*? O, Clara krijgt dat blad, dan moet ik het zeker lezen.'

'Clara Neville, bedoel je? Ben je een vriendin van haar?'

'Ze is... ze is verloofd met mijn neef,' zei ze onschuldig. 'Ken jij Clara ook? Ach, natuurlijk, iedereen kent Clara. Ze is vreselijk actief, nietwaar?'

'Vreselijk,' zei Jack. 'Ik ben Jack Austin.'

Ze stak haar arm naar opzij om hem een hand te geven en schudde die krachtig.

'Ik ben Dolores Carrasquez,' zei ze.

'Bedoel je dat je Spaanse bent?' vroeg Jack verbaasd, en gebruikte dat als excuus om haar nogmaals goed te bekijken.

Het was meer dan alleen haar uiterlijk dat hem fascineerde. Haar accent was volmaakt, superbeschaafd Engels, maar de manier waarop ze sprak, paste er niet bij – die was te warm, te direct en te gewoon; die paste niet bij haar stand. Het was alsof haar nationaliteit haar van de rest scheidde, haar uit het systeem tilde en op de een of andere manier toegankelijk maakte.

'Half Spaans. Mijn moeder is Engelse,' zei ze, op de manier van iemand die het allemaal al vele keren heeft uitgelegd. 'Noem me maar Dolly. Dat doet iedereen.'

Die roepnaam maakte haar ineens heel Engels. Het was net zoiets als optisch bedrog en hij staarde haar nogmaals aan. Maar ze scheen het niet te merken.

'Zo,' zei hij, zich herstellend. 'Dus jij bent een nieuw lid?'

'Ik ben alleen maar heel onwetend wat politiek betreft. Maar ik vind wèl dat iedereen fatsoenlijk moet kunnen wonen. In Spanje leven de arbeiders in de vreselijkste armoede, veel erger dan hier. En veel van hen hebben nauwelijks iets te eten. Je zou het niet geloven. De rijken gaan volkomen hun gang en de armen hebben totaal geen rechten.'

Jack herinnerde zich de geëmotioneerde Spanjaard in Speaker's Corner en wilde dat hij beter had geluisterd.

'Voeren ze geen actie om de koning af te zetten en een democratie te vormen?'

'Dat is gemakkelijker gezegd dan gedaan,' zei ze. 'De mensen met geld en land willen de koning als een soort marionet gebruiken om zelf aan de macht te blijven. Je weet niet hoe gelukkig jullie hier in Engeland zijn. Thuis zou de Guardia Civil klaarstaan met geweren om deze demonstratie op te breken. Hoewel ik moet zeggen dat ik gedacht had dat er veel meer mensen zouden zijn.'

'Ah, maar kijk eens naar de kwaliteit!'

Ze keek hem vragend aan.

'Wat ik bedoel, is dat deze mensen misschien niet uit eigen ervaring weten wat armoede is, maar ze zijn goedgekleed en welbespraakt en hebben directe toegang tot de juiste mensen,' vervolgde hij. 'Dus kunnen honderd van hen meer bereiken dan duizend sjofele, schreeuwende mensen die niets anders hebben dan een persoonlijke wrok. Ik bedoel, wie trekt zich iets aan van mensen die demonstreren omdat ze honger hebben? En bovendien, een menigte woedende arbeiders is zo onbeschaafd, zo ondemocratisch. Kijk bijvoorbeeld eens naar de suffragettes. Een handvol beschaafde dames was het, geen leger afgetobde vrouwen. Maar de afgetobde vrouwen mogen nu toch ook stemmen, al kan het hen geen bal schelen.'

'Wat wil je precies zeggen? Ik kom er niet achter of je het met die mensen eens bent of niet.'

'Wat maakt het uit?'

'Nou, wat je vindt, heeft toch invloed op de manier hoe je erover schrijft?'

'Waarom zou dat? Ik schrijf voor *Red Rag*.'

'En maakt dat verschil?'

'Dat móet toch wel?'

'Bedoel je dat, als je schreef voor laten we zeggen de *Tory Trumpet* of zo, je een ander verslag van het gebeuren zou geven?'

'Voor de *Tory Trumpet* zou ik niet schrijven.'

'Uit principe niet, bedoel je?'
'Ik heb geen principes, alleen vooroordelen.'
Ze zweeg even.
'En wat denk je dat er zal gebeuren als we bij de County Hall komen?'
'Niet veel. Een aantal mensen, Clara en iemand anders, denk ik, zal naar voren komen om een of andere ambtenaar de petitie te overhandigen. Hij zal hen verzekeren dat het desbetreffende comité al zijn volledige aandacht aan de kwestie geeft en dan kunnen we onszelf allemaal op de rug kloppen en naar huis gaan om thee te drinken. Waar is thuis trouwens?'
'Thuis? O, daar heb je vast nog nooit van gehoord. Albavera is maar een klein dorp, zo'n twintig kilometer ten zuiden van Badajoz.'
'Badajoz? Dat klinkt een eind weg, om er thee te gaan drinken.'
'O, je bedoelt in Londen? Mijn oom en tante wonen in Holland Park. Waar woon jij?'
'Ik heb een kamer in Holloway. Hij is niet veel zaaks, maar beter dan het pension waar ik eerst was. Ik kan in elk geval komen en gaan wanneer ik wil. De hospita laat zich niet zien – en terecht.'
'Maar dat is het allerbelangrijkste, nietwaar? Vrijheid. Onafhankelijkheid.'
'Ik zou liever vrij en onafhankelijk zijn in Holland Park.'
'Ik ben het geen van beide. Dat zijn vrouwen zelden. Ik zou liever een man in Holloway zijn.'
'Je zou als man waardeloos zijn.'
Jack beet op zijn tong, woedend op zichzelf. Hij had dat niet willen denken, laat staan zeggen. Was er iets banalers dan een spontaan compliment?
'Helemaal niet,' antwoordde ze, hem letterlijk opvattend. 'Ik zou eruit halen wat erin zit. Maar aangezien ik geen man ben, heeft het niet veel zin om te klagen. Misschien moet ik me er gewoon bij neerleggen een van die keurige dames te zijn die zorgen dat de dingen geregeld worden. Dat is beter dan een van die afgetobde vrouwen te zijn die het geen bal kan schelen.'
Ze lachte filosofisch en nam haar helft van het spandoek weer

over, maar Jack liet niet meteen los. Ze keek hem vragend aan en hij deed zijn mond open om iets te zeggen, maar bedacht zich. Daarna liet hij los.
'Dank je,' zei Dolores Carrasquez.
'Graag gedaan,' zei Jack.

De volgende dag kreeg Jack een briefje. Het was precies zoals hij had verwacht.
'Donderdag, vier uur', stond erop; meer niet. De bedoeling was dus kennelijk dat hij naar het huis in Curzon Street zou komen.
Het was buitengewoon vervelend dat hij diezelfde dag om drie uur met Dolly bij de National Gallery had afgesproken, waar ze merkwaardig genoeg nog nooit was geweest en die het voordeel had gratis te zijn. Hij zou om halfvier weer weg moeten naar de afspraak met Clara, wat jammer was, maar misschien ook wel goed.
'Dat is vreselijk aardig van je,' had Dolores gezegd, toen hij edelmoedig had aangeboden om haar de kunstschatten van de stad te laten zien. 'Ik weet helemaal niets van kunst. De nonnen waren er zeer op tegen.' Hij glimlachte toen hij eraan dacht. Haar naïviteit was zo vrolijk, zo onomwonden en verstoken van de gespeelde verlegenheid of sluwe koketterie waarmee die meestal gepaard ging. Ze had iets heel spontaans, gezonds, lenteachtigs en aards, een aanstekelijk werkende energie en groot enthousiasme. Ze had de pure, volmaakte seksualiteit van appelbloesem. Hij had zichzelf ertoe gezet liever het risico te lopen nul op het rekest te krijgen dan zichzelf achteraf te vervloeken omdat hij laf was geweest. En gelukkig was ze te beleefd en onschuldig geweest – of onwetend – om nee tegen hem te zeggen.
Zijn artikel voor Harry Martindale was aardig gelukt. Meer dan honderd demonstranten, toegejuicht door sympathisanten langs de weg, hadden bij de County Hall duizenden mededemonstranten uit heel Londen ontmoet en de verzekering gekregen dat de snelle uitvoering van de nieuwe huisvestingswet de hoogste prioriteit zou krijgen. Degenen die er nooit aan hadden getwijfeld dat de Labour-regering sociale hervormingen zou kunnen afdwingen, zouden de ontwikkelingen vol vertrouwen

afwachten. Degenen die de wet als een zoethoudertje beschouwden, zouden nog weleens ongelijk kunnen krijgen. En degenen die vonden dat het ware socialisme al verraden was, zouden, als echte socialisten, blij zijn met elk blijk van het tegendeel.

Jack was er trots op dat hij precies de juiste toon had getroffen. *Red Rag* vond van zichzelf dat het afstand nam van het pijnstillende beleid van de regering zonder de extreem linkse groeperingen te omhelzen. Het was voorzichtig optimistisch en pleitte tevens voor hervormingen. En, zoals Jack zo juist had opgemerkt, had het een ontroerend geloof in de democratie en verafschuwde wanorde. Het wilde de maatschappij veranderen met een beitel en niet met een houweel. Dat was veel artistieker en gaf lang niet zoveel rommel. Misschien zou hij die zin eens gebruiken. Maar nu nog niet.

Lieve Josep, schreef Dolores,
Ik bid dagelijks dat het goed gaat met je studie en ik over niet al te lange tijd de vreugde mag beleven dat je tot priester wordt gewijd. (Die bloemrijke opening was vanwege de censuur.) *De eindeloze ronde van sociale verplichtingen gaat maar door, maar ik geloof dat tante Margaret de hoop wat mij betreft begint op te geven. Het afgelopen weekend ben ik voor het eerst naar Edmunds huis geweest, hoewel ik mijn bezoek moest afbreken omdat Clara zich niet goed voelde. Maar ze was zo aardig me uit te nodigen om mee te doen aan een mars van Stepney Green naar County Hall, wat erg leuk was. Een aantal marsen vertrok tegelijk van allerlei plaatsen in Londen, allemaal met petities om zo snel mogelijk te beginnen met het slopen van de krottenwijken – hoewel die krotten hier lang zo slecht niet zijn als de houten keten waarin de arbeiders van papa wonen. Clara zegt dat volgens de nieuwe wet hele straten met vreselijk oude huizen zullen moeten worden gesloopt en vervangen zullen moeten worden door moderne flats van de gemeente, maar dat zal eindeloos duren, tenzij we de gemeenteraad onder druk houden. Clara zegt dat een Labour-regering geen garantie is voor sociale hervormingen zolang ze geen meerderheid heeft in het parlement en dat er nog een hoop werk gedaan moet worden om het ware socialisme te bereiken. Ik begrijp niet precies wat ze met het*

ware socialisme bedoelt, maar ik wil geen ontzettend onwetende indruk maken. En zolang het te maken heeft met te zorgen dat iedereen gelijk is, ben ik er natuurlijk voor. Edmund zegt dat het beter is als ik in gezelschap geen opmerkingen over zulke dingen maak en hij heeft natuurlijk gelijk, aangezien ik hier uiteindelijk te gast ben en ze al genoeg last van me hebben.

Het was niet wat ze hem dolgraag wilde vertellen of wat haar voortdurend bezighield, maar hij zou het ermee moeten doen. Discretie was het wachtwoord. Ze vond het naar om haar plannen voor Josep te verzwijgen, want ze vertrouwde hem volledig, maar er was altijd een kleine, rampzalige mogelijkheid dat hij, of degene die zijn brieven las, het als zijn plicht zou beschouwen haar te verraden. Uiteindelijk was het een zonde om je ouders ongehoorzaam te zijn.

Ze legde de brief in de hal neer op het blad voor de post en ging weg naar haar afspraak met Jack Austin. Omdat ze wist dat Flora totaal niet geïnteresseerd was in kunst, had Dolores heel handig voorgesteld dat zij haar op dit culturele uitstapje zou vergezellen en toen haar uitnodiging inderdaad werd afgewezen, zocht niemand er iets achter dat ze alleen ging. Dat aanloopje maakte het nóg leuker. Ze was er vrij zeker van dat tante Margaret bezwaren zou hebben tegen Jack Austin en niet alleen omdat hij arm was.

Uit principe had ze zich niet verkleed. Flora's eeuwige obsessie met kleren stond haar tegen en ze had veel bewondering voor Clara's gebrek aan ijdelheid, zo anders dan haar eigen minder eerlijke variant. Dolores had genoeg zelfkennis om te weten dat ze er leuk uitzag in wat ze ook droeg. Ze had nooit de ellende gekend van te wensen anders te zijn, zonder dat ze haar eigen uiterlijk erg bewonderde. Ze vond het kinderachtig over kleine details te klagen, terwijl ze wist wat het was om echt lichamelijk misvormd te zijn, zoals Ramón. Als Clara een vreselijk complex had vanwege haar uiterlijk, dan was dat nogal verwend van haar. Dolores ging er prat op dat ze niet op het uiterlijk afging. Kijk maar naar Jack Austin, bijvoorbeeld.

Zijn kleren waren goedkoop en sjofel geweest, een teken van zijn lage sociale status, maar hij had ze met een zekere zwier gedragen, hetgeen ze bewonderd had. En hij had ongewone, spitse dingen gezegd en haar aan het lachen gemaakt. Edmund zou het prachtig vinden dat ze een verboden afspraakje had met een ongeschikte jongeman, ook al was hij lang niet zo lang, donker en knap als Lorenzo. De aantrekkingskracht was nauwelijks lichamelijk. Hij zag eruit alsof hij lukraak in elkaar was gezet en niets aan hem paste. Helderblauwe ogen met onopvallend middelbruin haar, een scherp, mager gezicht dat suggereerde dat hij lang was, hoewel hij klein was voor een man – niet veel langer dan zij – en zijn vingers waren lang en spits, de handen van een kunstenaar aan het lichaam van een handwerksman. Maar er was niets lukraaks aan de manier waarop hij sprak. Zijn manier van spreken was snel en vloeiend als stromend water en, als je er goed over nadacht, even ongrijpbaar. Ze vroeg zich af of hij schreef zoals hij sprak. Hij zag er niet uit als iemand die schreef, maar meer als iemand die dingen deed. Hij was als een gespannen veer, vol van onverwachte dingen. En tijdens die onsamenhangende analyse vroeg ze zich niet één keer af wat hij van haar had gedacht.

Het was een heldere, winderige middag en de wolken waren zwart met een gouden rand, daar waar de zon erdoor scheen. Maar tegen de tijd dat ze bij Charing Cross uit de metro kwam, hadden ze zich tot een dikke deken samengevoegd, waaruit een gestage regen viel waartegen haar paraplu nauwelijks bescherming bood. Hij woei binnenstebuiten zodra ze hem opendeed en het ding vervloekend, rende ze Trafalgar Square over, zich bij een aantal andere voorbijgangers voegend die ineens zin hadden gekregen om kunst te gaan bekijken.

Jack zag haar, nat en verfomfaaid, met haar dat op haar voorhoofd plakte, haar benen vol met modderspatten en haar druipende paraplu en hij lachte hardop. Ze zag er heerlijk bemodderd uit, als een hond die te beleefd is om zichzelf droog te schudden.

'Heel leuk,' zei ze, haar doorweekte paraplu neerzettend. 'Ik ben alleen maar overgestoken.'

'Je verdiende loon als je geen taxi neemt.'

'Ik ga graag met de metro. Ik vind het leuk om naar andere mensen te kijken en me voor te stellen wat ze doen.'

'Wat zou je denken dat ík deed, als je mij in de metro zou zien?'

'Dat vroeg ík me ook af. Je ziet er niet uit als een schrijver.'

Ze volgde hem de galerie in, zonder naar links of rechts te kijken, blij dat ze kon praten in plaats van naar de schilderijen te kijken. Ze vond het echt leuk om te praten.

'Hoe moet een schrijver eruitzien?' vroeg Jack.

'O, bezield en gevoelig, denk ik.'

'Bezielde en gevoelige journalisten maken het niet. En je moet niet op het uiterlijk afgaan. Bedenk eens hoe anders ik eruit zou zien als ik deftig zou zijn aangekleed.'

'Ik ga niet op het uiterlijk af,' zei Dolly verdedigend, zich afvragend of ze dat wel had gedaan. En vervolgens vroeg ze, vergetend om tactvol te zijn: 'Ben je heel arm?'

'Als een luis. Daarom stelde ik de National Gallery voor. Die is gratis. Ik zou liever naar de bioscoop zijn gegaan. Om je de waarheid te zeggen, doet dit me allemaal niets.'

'O, laten we dan gaan. Ik ga zelf ook veel liever naar de film. Ik heb geld genoeg bij me en kan betalen.'

'Nee, bedankt,' zei Jack. 'Het zou niet hetzelfde zijn.'

Dolores trok een gezicht en zuchtte.

'Alles komt altijd uiteindelijk op geld neer, hè? Mijn familie is ervan bezeten. Dat is iedereen in Spanje. Ze zeggen dat de ene helft van het land werkt maar niet eet en de andere helft eet maar niet werkt. Erg overdreven is het niet.'

'Dan moet je blij zijn dat je in het rechtvaardige, evenwichtige, zorgzame Engeland woont, met zijn rijke filantropen, zijn Labour-regering en zijn onomkoopbare politici.'

'Nee. Ik zou liever in een rechtvaardig, evenwichtig, zorgzaam Spanje wonen. Er zijn daar massa's mensen die graag veranderingen zouden zien. Als we eenmaal een democratisch gekozen regering hebben, zal alles eerlijk gedeeld worden.'

'Zoals ze in Engeland doen?'

'We zouden een stuk slechter af kunnen zijn. Kijk eens naar jou. Als je in Spanje arm bent, ben je arm voor het leven. Het is onmogelijk voor mensen om op te klimmen. Niet zoals jij dat zult doen.'

'Waarom denk je dat ik zal opklimmen?'

'Omdat jij dat denkt. Dat is te zien.'
'Dus jij vindt dat mensen moeten opklimmen? Wat rechts van je.'
'Rechts?'
'Ja. Als jouw arbeider eenmaal geld in zijn zak heeft en een aardig huis heeft om in te wonen, zal hij niet bereid zijn het met een ander te delen. Als hij eenmaal heeft wat hij wil, zal hij Tory gaan stemmen. Als je wilt dat hij Labour stemt, moet je hem houden waar hij is.'
'Ik dacht dat jij anti-Tory was?'
'Dat bén ik ook. Ik heb geen geld.'
'Maar ík heb wel geld en zou het niet erg vinden om het te delen.'
'Alleen omdat je ermee geboren bent en het niet hebt hoeven te verdienen. En omdat je je er schuldig over voelt. Als je het met bloed, zweet en tranen had verdiend, zou je het niet loslaten.'
'Maar er zijn massa's mensen die met geld geboren zijn en het níet willen delen, zoals mijn vader.'
'Ik heb nooit gezegd dat die er níet waren. De meesten voelen zich niet schuldig, zie je. Ik zou dat ook niet doen, dat weet ik wel.'
'Je stelt de dingen nogal zwart-wit.'
'Dat komt door mijn beroep. Maar het is heel effectief. Met woorden kun je alles bewijzen en daarom werk ik er graag mee.'
Dolores bleef even staan.
'Ik heb geen enkel schilderij bekeken,' zei ze, terwijl ze ongelukkig naar het dichtstbijzijnde tentoongestelde werk keek.
'Dan zullen we een andere keer terug moeten komen. Ik moet trouwens zo meteen weg. Ik kon onverwachts een baantje krijgen. Wanneer kan ik je weer zien?'
'O, wanneer je wilt. Ik heb de tijd aan mezelf.'
'Zullen we dan de volgende keer naar de bioscoop gaan? Mag je lang genoeg weg?'
'O, ik zal zeggen bij Clara op bezoek te gaan. Die steunt me wel.'
'Wil je niet meer aanbieden om te betalen? Ik verwacht binnenkort wat geld, dus kan ik het me veroorloven.'
'Als je erop staat. Ik wilde je niet beledigen.'

'Wat vind je van zaterdag?'
'Nee, er gebeurt op zaterdag vast iets, dat is altijd zo. Maar op maandag is er nooit iets. Wat vind je van maandagmiddag?'
'Maandagmiddag is prima.'
'O, mooi. Dan heb ik iets om naar uit te kijken. Jammer dat je al zo gauw weg moet.'
Heel erg jammer, dacht Jack.

'Dolly!' zei Edmund met een glimlach, toen hij zijn doorweekte nichtje bij de schoolpoort zag staan wachten. 'Ik had niet verwacht je vandaag te zien.'
'Ze verwachten me niet terug voor de thee,' zei Dolly. 'Ze denken dat ik in de National Gallery ben.'
'En waarom ben je daar niet?'
'Daar was ik óók. Maar degene met wie ik had afgesproken, moest vroeg weg en in plaats van in mijn eentje te gaan ronddolen, dacht ik even bij Clara langs te gaan. Maar ze is er niet.'
'Nee, ze had vandaag dingen te doen in de stad. Maar laten we gauw zorgen dat je uit de regen komt. Je bent gewoon doorweekt! Ik zal je een sleutel geven, zodat je er voortaan in kunt. Je had een taxi moeten nemen.'
'Dat heb ik geprobeerd, maar met die regen was het hopeloos. Is er post voor me?'
Toen Edmund de deur opendeed, kwam er een hongerige kat aanlopen. Dolores bukte en tilde hem op. Het was een Siamees, een zeer eenkennig dier, dat alleen tegen Clara aardig deed. Hij begon plotseling nijdig te blazen en Dolores zette hem weer neer.
'Alsjeblieft,' zei Edmund en gaf haar de envelop. Dolores scheurde hem open en las de brief gretig door. Ze kreeg een beetje een kleur en ging vervolgens zitten om hem nog een keer te lezen.
'Is er nieuws?' vroeg Edmund, terwijl hij de ketel op het gas zette.
'Niet echt. Hij kijkt uit naar het moment dat we gaan trouwen en zo.'
Het was een uitzonderlijk openhartige brief, ingegeven door wijn en frustratie, waarin hij in bijna grove bewoordingen over hun naderende vereniging schreef, heel anders dan Lorenzo's gebruikelijke, bloemrijke stijl. Dolores dacht nooit in termen van

woorden aan lichamelijke liefde. De tamme, romantische verhalen die ze heimelijk had gelezen, hadden haar niet beroerd of overtuigd en ze gaf de voorkeur aan haar eigen fantasieën boven kant-en-klare vervangingsmiddelen. Maar het waren fantasieën van emoties en gevoel, onbezoedeld door onhandige woorden. En de woorden van Lorenzo waren onhandig, de daad die ze verheerlijkten niet waardig en ze maakten iets prachtigs tot iets heel gewoons. Dolores zelf droomde op een vage, instinctieve manier over seksueel genot. Lorenzo's nieuwe, losbandige bewoordingen verontrustten haar en verbraken de betovering.

'Is er iets aan de hand?' vroeg Edmund, terwijl hij met de thee aankwam.

'Nee, niets. Luister, kun je tegen Clara zeggen dat ik maandagmiddag zogenaamd hier ben? Ik ga naar de film met iemand die bij tante Margaret niet in de smaak zou vallen. Als dat wél zo was, zou ik niet gaan.'

'Ik zal het tegen haar zeggen. Heb je hem bij de mars ontmoet?'

'Ja.' Dolores nam een plak oudbakken cake. 'Hij is journalist. Een beetje sjofel en helemaal niet aantrekkelijk.'

'Maar je vond hem aardig?'

'Ik vond hem interessant, meer niet. Hij is vreselijk arm en probeert zich omhoog te werken.'

'Wees voorzichtig, Dolly,' zei Edmund. 'Er zijn kerels die rijke jongedames op een afstand kunnen ruiken en hun verhalen vertellen over alle tegenspoed die ze hebben gehad. Clara kan je er alles over vertellen. Londen zit er vol mee.'

'O, maak je geen zorgen. Ik wilde de bioscoop betalen, maar hij wilde er niets van horen.'

'Mmm. Het klinkt alsof hij door de wol is geverfd.'

'Toe nou, Edmund. Wat ben jij vreselijk achterdochtig! Ik heb uiteindelijk alleen maar mijn toelage.'

'Wat ongetwijfeld meer is dan hij verdient.'

'En die ik spaar voor als ik getrouwd ben. Je denkt zeker dat ik vreselijk stom ben?'

'Nee. Alleen vreselijk goedhartig.'

'Nou, maar jij wilde anders dat ik zou uitgaan, mensen zou ontmoeten en volwassen worden. Dus als je vermoedens juist zijn, moet het een leerzame ervaring zijn, nietwaar? Hoe dan ook, ik zal tegen hem zeggen dat ik verloofd ben.'

Edmund voelde een steek van sympathie voor de arme krabbelaar en vervolgens een golf van ongerustheid.

'Dolly, je hebt een heel beschermd leventje geleid. Pas goed op jezelf. Het heeft geen zin eromheen te draaien. Ga niet mee naar zijn kamer om thee te drinken of zoiets stoms, denk erom. Ik voel me verantwoordelijk voor je.'

'Als ik meeging naar zijn kamer zou dat zeker niet zijn om thee te drinken,' zei Dolly plagend.

Edmund stak zijn pijp op en pufte er vaderlijk aan.

'Je bent altijd wel voor iets geks te vinden, jongedame. Dat is een deel van je charme. En de heren der schepping hebben dat zó in de gaten. Toen ik Clara voor het eerst uitnodigde om mee te gaan naar een vreselijk keurig concert in de Wigmore Hall, moet ik bekennen dat ik slechts aan één ding kon denken. Alle mannen denken maar aan één ding, en dat moet je goed in gedachten houden.'

Dolores giechelde met een mond vol cake.

'Wat trok je aan in Clara?' vroeg ze.

'Ik weet het niet precies,' zei Edmund eerlijk. De aantrekkingskracht was onmiddellijk geweest, instinctmatig en overweldigend. Ze had hem beroerd als een korreltje zand dat erom smeekte tot parel te worden gemaakt. 'Iets in haar ogen. Haar kwetsbaarheid, denk ik. En ze heeft haar eigen schoonheid, ook al zien de meeste mensen die niet.'

'En wat gebeurde er na het concert in de Wigmore Hall? Is ze meegegaan naar je kamer om thee te drinken?'

'Dat gaat je niets aan, jongedame,' zei Edmund, zijn verwarring verbergend achter een rookwolk. 'En het dóet er trouwens niet toe. Clara was eenentwintig toen ik haar ontmoette en is van nature voorzichtig en gereserveerd. Jij bent een stuk jonger en nogal impulsief.'

'O, ik vind het prachtig als je zo vaderlijk doet, Edmund. Het past zo goed bij je. Je zult vast een geweldige vader zijn!'

'Zeg dat niet waar Clara bij is, wil je?'

'Waarom niet?'

'Omdat zij geen kinderen wil.'

'Maar jij toch zeker wel?'

'Ik respecteer haar wensen. Dus kom niet met een van je beroemde, ondoordachte opmerkingen.'

'O, nee, natuurlijk niet.' Dolly roerde in haar thee. 'Ik wil vreselijk graag kinderen,' liet ze zich ontvallen. 'Ik wil er minstens vier. Eerst twee jongens en dan twee meisjes. De jongens noem ik Andrés en Eduardo en de meisjes Magdalena en Francisca. Wat vind je ervan?'

'Dat je een ontroerend vertrouwen in de toekomst hebt.'

'Is dat verkeerd?'

'Niet als het getemperd wordt door vastbeslotenheid. Optimisme is prachtig als stimulans, maar dodelijk als opiaat. Het is nauw verwant aan zelfingenomenheid en slapheid. Zelf heb ik er nooit veel in gezien. Ik ben een zwoeger van aard, de voeten stevig op de grond en één stap tegelijk.'

'Ik denk dat Clara zich gelukkig mag prijzen dat ze jou heeft,' zei Dolores, terwijl ze een kneepje in zijn hand gaf. En vervolgens zei ze impulsief: 'Misschien verandert ze van gedachten. Over kinderen, bedoel ik.'

'Neem nog een plak cake en houd je mond,' zei Edmund. 'Je práát te veel.'

'Nee, bedankt. Ik moest maar eens gaan. Ik geloof dat het wat minder hard regent. Vergeet niet tegen Clara te zeggen van maandag. En maak je over mij geen zorgen.'

Ze bukte zich om hem een kus te geven en deed de deur open om zichzelf uit te laten.

'Ben je niet iets vergeten?' zei Edmund met een glimlach, terwijl hij de brief van Lorenzo oppakte, die van haar schoot was gegleden. De inkt was gevlekt doordat er thee van de onderkant van haar kopje op was gedruppeld.

'Lieve help,' zei Dolores. 'Dadelijk vergeet ik mijn hoofd nog.'

'Doe dát niet,' zei Edmund.

'Walg je van me?' hoonde Clara.

'Volkomen,' verzekerde Jack haar, zoals van hem werd verwacht, zich afwezig afvragend hoe laat het was. Voor één dag had hij meer dan genoeg gehad. Ze was onverzadigbaar, zoals alleen een volkomen frigide vrouw kan zijn.

Ze rolde van het bed af, nog steeds in haar onderjurk, die ze nooit uittrok, haar ene absurde remming koesterend als een kannibaal die een goudvis heeft. Hij had haar nog nooit naakt gezien en verlangde daar ook niet naar.
'Ik denk dat je nu wel kunt gaan,' zei ze kil. 'Ik geloof niet dat je vandaag je smerige geld hebt verdiend. Vooruit, hoepel op.'
Jack greep haar bij haar pols en trok haar ruw naar beneden, waarop ze met verbazende felheid hard in zijn arm beet.
'Je lijkt wel een dolgeworden teef,' snauwde Jack verveeld. 'God, wat ben je walgelijk!'
'Laat me dan eens zien hoe walgelijk ik ben.'
'Niet voordat ik mijn smerige geld heb gehad.'
Ze lonkte grotesk naar hem en nam een bankbiljet uit haar tas, waarmee ze uitdagend voor zijn gezicht wapperde. Jack griste het uit haar hand, waarbij hij er een klein hoekje afscheurde, draaide haar zijn rug toe en begon zich aan te kleden.
'Hoepel dan maar op,' siste Clara. 'Je bent verachtelijk. Je bent geen haar beter dan een hoer.'
'En zal ik je laten zien wat een hoer denkt van degene die haar heeft genaaid?' vroeg Jack, terwijl hij haar zag kronkelen van verwachting.
Maar om haar in het gezicht te spuwen, zoals hij werd geacht te doen, dat bleek hem even te veel en toen hij haar verliet, schreeuwde ze hem het soort taal na dat ze alleen van veel ruwere klanten dan hij kon hebben geleerd.
In zijn haast om weg te komen, riep hij een taxi aan. De laatste keer was het gemakkelijk geweest, gemakkelijker dan hij had gedacht. Maar deze keer had hij er geen zin in gehad. Dat was gekomen omdat hij Dolly had gesproken en aan Dolly dacht. Hij zou in de toekomst zijn tijdsindeling beter moeten regelen, anders zou Clara hem zijn congé geven, en dat kon hij zich niet permitteren.
Het had een opluchting moeten zijn terug te keren naar *Eindeloos genot*, maar daarbij zat Dolly hem ook in de weg doordat hij zich niet kon concentreren en zich schaamde.
Elvira keek Sebastian in de ogen. Net als de hare, smeulden ze van nog onbevredigd verlangen...
Wat was meer vernederend? Het bevredigen van Clara's per-

versiteiten of het schrijven van nette pornografie? Borstels verkopen of de vuile borden van andere mensen wassen?
'Voor altijd, liefste,' fluisterde ze, terwijl ze zijn mannenborst hard tegen de zachtheid van haar overgave voelde...
Iedereen die arm was, verkocht zichzelf. En vrouwen hadden zichzelf altijd verkocht – voor de meesten van hen was het huwelijk niets anders dan gelegaliseerde prostitutie en daarom draaiden ze zichzelf zo graag een rad voor ogen met de liefde. Liefde was het superwasmiddel dat het contract schoonwaste.

Hij tilde haar op in zijn sterke armen alsof ze een veertje was en fluisterde in haar oor, met een stem die hees was van hartstocht...
Als hij trouwde, zou het zeker niet uit liefde zijn, maar vanwege geld, macht en invloed en om andere mannen jaloers te maken. Maar een rijke, mooie vrouw van goede familie was nog steeds ver buiten zijn bereik. Tot het zover was, had hij genoeg aan een paar Clara's. Hij kon haar net zo goed neuken en ervoor betaald worden als tijd, energie en geld te moeten besteden aan seks van laag allooi. Niet dat hij de moeite zou hebben genomen. Seks was niet zo belangrijk, behalve als middel om iets te bereiken...

Dolly paste daar totaal niet in. Dolly was iets extra's, dat was alles. Een verwennerij, een prikkel, een beloning, iets om wat van Clara's geld aan uit te geven, iets om zomaar van te genieten. Een groot, koel glas bier na een dag hard werken, de geur van bloemen na een dag in het riool. En echt. Geen vervangmiddel. Écht.

Terwijl hij het voltooide manuscript in een bruine envelop duwde, dacht Jack na over de manier waarop Griselda weldra aan haar eind zou komen. Haar uitgeefster wist dat ze bejaard was en artritis had, maar het was wat banaal om haar een natuurlijke dood te laten sterven. Het was beter om haar van de trap te laten vallen en haar nek te laten breken. Nadat ze haar standaardhonorarium had gekregen natuurlijk.

Clara goot de laatste van de flessen leeg in de gootsteen. Ze gooide het raam open om de dampen eruit te laten, waardoor het geluid van het verkeer en de spreeuwen naar binnen kwamen. Jack. Hij had haar onmiddellijk begrepen, zoals Edmund nooit zou doen. Wat een verrukkelijke bevrijding had die obscene pantomime haar bezorgd, die vlucht in gezegende vernedering, waardoor haar boosaardige geest vrij was om haar steriele lichaam weer te vervuilen. Ze zou Edmund geen pijn doen, zei ze tegen zichzelf, omdat Edmund het nooit zou weten. Ze zou alleen zichzelf pijn doen en dat was wat ze wilde.

Ze zei weinig tijdens het eten die avond, hetgeen op zich niet ongewoon was, alleen was haar zwijgen meer verzoenend dan mokkend. Ze luisterde aandachtig naar Edmunds verslag van een doodgewone dag, diende het eten op, ruimde af met vrouwelijke zorgzaamheid en naaide een knoop aan zijn overhemd, terwijl hij tevreden zijn pijp zat te roken.

Hij voelde zich bijna schuldig over haar huidige stemming. Sinds ze zich weer op de gin had gestort, had ze geprobeerd te laten merken dat het haar vreselijk speet, alsof het een vergrijp was dat meer tegen hem dan tegen zichzelf gericht was. Wat had ze haar verslaving trots verborgen, wat had ze moedig gevochten om eroverheen te komen, wat een hoop zelfkritiek had ze altijd en wat was het onmogelijk om alles wat ze had geleden goed te maken. Ze had beter zonder eten kunnen opgroeien dan zonder genegenheid. Het lichaam herstelde en vernieuwde zichzelf sneller dan de ziel. Ze had nooit liefde gekend, behalve, heel kort, van haar perverse oom. Bij haar geboorte was ze al de zondebok en door haar waren haar beide ouders niet meer in leven. Een verwarde, eenzame jeugd, en doordrenkt met religieuze poespas had haar enorme schuldgevoel nog vergroot, wat ze tevergeefs had geprobeerd uit te bannen door doelbewust alle normen te tarten en zich over te geven aan de zonde.

Hoe had hij een onschuldig kind als Dolly moeten vertellen van het laag-bij-de-grondse begin van hun liefdesrelatie? Dat Clara, toen hij haar voor het eerst ontmoette, op de rand van een zenuwinstorting had gebalanceerd, hem smekend haar te straffen voor denkbeeldige misstappen, allerlei overdreven ondeugden bekennend, waarbij ze meedogenloos zijn walging en woede probeerde op te wekken? Ze was net een mensetende vogel geweest met een kapotte vleugel. Hij had haar verpleegd tot ze weer gezond was en was daarbij eindeloos gebeten en ten slotte, na veel bloedvergieten, had hij haar vertrouwen gewonnen en haar liefde. Niet het gezellige, alledaagse soort waar het in de wereld om draaide, maar iets unieks, onvervangbaars, soms pijnlijk, maar altijd kostbaar...

Het zou een vreemd soort liefde zijn voor iemand die nog geloofde in hartjes en bloemen. Misschien vergiste hij zich als hij voor Dolly meer dan dat verlangde, was het verkeerd om achterbuurtkinderen te stimuleren om naar de middelbare school te gaan, verkeerd om onwetendheid en verspilling te verafschuwen. Verlichting deed op de lange duur meer kwaad dan goed. Maar Dolly was zo sterk en straalde kracht uit. Het zou misdadig zijn om dat te laten afsterven.

'Trouwens,' pufte hij langs zijn neus weg, terwijl Clara naar haar naaiwerk tuurde, 'Dolly heeft een avontuurtje. Ze zegt tegen mijn moeder dat ze aanstaande maandagmiddag bij jou is, zodat ze naar de bioscoop kan gaan met een of andere ongewenste jongeman.'

'Lieve hemel,' zei Clara. 'Ik dacht dat ze trouw was aan dat soldatenvriendje in Spanje.'

'Dat is ze ook. Ik denk dat ze het een of ander probeert te bewijzen. Ze heeft me uitgebreid verteld hoe onaantrekkelijk ze die vent vindt.'

'Wat het omgekeerde betekent, natuurlijk,' zei Clara. 'Waaróm is hij zo ongewenst?'

'Hij heeft geen stuiver en is waarschijnlijk nog links ook. Dat wil zeggen, ze heeft hem bij jouw mars ontmoet. Een journalist, zei ze.'

Clara schrok en de naald schoot in haar vinger. Ze keek hoe een druppel bloed door haar zakdoek werd opgezogen.

'Het zal een vreselijke hoop deining geven, Edmund, als ze zich op de een of andere manier in de nesten werkt. Jij hebt dit gestimuleerd, weet je nog?'

'De enige persoon tegen wie Dolly moet worden beschermd, is Dolly zelf, en dat is precies wat ik probeer te doen. Maar het zou geen kwaad kunnen als je zelf eens zusterlijk met haar praatte.'

'En hoeveel van mijn ervaring zou dan nuttig voor haar zijn, denk je?'

'Die beslissing laat ik aan jou over.'

Clara beet met haar tanden de draad af.

'Laat haar haar eigen vergissingen maken,' zei ze. 'Ze moet door schade en schande maar leren dat mannen alleen maar op seks of geld uit zijn en het liefst op beide. Haar soldaatje ongetwijfeld ook.'

'Val ík ook onder die algemene veroordeling?'

'Ik wou dat ik dat kon zeggen. Jij bent volmaakt, verdomme.' Haar stem brak. 'De Heer mag weten wat je in me ziet.'

Edmund nam het werkmandje van haar schoot en trok haar overeind. De blik in zijn ogen deed een misselijkmakende golf van liefde en schuldgevoel door haar heen gaan.

'Ik wou dat ik niet van je hield, Edmund,' mompelde ze, bijna boos. 'Als ik niet van je hield, zou ik je kunnen laten gaan. Ik haat mezelf om wat ik je aandoe en zou willen dat je me eruit smeet.'

Maar de manier waarop ze zich aan hem vastklemde, weersprak haar woorden. En het stelde hem altijd gerust als ze huilde. Er was liefde in dat gezegende verlies van zelfbeheersing, liefde in het zelfverwijt, dat de voorbode was van overgave. En daarna zouden ze een centimeter dichter bij elkaar staan. Slechts één centimeter, maar dichter bij elkaar.

Jack sloofde zich uit voor Dolly. De beste plaatsen en een doos chocola en na de film thee in een cafeetje met gebak op een zilveren schaal, gesteven schortjes en porseleinen kopjes. Ze droeg een rode, zijden blouse, die de donkere wollen stof van haar jas in brand leek te steken en het leek of ze zich werkelijk niet bewust was van de hoofden die zich omdraaiden om naar haar, naar hen te kijken. Wat ziet ze in hém? vroegen ze zich af, waardoor Jack zich zeer onbehaaglijk en toch ook blij voelde.

Ze had dolgraag de Marx Brothers in *Animal Crackers* willen zien en Jack had het kinderachtig gevonden, maar Dolly had zich letterlijk tranen gelachen. Om het minste lachte ze uitbundig. Jack vroeg zich af of al haar emoties als lava onder de oppervlakte borrelden, wachtend op de gelegenheid naar buiten te komen. Maar ondanks dat, of misschien daarom, schroomde hij om in het donker van de bioscoopzaal de gebruikelijke versierpogingen te ondernemen. Hij wilde haar niet delen met de een of andere idiote film. Hij wilde haar helemaal voor zichzelf.

Intussen probeerde hij zijn lastige libido te ontwapenen door haar *à la* Griselda te beschrijven. Fonkelende zwarte ogen, ravezwart haar, een honingkleurige huid met de blos van een rijpe perzik, verrukkelijke lippen, rijp voor de hartstocht, een hoge, volle boezem, lange, slanke benen en een middel dat door twee mannenhanden kon worden omspannen. Een warme, soepele stem en een lach als zilver. God, wat waren woorden nutteloos! Te vaak gebruikt, ontoereikend, versleten. Het zou mogelijk moeten zijn nieuwe woorden uit te vinden om een unieke, precieze, oorspronkelijke taal te scheppen, die gewijd was aan het gekozen onderwerp.

'Heb jij liever de bovenkant of de onderkant van een soes?' vroeg Dolly, terwijl ze er een in tweeën sneed en de beide helften rijkelijk van slagroom voorzag.

'Daar heb ik nooit over nagedacht,' zei Jack. 'Het is niet iets wat ik dagelijks eet.'

'O, mooi, in dat geval kun jij de bovenkant eten en neem ik de onderkant. Die vind ik lekkerder, daarom eet ik de bovenkant altijd eerst.'

Ze legde de bovenkant van haar soes ondersteboven op zijn bordje.

'Neem me niet kwalijk dat ik het met mijn vingers doe.'

'Helemaal niet.'

'Ik wou echt dat je mij dit liet betalen. Het is heus niet uit liefdadigheid, hoor. Trouwens, over een paar maanden krijg ik waarschijnlijk geen cent meer, dus ben ik nu hard aan het sparen. Het is alleen omdat jij de bioscoop en de doos met chocola hebt betaald.'

'Waarom krijg je geen cent meer?'

'De gebruikelijke reden. Ik ga trouwen met iemand waarmee mijn vader het niet eens is. Om je de waarheid te zeggen, gaan we er op drieëntwintig maart samen vandoor. Het is natuurlijk geheim.'

'Als het geheim is, waarom vertel je het mij dan? Ik ben totaal niet betrouwbaar.'

'Ik vond dat ik dat moest doen, alleen om misverstanden te

voorkomen. Dat wil zeggen, ik wilde niet dat je geld aan mij zou uitgeven met de gedachte dat er iets van zou kunnen komen. Als je begrijpt wat ik bedoel.'

'Ik begrijp precies wat je bedoelt.'

'O, jeetje. Ik denk dat dat een beetje verwaand klonk, maar ik heb liever dat alles volkomen duidelijk is. Jij niet?'

'Het is niet verwaand. Waarom zou ik je anders meenemen naar de film dan om je te verleiden?'

'Je lacht me uit.'

'Ja. En mezelf ook. Om te beginnen was het al brutaal van me om je mee uit te vragen. Ik dacht dat je een of ander excuus zou bedenken. Ik zou met een of ander winkelmeisje in het café moeten zitten en niet in een deftige tearoom met een dame zoals jij. Je bent van een heel andere stand en dat weet je. Het was heel aardig van je om je te verwaardigen met mij uit te gaan.'

'O, schei uit!'

'Waarom? Nu zul je ermee moeten instemmen nog een keer met me uit te gaan, alleen om te bewijzen dat je geen snob bent. En dat je verloofd bent, daar zit ik helemaal niet mee. Daar moet je niet verder over nadenken.'

Hij pakte nog een soes, sneed hem in tweeën en gaf haar de onderkant. Ze pakte hem aan met vingers die nog vochtig waren omdat ze die had afgelikt. Hij voelde een bijna ondraaglijke aandrang om ze in zijn mond te steken en te proeven.

'Wat ik verder nog wilde zeggen,' ging ze onverstoorbaar verder, 'is dat mijn neef Edmund me heeft gewaarschuwd dat je misschien zou denken dat ik dom was en goedgelovig en, je weet wel, een zacht eitje. En ik wil niet dat we elkaar weer ontmoeten zonder dat ik tegen je heb gezegd dat dat helemaal niet zo is, ook al maak ik die indruk. Eigenlijk ben ik heel hard en heel egoïstisch.'

'Je bedoelt dat hij dacht dat ik van plan was van je te profiteren?'

'Dat klopt. Zijn verloofde, Clara, heeft een paar nare ervaringen gehad. Ik veronderstel, dat als je vrouw bent en rijk en socialiste, dat de mensen denken dat je popelt om al je geld weg te geven aan de eerste de beste die erom vraagt. Omdat je je schuldig voelt en er niet voor hoefde te werken, zoals je zei.'

'Je neef had gelijk om je te waarschuwen. Maar ik ben alleen geïnteresseerd in geld dat ik kan verdienen. Ik heb nog nooit een stuiver aangepakt waar ik niet voor gewerkt heb.'
'Mooi. Ik ben blij dat dat allemaal uit de wereld is geholpen.'
'Wacht eens even. Ik denk het niet.'
'O nee?'
'Niet helemaal. Ik... ik ben nog steeds van plan te proberen je te verleiden. Ik verwacht natuurlijk niet dat je bezwijkt, waarom zou je? Maar nu ik weet dat je alles graag openlijk uitgesproken wilt hebben, vond ik dat ik nu meteen maar moest zeggen wat ík op mijn hart had. Ik loop het risico dat je zegt dat ik kan vertrekken, maar dat heb ik liever dan dat ik je moet bedriegen. Ik hoop dat je niet geschrokken bent van mijn eerlijkheid. Maar je bent niet zo gauw bang, hè?'

Hij was zich pijnlijk bewust van het geluid van zijn eigen stem, met onbeschaafde klinkers en al. Hij wist dat hij zojuist ongelofelijk stom was geweest of een uiterst goede ingeving had gehad.

Ze leunde achterover in haar stoel, vouwde haar armen over elkaar en staarde hem brutaal en ongelovig aan. Hij staarde redelijk koelbloedig terug. Hij had de zaak niet helemaal in de hand en dat beviel hem niet, of misschien juist wel, wat nóg zorglijker was.

'Ik ben een Spaanse, weet je nog?' zei ze ten slotte. 'Deugdzaam en opvliegend, weet je wel. In mijn tas heb ik een dolk van gehard Toledo-staal om mijn eer te verdedigen. Mijn verloofde is een Spanjaard. Moedig en welddadig, weet je wel. Hij is toevallig scherpschutter en een stuk groter dan jij.'

'Dat méén je niet,' zei Jack, terwijl hij deed of hij doodsbang was. 'Wat moet ik verder nog van hem weten?'
'Wat wíl je weten?'
'Genoeg om achter het geheim van zijn charmes te komen.'
'Goed dan. Hij heet Lorenzo en ik ken hem al mijn hele leven. Hij is heel knap. Lang, brede schouders, heel sterk. Hij tilt me zomaar op. Zijn vader is – of liever was – de advocaat van onze familie en Lorenzo is in het leger gegaan omdat hij geen rechten wilde studeren. Hij is niet zo'n studiehoofd en is graag bezig met rijden en schieten, weet je. Hij is echt scherpschutter en wil in-

structeur worden. Hij heeft me eens een keer laten zien hoe je een geweer moet gebruiken, maar het was vreselijk zwaar en ik heb mijn schouder bezeerd en hij wilde het me niet nog eens laten proberen.'

'En waarom heeft je vader bezwaren tegen hem?'

'Omdat hij niet meer heeft dan zijn soldij en papa denkt dat hij op mijn geld uit is. Maar dat is niet waar.'

'Hoe weet je dat?'

Ze keek hem boos aan.

'Lorenzo geeft niets om geld en is heel idealistisch. Hij vindt het vreselijk zoals de rijken het land in hun macht hebben en zou de grond graag opnieuw verdeeld zien en het leger hervormd. Hij zegt dat dat allemaal pas kan gebeuren als we een republiek hebben. Mijn broer Josep denkt dat ook. Hij wordt priester en vindt dat de Kerk vreselijk corrupt is en meer zou moeten doen voor de armen.'

'Heb je maar één broer?'

'Nee, twee. Mijn andere broer Ramón, is heel rechts, net als papa. Hij zegt dat de arbeiders zullen gaan muiten als ze niet onder de duim worden gehouden en een revolutie zullen beginnen. Het klinkt jou waarschijnlijk belachelijk in de oren, maar zo denken de mensen in Spanje als ze land hebben, dat is normaal. Papa denkt dat iedereen die het niet met hem eens is, marxist is.'

'Dus denkt hij dat je verloofde marxist is?'

'O, Lorenzo heeft zijn ideeën altijd voor zich gehouden, om papa niet tegen zich in het harnas te jagen, zodat hij ons zou laten trouwen. Maar dat heeft niet veel geholpen. Dat gedoe over geld was al genoeg. Toen papa erachter kwam dat we verloofd waren, heeft hij de vader van Lorenzo ontslagen en gezegd dat hij ervoor zou zorgen dat Lorenzo nooit zou worden bevorderd. Toen heeft hij mij naar Engeland gestuurd om ons uit elkaar te houden, dus zal hij me ongetwijfeld geen cent meer geven als we getrouwd zijn. Maar ik weet zeker dat hij wel bijdraait als ik een baby heb, zeker als het een jongen is.'

'Dan kun je beter meteen een baby krijgen.'

'O, dat dóe ik ook. Ik ben dol op kinderen. Jij niet?'

Jack haalde zijn schouders op.

'Ze zijn leuk als je geld genoeg hebt. Als je arm bent, betekenen ze levenslang.'
Dolores haalde haar tas te voorschijn.
'Ik ga nog één keer met je uit als je mij mijn deel laat betalen.'
'Nee. En je moet me niet de wet voorschrijven. En ík ben niet aan het sparen om te trouwen. Ik moet er niet aan dénken.'
'Waarom niet? Wil je niet trouwen?'
'Zeker wel. Maar daar komt sparen niet bij te pas. Ik ben van plan een rijke vrouw te zoeken.'
'Je bedoelt dat je om het geld trouwt?'
'Natuurlijk! Vrouwen hebben dat altijd gedaan, dus waarom ik niet? Kijk eens naar Assepoester. Niemand heeft het haar ooit kwalijk genomen.'
'Ik dacht dat je alleen maar geld wilde dat je kon verdienen?'
'Ik zou het verdienen. Je zou mijn ambities geruststellend moeten vinden, in aanmerking genomen dat je binnenkort geen toelage meer krijgt. Bijbedoelingen zouden tijdverspilling zijn. Mijn intenties zijn zuiver oneerbaar.'
'Je wilt me alleen maar verleiden?'
'Verder niet.'
'En je denkt wérkelijk dat ik me door jou zou laten verleiden?'
'Jij bent degene die tot nu toe aan het verleiden is geweest. Je vindt het leuk om me aan het lijntje te houden, is het niet? Niet dat ik me beklaag.'
Ze bleef even stil zitten terwijl ze dat tot zich liet doordringen, haar lippen preuts op elkaar geklemd. Vervolgens stond ze op om weg te gaan.
'Bedankt voor de bioscoop, de chocola en de thee,' zei ze ijzig beleefd.
'Geen dank. Wanneer zie ik je weer?'
'Ik weet het niet zeker. Ik heb het deze week erg druk. Boodschappen voor de kerst en zo.'
'We zouden samen door Harrods kunnen wandelen.'
'Ik doe liever alleen boodschappen.'
'De hoofdingang. Woensdag, twee uur.'
'Ik denk het niet.'
'Tot woensdag dan.'

Dolly stevende gepikeerd de tearoom uit. Hem aan het lijntje houden, wel ja! Woensdag, twee uur. Twee uur, woensdag.

De volgende morgen ging Jack kijken of hij *Red Rag* ergens kon krijgen. De kiosken in de buurt hadden het natuurlijk niet, omdat er geen vraag naar was in zo'n arbeiderswijk, maar in de kiosk bij het station van King's Cross, waar hij zijn eerste nummer had gekocht, hadden ze er een.

Zijn verhaal stond op pagina drie en hij las het razendsnel door. Het was met ongeveer honderd woorden ingekort, de beste honderd woorden natuurlijk. En ze hadden zijn naam verkeerd gespeld als Austen, zoals van Jane. Maar het was gedrukt en hij zou ervoor betaald worden en het zou in zijn map gaan. En over een jaar zou hij voor een échte krant schrijven en over vijf jaar zijn eigen opdrachten uitkiezen. En dan zouden ze zijn kopij met rust laten en zijn naam correct spellen en dan zou hij degene zijn die de gunsten bewees en niet andersom. Maar dan moest er wél eerst een wonder gebeuren.

Hij liep naar het kantoor van Harry Martindale, wat gewild bescheiden was gehuisvest boven een bakkerij in Camden Town. Het rook er heerlijk naar vers brood.

'Jack, beste kerel,' dreunde Martindale, hem uitbundig de hand schuddend. 'Heb je deze week je stuk gezien? Ik vond de layout heel goed.'

'Je hebt mijn naam verkeerd gespeld,' zei Jack.

'O, dat is maar een zetfoutje. Wat kan ik voor je doen?'

'Ik heb een baan nodig,' zei Jack. 'Vast werk. Ik ben ontslagen bij Empire Court nadat ze mijn verhaal hadden gelezen.'

'O ja? Dat is nou toch jammer! De prijs van principes, hè? Misschien hadden we een pseudoniem moeten gebruiken.'

'Ik schrijf onder mijn eigen naam of helemaal niet.'

'Misschien moet je dan onder je eigen naam schrijven en onder een andere naam werken.' Martindale deelde kennelijk het algemene standpunt dat schrijven geen werk was. 'Wat een baan betreft, stel ik voor dat je het bij de plaatselijke krant probeert. Zo begint men, weet je.' Hij lachte bemoedigend.

'Ik wil niet over bruiloften en bazaars van de Kerk schrijven. Luister, je zou me niet veel hoeven betalen. Ik zou die krant elke week voor je vol kunnen schrijven, dus zou je niet hoeven terugvallen op gratis bijdragen van mensen die niet kunnen schrijven. Je zou me kunnen betalen naargelang de oplage. Ik garandeer je dat ik die in zes maanden kan verdubbelen. Je wilt dat je in de kiosken komt te liggen, dat gewone mensen je krant kopen en hem lezen en ervan leren. Een krant met lef, die zijn naam waarmaakt en mensen aan het denken zet, geen pamflet voor intellectuelen en ook geen onbenullig blaadje voor Jan de arbeider. Een krant voor actie, voor verandering. Deze regering is al verkocht; die is aan handen en voeten gebonden. Ze houdt de mensen voor de gek en is net zo socialistisch als de theevisite van de dominee. Het hele land leeft in een utopie, terwijl de politici hun kop in het zand steken. Ze worden pas wakker als het te laat is. Dáárover wil ik schrijven. Dat is wat je zou moeten willen drukken. Je moet de ogen van de mensen openen voor wat hun te wachten staat. Fascisme. Oorlog. Over een paar jaar zal het maar al te duidelijk zijn. Je moet het nú zeggen, vandaag, in plaats van intellectueel geleuter te drukken dat niemand leest.'

'Jack, beste kerel, ik ben het volkomen met je eens, maar je moet realistisch zijn. Ik...'

'Ik bén realistisch. Je kunt een week werk van me krijgen voor minder dan de huur van die chique flat van je in Hampstead, omdat ik maar twaalf shilling per week kost. Je kunt een jáár werk van me krijgen voor de helft van wat je voor die mooie nieuwe Rover Meteor van je hebt betaald, omdat ík altijd kan lopen of de tram kan nemen. Ik weet mijn plaats, maak je geen zorgen. Ik wil niet meer dan een minimumloon en een kans. Dat is toch niet te veel gevraagd? Of neem je de krant niet serieus? Vertel me niet dat jij ook zo'n hoogdravende dilettant bent. Ik had mezelf ervan overtuigd dat jij anders was dan de rest.'

Martindale deed even zijn mond open en sloot hem weer. Op dat moment zou hij graag een half dozijn stofzuigers hebben gekocht om deze agressieve, jonge lastpost uit zijn mooie, rustige kantoor te krijgen. Wie dacht hij wel dat hij was? Dat hij een van de oprichters van de Twenty-Six Club ter verantwoording kon roepen, de belangeloze eigenaar van een onafhankelijk socialistisch weekblad die de zware verliezen uit zijn eigen zak bijpaste? Hoe durfde hij hem een dilettant te noemen, terwijl hij zonder te hoeven werken van zijn privé-inkomen had kunnen leven? Dacht hij dat hij van geld gemaakt was?

'Je hoeft me niet meer te betalen dan wat ik bij het Empire Court kreeg,' zei Jack. 'En ik schrijf meer dan je kunt drukken.'

'Je kunt toch niet overál verstand van hebben,' begon Martindale zwakjes.

'Afgesproken. Ik begin vandaag. Ik dacht dat ik een post-mortem zou kunnen schrijven over de tussentijdse verkiezingen in Whitechapel volgende week. Waarom de Labour-meerderheid is teruggelopen van negenduizend naar negenhonderd. O ja, dat zal gebeuren, dat zul je zien. En iedereen zal de werkloosheid de schuld geven. Maar dat is maar een excuus. Ik ben er trouwens al aan begonnen. Maar maak je geen zorgen, ik werk een week vooruit, dus je hoeft pas achteraf te betalen. Zo doen ze dat bij het Empire Court. Nou, ik ben blij dat we dat allemaal geregeld hebben.'

Hij pakte Harry Martindale's zachte, mollige hand en nam hem in een meedogenloze arbeidersgreep.

'Een maand op proef,' kon Martindale nog uitbrengen.

'Dat is uiterst edelmoedig van u, menéér,' zei Jack onderdanig, terwijl hij aan een denkbeeldige pet tikte en achteruitlopend het vertrek verliet.

Ramón was dolgelukkig. Net als de goede rentmeester uit de gelijkenis had hij zijn moeders geld genomen en gezorgd dat het zich vermenigvuldigde. De zool van zijn schoen zat vol met zekerheid, zijn bloedsomloop met verzachtende absint, zijn mond met een anoniem stuk boezem. Hij vond het prettig om de passieve partner te zijn en genoot om lui als een sultan de vrouw te zien zweten. Ze was ouder dan hij eigenlijk gewild had, hoewel ze er in het licht van de straatlantaren jong had uitgezien, maar ze kende haar vak en als ze klaar was, zou ze haar aalmoes nemen en weggaan.

Zijn makkers hadden hem gewaarschuwd tegen zijn gewoonte het op een koopje te doen. Ze hadden geprobeerd om hem mee te tronen naar selecte huizen, waar men betaalde voor het voorrecht geen ziekte op te lopen, waar je kon uitzoeken en regelmatig dezelfde partner kon krijgen. En waar hij betutteld zou worden als een rijke, jonge invalide, waar een of ander mooi meisje, dat hem eigenlijk weerzinwekkend vond, plichtmatig lief tegen hem zou doen. Nee, beter een vluchtige ontmoeting met iemand die net zo beschadigd was als hij. Een samenkomst van wederzijdse minachting was zuiverder dan dat gehuichel.

Ze kreunde opgelucht omdat haar taak beëindigd was, kleedde zich snel aan en ging de straat weer op, de geruststellende, scherpe geur van een goedkoop pension achterlatend. En Ramón viel in slaap.

Hij droomde van schoonheid en angst en macht en pijn, van roem en onmacht en geluk en de dood, de warrige componenten van de wanhoop. En hij werd weer wakker door het geluid van ramen die piepten, een kleed dat geklopt werd en een nieuwe dag om te verlummelen brak aan.

Er was een brief van zijn zuster, met daarin de gevraagde bijdrage aan zijn doktersrekeningen. Dolores wist niet dat Rosa zwanger was, God zij dank. Ramón had Dolores verzekerd dat hij vreselijk veel berouw had van zijn onvergeeflijke gedrag en had getrouw, maar in zeer vage bewoordingen, beloofd Rosa in de toekomst schadeloos te zullen stellen. Maar op het moment had hij helaas geen cent; hij was nauwelijks in staat het hoofd boven water te houden. Als mama wist hoe berooid hij was, zou ze zich dodelijk ongerust maken...

Dolores had het hem niet kunnen weigeren. Ze was idioot teerhartig, zelfs als kind had ze altijd alles al willen delen en had zelfs niet kunnen genieten van de kleinste traktatie als die niet in tweeën werd gedeeld. Ramón vouwde de Engelse bankbiljetten op en stopte ze in zijn zakboekje, terwijl hij ongeïnteresseerd de brief doorlas.

Ze leuterde over een of ander zinloos project om de armen te helpen – zulke dingen vond ze leuk –, vroeg bezorgd naar zijn gezondheid en zei hoezeer ze zich erop verheugde hem te komen opzoeken. Alsof hun vader zo'n onderneming ooit zou toestaan.

Het spijt me te horen dat papa je zo weinig geld geeft, maar je hebt gelijk dat je mama er niet mee lastig valt, vooral nu ik op het moment genoeg over heb en liever wil dat ze zich geen zorgen maakt. Ik wou dat ik meer kon sturen, maar alles is hier veel

duurder dan thuis en ik moet van tante Margaret elke keer naar de kapper en ze moppert als ik geen kleren koop. Maar als alles goed gaat, hoop ik eerder thuis te zijn dan je denkt. Vind je dat niet geheimzinnig?
Ik vind het een nare gedachte dat je arm, eenzaam en verdrietig bent. Ik wou dat je met mij had kunnen meegaan naar Londen. Jij zou zoveel meer van dat gezellige gedoe hebben genoten dan ik. Denk erom dat je je warm aankleedt en goed eet.

Veel liefs, Dolores

Wat leek Londen vervelend. Vol koele, beschaafde mensen die graag goed wilden doen, met een regering die het schuim eraf schepte en het room noemde. Een zacht, verwijfd land, zonder trots, verslaafd aan z'n smerige proletariaat, waarvan de vroegere pracht verdwenen was. Het was een land waar vrouwen gelukkig konden zijn, maar mannen niet. Zijn zuster zou Lorenzo ongetwijfeld vergeten in de armen van een of andere vadsige filantroop en haar leven lang ziekenhuizen en achterbuurten gaan bezoeken. Maar Lorenzo was geen verlies. Als ze met hem trouwde, zou ze straatarm zijn en Engelse weldoeners hadden altijd geld zat. Hij was op zijn stomme zusje gesteld en wenste haar alle goeds, of in elk geval rijkdom.

Hij pakte zijn pen en schreef in zijn elegante, schuine handschrift:

Lief zusje,
Bedankt voor je aardige brief en je royale gift voor een broer in nood. Je weet hoe die joden achter hun schulden aanzitten. Ik zou het prachtig vinden als je eerder naar huis kwam en mij kwam opzoeken in mijn eenzaamheid, maar uit liefde en bezorgdheid moet ik je aanraden die plannen op te geven. Het is in Madrid niet langer veilig voor meisjes van goede familie. Er is hier een groeiende haat ten opzichte van iedereen met schone handen. En het plebs blijft actie voeren voor zogenaamde hervormingen, in de hoop zo fatsoenlijke mensen het land uit te drijven. Je zou er goed aan doen in Engeland te blijven. Geloof me, als links zijn zin krijgt, zal al het land van onze vader ge-

confisqueerd worden en zullen jij en ik ons kapot moeten werken op het land, terwijl de boeren met hun handen in de zak staan te kijken. De koning is helaas te zwak en te bang om zich te verzetten tegen degenen die een komplot tegen hem beramen en daarom kunnen we alleen maar hopen dat er weer een pronunciamento komt, aangezien alleen een militaire regering de vrede en stabiliteit kan herstellen. Jouw romantische idealen van gelijkheid voor iedereen zijn leuk maar leiden tot niets. En ik deel de opluchting van onze moeder dat je in een land bent dat, hoewel op zijn eigen manier al corrupt, terugdeinst voor revolutie. Een republiek zou niet anders zijn dan een vergunning voor gelegaliseerde opstand, onder leiding van marxisten, homoseksuelen en atheïsten, die deze stad vervuilen en de onderwerping beramen van ons eens zo nobele land. Wacht tot rechts gewonnen heeft vóór je terugkomt en dan zullen we je allemaal hartelijk welkom heten. Lorenzo zal ongetwijfeld de kans krijgen om promotie te maken als het leger aan de macht komt en jouw aanwezigheid zou alleen maar een bron van zorgen en afleiding voor hem zijn. Geloof in de wijsheid van een invalide; ik heb vele eenzame uren om na te denken.

Je liefhebbende Ramón

Democratie was onzin. Welk recht hadden ongeletterden om ergens over te stemmen, welke hoop was er voor een regering die gekozen werd door tuig en geleid door verraders? Bij de verkiezingen van vroeger waren de zaken in elk geval onder controle geweest en de afgevaardigden waren goedgekeurd door degenen die een gevestigd belang hadden in een sterk, onverdeeld, geordend Spanje. Vrije verkiezingen zouden alleen maar de weg plaveien voor dieven, opportunisten en demagogen om te plunderen en de waardevolle dingen van het land kapot te maken, de erfgenamen lastig te vallen en te verdrijven.

Hoezeer hij zijn vader ook haatte, over zulke dingen waren ze het eens. Wat zijn heilige broer betreft, die zo dol was op de boeren, die zou algauw van gedachten veranderen als de geschiedenis zichzelf eenmaal herhaalde, als hij eenmaal getuige was van een heropvoering van de Tragische Week van Barcelona van twintig jaar geleden, toen hun grootmoeder had gezien hoe kerken verbrand werden en de lijken van nonnen werden opgegraven door moordlustige anarchisten. Als het leger er niet was geweest om hen in toom te houden, zou de infectie zich ongeremd hebben verspreid en ze lag nog steeds overal als een dodelijk virus op de loer, wachtend op een moment van zwakte om het land lam te leggen, even boosaardig als de polio hem had verlamd. Binnen niet al te lange tijd zou zijn onnozele broer bloed wijden, geen wijn, en worden opgejaagd door heidenen.

Soms, tijdens door alcohol benevelde dagdromen, beeldde Ramón zich in dat zijn been gewond was geraakt op het slagveld en hij een rij onderscheidingen op zijn borst had vanwege zijn invaliditeit. Hij was een vurig bewonderaar van generaal Millán Astray, de dappere patriot en oprichter van het vreemdelingenlegioen, die een arm en een oog had verloren bij het verdedigen van het rijk en zijn wonden met trots en niet met schaamte droeg. Maar die ellendige laars van hem was het bewijs dat hij het slachtoffer was van het lot, geen oorlogsheld, iemand met wie je medelijden had en niet iemand die je bewonderde. En toch zou misschien ooit de dag komen dat hij zijn land kon dienen, de erkenning en het respect kon verdienen die zijn deel hadden moeten zijn. Zijn lot was gedwarsboomd, niet beknot. Ieder mens had zijn doel en misschien had de Voorzienigheid die tegenspoed op zijn pad gebracht om hem voor te bereiden voor een grootse taak.

Arme, dwaze Dolores. Arme, dwaze Josep. Misschien zou hun arme, slimme broer hen nog eens moeten redden van zichzelf.

'Ik hoor dat je een nieuwe bewonderaar hebt,' zei Clara. Haar toon was bijna vriendelijk. Ze hadden een drukke middag gehad met het huis aan huis bezorgen van propaganda en Dolores had zowel vijandige Tories als agressieve honden getrotseerd in haar vastberadenheid het karwei te klaren.

'O, ik zou hem geen bewónderaar willen noemen. Ik geloof dat hij me een beetje een rare vindt. Dat is hij zelf trouwens ook. Maar hij is in elk geval niet saai en ik hoef niet over koetjes en kalfjes te praten. Edmund had gelijk dat ik eruit moest om nieuwe mensen te ontmoeten. Flora en ik hebben niet veel gemeen, hoewel ze heel aardig is geweest. En ik vind al die feestjes en

diners eigenlijk niet zo leuk. Ik weet nooit wat ik tegen die mensen moet zeggen.'
'Dat kan ik moeilijk geloven. Je práát maar door.'
'O, met jou en Edmund is het anders. Ik hoef me niet netjes aan te kleden en beleefd te zijn en me ongerust te maken dat ik tante Margaret in verlegenheid breng met mijn gebrek aan omgangsvormen. Ik voel me ongeveer veertien naast Flora. Ze zegt dat het komt omdat ik op een kloosterschool heb gezeten.'
'Je had moeten zorgen dat je eraf werd gestuurd, net als ik,' zei Clara. 'Hoewel mijn voogden me naar een kostschool in Zwitserland hebben gestuurd om me mijn zonden af te leren, wat nog erger was. Ik dacht dat ik gek zou worden van verveling.'
'Waarom ben je weggestuurd?'
Clara aarzelde.
'Ik geloof niet dat ik je dát moet vertellen.'
'Waarom niet? Is het erg schokkend?'
'Dat schenen ze toen te denken.'
'O, vertel het me alsjeblieft,' smeekte Dolly, ongetwijfeld een of ander spannend verhaal verwachtend.
'Ik had een verhouding en werd op heterdaad betrapt.'
Dolly opende vol ontzag haar mond.
'Met een mán?' vroeg ze gefascineerd.
'Natuurlijk niet.'
'Sorry, stomme vraag. Ik bedoelde...'
'Het was geen stomme vraag. Er waren daar geen mannen. Ze ontdekten ons in een compromitterende houding in het hockeypaviljoen. Zij werd er natuurlijk ook afgestuurd.'
'O,' zei Dolly. 'O.'
'Ben je geschokt?'
'Eh... niet bepaald. Maar ik begrijp niet... wat ik bedoel, is...'
'Is zoiets bij jou op school nooit gebeurd? Natuurlijk, ze hebben het in de doofpot gestopt. Dat doen ze altijd. Aangezien er geen kinderen van kunnen komen, denk ik dat het een nog grotere zonde is dan gewone seks.'
'O, ik denk niet dat de Kerk zegt dat seks zonde is. Althans niet met zoveel woorden.'
'Waarom denk je dan dat priesters niet mogen trouwen? Omdat seks en vrouwen als smerig en slecht worden beschouwd.'

'O, nee. Josep zegt, dat...'

'Bespaar me die heilige broer van je,' zei Clara. 'Sorry, ik ben altijd onaardig.'

Dolly zweeg even.

'En was je... verliefd op haar?'

'O, ik denk het niet. Ze had belangstelling voor me en ik had geen vriendinnen. Ik besefte pas toen het te laat was wat haar belangstelling inhield en toen wilde ik haar niet voor het hoofd stoten. Ze was een beetje zoals ik, een buitenbeentje. Heb jij je op school nooit eenzaam en ellendig gevoeld?'

'O, absoluut. Voortdurend. Ik wilde nooit van huis weg, maar mijn moeder was er altijd van bezeten geweest dat ik een Engelse opvoeding moest krijgen. Ik leefde altijd voor de vakanties. Als ik Lorenzo's brieven niet had gehad, zou ik zijn doodgegaan. Hij was mijn reddingsboei en is dat nog steeds, natuurlijk.'

'Heb je hem verteld van je nieuwe vriend?'

'Nee. Ik bedoel, ik wil niet dat hij een verkeerde indruk krijgt. Hoe dan ook, hij is nauwelijks een heer en ik zou hem ook geen vriend willen noemen.'

'Waarom ga je dan met hem uit?'

Dolly fronste haar voorhoofd alsof ze daar diep over moest nadenken.

'Nieuwsgierigheid,' zei ze. 'Hij intrigeert me, verder niets. Er zit niets achter.'

'Als hij dat ook maar wéét.'

'O, ik heb hem verteld dat ik verloofd was. Ik geloof niet dat het hem iets kon schelen. Je kent hem trouwens; hij kent jou in elk geval. Hij heet Jack Austin en is journalist.'

'De naam klinkt bekend,' zei Clara. 'Maar ik ontmoet zóveel mensen.'

'Hij ziet er heel gewoon uit. Moeilijk te beschrijven. In een menigte zou hij niet opvallen. Hoe dan ook, ik heb gezegd nog één keer met hem uit te gaan, alleen om de tijd te doden, weet je wel. En ik weet er alles van dat ik niet moet meegaan naar zijn kamer. Edmund heeft zijn "grote-broerverhaal" afgestoken.'

'Ik ben blij dat te horen.'

'Clara... hoe oud was jij toen je... ik bedoel, je was eenentwintig toen je Edmund ontmoette, nietwaar?'

Clara liet haar gedachten twee jaar teruggaan en herinnerde zich die vreselijke, wonderbaarlijke avond. Midden onder een diner had ze op een luidruchtige manier vreselijk ruziegemaakt met haar tafelheer. Een dozijn gasten, onder wie Edmund, had haar op haar allerergst gezien – dronken, weerzinwekkend en depressief. Vooral depressief. Als Edmund haar niet mee naar huis had genomen en tot de volgende morgen voor haar had gezorgd, zou ze voor de uiteindelijke verleiding, die ene onherroepelijke zonde, hebben kunnen bezwijken. En sindsdien had ze door hem haar greep op het leven behouden.

'O, Edmund was niet de eerste,' zei Clara. 'Ik denk dat ik ongeveer zo oud was als jij. Het lijkt zó lang geleden.'

'Ik vraag me dikwijls af hoe het zal zijn.'

'Onreine gedachten. Denk daar de volgende keer aan als je gaat biechten.'

'Soms wou ik dat Lorenzo en ik al met elkaar naar bed geweest waren vóór we trouwden. Maar we hoeven nu niet meer zo lang te wachten.'

'Mmm. Nou, als de verleiding de lelijke kop opsteekt voordat het maart is, wees dan verstandig. Mijn dokter in Harley Street kan zo'n leuk klein dingetje voor je regelen waardoor je niet met ongewenste bagage naar huis gaat.' Ze glimlachte stralend, genietend van het geschrokken gezicht van Dolores.

'Nee maar, Clara,' zei Dolly. 'Je maakt zeker een grapje. Dát zou ik nooit doen, ook al was ik getrouwd. Ik bedoel, het is een doodzonde. En ik heb je verteld dat ik wacht tot ik met Lorenzo getrouwd ben.'

'Ik doe alleen maar mijn plicht,' zei Clara schouderophalend. 'Ik neem aan dat je goed voorgelicht bent?'

'Natuurlijk,' zei Dolly, met meer waardigheid dan overtuiging. Er waren veel dingen die ze niet wist, maar Clara vond haar al dwaas genoeg. En bovendien zou ze binnenkort alles weten wat er te weten was. En dan zou ze negen maanden later haar eerstgeborene in haar armen houden, de kleine Andrés, die met zijn vaders ogen naar haar op zou kijken.

4

Woensdag, twee uur, kwam bijna te snel voor Jack. Hij voelde zich slecht voorbereid en ongewoon moe. Nog twee ontmoetingen met Clara hadden daarvoor gezorgd; hij was er uitgeput door geraakt. Niet lichamelijk, ondanks haar buitensporige eisen, noch geestelijk, aangezien hij tijdens hun sessies instinctmatig te werk ging en niet met zijn verstand. Het was een lome, allesoverheersende lusteloosheid die niets te maken had met de inspanning die hij had geleverd. Het was alsof ze als een parasiet op zijn energie teerde, hem leegzoog als een bloedzuiger en kracht putte uit hun ontmoetingen, alsof ze wist dat ze hem ergens van beroofd had.

Maar dank zij Clara had hij nu een keurig confectiepak, twee nieuwe overhemden, een fatsoenlijk paar schoenen en een regenjas, die hij allemaal met even weinig ijdelheid droeg als een soldaat zijn camouflage, omdat hij wist dat hij daaronder naakt was. Wat zijn gloednieuwe, tweedehands Remington betreft, die koesterde hij even liefdevol als een soldaat zijn geweer.

Hij had het artikel over de resultaten van de tussentijdse verkiezingen van de volgende dag er al op getikt, op wat details na, zoals de exacte uitslagen. Het was hem gelukt om alle vier de kandidaten te interviewen, wat hem genoeg materiaal had verschaft om het verhaal naar elke gewenste kant te laten overhellen. Het zou hem moeten kunnen lukken om hen allemaal op de kast te krijgen, vooropgesteld natuurlijk dat Martindale de moed niet in de schoenen zakte. Gelukkig was Martindale bang om bang te lijken, en aangezien hij had gezegd een frisse wind te willen laten waaien, zou het zwak zijn als hij bezwaar maakte. Uiteindelijk stond er niets lasterlijks in en niets wat op zich niet waar was. Hij had niets hoeven verzinnen. Feiten waren eindeloos kneedbaar en Jack schiep er een beroepsmatige trots in om ze in de juiste vorm te kloppen. En om een bondig verhaal te krijgen, moest je zo hier en daar toch wat weglaten? Er was niets ergers dan een langdradig verhaal dat zonder enige zelfkritiek was geschreven.

Hoe kwam het dat het gedrukte woord vertrouwen inboezemde? Als hij, Jack Austin, in het openbaar zou opstaan en zijn zegje zou doen, zou elk woord dat hij zei gekleurd zijn door zijn accent, zijn uiterlijk, de subtaal van stem en gedrag. Maar diezelfde woorden waren gezuiverd, onpersoonlijk geworden als ze gedrukt waren en niet meer hardop werden uitgesproken. Lezen was communicatie via gedachten, die alleen werd verbroken als de lezer ophield met lezen of de woorden niet begreep. Jack was vastbesloten dat zoiets met zijn lezers niet zou gebeuren en zijn beknopte, heldere manier van schrijven, het ontbreken van diepzinnige verwijzingen en de uiterst eenvoudige stijl waren afgestemd op de behoeften van zijn lezers en niet op de zwakten van zijn redacteur. Jack was uit op succes, niet op aanzien. Van aanzien kon je de huur niet betalen, aanzien was goed voor degenen die al genoeg succes hadden gehad of degenen die erop neerkeken als gewoon. En voorlopig was Jack zelf nog veel te gewoon om neer te kijken op succes.

Het volgende onderdeel op Jacks boodschappenlijstje was een bad. In zijn pension mocht hij gebruikmaken van een koude kraan op de gang en een onwelriekend toilet, dat hij moest delen met alle mogelijke vreemden. De badkamer in Curzon Street was ouderwets geweest maar weelderig, volgens de normen van Jack. Dat het er ijskoud was – op de vertrekken van de huishoudster na was het huis onbewoond – en er geen warm water was, kon hem niet schelen; het was privé en schoon. Bij zijn tweede bezoek had hij een koud bad genomen voor hij wegging, terwijl Clara in de gang ongeduldig met haar sleutels stond te rammelen. Hij voelde zich nooit schoon na een bezoek aan het openbare badhuis met z'n gebarsten badkuipen vol kalkvlekken en de carbollucht, ook al was het water gloeiend heet. En toen, de vorige dag, toen hij zijn afspraak met Clara nakwam, merkte hij dat de boiler was aangestoken. Het was warm in huis, het water kokendheet, en toen hij wegging, had hij zich een beetje aangeslagen gevoeld, bezoedeld door het comfort, gecompromitteerd door deze gift zoals hij door loon nooit was geweest.

Dus was hij in elk geval schoon voor Dolly. Het tweede van zijn twee nieuwe overhemden zat vol vouwen en gaatjes van spelden en voelde stijf en papierachtig aan op zijn huid. Zijn nieuwe schoenen knelden bij zijn hielen en de ongewone bescherming van een jas gaf hem bijna het gevoel dat hij koorts had.

De etalages van Harrods waren helemaal in de kerstsfeer. De kerstman zat gezellig in een slee vol met pakjes en er was een kerststal met de kribbe en daaromheen de drie wijzen met hun gaven, als beschermheiligen van het winkelen. Jack stond bij de hoofdingang te wachten. Hij voelde zich niet op zijn gemak, als een portier die geen dienst heeft; er werd tegen hem aangeduwd door geparfumeerde bontjassen en zijn anders zo scherpe opmerkingsgave liet hem in de steek en werd onderworpen aan het ledige proces van wachten, en nog eens wachten. Wachten was net als kiespijn, het beroofde de geest van zijn flexibiliteit. Na een half uur was hij ervan overtuigd dat ze niet kwam en toch bleef hij wachten, een overwinning van de ervaring op het pessimisme. Hij kende haar net goed genoeg om te weten dat ze zou komen.

Toen ze blozend en buiten adem inderdaad kwam, herkende hij haar eerst niet. Ze had al haar prachtige haar laten afknippen. Het was kort, gepermanent en modieus en paste helemaal niet bij haar. Haar huid was roze van de droogkap en gepeperd met kleine stukjes zwart haar.

'Het spijt me dat ik zo laat ben,' hijgde ze. Ze had kennelijk hard gehold. 'Ik ben naar de kapper geweest en het duurde een eeuw. Ik dacht dat, als ik het liet afknippen, ik niet zo vaak zou hoeven gaan. Het kostte me een vermogen, omdat ik het van mijn tante altijd moest laten opsteken voor een feestje. Het ziet er vreselijk uit, ik wist dat het zou gebeuren, maar het groeit wel weer aan. Het kriebelt overal. Overal op mijn rug zit haar. Ik wil vreselijk graag naar huis en in bad, maar ik dacht dat ik beter eerst kon kijken of jij er nog was.'

'Blijf even heel stil staan,' zei Jack.

Een scherp uitziend overblijfsel hing aan haar rechterwenkbrauw en dreigde in haar oog te vallen. Hij verwijderde het alsof het een vlo was.

'Hier,' zei hij, terwijl hij haar de punt van zijn gloednieuwe zakdoek voorhield. 'Spuug eens.'

Dat deed ze, argeloos als een kind, en hij begon als een kindermeisje haar gezicht schoon te maken, al doende zelf aan de zakdoek likkend.

'Dank je,' zei ze. 'Het was ook nog zo heet! Ik wou bijna dat ik het niet had gedaan, maar nu het kort is, hoef ik in elk geval tijdenlang niet meer. Het is een permanent, weet je.'

'Wat hebben ze met het haar gedaan?' vroeg Jack spijtig.

'Opgeveegd. Ik realiseerde me niet dat het zo zwaar was. Mijn hoofd voelt heel licht aan.'

Terwijl ze sprak, bracht ze haar hand naar haar rug en krabde, maar ze kon niet helemaal bij de goede plek en moest zich omdraaien om Jack het voor haar te laten doen.

'Nee, daar, dáár. O heerlijk. Bedankt.'

'Niet te danken,' zei Jack. Zijn kiespijn was verdwenen en nu het wachten voorbij was, was hij heel alert.

'Ik kan zó niet gaan winkelen. Ik moet écht naar huis om een bad te nemen. Het spijt me vreselijk.'

'Dat hoeft niet. Kan ik met je mee?'

Ze aarzelde heel even.

'Ik zie er heel keurig uit vandaag,' vervolgde Jack provocerend, 'en kan zelfs bekakt praten als ik mijn best doe.'

'Daar gáát het niet om. Het is alleen dat jij niet bestaat. Dat wil zeggen, wie moet ik zeggen dat je bent? Ze houden me nogal strak, zoals ik je verteld heb.'

'Nou, kun je niet zeggen dat ik een vriend van Clara ben? Ik ken haar vrij goed.'

'O ja? Ze schijnt jou niet te kennen. Maar ze kent ook zoveel mensen!'

'Het zou geen leugen zijn. We kennen elkaar écht.'

'Tja... ik weet het, we zouden naar Edmunds huis kunnen gaan. Dat zou veel gemakkelijker zijn. Ik kan daar een bad nemen. Hij heeft me de sleutel gegeven en komt om vier uur thuis. Heb je Edmund weleens ontmoet? Je zult hem aardig vinden.'

'En Clara? Is die er niet?'
'Ik weet het niet. Maar het geeft niet als ze thuis is. Ze weet dat ik een afspraak met je had en zal het zeker niet erg vinden dat ik een bad neem.'

'Goed dan,' zei Jack. 'Whitechapel, zei je dat niet?' Ze besefte niet dat ze dat niet had gezegd en voor ze van gedachten kon veranderen, had hij een taxi aangehouden.

De hele rit zat ze, niet op haar gemak, te wriemelen en bleef verdwaalde stukjes haar onder haar kraag vandaan halen. Ze praatte onophoudelijk over Edmund en het klonk alsof ze half verliefd was op die kerel. Hij was vriendelijk, aardig, goedgehumeurd, geduldig, geestig en een heel klein beetje gewichtig. Hij was geweldig. Haar enthousiasme irriteerde Jack, die al het idee had gevormd dat Edmund een dwaas moest zijn. Of hij wist van Clara's avontuurtjes en tolereerde ze, of hij was zich er niet van bewust en in beide gevallen was hij een dwaas. En toch was hij nieuwsgierig naar Edmund, hoewel de gedachte dat hij Clara zou kunnen tegenkomen hem niet echt beviel. Dolly had het duidelijk tegen haar over hem gehad en zij had haar mond dichtgehouden, zich er ongetwijfeld van bewust dat elke vorm van sabotage op haar eigen hoofd zou neerkomen. Het amuseerde hem te bedenken dat Dolly haar zuur kijkende vriendin vertelde dat ze met hem had afgesproken en haar als alibi gebruikte. En toch, als Clara niet had geprobeerd – al was het subtiel – om Dolly voor hem te waarschuwen, dan was ze geen goede vriendin. Hij wenste dat ze het wél had gedaan. Hij zou graag willen dat Dolly dacht dat hij gevaarlijk was. Haar vertrouwen remde hem af, het beschermde haar beter dan angst ooit zou kunnen.

Het was een klein maar deftig hoekhuis naast een school. De kinderen hadden middagpauze en renden schreeuwend rond op de speelplaats. Dolly klopte op de deur en toen niemand opendeed, gebruikte ze haar loper.

Binnen was het een en al namaak-armoede. De meubels waren tweedehands maar van goede kwaliteit, de vloer was bedekt met mooi, versleten vast tapijt, geen goedkoop linoleum. Er stonden verse bloemen in een vaas, er lag een raskat te slapen en de gordijnen waren door een naaister gemaakt.

'Wil jij het vuur aanmaken en thee zetten?' vroeg Dolly. 'Nee, ik heb eerst lucifers nodig om de geiser aan te steken. Ik gooi ze wel naar beneden.'

'Laat mij het doen,' zei Jack, maar ze hield vol dat ze wist hoe het moest en algauw kwam er een geruis van brandend gas van boven en gooide ze de doos met lucifers naar hem toe voor ze zich opsloot in de badkamer.

Het benodigde was al klaargezet in de haard. Jack hield een lucifer bij de kranten en keek hoe ze vlamvatten. Het leek aan te tonen hoe kortstondig en brandbaar zijn vak was. Vervolgens zette hij de ketel op de kachel en vond twee porseleinen kopjes met een bijpassende theepot. Hij vroeg zich af of Clara die dingen speciaal had gekocht, als een kind dat een poppenhuis inricht, of dat ze gewoon over waren van Curzon Street. Hij vond de verschillende nuances van kwaliteit zonder de hulp van een prijskaartje moeilijk te peilen. Hij had meer geld voor zijn kleren uitgegeven dan nodig was geweest, precies om die reden. Graag had hij een beetje stijl gewild, hoe onzichtbaar ook, en was bereid geweest ervoor te betalen.

Het was onvermijdelijk dat zijn gedachten naar Dolly in haar bad gingen. Zijn vrees om haar af te schrikken – ze was uiteindelijk maagd, iets waarmee hij absoluut geen ervaring had – was nauwelijks minder dan zijn angst om door haar uitgelachen te worden. De voorzichtige, stap-voor-stap-tactiek, die ongetwijfeld bij zulke omstandigheden hoorde, had hij nog nooit uitgeprobeerd en paste niet bij zijn stijl. Gefrustreerde vrouwen van een bepaalde leeftijd werden graag direct benaderd en als Dolly er een van dat gretige soort was geweest, had hij gewoon de badkamer kunnen binnenlopen, haar drijfnat uit de badkuip kunnen tillen en zijn gang kunnen gaan, wetend dat haar protesten niet meer waren dan een formaliteit, eerder om zichzelf voor de gek te houden dan hem. Maar verdomme, Dolly was een keurig meisje, dat maagd wilde blijven tot haar huwelijksnacht, een gebeurtenis die op 23 maart zou plaatsvinden, zodat elke dag die niet gebruikt werd onherroepelijk verloren zou zijn. Hij ging naar boven en bleef voor de deur van de badkamer staan, hopend op inspiratie. Ze zong iets in het Spaans en na een paar minuten hoorde hij haar uit het water komen.

'Dolly,' riep hij door de deur. 'Laat het water niet weglopen. Ik wil óók graag in bad.'

'Doe niet zo gek!' riep ze terug. 'De geiser geeft onmiddellijk heet water. Ik kan meteen weer een bad voor je laten vollopen.'

'Alleen als je me ervoor laat betalen.'

Ze deed de deur een klein stukje open, waardoor er een wolk warme stoom de kille gang binnenkwam. Ze had een lichtblauwe badstof badjas aan, waarschijnlijk van Clara, die haar te klein was.

'Ik heb geen idee hoeveel heet water kost,' zei ze.

'Ik ook niet, dus neem ik jouw bad. Bedankt,' zei Jack, terwijl hij langs haar heen liep. Hij ging op de rand van het bad zitten, voor de kranen, zodat ze de stop er niet uit kon trekken, en begon zijn schoenen en sokken uit te trekken.

'Dat méén je toch niet?'

'Als jij ergens moest wonen waar geen warm water was, zou je weten dat ik het wél meende. Ik voel me opgelaten als je er zoveel drukte over maakt. Niemand vindt het leuk om te moeten toegeven dat hij bijna nooit in bad gaat. Wil jij me een kleerhanger geven?'

Hij gaf haar zijn jasje en schoof zijn bretels naar beneden. Ze pakte haar kleren op en vluchtte. Even later verscheen er een arm om de deur met een kleerhanger. Hij legde zijn broek eroverheen, waarop de arm weer verdween.

Er stond een pot met badzout op een plank en Dolly had er royaal gebruik van gemaakt. Hij zou veel lekkerder ruiken dan zijn bedoeling was geweest, maar dat deed er niet toe. Hij stapte in bad, ging achteroverliggen en keek triest naar de enorme, verspilde erectie die boven het water uitstak en hem uitlachte. Hij vroeg zich af of Dolly enig idee zou hebben waar die voor was als ze die kon zien. Hij zeepte zijn handen in, deed wat nodig was en ging vervolgens achteroverliggen met zijn knieën in de lucht en zijn gezicht onder water, waarbij hij zijn adem inhield om de onderdompeling zo lang mogelijk te laten duren. Daarna ging hij rechtop zitten en waste zich helemaal, voor de tweede keer in twee dagen. Kleine stukjes van haar afgeknipte lokken kleefden tegen de zijkant van het bad en hij haalde ze eraf, liet ze weer in het water vallen en verbeeldde zich dat hij zijn vingers begroef in de donkere bos die ze tussen haar benen verborg. Hij voelde zichzelf weer opzwellen, vervloekte haar, liet al het water weglopen en zette als een brave padvinder de koude kraan aan tot hij gerimpeld en gekrompen was.

Hij gebruikte haar vochtige handdoek en riep om zijn pak, dat meteen door een arm om de hoek van de deur werd gestoken, bijna alsof ze er aan de andere kant mee klaar had gestaan.

Toen hij zich weer bij haar voegde in de zitkamer, zat ze keurig achter het blad met de thee. Haar gezicht was heel rood.

'Ik wou dat je dat niet had gedaan,' zei ze. 'Het water moet vreselijk vies zijn geweest.'

'Nauwelijks. Ik wed dat je minstens twee keer per dag in bad gaat.'

'Daar gaat het niet om.'

'Zoals ik ben opgegroeid, gebruikten we allemaal hetzelfde water. Eén keer per week een tobbe voor het vuur, vader eerst en dan wij, de kinderen. Aan het eind was het water zo zwart als inkt. Walgelijk, is het niet, zoals sommige mensen leven?'

'Niet doen. Doe niet zo tegen me. Dat verdien ik niet.'

'Wát niet doen?'

'Mij om mijn oren slaan met je afkomst. Bovendien ben je alleen maar in bad gegaan om te zorgen dat ik me niet op mijn gemak voelde. Het was niet omdat het nodig was.'

'Voor mij wel. En niet omdat ik vies was. En niet alleen om jou een onprettig gevoel te geven, hoewel ik wist dat dat zou gebeuren.'

'Waarom dán?'

'Ik wist geen andere manier om dicht bij je te komen, verder niet. Het was iets lichamelijks. Het was het heerlijkste bad dat ik ooit heb genomen, met stukjes van jou die erin ronddreven. Maar ik had liever geen badzout gehad. Dat bedierf de smaak.'

'Hou op!' Ze schoof een bord naar hem toe. 'Neem een koekje.'

Hij koos een gemberkoekje en doopte het in zijn thee. Onmiddellijk deed ze dat ook, als om zijn gebrek aan manieren wettig te maken. Een stukje koek brak af en zonk en ze begon ernaar te vissen met haar lepeltje.

'Je hebt nogal wat op me tegen, is het niet?' zei Jack, haar uitdagend. 'Waarom zeg je dat niet? Het is neerbuigend om mijn gevoelens te sparen. Ik wed dat je me al lang geleden de waarheid zou hebben gezegd als we elkaar op een of ander deftig feest hadden ontmoet.'

'Helemaal niet. Ik ben heel beleefd tegen iedereen.'

'Wees niet beleefd tegen mij,' zei Jack.

'Zou je liever hebben dat ik onbeschoft tegen je was?'

'Het zou een begin zijn.'

'Een begin van wat?'

Jack pakte haar hand, haalde het half opgegeten koekje eruit en stopte het zijne erin. Vervolgens begon hij te eten en gebaarde dat zij hetzelfde moest doen. Ze keek onzeker naar het koekje en vervolgens naar hem, waarbij ze haar weerzin probeerde te verbergen.

'Het bijt niet!' zei hij.

'Niet zoals jij,' zei Dolly. 'Ik wed dat jíj bijt.' En als een kind dat op een uitdaging ingaat, hapte ze uitdagend in het koekje. 'Ziezo,' zei ze. 'En wat moest dat bewijzen?'

'Dat je dingen doet die je niet wilt om iemand maar niet voor het hoofd te stoten. Arme Jack, als ik zijn vieze, doorweekte koekje niet eet, denkt hij dat ik bang ben dat ik iets oploop. Ik moet zijn gevoelens niet kwetsen omdat hij zo arm is.'

'Doe niet zo belachelijk!'

'Zodat je niets te verliezen zou hebben als je me kuste, omdat dat koekje vol zit met echte arbeidersbacteriën. Miljoenen. Kus je je verloofde?'

'Natuurlijk. En alleen hem, trouwens.'

'Bedoel je dat je nog nooit iemand anders hebt gekust?'

'Eh... nee.'

'Wat zonde!' zei Jack. 'Je bent net zo krenterig als je vader, is het niet? Alleen heb je een zwak voor bedelaars. Als ik smeekte en smeekte, zou je toegeven, nietwaar? Je vindt het prettig om mensen op minzame wijze een gunst te verlenen. Je zou me heus wel kussen als je genoeg medelijden met me had.'

'Dát is niet waar!' Ze stond op, boos nu.

'Laat me dan niet smeken. Kus me dan, alleen om te bewijzen dat ik ongelijk heb.'

Hij trok haar op zijn schoot, wetend dat hij haar protesten vóór was geweest. Ze had een kruimeltje in haar mondhoek en met een snelle, hagedisachtige beweging van zijn tong duwde hij het terug tussen haar gesloten lippen. Daarna hield hij zijn hoofd achterover en wachtte, terwijl ze hem aankeek, woedend omdat ze in een hoek was gedreven.

'Je bent bang om me een kus te geven,' smaalde hij tevreden. 'Je bent tóch een bangerik. Waarvoor ben je precies bang, Dolly?'

'Ik bén niet bang. O, lieve help. Wat een stom gedoe om niks!'

Ze drukte haar mond doelbewust op de zijne, alsof ze vastbesloten was om het initiatief in handen te houden en hij dwong zichzelf om niet te reageren. Ze drukte een beetje harder en deed haar lippen een heel klein stukje van elkaar, maar hij deed zijn hoofd met een ruk naar achteren, haar dwarsbomend.

'Wat is er?' zei ze, geïrriteerd nu. 'Ik ben je toch aan het kussen?'

'Ik merk er niets van,' zei Jack en liet haar los. 'Je bent er niet erg goed in, is het wel? Maar bedankt in elk geval. En voor het bad. En voor de koekjes.'

Hij keek vaag om zich heen waar zijn jas was.

'Ik vind je heel erg onbeleefd,' zei Dolly met een hoogrode kleur. En vervolgens, boos en nieuwsgierig tegelijk: 'Wat bedoel je, dat ik er niet goed in ben?'

'O, dat is iets wat je niet met woorden kunt uitleggen. Ik zou het je moeten voordoen, maar dat kan ik beter níet doen, gezien het feit dat je nog zo groen bent.'

Hij kon zien dat ze dat vreselijk vond. Haar trots zat heel dicht onder de oppervlakte en hij kende haar zwakke plek nu.

'Het spijt me, Dolly,' vervolgde hij, quasi-spijtig. 'Ik besefte niet dat je zo onschuldig was. Je bent toch verloofd en zo? Als ik dat wél had beseft, zou ik niet zo voortvarend zijn geweest. Mijn fout. Ik vergat dat je in een klooster bent geweest. Je hebt gelijk dat je jezelf bewaart voor je man. Het spijt me dat ik geprobeerd heb je te verleiden. Wil je me vergeven?'

Maar ze behandelde die valse verontschuldiging met de minachting die deze verdiende, gooide op een vreselijk Spaanse manier haar hoofd in de nek en zei: 'En als je het dan eens voordeed?'

Ze stond kaarsrecht, stijf als een plank, alsof ze voor het vuurpeloton stond. Jack kon het niet langer verdragen. Voor het eerst had hij te maken met een vrouw die minder wist dan hij, die niets meer wist dan hij haar zou leren. En omdat hij zijn hele leven het gevoel had gehad onwetend te zijn en gretig allerlei kennis in zich had opgenomen, was het gevoel dat hij meer wist vreemd, bedwelmend. Hij kuste haar, eerst aarzelend en toen ongeduldig, niet in staat om in zijn onbekende, pedagogische rol te blijven. Hij overviel haar, verslond haar, gebruikte haar mond als een substituut voor wat hij werkelijk wilde en deed geen concessies. Hij vroeg te veel van haar en kreeg het.

Haar reactie was hartstochtelijk naïef. Ze deed hem gewoon precies na, zoals een onschuldig kind scheldwoorden herhaalt. Alleen toen hij probeerde haar aan te raken, weigerde ze dat bij hem ook te doen en duwde zijn hand weg. Hij onderdrukte een golf van irritatie. Hij was weer gezwollen en het deed pijn. Hij was niet gewend om zichzelf in te houden en dat er nee tegen hem werd gezegd.

'Alsjeblieft, Dolly,' zei hij. 'Ik beloof dat ik je geen pijn zal doen.'

Ze ontspande zich weer en hij bleef haar kussen. Hij probeerde nogmaals haar blouse open te knopen en weer sloeg ze zijn hand weg.

'Nee,' zei ze. 'Raak me daar niet aan.'
'Waarom niet?'
'Omdat ik geen baby wil, dáárom niet.'
'Je kunt geen baby krijgen doordat ik je daar aanraak.'
Ze wurmde zich los.

'Bedankt,' zei ze, plotseling weer heel beleefd, 'dat je het me hebt voorgedaan. Uiteindelijk heb ik erom gevraagd. Maar het was alleen mijn bedoeling dat je me zou kussen, verder niet.'

Jack pakte haar hand.

'Verder niet?' zei hij. 'Verder niet? Zó werkt het niet, Dolly. Het gaat altijd verder.'

Hij liet haar het verder voelen en ze probeerde haar hand weg te trekken, maar dat stond hij niet toe.

'Ik heb jou alleen maar gekust,' zei Jack. 'Dat is wat jij met mij gedaan hebt. Hoezo "verder niet"?'

Hij maakte zijn gulp open, duwde haar hand ruw naar binnen

en hield hem daar, terwijl hij zichzelf vervloekte omdat ze waarschijnlijk vol afgrijzen zou terugdeinzen. Maar deze keer verzette ze zich niet, niet zozeer voor zijn wil bezwijkend als wel voor haar eigen nieuwsgierigheid. Er was geen begeerte in de koele, tastende vingers, alleen verwondering en interesse. Het was alsof hij haar een hulpeloos, ziek dier had laten zien, een hamster of een witte muis, die je als vanzelf wilde aaien. Hij sloot zijn hand om de hare en leidde hem, terwijl hij er inwendig de pest in had dat hij zich tevoren zelf had bevredigd, waardoor dit tweede monster moeilijker te bedwingen zou zijn. Hij vreesde het moment dat ze haar hand zou terugtrekken en genoot van elke verrukkelijke seconde alsof het de laatste was.

'Goed zo,' zei hij. 'Ga zo door. Alsjeblieft, Dolly.'

Ze bleef het arme schepsel strelen, onhandig maar vol medegevoel, in een poging om de pijn te sussen, maar waardoor die alleen maar erger werd. En toch leek het jammer om haar te vertellen hoe het moest, om haar eenvoudige, onhandige, spontane strelingen plaats te laten maken voor de ervaren manier waarop iedere hoer het kon doen, waarop hij het zelf ook beter had kunnen doen. Het was beter om te genieten van de verrukkelijke pijn, geplaagd, geprikkeld en gemarteld te worden dan haar onwetende onschuld te bederven.

Maar toen hoorde hij een sleutel in het slot. Dolly liet abrupt los en sloeg geschrokken haar hand voor haar mond. 'O, mijn God,' stamelde ze. 'Daar is Edmund.'

En ze giechelde, het kleine nest, toen hij haastig zijn kleren in orde maakte en zij de gang inrende om haar geliefde neef te begroeten.

Ze hield hem daar een poosje aan de praat met een heel verhaal over haar bezoek aan de kapper en kwam toen weer binnen met de zonnige onschuld van een geboren huichelaar.

'Edmund Townsend, Jack Austin,' zei ze opgewekt.

'Jack,' zei Edmund, terwijl hij hem de hand schudde. En vervolgens met nauwelijks merkbare ironie: 'Dolly heeft me zóveel over je verteld.'

'Ik wilde net hetzelfde tegen jou zeggen,' zei Jack ontwapenend. Edmund was niet helemaal wat hij had verwacht. In zijn gedachten waren de heldenverering van Dolly en de ontrouw van Clara versmolten tot het beeld van een slappeling uit de betere kringen met het temperament van een oude teddybeer. Maar hij zag er krachtig uit en had een natuurlijk gezag, samen met die vage, ongrijpbare eigenschap die men charme noemt. Jack moest toegeven dat hij hem meteen aardig vond.

'Je méént het! Dolly is een vreselijke kletskous. Ze zorgt ervoor dat mensen een vreselijke hekel aan elkaar hebben nog voor ze elkaar hebben ontmoet. Niet dat ze ooit iets lelijks over iemand zegt, hoor.'

Dolly trok een gezicht en ging verse thee zetten. Edmund plofte in een leunstoel en gebaarde Jack te gaan zitten.

'Eigenlijk moet ik ervandoor,' zei Jack. En vervolgens, uit een berekende impuls: 'Dolly was zo aardig om over je hete water te beschikken. Ik heb net op jouw kosten een heet bad genomen. Ik hoop dat je het niet erg vindt. Waar ik woon, heb ik geen badkamer.'

'Dat is geen punt,' zei Edmund, terwijl hij zijn pijp stopte. 'Ik dacht al dat ik Chanel rook.'

'Eh... Dolly is óók in bad geweest,' zei Jack, Edmund recht aankijkend. 'Ze was naar de kapper geweest en had overal kriebel.'

'Ja,' zei Edmund. 'Jammer. Zulk mooi haar. Haar verloofde zal het vreselijk vinden.'

'Over hem heeft ze me ook alles verteld.'

'Daar twijfel ik niet aan. Dolly heeft er een handje van om alle mannen in haar leven jaloers op elkaar te maken, vind je niet?'

'Ik zou het niet weten,' zei Jack, 'maar ik denk dat ik even ver onder aan de lijst sta als jij bovenaan.'

'We zijn neef en nicht, helaas,' zei Edmund. 'Of misschien moet ik zeggen: gelukkig. Ze is een knappe meid.'

Hij keek Jack ondubbelzinnig aan.

'Hoe eerder ze veilig getrouwd is, hoe beter, hè?' zei Jack.

'Zo schijnt zíj erover te denken,' zei Edmund droogjes. 'Ze is nog heel jong. Clara heeft me je stuk in *Red Rag* laten zien. Ik heb het met plezier gelezen. Het was in elk geval eens iets anders dan hun gebruikelijke preken. En je schrijft goed.'

'Bedankt,' zei Jack. 'Ze hebben me sindsdien meer werk gegeven, maar betalen natuurlijk niet veel.'

Edmund keek taxerend naar Jacks nieuwe kleren en trok een wenkbrauw op, waarbij hij de vraag onuitgesproken in de lucht liet hangen.

'Maar ik heb onlangs wat geld gekregen,' vervolgde Jack, 'dus kan ik het een poosje redden. Ik zit niet achter Dolly's geld aan, als je dat soms denkt. Ze heeft me verteld dat je je ongerust maakt.'

'Dat moet je niet persoonlijk opvatten. Ik ben blij dat ze gezorgd heeft dat wij kennis met elkaar hebben gemaakt. Nu weet ik tenminste met wie ik te doen heb.'

Zo'n dwaas was hij dus toch niet. Wat de reden ook was dat hij bij Clara bleef, het was niet omdat hij een sufferd was.

'Nog een koekje, Jack?' vroeg Dolly schalks, terwijl ze terugkwam met een blad. Haar manier van doen had een nieuwe brutaliteit die hij leuk en tegelijk irritant vond. 'Een half koekje misschien?' Ze brak er een in tweeën.

'Nee, bedankt. Ik moet weg.' Hij keerde zich om naar Edmund. 'Nogmaals bedankt voor het bad.' Hij keek uitdagend naar Dolly, die licht bloosde. Edmund keek haar scherp aan.

'Niet te danken, ouwe jongen,' zei Edmund met een glimlach. 'Kom nog eens langs, om een bad te nemen of te eten. Clara kookt niet slecht. Dolly kan een datum regelen die ons allemaal uitkomt.'

'O, ik wil Clara geen last bezorgen. Ik weet hoe druk ze het heeft.'

'Ze vindt het leuk om te koken. Maar ik waarschuw je, wij zullen moeten afwassen. Clara is heel geëmancipeerd.'

'Ik ben gewend af te wassen,' zei Jack.

'Daar maak ik me ongerust over. Ik zou in een of ander toekomstig verhaal niet graag vermeld worden als iemand die ook wordt uitgebuit. Je kunt een gevaarlijke vijand zijn, Jack. Beschouw dat als een voorzichtig compliment.'

'Ik ben ook geen slechte vriend, wanneer ik daar zin in heb,' zei Jack. 'Tot ziens dan. Tot ziens, Dolly.'

En ze glimlachte en knikte geheimzinnig naar hem, spottend, alsof ze zich ineens bewust was van een verschuiving van de macht. En ze zat daar als een hertogin, terwijl Edmund hem uitliet.

Dolly verwachtte door Edmund vermanend te zullen worden toegesproken, maar dat gebeurde niet. Zonder iets te zeggen, dronk hij zijn thee op, haalde een stapel schriften uit zijn tas, zette zijn bril op en ging aan het werk, terwijl zij de theespullen opruimde en het bad ging schoonmaken. Maar toen ze in de badkamer kwam, zag ze dat Jack alles al keurig had schoongemaakt. Hij had alles zelfs drooggewreven en de natte handdoek in de wasmand gedaan.

'Ik zal een datum met Clara afspreken,' zei ze, terwijl ze een kus op Edmunds hoofd drukte, die met zijn rode pen in de hand over zijn schriften gebogen zat.

'Ja, doe dat,' zei Edmund. En vervolgens, scherp: 'Dat is een heel slimme jongeman, Dolly.'

'Is dat als waarschuwing bedoeld?'

'Natuurlijk. Ik zal je niet beledigen door in details te treden. Praat met Clara, wil je?'

'Maak je geen zorgen,' zei Dolly vrolijk, terwijl ze haar jas aantrok. 'Ik heb hem meegenomen om met jou kennis te maken, opdat je je geen zorgen zou maken.'

'Nou, ik maak me meer zorgen dan ooit. Ga nu maar naar huis; ik moet aan het werk.'

Ze miste haar aansluiting, omdat ze in Paddington vergat over te stappen en helemaal tot Hammersmith zat te dagdromen, waar ze over de brug rende en buiten adem op een trein sprong die de andere kant weer opging. Ze voelde zich dolblij, ondeugend, slecht, terwijl ze alle halfbegrepen stukjes inpaste in haar pasverworven kennis, in gedachten de brief van Lorenzo herlas en de onhandige woorden omzette in iets dat verleidelijk echt was.

Er lag een voortdurende vermaning in de kussen van Lorenzo, een eerbiedige ingetogenheid. Hij kuste haar slechts zelden en áls hij het deed, was het kort en aarzelend. Ze had zich een onschuldig kind gevoeld dat om een traktatie vroeg en werd afgekocht met beloften, waardoor ze zich hebberig voelde. Lorenzo vond het heel belangrijk om te wachten. Hij was een volmaakte heer en respecteerde haar. Hij was voortvarender geweest met woorden dan met daden, maar Jack had gelijk – voor sommige dingen waren woorden ongeschikt. Hij had het haar moeten voordoen en niet aan een andere man moeten overlaten. Waaróm had hij het haar niet voorgedaan?

Het was waar, ze was een beetje bang geweest van Jack, een vage, intuïtieve angst. Zijn woorden weerklonken in haar oren. 'Ik heb jou alleen maar gekust, dat is wat jíj met míj hebt gedaan,' en weer voelde ze een vreemd, bedwelmend gevoel van macht. Het was bijna alsof hun rollen waren omgedraaid, alsof hij banger was geweest dan zij.

Ze zou hem eigenlijk niet meer moeten zien. Ze zou hem niet meer moeten kussen, gezien het feit wat het hem deed. En het had iets soortgelijks met haar gedaan, hoewel onzichtbaar, maar ze voelde het nog steeds als een hardnekkige, kloppende pijn, die met trillende scheuten naar haar voeten trok. Lorenzo zou het vreselijk vinden als hij wist wat ze had gedaan, maar hij wist het niet, dus hoe kon het hem verdriet doen? Ze wist zeker dat Flora dit soort dingen ook deed. Flora had op spottende toon een paar keer toespelingen gemaakt op de dingen die ze deed, haar uitdagend om details te vragen. Maar Dolly was altijd op een ander onderwerp overgegaan, zich schamend om haar onwetendheid toe te geven. In feite deden waarschijnlijk alle Engelse meisjes dat soort dingen, en nog meer. Het was normaal en kon geen kwaad zolang je geen baby kreeg. En er was geen sprake van dat ze hem dát met zich zou laten doen. Dát was heilig, dat was wat Flora bedoelde met 'alles, behalve'. Alles, behalve. Zolang ze het behalve niet vergat en zolang Lorenzo het niet wist en er geen verdriet van had, kon het geen kwaad.

Maar die nacht begon het halfverdwenen kloppen weer en even instinctmatig als bij jeuk maakte ze er een eind aan en wist eindelijk wat verzoeking was.

De stemming in het garnizoen was koortsachtig gespannen. Lorenzo schrok toen hij een stem in zijn oor hoorde.

'Je doet toch nog steeds met ons mee, Montanis?'

Die woorden werden op samenzweerderige toon gesproken. Lorenzo knikte met wild kloppend hart.

'Het kan nu elke dag gebeuren,' zei zijn collega-luitenant

zacht. 'Maar we moeten op het teken wachten. Er komen opstanden in het hele land. Om zeker te zijn van de overwinning moeten we tegelijk handelen.'

Het moment waarnaar hij had verlangd, eindelijk! Een linkse militaire coup kon nu elk moment de koning en zijn ministers afzetten en de weg banen voor een nieuwe republiek. De ontevredenheid onder de jonge officieren was tot het kookpunt gekomen. Ze werden slecht betaald en verveelden en ergerden zich. Ze waren rijp voor een revolutie en keken gretig uit naar de kans om de oude garde, die het land en het leger zelf in een wurggreep hield, af te zetten.

'De manschappen en de onderofficieren zullen onze kant kiezen,' vervolgde zijn kameraad. 'De oudere officieren zijn ver in de minderheid en zullen zich vast wel overgeven. Als ze zich verzetten, schieten we hen neer.'

Lorenzo knikte. Hij had nog nooit eerder iemand doodgeschoten en was God zij dank nog nooit opgeroepen om de Guardia Civil te helpen bij het onderdrukken van een of andere slecht bewapende boerenopstand, de enige actieve dienst die de meeste soldaten ooit meemaakten. Hij kon feilloos een doelwit raken en was getraind om te doden, maar toch was doden altijd een abstract begrip geweest, een technische oefening. Hij was scherpschutter, geen moordenaar. Hoezeer hij zijn bevelvoerend officier ook haatte, een corrupte, doorgewinterde conservatieveling, hij dácht er niet aan hem dood te schieten. Maar hij zou het natuurlijk niet hoeven doen. Dat zou het voorrecht zijn van een van de aanvoerders. Met een beetje geluk zou hij niemand hoeven neerschieten. Met een beetje geluk zou het snel voorbij zijn.

Hij wachtte vol ongeduld op het teken. De muiterij hing in de lucht en dat gaf hem een benauwd, kortademig gevoel. Binnenkort zouden er geen dictators meer zijn en zou een nieuw tijdperk van recht en vrijheid beginnen. Alle ellende van Spanje schreeuwde om verlichting van de pijn. Het leger zou helpen bij de geboorte van de democratie en de werkende bevolking bevrijden...

Dolores zou blij zijn. Dolores zou trots zijn dat hij had gestreden voor vrijheid en gelijkheid. Don Felipe en zijn soortgenoten zouden de arbeiders niet langer als slaven behandelen en rijk worden van andermans lijden. Het land zou opnieuw verdeeld worden, honger en armoede zouden tot het verleden behoren. En het mooiste was dat het leger zou zijn bevrijd van zijn topzware bureaucratie. Promotie zou gebaseerd zijn op verdiensten en niet op familierelaties en hij zou niet langer parttime boekhoudkundig werk hoeven doen om zijn karige soldij aan te vullen. Hij zou Dolores royaal kunnen onderhouden, evenals zijn bejaarde, arm geworden vader. Plotseling leek alles mogelijk...

Zijn optimisme was evenwel van korte duur. Een paar uur later hoorde hij het vreselijke nieuws dat het garnizoen in Jaca ongeduldig was geworden en te vroeg in opstand was gekomen, met rampzalige gevolgen. De jonge officieren die de opstand hadden geleid, waren doodgeschoten en het voordeel van de verrassing was onherstelbaar verloren. Het plan van de opstand moest worden opgegeven; het zou zelfmoord zijn om door te gaan.

Lorenzo vond het erger dan de meeste anderen. Op de een of andere manier leek het een voorteken, een afwijzing van al zijn meest persoonlijke en kostbaarste dromen.

'We kunnen nu niet opgeven,' protesteerde hij. 'Als we samen doen, kunnen we vast en zeker nog steeds winnen!'

'Voorzichtig, mijn vriend,' waarschuwden zijn medesamenzweerders. 'Het is beter als we blijven leven, om een andere keer de strijd te kunnen aangaan. En onze kameraden zijn niet tevergeefs gestorven. Er wordt al om stakingen geroepen en om protestdemonstraties, tegen het feit dat ze vermoord zijn. De publieke opinie is nu fel tegen de koning en er zullen verkiezingen moeten komen. En als al het andere faalt, komt onze tijd ook nog wel.'

Maar wanneer? dacht Lorenzo. Hoop was net als wijn, hij verdoofde de geest. Het was de wanhoop die tot vastberadenheid leidde, niet de hoop. Het was wanhoop en niet hoop die hem sterkte in zijn besluit om zichzelf te bewijzen. Over een paar maanden zou hij de onderdrukking zijn eigen slag toebrengen en Dolores tot zijn vrouw maken. Een daad niet alleen van liefde, maar van wraak.

'Ik hoor dat ik geacht word voor jullie te koken,' zei Clara, terwijl ze snel haar lippenstift bijwerkte. Jack had gewacht op het moment dat ze erover zou beginnen.

Hij trok zijn das recht in een hoekje van de spiegel van de toilettafel. Het was een vreemd, huiselijk tafereel, alsof ze jaren getrouwd waren. De toon van haar stem was heel gewoon beleefd, maar misschien was zij ook indolent geworden doordat de verwarming aan was. Hun toneelspel had iets gemakkelijk vertrouwds gekregen en ze had geen plankenkoorts meer. En naderhand was ze ineens normaal geworden en wilde ze zelfs converseren.

'Ik hoor dat je heel goed kunt koken.'

'Onzin. Edmund is gauw tevreden. Hij is kennelijk niet erg kieskeurig.'

'Je bent een kreng dat je hem dit aandoet. Als hij erachterkomt, wat dan?'

'Maak je geen zorgen. Hij zal je niet uitdagen voor een duel bij zonsopgang. Hij is pacifist. Hij zal je eerder de andere wang toekeren, als een voorbeeldige christen.'

'Ik heb in Bayswater een nieuwe flat gevonden,' zei Jack, ter zake komend. 'Hij kost achttien pond en zes shilling per week. Ze willen een maand huur vooruit en een borgsom en referenties.'

'Mmm. Nou, als je Dolly zo nodig moet ontmaagden, heb ik liever dat je het niet in ons huis doet. Edmund zou zich vreselijk gecompromitteerd voelen. Hij is natuurlijk zelf verliefd op haar, of dat incest is of niet.'

'Je bent jaloers!'

'Natuurlijk! Om haar, niet om jou. Wat mij betreft, kun je met haar doen wat je wilt. Ik heb geprobeerd haar wat zusterlijke raad te geven, maar het arme kind begreep geen woord van wat ik zei. Het zal bijna te gemakkelijk voor je zijn. Ze barst bijna van jeugdige sensualiteit, is het niet? Goed verpakt ook. Wat afwisseling zal je wel goeddoen, denk ik.'

'Hou je mond,' zei Jack ijzig, haar hatend. 'Ze is nog maar een kind. Ik kan seks krijgen wanneer ik wil, zonder dat ik Dolly hoef te verleiden. Ik vind haar aardig, dat is alles.'

Clara lachte hol.

'Wát een eerlijkheid! Hoeveel heb je nodig?'

Jack haalde het geld uit haar tas, zoals hem gezegd was te doen. Haar tas zat vol pamfletten met 'Gratis medische zorg nu!' en hij haalde ze eruit om haar portemonnee te zoeken, waardoor er een boekje te voorschijn kwam.
'Wat is dit?'
'Een prospectus. Ik vond het hoog tijd te zorgen een echte baan te krijgen. Een waarbij ik niet iemand anders het brood uit de mond steel.'
'De verpleging? Dan heb je niet veel tijd over voor de politiek.'
'Misschien heeft het resultaat van de tussentijdse verkiezingen me ervan overtuigd dat mijn diensten niet zo heel erg nodig zijn.'
Jack pakte precies het bedrag waarom hij had gevraagd.
'Wat vindt Edmund ervan? Je zou intern moeten wonen, is het niet?'
'Ja, absoluut. Hij zou me nauwelijks zien. Ik heb nog niets tegen hem gezegd; laten we eerst maar eens afwachten of ze me aannemen. Maar hij zal niet proberen me tegen te houden, zo is hij niet. En het zal hem in elk geval de kans geven iemand anders te ontmoeten.'
'En als dat gebeurde, zou je dan niet jaloers zijn?'
'Natuurlijk wél. Ik houd van hem, voor het geval je dat niet beseft. Ik weet dat ik slecht voor hem ben en daarom doe ik het. Ik ken mezelf beter dan je denkt. De verpleging is naar werk, dat past wel bij me. Ik ben niet bang voor bloed.'
'Ik wil een stuk over ziekenhuizen schrijven,' zei Jack. 'Het verhaal van twee patiënten die dezelfde behandeling moeten hebben, de een is een steuntrekker en de ander een deftig heer. Kun je wat introducties voor me regelen?'
'Ik zal je er een paar sturen samen met de referentie voor je nieuwe huisbaas,' zei Clara, opklarend. 'Harry loopt over je op te scheppen, weet je. Hij gedraagt zich als een soort Svengali. Pas op. Hij gaat met alle eer strijken en jij krijgt de schuld als het niet goed gaat.'
'Hij is uitgever,' zei Jack schouderophalend.
'Van een blaadje dat niemand leest.'
'Maar dát zal veranderen,' zei Jack. 'Let maar op.'

'Wat doe je met kerst, Jack?' vroeg Edmund, terwijl hij hem een glas sherry gaf. Clara en Dolores waren in de keuken bezig, waar iets vreselijk dreigde mis te gaan. 'Ga je naar familie?'

'Ik denk het niet,' zei Jack. 'Er zijn er zoveel, dat ze niet merken dat er één ontbreekt. Ik ben de oudste van tien. Misschien wel elf, intussen.'

'Maar je blijft die dag toch zeker niet in je eentje?'

Edmund was dol op Kerstmis, vond het heerlijk om cadeautjes uit te zoeken en kerstliederen te zingen. De woorden deden hem niets, maar de wijsjes waren prachtig. Er stond een grote boom in de kamer. Clara had het frivool gevonden, maar ze had hem toch versierd, om hem een plezier te doen.

'Nee, ik ga naar de gaarkeuken bij het Embankment. Voor een verhaal, begrijp je.'

'Maar dat duurt toch niet de hele dag? Ik wou dat je bij ons kwam, als je niets beters te doen hebt. Wij, wil zeggen Clara, mijn ouders, mijn zuster en Dolly. Er zullen de hele avond allerlei mensen langskomen.'

'Nou... bedankt. Misschien doe ik dat wel.'

Clara en Dolly kwamen achter elkaar binnen. Het rook lichtelijk aangebrand.

'Het is zó klaar,' zei Dolly opgewekt, terwijl ze een glas sherry aanpakte. Edmund schonk een glas mineraalwater in voor Clara. Er viel een pijnlijke stilte. Edmund leek minder op zijn gemak nu Clara erbij was; als een duistere katalysator veranderde ze de chemische samenstelling in de kamer. Jack voelde zich in zijn pak veel te deftig gekleed. Edmund had een trui aan en een versleten tweed broek en de meisjes hadden beiden een gewone jurk aan onder hun schort. Hij was ervan uitgegaan dat zulke mensen zich altijd mooi aankleedden voor het diner en had zich zorgen gemaakt omdat hij niets officiëlers had om aan te trekken. Hij probeerde Dolly's blik te vangen, wat niet lukte, en ving in plaats daarvan Clara's blik en wenste nogmaals niet te zijn gekomen.

'Ik heb Jack net voorgesteld om met kerst bij ons te komen,' zei Edmund. 'Hoe meer zielen, hoe meer vreugd.'

'Ik dacht dat je dan naar het Embankment ging?' zei Clara.

'Een deel van de dag,' zei Jack en dronk zijn glas leeg, nog steeds naar Dolly kijkend.

'We gaan 's avonds naar een feest,' zei Dolly ineens, naar haar voeten kijkend. 'Je zou mij kunnen begeleiden, als je niets beters te doen hebt.'

'Ik dans niet,' zei Jack onomwonden.

'Je hóeft niet te dansen.'

'Goed dan.'

En toen glimlachte ze, bijna onmerkbaar, een glimlach die niet voor Edmund en Clara was bedoeld, een glimlach alleen voor hem.

'Kan ik mijn jasje uitdoen en mijn das af?' vroeg Jack. Hij voelde zich overal vochtig, warm en koud tegelijk. 'Ik voel me zo overdreven deftig.'

'Doe alsjeblieft of je thuis bent. Jack zal een smoking nodig hebben voor dat feest, Dolly.'

'Inderdaad,' zei Jack, dankbaar voor de tip. 'Ik zal er een huren.'

'Dat zal je een paar pond kosten,' zei Clara vals.

'Dat red ik wel. Ik heb vanmorgen een cheque van Martindale gekregen. Maar hij kan alleen bij een bank worden geïnd, dus zal ik een rekening moeten openen.'

'Je kunt hem bij mij wel inwisselen, als je dat wilt,' zei Edmund. 'Maar ik heb op het moment geen contanten. Heb jij die, Clara?'

Clara stond op, pakte haar tas en gaf hem met een geamuseerde trek om haar mond aan Jack.

'Ga je gang,' zei ze.

'Nee, laat maar,' zei Jack met een kleur. 'Ik moet vroeg of laat tóch een bankrekening hebben. Maar het is net of het geen echt geld is. Ik ben gewend in contanten te worden betaald.'

'Natuurlijk,' zei Clara, terwijl ze haar tas weer dichtdeed. 'Dat is natuurlijk typisch Harry. Die houdt zich niet bezig met de praktische uitvoering.'

'Nu we het daar tóch over hebben, hoe lang nog, Clara? Onze gast valt bijna flauw van de honger.'

'Het spijt me, Jack,' zei Clara, terwijl ze deed of ze er vreselijk mee zat. 'Ik ben bang geen erg goede huisvrouw te zijn. Dat komt door mijn opvoeding, weet je. Koken moet je aan moeders rokken leren. Bij de jezuïeten leer je dat niet.'

'Wees eerlijk, Clara,' wierp Edmund geforceerd opgewekt tegen, 'ik heb aangeboden om zelf te koken.'

'Zie je? Aandoenlijk, vind je niet, zoals wij proberen te doen alsof het hier een normaal huishouden is. We hadden veel beter naar het Empire Court kunnen gaan. Dat was in elk geval éérlijker geweest.'

'Zal ik naar het vlees gaan kijken?' bood Dolly aan. 'In het boek stond dat je het moest bedruipen.'

Ze stond op.

'Ik zal je helpen,' zei Jack, terwijl hij achter haar aan liep. 'Dan kan Clara even gaan zitten.'

Hij deed de deur achter hen dicht.

'Daar gaat er een die alles weet van het bedruipen van vlees,' merkte Clara op. 'Het is een enig stel, vind je niet?'

'Doe niet zo krengerig, Clara! Als Dolly hier een jongeman ontvangt, moeten we hem het gevoel geven dat hij welkom is. Hij zal zich waarschijnlijk verantwoordelijker gedragen als hij de familie kent.'

'Ah, alle gefrustreerde vaderlijke instincten komen boven.'

'Ik héb geen vaderlijke gevoelens voor Dolly, zoals je heel goed weet. Maar ik heb in elk geval het fatsoen om niet met haar te flirten.'

'Ik flirtte niet met hem. Ik flirt niet met mensen.'

'Elke opmerking die je tegen hem hebt gemaakt, was beladen. Niet de woorden, maar de manier waarop je ze zegt. In vredesnaam, Clara. Niet waar Dolly bij is. Niet in ons eigen huis.'

'Jóuw huis. Niet ons huis. Ik heb mijn eigen huis.'

'Als je me vanavond vernedert, kun je daarheen teruggaan. Ik méén het, Clara.'

Hij zei het kalm, zonder nadruk. Het dreigement zou een kleine overwinning zijn geweest als hij kwaad was geweest; boze dreigementen waren niets anders dan vermomde smeekbeden. Maar waarom zou Edmund zich tot smeekbeden verlagen als hij alle macht had?

Ze liep naar de stoel waar hij zat, ging aan zijn voeten zitten en legde haar hoofd in zijn schoot. Ze zei niets en hij streelde haar haren. Ze zaten nog steeds in die onwaarschijnlijke houding toen Jack en Dolly terugkwamen met de soep. Dolly keek blij en Jack nieuwsgierig en de rest van de avond gedroeg Clara zich als een lammetje.

'Het spijt me van het vlees,' zei Dolly nogmaals, zodra ze in de taxi zaten. Het vlees was inderdaad een ramp geweest, vanbuiten verbrand en vanbinnen rauw. Clara had de oven de schuld gegeven, Dolly het recept en Edmund de slager. Alleen Jack had het kunnen opeten. Hij merkte niets van de smaak en het weefsel, zijn mond was nog vol van Dolly. Geen halve maatregelen met Dolly, er werd niet teruggegaan naar het begin. Ze waren verdergegaan precies waar ze opgehouden waren, zonder omwegen. Toen had ze snel gekeken of ze het gewenste effect had bereikt en verrukt gelachen, zodat hij bloosde.

'Laat dat vlees maar zitten,' zei hij. 'Luister, hoe laat word je thuis verwacht?'

'Als je me wilt uitnodigen om mee te gaan naar je kamer, dan zeg ik nee. Maar ik heb er geen bezwaar tegen als je me nog een keer kust.'

'Weet jij wat jij bent? Je bent een ellendige, kleine plaaggeest. Jij kunt gemakkelijk ophouden, nietwaar? Voor jou is het maar een spelletje. Je bent net een klein kind met een nieuw stuk speelgoed. Wees voorzichtig, Dolly. Het is gevaarlijker dan je denkt. Vertrouw me niet, wil je? Ik zeg je nu dat je me niet moet vertrouwen, dus je kunt niet zeggen dat ik je niet heb gewaarschuwd.'

Haar ogen schitterden in het donker terwijl ze hem afwachtend gadesloeg. Ze voelde zich veilig in een taxi en daar moest hij gebruik van maken. En dat deed hij ook. Terwijl hij zijn eigen behoeften negeerde, concentreerde hij zich erop om haar in dezelfde toestand achter te laten waarin ze hem had achtergelaten en na een paar symbolische tikken op zijn hand liet ze hem even begaan. Maar nu liet hij zich niet meer tegenhouden en ging door tot ze bijna zover was. Toen hield hij op en liet haar gekweld achter om haar een lesje te leren, genietend van de grote ogen van verwarring waarmee ze in Lansdowne Gardens uit de taxi stapte. Hij wierp haar een handkus toe en reed door naar Bayswater.

Flora was nog op en zat met een kop chocolademelk en een damesroman in de zitkamer.

'*Buenas tardes,*' riep ze, terwijl Dolly de trap opsloop. 'Er zit nog wat chocolademelk in de thermoskan. Ga niet meteen naar bed. Ik heb nieuws.'

Dolly aarzelde. Ze popelde gewoon om zich in haar kamer op te sluiten en een eind aan haar ellende te maken. Hij had het opzettelijk gedaan. En ze had hem zijn gang laten gaan. Ze was bozer op zichzelf dan op hem.

'Ik ben vreselijk moe, Flo.'

'Doe niet zo flauw. Kijk!'

Ze stak haar hand uit om haar ring te laten zien.

'Archie heeft me ten huwelijk gevraagd!'

'O, Flora, gefeliciteerd!' Dolly keerde op haar schreden terug en omhelsde haar nicht. 'Ik ben zó blij voor je.'

'Je hebt de champagne gemist. We zijn vroeg teruggekomen om het de ouders te vertellen. Papa is doodsbang voor wat de bruiloft zal kosten, de arme stakker. Archie heeft gewoon massa's relaties. Denk eens aan alle cadeaus! Ik ga morgen met mama op stap om een lijst te maken. Kom, ga nog even zitten.'

Flora vergastte haar meer dan een uur op allerlei verhalen over bruidsmeisjes, huwelijksdiners, bloemen en huwelijksreizen, allemaal dingen die Dolly mis zou lopen doordat ze in het geniep zou trouwen. Het zou minstens zes maanden duren om alle voorbereidingen te treffen, verklaarde Flora. Ze zou in juni gaan trouwen.

'Mag ik je iets vragen?' flapte Dolly eruit, niet in staat om het nog langer te verdragen. 'Nu je verloofd bent, blijft het dan... alles behálve? De komende zes maanden?'

'Waarom vraag je dat?' zei Flora geïnteresseerd, omdat ze de trilling in haar stem had opgepikt. Die vraag paste helemaal niet bij Dolly. Dolly was zo'n raar, preuts kind.

'Nou... het zal toch wel moeilijk zijn om niet... niet toe te geven?'

'Moeilijk voor Archie misschien. Dat is het hem nu juist. Je denkt toch niet dat hij met me zou trouwen als ik hem helemaal zijn gang had laten gaan? Bovendien trouw ik in het wit. Wat een gekke vraag!'

'Maar popel je niet om te weten hoe het is? Ik bedoel, Lorenzo en ik leven mijlenver bij elkaar vandaan, waardoor het in zekere zin makkelijker is, maar jij ziet Archie elke dag. Ik weet niet of ik ertegen zou kunnen om iemand van wie ik hield elke dag te zien en niet... niet...' Ze aarzelde, niet wetend hoe ze het moest zeggen.

'Lieve hemel. Je wordt al genoeg lastiggevallen als je eenmaal getrouwd bent. Daar is nog tijd genoeg voor. Bovendien respecteert Archie me. Hij weet precies hoe ver hij mag gaan. Waarom vraag je dat allemaal? Meestal ben je zo preuts.'

'O... ik mis Lorenzo gewoon, weet je.'

'Dat is helemaal je eigen schuld. Ik heb mijn uiterste best gedaan om je voor te stellen aan alle geschikte mannen die ik ken. Je had vanavond met ons mee uit kunnen gaan en interessante nieuwe mensen kunnen ontmoeten in plaats van bij Edmund en Clara in hun saaie stulpje te gaan eten. Je komt toch wel naar Archies kerstfeest, hè? Want dat wordt nu ook ons verlovingsfeest.'

'Ja zeker. Ik breng zelfs een heer mee. Een van de vrienden van Clara. Ik... heb hem daar vanavond ontmoet.'

'Allemachtig! Wat is het voor iemand? Als het een van Clara's vrienden is, is hij vast vreselijk!'

'Hij ís niet vreselijk. Hij heeft geen familie of vrienden in Londen en zou met kerst alleen zijn geweest, dus vond Edmund het een aardig gebaar om hem uit te nodigen. Hij ziet er tamelijk gewoon uit. Ik denk niet dat jij hem aardig zult vinden. Hij is heel intelligent.'

'Je wordt bedankt.'

'Zo bedoelde ik het niet. Ik bedoelde...'

'Laat maar.' Flora geeuwde uitbundig. 'Kijk eens hoe laat het al is! Ik zal vannacht slapen als een blok. Ga je mee naar boven?'

'Ik denk dat ik nog even blijf zitten,' zei Dolly. 'Ik ben nog klaarwakker en ga Lorenzo een brief schrijven.'

En dat deed ze. Ze schreef alles op wat ze voelde, gaf er een verkeerde interpretatie aan, rechtvaardigde haar gedrag, overtuigde zichzelf ervan dat Jack niets anders was dan een surrogaat, een aaseter, een zwendelaar. En door dat te geloven, kreeg ze het gevoel gewaarschuwd te zijn, zo niet gewapend.

Lorenzo's nieuwe standplaats was het beste kerstcadeau waarop hij had kunnen hopen. Hij was niet de enige jonge officier die plotseling werd overgeplaatst – dank zij de mislukte staatsgreep waren er onmiddellijk stappen ondernomen om verdere samenzweringen te dwarsbomen en een ongewoon hoog aantal jonge officieren werd plotseling bij hun vroegere collega's vandaan gehaald en naar een heel ander deel van het land overgeplaatst.

Lorenzo was een van de gelukkigen; hij had precies gekregen wat hij wilde. Zaragoza, even ten zuiden van de Pyreneeën, was een heel eind van Badajoz vandaan. De tentakels van Don Felipe zouden vast niet zo ver reiken en het leven in de stad zou voor Dolores prettiger zijn dan in het afgelegen gat waar hij nu gestationeerd was. Het leek bijna te mooi om waar te zijn en er moest wel een addertje onder het gras zitten...

Zijn verlof. Deze onverwachte overplaatsing zou kunnen betekenen dat de datum veranderde, of misschien ook de duur van zijn verlof. Hij hoopte dat het eerder zou zijn en niet later. Dolores zou het vreselijk vinden als hun huwelijksplannen zouden moeten worden uitgesteld. Hij kon haar beter niet ongerust maken of valse hoop geven voor hij het zeker wist. Ze scheen nog intenser naar de dag van hun vereniging te verlangen dan hij. Hij kende haar laatste brief uit zijn hoofd en was diep getroffen geweest door de kracht, de belofte, de openhartigheid. Het was bijna een ongepaste brief voor een jong meisje, maar wat voor man zou hij zijn als hij zich beklaagde over zo'n duidelijk uitgesproken toewijding, zoveel onverholen ongeduld om de zijne te worden? Vanaf het moment dat ze naar Engeland was vertrokken, was hij bang geweest dat iemand haar van hem zou afpikken en was hij gekweld door de gedachte dat ze hem zou verraden. Hij schaamde zich omdat hij zo weinig geloof in haar had gehad. Ze was het soort vrouw dat maar van één man kon houden, haar hele leven van die man zou houden, of anders helemaal niet.

'Het is níet te geloven. Jij bent toch Jack Austin? Jack!'
Een grote, sjofele man verliet zijn plaats in de rij voor de soep en begroette Jack als een lang verloren gewaande vriend.
'Billie Grant! Hoe kom jíj hier verzeild?'

'Op dezelfde manier als jij. Geen werk, waarom anders? Ze vragen zich af of je dood bent, je pa en ma, en ze vroegen of ik naar je uit wilde kijken. Nee, maar! Jij komt hier niet voor de soep, dat is duidelijk. Deftig, hoor!'
'Ik heb geluk gehad,' zei Jack kortaf, waarbij het vluchtige gevoel van kameraadschap plaats had gemaakt voor ergernis. Hij had geen zin aan iemand die hem zijn hele leven had gekend uit te leggen wat er met hem was gebeurd. 'En ze weten heel goed dat ik niet dood ben. Ik heb hun bijna elke week iets gestuurd. Niet dat ik een bedankje had verwacht.'
'Zonder adres. Je ma maakt zich ongerust. Ze hoopte dat je misschien thuis zou komen met de kerst.'
'Doe niet zo sentimenteel! Toen ik thuis was, hadden ze nooit tijd voor me. Ik heb hun onomwonden gezegd dat ik niet zou terugkomen. Ze had er waarschijnlijk een paar op.'
'Nu we het dáárover hebben,' zei Billie, 'je ziet eruit als een vent die zijn makker wel een paar rondjes kan geven.'
'Ik kan niet blijven,' zei Jack. 'Ik moet hierna nog een karweitje opknappen.'
'Karweitje? Wat? Bij het Leger des Heils?'
'Nee, ik ben journalist,' zei Jack en voelde zich opgelaten. 'Dat kun je tegen hen zeggen, als je wilt. Niet wat mijn vader echt werken zou noemen. Hier, neem er een paar van me.'
'Nee, bedankt. Ik red me wel. Maar als je iets van werk hoort, geef me dan een tip. Ik kom hier bijna elke dag.'
'Allemachtig,' zei Jack geïrriteerd, terwijl hij het geld in Billies zak stopte. 'Kom bij mij niet aanzetten met je armeluis trots. Ik kan het best missen.'
'Ik betaal je terug,' zei Billie. 'Zodra ik werk heb.'
'Met rente,' zei Jack. 'Vrolijk kerstfeest.'
'Vrolijk kerstfeest!' riep Billie stralend en meende het nog ook, de arme drommel.
Jack versnelde zijn stap om zo vlug mogelijk weg te komen. Hij voelde zich graag anoniem tijdens een karwei; zijn vloeiende stijl hing ervan af. En nu zou hij een rottig, hoogdravend, afgezaagd stuk schrijven, aangetast door de onuitgesproken beschuldiging van Billie dat hij verraad had gepleegd, was overgelopen, zijn oorsprong had verloochend. Hij had zijn arm om hem heen

moeten slaan, hem vol moeten gieten met bier, hem indrukwekkende verhalen moeten vertellen over het socialisme en *Red Rag*, om te bewijzen dat hij van binnen nog steeds een arbeider was. Toch kon hij zulke huichelachtige praatjes niet uit zijn strot krijgen. Waarom zou hij ambitie presenteren alsof het een roeping was? Zijn enige roeping was om succes te hebben. Hij buitte de Billies van deze wereld uit bij elk woord dat hij schreef. De dag dat hij dat vergat, zou hij week worden, met zichzelf tevreden en nutteloos. Dan kon hij net zo goed zijn schrijfmachine in de rivier gooien. Hij voelde zich bezoedeld, gecompromitteerd, ontmaskerd, gekleineerd. De tonen van vrolijke kerstliedjes weerklonken in zijn oren. Vrede op aarde, in de mensen een welbehagen. Gelul!

'Tijd om de cadeautjes open te maken!' kondigde Edmund aan.
'Pas als we onze knalbonbons hebben getrokken!' protesteerde Dolly. Ze had een blos en was een heel klein beetje aangeschoten. Ze had haar kerstdiner nauwelijks aangeraakt, iets wat voor Edmund uiterst veelzeggend was, hoewel Jack, die niet gewend was aan haar enorme eetlust, het niet had opgemerkt.

Ze hadden hem tegenover haar neergezet, tussen Clara en Flora in. Clara had hem de hele maaltijd genegeerd en was diep in gesprek geweest met de vader van Edmund, wiens zuster tijdens de Eerste Wereldoorlog verpleegster was geweest. Zijn goedkeuring van de nieuwe carrière die ze had gekozen, was oprecht gemeend en gaf hem tevens een goede gelegenheid om te proberen het meisje het gevoel te geven dat ze geaccepteerd werd. Als ze in haar rol van buitenstaander volhardde, zou Edmund uiteindelijk voorgoed voor de familie verloren zijn en meneer Townsend was buitengewoon op zijn zoon gesteld, iets wat hij ijverig verborg, vooral voor Edmund. Margaret zou natuurlijk gelukkiger zijn geweest als Edmund een hartelijker meisje had uitgezocht, maar ze kenden beiden hun zoon te goed om te proberen zich ermee te bemoeien. Edmund scheen van een uitdaging te houden en maakte een tevreden indruk. Misschien bevredigde Clara, net als zijn baan als leraar, een innerlijke behoefte die alleen hij kende.

Jack voelde af en toe rillingen onder het tafelkleed wanneer

Flora knietje zat te vrijen met Archie Prendergast, van wie het dunne snorretje en geaffecteerde manier van praten hem mateloos ergerden. Dolly was eerst nogal stil geweest, vóór ze ten slotte medelijden met hem kreeg in zijn isolement en met haar ogen tegen hem begon te praten op een manier waarvan Jack vreesde dat de hele tafel het zou merken. Het duurde even voor hij zich realiseerde dat ze het niet opzettelijk deed, het was een stille variant op de spraakwaterval die ze nog niet in toom had leren houden.

De hele kwestie van cadeautjes had hem dwarsgezeten, hem het ellendige gevoel gegeven dat hij de gang van zaken niet kende en een buitenstaander was. Hij had bloemen gekocht voor mevrouw Townsend, wat heel goed gevallen was, en had een cadeautje voor Dolly in zijn zak, dat hij haar liever onder vier ogen gaf. Hij hoopte vurig dat niemand hem iets zou geven, want dat zou op een onverdraaglijke manier op vriendelijkheid lijken en hij zou erdoor bij hen in de schuld staan. Ondanks de luchtige bewering dat er de hele dag mensen zouden komen binnenvallen, was hij, Archie en Clara niet meegerekend, tot nu toe de enige gast.

Maar de sfeer was redelijk ontspannen en het huis kleiner en eenvoudiger dan hij had verwacht, veel minder deftig dan Curzon Street. De huishoudster was vrij met kerst en mevrouw Townsend had zelf de maaltijd verzorgd, geholpen door Flora, Clara en Dolly. Jack, die zich schrap had gezet voor butlers en kroonluchters, was enorm opgelucht.

'Een knalbonbon?' bood Dolly aan, terwijl ze haar arm over de tafel heen stak.

'Je moet ze niet opentrekken terwijl je aan tafel zit, Dolly,' waarschuwde mevrouw Townsend. 'Dan gaat er vast iets ondersteboven. Ga aan de kant staan.'

Iedereen stond op en begon als een gek te trekken.

'Je trekt niet hard genoeg,' zei Dolly. 'Hij knalt niet.'

Jack gaf plotseling een ruk, waardoor hij haar tegen zich aan trok.

'Moeten we naar dat feest?' siste hij in haar oor. 'Ik ben voor een ander feest uitgenodigd en zou liever daar met je heen willen.'

'Natuurlijk moeten we gaan! Het is ter gelegenheid van Flora's verloving. We kunnen niet wegblijven.'

'Dat is jammer. Mijn vriend zal erg op zijn teentjes getrapt zijn. Luister, kunnen we er dan later niet even heen? Alleen om ons gezicht te laten zien? Het is niet ver, in Bayswater.'

'Ik wist niet dat je vrienden had. Ik dacht dat je een eenzaam jongetje was, boe-hoe.'

'Er zijn een heleboel dingen die je niet van me weet. Kijk, ik blijf stilstaan en jij trekt. Oké?'

Dolly viel bij het opentrekken achterover en moest, giechelend en wel, door Edmund overeind worden geholpen.

'Dolly, ik geloof dat je een beetje aangeschoten bent! Je had wat kerstpudding moeten eten. Dat werkt als een spons.'

Hij vouwde de papieren hoed open en kroonde haar arme, gekortwiekte lokken ermee. Dolly zocht op de grond naar de verrassing uit de knalbonbon. Het was een klein koperen belletje en Jack bukte om het op te pakken.

'Je moet het om je hals hangen,' zei hij, 'om de mensen te waarschuwen dat je eraan komt.' Hij tinkelde ermee en stak het toen in zijn zak.

'Cadeautjes!' kondigde Flora aan. Jack probeerde zichzelf onzichtbaar te maken terwijl de pakjes werden opengemaakt en er flessen parfum, zakdoeken en dassen, vulpennen en boeken, sjaals en sieraden te voorschijn kwamen. Bij al die overdaad leek zijn eigen gift klein en onbeduidend, hoewel het hem veel meer had gekost dan het waard leek te zijn. Het had iets te maken met het aantal karaat en het had hem beter geleken om iets kleins te kopen van goede kwaliteit dan iets groters dat er misschien goedkoop uit zou zien.

'Arme Jack,' zei Clara zacht. 'Heeft de kerstman niets voor jou meegebracht? Dan ben je vast stout geweest.'

Edmund had een leerboek voor de verpleging voor haar gekocht, als om te bewijzen dat hij geen bezwaren had tegen haar nieuwste hobby, hoewel dat natuurlijk wél zo was. Ze wist dat hij erop rekende dat ze het niet zou kunnen volhouden en was vastbesloten om te bewijzen dat hij het bij het verkeerde eind had. Ze had hem een eerste druk van John Donne gegeven en iets op de titelpagina geschreven. Jack had geprobeerd er een glimp van op te vangen, maar Edmund had met een uiterst tevreden gezicht de bladzijde onmiddellijk omgedraaid.

'Maar misschien heeft Dolly medelijden met je,' vervolgde Clara.

Dolly was in tranen. Ze omhelsde haar weldoeners een voor een en snikte dat ze veel te aardig waren geweest, véél te aardig.

'Arme Dolly,' zei mevrouw Townsend tegen Jack. 'Ze is zo emotioneel! Ze mist haar familie.'

'En haar verloofde, neem ik aan,' zei Jack, vissend.

'*Faute de mieux*,' mompelde Edmund, die het opving en omdat hij bang was dat hij Jack door zijn opmerking had buitengesloten: 'Dat wil zeggen, bij gebrek aan beter.' En vervolgens probeerde hij over zijn tactloze veronderstelling, dat Jack dat niet wist, heen te praten en vervolgde: 'Het is gewoon een bevlieging. Volkomen onbelangrijk. En natuurlijk is hij tot verboden vrucht verklaard, een ernstige tactische fout, naar mijn mening…'

Hij zweeg verder, omdat hij al meer had gezegd dan eigenlijk zijn bedoeling was geweest. Hij was er zich van bewust dat zijn opmerkingen als een bedekte aanmoediging zouden kunnen worden opgevat en misschien had hij het onbewust ook wel zo bedoeld, omdat hij graag de rivaal, die hij nooit had gezien, de voet dwars wilde zetten en half hoopte dat Jack zou doen wat hij zelf niet kon.

'Zullen we een partijtje biljarten?' vroeg hij. 'Ik denk dat ze het wel even zonder ons kunnen stellen. Dadelijk wil Flora vast spelletjes gaan doen. We kunnen beter ontsnappen, nu het nog kan.'

'Graag,' zei Jack dankbaar. 'Dat lijkt me leuk.'

Archies bekakte accent was een verworvenheid van de tweede generatie; de Prendergasts waren *nouveaux-riches* met het accent op *nouveau*. Niets wat tweedehands was, kwam bij hen de deur in. Het antiek dat ze hadden, was met pingelen gekocht, niet geërfd, zodat de waarde tot op de laatste cent bekend was. Meneer Prendergast was aannemer, hij zette krenterige half vrijstaande huizen neer in de buitenwijken, terwijl hij zelf in een prachtig huis in Wimbledon woonde, dat in voorbije dagen heel solide was gebouwd volgens normen die vele malen hoger waren dan de zijne.

Jack, die geen weet had van wat echt deftig was, vond het huis van de Prendergasts veel indrukwekkender dan dat van Clara in Curzon Street. De hele benedenverdieping was in gebruik voor het feest, waarvan het middelpunt zich bevond in een enorme woonkamer, zo groot als een schuur, compleet met orkest en een volgeladen buffettafel met obers, stijf en rechtop als pinguïns. Het motto van de Prendergasts was om nooit een lampekap te gebruiken waar je een kroonluchter kon hangen, en de muren waren bedekt met nieuwe, in leer gebonden, ongelezen boeken of met schilderijen in zware lijsten, hoofdzakelijk jachttaferelen of portretten, die de indruk moesten wekken van een lange reeks voorvaderen. Het grote aantal luidruchtige gasten bestond kennelijk uit Archies vrienden; zijn ouders hadden ongetwijfeld te verstaan gekregen dat ze hem niet te schande moesten maken met familieleden uit de lagere klassen en zakenrelaties. Er werd gepraat over een huwelijksreis naar Monte Carlo en een onder architectuur gebouwd huis in Thames Ditton. De vier ouders zaten tegen elkaar op te bieden en herhaalden zichzelf eindeloos in de beperkte gespreksstof die ze gemeen hadden, terwijl de 'jongelui zich vermaakten'.

Jack, die totaal niet kon dansen en niet van plan was het in het openbaar te leren, moest aan de kant blijven staan, terwijl Dolly over de vloer werd rondgedraaid door allerlei deftige jongelieden. Het ergerde hem om hun zachte handpalmen tegen haar rug te zien, hun gemanicuurde vingers verweven met de hare. Voor iemand die beweerde dat ze een hekel aan feesten had, amuseerde ze zich bovenmatig en als het waar was dat ze alle Engelse mannen saai vond, was ze zo beleefd om dat niet te laten merken.

Jack liep, al luisterend naar de gesprekken, rond door het huis, terwijl hij opmerkingen noteerde in het notitieboekje in zijn hoofd, de door de alcohol losgemaakte flarden waaruit bleek dat de meesten van de aanwezigen minachting hadden voor degenen bij wie ze te gast waren – vanwege hun pseudo-deftigheid, hun opzichtige smaak, de manier waarop de oude Prendergast zijn brood verdiende met het bouwen van konijnehokken voor het plebs. Jack wist nu wat Edmund voor ogen had gestaan toen hij vierkant had geweigerd mee te gaan.

'Clara zou het niet leuk vinden,' zei hij eenvoudig. 'Ze heeft genoeg gehad voor één dag. Ik heb me bij Flora geëxcuseerd en wed dat het je wel iets oplevert om over te schrijven.'

Dat was nog heel voorzichtig uitgedrukt van Edmund, dacht Jack, maar daar was Edmund een meester in. Hij zat vol heftige gevoelens, die hij rigoureus onder controle hield en slechts geuit werden door een filter van droge, cryptische humor. Ze hadden over van alles gepraat, behalve over Dolly... of liever, Jack had gepraat en Edmund had geluisterd. Het was niet zijn bedoeling geweest om zo veel te zeggen; ondanks het feit dat hij van nature een gemakkelijke prater was, zei hij zelden iets zonder een doel voor ogen te hebben, hij zei nooit zomaar wat. Jack was nooit een gezelligheidsdier geweest, de opstandigheid van zijn tienerjaren was overgegaan in een peinzende afstandelijkheid, een koppige trots dat hij een buitenbeentje was, een agressieve behoefte om ruzie te zoeken met iedereen die er iets van durfde te zeggen dat hij nooit naar het café ging, dat hij op latere leeftijd nog ging leren en een cynisch wantrouwen koesterde voor de heilige koe van een vakbond. Jack had nooit een vriend gehad, zeker nooit een andere man aardig gevonden, en terugkijkend, was het vreemd dat hij tijdens hun vredige partijtje biljart, gesust door het ritmisch klikken van de ballen en geïsoleerd van het gillend gelach uit de woonkamer, zich niet één keer gecompromitteerd had gevoeld, niet één keer schuldig. Twee keer per week gebruikte en vernederde hij Clara Neville, om geld; hij liet haar smeken, schreeuwen en vloeken, om geld; buitte haar zieke walging van zichzelf uit, om geld. En hij had zich zeker schuldig en gecompromiteeerd moeten voelen omdat hij Edmund nu kende en hem aardig vond, Edmund die van Clara hield, God alleen wist waarom. Misschien zou hij zich schuldig hebben gevoeld als hij ook van Clara had gehouden en hij was blij het om geld te doen. Het geld waste hem schoon, en Clara ook, omdat ze niet van Jack hield, net zomin als hij van haar. Ze hield van Edmund, op haar eigen verwrongen manier, daar was hij nu zeker van. Zijn contract met Clara was zuiver zakelijk, verder niet, en hij zag geen reden om weer arm te worden alleen omdat hij Edmund aardig vond. Clara zou alleen maar hetzelfde doen met iemand anders en bij hem was ze in elk geval veilig. Hij was goed bij zijn verstand daar waar zij het niet was, ze was beter af met hem dan met een of andere half idiote eveneens perverse kerel. En dus weigerde Jack om zich schuldig te voelen, in elk geval wat Clara betreft. Het vervelende was dat Edmund, zonder één directe opmerking te maken, erin was geslaagd dat hij zich schuldig voelde wat Dolly betreft.

Natuurlijk onderschatte Edmund Dolly. Edmund had geen idee van het hete, Spaanse temperament dat onder die zedige, Engelse schoolmeisjesfaçade schuilging. Wát er ook gebeurde, het zou háár keus zijn, het zou zijn wat zíj wilde. Ze had een zekere roekeloosheid, een aangeboren hedonisme; ze leefde volgens haar gevoel en genoot van alles wat er te genieten viel. En Jack zegende de nonnen die haar *joie de vivre* hadden ingetoomd, de strenge opvoeding waardoor ze geen ervaring had, de naïeve obsessie waardoor ze trouw was gebleven aan Lorenzo. Het was alsof haar familie, haar school en haar verloofde een komplot hadden gesloten om haar voor hem te bewaren, haar aan hem over te dragen. Daarna zou ze nooit meer dezelfde zijn en dat zou allemaal zíjn werk zijn, een daad even fundamenteel als het leven, even onherroepelijk als de dood.

Nee, hij zou zich niet schuldig voelen betreffende Dolly. Hij had haar gewaarschuwd dat ze hem niet moest vertrouwen, dus was zijn doorzichtige leugen over een feest in Bayswater eerlijk spel. Hij zou zich niet schuldig voelen wat Dolly betreft omdat hij haar niet zou dwingen. Zij was degene die hém dwong, niet andersom. Hij, Jack, was degene die bezeten was door een verlangen die uitging boven het seksuele, zij niet. Het seksuele deel ervan was onmiskenbaar, maar bijkomstig. Hij zou nooit zoveel toestanden maken alleen voor seks – een vreselijk overgewaardeerd tijdverdrijf, naar de mening van Jack. Hij had het altijd met een zekere mate van onverschilligheid bekeken, het als een afleiding beschouwd, geen behoefte, een activiteit die langs het hart ging, of liever de geest, wat voor Jack hetzelfde was. Ja, ze was in zijn hoofd gaan zitten, als een goed boek, en ze verschafte hem meer dan vermaak. Ze kleurde zijn gedachten en was niet uit zijn geheugen weg te denken.

Jack had een taxi besteld voor elf uur en om kwart voor elf liep hij midden onder een tango naar haar toe en gebaarde dat ze zich moest klaarmaken om te vertrekken. Ze lachte vrolijk, maar hij kon niet zeggen of het ja of nee betekende. De ouders van Edmund waren al vertrokken en de Prendergasts waren kort daarna ook naar boven gegaan, waarbij een koor van stemmen hen opgelucht welterusten had gewenst.

'Ik moet Flora en Archie gedag zeggen vóór we gaan,' zei Dolly, terwijl ze buiten adem haar armen in de jas liet glijden die hij voor haar ophield.

'Dat heb ik uit ons beider naam al gedaan,' zei Jack. 'Kom, de taxi staat te wachten.'

Ze protesteerde niet, alsof ze met haar gedachten elders was, en zodra ze in de taxi zaten, zei ze: 'Gaan we écht naar Bayswater?'

'Ja.'

'Niet naar Holloway, toevallig?'

'Ik ben uit Holloway verhuisd.'

'Waarheen? Naar Bayswater zeker.'

'Natuurlijk.'

'Dus er is geen feest?'

'Alleen bij wijze van spreken.'

'Ik zou erop moeten staan dat je me naar huis brengt.'

'Als je erop staat, zal ik het doen.'

Hij was niet van plan geweest om nu al de waarheid te vertellen, maar er waren gelegenheden waarbij de waarheid een beter bedrog was dan de leugen. De waarheid kon de vreselijkste intenties een volkomen valse integriteit geven. En bovendien had ze het al geraden. Als je ergens van beschuldigd werd, werkte een bekentenis altijd veel ontwapenender dan de zaak ontkennen.

'En wat ben je van plan te doen als we daar aankomen?'

'Als we daar aankomen? Ik dacht dat je naar huis wilde. Ik wilde de chauffeur net vragen om je thuis te brengen. Wil je dan liever naar mijn huis?'

'Het hangt er helemaal van af wat je van plan bent te doen als we daar zijn.'

'Wat je maar wilt. Ik sta tot je beschikking. We doen niets wat jij niet wilt. Dat beloof ik.'

'Ik vertrouw jouw beloften niet. Daar heb je me voor gewaarschuwd.'

'Inderdaad.'

'Nou ja... misschien een half uurtje of zo. Ik wil nog niet dat Kerstmis voorbij is.'

Jack stak zijn hand in zijn zak.

'Ik heb een cadeautje voor je,' zei hij, terwijl hij een doosje te voorschijn haalde en het in haar hand stopte.

Het was een heel eenvoudig, gouden kettinkje en Jack had het door het oogje gehaald van het koperen belletje dat uit de knalbonbon was gevallen. Het tinkelde toen ze het kettinkje oppakte en bewonderde.

'Dank je wel,' zei ze onzeker. 'Maar dat had je niet moeten doen. Ik heb niets voor jou gekocht. Dat wil zeggen, ik wóu het doen, maar ik dacht dat ik je misschien in verlegenheid zou brengen. Nu wou ik dat ik het gedaan had.'

'Dan kun je in plaats daarvan iets voor mijn verjaardag kopen,' zei Jack.

'Natuurlijk. Wanneer is dat?'

'In april.'

'O, dan ben ik al weg.'

'Dan kun je me beter iets geven vóór je weggaat.'

Ze gaf geen commentaar, maar haalde een snoer amberkleurige kralen van haar hals en deed het kettinkje om, het zonder hulp dichtmakend.

'Ik zal niet vragen wat je wilt hebben, omdat ik dat al weet. Ik wil dat je weet dat ik het al weet. Ik kan er niet tegen dat je denkt dat ik onbenullig en groen ben. Ik zou liever hebben dat je dacht dat ik losbandig was. Misschien ben ik dat wel, wat ik je heb laten doen.'

'Dat doet iedereen, Dolly.'

'Niet wanneer ze met iemand anders verloofd zijn.'

'Nou, en? Is hij jou trouw, die verloofde?'

'Trouw? Ja, natuurlijk.'

'Ik wed van niet. Ik wil niets onaardigs zeggen. Het zal vast geen verschil maken in wat hij voor je voelt. Net zomin als ik enig verschil maak in wat jij voor hem voelt. Ik verwacht niet dat je van me houdt. Het zou alleen maar erg zijn als je van me hield. Dan zou hij iets hebben om over te klagen. Je hóudt toch niet van me, Dolly?'

'Nee, natuurlijk niet.' Haar stem trilde.

'Nou, dan is het toch goed? Kijk, ik wil je alleen even voor mezelf hebben. We kunnen wat praten en dan breng ik je thuis... maak je niet van streek.'

Hij had geen tranen verwacht. Hij was voorbereid geweest op ondeugendheid, gedraai, boosheid zelfs, maar niet dat ze van streek zou raken. Wat had hij in vredesnaam gedaan om haar van streek te maken?

'O, alsjeblieft, Dolly, niet huilen. Niet huilen. Wat is er?'

Hij trok haar onhandig tegen zich aan, niet in staat gebruik te maken van haar verdriet. Het was alsof ze haar macht over hem in omgekeerde richting gebruikte en hem ontmande. De hele weg naar Bayswater snikte ze zacht, haar ogen bettend met zijn zakdoek, waarbij ze de laatste sporen van poeder en rouge wegveegde en al het gekunstelde van haar gezicht verdween. Maar ze zei niet wát er was en hij vroeg het niet nog een keer.

Het was een klein appartement in het souterrain, bestaande uit een kamer, een kleine keuken annex badkamer en een toilet. Het was karig gemeubileerd en gestoffeerd maar smetteloos schoon en het rook nog naar zeep en bleekmiddel. Jack was de hele kerstavond op zijn knieën bezig geweest met schrobben en had, sinds hij erin was getrokken, tussen de dekens geslapen, zodat de nieuwe linnen lakens die hij had gekocht nog fris en stijf zouden zijn. Maar daar was nu natuurlijk geen sprake van. Niet nu Dolly er zo bleek en verdrietig uitzag. Hij had bovenal haar vitaliteit nodig, haar lach, haar kattekwaad. Haar verdriet was meer dan hij kon verdragen. Ze ging op een harde stoel zitten en keek lusteloos om zich heen.

'Dit is niet gek,' zei ze beleefd. 'Is het beter dan je vorige kamer?'

'Een stuk beter,' zei Jack, en vervolgens, bijna verwijtend, toegevend aan een hulpeloze teleurstelling: 'Ik ben alleen maar verhuisd vanwege jou. Omdat ik je niet naar die andere kamer had kunnen meenemen. Het was er smerig en hij stonk. Ik wilde iets waar ik jou kon ontvangen, waar we onder vier ogen konden zijn, waar je neef niet zou komen binnenlopen en alles zou bederven.'

'O, zeg dát niet,' zei ze met een snik. 'Zeg dát niet. Zie je niet dat ik me al zo ellendig voel? O, ik wou dat Lorenzo er was. Ik wou dat ik al getrouwd was en hij me verleid had voor ze me wegstuurden. Dan zou ik niet zo in de problemen zitten. Dan zou ik niets met jou willen doen.'

'Dat hóef je niet te doen,' zei Jack wanhopig, terwijl hij probeerde te bepalen waar hij precies in de fout was gegaan en zichzelf vervloekte omdat hij haar verkeerd had aangepakt, omdat hij een reactie had losgemaakt die hij niet had voorzien, omdat hij had gedacht dat ze voorspelbaar was en omdat hij zo stom was geweest te denken dat hij de touwtjes in handen had.

'Het spijt me, Dolly. Luister, ik wou dat ik je nooit hierheen had gebracht. Dat was verkeerd van me. Ik zal je naar huis brengen.'

Het had niets te maken met scrupules, zei hij tegen zichzelf. Als je eenmaal scrupules had, was het bekeken met je. Hij wilde het alleen niet meer, dat was alles. Nog niet, nu niet. Na dagen en nachten van niets anders willen, nog niet, nu niet. En zelfs terwijl hij dat dacht, wist hij dat hij zichzelf voor de gek hield, dat hij ontkende scrupules te hebben om de werkelijke reden te verbloemen, een plotselinge, verlammende besluiteloosheid, een verlies van zelfvertrouwen, angst om te falen. Het was alsof de echte Jack het plotseling in zijn hoofd had gekregen om de bedrieger schrik aan te jagen door hem eraan te herinneren dat hij slechts bij de gratie van zijn schepper bestond, dat hij elk moment vervangen kon worden door iemand die zwakker was en toch sterker dan hij.

'Me naar huis brengen?' herhaalde Dolly. 'Wat moet ik nu zeggen? Ja, graag? Waarom moet je het zo moeilijk voor me maken? Waarom moet je me laten zeggen dat ik dat niet wil? Als ik dat wél wilde, zou het gemakkelijk zijn, als ik naar huis wilde zou ik hier niet zitten huilen en mezelf belachelijk zitten maken. Na alles wat het me heeft gekost om hier te komen, laat je me gewoon gaan? Nou, dan hoef je niet te verwachten dat ik ooit nog terugkom!'

Ze stond op. De starre waardigheid van haar houding klopte helemaal niet met het beven en trillen van haar gezicht, waarop de strijd tussen trots en vernedering, angst, verlangen, schuld en woede duidelijk was af te lezen. Ze meende het dat ze niet zou terugkomen. Geen tweede kans. Nog niet, nu niet, betekende nooit.

'Dolly, ik...'

'Raak me niet aan! Laat me los!'

'Ga niet weg. Ga alsjeblieft niet weg.'

'Te laat, verdomme!' gilde Dolly. Het woord klonk komisch uit haar mond. 'Ik wil terug naar hoe het was. Ik was gelukkig voor ik jou ontmoette. Ik hield van Lorenzo en was volmaakt gelukkig. En nu... en nu...'

En hij dacht hoe ongelofelijk heerlijk het zou zijn om haar te horen zeggen: 'Ik hou van jóu,' en hij voelde het krankzinnige verlangen om het als eerste te zeggen, maar hij zei het niet.

'... ik weet het niet meer. Ik neem aan dat je denkt dat ik een gemakkelijke tante ben, iemand met wie je je een paar weken kunt amuseren! Maar dat is niet zo, dat ben ik niet, omdat je niet zou geloven hoeveel mensen hebben geprobeerd om... om zich vrijheden te veroorloven en dat heb ik nooit toegestaan. Iedereen maakt er grapjes over, weet je dat? Het preutse meisje uit het klooster. Mensen maken er opmerkingen over tegen Flora. En het was niet alleen vanwege Lorenzo, maar omdat ik het nooit eerder wílde en ik wil dat je dát weet!' En toen, bijna alsof ze besefte dat ze, zij het zijdelings, hem een enorm compliment had gemaakt, was ze ineens uitgepraat en besloot zwakjes met: 'Ik kan nu beter gaan.'

Jack liep naar de deur, draaide de sleutel om en stak hem in zijn zak.

Ze ging zwakjes weer zitten, alsof ze opgelucht was, nog steeds met haar jas aan. Daaronder droeg ze een lange, perzikkleurige jurk van een of andere dunne, glanzende stof, waardoor het licht op verschillende delen van haar lichaam viel als ze danste. Hij had er de hele avond van gedroomd die jurk uit te trekken, maar nu durfde hij niet. Het op slot doen van de deur was een daad van vertrouwen geweest, een gebaar om de angst te tarten. Waarom was hij niet op angst voorbereid geweest? Begeerte was altijd onverschrokken, onbevreesd en onbezorgd. De liefde was vol valkuilen, liefde was riskant.

Hij deed het jasje van zijn smoking uit, bukte zich en deed de gaskachel aan. Het was ijskoud en ze zou wel niet gewend zijn aan kou. Hij wou dat hij eraan had gedacht om wat cognac te kopen en het leek wat karig om haar thee aan te bieden. Griselda lachte smalend naar hem vanuit het donker. Waar was de emmer met champagne, waar waren de kristallen glazen, het flakkerende kaarslicht, de open haard? Waarom sprak hij geen honingzoete woorden op een zachte, hartstochtelijke fluistertoon, waarom vlijde hij de zachte rondingen van Dolores niet tegen zijn mannenborst en bracht hij haar niet tot de rand van extase met heftige, brandende kussen? En als dat niet gebeurde, waar was zijn gladde tong, de nonchalante, sexy manier van lopen, waar was de uit onverschilligheid ontstane zelfverzekerdheid? Het was alsof hij de bange maagd was, niet zij. Misschien was hij een soort maagd, bang om een deel van zichzelf voor altijd te verliezen. Van achteren legde hij zijn handen om haar hals en tinkelde met het belletje, niet in staat om een woord uit te brengen. Hij wilde tegen haar zeggen dat ze mooi was, maar dat woord was niet goed genoeg. Ze huiverde terwijl er nog een laatste snik kwam.

'Het spijt me dat ik zo'n toestand heb gemaakt,' mompelde ze snuffend. 'Ik heb te veel gezegd, zoals gewoonlijk.'

Ze legde haar hand op de zijne. Hij was ijskoud. 'Doe je jas uit,' zei Jack. 'Dan krijg je het warmer.'

Ze stond op en liet hem haar jas uittrekken en vervolgens, vóór het moment weer voorbij was, tastte hij naar de knoopjes op haar rug en begon ze los te maken, zijn adem inhoudend en wachtend tot ze hem zou tegenhouden. Maar ze zuchtte met iets van berusting en bleef geduldig staan, terwijl hij eindeloos aan de knoopjes frunnikte, tot de jurk ten slotte op de grond viel. Er kwam geen ragdun, met kant afgezet ondergoed te voorschijn, geen sensuele zijde, maar een zedig flanellen hemd en een katoenen onderrok, die beide nog een strookje erin genaaid hadden waarop haar naam was geborduurd.

'Ik heb vreselijke last van de kou,' legde ze uit, terwijl hij een glimlach onderdrukte. 'Jij niet?'

'Ik kan het me niet veroorloven,' zei Jack, terwijl hij zijn overhemd en das uittrok en er een Spartaanse blote borst te voorschijn kwam. De gehuurde broek was hem te wijd om het middel en in plaats van de bretels te laten zitten, trok hij de broek meteen maar uit, waarbij hij zich plotseling verlegen voelde en eigenlijk verwachtte dat ze hem zou uitlachen.

'Denk erom dat je hem netjes ophangt,' zei Dolly bezorgd, terwijl ze hem van de grond pakte. 'Hij is niet van jou. Je moet hem op de vouw hangen. Hier, laat mij het maar doen.'

Verbluft liet hij haar haar gang gaan. In zijn onderbroek ging hij op het bed zitten en bekeek haar, terwijl ze in haar degelijke ondergoed door de kamer liep om zorgvuldig zijn pak op te hangen en haar jurk over een stoel te vouwen. Ze gaf de armoedige kamer iets elegants en gezelligs, terwijl ze haar zenuwen verborg achter een dapper vertoon van netheid. En toch was het ongelofelijk erotisch om haar die eenvoudige dingen te zien doen, en gelukkig voelde hij zijn macht groeien.

'Dolly,' zei hij. 'Hou op. Zo is het wel genoeg.'

'Ik weet niet zo goed wat ik moet doen, zoals je weet,' mompelde ze, een van haar gezichten trekkend. 'Dus... denk ik dat je beter vlug kunt zijn, voor ik van gedachten verander.'

Vlug zijn, zei ze, niet wetend wat ze zei. Hij hoopte dat hij niet vlug zou zijn. Hij wilde dat het langzaam, heerlijk en gedenkwaardig zou zijn. Hij wilde dat het eeuwig zou duren en ze verder voor iedereen verpest zou zijn. Wees vlug, zei ze, maar toch aarzelde hij, bang dat ze zou schrikken, beschaamd bij het vooruitzicht dat hij haar pijn zou doen. Hij vroeg zich af of het veel pijn deed. Wat was het een stuk makkelijker als het je niets kon schelen.

Maar hoe kon hij niet vlug zijn? Ze maakte het onmogelijk voor hem om het anders te doen. Ze maakte hem kapot met haar verlangen, haar vrijgevigheid, haar gretigheid, haar ongekunstelde gebrek aan remmingen. Ze wist niet goed wat ze moest doen, maar ze deed het tóch, op haar eigen originele, onervaren manier. Ze gaf het hele, kille, berekenende proces een hartstocht, spontaniteit en vreugde die hem zijn grenzen deden overschrijden, ongeacht de gevolgen.

Hij was bijna boos op haar omdat ze hem had gehaast, omdat

ze zichzelf had gehaast, en toch was hij blij met haar ongeduld en het vleide hem. Het maakte hem duizelig dat hij begeerd werd, als een bij die verdwaasd boven de nectar zweeft. Hij was boos op zichzelf omdat hij haar te kort deed, omdat hij zichzelf te kort deed, omdat het de eerste keer was en speciaal. Nu zou het veel te gauw voorbij zijn, hij zou er niet aan terug willen denken, hoewel hij het nooit meer had willen vergeten. Hij concentreerde zich op zijn boosheid, in de hoop dat die hem zou redden. Bijna ruw duwde hij haar benen uit elkaar en probeerde te vergeten dat ze Dolly was, Dolly die zijn gevoel beroerde.

Maar ze herinnerde hem eraan wie ze was, verlangend, vol vertrouwen, onwetend, aan zijn genade overgeleverd.

'Jack,' hoorde hij haar onder zich fluisteren, 'Jack, ik krijg toch geen baby?'

'Nee, natuurlijk niet,' zei Jack, en hoopte plotseling heel egoïstisch dat het wél zou gebeuren. Hij besloot zich tot de laatste druppel in haar leeg te spuiten, verblind door een overweldigende behoefte om het moment onsterfelijk te maken, om zichzelf onuitwisbaar te maken.

Hij stootte harder dan nodig was, weerstand verwachtend, maar het was alsof hij op water stapte. Hij voelde het onder zich wegzakken, hij suisde naar een bodemloze diepte en kwam veel te vroeg weer boven, terwijl zij nog spartelend achterbleef.

En vingers leken te grof om haar pijn te verlichten, dus likte hij voorzichtig het maagdelijke bloed weg, tot ze zuchtte en in slaap viel.

Na een uur maakte hij haar wakker. Zwijgend kleedden ze zich haastig aan, gingen naar buiten de bittere kou in en liepen door de donkere straten in de richting van Holland Park, tot Jack eindelijk een taxi zag. Ze leunde slaperig met haar hoofd op zijn schouder en hij kuste haar haren en hield haar hand vast. Hij zag op tegen het moment dat hij haar moest verlaten en toen dat moment kwam, kon hij slechts uitbrengen: 'Welterusten, liefste Dolly.' Het woord 'liefste' klonk hem heel onwennig in de oren, zijn stem was dof bij de gedachte dat hij haar zou verliezen en hij voelde de vreselijke behoefte om te huilen.

'Welterusten, liefste Jack,' zei ze, en toen flapte ze eruit: 'Mor-

gen? Nee, dat ben ik vergeten, we gaan naar oma Townsend in Sittingbourne. Overmorgen. Ik kom overmorgen, 's middags. Schrijf gauw je adres voor me op.'
'Nee, nee, ik kom je halen.'
'Maar ik weet niet wanneer ik weg kan.'
'Wanneer je maar weg kunt, ik ben er.'
'Ik kan niet wachten. Jij wel?'
'Ik kan wachten. Daar ben ik heel goed in. Schiet op, je vat kou.' Ze deed de voordeur open en bleef bibberend en wuivend staan wachten tot de taxi om de hoek verdween. Jack voelde zich gelukkiger en verdrietiger dan hij zich ooit in zijn leven had gevoeld.

Dolly kon de volgende morgen bijna niet uit bed komen. Ze miste het ontbijt, wat ongehoord was, en met een onuitgeslapen gezicht verscheen ze, tien minuten later dan men van plan was geweest naar Kent te vertrekken, in de gang, zeer tot ergernis van haar oom. Flora, die nooit op tijd haar bed uitkwam, was voor dag en dauw op geweest en was al afzonderlijk met Archie vertrokken, popelend om de knorrige oude oma Townsend een groot verlovingscadeau af te troggelen.

Meneer Townsend kon er niet tegen als er tegen hem werd gepraat als hij achter het stuur zat en dus moest Dolly haar mond houden, niet dat ze erg veel zin had om te praten. Ze had niet alleen een droge, zere keel, maar haar gedachten werden volledig in beslag genomen door de vorige en de volgende dag. De herinnering aan wat er was gebeurd, was nog levendiger dan de werkelijkheid. De werkelijkheid was wazig geweest, als een droom, alleen kon je je dromen naderhand zo moeilijk herinneren en dit niet. Het beste herinnerde ze zich dat ze hem in zich had voelen kloppen als een tweede, bonzend hart en de vreselijk verdrietige blik in zijn ogen toen hij zei: 'O, God, Dolly, het spijt me zo.' Ze had gedacht dat het hem speet dat hij haar pijn had gedaan, alleen had het niet veel pijn gedaan en was het bijna meteen over geweest. En ze was net begonnen te genieten van het heerlijke gevoel open te gaan, hem naar binnen te zuigen en hem steeds voller in zich te voelen, toen het was opgehouden. En toen begreep ze geleidelijkaan dat het niet had moeten ophouden, dat het openbarsten bij hen beiden had moeten gebeuren. En ze had het vreselijke gevoel gehad te kort te zijn geschoten, toen ze de gekwelde blik in zijn ogen zag. En toen was ze diep ontroerd, ze werd diep beroerd, het was als een daad van aanbidding geweest, de verrukkelijkste kus die je je denken kon. Niet dat ze zich daarvan een voorstelling had kunnen vormen, het was alsof je je probeerde voor te stellen hoe de hemel eruitzag. Je kon alleen de dingen gebruiken die je kende, zoals harpen, wolken en koren, om de dingen in te vullen die je niet kende, tot je er kwam.

Morgen zouden ze meer tijd hebben, morgen kon ze eens goed op onderzoek uitgaan. Hij was net een doos vol geheimen, vol verrassingen, vol kennis. Ze had geen tijd gehad om hem goed te bekijken, ze wilde elk stukje van hem voelen met elk stukje van zichzelf; wat ze wilde, had geen grenzen, het zou eeuwig duren.

Niet eeuwig. De drieëntwintigste maart hing als een spookbeeld in de lucht. Lorenzo. Ze had Lorenzo verraden. Ze was tot het uiterste gegaan met een andere man en had het willens en wetens gedaan, vol wellust. Ze had tegen haar eigen geweten gelogen, haar intentie zelfs voor zichzelf verborgen, tot deze het masker afwierp en erkenning eiste. Ze had het geweten, ze moest het vanaf het begin hebben geweten. Het was geweest als een zaadje dat in het duister ontkiemde, in het verborgene levend.

Ze zou Lorenzo moeten schrijven, haar misdaad moeten bekennen, hem vertellen dat ze een gevallen vrouw was, niet langer goed genoeg om zijn vrouw te zijn. Lorenzo zou gekwetst en verbijsterd zijn en terugschrijven om hun verloving te verbreken. En meer verdiende ze ook niet. En tóch voelde ze zich geen gevallen vrouw. Ze voelde zich verheven, geëerd, ook al had ze een zonde begaan. Hád ze dat wel? Ze kon zich niet duidelijk herinneren dat ze geleerd had dat het een zonde was, het stond niet in de catechismus of de tien geboden. De tien geboden gingen alleen maar over overspel en het begeren van een vrouw van een ander, maar dat waren zonden voor getrouwde mensen, en zij was niet getrouwd en Jack evenmin. Je had natuurlijk ontucht, wellust en losbandigheid, woorden die te maken hadden met Sodom en Gomorra en braspartijen en afgoderij, woorden die niets te maken hadden met het uitwisselen van mysteries, het gezamenlijk beleven van genot. Maar het was toch een zonde om een ander pijn te doen en ze zou Lorenzo pijn doen en hij zou haar ervoor straffen door niet meer met haar te willen trouwen. Dat recht hád hij en dat zou pijn doen, want ze hield niet minder van Lorenzo vanwege wat er gebeurd was, ze voelde hetzelfde voor hem als tevoren. Het was dwaas om te zeggen dat ze meer van Jack hield dan van Lorenzo, omdat het soorten liefde waren die je niet kon vergelijken...

Ze zou nog even wachten met schrijven. Het zou nog weken en weken duren voor Lorenzo verlof kreeg en ze hoefde nu nog niet te schrijven. Bovendien zou Lorenzo misschien tegen zijn vader zeggen dat de verloving verbroken was en waarom, en dan zou papa het weer te horen krijgen. En als papa eenmaal wist dat ze een gevallen vrouw was, zou hij zorgen dat ze naar huis werd gestuurd en dan zou ze Jack niet meer kunnen zien, of Lorenzo, of wie dan ook ooit. Misschien kon ze het met Lorenzo uitmaken zonder hem de werkelijke reden te vertellen. Dan zou haar vader blij zijn, niet woedend, en zou ze mogen blijven. Maar het was min om tegen hem te liegen, om hem het gevoel te geven dat de fout bij hem lag, terwijl het volledig háár schuld was. Ze moest hem in elk geval het voorrecht geven om haar af te wijzen, ze moest hem elk schuldgevoel besparen.

Ze kon beter nu nog niets doen. Ze kon beter niet verder kijken dan de dag van vandaag, of liever morgen. Morgen.

De volgende dag had Dolores een keel van schuurpapier en koorts. Desalniettemin stond ze op, vastbesloten om haar afspraak met Jack niet te missen, maar toen ze aan de ontbijttafel kwam, viel ze voor het eerst van haar leven flauw. Ze moest Flora wel in vertrouwen nemen, die opdracht kreeg om vanuit haar slaapkamerraam naar Jack uit te kijken en een haastig geschreven briefje in een verzegelde envelop aan hem moest geven, waarin stond dat ze kou had gevat maar over een paar dagen wel weer beter zou zijn.

De paar dagen gingen in een waas voorbij. Al haar ledematen deden pijn, afwisselend bibberde ze en brak het zweet haar uit en haar borst deed pijn bij het ademhalen. Ze had voortdurend koortsdromen en wist niet wat echt was en wat fantasie. Het ene moment zat Jack aan haar bed en dan Lorenzo en dan zaten ze er allebei tegelijk, ieder aan een kant. Jack, Lorenzo, Jack...

Jack. Was het werkelijk Jack of ijlde ze? Hij had een grote bos rozen in zijn hand, rood als bloed, gloeiend als kolen. Hij boog zich over haar heen, gaf een kneepje in haar hand en fluisterde: 'Ik houd van je, Dolly. Wordt gauw beter, voor mij.' Hij kuste haar brandende voorhoofd met lippen die koud en weldadig aanvoelden als ijs. En toen was hij weg.

Ze wist zeker dat ze het had gedroomd, tot ze de brief las die hij voor haar had achtergelaten, geschreven op het postpapier van haar tante.

Dinsdag, 29 december

Lieve Dolly,
Het speet me te horen dat je ziek was en ik hoop dat deze bloemen je zullen opvrolijken.

Ik moet naar Leeds om een verhaal te schrijven voor Harry Martindale en blijf een paar dagen weg; daarom heb ik mevrouw Townsend overgehaald om me even bij je te laten, hoewel je nog versuft was door de medicijnen en je het waarschijnlijk niet zult herinneren. Maar Flora heeft me verzekerd dat het beter met je ging en dat was een grote opluchting.

Ik zal je bellen zodra ik terug ben, om te horen hoe het met je gaat. Word gauw beter.

Gelukkig nieuwjaar
Jack

De brief zinderde van de onuitgesproken woorden. Het was bijna alsof hij had geweten dat haar tante hem eerst zou lezen en ervoor had gezorgd dat hij haar niet compromitteerde. Dolores herlas hem voor de honderdste keer toen Flora binnenkwam. Ze droeg een schort over haar nieuwe lila zijden avondjurk en had een blad in haar handen met een kom bouillon.

'Opdracht van mama,' zei ze. 'Ik moest beloven dat ik je hier wat van zou brengen voor ik uitging.'

Mevrouw Townsend had zich voortdurend druk lopen maken tijdens de ziekte van haar nichtje en haar met oudejaarsavond eigenlijk liever niet alleen willen laten. Maar Dolly had met klem gezegd dat ze zich prima zou kunnen redden en de huishoudster zou roepen als ze iets nodig had. Haar oom en tante waren al vertrokken om oud en nieuw bij vrienden op het platteland te vieren, waar ze ook zouden blijven slapen. Flora en Archie gingen naar een nieuwjaarsbal in de stad.

Dolores nam gehoorzaam een paar lepels bouillon, onder het waakzame oog van Flora. De inspanning maakte haar moe.

'Ik vraag me af wat Lorenzo hiervan zou vinden,' zei Flora sluw, terwijl ze een van de rozen op het nachtkastje aanraakte. 'Je had het gezicht van Jack moeten zien toen hij je hier zo zag liggen! Je zult er een hele klus aan hebben hem te lozen, weet je. Hij ziet eruit als een volhouder.'

Dolores duwde het blad opzij. 'Het spijt me, Flo, ik denk niet dat ik nog meer op kan.'

'Arm kind. Je ziet er vreselijk uit. Wat saai om met oudejaarsavond in bed te moeten blijven liggen terwijl wij ons allemaal amuseren.'

'Ik vind het niet erg. Ik heb niet zo'n zin in feestjes.'

'Maar mevrouw Baines is er, als je iets nodig hebt.'

'Ik zal niets nodig hebben,' zei Dolores. 'Ik ga slapen. Je ziet er trouwens prachtig uit.'

Flora boog zich voorover om haar een kus te geven.

'In elk geval steek jij me deze keer niet de loef af. Gelukkig nieuwjaar, Dolly.'

'Gelukkig nieuwjaar, Flo. En Archie ook.'

In een wolk van parfum ruiste Flora de kamer uit en niet lang daarna hoorde Dolores buiten een auto toeteren en de voordeur dichtslaan. Ze viel weer in een rusteloze slaap en droomde en droomde. Jack, Lorenzo, Jack, Lorenzo...

'Juffrouw? Het spijt me dat ik u wakker moet maken, juffrouw.'

'Dat geeft niet, mevrouw Baines. Hoe laat is het?'

'Bijna tien uur. Er is telefoon voor u, juffrouw. Het klinkt dringend, anders zou ik u niet lastig hebben gevallen.'

Dolores kwam overeind.

'Is het meneer Austin?' vroeg ze, toen ze uit bed kwam, plotseling vol energie.

'Het is een meneer die Spaans spreekt, juffrouw. Ik kan niet verstaan wat hij zegt.'
'Spaans? O, mijn God!'
In paniek rende Dolores op blote voeten naar beneden. Niemand belde ooit op van thuis. De telefoon stond in de studeerkamer van papa en werd alleen door hem gebruikt, en dan nog alleen voor zaken. Er moest iemand dood zijn. Mama, Ramón. Er was iets vreselijks gebeurd, ze vóelde het...

Mevrouw Baines bleef bezorgd in de buurt staan, terwijl Dolores de telefoonhoorn pakte. De jongedame was zo wit als een doek en bibberde en zag eruit alsof ze elk moment kon flauwvallen. Ze ratelde een eind weg in het Spaans en wond zich enorm op. Mevrouw Baines stommelde weer naar boven om haar peignoir en haar pantoffels te halen en toen ze terugkwam, zat Dolores verstard bij de telefoon, bevend als een riet.

'Wat is er aan de hand, juffrouw? Toch geen slecht nieuws?'

Dolores gaf geen antwoord. Mevrouw Baines legde de peignoir om haar schouders.

'Kan ik u helpen, juffrouw? Ís er iets?'

Dolores kwam met een schok bij haar positieven.

'Of er iets is? O, nee, er is niets aan de hand. Dat was gewoon... mijn broer, die opbelde uit Madrid, om me gelukkig nieuwjaar te wensen.'

'Uit Madrid? Nee, maar! U ziet er vreselijk uit, juffrouw. U kunt beter meteen weer naar bed gaan.'

Dolores ging weer naar boven, ondersteund door mevrouw Baines. Haar benen waren loodzwaar en ze liet zich als een kind instoppen.

'Welterusten, juffrouw. Zal ik iets warms te drinken voor u halen? U bibbert nog steeds.'

'Nee, dank u wel, mevrouw Baines. Ik wil gewoon gaan slapen. Ik heb vanavond verder niets meer nodig.'

'Welterusten dan, juffrouw. En gelukkig nieuwjaar.'

'Gelukkig nieuwjaar, mevrouw Baines.'

Dolores hoorde de slaapkamerdeur dichtgaan en drukte haar gezicht in de kussens. Het duizelde haar en haar hart klopte wild. Het was alsof er een vonnis over haar was geveld. Wat was ze stom geweest om te denken dat ze kon kiezen! Ze had geen keus, geen enkele keus...

Half verdoofd kwam ze moeizaam uit bed, kleedde zich aan en pakte een weekendtas. Daarna opende ze de gordijnen op een kier, ging bij het raam zitten en wachtte.

De tijd kroop ondraaglijk langzaam voorbij. De grootvadersklok in de hal sloeg elf en toen middernacht. 1 januari 1931, het begin van de rest van haar leven. In de verte hoorde ze vrolijke geluiden op straat en toen was het volmaakt stil in huis. Mevrouw Baines, die in haar eentje een glaasje had zitten drinken, zou nu veilig in bed liggen.

Precies om halfeen, zoals afgesproken, stopte er een taxi tegenover het huis en wachtte op haar als een soort spookkoets.

Dolores sloop de trap af, duizelig van de zenuwen en deed heel stil de voordeur open en dicht. Vervolgens rende ze de straat over en wierp zich in Lorenzo's armen.

DEEL TWEE

*Vijf jaar later
juli – oktober 1936*

5

Toledo, Spanje, juli 1936

'Papa, wanneer komt mama thuis?'
Elke dag dezelfde vraag, elke dag hetzelfde antwoord.
'Als je grootmoeder beter is, Andrés.' Je kon niet zeggen: als je grootmoeder dood is, zonder dat je moest uitleggen wat de dood was en Lorenzo had gehoopt dat zijn zoon daar een paar jaar nog niet mee te maken zou krijgen. Maar de laatste brief van Dolores was niet erg bemoedigend geweest, of misschien juist wel, gezien de egoïstische haast waarmee hij haar weer thuis wilde hebben.

Het ging snel bergafwaarts met Pamela Carrasquez en Lorenzo kon alleen maar hopen dat haar niet gediagnostiseerde kwaal niet besmettelijk was. Dolores had gezegd dat dat onmogelijk was, maar het feit dat ze Andrés in Toledo had achtergelaten, sprak voor zich. Ze was een uiterst toegewijde en liefhebbende moeder en doordat ze haar zoon bij de geboorte bijna had verloren, was ze altijd vreselijk bezorgd voor zijn gezondheid, ook al was hij een stevige kleine jongen geworden, de trots en vreugde van zijn vader.

Hij miste zijn moeder vreselijk. Hij miste het dat ze hem voorlas voor het slapen gaan, hij miste de manier waarop ze aan zijn tenen kietelde en haar eindeloos geruststellende glimlach. Telkens als Dolores schreef, deed ze er een briefje voor hem bij, in grote, duidelijke letters en bedekt met kussen, een blij verhaaltje waarvan hij moest lachen in plaats van huilen. Alleen Dolores kon zijn tranen wegvegen – tranen waarvoor hij al te trots was om ze aan iemand anders te laten zien. Gelukkig was hij dol op Rosa, zijn kindermeisje, van wie het eigen zoontje nu het gezelschap was dat hij anders zou hebben gemist. Lorenzo had het verdrietig gevonden dat er geen kinderen meer zouden komen, maar dat was slechts een kleine prijs geweest voor het leven van Dolores. Het nieuws was nauwelijks tot hem doorgedrongen, zó opgelucht was hij geweest dat hij haar niet had verloren. Hij zou nooit meer met haar naar bed hebben durven gaan als hij niet had geweten dat zonder gevaar te kunnen doen, hetgeen een troost voor hem was, maar niet voor haar.

'Bedtijd, jongens,' riep Rosa vanuit de keuken. 'Allebei in bad, en meteen!'

Ze zagen er niet uit als neven en ze wisten ook niet dat ze neven waren. Het was typerend voor Dolores geweest dat ze haar bastaardneefje en zijn ongelukkige moeder in huis had willen nemen, gezien de omstandigheid dat Ramón geen enkele verantwoordelijkheid aanvaardde. Niet dat hij in staat was om zichzelf te onderhouden, laat staan een gezin. Dolores legde regelmatig plichtmatige bezoekjes af in Madrid en trof hem aan in steeds armelijker omstandigheden. Naderhand vertelde ze weer aan haar moeder dat het heel goed ging met Ramón, om de arme vrouw een beetje te troosten omdat ze geen gehoor meer kon geven aan de bedelbrieven die hij nog steeds zonder enige wroeging schreef. Voor één keer in zijn leven was Lorenzo het hartgrondig met Don Felipe eens. Hij zag niet in waarom Ramón nog meer geldelijke steun zou moeten krijgen. De ellende waarin hij zich wentelde, had hij zelf veroorzaakt en het maakte hem razend dat Dolores zuinig met geld was om hem te kunnen helpen. Omdat Lorenzo kortgeleden was aangesteld als vuurwapeninstructeur aan de Militaire Academie van Toledo, waren ze beter af dan in het begin van hun huwelijk, maar ze hadden nog steeds heel weinig over. Hij zou geen traan laten om zijn zwager wanneer diens ellendige leven van een parasiet tot een langverwacht, vroegtijdig einde zou komen. Astma, absint of syfilis zou vast en zeker binnen niet al te lange tijd een eind aan zijn leven maken, en hoe eerder, hoe beter.

Toch was Lorenzo erg gehecht aan de kleine Rafael, al was het alleen maar omdat hij sprekend op Dolores leek, veel meer dan haar eigen zoon. Andrés leek op geen van hen beiden. Andrés leek meer op de moeder van Dolores, met zijn Engelse teint en zijn verbazend blauwe ogen. De arme vrouw had haar kleinkind nooit gezien; door zijn geboorte had haar man zich alleen nog maar harder opgesteld.

Don Felipe had geweigerd hun onwettig huwelijk te erkennen en had al het mogelijke gedaan om het nietig te laten verklaren. Om te beginnen waren ze onder duidelijk valse voorwendsels in Frankrijk getrouwd. Verder had Lorenzo geen toestemming aan zijn bevelvoerend officier gevraagd om te trouwen, omdat hij bang was dat zo'n verzoek zou worden geweigerd en verraden. Bovendien was Dolores, naar men zei, tegen haar wil uit Londen ontvoerd. Lorenzo had haar van haar ziekbed gelicht terwijl haar oom en tante naar een feest waren, haar op de boottrein gezet en vandaar meegenomen naar een goedkoop Frans hotel, waar hij ongetwijfeld van haar verzwakte toestand gebruik had gemaakt om haar te verkrachten, vooruitlopend op het zogenaamde huwelijk...

En daar zat het probleem. Tegen de tijd dat het verontruste telegram van Margaret Townsend haar zuster bereikte, was het zogenaamde huwelijk in alle opzichten al voltrokken en had Felipe zijn onderhandelingen met de gerechtelijke macht nog niet beëindigd – die hem aan het lijntje had gehouden teneinde het onderste uit de kan te krijgen – of een ongewoon bedeesde Dolores had haar troefkaart op tafel gelegd. Eén bastaard in de familie was meer dan genoeg, hoewel het weinig had gescheeld of Andrés was de tweede geweest, toen hij eind september werd geboren.

Dat bezoek aan haar ouderlijk huis, het eerste sinds haar huwelijk, had veel van Dolores' moed gevergd. Ze had geschreven:

Mijn vader weigert nog steeds met me te praten. Ik eet en slaap in de kamer van mijn moeder. Hij zegt dat hij me eruit laat gooien als een indringer als ik ergens anders word gezien. Alleen de honden durfden zijn woede te riskeren door te laten merken dat ze blij waren me te zien. Als het waar is dat de arme Ramón krankzinnig is, weet ik van wie hij het heeft.
Rosa moet de groeten hebben van Tomás. Ik ben gisteren bij hem op bezoek geweest, terwijl papa weg was voor zaken. Wat is het fijn om de arbeiders eindelijk hun eigen land te zien bewerken! Ook al is de oogst vrij slecht geweest, ze komen in elk

geval niet meer om van de honger. Papa is natuurlijk razend. Hij zweert dat hij zijn land zal terugkrijgen, goedschiks of kwaadschiks...

Lorenzo zuchtte. Men kon het de boeren nauwelijks kwalijk nemen dat ze wederrechtelijk bezit hadden genomen van het land en ook de nieuwe socialistische regering kon men niet verwijten dat ze het hen lieten houden, maar het was nog steeds niet de goede manier om de zaken aan te pakken. Zulke dingen moesten geleidelijkaan en op legale wijze gebeuren. De arbeiders namen de wet steeds meer in eigen hand, terwijl de regering toekeek. Waar zou dat allemaal op uitdraaien?

Het is waar dat de emoties hoog oplopen, maar je hoeft je over mijn veiligheid geen zorgen te maken. Tomás zou mij nooit iets laten overkomen, vanwege Rosa en Rafael. Ik weet dat je bang bent voor een revolutie, maar als je hier bij me zou zijn, zou je begrijpen waarom de arbeiders zich zo teleurgesteld voelen. Ze verwachtten grote dingen van deze nieuwe regering, maar tot nu toe komt er niet veel van de hervormingen die hun beloofd zijn. God vergeve me, ik heb gemerkt dat ik mijn vader dood wens, alleen weet ik dat Josep gedwongen zou zijn om zijn erfenis aan de Heilige Moederkerk te geven, de inhaligste landheer van allemaal. Ik ben nu al drie weken niet naar de mis geweest. Ik kan het gezang van zo'n gulzige mond niet verdragen...

Revolutie. Dolores had er geen idee van wat dat zou betekenen. De gegoede burgerij vermoord in bed, schuldig of niet, het land geregeerd door een ruziënd gezelschap van marxisten, anarchisten en separatisten, opgestookt door imperialistische sovjetinfiltranten. Voor haar was het allemaal zo eenvoudig, zij geloofde nog steeds in een Utopia waar iedereen gelijk was, waar alles werd verdeeld. Vijf jaar geleden, toen de nieuwe republiek was uitgeroepen, had Lorenzo die droom gedeeld. Ware democratie, het eind van onrecht en corruptie. De toekomst had er zonnig en hoopvol uitgezien, een langverwacht tijdperk was begonnen.

Maar de droom was uit elkaar gespat. De nieuwe regering was er niet in geslaagd de anarchisten tevreden te stellen, die de volgende verkiezingen hadden geboycot, waardoor ze de rechtervleugel aan de macht hielpen en al het goede werk weer verloren ging. Er waren twee turbulente jaren geweest, vol relletjes, stakingen, onderdrukking en geweld. En nu was het tij weer gekeerd. De linkse partijen hadden de handen ineengeslagen en bij de recente verkiezingen een meerderheid behaald. Maar de toestand was verre van stabiel.

Het kon slechts een kwestie van tijd zijn voor de nieuwe regering van het Volksfront omver werd geworpen door de eigen extremisten; de gematigde figuren die Lorenzo had gesteund, waren in de minderheid, machteloos tegen de furiën die ze zelf hadden ontketend. Binnen niet al te lange tijd zou er wanorde heersen zoals nog nooit eerder was vertoond en het zou zijn plicht als soldaat zijn om orde en wet te handhaven.

De gevoelens onder zijn studenten aan de Militaire Academie waren tot het kookpunt gestegen. Vele cadetten waren lid geworden van de Falange, een welvarende, extreem-rechtse groep neofascisten. Lorenzo had ooit veel sympathie gekoesterd voor José Antonio de Rivera, de gevangengenomen leider van de Falange en zoon van de afgezette dictator, maar de wens die hij had geuit om het lot van de gewone man te verbeteren werd duidelijk niet gedeeld door de meeste van zijn aanhangers. Zij schenen gedreven te worden door klassenhaat; rijke, jonge activisten demonstreerden hun overtuiging door, al schietend op voorbijkomende arbeiders, door de straten van Madrid te rijden en deel te nemen aan gewelddadige demonstraties. De wetenschap dat zowel Don Felipe als de achtenswaardige Ramón nu met lidmaatschapskaarten liep te pronken, kwam niet als een verrassing.

Wat de partij van de linkse officieren betreft, die waren op hun eigen manier even verblind en hadden even weinig op met Lorenzo's gematigde ideeën. Hij voelde zich niet langer in staat om welke partij dan ook te steunen en wanneer hem naar zijn politieke overtuiging werd gevraagd, antwoordde hij eenvoudig republikein te zijn, wat nu onderhand voor iedereen weer een andere betekenis had.

Hij wenste dat de moeder van Dolores snel zou sterven. Hij wilde haar veilig weer thuis hebben. Het was waar dat Tomás,

Rosa's reusachtige broer, de verantwoording voor haar veiligheid op zich had genomen, maar zelfs Tomás kon haar niet beschermen tegen een kruisvuur. Don Felipe werd overal vergezeld door een gewapende lijfwacht; men zei dat zijn huis versterkt was als voor een belegering; als er een revolutie van de arbeiders kwam, zou hij zeker boven aan de lijst van volksvijanden staan, en Dolores, als zijn dochter, zou eveneens in gevaar zijn.

Lorenzo's maag kneep samen van ongerustheid. Ze was nu bijna een maand weg, de langste maand van zijn leven.

'Ga niet,' had hij gesmeekt. 'Niet met al die onrust overal.'

Maar ze had geglimlacht, haar armen om hem heen geslagen en hem stevig geknuffeld, vastberaden en optimistisch als altijd.

'Jij maakt je altijd zoveel zorgen, liefste. Er zal me heus niets overkomen. Waarom zou iemand mij iets willen doen? Bovendien hebben de arbeiders geen wapens. Wat hebben ze voor kans tegen mijn vader? Je vat al die geruchten veel te ernstig op.'

'Laat me dan met je meegaan.'

'Nee!' Ze huiverde. 'Je weet hoe mijn vader je haat. Het zal al moeilijk genoeg voor me zijn zónder jou erbij. Bovendien kunnen we Rosa niet alleen laten met de kinderen. Als er eens iets gebeurt? Begrijp het alsjeblieft. Mama is stervende. Ze heeft me nodig. Wie heeft ze verder? Josep kan niet bij zijn parochie weg en Ramón zou meer kwaad dan goed doen.'

'Ik heb je óók nodig. We hebben je allemaal nodig.'

'Ik zal elke dag schrijven. En ik kom zo snel mogelijk naar huis. Ik zal je vreselijk missen.'

Ze had zich op de dag van haar vertrek aan hem vastgeklemd en gehuild en één heerlijk moment had hij gedacht dat ze op het punt stond zwak te worden. Maar hij had haar niet tot andere gedachten kunnen brengen. Met een loodzwaar hart had hij haar op de trein gezet en sindsdien was hij in een van die zwarte depressies weggezakt waaruit alleen zij hem kon halen. Haar kracht, haar lach, haar altijd goede humeur waren even onontbeerlijk voor hem als de lucht die hij inademde. Alleen Dolores kon zijn zorgen en angst verlichten. Alleen Dolores kon hem het gevoel geven dat zijn angst voor de toekomst overdreven en absurd was.

'Je vat het leven veel te serieus op, liefste,' plaagde ze hem dan. 'Dat heb je altijd gedaan.' Ze maakte geen punt van hun betrekkelijke armoede en beweerde dat ze het eenvoudige appartement waar ze in woonden prettig vond. Ze bezwoer hem dat ze nooit spijt van hun huwelijk had gehad.

'We hebben elkaar en Andrés, en niet te vergeten Rosa en Rafael. Dus zijn we rijk. Mijn vader is degene die arm is. Vergeet gisteren en hou op je zorgen te maken over de dag van morgen. Vandaag, dáár gaat het om...'

En vandaag was weer een dag zonder haar. Het voorrecht om buiten de kazerne te wonen, de luxe van privacy, de illusie dat je vrij was als een gewone burger maakte haar afwezigheid nog moeilijker te dragen. Hij zag ertegenop terug te komen in een huis dat niet werd opgevrolijkt door haar aanwezigheid, ondanks het lawaai van twee levendige kinderen en hun vrolijke, goedaardige kindermeisje. 's Nachts was het het ergst, dan miste hij het zachte, warme gewicht in het bed naast hem. Het was geen seksuele frustratie – maar eerder genegenheid dan hartstocht wat hen bond – meer een leeg gevoel van eenzaamheid. Hij had niet beseft hoe afhankelijk hij van haar was geworden, hoezeer hij zich verliet op haar kracht, haar vertrouwen. Dolores was meer dan een echtgenote, ze was zijn enige vriend. Hij wilde dat ze zo uitsluitend van hem hield als hij van haar, hij wilde dat ze begreep hoe hard hij probeerde haar waardig te zijn. Maar Dolores hield van te veel mensen, of ze het verdienden of niet.

De afwezigheid van Dolores bij de mis was niet onopgemerkt gebleven. Haar sentimentele houding ten opzichte van de *braceros* was bekend en hun goddeloosheid was kennelijk besmettelijk. Ze zou het jammer hebben gevonden om de preek te missen van pater Luis, die gebaseerd was op de zaligsprekingen, een geliefd thema van hem. Zalig zijn de armen (van geest), dreunde hij, zalig zijn de zachtmoedigen, zalig zijn zij die hongeren en dorsten (naar gerechtigheid). Deze sentimenten deden het goed bij de welgestelde en doorvoede bourgeoisie van Albavera; intussen hongerden en dorstten de zaliger bewoners van de streek zonder de steun van de bemoedigende woorden van pater Luis.

Na de mis zou de goede pater bij Don Felipe dineren, waar

je het beste at van de hele provincie. De oude priester was kortgeleden bij de familie Carrasquez ingetrokken, nadat hij herhaaldelijk persoonlijk bedreigd was. En tot zijn genoegen had hij gemerkt dat de verdoolde dochter naar de slaapkamer van haar moeder was verbannen. Hij herinnerde zich maar al te goed die zomerzondag een aantal jaren tevoren, toen hij en Don Felipe waren teruggekeerd uit de kerk, zich verheugend op een welvoorziene dis en een paar flessen goede wijn en zagen dat er alleen maar water en brood op de tafel stond. De bedienden waren nergens te zien en Dolores had een schort voor gehad, klaar om hen te bedienen.

Ze beweerde liefjes dat ze erg onder de indruk was geweest van het pleidooi dat de goede pater had gehouden over honger en de vrijheid had genomen om al het overbodige voedsel uit de keuken te verwijderen. Allerlei buitenissig voedsel, zoals stukken rookvlees, hele kazen, worsten en hammen, vaten met olijven en wijn, zakken met rijst, meel en bonen had ze weggedaan – en omdat ze die niet wilde vernietigen, had ze alles met een ezelwagen naar de armzalige hutten laten brengen waar de arbeiders woonden, volhardend in hun zonde. Aangezien ze zonder enige twijfel verdoemd zouden zijn vanwege hun gebrek aan vroomheid, konden ze zich, nu het nog kon, beter te buiten gaan aan vraatzucht.

Dit alles was met heilige oprechtheid gezegd en vergezeld gegaan van herhaalde goedkeurende opmerkingen over de bijzonder grote wijsheid van de goede vader, zozeer dat haar vader haar pas een pak slaag had durven geven nadat de pater was vertrokken, op zoek naar een betere maaltijd. Hij had haar Engelse opvoeding de schuld gegeven, haar Engelse bloed, haar Engelse vrienden, en in het begin had Dolores gehoopt dat haar wangedrag ervoor zou zorgen dat ze niet meer naar school zou worden teruggestuurd, maar helaas had het hem gesterkt in de mening dat haar aanwezigheid in huis bijna evenveel problemen gaf als die van een nietsnut van een broer van haar.

Omdat hij bang was zich belachelijk te maken, had Don Felipe niet geprobeerd om het verloren voedsel terug te halen, wat trouwens toch al razendsnel verdeeld was en verstopt. Maar hij had geweigerd gewas voor de volgende lente te zaaien zeggend dat de boeren geen verdere liefdadigheid nodig hadden en in de toekomst bij zijn dochter moesten zijn als ze eten wilden hebben.

De pater was ervan overtuigd dat er slecht bloed zat in de familie Carrasquez. De dochter was wild en eigenzinnig, de jongste zoon een dronken wellusteling en de oudste zoon een rebel die nooit tot priester gewijd had mogen worden volgens pater Luis, hoewel zijn standplaats onder het anarchistische uitschot van Andalusië was uitgezocht om zijn verkeerde opvattingen te corrigeren. De vrouw was natuurlijk een Engelse, een ziekelijke, neurotische vrouw, die bij haar huwelijk bekeerd was maar het geloof nooit goed had begrepen en er niet in was geslaagd haar kinderen de werkelijke waarden van de Kerk bij te brengen. Zulke gemengde huwelijken waren tot mislukken gedoemd en dit huwelijk had alleen maar de zegen van de aartsbisschop in eigen persoon gekregen omdat er grote gaven waren gedaan voor allerlei goede doelen, waarbij de zaligheid van de armen natuurlijk niet in gevaar werd gebracht.

Pater Luis had Doña Pamela al voorzien van het Heilig Oliesel, zodat hij niet uit zijn bed gehaald zou hoeven te worden of zou worden weggeroepen tijdens de maaltijd. Ze zou elk moment kunnen overlijden of het zou nog weken kunnen duren. Maar ze was hoe dan ook te verward om te biechten en dat zou waarschijnlijk ook zo blijven. Hij had gezien dat ze nog een aantal ringen droeg waaraan een stervende vrouw niets had, maar hij had gemerkt dat de dochter vreemd naar hem keek toen hij zijn vlezige vuist om haar uitgemergelde vingers sloot, ongetwijfeld omdat ze er zelf een oogje op had, als een postume en onverdiende bruidsschat.

Dolores had haar zondige zondagmorgen besteed aan het schrijven van een volgende brief aan Josep, omdat ze geen antwoord had gekregen op de voorgaande. Het was bekend dat de communicatie met Fontenar, een klein dorp in Andalusië, slecht was, maar hij zou tóch niets kunnen doen, niemand van hen kon iets doen. Eerst was de diagnose hersenvliesontsteking geweest, maar nu had men het over een tumor. De suggestie dat ze naar het ziekenhuis in Badajoz moest worden gebracht voor onderzoek had Don Felipe in woede doen uitbarsten en de smeekbeden van Dolores hadden het alleen nog maar erger gemaakt.

De dokter had zich filosofisch opgesteld. Haar overbrengen naar het ziekenhuis zou op zich fataal kunnen zijn en naar zijn mening was er geen twijfel aan dat ze stervende was. En dus zat Dolores dag na dag, alleen met haar gedachten, te wachten op de dood van haar moeder.

Dolores was er niet aan gewend niets te doen, alleen te zijn met haar gedachten. Thuis was ze bezig met de behoeften van haar familie en deed ze vrijwilligerswerk voor de Zusters van Maria Boodschap, die de plaatselijke school bestierden. De nieuwe regering van het Volksfront had voorgesteld om hen van de zorg voor de kinderen te ontheffen en een staatsinstelling van de school te maken, een vooruitzicht dat de nonnen verschrikkelijk vonden.

'In plaats van de catechismus krijgen ze de leer van Marx!' had de moeder-overste verontwaardigd verklaard. 'Jonge zielen zullen voor altijd in handen van de duivel vallen!'

'Maar denk eens aan alle kinderen die op het moment niet naar school gaan,' had Dolores ertegenin gebracht, aan Rafael denkend. Rosa, die de Kerk haatte en wantrouwde, hield haar zoon thuis. 'Het is hun schuld niet als hun ouders niet katholiek zijn. Zij verdienen toch óók onderwijs?'

'En waaróm zijn hun ouders niet katholiek? Het is allemaal onderdeel van een rode samenzwering tegen de Kerk. Binnenkort worden we vervolgd om ons geloof, net als de martelaren vroeger...'

Maar Dolores vond de nonnen betrekkelijk onschadelijk. Door de lange jaren in het klooster was ze gewend geraakt aan hun merkwaardige manier van doen en de priesters zelf zorgden ervoor dat ze geen macht hadden. Er waren heel weinig arbeiderpriesters zoals Josep.

Hoe dan ook, de nonnen waren blij met haar ijver en gedurende de tijd dat ze het druk had, was ze tevreden en telde ze haar zegeningen. Een gezond kind, een ondergeschoven broertje voor hem, een goede man. Een betere man dan ze verdiende. De aardigste en meest attente man die je kon denken, die niets meer vroeg dan dat ze zich af en toe passief aan hem onderwierp en nooit probeerde haar te verleiden, voor of na het huwelijk...

Maar hier, zittend bij haar stervende moeder, had ze niets

anders te doen dan te denken, zich te herinneren en spijt te hebben. De herinnering was op een grillige manier selectief, ze bleef steken in bepaalde groeven, als een grammofoonplaat. Dezelfde episoden werden telkens weer herhaald ten koste van andere, die misschien minder pijnlijk zouden zijn geweest. Ze was nooit in staat geweest Jack te vergeten zoals hij naast haar bed had gestaan met die enorme bos rozen en fluisterde: 'Ik houd van je, Dolly.'

Ze had hem via *Red Rag* geschreven. Ze had geen zinspelingen gemaakt, geen excuses. Ze had gewoon de feiten verteld, dat Lorenzo onverwachts gekomen was, dat ze een paar maanden eerder dan gepland ervandoor waren gegaan en hem het beste wenste voor de toekomst. Het was een vormelijke, beleefde brief geweest, die veel leek op de brief die ze aan tante Margaret had geschreven, alleen had ze tante Margaret haar verontschuldigingen aangeboden en dat had ze bij Jack niet gedaan. Hij had, God zij dank, niet teruggeschreven en daarmee was de zaak afgedaan. Sindsdien had ze al haar Engelse familie schandelijk verwaarloosd, in een poging om te vergeten wat er gebeurd was, alsof ze dat ooit kon vergeten. Ze had zelfs de brieven van Edmund niet beantwoord, omdat ze hem alleen maar leugens zou moeten vertellen.

Wat was ze dwaas, kortzichtig en onvolwassen geweest in die tijd! Ze had in haar eigen wereld geleefd, ze had nog moeten leren dat zoiets als een vrije wil niet bestaat, dat men altijd door de wil van anderen uit de koers wordt gebracht. Hoe had ze kunnen voorzien dat Lorenzo zomaar ineens zou opduiken? Het was nooit bij haar opgekomen dat hij misschien zou worden overgeplaatst en zijn verlof eerder zou moeten opnemen. Zijn plotselinge verschijning was als een soort vonnis voor haar geweest en het was volkomen onmogelijk geweest om hem recht in zijn gezicht de bons te geven. Het was één ding om hem van veraf een brief te schrijven, maar een directe confrontatie was iets heel anders geweest. Al haar moed was bedolven onder een vreselijk schuldgevoel en bovendien had ze geen tijd gehad om na te denken, om haar woorden voor te bereiden. Hij was zo onverschrokken geweest, zo vindingrijk, zo romantisch en vol vertrouwen! Welke kans hadden ontrouw en twijfel tegen zoveel liefde, kracht en vastberadenheid?

Haar moeder mompelde onsamenhangend, dorstig, en Dolores hielp haar om wat water op te zuigen uit een spons. De inspanning van het slikken putte haar uit en de vloeistof werd onmiddellijk omgezet in zweetdruppels. Daarna viel ze achterover in een gekwelde sluimering.

'Ramón,' fluisterde ze klaaglijk. 'Ramón, mijn kleintje...'

Dolores bette het voorhoofd van haar moeder en vroeg zich nogmaals af of ze er verkeerd aan had gedaan Ramón niets te vertellen, of ze hem niet het reisgeld had moeten sturen in de hoop dat hij het niet zou verbrassen, of ze haar moeder had moeten blootstellen aan de twijfelachtige troost van de aanwezigheid van Ramón en het moest riskeren dat ze een van zijn astma-aanvallen meemaakte die half echt waren en half door hysterie veroorzaakt werden. Het gevaar bestond dat haar moeder zou zien hoe slecht hij eraan toe was en dat zij zelf twee patiënten te verzorgen zou hebben in plaats van een. En ze zei nogmaals tegen zichzelf dat haar moeder tóch niemand meer zou herkennen, dat Ramón in haar gedachten bij haar was, ongeschonden en volmaakt, zonder zijn verminking, en dat hij haar meer goeddeed dan hij ooit in levenden lijve had kunnen doen. En ze probeerde te aanvaarden dat men blij moest zijn voor degenen die sterven, dat verdriet hebben egoïstisch was, en de dood een bevrijding en geen verlies. Want dit was de eerste keer dat ze ooit met de dood te maken had.

Ramón was niet dronken in de gewone zin van het woord. Dronkenschap behoorde tot een tijd van onschuld. Totale vergetelheid kon hij niet meer bereiken, hoeveel alcohol hij ook consumeerde. Het bereikte effect was een negatieve opluchting, een maskering van pijn en geen bron van genot.

Zijn dagen van goede wijnen en cognac waren natuurlijk allang vervlogen; hij fêteerde niet langer mede-*señoritos* in de chique cafés en restaurants van Madrid. Hij had niet langer een appartement in de exclusieve Salamanca-wijk en kon niet langer gebruikmaken van de diensten van Consuela. Ze had een paar weken zonder loon gewerkt, tot haar man er een eind aan had gemaakt en haar er als rechtgeaard anarchist toe had gekregen lid te worden van de CNT. Nu werkte Consuela in een of andere schoenenfabriek, zich als een vis in het water voelend zolang er voldoende stakingen waren en zich verheugend op de dag van de revolutie, waarop de arbeiders door de straten zouden zwermen en hun meerderen in stukken zouden scheuren. En Ramón was alleen.

Hij woonde nu tussen het plebs dat hij zo lang had verguisd, in een armzalig optrekje vlak bij de Plaza de Chueca, waar zijn zintuigen voortdurend werden bestormd door het lawaai van echtelijke ruzies en huilende baby's en door de lucht van ranzige olie, rottend afval en open riolen, hetgeen hij allemaal hooghartig en stoïcijns verdroeg. Zelfs in de smerige armoede van zijn kamer – een zolder die hij zijn studio noemde – leefde Ramón in een eigen wereld van grandeur, van verheven eenzaamheid, immuun voor het binnendringen van mindere stervelingen. Hij behield een gevoel van superioriteit, van anders zijn dan anderen, van vergane glorie. Hoewel zijn gezicht reeds voortijdig was getekend, had het nog steeds een zekere waardigheid.

Armoede was het kruis dat alle grote kunstenaars moesten dragen. Het was een nobel lot. Had hij zijn talent maar eerder ontdekt, toen hij nog geld had voor zulke luxe dingen als verf en doek! De openbaring van zijn gave was te laat tot hem gekomen, kort nadat hij door zijn schuldeisers en de onverzoenlijkheid van zijn vader uit zijn deftige appartement was verdreven en gedwongen was in dat ellendige, onwaardige onderkomen zijn intrek te nemen. Misschien had de honger hem geïnspireerd. Mystici vastten met opzet, op zoek naar de waarheid.

Zijn dagelijkse gang was een ritueel geworden. Elke dag kleedde hij zich in zijn voddig geworden mooie kleren en hobbelde dan naar het Parque del Retiro of de Puerta del Sol, afhankelijk van het weer of de tijd van het jaar, om daar te gaan zitten bij het laatste meesterwerk dat hij met krijt op de grond voor hem had getekend en de bijdragen van zijn weldoeners te ontvangen als een god die minzaam aanvaardt dat hij aanbeden wordt.

Geen wonder dat de andere straatschilders hem uit de weg gingen: ze waren bang dat ze de vergelijking met hem niet zouden kunnen doorstaan. Eerst hadden ze geprobeerd hem weg te jagen. Ze hadden de spot gedreven met zijn briljante, vernieuwende, abstracte stijl, een stijl die hun bevattingsvermogen ver te boven ging, maar toen ze zagen dat hij hun verdiensten begon af te pakken, waren ze algauw zo verstandig geweest een plek verder weg op te zoeken. Ramón had een hooghartige minachting aan de dag gelegd voor hun beledigingen, de beschuldigingen dat hij geen ware kunstenaar was en niets meer dan een gewone bedelaar, dat de mensen gaven omdat hij invalide was, maar niet omdat ze zijn werk bewonderden. Ramón was geen gewone bedelaar. Iedereen wist toch dat een bedelaar moest knielen! Madrid zat vol met knielende bedelaars, die smekend hun arm uitgestoken hielden. Ramón knielde voor niemand. Door zijn gebrek kón hij niet knielen. Hij zat trots naast zijn werk, zijn goede been onder zijn lichaam gestopt, zijn invalide been naar voren gestoken en zijn laars opengeknoopt in een onuitgesproken vraag om geld.

Het waren de armen die gaven. De rijken liepen grotendeels voorbij, onaangedaan. In hun arrogantie gaven zij er de voorkeur aan om in het Prado naar kunstwerken te kijken. Als Goya of Velazquez zijn werk aan zijn voeten had uitgespreid, zou hij ongetwijfeld op dezelfde manier genegeerd zijn. Ja, het waren de armen die gaven. Niet dat Ramón het idee had dat de armen zagen hoe geniaal hij was, het was alleen dat sommigen van hen nog steeds instinctmatig een wezen herkenden dat superieur was aan henzelf. Hoe dan ook, het was juist dat de armen gaven. Uiteindelijk waren zij het die het land leegzogen, die altijd hun mond open hadden om aan de tiet van de staat te gaan hangen. De nieuwe regering was als een min met een veel te grote baby die erom schreeuwde gespeend te worden, die trek in brood begon te krijgen. Als die verslindende horden armen er niet waren, zou het land weer welvarend en sterk worden en zou hij, Ramón, zijn vroegere plaats in de maatschappij weer terugkrijgen. Was zijn val niet veroorzaakt door dat ondankbare kreng Rosa en haar chanterende broer, die een smet op zijn karakter had durven werpen door te beweren dat hij de vader van haar bastaard was? Zijn zaad zou toch onmiddellijk zijn doodgegaan op zo'n minderwaardige bodem; in zo'n waardeloze schoot zou een kind van hem nooit hebben kunnen groeien. Dat was typerend voor de armen. Leugens, achterbaksheid en hebzucht. Dus als een of andere grijze, oude vrouw of een jongeman in een overall hem af en toe een *céntimo* toewierp, waren dat alleen slechts bijdragen aan de gemeenschappelijke schuld, hij was hun geen dank verschuldigd voor zo'n gerechtvaardigde compensatie.

Tegenwoordig beheerde hij zijn geld zorgvuldig, nadat hij over zijn jeugdige goklust heen was gegroeid. Gokken was een bezigheid van deftige heren; zoals het werd gedaan in de slechte bars rondom de Plaza de Chueca was het gedaald tot het peil van diefstal. Ramón was te vaak kaal geplukt door vettige, gemerkte kaarten en dobbelstenen waarmee geknoeid was. En zelfs als het hem gelukt was te winnen, zou hij ongetwijfeld beroofd zijn voor hij de kans had gekregen het geld te verstoppen. Hij was onderhand vergeten wat een handige bedrieger hij in zijn gloriedagen was geweest. Hij zei tegen zichzelf dat zijn geest nog even scherp was als altijd, maar dat men gokte voor zijn plezier, niet om te winnen en zeker niet om te verliezen. Hij moest uiteindelijk eten. En drinken.

De avond was de lucratiefste tijd. Goedkope wijn maakte zorgeloos en vrijgevig en veel van de arbeiders hadden uitpuilende zakken, dank zij de ongebreidelde macht van de vakbonden, die druk wraak namen voor de laatste twee jaren van rechts bestuur. Met een *peseta* kon hij tien liter wijn uit het vat kopen, maar Ramón had een zwakke blaas en als hij zijn post verliet, betekende dat verlies van inkomen. Absint was duurder, maar discreter. Het ging niet door zijn lastige urinebuis, maar meteen naar de bloedstroom en de hersenen.

Die dag was het een mooie zomerdag. Ramón had een winstgevende ochtend gehad bij de Sol en had in een arbeiderscafé een eenvoudige maaltijd van bonen met worst gegeten. De rondborstige eigenaresse had medelijden met hem, smolt door zijn charmante glimlach en vergat vaak hem de rekening te geven. Ze was een heel domme vrouw, maar kon redelijk koken en omdat ze zijn verlegenheid begreep, vond ze het goed dat hij zijn stoel bij een uitstekende vensterbank zette en zijn maaltijd alleen gebruikte, waar hij veilig was voor de spottende opmerkingen van haar minder gevoelige klanten.

Terwijl Ramón langzaam het Park in hinkte om zijn siësta te

gaan houden in de schaduw van een kastanjeboom, zag hij tot zijn woede dat de plek waar hij altijd zat, bij de fontein, in beslag was genomen door een vreemde, die met uitgestoken arm voor zijn avant-gardeportret van Don Quichote geknield zat. Nadat hij bijna drie jaar als enige die plek bezet had gehouden, was dit een ongehoorde brutaliteit en Ramón vermande zich om de indringer met zijn stok weg te slaan.

Hij had zich bijna op het verachtelijke schepsel gestort, toen hij merkte dat het een vrouw was, en uit een soort diep in hem verborgen hoffelijkheid liet hij zijn arm zakken. Ze keek zielig naar hem op en strekte haar beide handen naar hem uit, met de palmen omhoog.

'Alstublieft, señor,' zei ze zacht en met een sterk zuidelijk accent. 'Ik heb twee dagen niet gegeten, señor.'

Ze zag alleen zijn gezicht maar en ging te zeer op in haar eigen ellende om zijn been te zien.

'Hoe heet je, kind?' vroeg hij bijna vriendelijk, zich met zwier aanpassend aan de voor hem ongebruikelijke rol van weldoener.

'Marisa, señor, ik kom uit Andalusië. Ik ben naar Madrid gekomen om te werken. Er is geen eten en geen werk in mijn dorp.'

'En hoe ben je hier gekomen?'

'Ik ben komen lopen, señor.'

'Ben je helemaal uit Andalusië komen lopen?'

'Ja, señor.'

'En waarom heb je geen werk gevonden? De vakbonden zullen werk voor je zoeken.'

'Ik ben vandaag pas aangekomen. Ik wil alleen maar iets te eten voor vandaag, señor, morgen ga ik werk zoeken. Ik ben écht geen bedelares.'

Ze beefde, bijna alsof ze verwachtte een klap te zullen krijgen en nam de ineengedoken houding aan van een dier dat mishandeld is.

'Hier,' zei Ramón royaal, terwijl hij een muntstuk uit zijn zak haalde en voor haar neus hield, zodat het zonlicht erop viel. 'Ga naar de *pastelería* aan de overkant van het plein en vraag om twee *Rosquillas del Santo*, dat is de specialiteit van onze stad, een voor jezelf en een voor mij. En dan zal ik je alles over Madrid vertellen. Nou, waar wacht je op?'

Ze sprong overeind en deed precies wat haar was gezegd. Ze was niet zo uitgekookt met het geld te verdwijnen en het aan steviger kost uit te geven. Ramón zag haar door het hek rennen, zich een weg banen over de Plaza de la Independencia, het toeterende verkeer ontwijken en in de banketbakkerij verdwijnen. Ze kwam meteen weer terug met de twee minuscule gebakjes, waarvoor Ramón een verfijnde zwakte had overgehouden en met een handvol wisselgeld, dat tot op de laatste *céntimo* klopte.

'Wat, ben je niet goed wijs?' berispte hij haar. Terwijl ze de weg overstak, was ze al gulzig begonnen te eten. Haar kaken waren druk aan het werk en ze likte elk kruimeltje, elk stukje glazuur dat aan haar lippen bleef plakken naar binnen. 'Niemand zal je ooit geld geven als ze je zien eten. Laten we gaan zitten, uit het zicht. En als je een braaf kind bent, koop ik misschien een ijsje voor je.'

Het kleine gebakje was nog slechts een verlokkende herinnering tegen de tijd dat ze bij de bank waren en met grote ogen van de honger zat ze te kijken hoe hij het zijne opat. Het amuseerde Ramón om haar op die manier te kwellen. Hij at langzaam, genietend van elk hapje en uitbundig kauwend. Ze had zich van het geld rond kunnen eten aan brood. Het was duidelijk dat ze ontzettend dom was om zo kritiekloos te doen wat hij vroeg. Maar ze was redelijk knap, met zwart, krullend haar en grote boerinnenborsten, die aandoenlijk vooruitstaken uit haar magere ribbenkast, alsof ze het vlees van de rest van haar lichaam hadden geroofd. Haar huid was natuurlijk afschuwelijk bruin, maar zo jong dat er nog geen rimpels in zaten. Ze kon niet ouder zijn dan vijftien of zestien; zulke vrouwen waren oud en afgeleefd tegen de tijd dat ze twintig waren. Het had geen zin om haar te vragen hoe oud ze was, want ze zou het niet weten.

'Zo, Marisa,' zei Ramón, terwijl hij zijn mond afveegde aan een vod met een monogram erop. 'Misschien kan ik je helpen om werk te vinden. Ik ben hier een nogal invloedrijk man.'

Onwillekeurig gingen haar ogen naar zijn laars en Ramón voelde een vlaag van irritatie.

'Interesseert mijn schoen je, kind? Ja, dat kan, ik zie dat je zelf geen schoenen hebt. Zou je schoenen willen hebben, Marisa?'

'Ik heb geen schoenen nodig, señor. Het is zomer. Maar ik zou dankbaar zijn voor elk soort werk.'

'Zo, elk soort werk? En wat kun je?'

'Ik ben sterk, señor. Ik kan alles. Ik kan vloeren schrobben, kleren wassen...'

'Uitstekend, uitstekend. Ik weet zeker dat we zonder problemen iets voor je kunnen vinden. Ik zal morgen mijn relaties spreken. En waar slaap je vannacht?'

'Hier, señor, in het park.'

'In het park? Zonder een dak boven je hoofd?'

'Ik heb geen onderdak nodig, señor. Het is zomer.'

'Mijn kind, er zijn veel slechte mensen in deze stad. Een jong meisje dat 's nachts alleen is, zonder geld en zonder onderdak...' Hij schudde afkeurend het hoofd. 'Maar als mijn gast zul je veilig zijn, in mijn studio. Ja, inderdaad, ik ben kunstenaar, het was mijn werk dat je bewonderde toen we elkaar ontmoetten. Zoals je ziet, ben ik helaas invalide. Maar misschien ben je te trots om gastvrijheid van een invalide te aanvaarden. Niet te trots om hem zijn eten met je te laten delen, maar te trots om met hem onder een dak te slapen. Zei je dat je een ijsje wilde?'

Hij riep een verkoper op een driewieler aan en kocht twee ijsjes, een chocolade en een citroen.

'Welke heb je liever?' vroeg hij, geamuseerd omdat ze het niet begreep. De kleine idioot had nog nooit eerder een ijsje gezien. Ze stak haar hand uit naar het citroenijsje, dat ietsje groter was dan het andere, en snel als die van een hagedis schoot haar tong naar buiten, schrikkend van het koude gevoel. Maar niet uit het veld geslagen, schrokte ze het gulzig naar binnen en Ramón, van wie de zwakke blaas hem reeds lang van zijn voorliefde voor ijs had beroofd, gaf haar met een royaal gebaar ook zijn ijsje, wat ze kritiekloos als een zeug opslobberde. Nee, geen zeug, ze leek meer op een zwerfhond, bereid om de eerste die haar een korst brood toewierp te volgen en elke aangeboren slimheid die ze misschien had gehad, was afgestompt door het zien van zijn been. De mensen gingen ervan uit dat iedere invalide een eunuch was. Hij kon met haar doen wat hij wilde.

Josep preekte niet langer voor een lege kerk. De kerk van Santa Maria in Fontenar, bij Córdoba, was lange tijd leeg gebleven – behalve op zondag, wanneer degenen zonder vervoer zeer tegen hun zin vermeden om een doodzonde te begaan – maar toch preekte hij, op zijn manier. Hij preekte in de olijfboomgaarden onder de brandende Andalusische zon, bij de beek, met zijn voeten in het water bungelend terwijl de vrouwen de was deden en terwijl hij het grafje groef van een doodgeboren kind.

In het begin was de kerk niet leeg geweest, maar de vroegere bezoekers had hij er met succes uitgewerkt. De plaatselijke landeigenaars en de gegoede burgers reden nu over smalle, heuvelachtige weggetjes vijftien kilometer heen en weer om in het naburige Baenilla naar de mis te gaan en deden alleen in uiterste nood een beroep op de diensten van Josep. Het was onvermijdelijk dat hij, kort nadat hij in zijn parochie aan het werk was gegaan, naar Córdoba was ontboden en men hem had gedreigd hem voor onbepaalde tijd naar een gesloten orde in het noorden te sturen voor geestelijke vernieuwing. Sindsdien had hij een zekere discretie geleerd waardoor hij kon overleven, maar die werd niet vaak op de proef gesteld. Degenen die bij de bisschop geklaagd hadden, bleven voortaan weg, omdat hij steeds weer om geld vroeg voor de armen in plaats van nieuwe kleden voor het altaar te kopen of het dak van de kerk te repareren. Ook stonden ze niet te popelen om te biecht te gaan bij iemand die niet tevreden was met de gewone, kleine zonden, iemand die erop aandrong dat ze bij hun geweten te rade gingen of ze zich niet schuldig hadden gemaakt aan hebzucht, luiheid en het betalen van te weinig loon aan hun arbeiders, iemand die hen eraan had herinnerd dat hij het recht had hun geen absolutie te verlenen als hij er niet van overtuigd was dat ze werkelijk berouw hadden.

Achteraf had hij zichzelf vervloekt omdat hij zo onvoorzichtig was geweest. Het was beter geweest als hij bij de rijken met de stroopkwast had gesmeerd, als hij hen op heimelijke wijze hun geld had afgetroggeld en hun een bepaalde beloning in de hemel had beloofd. Maar als hij de rijken naar de mond had gepraat, zou hij de armen van zich vervreemd hebben en zichzelf als hun slaaf hebben gebrandmerkt, zoals zijn voorgangers waren geweest.

Christus had in de open lucht gepreekt en Josep zag geen reden Zijn voorbeeld niet te volgen. Christus was zelf een rebel geweest, Christus zelf was terechtgesteld wegens oproerkraaierij. Josep putte troost uit de gedachte dat Christus ongetwijfeld levenslang naar het klooster van Pamplona zou zijn verbannen, ervan uitgaand natuurlijk dat Hij het seminarie zou hebben overleefd.

Josep had zijn hele jeugd geluisterd naar de preken van pater Luis en een vreselijk strenge opleiding bij de jezuïeten gehad, maar toch hadden deze handicaps zijn roeping alleen maar sterker gemaakt. Het was een verlangen om te overtreffen en niet om te wedijveren dat hem inspireerde. Hij had altijd meer trots dan vroomheid gehad. Zijn belangrijkste karaktertrekken als kind waren een opvliegende aard geweest en een niet te onderdrukken koppigheid die bestand was gebleken tegen herhaalde aframmelingen met de gesp van zijn vaders riem. Hij was naar kostschool gestuurd om hem te temmen, maar diep van binnen was hij opstandig gebleven, het vuur was een oven geworden en des te heter omdat het ingekapseld zat, onderdrukt werd.

Josep vond het geweldig priester voor het volk te zijn, iemand voor wie de Kerk, ondanks de kwetsbare locatie, nog ongedeerd en onverbrand overeind stond. Het antiklerikale geweld dat in de hele provincie woedde, was aan zijn deur voorbijgegaan, misschien omdat men hem 'een onechte priester' vond, een half spottende benaming die hij als een compliment beschouwde. Stukje bij beetje won hij. Op een dag zouden deze mensen naar de mis komen, de kerk beschouwen als een veilig toevluchtsoord en niet als een symbool van onderdrukking...

Maar ondertussen bleef de collectezak bijna leeg en had Josep honger. Hij dineerde nooit bij de rijken thuis, niet dat ze hem nog uitnodigden, en evenmin wilde hij de gastvrijheid aanvaarden van mensen die zelf nauwelijks genoeg te eten hadden. Maar de anonieme gaven die voor zijn deur werden achtergelaten, aanvaardde hij dankbaar en hij probeerde er niet aan te denken wie ze uit zijn mond had gespaard. Het was waar, de mensen waren er beter aan toe sinds de gecoördineerde stakingen de lonen hadden opgedreven, maar vergeleken daarbij leefden de geïntimideerde landeigenaren nog steeds als vorsten. Het had hem buitengewoon veel plezier gedaan om te zien hoe de laatste tijd de angst was overgegaan van de arbeider op de werkgever en hoewel hij bescheidenheid en matiging predikte, had hij soms het gevoel de vijand te beschermen.

Hij bereidde zich voor om, zoals gebruikelijk, een eenzame, door-de-weekse mis op te dragen, het brood en de wijn te zegenen waarvan hij als enige gebruikte. Een keer per week liep hij altijd naar Baenilla – twee uur heen en drie uur terug, tegen de heuvel op – om zich bij zijn vroegere gemeente te voegen in de rij voor de biechtstoel. Dan dwong hij zichzelf zijn ziel bloot te leggen voor de priester naar wie zijn parochie was overgelopen, dwong zich om nederig naar de zalvende, zelfingenomen stem te luisteren die vroeg: 'Hoeveel keer?'

'Zegen mij, vader, want ik heb gezondigd. Het is een week geleden dat ik gebiecht heb. Ik ben laat opgestaan, heb me schuldig gemaakt aan trots en op vrijdag vlees gegeten.' (Koud konijn, het enige wat er in huis te eten was.) 'Ik heb... onreine gedachten gehad.'

'Hoe vaak?'

Een stilte.

'Twee keer. Nee, drie keer.'

''s Nachts of overdag?'

''s Nachts, vader. Terwijl ik slaap. En dan word ik wakker en zie het bewijs van mijn zonde en voel me beschaamd.'

'Dat gebrek van je is hardnekkig, mijn zoon. Elke week beken je dezelfde zonde. Je moet het vlees kastijden. Lees de levens van de heiligen, die zichzelf geselden en gordels met doornen onder hun kleding droegen, die vastten en hun lichaam dwongen zich te onderwerpen. Je moet het vlees kastijden!'

Inwendig beschouwde Josep het kastijden van het vlees als een gevaarlijk en onnatuurlijk gebruik, een verwrongen vorm van seksualiteit, met pijn als vervanging voor extase. Wat vasten betreft, dat deed hij tóch wel, tegen wil en dank, en het was gebleken dat honger niet hielp tegen zijn probleem. Hij vroeg zich af of alle priesters met hetzelfde kampten of dat hij er juist bijzonder veel last van had. Het was geen onderwerp dat ooit op het seminarie was besproken, behalve in uiterst vage bewoordingen. En toen hij zijn meerderen om raad had gevraagd, had hij dezelfde vreemde raad gekregen over vasten en kastijden van het vlees en had met zoveel woorden te verstaan gekregen dat het wel beter zou worden als hij ouder werd. En nu was hij achtentwintig en het probleem was nog steeds niet opgelost.

Alsof ze zijn heimelijke probleem kenden, onderwierpen de meer huwbare leden van Joseps kudde hem aan een hardnekkig en meedogenloos geplaag en hij had geleerd om zulke avances af te weren met het soort grove opmerkingen die ze begrepen. Hij liet hun weten dat hij niet gek was, dat ze tevergeefs hun rokken optilden en hun blouses openknoopten. Er was nooit gevaar geweest dat hij zichzelf zou vergeten. Het was alsof hij wist hoe gevoelig hij voor dat genotmiddel was, hoe gemakkelijk hij verslaafd zou kunnen raken.

Hij was net aan de mis begonnen, toen hij een geluid achter zich hoorde, zich omdraaide en tot zijn verbazing zag dat er een vrouw naar de mis was gekomen. Ze droeg een zwarte mantilla en had haar gezicht in haar handen gedrukt, dus kon hij eerst niet zien wie ze was. Ze mompelde de openingstegenzang juist, hoewel bijna onhoorbaar, maar aan haar spraak hoorde hij dat het María Ortúz was.

María was een bannelinge uit Baskenland. Haar man, Juan, was als jongen naar zee gegaan en had haar ontmoet en was met haar getrouwd toen hij aan het passagieren was in Bilbao. Een paar jaar later was hij teruggekeerd naar de provincie waar hij was geboren en had toen zijn vrouw meegenomen.

Juan was een militant lid van de vakbond en overtuigd antiklerikaal. Hij had zijn vrouw vierkant verboden naar de kerk te gaan sinds de gehate voorganger van Josep haar de toegang tot de hoogmis op zondag had ontzegd, omdat een paar van de aanwezige dames hadden geklaagd dat ze onaangenaam rook. De zondag daarop was Juan in haar plaats gekomen, voor het eerst dat hij voet in een kerk zette sinds zijn jongensjaren, met laarzen en kleren die letterlijk in de mest waren gedoopt. Hij was niet achter in de kerk gaan zitten, zoals bij zijn nederige positie paste, maar helemaal vooraan, naast de dochter van de plaatselijke olijfbaron. De volgende dag was hij ontslagen, de dag daarna was er een staking geweest en de dag dáárna waren er arbeiders aangevoerd uit het naburige dorp om de staking te breken, te zeer uitgehongerd om zich iets van het lot van hun buren aan te trekken. Er waren gevechten uitgebroken, arbeider tegen arbeider, en uiteindelijk had de Guardia Civil schoten afgevuurd om de orde te herstellen. Twee mannen waren gewond geraakt, er was per ongeluk een kind doodgeschoten en uiteindelijk was iedereen liever weer aan het werk gegaan dan van de honger om te komen.

Sindsdien had María gehoorzaam de kerk gemeden en haar aanwezigheid die dag was een mijlpaal, niet dat Josep kon zeggen dat hij haar had bekeerd, want ondanks haar afwezigheid bij de mis was ze volgens de Baskische traditie altijd zeer gelovig geweest. Hij wist dat ze heimwee had naar de streek waar ze vandaan kwam, waar het land weelderig groen was en het de boeren goed ging en priesters als vrienden werden beschouwd. Soms, wanneer hij naar haar herinneringen luisterde, had Josep gewenst dat hij ook naast gelijkgestemde collega's zou kunnen werken, in vrede en harmonie, in plaats van elk uur te worden gedwarsboomd en te moeten proberen het evangelie aan te passen aan de leer van de vakbond. Maar dan zou hij natuurlijk de triomf van dat moment hebben moeten missen. Ineens werd hij overweldigd door een grote blijdschap over wie en waar hij was.

'*Dominus vobiscum*,' zei hij op zangerige toon, zijn stem weerklinkend in de leegte.

'*Et in spiritumtuum*,' zong ze zacht.

En die nacht had Josep geen vervelende dromen en sliep hij zo onschuldig als een kind.

Clara werd wakker en zag het stille verwijt van een koude kop thee en een vuur dat al was aangestoken. Het was twintig over elf en ze had bijna twaalf uur geslapen. Haar mond was kurkdroog en haar hoofd deed vreselijk pijn. Maar ze had weleens een ergere kater gehad. Veel erger.

Edmund had de drankjes voor haar ingeschonken. Hij had de glazen tot de rand gevuld en haar een glas minder gegeven dan de avond tevoren, waarna hij ze haar achter elkaar had laten opdrinken. Ze had hem uitgemaakt voor alles wat mooi en lelijk was en had de harde blik van liefde in zijn ogen genegeerd, bijna bang van zijn wrede vastbeslotenheid, zijn gebrek aan medelijden. Edmund wist dat ze zo snel mogelijk weer aan het werk wilde gaan en had haar gedwongen toe te geven dat een verpleegster die niet van de drank af kon blijven een gevaar voor haar patiënten was. En dus had ze met zijn plan ingestemd, een aardig, toegevend, meedogenloos plan, waarbij ze alleen op een bepaald uur en onder streng toezicht elke dag een beetje minder zou drinken. Op die manier hoefde ze niet bang te zijn voor vreemde insekten in het duister en de vreselijke ellende van plotselinge geheelonthouding zou haar bespaard blijven.

Ze had het laatste glas de vorige avond eigenlijk niet willen hebben, zo kort na het glas daarvoor, maar Edmund had haar gedwongen het achter elkaar leeg te drinken en had daarna haar hoofd vastgehouden boven de wastafel toen ze moest overgeven. Hij had totaal geen medelijden met haar gehad. Daarvoor hield hij te veel van haar, de ellendeling. En omdat ze meer van Edmund hield dan ze zichzelf haatte, was ze vastbesloten hem niet teleur te stellen. Dat had ze al genoeg gedaan.

Ze had de prijs betaald voor die negen maanden heimelijke vreugde. Achteraf had ze van het begin af aan moeten weten dat er geen zegen rustte op haar zwangerschap. Nadat het kind doodgeboren was, was dominee Wilcox, die verbonden was aan het ziekenhuis, haar komen opzoeken en had haar met bevende stem zijn deelneming betuigd. Hij had het over de wil van God gehad en gesuggereerd dat haar dode baby buitengewoon gezegend was omdat hij al zo snel tot zijn schepper was geroepen en zo aan dit tranendal ontsnapte. Clara had hem gevraagd of hij zo goed wilde zijn haar met rust te laten, aangezien ze katholiek was, en dat, als ze ooit geestelijke hulp nodig had, ze dat zeker niet nodig had van zo'n sentimentele instelling als de Anglicaanse kerk. Dominee Wilcox had zijn verontschuldigingen aangeboden, zeggend dat hij er niets van wist, dat ze te boek stond als zonder geloof en hij altijd naar die mensen ging, maar hij zou natuurlijk vader O'Mally vragen om haar op te zoeken. De volgende dag had ze zichzelf uit het ziekenhuis ontslagen en zich voor het eerst laveloos gedronken, hetgeen daarna nog menigmaal zou gebeuren.

Ze hees zich uit bed, deed haar peignoir aan en ging naar beneden om de post te halen. Die was allemaal aan Edmund gericht, afgezien van een circulaire van de communistische partij voor Clara, met daarin een volledig programma van de komende Volksolympiade, een links festival dat in Barcelona zou worden gehouden, als tegenhanger van de Olympische Spelen in Berlijn. Edmund was opgelucht geweest toen ze er ten slotte mee had ingestemd met vakantie te gaan, hoewel hij niet zo enthousiast was over de bestemming die ze had gekozen. Hij had evenwel vierkant geweigerd met het gezelschap van de partij mee te gaan; ze zouden alleen met de trein reizen en hun eigen hotel bespreken.

Het zou voor het eerst zijn dat ze samen op reis gingen, langer dan een paar dagen. Ledigheid was niets voor Clara en ze ontspande zich het best wanneer ze dubbele diensten draaide of braaf luisterde naar een of andere partijredevoering. Deze antifascistische pelgrimstocht gaf haar een motief om zichzelf te verwennen; haar hernieuwde politieke enthousiasme was een teken van herstel dat Edmund niet graag wilde ontmoedigen.

Edmunds *Times* en *Red Rag* lagen nog op de ontbijttafel; Clara's *The Daily Worker* lag opgevouwen bij haar bord. Clara vulde een glas water uit de kraan en dronk het gretig leeg. Daarna deed ze wat suiker in een kopje, plofte neer in Edmunds stoel en begon het met een theelepeltje te nuttigen, terwijl ze geïrriteerd *Red Rag* doorbladerde.

'Massale stakingen en fabrieksbezettingen in heel Frankrijk,' las ze, terwijl ze luidruchtig op de suikerkorrels kauwde. 'Een ooggetuigeverslag van onze plaatselijke correspondent.'

Het verslag las als een roman. Edmund had gekscherend opgemerkt dat Jack in Hollywood zou moeten zitten om filmscripts te schrijven. Zijn controversiële verslag van de invasie van Abessinië had onrust veroorzaakt bij Buitenlandse Zaken en volgens Edmunds vader smeekte Jack eenvoudigweg om bureaucratische problemen als hij weer probeerde zijn paspoort te laten verlengen.

Red Rag was onherkenbaar veranderd en niet ten goede, naar het oordeel van Clara, een mening die duidelijk niet werd gedeeld door het verbazingwekkende aantal mensen dat het blad kocht. De dagen van voorspelbaar dogma waren lang vervlogen; niemand was meer veilig voor een aanval, wat hun politieke kleur ook was; controverse was het wachtwoord. Het blad slaagde erin zowel serieus als satirisch te zijn, voor het volk te schrijven zowel als voor de deftige kringen, het werd gelezen door mensen uit alle lagen van de bevolking en van allerlei politieke overtuigingen, hetgeen heel bijzonder was voor een politiek blad. Het werd doorgegeven in fabrieken en was te vinden in de rookkamers van deftige Londense clubs. Het stond goed als je het las. Het telde mee. Elke week werd er op Downing Street 10 een exemplaar bezorgd.

'Alleen in Engeland', had Jack onlangs geschreven, 'zou ik de waarheid kunnen schrijven zonder angst of protectie, beschermd door onze benijdenswaardige traditie van vrije meningsuiting en onze afkeer van staatscensuur. Alleen in Engeland zou een volkomen onafhankelijke krant zoals deze kunnen blijven bestaan zonder zijn ziel aan commerciële of politieke belangen te verkopen. Het is inderdaad zo dat journalisten van andere, minder bevoorrechte publikaties me benijden, al zijn ze soms onbewust mijn vijanden. Ik vraag u niet om te wantrouwen wat u in de *Mail* of zelfs in de *News Chronicle* leest. Ik wil u er niet van overtuigen dat deze krant een monopolie heeft op de waarheid, ik vraag u alleen om te lezen, te vergelijken en voor uzelf te oordelen en dankbaar te zijn dat je in ons land nog steeds vrij bent om dat te doen. Maar hoe lang nog? Er verspreidt zich een besmettelijke ziekte over Europa. Als men die ziekte eenmaal heeft opgelopen, is er geen genezing meer mogelijk. Fascisme is de morele rabiës van onze tijd. Als men deze dolle hond kruimels toewerpt, betekent dat niet dat hij geen trek meer heeft in vlees. We voeden hem, denkend dat hij ons dankbaar zal zijn en ons niet zal bijten, al druipt het bloed van onschuldige kinderen nog van zijn kaken. Maar ik geloof nog steeds dat deze regering het gevaar zal onderkennen en handelend zal optreden. Vanwege deze overtuiging is er de spot met me gedreven en ik verheug me erop dat zal blijken dat ik gelijk heb gehad.'

In feite was Jack nog steeds een verkoper en Harry niet beter dan een ondernemer. Maar wat verkochten ze precies? Het lezen van de stukken van Jack, die dikwijls onbeschaamd tegenstrijdig waren, was als een poging om een enorm groot raadsel op te lossen. Alleen God wist wat hij werkelijk dacht achter alle verbale handigheid.

Twee jaar tevoren had hij haar een cheque gestuurd, precies ter waarde van het bedrag dat hij tijdens hun korte verhouding van haar had gekregen – niet dat zij het had bijgehouden, maar hij kennelijk wel – vanaf de allereerste dag.

'Vat dit niet op als een belediging', had er in het briefje gestaan. 'Ik weet zeker dat je het tóch aan de partij geeft. Verscheur het alleen niet uit woede.'

Dat had ze dan ook maar niet gedaan. Ze wist heel goed waarom hij haar de cheque had gestuurd. Hij had het gedaan vanwege Edmund, omdat hij iets van zijn schuld ongedaan wilde maken. Ze had eerst moeite gehad met de vriendschap tussen de twee mannen en was waanzinnig jaloers geweest. Ze had bijna liever gehad dat Edmund een minnares had genomen dan dat hij zo'n onwaarschijnlijke en bedreigende band met een andere man had gekregen. Voorzover Clara kon zien, hadden ze niets gemeen; het leek wel een samenzwering om haar het gevoel te geven dat ze overbodig was. Een paar keer was ze in de verleiding geweest Jack de bons te geven en eens haarfijn uit de doeken te doen wie en wat hij was, maar dat kon ze niet doen zonder zichzelf in een kwaad daglicht te stellen en misschien zou Jack haar zelfs wel te vlug af zijn, dus hield ze haar mond.

Ze had altijd al geweten dat Jack haar zou laten vallen zodra hij het zich kon permitteren en dat had hij ook gedaan. Bij het eind had hij die leugen uit het begin herhaald – of was het dat niet? – 'Ik wil dat je weet dat het niet alleen om het geld was. Ik denk dat je bij de meesten hebt gedacht dat het om het geld ging en dat was waarschijnlijk ook zo. Maar bij mij was dat slechts gedeeltelijk zo.' Als het een leugen was, had die achteraf geen enkele zin. Maar Jack had zijn eigen redenen om dingen te zeggen.

Ze had niet geprobeerd hem te vervangen. Niet omdat hij onvervangbaar was, maar tegen die tijd waren haar zware werkdagen al straf genoeg. Ze had nooit gedacht dat ze zó hard zou moeten werken en in haar laagste fantasieën had ze zichzelf nog nooit zó volkomen misbruikt gevoeld. De hiërarchie van het Coronation Ziekenhuis was nóg strakker dan die van de buitenwereld en Clara had zich erin gekoesterd om tot de laagsten van de laagsten te behoren, hooghartig genegeerd door dokters, afgeblaft door gediplomeerde verpleegsters, behandeld als een keukenmeid door de directrice. En wat nog beter was, de patiënten glimlachten niet zwakjes in hun bed en waren haar niet dankbaar. De afdeling van hopeloze gevallen waar zij te werk werd gesteld, bevatte een aantal rotte lichamen met een vreselijke honger en slecht functionerende ingewanden, die brabbelden en kwijlden en liederlijke taal uitstootten. De afdeling stonk voortdurend naar menselijk verval. In het begin had Clara de neiging gehad over te geven en had besloten in de toekomst niet te eten voor ze aan het werk ging. Maar één keer was ze met een lege maag aan de vroege dienst begonnen en flauwgevallen, waardoor er een volle ondersteek op de pasgeboende vloer kletterde. Ze kreeg de inhoud helemaal over zich heen en voelde zich ontzettend stom toen een medeleerlinge met een fris gezicht haar had bijgebracht, haar liefje noemde en haar met een kop thee in het kamertje voor de verpleegsters zette terwijl zij haar werk deed.

Theoretisch was de keuze van haar beroep een ramp geweest. De lage dunk die ze van haar verstandelijke vermogens had, waardoor ze zo ontvankelijk was geweest voor voorgekauwde dogma's, maakte haar eveneens bestand tegen onverteerde feiten. Ze had huilend boven haar medische leerboeken gezeten, terwijl meisjes die jonger, slimmer en minder bevoorrecht waren dan zij de kennis zo gemakkelijk als kinderen in zich opnamen. Nadat ze voor de examens aan het eind van het eerste jaar gezakt was als een baksteen, moest ze weer helemaal opnieuw beginnen, zich intussen afvragend of ze een tweede kans zou hebben gekregen als ze niet duizend pond aan het ziekenhuis had geschonken als gebaar om zich te verontschuldigen omdat ze ieders tijd had verknoeid.

Uiteindelijk had ze het met de hakken over de sloot gehaald en dat hadden ze haar laten weten. Het was hun manier geweest om haar te vertellen dat ze nooit meer dan minimale verantwoordelijkheid zou krijgen, nooit meer dan een middelmatig getuigschrift zou krijgen, dat ze altijd op de minst populaire afdelingen terecht zou komen en niet hoefde te hopen op promotie. Maar dat had ze op een vreemde manier prettig gevonden. 'Neville heeft niet veel in haar bol zitten, maar God, wat een werker!' had ze de hoofdzuster een keer horen zeggen. En later had ze daarover nagedacht en was buitengewoon tevreden geweest.

De verpleging was veel meer dan zomaar een baan. Het was een manier van leven, een actieve boetedoening die prima bij haar aard paste, en Clara had niet de wens om de uitwerking ervan minder zwaar te maken. Eindelijk had ze zichzelf bewezen en een zekere mate van zelfrespect bereikt, genoeg om de slappe politieke overtuiging uit haar jeugd te verwerpen, genoeg om wars te zijn van een compromis, genoeg om zich over te geven aan de genade van de communistische partij, iemand die nu écht werkte en niet maar deed alsof.

En Edmund had zich ook van zijn beste kant laten zien. Elke proef waaraan ze hem had onderworpen, had hij met glans doorstaan. Hij had haar uit huis laten gaan, haar de vrijheid gegeven en hij had geleerd om het te doen met het kleine beetje van zichzelf wat ze nog te geven had. Tegen de verwachting in had de scheiding hun relatie goedgedaan; hun tijd samen was kostbaar geweest en vredig. Edmund was blij geweest met de echte uitputting die een eind maakte aan haar destructieve hyperactiviteit. Edmund had bewondering gehad voor de volharding waarmee ze haar ambitie had verwezenlijkt. Edmund had haar goed genoeg gekend om haar niet te vleien, haar nooit te vertellen hoe trots hij op haar was, omdat hij wist dat lovende woorden haar er alleen maar toe zouden brengen zichzelf uit te putten. Een tijdje was ze bijna tevreden geweest. En toen was ze te ver gegaan. Ze had niet alleen Edmund willen hebben om van te houden, maar ook nog een baby, en God had haar gestraft voor haar hebzucht.

Ze hoorde Edmunds sleutel in het slot en stond haastig op om hem te begroeten.

'Hoe voel je je?'

'Ruik mijn adem maar. Zo voel ik me. Heb je de tickets?'

'Eerste klas. En ik heb een kamer met bad besproken in het duurste hotel dat er was. De kameraden zullen diep geschokt zijn.'

'Edmund!'

'Arme schat. Het zou veel leuker zijn om vijftienhonderd kilometer met de bus te reizen en onderweg de Internationale te zingen. Het zou veel gezelliger zijn om in een of ander luizenpension te logeren. Het zou veel meer opbouwend zijn om...'

'Goed, goed, ik geef me gewonnen.' Ze pakte de kaartjes van hem aan en ging zitten om ze te bekijken.

'Wat krijgen we nu?' zei ze.

'Tickets voor een doorreis naar Rome. Via Venetië en Florence. Eerlijk is eerlijk.'

'Maar dan zijn we wéken weg!'

'De school begint pas weer in september. Als ik het twee weken kan uithouden met sport en politiek voor jou, die me allebei eindeloos vervelen...'

'Je weet dat ik een hekel heb aan *faits accomplis*. Je had het weleens met me kunnen bespreken!'

'Je zou het er niet mee eens zijn geweest.' Edmund sneed een stuk brood af en wikkelde het om een stuk kaas. Hij hield het eerst haar voor, maar ze schudde vol afgrijzen haar hoofd, waarop hij zijn schouders ophaalde en het zelf opat.

'Staat er nog iets interessants in de *Rag* van deze week?'

'De gebruikelijke verdraaiingen en overdrijvingen, verder niet. Je weet hoe Jack altijd op een goedkope manier effect probeert te bereiken.'

'De overdrijvingen van Jack komen vaak griezelig dicht bij de waarheid. Maar laten we hopen dat hij zich vergist wat een volgende oorlog betreft.'

'Jack zit gewoon te popelen dat het oorlog wordt. Dan zou zijn naam aardig gevestigd zijn.'

'Zonder oorlog redt hij het anders ook heel aardig,' zei Edmund. 'En journalisten overdrijven trouwens altijd, net als advocaten.'

'Alleen zal Jack niet het risico lopen een zaak te verliezen door duidelijk partij te kiezen. Hij speelt graag met woorden om alle mogelijkheden open te houden. Hij is een echte kameleon, een zuivere opportunist.'

'Als je iets at, zou je niet zo'n slecht humeur hebben.'

'Hou op met zeuren! Ik eet nu toch nog maar voor één.'

Edmund hield de woorden van troost voor zich. Sympathie maakte het alleen maar erger. Maar hij vond het vreselijk haar ellende te zien, het maakte het nóg moeilijker om gewoon te doen of er niets aan de hand was. Hopelijk zou ze, door een paar weken van huis te zijn, weer wat op verhaal komen, een barrière kunnen optrekken tussen het verleden en de toekomst en het zou vooral goed zijn om haar een poosje uit de buurt van zijn goed bedoelende familie te houden. Zijn moeder en Flora hadden hun uiterste best gedaan haar te troosten en Clara had zich in hun aanwezigheid kranig gehouden. Maar hun bezoekjes waren eerder een beproeving geweest dan dat Clara er steun aan had gehad. Juist omdat zij zo normaal waren, maakte dat haar eigen gevoel van mislukking nóg groter. Flora had er tijdens haar beide zwangerschappen welvarend uitgezien en twee volmaakte kinderen ter wereld gebracht. Ze had Clara kordaat de raad gegeven om het 'nog een keer te proberen', waardoor Clara bijna haar moeizaam bewaarde zelfbeheersing verloor.

Ze had hem niet één keer laten afgaan waar zijn familie bij was en dat had haar veel moeite gekost. In de loop van de jaren hadden ze hun best gedaan om haar het gevoel te geven dat ze erbij hoorde en zelfs Archie, die zo verstandig was om te doen wat Flora zei, had geleerd om in aanwezigheid van Clara zijn mond te houden over politiek en te doen alsof hij met oprechte belangstelling naar haar communistische ideeën luisterde. Edmund vond het niet leuk om te weten dat ze het voor hem deden en niet voor haar, maar het stelde hem gerust dat ze ter wille van hem met de schijnvertoning meededen en niet om zijn familie een plezier te doen. De stralen van Clara's liefde waren altijd gebroken geweest. Ze belichtten onwaarschijnlijke hoekjes, leidden het oog af en tartten elke verwachting, maar waren niet minder oogverblindend door hun schuine inval.

'Misschien eet ik tóch wat,' zei ze, en toen, nogmaals: 'Het spijt me, Edmund. Waarom pik je dat allemaal van me?'

'Puur egoïsme. De enige reden waarom iemand ooit iets doet.'

En de stem was die van Edmund, maar de woorden hadden evengoed van Jack kunnen zijn.

Tomás riep de vergadering in de *Casa del Pueblo* tot de orde, zoals altijd er niet zeker van of hij de zaak in de hand kon houden. Sinds die schitterende morgen in maart, waarop de arbeiders straffeloos het land in bezit hadden genomen, was de uitgelaten stemming verdwenen. Het was al te zien dat de oogst niet best zou zijn, waardoor het moeilijk zou worden om zaad en kunstmest voor het jaar daarop te kopen. En wat had een arme man aan land als hij geen krediet had? De regering praatte en praatte, maar deed niets. Het was aan het volk overgelaten om de wet in eigen hand te nemen. Intussen zat Don Felipe in zijn landhuis plannen te beramen. Hij pleegde dagelijks overleg met zijn volgevreten medestanders en hoewel de regering het optreden van de Guardia Civil aan banden had gelegd, was er niets te doen tegen allerlei vormen van sabotage. Hele akkers met graan van de arbeiders waren verdord en dood, opgezwollen vissen dreven in de rivieren, waterputten waren vervuild en geheimzinnige branden hadden oogsten en huizen vernield.

Terwijl andere grootgrondbezitters naar de steden waren gevlucht, was Don Felipe hardnekkig gebleven waar hij was. Het gerucht ging dat het enorme huis vol zat met mannen en geweren en hij dagelijks op een aanval zat te wachten, zodat hij zijn vijanden in de pan kon hakken en zijn verloren land weer in bezit kon nemen. Maar geweren of geen geweren, er waren er die zijn vesting wilden bestormen, zoals de Bastille, en hem beschouwden als de duivelse kracht die hun grootse onderneming dwarsboomde. En Tomás had aangevoerd dat dat zelfmoord zou zijn en ze regelrecht in een dodelijke val zouden lopen, dat het moment van de revolutie heus wel zou komen, het moment waarop de arbeiders bewapend zouden zijn en in het hele land tegelijk in opstand zouden komen en dan, en dan alleen, zouden ze wraak nemen.

'Zij zijn met weinigen en wij met velen,' verklaarde een jonge heethoofd, opspringend. 'Ik ben bereid om te sterven, om ons van die tiran te bevrijden. Hij zit ons uit te lachen in zijn mooie huis. En waarom lacht hij ons uit? Waarom vlucht hij niet, zoals zo velen van zijn soortgenoten? Dat zal ik jullie vertellen. Omdat hij weet dat wij zwak zijn en worden aangevoerd door een lafaard!'

Hij liep boos naar Tomás toe, die boven hem uit torende. Tomás kon niet anders dan bewondering hebben voor de lef van de knul.

'Niet alleen dat,' vervolgde de jongeman zijn kritiek met wilde gebaren, 'hij denkt dat hij nu zijn kostbare dochter heeft om hem te beschermen. Tomás hier ziet nog liever al zijn oogsten branden, alle rivieren vol met vergif en alle waterputten vol met mest dan dat hij het risico wil lopen dat er één haar op dat mooie hoofd wordt gekrenkt!'

Er klonk een luid geroezemoes in het vertrek.

'Ga dan,' zei Tomás kalm. 'Ga met je hooivork en sterf voor de goede zaak. Je kunt er zeker van zijn dat je niet alleen zult sterven. Nee, je graf zal rijkelijk worden besprenkeld met het bloed van onze vrouwen en kinderen. Er zijn vele helden zoals jij in Spanje. Zulk heldendom is een vorm van moord. Wat Dolores betreft, dood haar ook maar en bewijs zonneklaar hoe dapper je bent. Dood haar stervende moeder als je tóch bezig bent. Dood mij. Dood, dood, dood. En sterf dan gewroken. Schiet op. Waar wacht je op?'

Er klonk een hoorbare zucht. Tomás had zijn tegenstander met zijn blote handen kunnen vellen, maar hij werd niet gauw kwaad. Zijn lengte, kracht en kalme waardigheid hadden hem tot een natuurlijke leider gemaakt, iemand die nooit zijn stem hoefde te verheffen of zijn wil op te leggen.

'Ga zitten, José,' mompelde de grootvader van de jongen. 'Tomás heeft gelijk. Ik ben een stuk ouder dan jij en weet dat hij de waarheid spreekt. De laatste vijftig jaren zijn bezaaid met de lijken van jeugdige dwazen zoals jij. Het uur van de revolutie is bijna gekomen, dan zullen we gezamenlijk vanuit een krachtspositie toeslaan. Waarom zou je de vijand in de kaart spelen? Wat die jonge vrouw betreft, háár treft geen schuld. Heeft ze niet de zuster van Tomás en zijn neefje in haar gezin opgenomen?'

'Ze heeft de bastaard van haar broer geadopteerd omdat ze geen kinderen kan krijgen en gebruikt Rosa als dienstmeisje,' zei José. 'Ik laat me in elk geval niet voor de gek houden. Het is haar schóónheid die haar beschermt, niet haar goedheid.' Hij maakte een obsceen gebaar.

Tomás pakte de jongen in zijn kraag en tilde hem met één hand van het podium af.

'Toon een beetje respect voor je grootvader, knul,' zei hij vriendelijk. 'We hebben geduldig geluisterd naar wat je te zeggen hebt. Wie wil er nóg iets zeggen?'

Hij liet José plompverloren vallen, waardoor hij struikelend naar zijn plaats terugging.

'Maar wanneer komt het uur van de revolutie?' riep iemand anders. 'Hoe lang moeten we nog op gerechtigheid wachten?'

Er klonk een instemmend gemompel onder het publiek.

'Wanneer de tijd daar is, zal de vakbond ons oproepen,' zei Tomás ferm. 'We zijn maar een klein onderdeeltje van het geheel, een geheel dat gezamenlijk moet handelen, of helemaal niet.'

'Samen met wie?' riep iemand anders. 'Met de anarchisten? Ik ben socialist, dat zijn we allemaal. Moet het een socialistische revolutie worden, Tomás, of een anarchistische? Ik vecht niet aan de kant van anarchisten. Ik wil mijn eigen stuk land, wat ik kan overdragen aan mijn zonen. De anarchisten willen dat alles collectief eigendom wordt, dan krijgen we genoeg te eten en verder niet. Zij denken dat je mensen gelukkig moet houden zoals varkens in een stal. En de communisten zijn geen haar beter. Wij willen land, niet alleen brood!'

'We zijn socialisten en dat blijven we,' zei Tomás. 'Laten de anarchisten maar doen wat ze willen in Andalusië en Catalonië. En de communisten zijn dun gezaaid. Hier hebben we van geen van beiden te vrezen. Laat elke partij haar eigen weg naar de vrijheid volgen. Laten we geen energie verspillen door te strijden tegen onze medearbeiders.'

'Maar kunnen we een revolutie hebben en een regering tegelijk?' kwam de vraag. 'Onze leider, Caballero, heeft gezegd dat het socialisme niet werkt binnen een democratie. Vijf jaar geleden waren we blij met de democratie, hebben we die als onze redding begroet. En nu is onze eigen leider ertegen. Na de revolutie, wat dan, zonder democratie?'

Tomás zuchtte. Hij was geen politicus en werd moe van die eindeloze debatten.

'We zullen een nieuwe democratie voor de arbeiders scheppen, als de rijkdom eenmaal is herverdeeld en de Kerk van zijn macht is beroofd. Eerder kan er geen werkelijke democratie komen. Eén ding tegelijk, beste vriend.'

'Hoe eerder, hoe beter,' riep iemand achterin. 'Laten we beginnen met de Kerk. Die zit zó dik in het vet dat er maar één lucifer voor nodig is!'

Dat voorstel werd met goedkeurend gemompel begroet. Naast Don Felipe en zijn wrede opzichters was pater Luis de meest gehate man in de streek. Tomás kon niet meteen een argument tegen dat voorstel bedenken en misschien zou het enige ontlading geven van de opgekropte frustratie om hen dat gehate monument van hebzucht en corruptie te laten vernietigen. Aan de andere kant zouden jonge mannen als José hierdoor misschien worden aangezet om door te gaan en de huizen van de gegoede burgerij in brand steken. Velen van hen leefden in angst maar konden nergens anders heen en geloofden dat er geen gevaar was zolang Don Felipe en zijn handlangers er nog waren. Als men zijn bezit onbeheerd achterliet, was men het kwijt, misschien wel voorgoed.

'Wacht tot de stervende vrouw begraven is,' zei Tomás ten slotte. 'Laat die dikke priester zijn woordje doen bij haar graf. Laat daarna de kerk haar brandstapel zijn.'

Hij koos zijn woorden met zorg, zich ervan bewust dat de jonge José niet de enige was die dacht dat hij een beetje verliefd was op Dolores. Zijn vrouw, Ignacia, een vreselijk jaloers schepsel, had hem er herhaaldelijk van beschuldigd dat hij haar begeerde en het was waar, dat deed hij ook, zonder de geringste hoop zijn verlangen ooit te kunnen bevredigen. De talenten van Tomás als minnaar waren legendarisch geworden, dank zij de indiscrete opmerkingen van zijn vrouw, een onbeschaafde, sensuele vrouw, die openlijk andere vrouwen jaloers maakte met uitgebreide verhalen over zijn kracht en uithoudingsvermogen. Ignacia zelf was een grote, zwaargebouwde vrouw en meer dan opgewassen tegen de dwaze jonge meisjes die zo stom waren om te proberen haar man te verleiden. Eén wulpse blik in zijn richting en ze liep de kans door het grote lichaam van Ignacia tegen de grond te worden gegooid, waarbij haar haren met handen vol tegelijk uit haar hoofd werden getrokken. Slechts één keer was Tomás ontrouw geweest, en wel tijdens de meest recente zwangerschap van zijn vrouw. Zodra het kind geboren was, had ze de schuldige jonge weduwe op het veld staande gehouden en haar, waar iedereen bij was, uitgekleed voordat ze haar herhaaldelijk verkrachtte met een ongepelde maïskolf, waarna ze haar met bloed bevlekte wapen liet zitten tot iemand anders het eruit haalde. Wat ze met haar man had gedaan, was een onderwerp waarover allerlei geile speculaties de ronde deden, maar Tomás had het meisje nooit meer aangekeken en zij hem evenmin.

'De oude vrouw ligt al weken op sterven,' riep iemand. 'Waarom zouden we wachten?'

'Geef haar dan nog een week,' zei Tomás schouderophalend. 'Binnen een week zal ze dood zijn, zegt de dochter.'

Er werd instemmend gemompeld.

'Volgende week om deze tijd stemmen we erover,' zei Tomás. 'Akkoord?'

Iedereen gromde en knikte.

'*Viva la revolución!*' besloot Tomás. '*Viva la República!*'

En zijn gehoor herhaalde zijn leuzen en stond op.

Ramón voelde zich een stuk beter. Het was inderdaad een weelde om weer een verpleegster te hebben. De Voorzienigheid was hem duidelijk gunstig gezind geweest door hem dit nederige schepsel te brengen op het moment dat hij haar nodig had. Hij had gedacht op het punt te staan om dood te gaan, niet beseffend dat zij gestuurd was als Gods uitverkoren instrument om hem te bewaren als onderdeel van een groots plan. Ze had precies geweten wat ze moest doen, want het bleek dat haar broer aan dezelfde ziekte leed. En toen, toen hij bij het eerste licht van de dageraad weer gemakkelijker adem kon krijgen, had ze hem in een deken gewikkeld en in een stoel laten plaatsnemen, terwijl ze de met zweet en urine doordrenkte dekens uit het raam hing om te drogen en de stinkende matras keerde.

Hij had haar wat kleingeld gegeven om brood en koffie te kopen en terwijl ze weg was, had hij gekeken of zijn schoen nog intact was. Hij kon zich voorstellen hoe ze met grote ogen van verbazing zat te kijken bij het zien van zoveel geld tegelijk. Hij telde het, zoals hij elke dag van zijn leven deed, en stopte het liefdevol weer terug. Nu het hem een jaar kostte om te verdienen wat hij vroeger in één avond uitgaf, was hij van een brasser veranderd in een vrek. Hij aanbad geld als nooit tevoren. Vandaag was er niets wat de moeite waard was om het aan uit te geven, maar morgen of de dag daarna, of de dag dáárna, zou die rotzak van een vader van hem sterven en zou hij een stel mooie nieuwe kleren kopen en in pracht en praal naar huis terugkeren om aanspraak op zijn erfenis te maken.

Vervolgens keek hij onder de losse plank van de vloer naar zijn andere schat en vond de revolver, lekker in het zaagsel genesteld. Hij blies de loop schoon en richtte op een man in een overall, beneden op straat. Omdat hij geen snelle auto had om ervandoor te gaan, schoot hij niet, maar je de knal voor te stellen en het in elkaar zakkende lichaam was bijna even goed. In zekere zin nog beter. Hij had onlangs een bijeenkomst van de Falange bijgewoond, in de hoop een paar ellendige arbeiders in het stof te zien bijten. Maar hij was geschokt en geschrokken geweest door de omvang van de tegendemonstratie, de felheid waarmee er werd teruggevochten, en nadat hij had gezien hoe een mede-Falangist nog geen twintig meter verder met een kogel in zijn hoofd achteroverviel, had hij dekking gezocht en zich verborgen gehouden tot de rust was weergekeerd.

Waar kregen de arbeiders hun wapens vandaan? Was dat niet het bewijs dat er een enorme samenzwering broeide, dat ze door de rooien werden bewapend om een revolutie voor te bereiden? Hij was blij dat hij een pistool had om zichzelf te verdedigen. Een heer was in zo'n wijk niet veilig. Er was veel moed voor nodig om onder deze mensen te wonen, om hen te bespioneren en informatie in te winnen over hun gewoonten. Hij moest alles opschrijven wat hij zag en hoorde, als voorbereiding op de dag waarop hij Spanje zou moeten verdedigen tegen degenen die een komplot aan het smeden waren om het omver te werpen. Het was zijn heilige plicht, zijn goddelijke doel; hiervoor was hij uit de klauwen van de dood weggerukt.

Hij stopte de revolver snel weer terug toen hij de voetstappen van het meisje de trap op hoorde rennen. De gebarsten kan was gevuld met slappe, bittere koffie, gemaakt van gerst, en in het brood zat al een gat, waar ze er hongerig een stuk uit had geplukt, in de hete vloeistof dopend terwijl ze over straat holde.

Ramón brak keurig een stukje brood af en gebaarde dat ze een morsig porseleinen kopje vol moest schenken. Hij had tegenwoordig weinig trek en trok zijn neus op voor haar gulzigheid.

'Wanneer begin ik met mijn werk, señor?' vroeg ze voorzichtig, terwijl ze de kruimels van haar rok in de palm van haar hand veegde en in haar mond liet glijden.

'Als je fatsoenlijke kleren hebt, mijn kind. Je kunt niet in vodden gekleed gaan werken.'

'Fatsoenlijke kleren?'

'Mijn relaties zullen niet onder de indruk zijn van je verschijning. Je bent hier niet in de olijfbossen van Andalusië! Je bent in de stad, en daar moet je je naar kleden.'

Marisa keek niet-begrijpend. Naar wat ze beneden op straat had gezien, zag ze er niet armoediger uit dan de meesten en een stuk schoner dan haar nieuwe weldoener. Maar ze was dankbaar dat deze arme, zieke invalide aardig tegen haar deed en wilde hem niet graag tegenspreken.

'Zodra ik mijn loon heb, zal ik nieuwe kleren kopen,' zei ze nederig. 'Ik heb geen geld voor kleren.'

'Dan zal ik je een week loon vooruit geven. Je mag een week voor mij werken, een week en niet langer, zodat je nieuwe kleren kunt kopen en je je kunt voorbereiden op je nieuwe leven. Dan zal ik je vol vertrouwen aan mijn relaties kunnen aanbevelen. Met een referentie van mij krijg je zeker een goede baan.'

'Maar een vrouw in de *panadería* zei dat er werk te krijgen was in de kledingfabriek. Ik kan naaien, señor. Dat ben ik vergeten u te vertellen, ik kan naaien.'

'Poeh! Daar moet je werken als een paard en de vakbond pikt een deel van je loon in. Daar zul je tot je dood toe moeten werken zonder ooit vooruit te komen in het leven. Je moet je talenten gebruiken, Marisa, geen slaaf worden van de vakbond. Ik kan je verzekeren dat je twee, drie keer zoveel kunt verdienen als in de kledingfabriek. Hoeveel broers en zusjes heb je?'

'Zes, señor. En mijn broer is ziek, net als u.'

'Zes.' Die mensen fokten als konijnen. 'Ja, dan moet je vooral in een fabriek gaan werken. Dan heb je genoeg om jezelf in leven te houden. Waarom zou je proberen om meer te verdienen? Laat je familie maar omkomen van de honger. Waarom zou je aan hen denken? Na een maand ben je hen vergeten. Je bent jong en de jeugd is egoïstisch. Smeer hem nu maar.'

'Maar ik geef wél om mijn familie, señor. Het spijt me als ik u heb beledigd. Ik...'

'Goed. Ik aanvaard je excuses en je mag voor me werken tot ik een geschikte baan voor je heb gevonden. Ik ben erg ziek, Marisa. Ik wil graag iets goeds doen voor ik sterf. Je mag beneden op straat op me wachten. Ik kom zó bij je.'

Rood zou haar goed staan, dacht hij, terwijl hij de bankbiljetten te voorschijn haalde uit hun schuilplaats. Goedkope, rode katoen, laag uitgesneden aan de hals, en een goedkope, bijpassende, rode lippenstift. Niet dat hij haar zelf begeerde. Hij had zijn lesje wel geleerd. Een heer kwam nooit aan een arbeidershoer.

6

'Hoe is het met Clara?' vroeg Jack, terwijl hij de ober met een gebaar vroeg om de rekening te brengen.

'Een stuk beter,' zei Edmund. 'Ze verheugt zich écht op deze reis. Bij het vooruitzicht van een paar demonstraties en antifascistische betogingen is ze helemaal opgefleurd.'

'Misschien wordt het erger dan je gedacht had,' zei Jack. 'Als ik Clara niet zo goed kende, zou ik je aanraden om niet te gaan. Links en rechts in Spanje zijn erg gevaarlijke dieren en ze dorsten beide naar elkaars bloed. Een betoging kan makkelijk op relletjes uitlopen, waarbij de gewapende politie in alle richtingen schiet. Als je per se wilt gaan, wees dan in vredesnaam voorzichtig.'

Dat hoefde Edmund geen twee keer gezegd te worden. Hij herinnerde zich maar al te goed hoe Clara in 1931 was gearresteerd omdat ze een politieman had aangevallen tijdens de hongermars, hoe ze in 1934 tegen Mosley had gedemonstreerd en thuis was gekomen met een gescheurde rever en een blauwe kaak. Hij was van plan om Clara heel kort te houden.

'Bedankt voor de tip, ouwe jongen. Ik zal Clara niet uit het oog verliezen, geloof me. Maar ik kan de reis nu onmogelijk afzeggen; ze zou het vreselijk vinden. Ik zou wel wat leukers weten maar je weet hoe belangrijk politiek voor haar is. Als ze maar afleiding heeft. Ze is de afgelopen weken door een hel gegaan.' Hoe dan ook, ik wil graag een stuk van Spanje zien. Vanwege Dolly, begrijp je.'

'En hoe is het tegenwoordig met Flora?' zei Jack, abrupt van onderwerp veranderend.

'Flora? O, net als altijd. Altijd bezig, iedereen en alles organiserend. Ik weet niet waar ze al die energie vandaan haalt. Ze

zou het prachtig vinden als jij op een van haar dineetjes komt. Hoe is het met Angela?'
'Je bedoelt Elizabeth zeker?'
'O ja? Dat zal dan wel. Hoe gaat het met Elizabeth?'
'Geen idee. Ze weet gelukkig nog niet dat ik terug ben. Laten we naar mijn huis teruggaan en nog een fles soldaat maken.'
'Sorry, Jack, ik moet ervandoor. Het is al elf uur en Clara zal zich ongerust maken. Als we terug zijn, moet je een keer komen eten.'
'Betekent dit dat Clara me de laatste keer heeft vergeven?'
Edmund glimlachte. Sympathie lag niet in Jacks lijn. In plaats van haar tactvol te condoleren, had hij Clara meteen tot een verhitte politieke discussie weten te krijgen, waardoor ze weer helemaal tot leven was gekomen.
'O, ik weet zeker dat ze daarover niet boos is. Ik denk eerder dat Clara het leuk vindt om met jou te debatteren, het is een ritueel geworden. Je weet hoezeer ze de lijn van de partij in bescherming neemt. Ze houdt van pasklare theorieën. Dat zal haar katholieke opvoeding wel zijn.'
'Arme Clara. Zeg maar tegen haar dat ik graag de partijlijn zou willen schrijven. Het zou me een hoop tijd en last besparen, alleen zou niemand me ooit meer serieus nemen, zeker de *Daily Worker* niet. Nou, als je dan beslist weg moet...'
Jack betaalde op zijn gemak de rekening. Het amuseerde Edmund te zien hoe volkomen op zijn gemak Jack zich in die deftige herensociëteit gedroeg, hoe bijzonder goed hij bij de achtergrond van het donkere hout en het donkere leer paste, ondanks het feit dat hij geen schooldas droeg, niet superbegaafd sprak en deed alsof het hem allemaal niets kon schelen. Hij had beter geweten dan zich aan te passen. Hij had zijn gebrek aan aanpassingsvermogen tot iets benijdenswaardigs gemaakt, een voorrecht dat degenen die hun geërfde waarden wilden verwerpen niet gegund was, die onzeker moesten streven naar iets wat Jack moeiteloos en vanzelfsprekend afging.
'Heb je nog wat op Running Water gezet, Phipps?' vroeg Jack aan de ober met het uitgestreken gezicht.
'Ja, meneer. Bedankt voor de tip, meneer.'

'Ik had er zelf niets op gezet. Volgende keer krijg ík van jou een tip.'
'Ja, meneer. Dank u, meneer. Goedenavond, meneer.'
Hij werd duidelijk geremd door de aanwezigheid van Edmund. Hij wist niet zeker of hij zijn gebruikelijke *sotto voce* joviale houding kon aannemen in aanwezigheid van zo'n plechtig uitziende heer, die hem misschien vrijpostig zou vinden.
'Tot ziens dan,' zei Edmund, terwijl hij Jack de hand schudde.
'Geniet van je vakantie,' zei Jack. 'En vergeet niet wat ik heb gezegd.'
'Ik zal eraan denken, maak je geen zorgen. Tot gauw, hoop ik.'
Edmund liep haastig weg in de richting van het Temple-metrostation. Jack hield een taxi aan en reed van de Strand naar Eaton Square, waar hij nu een serviceflat bewoonde, dicht bij Victoria. Hij overwoog of hij Elizabeth zou bellen, die in Cheyne Walk bij de telefoon zou zitten pruilen en steeds kwader werd, waarvan ze seksueel opgewonden raakte. Hij had haar plechtig beloofd haar vanuit Genève te zullen bellen, alleen vanwege het genot om die belofte te kunnen breken. Zoals alle vrouwen die met vleierij waren grootgebracht, vond ze het heerlijk om rot behandeld te worden. Dan klaagde ze bitter, eindeloos, dat hij nooit naar haar luisterde, haar nooit iets vertelde, geen respect voor haar had, haar behandelde als een hoer, terwijl ze eigenlijk alleen maar systematisch en grondig genaaid wilde worden. En de volgende dag vertelde ze dan aan een van haar schreeuwerige vriendinnen wat een zwijn hij was en begon ze zich weer op te peppen voor hun volgende zinloze ontmoeting. Haar vertrouwelingen wilden het beest graag persoonlijk ontmoeten en dat lukte hen vaak ook. Eigenlijk ging er niets boven een persoonlijke aanbeveling. Elizabeth was Angela's beste vriendin geweest.
Jaren geleden had Jack gefantaseeerd over het luxeappartement dat hij eens zou bewonen, de dure dingen die hij erin zou zetten en de mooie vrouwen die daar voor hem zouden bezwijken. De werkelijkheid was klein, functioneel en sober. Het had van iedereen kunnen zijn en er was geen persoonlijk stempel op gedrukt. Geen foto's, geen souvenirs, geen dingen uit het verleden. Hij had er gisteren ingetrokken kunnen zijn in plaats van

drie jaar geleden en ontving er nooit bezoek. Edmund was de enige die er ooit een voet binnen had gezet, op zijn werkster na. Het kwam niet in zijn hoofd op om er een vrouw mee naartoe te nemen, dat zou een onverdraaglijke inbreuk op zijn privacy zijn. Als een vrouw dingen aanraakte, tussen zijn lakens lag, haar geur achterliet in de lucht, zou het volmaakte vacuüm, dat hij had geprobeerd te scheppen, verstoord zijn.

Hij plofte neer op het bed met zijn schoenen nog aan, stak een sigaret op en rookte die in het donker somber op. Het vernietigende verslag dat hij uit Genève had opgestuurd en waarin hij de Volkerenbond afdeed als een bolwerk van lafheid, hypocrisie en onrechtvaardigheid, was een afspiegeling geweest van zijn huidige bittere stemming, maar toch had zijn walging hem leeggezogen, verveeld en futloos achtergelaten. De oorlog in Europa, die hij al zo lang had voorspeld, wilde maar niet komen en toch hing er geen spanning in de lucht. Iedereen was door compromissen in slaap gesust, werd behoedzaam om de tuin geleid. Hitler kon ongestraft moorden, om Mussolini werd nog steeds gelachen en Japan was gewoon te ver weg. Hij begon het gevoel te krijgen dat hij deel uitmaakte van het komplot. De mensen lazen tevreden zijn stukken, gerustgesteld door details en geschokt door feiten. Het was alsof ze dachten dat ze de dingen die stonden te gebeuren konden tegenhouden alleen door goed geïnformeerd te zijn en er eindeloos over te praten. Sinds die tijd van Griselda had hij geen grotere minachting voor zijn lezers gehad.

Maar misschien kwam er door de problemen in Spanje wat leven in de brouwerij; er broeide daar een goed verhaal. Rechts en links hadden zich tot twee uitersten gepolariseerd; het fascisme tegen het marxisme kon een interessante strijd worden. Martindale had volgehouden dat de lezers niet geïnteresseerd waren in Spanje en Jack verheugde zich erop te bewijzen dat hij ongelijk had. Al zijn instinct vertelde hem dat de ballon op het punt stond de lucht in te gaan en hij was vastbesloten om erbij te zijn wanneer dat gebeurde, met of zonder toestemming van Henry.

Elk middel tegen zijn huidige apathie zou een opluchting zijn. Hij had iets nieuws nodig om zijn tanden in te zetten, iets dat hem ervan overtuigde niet uitgespeeld te zijn, een vermoeden dat hem was gaan achtervolgen. De laatste tijd was hij met het idee gaan spelen om er de brui aan te geven en zonder waarschuwing te verdwijnen, om een jaar of twee incognito rond te zwerven, op zoek. Wat hij precies zocht, wist hij niet, maar het was niet om geld, roem, succes of een rijke vrouw of een van die andere dingen die hem altijd zo mooi hadden geleken toen ze nog onbereikbaar waren. Misschien zocht hij wat Edmund had. Een doel, hoe onbevredigend dat doel in de ogen van anderen ook zou mogen zijn. Een doel gekruid met gevaar en dreigend verlies, een oprecht streven zonder moeilijke rationele gedachten. Hij benijdde Edmund. Edmund wist precies wat hij wilde en het kon hem niet schelen of iemand dacht dat hij gek was omdat hij dat wilde. Terwijl hij, Jack, altijd datgene had willen hebben wat bij anderen respect of jaloezie opwekte, tot hij het had. Was er iets wat minder bevredigend was dan een koelbloedige wens die vervuld werd?

En toch, die ene keer dat zijn bloed was gaan koken, was hij bedrogen uitgekomen. Het was als een waarschuwing geweest dat hij nooit meer oprecht en zonder bijbedoelingen naar iets moest verlangen, nooit meer iets vooruit moest betalen.

Ze kon naar de hel lopen.

Pamela Carrasquez werd op een zondag begraven, nadat ze de avond tevoren de laatste adem had uitgeblazen. Dolores was verbaasd toen ze Tomás nederig bij de kerk zag staan, maar nieuws verspreidde zich snel in Albavera. Als ze niet zo verdrietig was geweest en met haar gedachten bij de eerste de beste trein naar huis om haar wachtende gezin te verrassen, had ze iets onheilspellends kunnen voelen aan de reusachtige gestalte die op het plein rondhing en haar vanuit de verte gadesloeg. Nu veronderstelde ze dat hij stond te wachten om even iets tegen haar te zeggen voor ze wegging, een of andere boodschap voor zijn zuster.

Pater Luis besprenkelde de kist met wijwater en begon de *De Profundis* op te dreunen. Er waren maar weinig mensen in de kerk, velen waren tegenwoordig te nerveus om te gaan. De vader van Dolores hield tijdens de gehele dienst zijn mond. Zoals vele aanhangers van de Kerk, was hij totaal niet vroom en geloofde ongetwijfeld dat bij het Laatste Oordeel de zaken op de gebruikelijke manier geregeld zouden kunnen worden.

Hij had Dolores die morgen opgewacht bij de deur van haar moeders kamer, waar ze meer dan een maand gevangen had gezeten. Hij was met haar meegelopen de trap af, de keuken door en via de achterdeur naar buiten, met de opmerking dat ze alleen maar goed genoeg was voor de bediendeningang en niet te vertrouwen was. Weer was Dolores bestormd door het vermoeden dat haar vader iets in zijn schild voerde, iets wat zij niet te weten mocht komen, maar haar normale nieuwsgierigheid was door uitputting en verdriet afgestompt. Volgens Angelina, de oude kamenier van haar moeder, was de vroegere slaapkamer van Dolores nu bezet door gasten, evenals vele andere kamers in het huis. Ze had knorrig geklaagd over al het extra werk, maar toen haar werd gevraagd wie de gasten waren en hoe lang ze bleven, had ze haar schouders opgehaald en gezegd dat ze dat niet wist en was op een ander onderwerp overgegaan, alsof ze wist dat ze haar mond voorbij had gepraat.

Daarna was Dolores te zeer afgeleid geweest om er nog verder over na te denken. Ze wist dat pater Luis kortgeleden bij hen was ingetrokken, ogenschijnlijk om aan het sterfbed van haar moeder te kunnen zijn, maar het was waarschijnlijker dat hij te bang was om alleen in zijn vroegere huis te blijven. Ongetwijfeld waren er nog anderen, die net als hij hun toevlucht bij haar vader zochten en hoopten dat hij hen zou beschermen tegen de opstekende storm.

Dolores knikte naar Tomás, die met eerbiedig gebogen hoofd nog steeds buiten stond te wachten, terwijl de kleine stoet naar buiten kwam in het zonlicht en langzaam naar het kerkhof liep met de witte muur eromheen, net buiten het dorp. Het familiegraf was open om het vreemde lijk te ontvangen, dat nu voor altijd in het land moest blijven waarvan het nooit had leren houden.

De formaliteiten waren snel voorbij en er waren weinig tekenen van rouw rondom het open graf. Dolores wilde huilen maar kon het niet, terwijl haar vader kaarsrecht en met droge ogen stond te wachten tot hij weer weg kon. Ze wilde dat haar broers er waren. Ramón zou in elk geval gehuild hebben. En hoewel Josep dat niet zou hebben gedaan, omdat hij genoeg geloof had om blij te zijn, zou zijn krachtige geloof een troost zijn geweest. Maar Ramón was er niet en Josep ook niet. En Dolores drong de tranen terug die uiteindelijk toch opwelden, wetend dat het tranen van zelfmedelijden waren. Ze verlangde vreselijk naar huis, naar Lorenzo en Andrés, naar Rosa en Rafael. Binnenkort zou ze weer bij hen zijn. Ze moest haar moeder nog een paar minuten van haar tijd gunnen, nog een paar minuten de vreselijke eenzaamheid delen die haar moeder zo lang had gekend.

Terwijl de mensen die naar de begrafenis waren gekomen, wegschuifelden naar de wachtende auto's, knielde Dolores op de grond, sloeg een kruis en sloot haar ogen, omdat ze even alleen wilde zijn met haar gedachten. Ze was ervan overtuigd dat ze niet aan de dodenwake zou mogen meedoen en ze zou het trouwens toch walgelijk hebben gevonden om haar vader te zien zitten drinken met zijn gebruikelijke makkers, die geen van allen ooit enige aandacht aan haar moeder hadden besteed. Ze voelde zich vreemd verdoofd. Zes eindeloze weken lang had ze dat moment gevreesd en er toch naar verlangd. Ze was zich alleen maar bewust van de warmte van de zon op haar rug en haar ongeduld om weg te gaan, om dat huis van treurnis voorgoed te verlaten.

Tevergeefs probeerde ze met haar gedachten bij het bidden te blijven. Ze deed haar ogen dicht en klemde haar vingers om de kralen van de rozenkrans om inspiratie op te doen. Ze hoorde het geluid van de wegrijdende auto's, hoorde het harteloze gefluit van de vogels, hoorde de stilte. En ze probeerde de stem van haar moeder te horen, die vanuit het hiernamaals tot haar sprak. Wat zou haar moeder tegen haar zeggen, nu ze over oneindige wijsheid beschikte? Ze zou vast en zeker zeggen: Je bent gezegend, Dolores. Gezegend dat je niet haastig uit liefde bent getrouwd, zoals ik heb gedaan. Gezegend dat je uit plichtsgevoel en respect bent getrouwd, alhoewel die eer je niet echt toekomt. Gezegend dat de Voorzienigheid je heeft beschermd, je het lijden van je dwaze, koppige, hartstochtelijke moeder heeft bespaard...

Maar ik bén vervloekt, moeder. Vervloekt door herinneringen, schuldgevoel en eindeloze vragen... Gezegend zijn degenen zoals u, van wie de illusies wreed zijn verstoord, vervloekt zijn degenen die nog steeds dagdromen...

De tranen stroomden weer. Ze moest zich schamen; dit was geen bidden. Dit was zelfmedelijden. Wat was het gemakkelijk om nu naar haar moeder te luisteren, nu met haar te praten, nu het te laat was, wat was het verleidelijk om haar arme, gestorven geest te kwellen, die nog moe was van zijn reis. Rust in vrede, moeder. De zegen van de dood is dat men vergeet, men maakt zich nergens meer druk om, alle zorgen van het leven worden uiterst onbelangrijk. En zich buigend voor haar wil, zuchtten de innerlijke stemmen en zeiden niets meer.

Dolores wiegde met gesloten ogen op haar knieën heen en weer. Het was nu heel stil, een gelukzalige stilte. Ze leunde achterover op haar hielen en verborg haar hoofd in haar handen. Ze stortte zich in de donkere diepte van kalmerende stilte, een stilte die plotseling werd verstoord door een enorm, sissend geloei, dat uit de richting van de kerk kwam.

Ze krabbelde overeind en rende naar het hek van het kerkhof. En toen zag ze waarom Tomás bij de kerk had staan wachten. Hij had inderdaad een boodschap voor zijn zuster. Rosa zou lachen als ze het nieuws hoorde en Lorenzo zou haar een standje geven en zij, Dolores, zou niets zeggen, hopeloos in staat om beide standpunten te begrijpen.

De wind blies de rook in haar richting en onttrok de vuurzuil, die als een soort spottend offer hemelwaarts ging, aan haar oog. Dolores dacht aan Josep en huiverde en dacht aan pater Luis en voelde helemaal niets. Door een morbide nieuwsgierigheid gedreven, rende ze haastig over het smalle pad terug naar Albavera.

De kerk van Santa Eulalia stond midden op het grote plein, omringd door de huizen van de gegoede burgers. Lorenzo's overleden vader had er ook vlakbij gewoond, in een groot huis, met sierlijke, smeedijzeren balkonnetjes, waar nu de plaatselijke molenaar woonde. Maar de kerk op zich was tamelijk bescheiden, een eenvoudig stenen gebouw met nederigheid en charme. Josep had er altijd vrede in kunnen vinden, de koele, gedempte echo van de dikke muren en de Moorse tegelvloer hadden zijn zoekende geest altijd gekalmeerd. Hij had de kleine altaren langs de beide muren prachtig gevonden, met hun schitterende houtsnijwerk en de glimlachende, vriendelijke beelden, net zoals hij had gehouden van de verheven strengheid van het hoofdaltaar, waaraan geen bladgoud of andere onnodige buitenissigheden zaten – want pater Luis was een bijzonder zuinig beheerder.

Josep zou het heel erg vinden om het houtsnijwerk in rook te zien opgaan, om de beelden te zien barsten en verbrokkelen, om te zien hoe zijn koele toevluchtsoord knetterde van de hitte en vibreerde met een duivels lawaai. Josep zou boos zijn. Boos op pater Luis, niet op Tomás.

De wind blies de rook recht door de hoofdstraat, als een horizontale schoorsteen. De huizen aan weerskanten bleven gespaard, maar de bewoners renden doodsbang naar buiten om dekking te zoeken. Ze vreesden niet zozeer het vuur als wel de grote menigte arbeiders die zich op het plein had verzameld om hun werk te bewonderen. Er hing een feestelijke sfeer; jonge mannen renden heen en weer met triomfantelijk omhooggehouden fakkels, kinderen werden opgetild om het geïmproviseerde vuurwerk beter te kunnen zien, echtparen omhelsden elkaar opgetogen, terwijl anderen emmers water doorgaven en de aangrenzende gebouwen nat gooiden om te zorgen dat het vuur zich niet verspreidde, waarbij ze lachten en grappen maakten. Dolores stond sprakeloos te kijken, vol afgrijzen en toch geboeid, te zeer verdiept in haar eigen gedachten om te merken dat er naar haar werd gekeken.

En toen, te laat, besefte ze dat de mensen naar haar keken en naar haar wezen, grinnikten en scheldwoorden riepen. Ze was ineens bang en herinnerde zich dat ze haar nog steeds zagen als een vijand, ondanks, of misschien juist door haar poging om te bewijzen dat ze hen goedgezind was. In paniek keek ze om zich heen of ze Tomás zag en toen dat niet zo was, draaide ze zich om en rende weg, gedreven door een of ander instinct tot zelfbehoud, zich bewust van de bittere ironie dat ze in het huis van haar vader een veilig heenkomen zocht.

Maar niemand nam de moeite achter haar aan te gaan en toen ze bij de armzalige hutjes aan de rand van het dorp kwam, die aangaven waar het land van haar vader begon, ging ze hijgend langzamer lopen. Ze zei tegen zichzelf dat dit allemaal bijna voorbij was, dat haar vaders chauffeur haar bij haar terugkomst meteen naar het station in Badajoz zou brengen en ze daarna nooit meer zou terugkomen, dat Albavera, de brandende kerk en de wraakgierige boeren geen deel meer van haar leven zouden zijn.

De eerste kilometer ging tegen de heuvel op. De zon straalde meedogenloos en Dolores begon te zweten. Het was alsof de hitte van de brandende kerk haar op haar vlucht achtervolgde. Eerst was ze opgelucht toen ze haar vaders auto boven op de heuvel zag verschijnen, denkend dat hij gestuurd was om haar op te halen. Maar toen ze nog twee auto's er vlak achter zag, die van naburige landeigenaren waren, besefte ze met misselijkmakende angst dat ze een heel andere missie hadden.

Ze draaide zich om en rende terug in de richting waaruit ze was gekomen. Door de rook heen zag ze Tomás aan het hoofd van zijn in lompen gehulde leger aankomen. In triomf leidde hij hen terug naar hun armzalige hutten.

'Tomás!' schreeuwde ze, nog veel te ver bij hem vandaan om gehoord te kunnen worden. 'Tomás!'

Ze rende nu harder, niet wetend of ze het gevaar tegemoet rende of juist ervandaan. Ze wist alleen dat ze hem moest waarschuwen, hem moest vertellen dat ze dekking moesten zoeken. Ze lachten, joelden en zongen leuzen, hun vuisten hoog in de lucht in de republikeinse groet, zonder zich bewust te zijn van de woede die ze hadden ontstoken, samen met het heilige brandhout. Heel Albavera was vanuit haar vaders wachttoren te zien en door het zien van de vlammen was hij teruggekomen als een wraakgierige duivel.

Geen van de mensen was bewapend. Het was meer een carnavalsoptocht dan een stoet van strijders. Kinderen zaten op de schouders van hun vader, oude mannen en vrouwen zwaaiden met een stok. Niemand keek bang. Waarom zouden ze? Overal in Spanje werden kerken ongestraft verbrand en de regering had de Guardia Civil verboden op te treden. De president had verklaard dat zelfs alle kerken van Spanje niet één leven van een republikein waard waren. Het was verstandig geweest van pater Luis om de wijk te nemen. Het was alleen verbazingwekkend dat het niet weken eerder was gebeurd...

Velen hoestten en proestten nog en hun ogen traanden nog van de rook, waardoor ze de naderende dreiging hoorden voordat ze die zagen, terwijl de motoren zoemend dichterbij kwamen, als een zwerm woedende bijen.

Dolores draaide haar rug naar de massa toe om naar de naderende auto's te kijken, alsof ze die daardoor zou kunnen tegenhouden. Ze bleef stokstijf staan, zich bewust van een plotseling verontrust gemompel in de verte achter haar, verlamd van angst, en net toen ze dacht dat haar vaders auto over haar heen zou rijden, kwam hij met piepende remmen tot stilstand. En toen kwamen haar ledematen weer tot leven en draaide ze zich weer om en rende weg.

Ze was gewend aan het geluid van geweren. In de loop der jaren had haar vader honderden keren op wilde vogels geschoten, ze had hun lijven met de felgekleurde veren uit de hemel zien vallen, zwaar door de dood. En nu had hij een betere sport ontdekt.

Ze zag het gezicht van een jongeman openbarsten als een watermeloen en toen zag ze een andere man naar zijn borst grijpen en op zijn knieën zakken. En toen zag ze helemaal niets meer.

'Wanneer komt mama thuis, papa? Is ze met mijn verjaardag thuis?'

'Natuurlijk, Andrés. Ze komt gauw thuis. Heel gauw.'

Lorenzo had die morgen weer een brief gekregen, waarin stond dat er niet veel verandering was in de toestand van zijn schoonmoeder maar dat ze nauwelijks water kon doorslikken, laat staan voedsel. Ze leed vreselijk en Dolores bad dat ze snel zou mogen worden verlost. Er volgden eindeloze vragen over de kinderen, instructies voor Rosa en opmerkingen over allerlei onbelangrijke huishoudelijke zaken. Ze scheen niet te weten wat er onlangs in Toledo was gebeurd, tot grote opluchting van Lorenzo. Ze had al genoeg zorgen aan haar hoofd...

De afgelopen paar dagen was de stad getuige geweest van ongehoorde gewelddadigheden, veroorzaakt door soortgelijke gebeurtenissen in Madrid en andere grote steden. Een vooraanstaand bestuurslid van de vakbond voor metaalarbeiders was met een kogel in zijn rug gevonden en de volgende dag was een zeer gehate fabriekseigenaar in het herentoilet van een restaurant door talrijke messteken om het leven gebracht en met zijn hoofd in een wastafel vol bloed achtergelaten. Er dreigden elk moment rellen uit te breken en het was slechts een kwestie van tijd voor er een onschuldige voorbijganger gewond raakte. Rosa had strikte opdracht gekregen om te zorgen dat de kinderen niet buiten de ommuurde binnenplaats voor het huis kwamen.

De regering had elk gezag verloren. Elke dag namen er mensen ontslag en werden er nieuwe benoemd en enorme massabijeenkomsten werden opgezweept door demagogen van elkaar bestrijdende partijen. Iedereen, van links naar rechts, was plannen aan het beramen om de regering omver te werpen. De vroegere aanhangers, de arbeiders, beschuldigden de regering ervan dat ze hen verraden had en alleen een revolutie het volk kon bevrijden. De oude vijanden – de Kerk, de landeigenaren en de gegoede burgerij – hoopten nu dat de rechtse legerofficieren een coup zouden plegen en het land onder de krijgswet zouden plaatsen.

Lorenzo herinnerde zich maar al te goed de mislukte coup van vijf jaar geleden, toen hij bereid was geweest alles te riskeren om een nieuwe republiek op te zetten. Wat was er sindsdien veel veranderd! De democratie was ongeloofwaardig geworden, het was hetzelfde geworden als chaos...

'Kijk niet zo bezorgd, señor,' zei Rosa opgewekt, terwijl ze een schaal volschepte met gestoofd konijn. 'Sneller dan welke brief ook zal ze hier zijn. Op een dag komt u thuis en dan zit ze op u te wachten.'

'Bedankt, Rosa, ik weet zeker dat je gelijk hebt. Slapen de kinderen?'

'Als engeltjes. Kan ik nu uitgaan?' Haar wangen hadden een blos van verwachting. Haar *novio*, Roberto, was een aardige jongeman, ook al was hij een vooraanstaand lid van de plaatselijke CNT en was hij een volleerd anarchist. Rosa nam zijn ideeën klakkeloos over, zeer tot wanhoop van Lorenzo. 'Je socialistische broer zou het er totaal niet mee eens zijn,' zei hij op een avond zuur tegen haar toen ze hem helemaal dol maakte met haar leuzen. Ze had verbaasd gekeken en niet begrepen wat hij bedoelde en Dolores had hem een kneepje in zijn arm gegeven om hem verder zijn mond te laten houden.

Wat werden mensen gemakkelijk omgepraat en wat was hun

trouw oppervlakkig. Hoeveel Rosa's waren er in Spanje, hoevelen volgden de weinigen, mak als schapen, bloeddorstig als wolven? Als het ooit tot een oorlog kwam, zoals sommigen voorspelden, hoeveel partijen zouden er dan zijn? Meer dan twee, dát was zeker.

Op datzelfde moment schoten de respectievelijke vakbonden van Tomás en Roberto op elkaar tijdens straatgevechten in Madrid. En op de Academie waren er eindeloze ruzies tussen monarchisten, Falangisten, Carlisten, rechtse republikeinen, linkse republikeinen. En dan waren er nog de communisten, de trotskisten, de Baskische nationalisten, de Catalaanse separatisten, allemaal met hun eigen doelstellingen, waardoor elke groepering in nog kleinere splintergroepjes werd verdeeld. Indien en wanneer het tot een keuze kwam, welke kant zou hij, Lorenzo, dan kiezen? En rusteloos dacht hij na over die vraag, terwijl hij in zijn hart wist dat een vrije keus een illusie was, dat de keus allesbehalve vrij was.

Nadat hij de absolutie had gekregen en zijn plezier over de duidelijk merkbare teleurstelling van zijn biechtvader ('Verder nog iets, mijn zoon?', 'Nee, Vader,') had onderdrukt, ging Josep naar het postkantoor om te vragen of er post voor hem was. Er waren drie brieven, een van een oude vriend van het seminarie en twee van zijn zuster, de meest recente van zo'n twee weken geleden. De brief had er door de chaos van de stakingen en door bureaucratische tegenwerking zo lang over gedaan. Ze droegen beide niet het poststempel van Toledo, zoals gebruikelijk, maar van Badajoz. Voor hij begon te lezen, wist Josep dat er maar één reden kon zijn waarom zijn zuster naar hun ouderlijk huis was gegaan en hoopte met zondige vurigheid dat het zijn vader was die op sterven lag en niet zijn moeder.

Zoals altijd, was de stijl van Dolores zakelijk en nuchter. Wat een verandering na haar bakvisbrieven uit haar schooltijd, al die jaren geleden, vol onderstrepingen en uitroeptekens.

Lieve Josep,
Ik neem aan dat je mijn eerdere brief niet hebt gekregen. Deze bereikt je misschien niet meer op tijd. Mama is ernstig ziek, men

denkt een tumor in de hersenen. Ze kan niet zien en is niet meer bij haar verstand, dus als je haar zou komen opzoeken, zou het meer voor jou zelf zijn dan voor haar. Ik heb niets aan Ramón geschreven, want als ze weer bij bewustzijn zou komen, zou zijn aanwezigheid haar alleen maar van streek maken. Dus schrijf ik om je te laten weten wat er aan de hand is, niet om te vragen te komen, maar misschien kun je een mis voor haar opdragen. Ik kan niet geloven dat God naar pater Luis luistert, en mijn eigen vermogen om te bidden heeft ernstig jouw aanmoediging nodig. Als je terugschrijft, schrijf dan naar Toledo, want ik betwijfel of ik hier nog veel langer zal zijn. Ik zou graag willen weten dat alles goed met je is en dat je kerk nog steeds overeind staat. Ik denk vaak aan je in deze moeilijke tijden.

Je liefhebbende zuster

Ze schreef niets over zijn vader, hetgeen voor zichzelf sprak. De andere brief was ongeveer van dezelfde strekking, een week eerder geschreven. Hij voelde zich schuldig. Het was waar, hij schreef zelden, hij had zijn oude familie schandelijk verwaarloosd sinds hij zijn nieuwe familie had omarmd. Maar het had geen zin haastig naar Dolores toe te gaan zonder te weten of ze daar nog was en het was heel waarschijnlijk dat zijn arme moeder al dood was. Hij liep terug naar het postkantoor en vroeg een telefoongesprek aan met het huis van zijn vader.

Hij wachtte meer dan een uur, telkens weer de brief van zijn oude vriend Eduardo lezend, die nu priester was in een grote, welvarende parochie in Navarra, een conservatief bolwerk van het katholicisme, een ander land. Hij was de enige medestudent op het seminarie geweest voor wie Josep enige vriendschap had gevoeld en zijn brieven, vol droge opmerkingen, waren altijd welkom.

Deze was serieuzer van toon. Eduardo beschreef hoe de Carlisten, de dominante rechtse groepering in de provincie, milities vormden en door de straten paradeerden, klaar voor een religieuze kruistocht tegen de atheïstische en antiklerikale regering. Men had Eduardo gevraagd om de troepen vrijwilligers, die bekendstonden als de *requetés* en waarvan velen nog maar jongens waren, te zegenen als de nieuwe soldaten van Christus. Hij hoopte dat er geen oorlog zou komen, maar was bang dat dat wél zou gebeuren en als dat zo was, zou hij dienst nemen als aalmoezenier.

Wat kan ik anders doen? schreef hij. *Ik ben jong en sterk. Waarom zou ik hier veilig blijven zitten terwijl anderen vechten om mij te verdedigen, en jou ook? Ik heb het idee dat jij in groot gevaar moet zijn. De kranten hier staan vol met verhalen over wreedheden in het zuiden en het schijnt dat vele priesters hun parochie al hebben verlaten. Zul jij daar ook toe gedwongen worden? Je kunt toch niet de kant kiezen van degenen die de Kerk willen vernietigen? Of geef je je habijt er helemaal aan? Hoe moet je jouw twee roepingen met elkaar verzoenen?*

Oorlog. Welke oorlog? Rijk tegen arm, rechts tegen links, Kerk tegen staat? Kon men de armen steunen en ook de Kerk? Wie was zijn vijand? Wie was vriend en wie vijand? Wat gevaar betreft... hij had nooit het gevoel gehad in gevaar te verkeren. Het idee om uit zijn parochie weg te vluchten, leek absurd...

Zijn overpeinzingen werden onderbroken doordat er op de balie werd geklopt en de beambte hem wenkte. Er was geen verbinding te krijgen met het nummer dat hij had aangevraagd. Het was nog niet te bepalen wat er mis was. Of misschien was er een staking op de centrale. Er waren veel stakingen op het moment en vele kapotte aansluitingen werden niet gerepareerd. Hij moest het morgen nog maar eens proberen. Of misschien over een paar dagen. En Josep begon aan de lange wandeling naar huis om een mis op te dragen voor de zielerust van zijn moeder.

Tomás had gezien dat ze Dolores in de auto van haar vader tilden en wild toeterend wegreden. Overal om hem heen waren gejammer en verwarring. Een dozijn mannen was naar voren gesprongen om hun kameraden te wreken en zij waren doorzeefd met kogels. En Tomás had tegen de mensen geschreeuwd dat ze plat op de grond moesten gaan liggen. Moeders waren op hun kinderen gaan liggen, mannen op hun vrouwen, en het stof was doorweekt met tranen en bloed. Een vreselijke minuut lang, terwijl hij naar Don Felipe keek, die daar stond als satan en zijn ogen over de voorover liggende lichamen liet gaan als om te kijken in welke volgorde hij hen zou doodschieten, had Tomás gedacht dat ze allemaal zouden worden uitgemoord. Maar hij had nog slechts één schot afgevuurd, een genadeschot op de nog bewegende gestalte van José, waardoor de grootvader van de jongen vol afgrijzen terugdeinsde toen hij zich over het lichaam boog, zijn oude gezicht vertrokken van verdriet. Kennelijk niet geïnteresseerd om te weten of zijn dochter dood was of leefde, had hij vervolgens zijn mannen opdracht gegeven om haar lichaam op te pakken en zijn vijanden de rug toegekeerd, in de wetenschap dat hij dat zonder gevaar kon doen, en was trots weggereden.

Acht mensen waren gedood, zes mannen, een vrouw en een baby. Het had geen enkele zin om de doden bij de politie aan te geven. Don Felipe zou met een dozijn getuigen komen die zouden zeggen dat de schoten uit zelfverdediging waren afgevuurd, zijn dochter zou tot slachtoffer van een gewelddadige menigte verklaard worden en iemand zou als vermeende moordenaar gearresteerd worden. Nee, er zat niets anders op dan hun doden te begraven en te wachten.

Er waren er die 's nachts het huis van Don Felipe hadden willen bestormen, ondanks de valse honden die de wacht hielden. Tomás had met een zwaar hart gepleit voor voorzichtigheid. Maar hij was het er wel mee eens dat het misdrijf niet ongewroken kon blijven. Ze moesten ergens wapens vandaan halen. Misschien zou de vakbond voor wapens kunnen zorgen. Tomás stemde ermee in het hoofdkwartier van de vakbond een brief te schrijven teneinde hulp te vragen, zonder dat hij veel hoop had op succes. Zelfs als de vakbond aan wapens kon komen, waarom zouden ze die naar een nietig afdelinkje van de landarbeidersfederatie sturen als er wapens nodig waren voor de strijd tegen de anarchisten in Madrid? De enige hoop was de revolutie. De revolutie moest snel komen. En dan zouden ze hun makkers wreken. Dan zou hij Dolores wreken...

Dolores lag in het bed waarin haar moeder was gestorven. Ze was zich bewust van de eigenaardige geur van de ziekenkamer, de geur van verrotting, en dacht even dat ze weer bij haar moeder was, in de hemel, of waarschijnlijk in de hel, omdat ze pijn had. Geen brandende pijn, maar een vreselijke hoofdpijn, dus kon ze niet in de hel zijn. Ze vroeg zich af hoe lang ze hier zou blijven.

'Mama?' riep ze in het donker. 'Mama?'

Maar de stem die antwoord gaf, was niet die van haar moeder. Het was Angelina, de bediende van haar moeder.

'Angelina? Waarom is het donker?' In paniek bracht ze haar handen naar haar ogen. Er zat verband op.

'Angelina? Ben ik blind? Wat is er met mijn ogen gebeurd?' En toen kwam stukje bij beetje in verwarde flarden haar geheugen weer terug. Ze knielde op de grond bij haar moeders graf, ze zag een gezicht in vlammen uiteenspatten en de kerk in brand vliegen. En haar ogen waren vol rook en stof en ze kon niets zien. Ze begon aan het verband te trekken en Angelina ging haastig hulp halen.

Het verband zat strak om haar hoofd en ze kon de knoop niet vinden. En haar armen waren zwaar, veel te zwaar. Toen hoorde ze haar vaders stem.

'Lig stil! Je moet stilliggen!' Er was een hoop drukte om haar heen, ze werd weer in de kussens gedrukt en kreeg een bitter vocht te drinken. En toen wist ze dat ze weer sliep, in die zin dat ze verlamd was; haar lichaam was buiten het bereik van haar geest. Maar haar geest sliep niet. Hoe kan dat ook, boven het geluid van haar dromen, de pijn in haar hoofd en het huilen van haar baby, die naast haar in zijn wieg lag? Ze had toen ook gedacht dat ze dood was en het geluid van haar jammerende baby had haar hetzelfde gevoel van machteloosheid gegeven. Ze had hem willen optillen en de borst willen geven zodat hij niet meer huilde, maar ze had geen controle over haar ledematen gehad en ze kon de mensen om haar heen horen praten alsof ze er niet bij was. En nu was het weer gebeurd. Andrés huilde om haar in Toledo, haar moeder lag in haar graf, Lorenzo wist niet eens of ze dood was of sliep. Maar ze had die pijn. Als ze niet dood was, dan was de pijn haar greep op het leven. Ze concentreerde zich op de pijn te midden van het lawaai, de verwarring en warrelende kleuren, vechtend tegen de vrede en de rust van de zalige vergetelheid, weigerend om haar ziel door het zwakke lichaam tot slaap te laten verleiden.

Marisa ging naar de *panadería* terwijl Ramón naar het appartement terughobbelde. De eigenares keek haar zuur aan, evenals de andere kleurloze vrouwen in de rij. Dat beviel haar. Ze waren jaloers op haar mooie, rode jurk, haar glinsterende oorbellen en de kralen om haar hals. Nog nooit was iemand jaloers op Marisa geweest. Het gaf haar het gevoel dat ze belangrijk was.

Eerst was ze ongerust geweest, toen Ramón had uitgelegd wat er van haar verlangd werd, maar hij had zo vriendelijk en hoffelijk tegen haar gesproken dat ze niet had willen weigeren. Het leek heel veel geld voor heel weinig werk en het had allemaal heel gemakkelijk geklonken. Het enige dat ze had hoeven doen, was de man te laten doen wat haar vader al jaren met haar had gedaan. En naderhand, toen ze achter hem aan de kamer boven het café had verlaten en naar beneden was gegaan, de straat op, had Ramón op haar staan wachten en hij had een buiging gemaakt, haar hand gekust en haar een prachtige glimlach geschonken, zo mooi als van een baby. En toen had hij in haar oor gefluisterd en haar het verrukkelijkste en knapste meisje van de wereld genoemd. Vervolgens had hij haar meegenomen naar een steegje waar weer een man stond te wachten. Ramón had tegen haar gezegd dat ze deze keer nog meer geld zou krijgen, zolang ze precies deed wat er van haar werd gevraagd en ook die man was met haar naar boven gegaan.

Deze man had niet dezelfde dingen gedaan als haar vader of die andere man. Eerst had ze niet begrepen wat hij wilde en hij was boos geworden en had tegen haar geschreeuwd, maar dat vond Marisa niet erg, want alle mannen schreeuwden tegen vrouwen. Toen ze het eindelijk begreep, had ze gedaan wat hij wilde, zich herinnerend wat Ramón had gezegd.

Het was in elk geval gemakkelijker en snel voorbij en ze was verbaasd geweest, want ze zou gedacht hebben dat ze daar minder voor betaald kreeg en niet meer. Ramón had gezegd dat dat helemaal niet zo was en er andere dingen waren die nog gemakkelijker waren en nog duurder, zoals ze weldra zou ontdekken.

Ramón had grootse plannen met haar, zei hij. Er waren rijke

mannen die Madrid bezochten, buitenlanders die wel tien, twintig, vijftig keer zo veel zouden betalen, maar voor hij haar met hen in kennis kon brengen, zou ze hard moeten werken om haar kunst te vervolmaken.

'Denk eraan, je bent een kunstenares,' zei hij tegen haar. 'En naarmate je je talenten ontplooit, onder mijn leiding, zal er steeds meer naar je gevraagd worden. Op een dag zul je mooie kleren kunnen kopen, naar de schoonheidssalon kunnen gaan, in de duurste hotels van de stad werken en koningen en prinsen zullen mij om jouw gunsten smeken. Ik ben heel tevreden over je eerste dag, je bent een natuurtalent. Maar je moet onder geen enkele voorwaarde vertellen wat je doet. Mijn relaties komen in goed vertrouwen bij je. Hun vrouw is vaak ziek, oud of lelijk, begrijp je.'

Marisa knikte gretig.

'Die linkse puriteinen zijn allemaal huichelaars,' vervolgde hij, alsof hij tegen zichzelf sprak. 'Wat zij prediken, is pure huichelarij. Maar laat hen vooral de bordelen sluiten, zoals ze voorstellen. Dan komt er alleen maar meer vraag naar jouw diensten.'

Marisa begreep er geen woord van, maar knikte nog een keer, als altijd vol aandacht.

'De rooien prediken de vrije liefde en zijn tegen het huwelijk,' zei Ramón smalend. 'En waarom? Dat komt omdat ze een lage dunk hebben van vrouwen. Ze geloven dat vrouwen voor iedereen beschikbaar zouden moeten zijn en er geen waarde gehecht moet worden aan hun gunsten. Zulke mensen zijn dwaas, Marisa. Denk eraan dat een man alleen waarde hecht aan iets waarvoor hij moet betalen. En nu moeten we eens denken aan je arme moeder in Andalusië. Ik zal haar zelf een brief namens jou schrijven en haar elke week een deel van je loon sturen.'

'Dank u, señor. En hoeveel geld heb ik vandaag verdiend?'

Hij pakte haar hand, legde hem open op de tafel en stopte er een paar munten in.

'Ik bewaar de rest,' zei hij. 'En we moeten nog wat kleren kopen. Zou je een paar zijden kousen willen hebben, Marisa? En een paar rode schoenen met hoge hakken? Kijk eens, ik heb een cadeautje voor je.'

Hij haalde een klein doosje bonbons uit zijn zak met een mooi

zilveren lint eromheen. Marisa keek er sprakeloos naar, het eerste cadeautje dat ze ooit in haar leven had gekregen.
'O, dank u, señor, dank u,' zei ze, haar gezicht stralend van blijdschap. Ze was nog nooit zo gelukkig geweest. 'U bent de aardigste man van de wereld.' En dat was hij ook, want haar wereld was klein en gemeen.

Lorenzo had Rosa en de kinderen nog slapend achtergelaten. Hij werd de laatste tijd steeds vroeger wakker. Normaal was het Dolores die voor dag en dauw opstond en hem zachtjes uit bed porde, maar sinds ze weg was, was dat volmaakte slaapje 's morgens vroeg – het heerlijkste dat er was – niet meer voor hem weggelegd.

Zijn studenten waren allemaal met vakantie en zijn tijd werd in beslag genomen door routinewerkjes, door langdradige vergaderingen, door administratief werk, door verveling afgewisseld met een onrustig gevoel en ruzies af en toe. Toch bleef de harde strijd van het leven in de kazerne van Toledo hem bespaard, doordat hij heen en weer reisde tussen zijn huis en de Militaire Academie, die geïsoleerd was binnen het Alcázar, het grote fort dat boven de stad uittorende. Het lag hoog boven op een heuvel en keek uit op de smalle straatjes. De positie ervan was onneembaar, zoals bleek uit de vele belegeringen dat het in de loop der eeuwen met succes had doorstaan. Op de vier hoeken van het grote, vierkante gebouw stonden zware torens en achter de hoge muren ging een besloten binnenplaats schuil waaronder zich een doolhof van kelders bevond, die uitgehouwen waren in de rots. Gehuld in de ochtendnevel, zag het eruit als een reus die veilig in zijn schuilplaats lag te slapen. Het leek niets te maken te hebben met de afschuwelijke tweestrijd die de stad teisterde, een blijvend symbool van ridderlijkheid, historie en duurzaamheid, een getuige van nobeler conflicten dan dat wat komen ging, een bastion van eer waar de geest van El Cid nog rondwaarde, de plaats waar koningen en helden hadden gewoond. Hoe treurig waren de tijden veranderd. De glorie van Spanjes koninklijke stad was vergaan en de trotse traditie leek een anachronisme, een overblijfsel van een verdwenen verleden.

Het leger had het zwaar te verduren gekregen onder de nieuwe linkse regering, die geprobeerd had het op de knieën te krijgen in plaats van het te moderniseren. Niemand had voordeel gehad van de zogenaamde hervormingen, behalve de oudere officieren, die met enorme pensioenen waren afgekocht en zich nu op hun gemak aan de politiek wijdden. Hoewel Lorenzo deelde in de algemene ontevredenheid, was hij niet langer ambitieus. Hij was zichzelf gaan beschouwen als leraar en niet als soldaat en hij had zijn sterke punten en beperkingen leren kennen. Het leger was zijn baan, niet zijn leven. Zijn leven waren Dolores, zijn kinderen en zijn geweren. Dat geweren oorlogsinstrumenten waren, was nauwelijks van belang, ze hadden net zo goed een ander precisie-instrument kunnen zijn, dat slechts even goed werkte als het oog en de hand van degene die ze bediende, dat zorg, oefening en toewijding eiste.

Lorenzo's sombere stemming verbeterde niet door het memorandum dat op zijn bureau lag, waarin de voorzichtige suggesties die hij had gedaan om het lesprogramma uit te breiden botweg van de hand werden gewezen. Wapeninstructie was toch zeker belangrijker dan gymnastiek? Volgens Lorenzo werd er aan de passie van de kolonel voor sport toegegeven ten koste van belangrijker onderwerpen zoals dat van hemzelf. Dat was kenmerkend voor een verzwakt leger in vredestijd.

Hij begon te piekeren, telkens weer over hetzelfde, oude onderwerp. Hij had het idee dat er te veel divisies binnen het leger waren om zich ooit te verenigen achter de regering, of ertegen, of achter de arbeiders, of tegen hen, of achter of tegen welke andere groepering dan ook die probeerde haar wil op te leggen aan de heersende chaos. Het leger was uiteengevallen in kleine groepjes, net als de arbeiders en tegenwoordig maakte iedereen voor zichzelf de dienst uit.

Stel dat een deel van het leger in opstand kwam tegen de regering terwijl de rest die verdedigde. Stel dat de ene soldaat tegen de andere moest vechten? Dan zou er niet zozeer sprake zijn van een *pronunciamento*, maar meer van een burgeroorlog, of liever een poging daartoe, waarbij beide partijen even slecht waren uitgerust en getraind, waarbij beide partijen werden belemmerd door ongedisciplineerde burgers. Ongetwijfeld zou de numeriek sterkste kant winnen, iets wat bijna onmiddellijk duidelijk zou worden, waardoor het conflict beperkt zou blijven tot een korte familieruzie, geen echte oorlog.

Hij zuchtte, nog steeds niet overtuigd door zijn eigen cynisme. In zijn hart wist hij de dingen waar het werkelijk om ging uit de weg te gaan en hij wilde dat Dolores er was om mee te kunnen praten. Op een discrete wijze was ze altijd een toren van kracht geweest. Ze probeerde nooit om hem te domineren en verweet hem nooit dat hij zo weinig verdiende. Hij wist dat zij nog steeds aan de idealistische opvattingen vasthield die híj allang had opgegeven, maar wat politiek betreft, evenals in alle andere zaken, had ze hem aangespoord om zichzelf niet te verloochenen.

'Wát er ook gebeurt, ik sta achter je,' had ze gezegd, telkens weer. En dat had ze gedaan. Wegens hem was ze onterfd, ze was bijna gestorven bij het baren van zijn zoon, ze had vijf jaren van vreselijk zuinig moeten zijn doorstaan. Ze was een loyale, edelmoedige vrouw geweest. Zoals altijd had hij nu het gevoel dat hij haar niet waardig was. Hij moest zichzelf nog steeds bewijzen, moest nog steeds zorgen dat ze trots op hem was.

'Je moet je eigen geweten volgen,' zou Dolores zeggen als ze er was. 'Mijn loyaliteit ligt eerst bij jou, niet bij abstracte principes.'

Er was niets abstracts aan de principes die hem nu kwelden; ze waren angstaanjagend echt aan het worden.

Josep had gehoopt María weer te zien bij de mis, maar ze verscheen niet. Hij vroeg zich af of Juan er achter was gekomen dat ze was geweest en haar een pak slaag had gegeven. Hij stond bekend om zijn opvliegende aard; María werd vaak met een blauw oog of een dikke lip gezien.

Maar volgens zijn rivaal, de priester in het naburige Baenilla, was het misbezoek overal ernstig teruggelopen. Door heel Andalusië verspreidden zich de anarchistische aanvallen op kerken en de geestelijkheid. Sommige priesters waren ondergedoken omdat ze bang waren dat ze vervolgd zouden worden en veel mensen zeiden hun gebeden nu thuis in plaats van het risico te lopen mishandeld te worden.

'Die kerk van jou kan de dans niet veel langer ontspringen,' waarschuwde zijn biechtvader hem. 'Hij zal verbrand worden door die moordlustige anarchisten, zoals veel andere kerken daarvoor. En met jou erbij, als je niet oppast. Hier in Baenilla hebben we tenminste het militaire garnizoen in de buurt om ons te beschermen. Daar in Fontenar kunnen jullie allemaal in je bed worden vermoord...'

Veel landeigenaren uit de buurt waren inderdaad weggetrokken. Ze voelden zich steeds onveiliger in hun geïsoleerd gelegen landhuizen nu ze ertoe gedwongen waren overdreven hoge lonen te betalen, terwijl de regering slechts toekeek.

'Mijn kerk is veilig,' verzekerde Josep hem. 'Als ze die hadden willen verbranden, zouden ze het allang hebben gedaan.'

'Poeh! Je vleit jezelf. Je denkt dat de arbeiders je zullen sparen omdat je hun kant hebt gekozen. Maar ik ken die lui langer dan vandaag. Je kunt ervan overtuigd zijn dat ze je in hun hart verachten. Achter je rug lachen ze je uit.'

'Dank u voor uw raad, pater,' zei Josep stijfjes. 'Maar de tijd zal het leren.'

'Je zult weldra moeten kiezen,' vervolgde zijn mentor, warm lopend voor zijn onderwerp. 'De Kerk is in Navarra al aan een heilige kruistocht begonnen, tegen die zondige, atheïstische regering van ons. Let op mijn woorden, die marxisten zullen niet rusten voor de Kerk officieel verboden is. Wil je dat?'

'Nee, natuurlijk niet, maar...'

'Nou, dat gebeurt, als die linksen hun gang kunnen gaan. Ze denken dat de regering te gematigd is. Gematigd! Ze verlangen naar een revolutie en zouden graag zien dat alle priesters en nonnen vermoord werden, dat elke kerk ontheiligd werd en vernield! Open je ogen, mijn zoon, voor het te laat is!'

Josep liet hem doorrazen, wetend dat het geen zin had om ertegenin te gaan. Hij zou alleen maar verkeerd begrepen worden. Politiek gezien zat hij in een onmogelijke positie. De Kerk was fel tegen de Volksfrontregering, die erop uit was om hem te ontdoen van eeuwen ongebreidelde macht. De Kerk verwachtte en eiste dat alle priesters, alle katholieken, de campagne steunden die ze nu voerden om de regering in diskrediet en uiteindelijk ten val te brengen.

Als priester was er voor hem gekozen aan welke kant hij moest staan, maar als mens zou hij altijd de arbeider steunen tegen de onderdrukker, de armen tegen de rijken. Was hij eerst mens of eerst priester?

Hij had geprobeerd om beiden te zijn. Hij had kinderen leren lezen, jodium en verband uitgedeeld, zijn mouwen opgerold en in de zon gewerkt en meegezongen met Andalusische volksliedjes en dwaze tieners met hem laten flirten. Hij had de rijken uit zijn kerk verdreven om te laten zien dat hij te goeder trouw was. Deze mensen zagen hem niet als hun vijand, ze respecteerden hem en vonden hem aardig. Ze kwamen misschien niet naar de mis, dat lag nog in het verschiet, maar ze zouden hem zéker niet vervolgen of verjagen.

Wat zijn kerk betreft, dat was een tamelijk nederig gebouw, ondanks de verheven plaats waar hij stond. Het dorp Fontenar was op een heuveltop gebouwd, zoals de meeste andere plaatsen in de provincie, om het te beschermen tegen vroegere vijanden. En de kerk stond op het allerhoogste punt, zodat de toren een nuttige uitkijkpost was als er een aanval dreigde. De huizen eromheen werden bewoond door de verdwenen kudde van Josep, degenen die vet werden van de olijven. Olijven waren hét middel van bestaan van Fontenar en op alle hoeken rook je de zware, doordringende lucht van de geplette vruchten. Maar degenen die die kostbare oogst binnenhaalden, de olijven verwerkten en persten, degenen die de oogst verpakten en vervoerden, werden niet dik van de olijven. Brood besmeerd met olie en knoflook was een dieet waarbij je mager bleef, zoals Josep had ondervonden.

Omdat hij zich bezorgd maakte doordat María wegbleef, ging Josep bij haar op bezoek. Ze woonde in een eenvoudige hut in de heuvels vlak buiten het dorp en in het verleden was ze altijd blij geweest hem te zien. Maar die dag was ze zwijgzaam en vermeed het om hem aan te kijken.

'Het speet me dat ik je niet zag in de mis,' begon Josep. 'Ik had gehoopt dat je terug zou komen.'

'Het spijt me, pater, maar...'

Ze keerde hem de rug toe en ging door met het ophangen van haar natte was op de struiken.

'Heeft Juan je verboden te komen?'

Ze knikte, zonder zich om te draaien.

'Dan moet ik misschien met hem praten in plaats van met jou.'

'Vader... zeg niets tegen Juan.' Haar zware accent was zoals gewoonlijk moeilijk te verstaan, want tot haar huwelijk had ze alleen maar Baskisch gesproken. 'U moet weggaan, pater. U moet hier weggaan.'

'Weggaan? Ik ben niet vrij om weg te gaan, María. Ik moet hier werken tot ik ergens anders heen word gestuurd. Waar zou ik heen moeten? En wat zou ik tegen de bisschop moeten zeggen?'

'Binnenkort zult u geen plaats meer hebben om te werken,' zei ze somber. 'Binnenkort hebt u geen kerk meer.'

Josep staarde haar een moment ongelovig aan. Daarna haalde hij zijn schouders op en glimlachte. Hij weigerde om haar serieus te nemen.

'Dan moet ik een poosje binnen blijven,' zei hij, 'en mezelf beschermen tegen de zon. Want zelfs Juan zou mijn kerk niet in brand steken terwijl ik daarbinnen ben.'

María beantwoordde zijn glimlach niet.

'U bent in gevaar, pater,' herhaalde ze. 'U moet weggaan. Er is hier geen plaats voor u. Meer kan ik niet zeggen. Dat kán ik niet.'

Ze keerde hem weer de rug toe, om een eind aan het gesprek te maken. Haar schouders beefden.

Josep begon weer te spreken, maar zonder om te kijken, liep ze snel bij hem vandaan. Die afwijzing was als een klap in zijn gezicht. De arme vrouw probeerde alleen maar hem te waarschuwen en toch voelde hij zich boos, vernederd, verraden. De voorspellingen van zijn collega weerklonken spottend in zijn oren. 'Ik ken die mensen langer dan vandaag. Wees ervan overtuigd dat ze je in hun hart verachten...'

'Mijn kerk is veilig,' had hij trots gezegd. In zijn enorme arrogantie had hij geen moment gedacht dat hem dit kon overkomen. Het was een ontkenning van alles wat hij tot dan toe had bereikt, een beslissende, grove belediging. Hij stelde zich de tevreden gezichten voor van degenen die hem hierheen verbannen hadden, het zelfingenomen heb-ik-het-niet-gezegd van zijn superieuren. Ze zouden totaal geen medelijden met hem hebben, dit zou worden beschouwd als een vonnis over hem, een passende straf voor zijn opstandige denkbeelden, een bewijs dat zij verstandig waren geweest en hij jong en dwaas...

Wat was hij lichtgelovig geweest! Hij had geloofd dat zijn kerk onschendbaar was, hij had gedacht dat hij anders was, bijzonder, hij had vertrouwen gesteld in deze mensen en geprobeerd om op zijn beurt hun vertrouwen te winnen. Hij had nooit gedacht dat ze hem alleen maar gebruikten, hem zijn gang maar lieten gaan, hem *tolereerden*. En nu was hij lastig geworden, nu waren ze van plan hem af te danken, als een opdringerige minnaar...

Nee. Dat zou hij hen niet laten doen. Hij zou zich niet belachelijk laten maken. Ze waren misschien brandstichters, maar geen moordenaars. Hij zou weigeren de kerk te verlaten en zij zouden de kerk met hem erin moeten verbranden, maar dat zouden ze niet doen. Het kwam niet bij hem op dat hij op die manier een martelaar zou kunnen worden – daarvoor hield hij te veel van het leven. Als hij zich tegen hen verzette, als hij hun liet zien dat hij niet bang was, zouden ze terugdeinzen. Hij zou zijn kerk met zijn leven beschermen. Nee, niet zijn kerk. Hij zou zijn zelfrespect beschermen.

Angelina snurkte. Het moest nacht zijn. Dolores bracht haar handen naar haar hoofd en probeerde de knoop van haar verband los te maken. Ze voelde zich duizelig en misselijk en wist dat ze snel moest zijn. Het verband zat vastgeplakt aan haar haren, net boven haar rechteroor, en ze kromp ineen terwijl ze het lostrok. Toen hield Angelina op met snurken. Dolores hield haar adem in en liet haar pijnlijke armen even rusten. Ze wachtte even, maar algauw begon het sidderende gesnurk weer en even later was ze bevrijd. En kon ze zien. Ze voelde overal aan haar hoofd en aan haar ogen, en behalve de kloppende kogelwond boven haar oor kon ze geen ander letsel vinden. Ze was helemaal niet blind geweest. Ze hadden er alleen maar voor gezorgd dat ze niet kon zien.

Ze zag het maanlicht door de kier tussen de luiken vallen en een dun streepje licht onder de deur. Langzaam liet ze zich uit bed glijden, waarbij de veren mauwden als hongerige katten. Ze voelde zich misselijk en duizelig, licht in haar hoofd en euforisch. Ze wist alleen maar dat ze dit huis onmiddellijk moest verlaten en naar huis moest gaan. Haar moeder was dood en zij was niet blind, dus was er geen enkele reden voor haar om te blijven. Met verbijsterende helderheid drong het tot haar door dat ze gevangen was gehouden. Het was als een mystieke openbaring die in haar slaap tot haar was gekomen en geen verder nadenken behoefde, volmaakt in zijn elementaire waarheid.

Ze kleedde zich onhandig aan in de kleren die ze kon vinden en stommelde rond in de kamer tot ze haar tas had gevonden. Ze had het geld dat ze met zich mee had gebracht, wat genoeg zou zijn om mee thuis te komen, en ze had eraan gedacht twee ringen van haar moeder mee te nemen als herinnering, de enige erfenis die ze ooit zou krijgen. Ze was vol roekeloos zelfvertrouwen, opgepept door de adrenaline. Ze zou door de achterdeur het huis uitglippen, naar Badajoz lopen en de eerste trein naar huis nemen. Ze zou haar vader te slim af zijn, zijn boze plan dwarsbomen. Ze wist nu echt zeker dat hij gek was, volslagen gek. Hij was duidelijk van plan te zorgen dat ze haar man en haar zoon nooit meer zou zien. Na zes jaar was probeerde hij nog steeds haar bij Lorenzo vandaan te houden. Al die jaren geleden had hij gedreigd haar op te sluiten en nu voerde hij zijn dreigement uit, vereffende hij zijn oude rekening. Hij had haar neergeschoten, bedwelmd en geblinddoekt en haar door Angelina laten bewaken. Hij was van plan haar voor altijd in huis te houden. Hij was gek. Maar ze zou aan hem ontsnappen.

Het terrein om het huis werd bewaakt door een stel gemene waakhonden, die waren afgericht om een indringer finaal in stukken te scheuren. Het waren raszuivere, zelfgefokte dobermanns en Dolores had met ze gespeeld toen ze nog puppies waren. Hopelijk zouden ze haar geen last bezorgen, maar voor de zekerheid kon ze beter wat suiker meenemen.

Met haar schoenen in haar hand sloop ze naar beneden, schichtig naar links en naar rechts kijkend, en sloot zichzelf zachtjes op in de keuken. Dat was een enorme ruimte met een stenen vloer, behangen met allerlei ijzerwerk, alsof die een oude martelkamer was, en hij kwam uit op de groentetuin en de boomgaard. Op het landgoed werd al het eigen voedsel verbouwd, waarvan elke dag grote hoeveelheden moesten worden weggegooid.

Dolores vulde haar zakken met wat grove klonten suiker die ze van het grote blok in de keuken afbrak. Ze pakte ook nog wat oud brood, *chorizo* en een paar vijgen en wikkelde alles in een servet om te kunnen opeten tijdens de reis en stopte het in haar tas.

Ze ging op een stoel staan en schoof de bovenste van de drie zware grendels voor de keukendeur weg. Daarna klom ze weer naar beneden, te snel, waardoor het bloed naar haar hoofd steeg en ze even moest wachten voor ze de middelste grendel kon wegschuiven. En toen de laatste. Heel langzaam draaide ze de sleutel in het slot om, bang om geluid te maken, maar er verroerde zich nog steeds niemand.

Ze deed de deur een stukje open, ineenkrimpend toen de scharnieren piepten. Ze moest ervoor zorgen dat de honden niet gingen blaffen. Als dat gebeurde, zouden ze het hele huis wakker maken. Ze stak haar vingers in haar mond en floot in de warme nachtlucht, die gevuld was met het getsjirp van de krekels. Het was een zachter fluitje dan dat van haar vader en hoger dan dat van haar broers. De eerste dag dat ze was thuisgekomen, was het enige welkom dat ze gekregen had de herkenning van de honden toen ze haar fluitje hoorden.

Ze zuchtte opgelucht toen ze uit het donker naar haar toe kwamen rennen. Ze jankten zacht van blijdschap, wetend dat het alarm in werking trad als ze blaften. Dolores gaf de dieren een klopje en suiker en liet ze met haar meelopen over de lange, slingerende oprijlaan, die naar de akkers en de vrijheid leidde.

Het hek rondom het huis was een recente verfraaiing, die was toegevoegd sinds Dolores van huis was weggegaan. Het hadden haar eerder tralies geleken die haar binnen moesten houden in plaats van indringers buiten. Maar in haar verwarde toestand was ze het hek en de zware ijzeren poort, die met het groot hangslot was afgesloten, helemaal vergeten. Op de een of andere manier zou ze eroverheen moeten klimmen. En toen begonnen de honden te blaffen.

Ze beval ze om stil te zijn en vol tegenzin grommend gehoor-

zaamden ze. Ze hadden natuurlijk gelijk, niemand mocht over het hek klimmen. Zij, Dolores, niet en zeker Tomás niet. *Tomás!*
Hij stond op de schouders van een andere man, klaar om zich over het hek te hijsen en bij het zien van de honden was hij verstard in deze onnatuurlijke houding. Hij zag er bijna komisch uit. Dolores kreeg de krankzinnige aandrang om te lachen.

'Blijf,' siste ze tegen de honden en wees op Tomás. 'Goed volk. Blijf!'

Gemelijk gehoorzaamden de honden haar, nijdig naar de indringer loerend, alsof ze wisten een fout commando te hebben gekregen. Dolores gaf ze nog wat suiker.

'Tomás, wat ben je aan het doen?' zei ze vrolijk. 'Kun je mij helpen eruit te komen? Waarom probeer jij erín te komen?'

Wat grappig was dat: zij probeerde eruit te komen en Tomás erin. Op dat moment begreep ze niet waarom iemand naar binnen zou willen. En ze begon te lachen, zich er niet van bewust dat ze lachte, dronken van gevaar, dolblij bij het vooruitzicht op de vrijheid en nog duizelig van de pijn in haar hoofd en de vreemde, suizende geluiden in haar oren.

Tomás sprong naast haar op de grond. De honden gromden diep in hun keel, nog steeds achterdochtig.

'Dolores,' siste hij, haar zachtjes door elkaar schuddend, terwijl ze hulpeloos bleef lachen. 'Dolores, je moet doen wat ik zeg!' Hij hurkte op de grond. 'Sla je benen om mijn nek. Schiet op.'

Nog steeds giechelend, ging ze op zijn rug zitten en Tomás ging rechtop staan.

'Hou nu het hek vast en ga op mijn schouders staan. Wees niet bang.'

Ze deed wat haar gezegd werd en zag dat haar middel even hoog was als de bovenkant van het hek. Draaierig keek ze naar beneden aan de andere kant, waar een andere man met uitgestoken armen klaarstond om haar op te vangen.

'Ga nu op het hek zitten en spring naar beneden,' siste Tomás. 'Julio breekt je val wel.'

Julio was de jongere broer van Tomás, even klein als Tomás groot was. Dolores wuifde naar hem, bezield door een roekeloos gevoel voor het belachelijke van de situatie. Pas toen zag ze de andere mannen, te veel om te tellen, verscholen in het duister achter hem. Ze hadden hooivorken, zeisen, harken en stokken bij zich. Haar hand verstarde in de lucht en haar lach verstikte in haar keel.

'Spring!' beval Tomás dringend en ze sprong, viel en plofte op de arme Julio. Twee andere mannen trokken haar overeind. En toen begonnen de honden te blaffen.

Ze riep dat ze stil moesten zijn, maar ze was te laat. Het overhemd van Tomás was al doordrenkt van het bloed. Ze hoorde een luid gekraak toen hij op een van de honden ging zitten, als op een ezel, en zijn kop met een ruk achterovertrok. Daarna stond hij op en trok zijn mes uit de keel van de andere hond.

'De honden!' schreeuwde Dolores. 'Je hebt de honden vermoord!'

Julio deed een lap voor haar mond om haar het zwijgen op te leggen en bond haar ruw aan een boom vast. Hulpeloos keek ze toe hoe de mannen hun gereedschap over het hek gooiden en elkaar eroverheen hesen, waarna ze een voor een in het duister verdwenen.

Julio hielp de laatste man over het hek, sneed het touw door en bond haar handen ermee vast, de lap voor haar mond latend. De lap stonk vreselijk, ze voelde hoe het zuur uit haar lege maag omhoogkwam en omdat ze het niet kon uitspugen, stikte ze half. Julio sleepte haar mee de heuvel af tot ze buiten gehoorsafstand waren eer hij de lap afdeed. Hij liet haar even los terwijl ze moeizaam overgaf in het gras.

En daarna herinnerde ze zich dat ze rende en viel en toen kinderen die suikerklonten aten, *chorizo* en vijgen, en daarna wist ze niets meer.

Edmund stond erop om de reis in een heel rustig tempo af te leggen. Clara had nog steeds bloedarmoede en was vreselijk mager, en hij wilde haar niet te moe maken. Terwijl ze in zuidelijke richting trokken, knapte ze op met het toenemende aantal uren zonneschijn en langzaam maakte haar nerveuze uitputting plaats voor een herstellende loomheid. De donkere kringen onder haar ogen trokken weg en onder haar bleekheid kwam een gezonde, roze kleur te voorschijn. Tegen de tijd dat ze in Barce-

Iona aankwamen, aan de vooravond van het festival, was ze bijna vrolijk en Edmund kreeg weer hoop.

De stad was vol met bezoekers en de warme zomeravond vervuld van geluiden. Voor het eten gingen ze een wandeling maken over de Ramblas, de lange, overschaduwde promenade, die vanaf het grote plein tot aan de haven liep. Volgens Baedeker was het heerlijk om daar langs de stalletjes met boeken, vogels en bloemen te slenteren en op een van de terrasjes te gaan zitten op de brede trottoirs. Maar die avond leek de zorgeloze sfeer die in Edmunds reisgids stond beschreven te ontbreken; die deed hem denken aan Piccadilly Circus tijdens het spitsuur.

'Wat een hoop mensen!' zei Clara. 'Zouden die allemaal voor de Olympiade zijn gekomen?'

'Het lijken me allemaal mensen van hier,' zei Edmund, niet op zijn gemak. Grote groepen mannen verzamelden zich overal langs de weg, pratend en wild gebarend. Uit luidsprekers die aan weerszijden van de promenade in de bomen hingen, kwam luide muziek, onderbroken door onbegrijpelijke openbare bekendmakingen. Op de bovenverdiepingen hingen mensen uit de ramen om te kijken wat er beneden gebeurde.

'Komt er een antifascistische demonstratie?' vroeg Clara opgewonden. 'Wat is er allemaal aan de hand?'

'Ik weet het niet,' zei Edmund. 'Misschien kan de manager van het hotel ons er meer over vertellen.' Denkend aan de waarschuwing van Jack, lokte hij een tegenstribbelende Clara terug naar hun hotel, waar hij haar naar boven stuurde om zich te verkleden voor het diner, terwijl hij in een mengsel van Frans en Engels met de eigenaar een praatje maakte waarvan hij niets wijzer werd.

'En?' zei Clara, toen hij zich weer bij haar voegde. 'Wat ben je te weten gekomen?'

'Niet veel. Voorzover ik heb begrepen, broeit er een of ander conflict tussen de anarchistische vakbond en de regering. De manager adviseerde ons uit de buurt te blijven van de Ramblas en de Plaza de Catalunya.'

'Waarom?'

'Ik vermoed dat er relletjes zullen komen. Maar het heeft beslist niets met de Olympiade te maken, dus er is geen enkele reden waarom we ons ermee zouden bemoeien. Laten we nu gaan eten.'

Clara wond zich daar een beetje over op, maar de straat buiten hun hotel maakte een redelijk rustige indruk en tegen de tijd dat ze klaar waren met de maaltijd, die eindeloos langzaam werd geserveerd, was het te laat om nog op stap te gaan.

Clara had moeite om in slaap te vallen, maar ze bleef heel stil liggen omdat ze Edmund niet wilde storen. Ze had de hele dag geen druppel gedronken, omdat ze zichzelf had beloofd in Barcelona met een schone lei te zullen beginnen, maar nu betaalde ze de prijs voor haar voorbarige trots. Ze haalde diep adem en probeerde, terwijl ze keek hoe Edmund sliep, het rusteloze verlangen dat haar kwelde te onderdrukken.

Naar hem kijken als hij sliep was altijd kalmerend, het was haar geheime ondeugd. Als ze naar hem keek als hij sliep, kon ze zijn gezicht aanraken met haar ogen, kon ze elke rimpel bekijken die er door haar was gekomen sinds dat diner in Oxford, waar ze elkaar voor het eerst hadden ontmoet, zeven jaar tevoren.

Ze had toen een verhouding gehad met Teddy Lovell, een doctoraalstudent in de politieke wetenschappen, iemand die eveneens de aristocratie afvallig was geworden en die ze korte tijd had bewonderd. Ze had zich agressief gekleed in een groene, zijden lange broek, een gesteven, wit mannenoverhemd en een paarse vlinderdas met bandeau, een bohémienensemble waarvoor ze noch het zelfvertrouwen, noch de humor had om zich daarin op haar gemak te voelen. Het was een warme, broeierige avond geweest en ze had het heel warm gekregen in haar belachelijke outfit, omdat ze te veel Chablis had gedronken en nauwelijks iets had gegeten. Ze herinnerde zich de quasi-intellectuele conversatie overal om zich heen en dat ze zich dom en onwetend voelde en geen woord kon uitbrengen, zelfs niet in staat om de tweedehands meningen te citeren van mensen die wél intelligent waren. Ze was zich tamelijk dronken gaan voelen en toen had Teddy, die ook nogal dronken was, een vreselijk grove opmerking gemaakt in de trant van dat het hoog tijd werd dat hij Clara eens veilig onder ging stoppen. Daarbij had hij met zijn ogen gerold en iedereen had gelachen. Ze waren blijven lachen toen Clara serviesgoed en bestek begon te pakken en ermee naar hem begon te gooien. Maar ze waren algauw opgehouden met lachen. Ze had zijn oog geraakt met een theelepeltje, waardoor hij het uitschreeuwde van de pijn en mensen hem te hulp waren geschoten, terwijl zij allerlei voorwerpen door de kamer bleef gooien. Ze herinnerde zich dat ze dacht: die mensen zijn allemaal bang van me, die mensen denken dat ik gek ben en dat ze hun waar voor hun geld wilde geven en Teddy Lovell belachelijk wilde maken met zijn hete adem en handen en zijn hete, kloppende martelwerktuig. God, hij was er zo trots op geweest, met zijn naakte erectie door de kamer rondparaderend, terwijl hij haar trots vertelde hoeveel vrouwen hij ermee had bevredigd. En zij lag te denken hoe onuitsprekelijk lelijk dat ding was, knalrood en onhandig heen en weer bewegend te midden van het stugge, donkere haar.

'Goed zo,' had een stem in haar oor gemompeld en ze had zich omgedraaid, gekeken en toen iets gevoeld wat op verliefdheid leek.

Ze had de nacht bij Edmund doorgebracht, onschuldig slapend in zijn bed, terwijl hij galant in een leunstoel lag te dommelen. Ze was wakker geworden met een vreselijke migraine en hij had haar gedwongen om een walgelijk mengsel van eieren, cognac en honing op te drinken. Eerst was ze onder een hoedje te vangen geweest, omdat ze zich schaamde over haar gedrag en van haar stuk was gebracht door zijn knapheid. Die leek als een aureool van hem af en over hem heen te stralen, ook al was er niets ongewoons aan zijn rustige, grijze ogen, het haar met de kleur van vochtig zand, de smalle, rechte neus of de smalle, grote mond. Hij was knap op een conventionele manier, meer niet, en zou in een menigte niet zijn opgevallen, behalve door zijn uitzonderlijke lengte. Ze vermoedde dat hij pas later was uitgegroeid – hij had niets van de ronde, afhangende schouders van het langste kind van de klas. Nee, zijn schoonheid zat in haar ogen, niet in zijn uiterlijk, en dat verontrustte haar.

Ze was abrupt in haar gebruikelijke, hooghartige bitsheid vervallen, maar hij had vriendelijk gelachen en aangeboden haar naar Londen terug te brengen achter op zijn motorfiets, een gereviseerde Norton, waarop hij vreselijk hard reed. Ze had haar gezicht tegen zijn rug gedrukt in een extase van angst, zwelgend in haar eigen lafheid. Ze had altijd een hekel gehad aan skiën, zwemmen, paardrijden, seks en grote hoogten, en zichzelf altijd gedwongen die lichamelijke bedreigingen met een overtuigend vertoon van bravoure tegemoet te treden, omdat ze banger was om haar angst te laten zien dan voor de zaak op zich. Maar deze keer had ze zich gekoesterd in haar angst zonder de moeite te nemen die te verbergen, omdat ze nu wist veilig te zijn, heel veilig.

Hij had haar afgezet in Curzon Street en was meteen teruggescheurd naar Oxford, teneinde om twee uur een college te kunnen volgen, haar teleurgesteld en met een gevoel van anticlimax achterlatend. Hij had geen volgende ontmoeting voorgesteld, dat had hij gewoon onopvallend geregeld, via een wederzijdse kennis.

Ze had toen in een overgangsfase tussen schilderen en politiek verkeerd. Een vernederend jaar in Parijs had haar geleerd dat ze geen talent had en ze was op zoek geweest naar een ander haakje om haar identiteit aan op te hangen. Ze was toen meteen in het diepe gesprongen door mee te gaan naar een bijeenkomst van de communistische partij, met een introductie van een medestudent van de kunstacademie, die net als de rest van haar kennissen uit die kringen geen idee had van haar achtergrond en graag voor haar had ingestaan. Ze had zich, gewoon als Clara Neville, keurig voorgesteld in de sjofele flat in Paddington en niet als Lady Clara Neville, grootgrondbezitster en kapitaliste, die nog nooit één dag in haar leven had gewerkt en zó rijk was dat ze het zich kon veroorloven minachting voor geld te hebben.

De mensen van de vakbond en de partijactivisten die spraken, hadden het uitvoerig over de noodzaak om parasieten zoals zij uit te roeien, mensen die leefden van het zweet van anderen. Een werkloze mijnwerker uit Wales was naar Londen gebracht om te vertellen over de hongersnood, kinderen zonder schoenen en wanhopige mannen die hun leven waagden voor een hongerloon. Hij had het volste recht om kwaad te zijn, verdiende het om door zijn gehoor te worden toegejuicht en Clara zou graag vijftig pond in de rondgaande hoed hebben gestopt, maar ze had niet meer durven geven dan tien shilling. Ze had heimelijk in de kamer rondgekeken, met het gevoel dat ze opviel in haar met de hand gemaakte kleren, om te zien of er nog meer afvalligen van haar klasse waren. Er waren twee leraren aanwezig, een verpleegster en een dokter, die haar allen nog meer veracht zouden hebben dan de boze man uit Wales. Ze was nooit meer teruggegaan.

Als ze een intellectueel was geweest, had ze zichzelf misschien naar binnen kunnen praten, zoals anderen voor haar hadden gedaan. Zoals de zaken stonden, had ze haar twee uur durende flirt met Marx opgegeven voor een gezelliger, meer tevreden soort socialisme, waar anderen zoals zijzelf haar het gevoel gaven dat ze welkom was, waar haar geld een pluspunt was en geen barrière, waar ze werd toegejuicht omdat ze bereid was er afstand van te doen, waar ze er zich niet voor hoefde te verontschuldigen dat ze het überhaupt had, waar het een compensatie kon zijn voor haar gebrek aan woorden, haar gebrek aan schoonheid, haar gebrek aan alles.

Zelfs toen had ze zich overbodig gevoeld, onbeduidend, maar iets minder schuldig dan daarvoor. Edmund was de eerste die haar ooit serieus had genomen, als serieus tenminste het juiste woord was. Hij behandelde haar met een opgewekte, hoffelijke onverschilligheid, gaf haar haar zin met precies de juiste mate van ontplooibaarheid. Ze merkte dat ze in alles aan hem toegaf, hoewel zeker niet van harte. Hij vond politiek saai, politici onbetrouwbaar en hun volgelingen lichtgelovig, maar toch moedigde hij haar aan zich ermee bezig te houden, om een zekere troost en steun te zoeken bij mensen met wie hij zelf weinig ophad. De hele zomer lang had hij niets gezegd over zijn eigen besluit om de intellectuele cocon van de academische studie – hoe populair ook bij socialisten uit de middenklasse – in te ruilen voor de twijfelachtige bevrediging van het lesgeven aan een derderangsschool in het East End. Toen ze uiting had gegeven aan haar goedkeuring, had hij bijna geïrriteerd opgemerkt dat *politiek* er niets mee te maken had, alsof politiek alles bezoedelde waarmee die in aanraking kwam. Ze had hem hopeloos bewonderd vanwege zijn morele zelfstandigheid, een bewondering die werd afgezwakt door wantrouwen. Er was geen enkele reden waarom zo'n man van haar zou houden, zijn misplaatste liefde verhoogde haar gevoel van waardeloosheid en ze was aan hem en aan zichzelf gaan bewijzen dat ze die liefde niet verdiende.

Ze was buitengewoon eerlijk geweest, op een wrede manier, en had te koop gelopen met haar ondeugden, zich wentelend in schaamte, in een orgie van provocerende walging voor zichzelf. Maar het was onmogelijk gebleken hem te shockeren, waardoor ze er nederig vrijwillig voor had gekozen deugdzaam te zijn. Het was bijna te gemakkelijk geweest.

Bedrog was het keerpunt geweest. Bedrog en Jack, Jack en bedrog. Een nieuwe en onvergeeflijke zonde jegens hem, een zonde die bang en bijgelovig maakte en een verlate behoefte wekte om haar God, die ze zo vaak had beledigd, gunstig te stemmen. En dus was ze in de verpleging gegaan om haar leven te beteren, Edmunds respect te verdienen en zichzelf onafhankelijk van hem te maken. Door zelfstandig te gaan wonen, had ze geprobeerd hem niet te schande te maken. En dank zij hem was het haar gelukt, maar toch had ze gefaald. Ze had alle halve maatregelen, alle gemakkelijke wegen afgewezen. Ze had haar diploma gehaald, was lid geworden van de partij en had haar ziekelijke angst overwonnen om een kind te krijgen. Een tijdje was ze bijna gelukkig geweest, gelukkig genoeg om het lot te tarten, alleen maar om erachter te komen dat ze zichzelf voor de gek had gehouden, maar ze was nog net zo'n mislukkelinge als altijd. En nu moest ze weer helemaal opnieuw beginnen...

'Clara?' Edmund werd ineens wakker. 'Hoe laat is het?'

Clara slikte de snik weg die hem had gestoord in zijn slaap.

'Even na middernacht. Sorry dat ik je wakker heb gemaakt.'

'Heb jij nog niet geslapen?'

'Nee.'

Edmund sloeg zijn arm om haar heen.

'Arme schat. Wat is er?'

'Niets.'

'Je voelt gespannen aan. Wil je praten?'

'Ik wil niet praten.' Bevend klemde ze zich aan hem vast, bestormd door een plotseling, afschuwelijk visioen van een onvoorstelbaar verlies. 'Ik wil niet denken. Edmund... vrij met me.'

Edmund voelde zijn hart een sprongetje maken.

'Weet je zeker dat het kan?'

'Het kan. Het kon al een hele tijd; alleen in mijn hoofd kon het niet. Het spijt me dat ik zo egoïstisch ben geweest. Het spijt me zo, Edmund...'

Zoals altijd was het een gift, in die zin dat ze niets voor zichzelf nam. Ze was er te zeer op uit hem te behagen, hem die ene beloning te geven die hij zo graag wilde. Het was haar manier om zichzelf te bewijzen hoeveel ze van hem hield. Puur voor het genot kon je zoiets met iedereen doen, met wie dan ook. En omdat ze zelfbevrediging associeerde met schuldgevoel, deinsde ze daarvoor terug. Ze beschouwde die als een armzalig vervangend middel voor iets dat oneindig veel kostbaarder was. Ze wist dat hij het begreep, dat hij haar nooit zou vernederen door te zegggen het te begrijpen, dat hij aan de oppervlakte zou blijven streven naar de eenvoudiger, lichamelijke doelen van de liefde, haar lichaam gebruikend als lokmiddel om heimelijk haar ziel binnen te dringen.

Daarna sliepen ze, maar niet lang. Bij zonsopgang werden ze wreed gewekt door fabriekssirenes, die allemaal tegelijk loeiden, gevolgd door een enorme explosie en een oorverdovend losbarsten van geweervuur.

Clara rende naar het raam, maar Edmund trok haar weg. 'Blijf daar vandaan!' riep hij ongerust. 'Ga weer naar bed en blijf daar terwijl ik probeer erachter te komen wat er aan de hand is.'

Edmund rende in zijn kamerjas naar beneden, naar de lobby, en trof daar de hotelmanager aan, omringd door een groep verontruste gasten, die in een half dozijn verschillende talen allemaal vroegen wat er aan de hand was.

De arme man was geen linguïst, maar hoefde dat ook niet te zijn. Het woord was zó internationaal dat er geen vertaling nodig was. Het woord luidde: revolutie.

Marisa was dolblij met haar nieuwe schoenen en kousen, de grote fles eau de cologne en vooral met haar radio. Het was aardig geweest van Ramón om een radio voor haar te kopen. Ze had het heerlijk gevonden naar de dansmuziek te luisteren, tot ze besefte dat hij daaraan een hekel had. Ze vergat steeds dat hij invalide was.

Ze leefde als een prinses. In plaats van bij zonsopgang op te staan, zoals ze haar hele leven had gedaan, ging ze om die tijd naar bed. Naar bed was het bed van Ramón, waar ze met haar hoofd aan het voeteneind sliep, met haar arm om zijn arme, verminkte been en haar voeten tegen zijn borst. Het was de manier waarop ze thuis altijd had geslapen, met een paar voeten aan weerskanten van haar hoofd, een paar mannenvoeten en een paar vrouwenvoeten, en ze lag heel lekker zo, veel lekkerder dan toen ze op de grond sliep. Nadat ze een week op de grond had geslapen, was ze onder de dekens gekropen terwijl Ramón sliep, wetend dat hij diep sliep. Toen hij wakker werd, was hij eerst boos geweest en had geprobeerd zijn been los te trekken. Ze had begrepen waarom, dat was nogal logisch, en ze had zijn been gekust en gestreeld en toen was hij weer achterover gaan liggen en begon te huilen. En ze was zijn arme, verminkte been blijven liefkozen toen het snikken ophield en hij langzaam weer wegdoezelde.

En zo hadden ze sindsdien geslapen. Eerst had Marisa zich zorgen gemaakt omdat hij verder niets probeerde en zich afgevraagd of ze hem moest vertellen dat ze niet verwachtte dat hij haar zou betalen zoals de anderen hadden gedaan. Maar ze was bang iets verkeerds te zeggen en hem boos of verdrietig te maken, dus zei ze niets, omdat ze tot de conclusie was gekomen dat hij verlegen was met vrouwen omdat hij invalide was en dat ze moest wachten tot hij niet meer verlegen was.

Ze sliepen meestal tot een uur of twaalf. Dan trok Marisa een van haar nieuwe jurken aan en hielp ze Ramón met zijn beugel en zijn laars. Daarna deed hij haar haren, waarbij hij achter haar ging staan terwijl zij op een kruk zat voor een verweerde, vierkante spiegel, die tegen het raamkozijn stond. Ze had dik, krullend, zigeunerinnenhaar, lang en ongekamd, en hij maakte er een extravagant geheel van met gespen, kammen en linten, alsof het elke dag een fiësta was. Ze hoopte dat hij op een dag zou aanbieden haar portret te schilderen, al was het maar in krijt op het trottoir, zodat iedereen het kon zien. Hij had verteld dat hij door zijn zwakke gezondheid de laatste tijd geen opdrachten meer kon aannemen en hij had het inderdaad te druk gehad met voor haar te zorgen om zijn normale bezigheden buitenshuis uit te oefenen, een offer waarvoor ze zeer dankbaar was.

Marisa vond haar nieuwe werk niet leuk, net zomin als ze het leuk gevonden zou hebben vloeren te boenen, in de textielfabriek te werken of in de olijfboomgaarden. Werken was gewoon niet leuk. Het was een manier om geld te verdienen en dit was vast en zeker het enige soort werk waarvan ze ooit rijk zou worden. Tijdens momenten van zwakheid, wanneer ze een man walgelijk vond, verdoofde ze haar zintuigen met dagdromen en herinnerde ze zichzelf eraan dat ze geen vreselijke honger meer had, mooie kleren bezat en dat dit nog maar het begin was...

Na het opstaan ging Marisa in haar mooie kleren naar de *panadería*, waar ze genoot van het jaloerse gemompel, en dan ontbeten ze met brood gedoopt in zoete koffie. Daarna verlieten ze de smalle, smerige straatjes en gingen een andere wereld binnen. Ze wandelden over de brede trottoirs van de Calle de Alcala naar de Plaza de la Independencia en het Retiro Park in. Marisa gaf Ramón een arm met alle bezitterigheid van een jonge bruid. Ramón was stijf, hooghartig en prikkelbaar als altijd, maar vreselijk goedgemanierd. Hij behandelde haar uiterst hoffelijk en formeel als ze buiten de deur waren, alsof ze een echte dame was. Hij leerde haar hoe ze elegant moest gaan zitten, een sigaret door een pijpje moest roken en vertelde haar over de omgangsvormen die ze zich eigen moest maken om in haar nieuwe carrière te slagen. Hij sprak over restaurants en bars, eten en wijn, roulette en eenentwintigen. Hij had het over Biarritz en Parijs, Monte Carlo, Rome en Londen. Hij had alle steden van de wereld bezocht en zei dat zij hem op een dag zou vergezellen op een grote rondreis. Ze zouden dan met een passagiersschip van Lissabon naar New York gaan en in een hut slapen met wit, goud en zijde en ze zou avondjurken en diamanten dragen en er zouden bloemen zijn en kaarslicht. En elke avond zou een Engelse prins, een Amerikaanse miljonair of een Arabische sjeik haar in haar luxehut komen opzoeken en haar de prachtigste geschenken brengen. Die rijke en machtige mannen zouden haar slaaf zijn. Het groezelige café in de Calle de San Lucas was het voorportaal tot een magisch leven van macht en rijkdom. En Ramón was de tovenaar die haar dromen werkelijkheid zou laten worden.

Dan gingen ze in het park bij de grote vijver zitten en keken daar naar de voorbijgangers, terwijl Ramón praatte en zij luisterde, haar hoofd beschermd door de breedgerande hoed die hij had gekocht om de zon uit haar gezicht te houden. Dames hadden een blanke huid en als ze een heel seizoen uit de zon bleef, zou de hare ook blank worden.

Na een uur of twee hielden ze siësta in de schaduw van een boom. Ramón doezelde weg met zijn hoofd in haar schoot en later kocht hij twee ijsjes en die aten ze op, waarna ze naar de winkels in de Gran Via gingen en Marisa koos wat Ramón dicteerde. Een lippenstift, een ketting, een sjaal, een geplooide kouseband, en doosje marsepeinen vruchtjes. Elke dag kocht hij iets voor haar. Marisa zelf had geen geld in haar pas gekregen handtas. Ramón zei dat dames nooit geld bij zich hadden, omdat een echte dame altijd een heer bij zich had die alles betaalde wat ze nodig had. Dat vond Marisa vervelend, want ze had graag iets voor Ramón willen kopen om hem te bedanken voor al zijn vriendelijkheid. Ze zou dolgraag zijn mooie glimlach te voorschijn willen toveren. Ze stelde zich voor dat ze hem dure sigaren gaf en een gouden horloge en een mooie, zwarte wandelstok, maar hij kocht nooit iets voor zichzelf, hoewel hij graag naar haar radio luisterde.

Maar die dag waren ze niet naar het park gegaan. Die dag had ze niet naar buiten mogen gaan om brood te kopen en sprak Ramón niet tegen haar. Hij gebaarde dat ze stil moest zijn, terwijl hij voortdurend aan de knoppen van de radio draaide.

Er was veel lawaai op straat beneden. Marisa had uit het raam gehangen, groepen mannen zien marcheren met hun vuisten in de lucht en 'Wapens, wapens, wapens!' schreeuwend. 'Geef de arbeiders wapens! *Viva la Revolución!*'

Ze had Ramón gevraagd of de revolutie nu begon, maar hij was boos geworden en had gezegd dat ze haar mond moest houden. Haar vader had het voortdurend over de revolutie gehad. Hij haatte iedereen die in een huis woonde en een das droeg en als hij vol met wijn was, schreeuwde hij boos dat er een dag zou komen waarop Spanje zou worden bevrijd van de vampiers die het zo lang hadden uitgezogen. Hun vrouwen zouden gedwongen worden de zonen van arbeiders te baren, hun kinderen zouden moeten zwoegen op het land en hun bezit zou gemeenschappelijk eigendom worden. Geld zou worden afgeschaft, voedsel en goederen zouden worden uitgedeeld door arbeiderscomités naargelang ieders behoefte, en er zouden geen rijken en geen armen meer zijn en iedereen zou gelijk zijn. Er zou geen regering zijn en geen staat; elk collectief zou zijn eigen zaken regelen. Er zouden geen kerken en geen priesters meer zijn, geen parasieten meer van welke soort dan ook. Iedereen zou helemaal vrij zijn. Alle vijanden van het volk zouden worden doodgeschoten.

Marisa had de woorden die haar vader zei niet goed begrepen, maar zijn gepraat over gelijkheid had nooit indruk op haar gemaakt. Zolang ze zich kon herinneren, had ze ervan gedroomd rijk te zijn. Ze had gedroomd dat op een dag, terwijl ze op het land aan het werk was, de zoon van een of andere rijke edelman haar op zijn paard zou tillen en met haar zou wegrijden. Ze had gedroomd dat haar ouders eigenlijk helemaal haar ouders niet waren, dat ze de dochter was van een aristocraat en zoek was geraakt bij een schipbreuk, dat haar zogenaamde vader en moeder haar op het strand hadden gevonden en haar op een ezel hadden gezet en hadden meegenomen naar hun dorp. En dat ze op een dag zou worden herkend aan een moedervlek op haar linkerenkel en zou worden meegenomen om in een mooi huis te gaan wonen met bedienden en een auto. En dan zou ze met een man van adel trouwen, mooie kinderen krijgen en een lang en gelukkig leven leiden.

Ze wist dat haar vader het niet eens zou zijn met het leven dat Ramón voor haar had uitgestippeld. Haar vader verachtte geld, rijkdom, weelde, luxe en mooie kleren en nietsdoen. Zulke dingen waren inderdaad oneerlijk verdeeld. En daarom waren ze de moeite waard om te hebben. Ze hoopte dat de revolutie niet alles zou bederven. De mannen die haar geld gaven, waren niet rijk, dat was waar, maar Ramón had haar beloofd dat haar toekomstige klanten dat zouden zijn. Wat zou er van haar worden als er geen rijke mannen meer waren?

Dat had ze graag aan Ramón willen vragen, die alles wist, maar hij bleef zeggen dat ze stil moest zijn. Toen pakte hij een potlood en papier en begon te schrijven. Hij had beloofd dat hij haar zou leren lezen. Dames lazen modebladen bij de kapper en menukaarten in restaurants en liefdesromans op het zonnedek. Ze wilde dolgraag kunnen lezen.

De stem op de radio bleef voortdurend dezelfde dingen herhalen.

'De geruchten over een militaire opstand bevatten geen enkele waarheid... Er is een kleine opstand geweest in Marokko, maar die is al neergeslagen... Het leger is niet, ik herhaal níet, op het vasteland in opstand gekomen. Het leger blijft trouw aan de republiek... Negeer alle berichten van het tegenovergestelde... De regering heeft de situatie volledig in de hand... Er is geen reden voor paniek...'

Dan volgde er marsmuziek en draaide Ramón weer aan de knoppen. Dan luisterde hij naar andere stemmen die in verschillende talen spraken, waarvan ze veronderstelde dat hij die kon verstaan. Ze wist dat hij Engels sprak, wat Frans en ook Latijn. Ze vroeg zich af in welke taal hij schreef.

Tegen de avond was het rumoer op straat zó luid geworden dat Ramón de radio harder moest zetten. Er kwamen grote groepen mensen bijeen, zwaaiend met vlaggen van verschillende vakbonden, en er was een schermutseling tussen de UGT en de CNT voor ze zich terugtrokken in tegenover elkaar liggende kampen, leuzen roepend en elkaar af en toe uitscheldend.

Marisa had erge honger, maar toen ze dat tegen Ramón had gezegd, had hij tegen haar geschreeuwd dat ze stil moest zijn en haar marsepeinen vruchtjes maar moest opeten. Dat had Marisa niet gedaan, want ze waren veel te mooi om op te eten en bovendien had ze gezien dat de fles waaruit Ramón dronk bijna leeg was. Weldra zou ze worden weggestuurd om een nieuwe fles te halen en dan zou ze wisselgeld hebben om wat eten te kopen. Ramón had bijna nooit honger, hij was te deftig.

Marisa was een keer naar beneden gegaan om het vuile water weg te gooien en door een of andere tandeloze, oude buurvrouw aangesproken, die haar een por in haar ribben had gegeven en had gezegd dat er geen *putas* meer zouden zijn in het nieuwe Spanje en ze maar beter op haar tellen kon passen. Marisa had haar een por teruggegeven en gezegd dat ze een lelijk oud wijf was. Maar toen was er een man zijn huis uitgekomen en had tegen de oude vrouw geschreeuwd dat ze haar mond moest houden. Vervolgens had hij zijn armen om Marisa heen geslagen, een natte kus op haar beide wangen gedrukt en gezegd dat ze zijn zuster was en dat de arbeiders binnenkort wapens zouden krijgen om in naam van het proletariaat de stad over te nemen.

Toen ze weer naar boven was gegaan en Ramón had verteld wat er was gebeurd, was hij boos geworden en gaan beven en hijgen. Ze had toen in een schotel een krant in brand gestoken en hem de rook laten inademen tot hij zich beter voelde. En toen kwam er een nieuwe stem door, van Radio Sevilla, die hem leek op te vrolijken. Een oude generaal zei dat Spanje was gered door zijn schitterende leger.

'De dagen van de marxisten en de atheïsten zijn geteld!' bulderde hij. 'Binnenkort zal deze boosaardige rode regering omvergeworpen worden en zal de krijgswet vrede en orde herstellen in ons roerige vaderland. De verraders die zich tegen ons verzetten, zullen als honden worden neergeschoten! *Arriba España!*'

Toen waren de ogen van Ramón gaan stralen en hij had gelachen en in zichzelf gemompeld. En al die tijd werd het lawaai buiten op straat erger.

'Wij-willen-wapens! Wij-willen-wapens!'

Marisa moest Ramón er twee keer aan herinneren dat het tijd voor haar was om naar het café te gaan. Ze vroeg hem wat de stemmen op de radio betekenden en hij zei dat ze zich niet druk hoefde te maken over politiek; dames hoorden geen belangstelling voor politiek te hebben. Ze mocht het tegen haar klanten nooit over politiek hebben, behalve dat ze het eens moest zijn met alles wat ze zeiden, wat dat ook mocht zijn.

Ten slotte was hij wankel opgestaan, waarbij hij de lege fles omschopte, en had zich stevig aan Marisa's arm vastgeklemd, terwijl ze de smalle trap met het haveloze pleisterwerk en de krakende treden aflopen. Alle buren waren op straat en de deuropening werd versperd door een menigte mensen.

'Daar komt de kreupele met zijn hoer!' schreeuwde een man met een anarchistenband om zijn arm. En daarna ritmisch tegen Marisa: *'Puta, puta, puta!'* En geleidelijkaan deed iedereen mee, als huilende wolven: *'Puta, puta, puta!'*

Marisa voelde een huivering van angst door de arm van Ramón gaan en wist dat ze hem moest verdedigen. Al haar zigeunerbloed verzamelend, spuwde ze een van de treiterkoppen in zijn gezicht en liet een stroom scheldwoorden op zijn ellendige hoofd neerkomen, waarbij ze met haar vuist schudde en riep dat hij een vuige verrader van zijn klasse was. Waren er geen advocaten, geen politieagenten, geen nonnen meer in de stad, dat hij zich ertoe verlaagde om een invalide en een vrouw te bedreigen, die leefden voor de dag van de revolutie waarop alle arbeiders vrij zouden zijn?

'Kijk uit voor die man!' riep Marisa. 'Luister niet naar zijn burgerlijker gemoraliseer! Hij praat net als een priester!' Ze knielde neer aan de voeten van de man en sloeg een kruis.

'Zegen mij, pater, want ik heb gezondigd...'

Er verspreidde zich een schor gelach door de menigte, alsof het een koor van schapen was. De man mopperde nijdig en verdween. Marisa kwam overeind, pakte trots de arm van Ramón en liet zich door hem buiten de gevarenzone leiden.

'Dat heb je goed gedaan, Marisa,' zei hij, een beetje buiten adem toen ze veilig de hoek om waren. 'Maar nu weet je waarom ik me zo sjofel kleed. Die mensen zijn gauw jaloers. Schoonheid en een goede afkomst maken hen bang, zie je.'

En Marisa was blij met haar afkomst, die hen inderdaad bang had gemaakt. Ze had klaargestaan om te vechten, met haar ellebogen, voeten, tanden en nagels, als één van hen een vinger naar Ramón had durven uitsteken. Die stadsmensen waren bleek en slap en geen partij voor een echte Andalusische zoals zij. Ze had van hen niets te vrezen.

'Harry? Kun je me horen? Het is een ontzettend slechte verbinding.'

'Jack? Ik probeer al dagen je te bereiken. Waar zit je in vredesnaam?'

'Ik zit op een tijdbom in Madrid.'

'Madrid? Wat gebeurt er in Madrid?'

'Burgeroorlog, denk ik,' zei Jack.

7

Jack schonk zichzelf nog een whisky in, las zijn voorlopig verslag door en wist dat het niet goed was. Het was inderdaad de letterlijke waarheid, maar hij werd niet betaald om de letterlijke waarheid te schrijven. Iedere gek kon de letterlijke waarheid schrijven en het aan de lezers overlaten om al het werk te doen. Dat was lui, amateuristisch en bovenal misleidend; hij zou het stuk moeten herschrijven, en snel. Hij zou binnenkort naar Barcelona vertrekken, ogenschijnlijk om verslag te doen van de gebeurtenissen daar, hoewel zijn werkelijke reden om te gaan was Edmund en Clara op te sporen en te kijken of alles goed met hen was. Zijn bezorgdheid voor hen wierp een smet op zijn tevredenheid over het feit dat hij gelijk had gekregen...

Het was zijn eerste bezoek aan Madrid, hoewel niet aan Spanje. Hij had in de maand oktober een reportage gemaakt van de mijnwerkersopstanden in het noorden, een minirevolutie die direct was onderdrukt door de toenmalige rechtse regering, met hulp van Moorse troepen onder generaal Francisco Franco. Toen, evenals nu, was hij zich bewust geweest van een vibratie in de lucht. Die had hij niet gevoeld in Frankrijk of in Abessinië, of waar dan ook. Het was iets dat je alleen in Spanje voelde. Die kloppende energie steeg naar je hoofd, die werkte aanstekelijk en deed hem denken aan dingen die hij beter kon vergeten; zij deed hem denken aan Dolly. Zij maakte dat hij zich bedreigd voelde, kwetsbaar. Een hotelkamer was een hotelkamer, hoe het uitzicht ook was, een niemandsland tussen de werkelijkheid en de kunst, een plaats om je neutraal te voelen. Maar in Spanje kón hij zich niet neutraal voelen – en dat was te merken.

Madrid, 20 juli, had hij geschreven. *Vandaag is er blijdschap in de straten van de hoofdstad, omdat de arbeiders de geboorte van hun langverwachte revolutie vieren.*

Gisteren heeft een in paniek geraakte Volksfrontregering eindelijk toegestemd in de vraag van het volk om wapens. En geen moment te vroeg.

Terwijl concurrerende vakbonden elkaar bevochten om zo'n 5000 geweren, kregen rebellerende soldaten in de Montanakazerne de laatste instructies voor de strijd. Ongetwijfeld rekenden ze op een gemakkelijke overwinning. Drie dagen lang had de regering hen in de kaart gespeeld door te weigeren de arbeiders te bewapenen. Drie dagen lang hadden de fascisten hun krachten verzameld, weinig verzet verwachtend. Maar net als de regering, onderschatten ze de gezamenlijke wil van het volk.

Hoewel betrekkelijk gering in aantal, rukten de fascistische troepen onverschrokken op uit hun bolwerk en maakten zich klaar om de stad in te nemen. Deze roekeloze actie werd snel teruggeslagen door een woedende menigte Madrilenen, die hen tot de terugtocht dwongen, waardoor ze weer dekking moesten zoeken in hun kazerne. Daar werden ze de hele nacht belegerd en vuurden slechts af en toe met machinegeweren op de schietgrage burgermilities. Intussen trokken er groepen amok makende arbeiders door de stad en staken meer dan vijftig kerken in brand.

Vanaf zonsopgang werden de fascisten voortdurend gebombardeerd en bestookt met artillerievuur door de troepen die trouw waren gebleven aan de republiek en uiteindelijk kwam er een witte vlag te voorschijn. Met een gejuich van triomf trok de menigte op om de kazerne te bezetten, maar werd toen opnieuw onder vuur genomen door machinegeweren.

Woedend door die gemene streek, stormden de arbeiders en masse naar voren, puur door hun grote aantal de machtige kazernedeuren openbrekend. Hun wraak was vreselijk bloeddorstig. De vijand werd vanaf de kantelen naar beneden gesmeten op de keien van de binnenplaats, waar hun verpletterde en verminkte lichamen onder de voet werden gelopen.

De milities van de arbeiders zijn nu nog hun overwinning aan het vieren. Een overwinning die ze deelden met hun dappere kameraden in Barcelona, Valencia en Toledo. Een overwinning voor de revolutie, niet voor de republikeinse regering. Een overwinning ondanks de regering.

De regering moet nu toegeven dat ze alle gezag heeft verloren en moet buigen voor de wil van de massa. De eerste prioriteit moet zijn de onderdrukking van de militaire coup en het verslaan van het fascisme. En de prijs van die nederlaag is een arbeidersrevolutie. Als de revolutie wordt onderdrukt, zal de militaire opstand slagen en het fascisme triomferen.

Het volk moet worden bewapend en de vrije teugel krijgen, voor het te laat is. Het is in vele delen van Spanje al te laat, die zonder dat er één schot is afgevuurd in handen zijn gevallen van de fascisten. En waarom? Omdat de regering banger is voor een revolutie dan voor de generaals. De republiek is dood! Lang leve de revolutie!

Nee, het kon beslist niet. Hij had het geschreven in de wetenschap het verslag onmogelijk te kunnen wegsturen. Om te beginnen zou het niet langs de censuur komen en verder zou Harry het niet drukken, want de brave lezers zouden zich halfdood schrikken. *Red Rag* kon het zich niet veroorloven een revolutie goed te keuren. Hij zou het met dat afgezaagde, oude woord democratie moeten doen.

Toch schreef hij graag altijd eerst de waarheid op, zodat hij die tegen het licht kon houden, zoals een fotograaf die kritisch een negatief bekijkt om te besluiten wat er moet worden ontwikkeld en wat extra moet worden aangezet om het beste resultaat te krijgen. De camera kon natuurlijk niet liegen, maar waar was een donkere kamer voor? Jack ging op bed liggen, deed zijn ogen dicht en sloot zich op in de donkere kamer van zijn geest. Vervolgens stopte hij een nieuw vel in de schrijfmachine en ging aan het werk.

Dolores viel uit een lange, donkere tunnel en kwam met een schok, die even wreed was als bij de geboorte, plotseling in een verblindend licht terecht. Er zaten geen luiken voor het gat in de muur en de zon scheen erdoorheen als een zoeklicht, recht in haar ogen.

Ze lag op een stromatras, op een lemen vloer en haar rug deed pijn en haar hoofd ook. Ze deed haar ogen dicht tegen het felle schijnsel en probeerde rechtop te zitten, waarbij ze zichzelf hoorde kreunen.

Een oude vrouw bukte zich voor de lage deuropening, keek naar binnen en verdween toen weer. Dolores zakte draaierig weer achterover. Ze liet haar hand over haar voorhoofd glijden en zag haar moeders ringen, die in haar gezwollen vingers sneden. Ze trok eraan, waardoor haar knokkels pijn deden, terwijl ze probeerde haar geheugen weer aan het werk te krijgen. Tegelijkertijd wist ze dat ze zich niets wilde herinneren en bang was. Angst. Overal om haar heen hing de angst als gifgas in de lucht. Ze had het gevoel alsof ze erin zou stikken.

Toen kwam er een andere vrouw binnen, die ruw haar hoofd optilde en zei: 'Drink.'

Het was cognac. Niet de cognac die gemaakt was van plaatselijke druiven, maar dure, Franse cognac. En toen kwam haar geheugen weer terug. Ze zag Tomás, die onder het bloed zat. Ze zag mannen over het gras rennen naar haar vaders huis en de angst brandde diep in haar keel toen ze slikte.

De verzorgende engel was Ignacia, de vrouw van Tomás, een grote, sterke vrouw met gespierde armen en dikke, sensuele lippen, omringd door een waas van stug, donker haar. Een indringende, muskusachtige, seksuele geur hing als een primitieve aura om haar heen. Dolores had zich met Ignacia nooit op haar gemak gevoeld. Ze was er nooit in geslaagd om haar vijandigheid te overbruggen en had er geen idee van wat de reden van die vijandigheid was.

Dolores ging weer achteroverliggen, want alles draaide voor haar ogen. Het leek buiten ongewoon stil. De normale dagelijkse geluiden waren er niet en het was alsof het nacht was terwijl de zon scheen.

'Ik zal je eten brengen,' zei Ignacia, en voegde eraan toe: 'Lekker eten. Het soort eten waaraan je gewend bent.' Ze lachte onaangenaam en verliet de hut.

Na uren, leek het wel, kwam ze weer terug met een bord fijne Serrano-ham en een stuk brood. Vlees was geen onderdeel van het dagelijks voedsel van een arbeider en Dolores wist meteen waar het vandaan moest zijn. De gedachte aan eten maakte haar misselijk. En toen zag ze dat Tomás in de deuropening naar haar stond te kijken.

Hij raakte de arm van zijn vrouw aan en maakte met een gebaar duidelijk dat ze hen alleen moest laten. Ze aarzelde, alsof ze op het punt stond hem niet te gehoorzamen, maar zelfs Ignacia ging niet tegen Tomás in.

Dolores keek naar hem op en probeerde haar blik scherp te krijgen.

'Heb je mijn vader vermoord?' vroeg ze. En toen: 'Ga je mij ook vermoorden?' En ze herinnerde zich de haat in de ogen van Ignacia en wist dat Tomás haar leven had gered.

'Zonder jou zou het ons niet gelukt zijn,' zei Tomás nors. 'Ik dacht dat we onze dood tegemoet gingen. Maar we hebben acht mensen verloren op de dag dat we de kerk in brand staken; we hebben een vrouw en een kind verloren en wraak kent geen angst. Hoe kon ik achterblijven terwijl de anderen doorgingen? Ik wist dat er honden waren en dat de deuren vergrendeld waren. Ik wist dat het huis vol was met mannen met geweren. Maar jij hebt je arme honden om de tuin geleid en de deur opengelaten. Als ik in God geloofde, zou ik denken dat jij Zijn instrument was. We hebben drie mannen verloren en er twintig gedood. We hebben al je vaders vrienden vermoord en hun vrouwen en kinderen gespaard, maar niet uit genade. Ik ben degene geweest die je vader heeft vermoord, Dolores. Ik heb zijn keel doorgesneden terwijl hij sliep. Hij stonk naar de drank; dat deden ze allemaal. Ze dachten dat ze veilig waren. En dat zouden ze ook geweest zijn als jij er niet was geweest.'

Dolores zakte achterover. Ze voelde niets. Kón ze maar iets voelen. Boosheid, verdriet, opluchting, angst. Maar zelfs de angst was verdwenen. Er was niets over, helemaal niets.

'Ze dachten dat we niet zouden aanvallen zolang jij er nog was,' vervolgde Tomás snel, met een blik achter zich. 'Mijn eigen mensen hebben me dat verweten gemaakt. Ik moest bewijzen dat het niet waar was. Ik was bereid om jou ook te doden. Onschuld is geen bescherming. Het aantal onschuldigen zal altijd groter zijn dan het aantal schuldigen, bij de doden zowel als bij de

levenden. Ik was niet degene die je heeft gered. Het was Julio. Hij heeft je hierheen gebracht en je beschermd.'
Dolores knikte. Julio, de broer van Tomás, de broer van Rosa. Het was Rosa die haar had gered. *Rosa.* Ineens, met een schok, had ze haar gedachten weer op een rijtje.
'Thuis,' zei ze. 'Ik moet naar huis. Ik moet mijn man bericht sturen. Hoe lang ben ik hier al?'
Het lege gevoel stroomde vol met paniek. Ze krabbelde onhandig overeind en viel tegen hem aan. Hij greep haar bij haar elleboog, waardoor ze zich niet meer kon bewegen.
'Je kunt niet naar huis,' zei hij rustig. 'Nog niet.'
'Waarom niet? Ik moet naar huis. Ik móet!'
'Luister naar me, Dolores. Je vaders huis is nu ons fort. We hebben geweren, munitie, granaten. Het huis was een wapenarsenaal voor de Falange. De anderen zijn met hun gezin bij je vader ingetrokken, veiligheid zoekend bij elkaar. Ze bereidden zich voor op een oorlog. Begrijp je?'
Dolores keek hem vol afgrijzen aan.
'Ze wisten dat de revolutie zou komen en nu is het zover. Overal in Spanje nemen de arbeiders het heft in handen. Overál in Spanje is het leger tegen hen in opstand en tegen de republiek...'
'Het leger? In opstand? Maar mijn man...'
'Sommigen in het leger zijn trouw gebleven aan de republiek. Maar vele garnizoenen zijn in opstand gekomen, onder leiding van fascistische officieren. Overal in Spanje vechten de arbeiders om hun dorpen te beschermen en dat moeten wij ook doen, indien nodig tot de dood erop volgt. Maar als we sterven, nemen we de vrouwen en kinderen van de vrienden van je vader mee. Begrijp je me?'
'Maar wat is er met mijn man gebeurd?' schreeuwde Dolores. 'Wat is er met de kinderen gebeurd? O God!'
'Zou je man in opstand zijn tegen de regering? Of zou hij loyaal gebleven zijn?'
Dolores begon te huilen.
'Ik weet het niet,' loog ze, wanhopig. Hoe vaak was Lorenzo niet tekeergegaan over de regering en hoe vaak had hij niet gesuggereerd dat een coup van het leger de enige manier was om orde en gezag te herstellen? Hoe vaak had ze haar oren dicht-

gedaan omdat ze geen ruzie met hem wilde maken, waarbij ze nooit had kunnen dromen dat dit zou gebeuren!

'Tja, je man heeft nu moeten kiezen,' zei Tomás met harde stem. 'Of hij heeft vóór de fascisten gekozen of hij is tegen hen. Er is geen middenweg.'

En toen barstte ze tegen hem uit, haar ogen vol woede en angst.

'Wát mijn man ook heeft verkozen te doen, hij is géén fascist! Wat mijn man ook heeft verkozen te doen, hij is geen moordenaar, zoals jij! Wat mijn man ook verkozen heeft te doen, hij zou nooit vrouwen en kinderen gijzelen, zoals jij hebt gedaan! Wat hij ook heeft gedaan, hij zal het moedig hebben gedaan en gedaan hebben wat hij goed achtte!'

De manier waarop ze sprak, maakte hem duidelijk dat ze in haar hart het antwoord al wist. Haar loyaliteit verscheurde haar en de liefde in haar ogen maakte hem gemeen.

'De fascisten in Toledo zijn overmeesterd,' deelde hij haar wreed mede. 'Ze hebben hun toevlucht gezocht in het Alcázar, waar ze belegerd worden. Binnenkort zal dat hun graftombe zijn.'

Dolores slaakte een kreet van afgrijzen. Tomás trok haar ruw naar buiten en tilde haar op een van haar vaders paarden. Hij hield haar vast, zodat ze zich niet kon bewegen, terwijl Ignacia met een grimmige grijns en gekruiste armen toekeek. Op de korenvelden aan weerskanten van de smalle weg stonden mensen te kijken en brachten Tomás de republikeinse groet, die hij beantwoordde, de teugels in zijn linkerhand houdend. En een deel van haar wilde dat óók doen, om te laten zien dat ze hun zaak rechtvaardig vond. Maar nú kon ze dat niet doen. Dat kón toch niet?

'Rosa, wanneer komt papa thuis? Wanneer komt mama thuis?'

'Mama, waarom huil je?'

'Stil jullie. Eet je eten op en dan moeten jullie naar bed. Ik ben moe.'

Rosa veegde met de punt van haar schort over haar ogen. Ze wist niet meer om wie ze huilde. Om zichzelf, de kinderen, Dolores, Lorenzo, Roberto, de baby in haar buik. Hoe kon ze om allemaal huilen? Hoe kon ze ook om Lorenzo en Roberto huilen?

Lorenzo was Roberto's vijand. Lorenzo was een fascist. Lorenzo verdedigde het Alcázar, waar Roberto, als anarchistische militant, werd gegijzeld. Als het Alcázar viel, zouden de fascisten hun gijzelaars eerst doden. En als het werd ontzet, zouden ze naderhand de gijzelaars doden. Lorenzo had kans om te blijven leven, terwijl Roberto zeker zou sterven. Haar tweede kind zou zonder vader geboren worden, net als haar eerste kind. En toch, Lorenzo was altijd als een vader voor Rafael geweest. Lorenzo was een vriendelijke, zachte, edelmoedige man en beide kinderen hielden van hem. Dolores hield van hem. En zij hield van Dolores. Dus hoe kon ze Lorenzo dood wensen? Hoe kon ze niet om hem huilen?

Dolores. Wat was er met Dolores gebeurd? Al die geruchten, welke waren waar? Triomfantelijke verhalen over landeigenaren die hun eigen graf moesten graven, afschuwelijke verhalen over wraak en vergelding. Niemand zou Dolores toch zeker kwaad willen doen? Ze zou toch zeker niet hoeven boeten voor de misdaden van haar vader? Tomás zou haar toch zeker met zijn leven beschermen?

Ze had gevreesd voor de kleine Andrés. Ze had tegen de anarchistische man van de militie, die het huis had doorzocht, gezegd dat beide kinderen van haar waren en had duidelijk gemaakt dat ze vurig hoopte dat Lorenzo zou omkomen, zoals met alle vijanden van de arbeiders zou moeten gebeuren. En als Roberto's *novia* had hij haar geloofd. Maar nadat de militieman weg was, had ze zitten beven van angst. Ze was bang van iedereen, bang voor iedereen. Iedereen om wie ze gaf, was in gevaar. Wie die dag ook won, mensen van wie ze hield zouden sterven.

Ze had de revolutie gewild toen Roberto erover sprak. Ze had die gewild toen Tomás erover sprak. Ze had vrijheid, gerechtigheid en gelijkheid gewild. Natuurlijk had ze dat. Maar nu wist ze het niet zo zeker meer. De droom had anders geleken dan de werkelijkheid. In de droom werden alleen vijanden gedood, geen vrienden. In de werkelijkheid was het moeilijk om het verschil te zien.

Deze keer was de kerk van Josep vol. Vol met mensen die hem

vroeger hadden gemeden en zich er nu schuilhielden, omdat ze vreesden voor hun leven.

Sinds de anarchisten de vorige avond laat het dorp in hun macht hadden gekregen, had er algehele paniek geheerst. Juan en zijn mannen waren met een vrachtwagen Fontenar binnengescheurd, beladen met wapens en vol revolutionair enthousiasme. Vooraanstaande 'reactionairen' waren in de vrachtwagen geduwd en weggevoerd om 'geëxecuteerd' te worden, terwijl patrouilles alles in brand staken van degenen die de armen hadden uitgebuit.

In de loop van de nacht waren mensen onder dekking van het duister de kerk van Josep binnengeglipt. Het had het eerste gebouw moeten zijn dat in brand werd gestoken, maar toch stond het nog steeds onaangeroerd, als een citadel, omdat hij had geweigerd het te verlaten. Juan had een geweer tegen zijn hoofd gehouden en gezegd dat hij de kerk onmiddellijk moest verlaten, maar Josep had tegen hem gezegd dat hij zijn gang maar moest gaan en hem moest doodschieten, waarop Juan had gevloekt en gespuwd en was weggelopen.

Zijn onvoorziene verantwoordelijkheid woog zwaar op zijn schouders. Deze mensen dachten dat zijn kerk veiliger was dan hun eigen huis. Plotseling werd de priester, die eerst met de nek werd aangekeken vanwege zijn anarchistische sympathieën, als een redder begroet, als een tussenpersoon, iemand van wie de aanwezigheid bescherming bood tegen de woedende menigte. Bange vrouwen snikten en baby's huilden. Josep wilde tegen hen zeggen dat ze terug naar huis moesten gaan, hen verzekeren dat de militie hen niets zou doen, dat de mensen die waren weggevoerd en doodgeschoten bekende falangisten waren en vijanden van het volk. Maar dat durfde hij niet. Hij durfde niet één leven op zijn rekening te krijgen. Hoe kon hij weten wat de mannen van Juan zouden doen? Hoe kon hij weten wie er als vijand van het volk werd beschouwd? Als je op de katholieke CEDA-partij had gestemd, was dat volgens de geruchten al genoeg om ter dood te worden gebracht.

Josep had geprobeerd met Juan te onderhandelen, maar zonder resultaat.

'Laat deze mensen ongedeerd naar hun huis teruggaan,'

schreeuwde hij. 'Dan zal ik ook de kerk verlaten en kunnen jullie hem in brand steken.'

Het kwam door zijn verdomde koppigheid dat deze mensen als ratten in een val zaten opgesloten. Beter honderd, duizend verbrande kerken dan één dood die te vermijden was geweest.

'Wij onderhandelen niet met priesters,' kwam het antwoord. 'De Kerk heeft geen macht meer, heeft niets meer te zeggen. Laten ze het er maar op wagen. Niemand die geen misdaden tegen het volk heeft begaan, heeft iets te vrezen. Alleen degenen die schuldig zijn, moeten zich schuilhouden. Degenen die schuldig zijn, doen er verstandig aan zich schuil te houden.'

Een groot aantal mensen binnen voelde zich duidelijk schuldig. Als je een bediende had ontslagen omdat hij oud brood had gestolen, als je een kind een pak slaag had gegeven omdat hij appels uit de boomgaard stal, als je had gedineerd met een rechtse politicus, geweigerd had krediet te geven, loon had ingehouden of rente had gerekend bij mensen die maar net rond konden komen – dat waren allemaal misdaden tegen het volk. De collectieve schuld hing als een dichte mist in de lucht. Een oude man en zijn zieke vrouw waren dapper – of dwaas – genoeg om te vertrekken. Tien minuten later had er een schot geklonken, dat ongetwijfeld niets met hun vertrek te maken had, maar het was genoeg om tot de hysterische bewering te leiden dat de man was doodgeschoten omdat hij vijf jaar tevoren tegen een stroper had getuigd.

'Als jullie hier blijven,' had Josep tegen hen gezegd, 'kan ik jullie veiligheid níet garanderen.' Maar ze waren allemaal te bang om weg te gaan. Alleen het voortdurend huilen van de kinderen stelde hem gerust. Juan had zelf kinderen en zou geen aanval doen op een kerk vol kinderen. De kerk kon deze mensen niet beschermen, maar misschien de kinderen wel.

De mensen in zijn kerk klaagden alweer dat de kinderen honger hadden, alsof ze een wonder verwachtten. En omdat er geen brood of vis was, ging Josep weer naar buiten om eten voor hen te vragen.

'Laat hen nog maar een poosje honger lijden,' antwoordde Juan. 'Laat hun kinderen maar weten wat honger is, zoals de onze altijd honger hebben geleden. Laat hen maar van hun vet leven. Laat hen maar leven van het lichaam van Christus.' Zijn makkers lachten honend en er werd een schot in de lucht gelost, waardoor iedereen in de kerk geschrokken en beverig begon te bidden.

Er werd aan Josep gevraagd een mis op te dragen voor de overwinning van de generaals en een snelle ondergang van de duistere machten.

'Ik bid niet voor generaals,' zei hij. 'Ik zal bidden voor de overwinning van het goed op het kwaad en dat alle mensen in vrede en gelijkheid samen kunnen wonen. Jullie hebben één dag honger en bidden dat de generaals jullie komen bevrijden. Deze mensen hebben generaties lang honger gekend. Wie zal hen bevrijden? Laten we bidden voor alle mensen in Spanje die honger hebben.'

Ze reageerden niet bijster enthousiast. Hij probeerde sympathie voor hen te voelen. De meesten van hen waren onwetend, zo niet onschuldig. Ze verdienden het geen van allen om te sterven, zeker de kinderen niet. Maar boerenkinderen verdienden het ook niet aan ondervoeding te sterven. Zijn sympathie lag bij Juan en zijn mannen, zijn sympathie had bij hen gelegen zelfs toen Juan het geweer tegen zijn hoofd had gehouden.

Zijn gedachten gingen terug naar Dolores. Geen van de mensen in het dorp had misdaden begaan tegen het volk zoals zijn eigen vader dat had gedaan. Mensen zoals zijn vader waren het land al uitgevlucht, als ze verstandig waren, hun handlangers achterlatend om voor hun wandaden op te draaien, mensen die de middelen niet hadden om te vluchten en nergens anders heen konden, die hadden gedacht dat de Guardia Civil hen altijd zou kunnen beschermen, die nooit hadden gedroomd dat ze zouden overlopen.

Maar tegen alle verwachtingen in liepen de manschappen van de Guardia Civil wél over toen duidelijk was dat ze in de minderheid waren, zoals ze ook in Baenilla waren overgelopen. De waardige burgers van Baenilla hadden niet kunnen vermoeden dat het militaire garnizoen, dat vlakbij was gelegerd, zou wankelen bij het zien van een woedende menigte arbeiders, dat ze zich haastig trouw aan de republiek zouden verklaren en een verontruste Guardia Civil dat voorbeeld zou volgen. Loyaliteit was maar bijzaak. Iedereen wilde aan de kant van de winnende partij staan. Degene die zijn keus open had gehouden, was een verstandig man. Degenen die het stempel van een partijlidmaatschap droegen, stierven bij rechts zowel als links en moordden bij rechts zowel als links, en wie er stierf en wie er moordde, was nu een onbelangrijk detail.

Was zijn vader bij de stervenden of bij degenen die moordden? Niets was voorspelbaar, er was niets zeker. Had de revolutie de rebellie doen ontbranden, of was het andersom? Wat was de aardbeving en wat de vloedgolf? Welke zou de meeste levens eisen?

Terwijl Josep bij het altaar wegliep en knielde, trok er een man aan zijn superplie en vroeg om de deur te mogen barricaderen, voor het geval de anarchisten de kerk bestormden.

'De kerk is open voor iedereen die er zijn toevlucht zoekt,' zei Josep koel. 'En de deuren blijven open voor iedereen die wil vertrekken. Bovendien is er geen barricade die die mannen niet zouden kunnen vernietigen. Je leven hangt slechts af van Gods gratie en van de hunne. Wees stil en zeg dank.'

Hij verdween in de sacristie, zijn oren sluitend voor het gemompel. Hij had niet beseft hoeveel waarde de tijd, die hij alleen doorbracht, voor hem had, hoe belangrijk stilte en privacy waren voor zijn welzijn. Hij kreeg het benauwd van de verlangens van de horde in zijn kerk, die van hem redding verwachtte. Hij wilde dat ze allemaal zouden weggaan en hem met rust zouden laten. De hele situatie was belachelijk, zijn positie was hoe dan ook onhoudbaar. Had hij maar naar de waarschuwing van María geluisterd, dan zou zijn kerk nu een ruïne zijn en zouden deze mensen grotendeels veilig in hun eigen huis zitten. Hun aanwezigheid was brandgevaarlijk, in elke betekenis van het woord. Wat hun blinde overtuiging betreft dat de verlossing nabij was, geloofden ze niet in hetgeen ze zagen en hoorden? Waarom konden ze niet aanvaarden dat het onvermijdelijke eindelijk gekomen was, dat de oude orde werd weggevaagd, oude rekeningen eindelijk werden vereffend, dat er geen verlossing kon zijn voor er boete was gedaan voor de zonden uit het verleden? En toch klemden ze zich aan het verleden vast als aan een stuk wrakhout, niet beseffend dat ze door de stroom naar open zee werden meegevoerd.

Hij glipte de zijdeur van de kerk uit en liep naar de militieman, een ruwe jonge knul met een enorm, antiek geweer.

'Zeg tegen Juan dat ik hem wil spreken,' zei Josep. De jongen schreeuwde zo hard mogelijk om Juan, zonder Josep een moment uit het oog te verliezen.

'Ja?' blafte Juan geïrriteerd. 'Wat willen die vette zwijnen deze keer? Zijn ze niet blij in hun heilige stal?'

'Ga met me mee naar binnen,' zei Josep. 'Laat hun zien dat je geen gewone moordenaar bent. Geef garanties voor vrouwen en kinderen. Hou ons, mannen, gegijzeld, als je wilt. Bewijs hun dat je voor een rechtvaardige zaak strijdt, dat het niet je wens is om onschuldige mensen te terroriseren.'

Juan liet zijn geweer vallen, pakte Josep bij zijn kraag en schudde hem heftig door elkaar.

'Gijzelaars?' riep hij. 'Gijzelaars? Ik zou iedereen in die kerk moeten vermoorden. Represailles. *Represailles!*' Hij spuwde van woede. 'Ik zou hen allemaal moeten vermoorden. Nú, terwijl we nog in leven zijn en het nog kunnen doen! Heeft je genadige God je niet verteld, priester, wat zijn dienaren in Sevilla gedaan hebben? Heeft hij je niet verteld dat de priesters daar dankzeggen voor het bloedbad in Triana? Heeft hij je niet verteld hoe moeders met bezems en kokende olie hebben gevochten om hun kinderen te beschermen? Heeft hij je niet verteld hoe de dappere soldaten van Christus hen in stukken hebben gehakt, met hun baby's in hun armen? Praat me niet over vrouwen en kinderen en onschuld!' Juan spuwde Josep in zijn gezicht. 'Op de dag dat de fascisten Fontenar binnenmarcheren, zullen we een vuur ontsteken om hen te verwelkomen. De mensen in je kerk zullen branden als een fakkel om hen te begroeten. Je kunt hen beter voorgaan in gebed, priester, en bidden dat onze legers de fascisten op tijd zullen verslaan. Intussen wordt iedereen doodgeschoten die probeert de kerk te verlaten en het lijk krijg je terug om te zegenen. Bid dat het een vetzak is, priester. Dan kunnen die schoften daarbinnen sterven zoals ze geleefd hebben, zichzelf volproppend met mensenvlees!'

Hij gaf Josep een harde duw naar achteren en pakte zijn geweer op. Hij zag dat Josep ernaar keek en zwaaide ermee.

'Jullie dachten dat we geen wapens hadden!' smaalde hij. 'Al jarenlang heeft de vakbond wapens verzameld, om klaar te zijn voor deze dag. Je denkt dat we zo dwaas zouden zijn om júllie in vertrouwen te nemen? We hebben ze goed verborgen gehouden voor iedereen die ons zou kunnen verraden!'

Josep deinsde terug alsof hij een klap had gekregen en liep langzaam de kerk weer in. Aller ogen waren op hem gericht terwijl hij naar de voet van het altaar liep.

'Laat ons bidden,' begon hij. Er klonk het gebons van knieën die de grond raakten. 'Laat ons bidden... voor de arbeiders van Triana, die vermoord zijn door fascistische troepen.'

Er ging een wild gejuich op en Josep klemde zijn tanden op elkaar.

'En laten we dan voor onszelf bidden,' vervolgde hij grimmig, 'wij die weldra als vergelding zullen worden geëxecuteerd.'

Het gejuich veranderde in een zwak gejammer, gevolgd door een angstig gesnik.

'Onze enige hoop,' vervolgde Josep, 'is dat de regeringstroepen snel een eind zullen maken aan de opstand van de militairen, zodat de milities van de arbeiders zullen worden ontbonden en de orde wordt hersteld.'

Hij draaide zich naar hen toe en ze keken hem met open mond aan, bereid nu voor alles te bidden wat hun huid zou kunnen redden. Hij had medelijden voor hen moeten voelen, maar een plotselinge wreedheid vervulde hem, een grote lust om hen angst aan te jagen. Ze waren niet bang geweest voor het vagevuur, maar ze waren wel bang van geweervuur, ze waren bang om dood te gaan. Ze zouden hun ziel aan de duivel verkopen voor een kans om te blijven leven. Hij voelde een plotseling respect voor degenen die niets van God of de duivel wilden weten, van wie de ziel niet te koop was.

'Als we sterven, zullen we geen martelaars zijn,' vervolgde hij, alsof hij hen wilde beroven van die twijfelachtige troost. 'Als we sterven, zijn we gewoon oorlogsslachtoffers. We zullen geen helden zijn. We zullen niet gevochten hebben en verloren, we hebben alleen maar verloren. Als we moeten sterven, laten we dan

nederig sterven, vergiffenis vragend voor onze zonden. Laten we ons hart zuiveren van wraakgevoelens.'
Wraak. Waar eindigde de gerechtigheid en begon de wraak?

'Te openen na mijn dood.'
Lorenzo had de envelop aan Dolores geadresseerd voor hij zijn brief aan Dolores begon, alsof hij zichzelf eraan wilde herinneren dat hij zijn eigen grafschrift schreef. Hij moest zijn woorden zorgvuldig kiezen, teneinde Dolores zoveel mogelijk troost en Andrés iets nobels als aandenken te geven.

Mijn liefste vrouw,
Ik bid voortdurend dat je veilig bent in het huis van je vader en vrede en orde weer zijn hersteld in ons verdeelde land tegen de tijd dat je dit leest.
Ik hoef je nauwelijks te vertellen waarom ik de wapens heb opgenomen tegen deze zwakke en zieke regering van ons. Ik heb het gedaan voor mijn gezin en voor Spanje. Ik ben eerlijk geweest ten opzichte van mezelf, waar jij me altijd toe hebt aangespoord. Vijf jaar geleden was ik bereid te muiten en alles op het spel te zetten voor de democratie; nu moet ik dat weer doen.
De regering van het Volksfront heeft haar plicht ten opzichte van de democratie verraden. Het is een bespotting van alles wat een ware republiek zou moeten zijn. Extremisten maken er de dienst uit, die openlijk om revolutie roepen, de Kerk vervolgen, terrorisme tolereren en geen controle hebben over hun eigen gelederen. De gematigden voor wie we hebben gestemd, hebben hun stem verloren. Ik ben ervan overtuigd dat er een komplot is om een marxistische staat te stichten.
Ik geloof dat onze strijd tot een overwinning zal leiden; rechts zal zeker zegevieren. Maar ik denk niet dat ik die dag zal beleven. Hier in Toledo zijn de regeringstroepen en de arbeidersmilities verre in de meerderheid. Terwijl ik dit schrijf, houden we stand in het Alcázar, ons laatste bolwerk, tegen degenen die onze overgave eisen.
We zijn slechts met duizend man – een honderdtal officieren, een paar honderd burgers, en de rest Guardia Civil. We hebben ook de zorg voor vrouwen en kinderen, de gezinnen van de ver-

dedigers, die hier zijn voor hun eigen veiligheid, omdat ze bang zijn vervolgd te zullen worden als ze thuis blijven. Onze zoon is er niet bij. Ik hoop bij God dat ik juist heb gehandeld door hem niet hierheen te brengen.

Dolores, ik heb Andrés bij Rosa achtergelaten, omdat ik op dat moment werkelijk geloofde dat hij bij haar veiliger zou zijn dan bij mij. Als Roberto's novia zal er goed voor haar gezorgd worden door zijn vakbond en zal ze Andrés kunnen verdedigen vanuit een sterke positie. Ze houdt van hem alsof het haar eigen kind is en zal hem hopelijk zo snel mogelijk weer bij jou terugbrengen. Zelfs nu maak ik me zorgen dat ik de verkeerde beslissing heb genomen, maar hoe kon ik een onschuldig kind ertoe veroordelen opgesloten te zitten in een vieze, donkere ruimte? Kolonel Moscardo, onze commandant, is zo verstandig geweest opdracht te geven dat de gezinnen voor hun eigen veiligheid in de kelders moeten blijven, maar het is vreselijk om te zien hoe kleine kinderen worden beroofd van licht en vrijheid en gedwongen worden het lot van hun ouders te delen. Ik heb liever dat mijn zoon in een rood Spanje woont dan dat hij sterft om mijn overtuiging te verdedigen.

We zijn goed bewapend en hebben ons erop voorbereid het tot het laatst toe vol te houden. De arme cavaleriepaarden zijn ons eten en we halen water uit onze eigen put. Wie zou gedacht hebben dat er ooit zo weer gebruik van zou worden gemaakt als tijdens de belegeringen van vroeger! Deze middelen van bestaan delen we met zo'n vijftig of zestig gegijzelden, politieke activisten die nu de prijs van hun overtuiging moeten betalen. Zo gaat het als er oorlog is. De zoon van de kolonel is gegijzeld door de roden. Vandaag heeft hij telefonisch bericht gekregen dat de jongen zou worden doodgeschoten als we ons niet binnen tien minuten overgaven. Hij heeft met hem gesproken en tegen hem gezegd dat hij moedig moest sterven en heeft vervolgens herhaald dat we ons nooit zullen overgeven. Zelf zou ik niet hebben kunnen doen wat hij heeft gedaan als het leven van Andrés op het spel had gestaan.

Ik ben geen fascist, Dolores. Ik ben Spanjaard, katholiek en republikein. Het zijn de roden die de republiek kapot willen maken en ik ben niet in opstand gekomen tegen de republiek, *maar tegen de laffe regering die de republiek heeft verraden. Wil je dit aan Andrés uitleggen, als de geschiedenis ooit zijn vader als verrader zou willen bestempelen?*

Ik moet eindigen en proberen je te vertellen hoeveel ik van je heb gehouden, elke dag dat we getrouwd waren nog meer, vanwege je kalmte, je wijsheid, je verdraagzaamheid. Vijf jaar met jou en de gift van onze zoon hebben me meer dan gelukkig gemaakt. Ik bid voortdurend voor jou, de kinderen en Rosa en dat je gauw in vrede en harmonie zult leven in een sterk, verenigd Spanje.

God zegene je,

Je liefhebbende man, Lorenzo

Mooie gevoelens, dacht hij, terwijl hij de brief opvouwde. Het was gemakkelijk om voor je geloof te sterven; het tijdens je leven waar te maken, dát was moeilijk. Wie wist wat de komende dagen of weken zouden brengen? Een overwinning zou zijn eigen teleurstellingen met zich mee kunnen brengen. De prijs van een overwinning zou duizenden onschuldige levens kunnen zijn. Wat dat betreft, kon hij zichzelf geen rad voor ogen draaien, kon hij een vreselijk gevoel van verantwoordelijkheid niet onderdrukken. Gezegend zijn de fanatici, want zij zullen geen twijfel kennen. Gezegend zijn de armen van geest, want zij zullen geen begrip hebben. Vervloekt zijn degenen die denken, want zij zullen geen vrede vinden.

Jack herlas de laatste versie van zijn stuk over de Montanakazerne en besloot dat het zo maar moest.

TRIOMF IN MADRID
Fascisten teruggeslagen

Vanavond wordt er gezongen in de straten van Madrid, terwijl de arbeiders het terrein van de Montanakazerne, het gevallen fort van het fascisme, bezetten onder het triomfantelijk zingen van '*No pasaran*'. Vandaag zijn ze er niet door gekomen.
Dat ze er niet door zijn gekomen, was te danken aan een spontane actie van nagenoeg onbewapende mannen, vrouwen en

kinderen, die onafgebroken machinegeweervuur hebben getrotseerd om een van de best verdedigde bolwerken van Spanje te bestormen. Ze hebben het onmogelijke bewezen, dat zelfs tot de tanden toe bewapende fascistische troepen niet zijn opgewassen tegen de eendrachtige wil van het volk.
Nadat ze een valse witte vlag hadden gehesen en de nietsvermoedende arbeiders, die naar voren kwamen om de overgave te aanvaarden, hadden neergemaaid, hebben de fascisten de prijs voor hun verraderlijke streek betaald. De arbeiders lieten zich niet afschrikken door een hagel van kogels vanaf de kantelen. Schouder aan schouder sloten ze zich aaneen, stormden naar voren en slaagden er ten koste van vele levens in de deuren van de kazerne open te breken.
Deze keer was de overgave snel en gemeend. Terwijl de arbeiders de kazerne bezetten en de broodnodige wapens en munitie opeisten, werden de bevende fascistische troepen gevangengenomen en onder geleide naar de Model-gevangenis van de stad gebracht.
De kazerne had zich nog niet overgegeven of de triomferende militie verzamelde haar strijdkrachten om haar triomf te gaan herhalen in Toledo, waar de fascisten zijn teruggedreven in het machtige fort boven op een heuvel dat bekendstaat als het Alcázar. Gewapende arbeiders stromen naar de stad, vervoerd door privé-auto's, taxi's en vrachtwagens, die vrijelijk ter beschikking worden gesteld door enthousiaste Madrilenen die graag willen bijdragen aan de gemeenschappelijke strijd. Maar laten we één ding niet vergeten te midden van al deze vreugde. Moed is geen vervanging voor wapens. De arbeiders mogen nooit meer afhankelijk zijn van hun eigen suïcidale dapperheid of de vreselijke lafheid van de vijand. Laten we ons niet voor de gek houden door wat er hier vandaag is gebeurd, laten we het zien als een inspiratie en niet als voorbeeld. Een ongewapende republikein is een dode republikein. Eigenlijk zouden de arbeiders van Madrid hier vandaag in de pan gehakt moeten zijn, zoals dat elders in Spanje gebeurt, omdat ze slechts met hooivorken en geweren zijn bewapend. De fascisten hebben al maandenlang plannen gemaakt voor deze coup en zijn goed voorbereid. Tenzij de republiek een voor-

raad wapens in handen krijgt die even groot is als die van de vijand, is er geen hoop dat ze het zal overleven.

De strijd van de republiek moet ónze strijd zijn. Zonder snelle en onvoorwaardelijke hulp van andere overlevende democratieën zal Spanje bloedend overgeleverd worden aan de hongerige kaken van het fascisme...

Opruiende taal, dacht Jack. Niet dat het veel zou helpen. Wanneer had Engeland ooit iets gedaan om de democratie tegen het fascisme te verdedigen? Vooral wanneer democratie slechts een *nom de guerre* was voor een arbeidersrevolutie. Zelfs het fascisme moest beter zijn dan dat...

Jack verliet het hotel en liep snel over de Gran Via naar het telefoongebouw om zijn verhaal te verzenden. Het was een hoge, Manhattanachtige toren, die al een soort club voor buitenlandse journalisten was geworden en Jack moest beleefd zijn, terwijl hij stond te wachten tot zijn stuk werd vrijgegeven door de censors, een lange, magere man en een vrolijk, klein vrouwtje. Ze spraken geen van beiden vreemde talen en hadden ook geen verstand van politiek. Ze zaten daar alleen maar ter wille van de vorm en Jack vroeg zich af hoe lang het zou duren voor ze werden vervangen door iets wat efficiënter en meer sinister was, hoe lang het zou duren voor het alleen nog de moeite waard zou zijn iets te schrijven dat naar buiten moest worden gesmokkeld.

Hij liep door donkere straten naar het hotel terug, smalle, vuile, stinkende stegen, een volkomen andere wereld dan de *art nouveau* elegantie van de brede trottoirs in de stad, die nog steeds schitterend waren ondanks het zich opstapelende afval en de schreeuwerige spandoeken die tot bekering opriepen.

De armoedige straten hadden een zekere haveloze vrijheid gekregen. Op de deuren en balkonnetjes prijkten republikeinse vlaggen en de gore muren waren versierd met leuzen. Achter gesloten deuren zouden de linkse *checas*, of comités, druk bezig zijn met het opstellen met de nieuwste lijsten met doden. Een aantal van hun eerdere slachtoffers was al publiekelijk tentoongesteld en lag te rotten waar ze gesneuveld waren, met borden om hun nek waarop stond dat ze met de fascisten hadden geheuld.

Jack haalde zijn woordenboek uit zijn zak om te zien wat bepaalde leuzen betekenden. Hij wist niets van de grammatica van vreemde talen, maar de woorden zoog hij op als een spons. Zijn eerste opdracht in het buitenland, vier jaar geleden, had hem vervuld met het oude, bekende gevoel van onwetendheid en onvermogen en sindsdien had hij op zijn gebruikelijke wijze zijn best gedaan zichzelf te onderrichten, wantrouwend als hij was ten opzichte van tolken en perscommuniqués, die zo royaal door gastvrije, buitenlandse regeringen werden verschaft.

Zijn belangstelling voor de anarchistische leuzen wekte natuurlijk de belangstelling van een patrouillerende militieman.

'Papieren,' vroeg hij, terwijl hij Jack achterdochtig bekeek.

Verstandige bezoekers dwaalden niet af naar de arbeiderswijken van de stad en Jack had erop gerekend dat hij zou worden aangehouden. Het was een warme dag en normaal zou hij in zijn overhemd hebben gelopen, maar die dag had hij een pak aangetrokken, om zelf het gerucht te testen, het gerucht dat iedereen met een pak aan en een das om ervan verdacht zou worden fascist te zijn en ter ondervraging zou worden meegenomen.

'*Viva la República,*' zei Jack, dat gevoel kracht bijzettend met een zwierige republikeinse groet. Hij wachtte geduldig terwijl zijn paspoort, zijn perskaart en een aantal rekeningen van restaurants nauwkeurig werden bekeken. Na enige tijd gromde de jongeman ten slotte en gebaarde dat hij door kon lopen. Hij kon niet ouder geweest zijn dan zestien en kon waarschijnlijk niet lezen, hij had alleen dicht genoeg bij hem willen staan om te kijken of hij iets van angst kon bespeuren. Jack had weleens eerder in een netelige positie verkeerd en geleerd hoe belangrijk het was niet te laten zien dat je bang was. Deze keer was het gemakkelijk geweest, omdat hij niet écht bang was geweest, ook al had hij dat misschien wel móeten zijn. De hele zaak had iets van een amateurtoneelstuk, met mensen die zich onzeker gedroegen in de hun toegewezen rol, met doffe stem de tekst herhalend die ze hadden geleerd, zonder goed te begrijpen waar het stuk over ging, waardoor de hele tragische kwestie iets van een klucht kreeg, als een slecht opgevoerde *Macbeth*.

De bar van Hotel Florida was vol met medejournalisten; het was de frontlinie waarvandaan de meeste van hun stukken zouden worden geschreven. Ze wisselenden luidruchtig informatie uit om overtuigende ooggetuigeverslagen te kunnen krijgen en speculeerden over vermoedelijke ontwikkelingen. Hun gezamenlijke veronderstellingen maakten een goed verhaal, iets wat de mensen thuis zouden begrijpen, lekker eenvoudig, gemakkelijk te schrijven. Er was altijd de beroepsmatige neiging in journalistentermen te denken, elke gebeurtenis terug te brengen tot de beschikbare ruimte en elk onbeduidend voorval op te blazen tot een mogelijke kop.

Een bloeddorstig stelletje, die Spanjaarden, vonden ze allemaal. Het Latijnse temperament en zo. Een stel stomme buitenlanders dat elkaar afslacht. Thuis zou de sensatie er natuurlijk snel af zijn. Een dode Engelsman zou altijd groter nieuws zijn dan duizend dode Spanjolen...

Ja, dacht Jack. Dat is wat Spanje nodig heeft. Een paar dode Engelsen.

Doordat de meeste hotels in de stad plotseling waren overgenomen, waren Ramóns plannen wreed verstoord. Hij had op het punt gestaan om Marisa te introduceren in een bescheiden etablissement dat uitkeek op de Sol, waar ze een wat betere clientèle zou hebben van zakenlieden en vertegenwoordigers. Helaas was de Residencia Rey Alfonso III, te zamen met vele soortgelijke pensions, nu gevorderd door arbeiderscomités. Zelfs eersteklas hotels waren overgenomen door de vakbonden, of de militie was er ingekwartierd, en nog slechts een handvol hotels functioneerde normaal, met speciale dispensatie, om de plotselinge stroom buitenlandse bezoekers te kunnen opvangen.

Zijn plannen voor Marisa waren ambitieus geweest, maar niet extravagant. Het zou betekend hebben dat ze langzamerhand was opgeklommen op de ladder van haar beroep. Maar de recente ontwikkelingen vroegen om een andere strategie. Hij moest munt zien te slaan uit de groeiende stroom toeristen, hij moest stoutmoedig en onbevreesd zijn, zoals een succesvol ondernemer betaamt...

Die nieuwe plannenmakerij leidde hem in zekere zin af van de voortdurende radio-uitzendingen van rode demagogen, die de arbeiders tot verdere wreedheden aanzetten en hen prezen om hun nieuwste moorden. Met opeengeklemde kaken dwong Ramón zichzelf zorgvuldig te luisteren naar alles wat ze zeiden, aantekeningen makend in zijn notitieboek, waarna hij zichzelf beloonde voor deze straf door Radio Sevilla aan te zetten, waar generaal Queipo de Llano hem dagelijks verzekerde dat het gespuis binnenkort zou worden geliquideerd.

Sinds de uitbarsting van Marisa op de trap had men hen allebei met rust gelaten, al was het alleen maar omdat er talloze anderen waren om te sarren. Er waren veel oude rekeningen te vereffenen, de mensen hadden het te druk met het aangeven van oude vijanden en lastige crediteuren bij de *checas* om aan mensen zoals zij te denken. Maar er was weinig te verdienen geweest. Veel mensen waren bang om 's avonds de deur uit te gaan en het risico te lopen door plunderende militiemannen te worden ondervraagd. En degenen die niet bang waren, hadden het te druk met het terroriseren van anderen om aan onschuldiger vermaak te denken. Ja, de zaken gingen slecht.

Ramón vond het een afschuwelijk idee zijn verdiensten te moeten delen met een bemiddelaar die alleen maar de inspanningen van anderen uitbuitte, maar de tijd was rijp en als hij niet snel handelde, zouden anderen hem te vlug af zijn. En terwijl Marisa na twee armzalige klanten lag te slapen, huilend van boosheid dat ze haar dagelijkse cadeautje niet had verdiend, haalde Ramón dus al het geld uit zijn schoen en ging naar het grote hotel op de hoek van de Gran Via en de Calle de Carmen, een imposant gebouw, waarvan men zei dat het vol zat met buitenlandse journalisten.

De portier was een afschuwelijke kerel, met ideeën ver boven zijn stand, en het bleek dat er met hem niet te onderhandelen viel. Hun gesprek werd in bedekte termen gevoerd, zonder dat het mogelijk was elkaar verkeerd te begrijpen. Een behoorlijk bedrag ineens en dagelijks een bedrag vooruit, of ze kwam of niet. De gasten van het hotel dachten in ponden en dollars, niet in armzalige peseta's, het was een koopje.

Zelfs na iets te hebben afgedongen, was er door dat zogenaamde koopje bijna niets meer over van zijn liefdevol gespaarde geld. Toen hij thuiskwam, zat Marisa nog steeds te pruilen.

'Je hebt je cadeautje gehad,' snauwde Ramón, vechtend tegen

de benauwdheid in zijn keel en bevend door de opwinding van de enorme gok die hij had gewaagd. 'Ik heb net mijn gehele fortuin in jouw toekomst geïnvesteerd, hoewel je nog niet goed bent voorbereid. Je krijgt nu met buitenlanders te maken; heren, rijke mensen, die meer van je zullen verwachten dan het gespuis dat je tot nu toe bezig hebt gehouden. Er zullen andere meisjes zijn, mooier dan jij, die naar hun gunsten dingen. Daarom moet je hun meer geven voor hun geld, zodat ze jou weer willen zien. Begrijp je me?'

Ze begreep de grote lijnen, maar niet de details. De details waren eenvoudig uit te leggen en zonder vragen te stellen, aanvaardde ze de instructies. En Ramón zegende de excessen uit zijn jeugd, het vermogen dat hij had verspild aan verdorvenheid, de gulzige honger die zijn gezondheid kapot had gemaakt en waardoor hij over zulke dingen kon praten zonder zich ook maar enigszins onprettig te voelen.

Marisa kende geen schaamte en had geen gevoel voor humor. Wat had ze ooit aan zulke onbelangrijke dingen gehad? Ze vatte alles letterlijk op en vroeg alleen om een beloning. Ze was even gehoorzaam als de honden van haar vader, zonder dat ze door intelligentie werd gehinderd. Sluwheid, ja, intelligentie nee. Haar boerensluwheid zou haar beschermen, haar instinct om te overleven zou ervoor zorgen dat haar niets overkwam. Ramón had prostituées bont en blauw geslagen, hij had er een bijna gewurgd in een bui van dronken woede, maar het enige gezicht dat hij zich kon herinneren, was dat van het zigeunerinnetje dat hem tot bloedens toe had verwond en gillend bij hem was weggevlucht. En dus, meer als talisman dan als instrument, kocht hij tóch een cadeautje voor Marisa. Hij besteedde zijn laatste peseta's aan een heel klein, heel scherp mes.

Als gevangenis was de villa van de familie Carrasquez niet onaangenaam. De weduwen en kinderen van Don Felipes privélegertje waren niet vastgebonden en hadden geen prop in hun mond, zoals Dolores had verwacht. Ze kregen ook geen minderwaardig werk te doen en leefden evenmin op water en brood.

Ze trof een dozijn vrouwen en evenveel kinderen aan, die opgesloten zaten op de bovenverdieping, waar ze hun dagen in ledigheid doorbrachten en zoals gebruikelijk werden verzorgd door de bedienden van het huis. Tegen de tijd dat hun gastvrouw zich tegen wil en dank bij hen voegde, was hun gejammer van angst overgegaan in een pruilend nietsdoen, af en toe onderbroken door hysterisch gehuil, wat voortdurend werd nagedaan door hun kinderen. De geluidseffecten die dat veroorzaakte, deden denken aan een martelkamer. Eerst had Dolores met hen meegevoeld – ze waren haar als oude vrienden om de hals gevallen – maar dat was snel verdwenen. Ze was verbijsterd over haar eigen hardheid, over de manier waarop haar eigen problemen haar vermogen om sympathie te voelen en verdraagzaam te zijn hadden doen verdwijnen, de snelheid waarmee medelijden was vervangen door verachting.

'Die beesten hebben geen respect voor hun meerderen!' klaagde de weduwe van haar vaders opzichter. 'Ze weigerden me de telefoon te laten gebruiken! Ik mag zelfs niet eens naar de radio luisteren!'

'Ze willen niet dat we weten dat de generaals er bijna zijn, dáárom mag het niet!' zei haar bejaarde moeder. 'Binnenkort worden we gered en worden die barbaren allemaal doodgeschoten! Het zal me een genoegen zijn om te kijken...'

'... en ze verwachten dat we alleen maar met onze vingers en een lepel eten!' voegde een andere, gezette oude dame eraan toe, trillend van verontwaardiging. 'Het is een schande! Ik weiger een van die vreselijke mannen voor de deur van het toilet te laten staan! Het is onfatsoenlijk! Je moet met hen praten en tegen hen zeggen dat we het geen moment langer tolereren!'

Drie dagen lang verdroeg Dolores hun eindeloze geklaag. Als dochter des huizes en bekend sympathisante met de roden werd er van haar verwacht dat ze haar tweevoudige invloed gebruikte om hun levensomstandigheden te verbeteren en kreeg ze voortdurend een stortvloed van eisen en verwensingen over zich heen. Het duurde niet lang of ze kreeg overal de schuld van en moest alle woede en wrok verduren die de vrouwen niet op hun bewakers konden botvieren.

'Je arme vader zou zich omdraaien in zijn graf!' zo werd ze herhaaldelijk beschuldigd. 'Waarom doe je niet iets? Misschien luisteren die schoften naar jou! Beseffen ze niet hoe vreselijk ze zullen worden gestraft voor hetgeen ze hebben gedaan?'

Dolores bracht zichzelf in herinnering dat die vrouwen pas hun man hadden verloren en een vreselijke schok te verwerken hadden gekregen en probeerde haar ergernis te onderdrukken.

'Dit is niet het juiste moment om ons over onbelangrijke dingen druk te maken,' zei ze. 'We moeten een manier zien te bedenken om te ontsnappen. Misschien als het donker is, zouden we...!'

'Ontsnappen? Ontsnappen? Waarom zouden we hun het genoegen doen ons te kunnen vermoorden, als de generaals er bijna zijn?'

'Misschien doen ze wel meer dan ons vermoorden!' jammerde een andere vrouw. 'Misschien binden ze ons vast, martelen ons, dwingen onze kinderen toe te zien terwijl ze ons verkrachten...!'

Ondanks zulke vreselijke veronderstellingen, die met gegil en gesnik werden begroet, hielden de vrouwen nog steeds vast aan een blind, naïef geloof dat ze uiteindelijk gered zouden worden en dat degenen die hen gevangen hadden genomen allemaal zouden worden terechtgesteld. Het kwam niet bij hen op dat elke poging om hen te bevrijden onvermijdelijk hun dood tot gevolg zou hebben.

Intussen dacht Dolores aan weinig anders dan ontsnappen. Elke deur werd bewaakt en ze twijfelde er niet aan dat de mannen van Tomás zonder aarzeling zouden schieten. Het was duidelijk dat ze niet zonder een medeplichtige zou kunnen ontsnappen.

Toen ze zag dat de broer van Rosa op een morgen de wacht moest houden bij het toilet, maakte ze duidelijk dat ze hoge nood had en toen ze eenmaal alleen op de gang waren, pakte ze hem bij zijn arm en siste in zijn oor: 'Julio, ik maak me zo ongerust over Rosa en de kinderen. Ik moet naar huis. Je moet me helpen! Wat maakt het uit of ik hier ben of niet? Jullie hebben al die andere mensen als gijzelaars.'

'Rosa en de kinderen zijn veilig,' zei Julio kortaf. 'Over hen hoef je je geen zorgen te maken.'

'Je bedoelt dat je iets hebt gehoord? Vertel! Wat is er gebeurd?'

'Er is niets gebeurd,' zei Julio. 'Ze zijn veilig thuis, bij Rosa.

Wat zou er gebeurd moeten zijn? Toledo is in handen van republikeinse troepen. Er zal hen in Toledo niets overkomen.'
'Laat me dan naar hen toe gaan. Alsjeblieft! Laat me gaan en dan kom ik zelf wel thuis. Alsjeblieft, Julio. Voor Rosa.'
'Die beslissing is niet aan mij,' zei Julio onbewogen. 'Als ík het voor het zeggen had, of Tomás, zou je kunnen gaan. Maar de anderen willen je hier houden. Ze denken dat jij iets bent om mee te onderhandelen. Ze denken dat jouw leven vele andere levens zou kunnen kopen.'
'Maar ze vergissen zich, dat zie je toch zeker wel, Julio? Als dit huis door de fascisten wordt aangevallen, moeten we ons overgeven, óf we worden allemaal gedood. Ze wachten niet om met ons te onderhandelen!'
Dolores maakte een wanhopig gebaar. Het verstand van de boeren was ook zó bekrompen. Zagen ze niet dat Albavera maar een vlekje was op de kaart, een stopplaats tussen Badajoz en Sevilla, dat haar vaders huis niet meer was dan een mier die verpletterd zou worden onder de laars van een optrekkend leger?
'Wij zullen hén doodschieten,' zei Julio onverstoorbaar. 'We zullen hen zien aankomen vanuit de wachttoren en als ze dichterbij komen, schieten we hen vanuit de ramen neer. Alleen ten koste van grote verliezen bij hen zelf zullen ze ons doden. Zelfs als we verslagen worden, hebben we door hun dood de zaak geholpen.'
De woorden klonken stijf en hoogdravend, als het opzeggen van de catechismus. Normaal was Julio nog niet in staat om twee woorden achter elkaar te zeggen, maar deze woorden waren niet van hemzelf.
'Het gaat niet om de overwinning, hè?' zei Dolores geïrriteerd. 'Het gaat om de nederlaag. Het gaat om wraak. Dáárom houden jullie ons hier, als kant-en-klare wraak voor jullie nederlaag. Zodat jullie eervol kunnen sterven in jullie ogen, gelukkig kunnen sterven, omdat jullie mij en die stomme vrouwen en hun zielige kinderen met jullie hebben meegenomen! Wat hebben zij jullie ooit voor kwaad gedaan? Hun mannen hebben jullie kwaad gedaan, maar die zijn dood!'
'Niemand heeft hen iets gedaan,' zei Julio. 'Niemand bedreigt hen. Ze moeten bang zijn voor de vijand, niet voor ons. Als we

de overwinning eenmaal hebben behaald, laten we hen gaan. We behandelen hen beter dan de Guardia Civil ons ooit heeft behandeld. Wij zijn beschaafde mensen, geen wilden.'

Dat was de langste toespraak die ze Julio ooit had horen houden. Hij was een dik ventje, met lelijke tanden en hij loenste, maar plotseling was hij door een nieuw gevoel van waardigheid en zelfrespect gegroeid en zijn stille vrolijkheid was voor altijd verdwenen.

'Dan zal ik zonder je hulp moeten proberen te ontsnappen,' zei Dolores. 'En dan zul je me bij die poging moeten neerschieten.'

'Je kunt niet ontsnappen,' herhaalde Julio. 'Dat is onmogelijk.'

Dolores drukte een zakdoek tegen haar ogen en ging terneergeslagen in de vensterbank zitten. Ze snikte klaaglijk, terwijl Julio in grote verlegenheid van de ene voet op de andere schoof.

'Mijn baby,' jammerde ze. 'Mijn man. Wanneer zal ik hen ooit weerzien? Vertel me, Julio, wat is er voor nieuws over mijn man?'

'Vraag het Tomás,' mompelde hij onhandig, terwijl zijn gezicht vertrok door haar verdriet. 'Ik mag niet met de gevangenen praten.'

Dolores begon zachtjes te snikken, terwijl ze Julio boven haar zakdoek uit gadesloeg. Hij had een kleur van verlegenheid en kon haar niet aankijken. Arme Julio.

'Alsjeblieft, Julio, een beetje water. Ik voel me draaierig. Een beetje water, alsjeblieft.'

Ze wist dat het maar een gebaar was. Ze zou nooit de moed hebben gehad om te springen, maar door de dreiging kon ze in elk geval iets van haar frustratie kwijt en onderscheidde ze zich van haar slappe medegevangenen. Lange perioden van haar jeugd had ze opgesloten gezeten in haar kamer omdat ze zich het ongenoegen van haar vader op de hals had gehaald. Ze had jaren in het ursulinenklooster gezeten en net een maand in haar moeders slaapkamer opgesloten gezeten. Genoeg was genoeg. De afgelopen vijf jaar was ze haar opstandigheid een beetje kwijtgeraakt, het waren rustige, onbewogen, eentonige jaren geweest, maar de opstandigheid was er nog en wachtte op een kans zich te openbaren. Het was een moment van zuivere, opwindende waanzin.

Zodra Julio zijn rug naar haar had toegedraaid, balde ze haar vuist onder haar zakdoek en sloeg met al haar kracht het raam in, waardoor het glas als hagelstenen op het pad onder het raam viel. Ze sloeg een paar keer achter elkaar om de ruit eruit te krijgen en zag de zakdoek van wit in rood veranderen.

Nadat hij even bewegingloos was blijven staan, liet Julio zijn geweer vallen en begon haar bij het raam vandaan te trekken. Dolores schoot naar voren en gaf hem een knietje in zijn kruis, zodat hij naar adem hapte en ze genoeg tijd had gewonnen om in de vensterbank te klimmen. Ze had haar rok opgetrokken tot haar middel en één been bungelde in het niets.

Heel even had ze medelijden met de arme Julio, die weer bij zijn positieven was gekomen en het geweer oppakte. Wanhopig hield hij het op haar gericht.

'Als je springt, schiet ik!' hijgde hij. 'Kom weer binnen of ik schiet!'

Dolores draaide hem de rug toe en liet haar beide benen over de vensterbank hangen. Julio zou haar niet in de rug schieten. Ze keek naar beneden en sloot haar ogen toen een golf van hoogtevrees haar overspoelde. Ze klemde zich nog steeds uit alle macht vast aan de vensterbank toen Tomás, die het geschreeuw van zijn broer had gehoord, aan kwam rennen en haar ruw naar binnen trok. Dolores verzette zich hevig, gillend en schreeuwend.

'Laat me naar huis gaan!' riep ze. 'Ik wil mijn kind! Laat me gaan!'

De gevangenen, die ongetwijfeld veronderstelden dat ze vermoord werd, gingen vreselijk tekeer. Andere arbeiders kwamen kijken wat er aan de hand was.

'Dood haar,' siste Ignacia. 'Vermoord haar, anders probeert ze het weer.'

'Ze zal het niet nog eens proberen,' zei Tomás.

'Dat doe ik wél,' snikte Dolores roekeloos. 'Vermoord me dan! Toe maar, vermoord me!'

'Ze durft wél,' zei iemand anders. 'Ze is niet zoals die anderen. Stop haar alleen in een kamer en bind haar vast.'

'We hoeven haar niet vast te binden,' zei Tomás. 'We stoppen haar in de kelder.'

'Ja,' smaalde Ignacia. 'Stop haar in de kelder. Dan kan ze doen alsof ze bij haar dierbare echtgenoot is, in het Alcázar!'

Die woorden weerklonken in de oren van Dolores terwijl ze de trap werd afgevoerd, naar de koude, donkere kelders van het huis. Dagenlang had ze tegen beter weten in gehoopt, geprobeerd zichzelf ervan te overtuigen geen reden te hebben om bang te zijn, dat Lorenzo misschien tóch veilig was...

'Ik heb een boodschapper naar Toledo gestuurd,' zei Tomás. 'Met je zoon is alles goed. Met Rosa en de beide kinderen is het ook goed.'

'En met mijn man?'

Tomás gaf geen antwoord. Dolores ging op de stenen vloer zitten en drukte haar gezicht in haar handen.

'Rosa's *novio*, Roberto, zit ook in het Alcázar,' zei Tomás. 'De fascisten hebben hem gegijzeld. Je man zal hem misschien moeten doden, net zoals ik jou misschien moet doden.'

Dolores begon zachtjes te huilen. Tomás draaide zich om.

'Rosa laat je groeten,' zei hij en liet haar toen alleen.

Ramón keek Marisa na terwijl ze de straat overstak en de hal van hotel Florida binnenging met alle ongerustheid van een moeder die haar kind voor de eerste keer naar school brengt. Hij voelde zich alleen, overbodig, alsof die dag het einde van een tijdperk betekende. Hij was vervuld van een sentimenteel gevoel van verlies.

Hij was bijna een uur bezig geweest met het opsteken van haar haren en met wat ze zou moeten aantrekken. Er was voorlopig niets aan te doen dat ze helemaal geen ondergoed had; het moest lijken alsof ze met opzet niets droeg onder de dunne jurk. Het zwarte kant dat ze graag wilde, was duur en ze zou het moeten verdienen.

De portier knikte dat hij kon verdwijnen, alsof hij wilde zeggen dat zijn sjofele aanwezigheid niet langer nodig was, en Ramón beet op zijn lip en schuifelde weg. Zoals de portier had gezegd, ging Marisa op een fluwelen bankje zitten bij de ingang van de bar van het hotel. Er stond een heel stel mannen aan de tap te drinken en te roken en luid met elkaar te praten in een vreemde taal. Marisa bekeek hen aandachtig door de wolken tabaksrook. Ze had geen voorkeur, want haar romantische fantasieën draaiden om geld en niet om uiterlijk. Ramón had haar verzekerd dat al die mannen rijk zouden zijn. Wat haar betrof, mochten ze zo lelijk zijn als de nacht.

De mannen negeerden haar, geheel verdiept in hun conversatie. Ze hoopte dat een van hen haar mee uit eten zou vragen. Ze wilde vreselijk graag aan een tafeltje zitten met een wit kleed en bediend worden, wijn drinken uit een kristallen glas en vlees eten met een zilveren bestek van een porseleinen bord. Ramón had haar nadrukkelijk gezegd hoe belangrijk het was om niets te pakken dat niet van haar was, hoe verleidelijk het ook mocht zijn. Als ze iets stal wat van het hotel was, zou ze er nooit meer binnen mogen. En ze mocht in geen geval iets stelen van een van de mannen, zelfs niet als ze horloges, geld of sigarettenkokers lieten rondslingeren, zelfs niet als ze sliepen of dronken waren.

Ze bleef geduldig zitten en wachtte. Uiteindelijk verliet een van de mannen de groep en liep langs haar heen op weg naar de hal.

'*Buenas tardes, señor,*' zei Marisa, terwijl ze hem bij de zoom van zijn jasje pakte.

Hij bleef staan en keek haar met een paar felblauwe ogen aan, beantwoordde haar groet in het Spaans en wilde doorlopen.

'Het is zo warm,' vervolgde Marisa, terwijl ze haar hand naar haar keel bracht. 'Ik heb erge dorst.'

De man bleef weer staan en zei beleefd: 'Wat zou je willen drinken?'

Ramón had tegen haar gezegd dat ze altijd om limonade moest vragen en nooit om alcohol.

'Limonade, alstublieft, señor.'

Hij wenkte de ober en bestelde een drankje voor haar. Ze bedankte hem, glimlachte en sloeg haar benen over elkaar, waardoor ze hem de weg versperde. Hij maakte een gebaar dat het niets te betekenen had, stapte over haar benen heen en liep door.

Marisa dronk teleurgesteld haar limonade op en vroeg zich af wat ze verkeerd had gedaan. Haar dunne, paarse jurk was heel laag uitgesneden, bijna tot aan haar tepels, en ze had haar rok opgetrokken zoals Ramón haar had geleerd. En ze had geglimlacht en haar mooie tanden laten zien en ze was overgoten met eau de cologne.

De andere mannen bleven maar staan praten. Een groep mannen bij elkaar negeerde een vrouw altijd. Ze keek om zich heen of ze concurrentie had, maar er waren verder geen vrouwen te zien. Plotseling was ze bang dat ze bedrogen was, dat de portier haar voor de gek had gehouden, dat ze ergens anders zou moeten zitten. Ze wilde dat Ramón er was om haar raad te geven.

Ze haalde het kleine spiegeltje uit haar tas om haar neus te poederen en zag daarin de portier naar haar toe komen.

Hij bukte en fluisterde in haar oor. 'Kamer 305,' zei hij. 'Opschieten.'

Ramón had haar speciaal cijfers geleerd. De portier wees naar de lift, maar ze schudde haar hoofd. Voor de rijkste man van Spanje zou Marisa nog niet in een lift zijn gestapt. Ze rende de trap op naar de derde verdieping, vond kamer 305, klopte op de deur en ging naar binnen.

De man was een buitenlander en heel dik. Hij vroeg haar onmiddellijk hoeveel het kostte en Marisa slikte en noemde het bedrag dat Ramón had gezegd, er als een papegaai aan toevoegend: 'Tenzij u iets extra's wilt. Ik kan doen wat u wilt.'

Ramón had gezegd dat ze moest doen wat ze maar wilden, zonder vragen te stellen, want hoe vreemder het verzoek, hoe beter ze betaald zou worden. Omdat ze geen fantasie had, had ze deze opdracht zonder blikken of blozen aanvaard.

'Hoeveel om te doen... wat ik maar wil?' vroeg de man.

Ook daar was ze op voorbereid en antwoordde hem met de gladheid van een winkelmeisje.

Hij haalde zijn portefeuille te voorschijn, telde de bankbiljetten uit en keek hoe zij ze natelde en in haar handtas stopte. Vervolgens gebaarde hij haar dat ze haar jurk moest uittrekken en dat deed ze, waarna bleek dat ze geen ondergoed aan had. Haar ribben waren verdwenen onder een laagje pas verkregen vlees en Ramón was al tegen haar beginnen te mopperen dat ze dik werd. Deze man was wel heel erg dik. Maar hij trok zijn kleren redelijk vlot uit, waardoor er een enorme buik te voorschijn kwam, die obsceen naar beneden hing, trillend onder zijn eigen gewicht. Marisa kon zich niet voorstellen hoeveel hij moest hebben gegeten om zó dik te worden.

Volgens zijn instructies ging ze op haar rug liggen, terwijl hij over haar heen knielde, zijn penis slap tussen haar borsten hangend. Maar hij duwde haar handen weg en zei dat ze stil moest blijven liggen, terwijl hij luidruchtig uit een fles Manzanilla dronk en in zijn eigen taal tegen zichzelf mompelde. Zijn vlees bewoog heen en weer als hij slikte. Het was heel wit, als deeg, alleen zijn dikke lippen waren rood, als die van een clown. Zijn ademhaling ging zwaar en een of twee keer boerde hij luid. Ten slotte hees hij zich van haar af, deed haar benen uit elkaar en stak twee korte, dikke vingers bij haar naar binnen. Marisa begon te kreunen om hem de indruk te geven dat ze het lekker vond en dat scheen hem te bevallen, dus kreunde ze nog een beetje harder.

En toen ze inademde om nog een keer te kreunen, werd de lucht uit haar longen gedrukt doordat haar benen met een ruk omhoog en naar achteren werden geduwd in de richting van het hoofdeinde en er van boven af iets hards en kouds in haar werd geduwd. Daarna klonk er een gorgelend geluid en droop er kleverige vloeistof over haar buik en op haar borsten en begon de man schril te lachen.

Voor ze de tijd had om te bedenken wat er was gebeurd, haalde hij de lege fles weg, ging liggen en liet haar op zijn gezicht zitten, terwijl hij opdronk wat er uit haar lichaam siepelde. Daarna likte hij de rest van haar borsten en buik, gromde als een varken en slaakte af en toe een hoge kreet, voor hij haar zijn slappe erectie voorhield, die zwakjes ontplofte zodra ze die in haar mond nam.

Hij huiverde, liet een wind en viel toen prompt flauw. Een afgrijselijk moment dacht Marisa dat hij dood moest zijn, tot zijn gesnurk haar geruststelde. Ze ging naar de badkamer, draaide aan de kranen en liet het bad vol heet water lopen. Vervolgens liet ze zich er tot haar nek toe inzakken, het eerste bad van haar leven, met volle teugen genietend van deze traktatie waarvan ze vaak had gedroomd. Ze voelde zich een echte dame. Er stond een zilveren scheerbeker met een scheermes met een ivoren handvat op de wastafel, maar denkend aan de instructies van Ramón liet ze die staan. Spijtig liet ze het water weglopen, kleedde zich snel aan en verliet de kamer, want ze wilde geen wachtende klanten mislopen.

Marisa popelde om Ramón van haar eerste klant te vertellen. Het was allemaal heel gemakkelijk geweest en Ramón zou tevreden over haar zijn en ze hoopte zeer dat de rijke buitenlander weer om haar zou vragen.

8

De Volksolympiade moest wegens overmacht worden afgezegd, maar de meeste bezoekers bleven toch, als oorlogstoeristen. Clara zou met geen tien paarden weg te krijgen zijn geweest en Edmund wist dat hij dat ook niet moest proberen. Een hele dag lang was Barcelona het toneel geweest van straatgevechten. Toen de anarchistische arbeiders hoorden dat er een fascistisch komplot was, hadden ze illegaal de wapens gegrepen en er was een directe confrontatie ontstaan tussen rebellen en revolutionairen. Er volgde een bloedig gevecht. Edmund had de grootste moeite om Clara ervan te weerhouden zich in het krijgsgewoel te storten.

Toen de fascisten vervolgens op de vlucht sloegen, was ze dol van vreugde. Toen hij haar met een republikeinse vlag zag zwaaien en de overwinningsparade hoorde toejuichen, sloeg Edmunds hart een slag over; het was voor het eerst in maanden dat hij haar gelukkig had gezien. Hij stuurde zijn ouders een telegram om hen te verzekeren dat ze in veiligheid waren en bereidde zich voor om de zaak uit te zitten.

Theoretisch had de 'republiek' gezegevierd over het fascisme, maar in werkelijkheid hadden de revolutionairen in de stad de touwtjes in handen. Van de ene dag op de andere verdwenen de rijken en de geestelijkheid uit het zicht, omdat ze rekenden op een schrikbewind. Het kapitalisme moest worden afgeleid, de Kerk moest haar macht worden ontnomen en alle bedrijven dienden collectief eigendom te worden. Van nu af aan zou iedereen gelijk zijn. Het bleef onduidelijk hoe dat allemaal bereikt zou moeten worden en het feit dat er ineens geen warm water meer was in het hotel werd door Edmund gezien als een teken van wat er komen ging. Maar waar Edmund chaos zag, zag Clara slechts Utopia.

Utopia was vol smeulende kerken, gewapende patrouilles en rottende lijken. De aanblik van een dode priester die aan een kruis was gehesen met een opschrift 'Ik was jezuïet' had Edmund een misselijk gevoel gegeven, maar Clara had er met open mond en geboeid naar staan kijken. Ze was zelfs zó ver gegaan dat ze haar camera te voorschijn haalde, tot een passerende militieman haar ervan had weerhouden haar film te bezoedelen. Ondanks het feit dat ze geen woord Spaans sprak, laat staan het plaatselijke, Catalaanse dialect, had ze de officiële visie op de gang van zaken opmerkelijk snel opgepikt.

'Dit zijn geen onschuldige, anglicaanse geestelijken,' zei ze ernstig tegen Edmund. 'De katholieke Kerk heeft de armen eeuwenlang onderdrukt. Het is de rijkste, gierigste kapitalist in Spanje. Ze preekt armoede en steelt van de armen door samen te zweren met de werkgevers om de lonen laag te houden. De Kerk is corrupt en slecht. En trouwens, als hij jezuïet is, zou hij het toch prachtig moeten vinden om martelaar te zijn? Ze hebben hem een dienst bewezen.'

Lang nadat de gevechten voorbij waren, bleven ze af en toe geweervuur horen, dat Clara toeschreef aan fascistische sympathisanten die hun toevlucht hadden gezocht op de daken en in het wilde weg op de arbeiders beneden schoten. Toen Edmund droogjes opperde dat de schoten zouden kunnen zijn veroorzaakt door het afslachten van de gegoede burgerij in achterafstraatjes, beschuldigde ze hem ervan dat hij rechtse propaganda las, alsof zoiets te vinden zou zijn in Barcelona.

'Zo zou het overal moeten zijn,' zei ze steeds weer. 'Zo zou het thuis moeten zijn.'

Hoe hij ook zijn best deed, Edmund kon zich niet voorstellen dat de burgers van Whitechapel de plaatselijke dominee zouden vermoorden en in naam van het proletariaat het telefoonkantoor zouden bezetten. Hij kon zich ook niet voorstellen dat Clara het prachtig zou vinden als het huis in Curzon Street door een gewapende militie werd gevorderd. Clara had altijd een grote verachting gehad voor alles wat naar het militaire zweemde. Ze had altijd beweerd dat, als ze man was geweest tijdens de laatste oorlog, ze gewetensbezwaarde zou zijn geweest; ze had altijd haar neus opgehaald voor degenen die beweerden bereid te zijn voor hun land te vechten. Iedereen die voor zijn land vocht, was een slachtoffer van de staat dat als kanonnevlees werd gebruikt, of een bloeddorstige schurk die een gelegenheid zocht om te moorden.

Als pacifist herinnerde hij haar heel voorzichtig hieraan. Zelf zou hij in de laatste oorlog waarschijnlijk in de gevangenis geëindigd zijn, maar wat de volgende oorlog betreft... daar was hij niet zo zeker van.

'Wat is er voor verschil tussen vechten tegen fascisten in Spanje en herbewapening thuis tegen Hitler? Hoe kan de partij anti-herbewapening zijn en ook antifascistisch?'

'Je begrijpt het niet,' zuchtte Clara, bedoelend dat ze het zelf ook niet begreep. Maar Clara hoefde het niet te begrijpen. Clara was een geboren fanaticus, die honderd jaar geleden non geweest zou zijn bij de karmelitessen. Edmund voelde zich heimelijk schuldig dat hij zo neutraal bleef, zo sceptisch, dat zijn belangrijkste zorg niet het verslaan van het fascisme was of het lot van de democratie, maar de veiligheid van zijn nichtje...

'Ik vraag me af wat er met Dolly is gebeurd,' zei hij. Hij had haar geschreven, via haar ouders, maar ze had nooit teruggeschreven. Dolly's overhaaste huwelijk had ernstige spanningen veroorzaakt tussen Edmunds moeder en haar zuster en uiteindelijk correspondeerden ze niet meer met elkaar. Hij wist dat Dolly een kind had gekregen en naar Zaragoza was verhuisd, maar dat was een aantal jaren geleden geweest en de laatste tijd had hij niets meer gehoord.

'Haar man was toch in het leger?' vroeg Clara. 'Denk je dat hij met de opstand meedoet? Arme Dolly. Stel je voor dat je met een fascist getrouwd blijkt te zijn!'

'Laten we hopen dat ze veilig is, verder niet,' zei Edmund kortaf. 'Aan welke kant haar man ook staat. Hoewel ik denk dat je nérgens veilig bent.'

Bij stukjes en beetjes hoorden ze nieuws uit de rest van Spanje. Ze maakten eruit op dat de militaire coup in Marokko was begonnen en dat daardoor overal in Spanje garnizoenen in opstand waren gekomen. Delen van het land waren in handen van fascistische generaals gevallen en waren nu onder de krijgswet geplaatst; elders hadden de rebellen zich overgegeven of waren overmeesterd. Er waren nog maar weinig details beschikbaar en het was nog verre van duidelijk hoe het zou aflopen. Toen hij hoorde dat de pers in hotel Majestic was ondergebracht, ging Edmund daarheen, in de hoop Jack te vinden, maar zonder succes. Hij liet een briefje achter bij de balie, voor het geval hij later kwam opdagen.

Beste Jack, we zitten in hotel Atlantis tot ik Clara kan bewegen verder te reizen. Wat is er in vredesnaam aan de hand? Ik begrijp er niets van, jij waarschijnlijk wel?

Jack zou het inderdaad wel begrijpen. Jack zou een of ander strak geredigeerd verslag van de gebeurtenissen geven, vol geselecteerde feiten en opgepoetste waarheden, een links verhaal met een zekere draai eraan, zodat het dogma op zwierige wijze aan zijn doel beantwoordde en zijn critici in verwarring zou brengen. Zijn beroepstrots was op een merkwaardige wijze verbonden met een hardnekkige minachting voor zijn vak, een nuchter verwerpen van de hogere aspiraties.

'Journalisten moeten schrijven om hun uitgevers en lezers te behagen,' had hij een keer tegen Edmund gezegd, 'dus zoeken ze een krant die bij hun vooroordelen past, of ze veranderen hun vooroordelen zodat die bij de krant passen. In mijn geval heb ik gewoon de krant veranderd, verder niet. Moreel is er geen enkel verschil.'

'En?' zei Clara weinig enthousiast, toen Edmund in het hotel terugkwam. 'Was er enig teken van hem te bespeuren?'

'Nog niet. Ik heb een briefje achtergelaten om te laten weten waar we logeren. Laten we hopen dat hij komt voor we volgende week vertrekken.'

Clara gaf geen antwoord.

'Tenzij je eerder weg wilt,' vervolgde Edmund voorzichtig.

'Nee. Ik zou graag wat langer blijven... tot we kunnen zien hoe het in de rest van Spanje gaat.'

'Clara...'

'Het is nog niet voorbij, Edmund, nog lang niet. Ik kan on-

mogelijk vakantie houden terwijl een deel van Spanje in fascistische handen is. Zeker niet naar een ander fascistisch land!'
'Waarom moet alles uiteindelijk op politiek neerkomen? Wat heeft Michelangelo met Mussolini te maken?'
'Ik heb alleen maar gezegd dat ik zou meegaan om jou een plezier te doen. Geef me niet het gevoel dat ik egoïstisch ben. Dit is belangrijk, Edmund. De republiek zal alle hulp nodig hebben die ze kan krijgen. De partij wil iedereen mobiliseren om...'
'Als ze iedereen mobiliseren, kunnen ze wel zonder jou. We waren het erover eens dat je aan het eind van je Latijn was en vakantie nodig had. Je bent niet fit genoeg om aan een campagne te beginnen.'
'Maar ik voel me zoveel beter! Ik heb geen druppel gedronken sinds we hier zijn, nietwaar? Ik heb er niet eens naar verlángd en voel me uitstekend. Hoe kan ik met vakantie gaan als er belangrijk werk te doen is? Edmund, je wéét wat ik van het fascisme vind. De mensen thuis zullen allerlei leugens te horen krijgen. Het is van levensbelang dat een aantal van ons kan zeggen dat we het zelf hebben gezien. Thuis horen ze van alles over een paar dode priesters, maar ze krijgen niets te horen over een echte arbeidersdemocratie in actie, omdat de Britse regering doodsbang is van een echte arbeidersdemocratie. Democratie houdt meer in dan de mensen afkopen met stemrecht zodat ze Labour of Tory kunnen stemmen, hoewel dat geen verschil maakt. Edmund, zal het je dan allemaal een zorg zijn?'
'Ik maak me zorgen over jóu,' zei Edmund koppig, omdat hij de eindeloze bijeenkomsten voorzag, het lobbyen, de pamfletten, de inzamelingen en al het andere gedoe. 'Toen ik in Barcelona was,' zou ze zeggen tegen degenen die haar anders omverpraatten. En iedereen zou luisteren. En omdat iedereen zou luisteren, zou ze weer buiten zijn bereik zijn, verstrikt in een wereld van vreemden die haar kameraad noemden, mensen die niets om haar gaven.
'Laten we even afwachten,' zei Edmund. 'Als we op Barcelona moeten afgaan, hebben de fascisten heel wat meer gekregen dan waarop ze hadden gerekend. Misschien komt er geen oorlog van.'

Toen ze de volgende middag in hun hotel terugkwamen, vonden ze een briefje van Jack:

Het was een opluchting jullie briefje te vinden. Ik ben vanmorgen net in Barcelona aangekomen, maar jullie waren er niet toen ik langskwam. Kom vanavond bij mij in het hotel eten.

'Ik neem aan dat hij ons op zijn gebruikelijke verwrongen visie van de zaak zal vergasten,' zei Clara knorrig. 'Verwacht niet dat ik daar ga zitten en het met hem eens ben.'

'Ik zou me ernstig ongerust maken als je dat wél deed,' plaagde Edmund, niet onder de indruk. Hij was gewend aan hun politieke discussies; Clara en Jack konden het best met elkaar opschieten als ze aan het debatteren waren. 'Maar Jack legt in elk geval zijn oor altijd te luisteren. Als iemand deze warboel kan begrijpen, is hij het.'

Jack wachtte hen op in de lobby van het hotel, die vol was met buitenlandse journalisten. Clara forceerde een glimlach en liet zich een kus op haar wang geven.

'Ik was in Madrid toen het begon,' zei hij, terwijl hij hen voorging naar de eetzaal. 'Ik had er een voorgevoel van dat de zaak zou losbarsten. Maar niet in deze omvang. De pret werd bedorven doordat ik me ongerust maakte over jullie. God zij dank is jullie niets overkomen.'

'Dat heeft maar weinig gescheeld,' zei Edmund. 'Ik moest Clara vastbinden. Gelukkig dat een van ons een lafaard is. En, wat is er voor nieuws?'

'Hier in Catalonië? Of in de rest van Spanje? Je beseft dat dit twee verschillende landen zijn. En ze zijn elkaar niet bepaald goed gezind. In Catalonië is de oorlog voorbij en het plaatselijke haatcomité heeft nu de leiding. De socialisten haten de anarchisten, de anarchisten haten de communisten en de communisten haten alle anderen.'

'Vooral de fascisten,' merkte Carla op.

'Vooral de regering in Madrid,' verbeterde Jack haar. 'Wat de Catalanen betreft, kunnen de fascisten morgen Madrid binnenrukken.'

Clara begon met haar vingers op de tafel te trommelen.

'Natuurlijk kunnen we dat de mensen thuis niet vertellen,' vervolgde Jack onverstoorbaar. 'Het is té ingewikkeld. Dus moeten we het terugbrengen tot een soort voetbalwedstrijd: republikeinen tegen fascisten. In werkelijkheid is er in Spanje meer dan één oorlog aan de gang en wordt er door meer dan twee partijen gevochten. Maar het heeft geen zin om de lezers in verwarring te brengen, nietwaar?'

Hij gebaarde naar de ober dat hij een fles wijn moest brengen. Clara legde echter haar hand op haar glas.

'Je bedoelt dat je zult liegen?' zei ze.

Jack haalde raadselachtig zijn schouders op en Edmund begon zich af te vragen hoe vaak feiten werden voorbewerkt, onbegrijpelijk gemaakt, verkort, hoeveel er opzettelijk werd weggelaten en hoeveel er meteen al verkeerd werd begrepen, hoeveel er op indrukken of verklaringen van derden berustte en wat er door journalisten gezamenlijk in elkaar werd gedraaid. Volgens Jack deden ze hun informatie allemaal bij elkaar en haalden ze de overeenkomstige essentiële feiten eruit in het belang van de algemene geloofwaardigheid. Het was geen komplot om de mensen voor de gek te houden, maar meer een poging om iets zinnigs uit tegenstrijdige informatie te halen. En als ze het eens waren, gingen ze weg en kleurden ze hun eigen stukken bij in de gewenste richting en iedereen zou hetzelfde te melden hebben en tóch iets anders. En de lezer las. Wat was de lezer kwetsbaar! Ondanks de cynische opmerkingen van Jack had Edmund nog steeds een zekere eerbied voor alles wat gedrukt stond, een wezenlijk respect voor de integriteit ervan, hoewel drukwerk niets anders was dan opgedroogde inkt op papier.

'Lang leve de censuur, hè, Clara?' zei Jack. 'Zoals ze in moedertje Rusland hebben.'

'Dat is beter dan de mensen te laten hersenspoelen door de krantenbaronnen!'

'O, de partij wast witter, dáár ben ik het mee eens...'

Peinzend hield Edmund zich buiten de discussie die volgde. Was het recht om te liegen een essentiële menselijke vrijheid? Sinds wanneer was censuur een waarborg geweest voor de waarheid? Als foutieve informatie onvermijdelijk was, dan moest die vrijelijk worden geschreven, zich aanpassen aan allerlei vormen, in het belang van de controverse. De controverse schiep een illusie van keuze, van vrijheid van gedachten. Aan het eind van de dag zouden de mensen altijd geloven wat ze wilden geloven...

'Trotskist!' barstte Clara uit, waardoor Edmund opschrok uit zijn overpeinzingen. Het was het lelijkste woord uit haar vocabulaire en hij keek Jack smekend aan, die een verzoenend gebaar maakte.

'Laten we er geen ruzie over maken. Wat ik wil zeggen, is dat de grootste kracht van de fascisten bestaat uit het feit dat ze één zijn. Tenzij de linkse partijen hun geschillen kunnen bijleggen, tenzij alle Jacks en Clara's de handen ineenslaan, zullen de fascisten hen onder de voet lopen.' Hij hief zijn glas. 'Op een verenigde republiek.'

'Op een verenigde republiek,' herhaalden Edmund en Clara. Clara was wat gekalmeerd en nam een slok mineraalwater.

'En wat is er in de rest van Spanje gebeurd?' vroeg ze, omdat haar nieuwsgierigheid het won van haar strijdlust. 'Wie wint er?'

'Tot nu toe hebben de fascisten ongeveer de helft van het land in hun macht en daar laten ze het niet bij, geloof mij maar. Op de meeste plaatsen was er geen verzet. Als de regering de arbeiders had bewapend, zou het een ander verhaal geweest kunnen zijn.'

'En waarom heeft ze de arbeiders niet bewapend?' vroeg Edmund.

'Omdat ze bang was een revolutie te ontketenen. Kijk wat er hier in Barcelona gebeurt. Maar als de arbeiders de wapens niet hadden gegrepen, zouden de fascisten Barcelona ook hebben ingenomen. De revolutie is de grootste kracht van de republiek, de gezamenlijke kracht van het volk. De grootste zwakte is een slechte organisatie en gebrek aan getrainde mannen en goede uitrusting. Vergeet niet dat ze de helft van hun leger kwijt zijn en het grootste deel van de ervaren officieren. Niet bepaald een goede basis voor het winnen van een oorlog.'

'We hebben nooit beseft dat de zaken er zó slecht voorstonden,' zei Edmund, terwijl hij Clara zorgelijk aankeek.

'Dat was ook niet de bedoeling. Aan de ene kant doet de regering wanhopig haar best om het moreel hoog te houden. Haar propaganda zit vol met vluchtende fascisten en triomferende arbeidersmilities. Tegelijkertijd wil ze ons, buitenlandse journalisten, ervan overtuigen dat de democratie eraan gaat als de republiek geen hulp uit het buitenland krijgt. Met hulp wordt natuurlijk wapens bedoeld.'

'Dat is wat ik Edmund steeds probeer duidelijk te maken,' zei Clara. 'De mensen thuis moeten wakker worden geschud.'

'Zodanig dat ze Hitler aanpakken? Dat geloof ik pas als ik het zie gebeuren.'

'Hitler?'

'Het Afrikaanse leger is onderweg uit Marokko, dank zij Air Adolf. Dat is het elitekorps van het Spaanse leger – de allerbeste officieren, plus Moorse huurlingen. Wat er nog over is van het republikeinse leger is een peuleschil voor hen. De arbeidersmilities zijn leuk om een paar opstandige officieren mee terug te drijven, maar Moorse troepen is een heel ander verhaal.'

'Lieve God,' zei Clara. 'Dat betekent wéér een wereldoorlog!'

'Reken daar niet op,' zei Jack. 'Engeland en Frankrijk zullen de ogen sluiten en doen alsof er niets gebeurt, juist omdat ze niet wéér een wereldoorlog willen. Hitler kan alles doen wat hij wil, en dát weet hij.'

Hij schonk Edmund nog een glas wijn in.

'En, hoe lang zijn jullie van plan te blijven?'

Edmund keek naar Clara, die haar blik afwendde.

'Nog een week of twee waarschijnlijk. En jij?'

'Ik moet overmorgen een paar interviews doen in Madrid. Daarna ga ik waarschijnlijk naar Toledo. Ongeveer duizend fascisten plus hun vrouwen en kinderen worden in de Militaire Academie belegerd. Klinkt als een goed verhaal. Daarna weet ik het nog niet.'

'Weet je wat er in Zaragoza is gebeurd?' vroeg Edmund. 'Het laatste wat ik heb gehoord, is dat Dolly's man daar is gelegerd.'

'Dat garnizoen is overgelopen naar de fascisten,' zei Jack. 'De rebellen hebben de arbeiders in hun slaap verrast en de stad ingenomen zonder dat er één schot is gevallen.'

'O. Dan zal het wel goed met haar zijn. Maar militairen worden vaak overgeplaatst. Ik neem aan dat ze nu overal zou kunnen zijn.'

'Laten we hopen dat ze uiteindelijk aan de winnende kant staat,' zei Jack.

'Daar drink ik op,' zei Edmund.

Het was koud en donker in de kelder en doodstil. Dolores wist niet meer hoeveel dagen ze daar had doorgebracht. Ze werd doodmoe van het nietsdoen en zelfs in haar slaap kon ze niet ontsnappen aan de voortdurende tredmolen van haar gedachten.

'De kinderen zijn in veiligheid,' herhaalde ze telkens weer tegen de luisterende duisternis. Het was de enige troost die ze had, het enige waardoor ze bij haar verstand bleef. Maar ze weigerde de enige andere zekerheid onder woorden te brengen, alsof het daardoor niet meer waar was. Of Lorenzo in leven bleef, was nu afhankelijk van een overwinning van de fascisten. En een fascistische overwinning zou betekenen dat iedereen hier in huis zou sterven, zijzelf ook. Ze zou hoe dan ook verliezen. Ze zou òf haar leven verliezen òf haar man en misschien zelfs beide...

Was ze maar thuis geweest toen het gebeurde! Wat moest het moeilijk zijn geweest voor Lorenzo om zijn beslissing helemaal alleen te nemen! Of misschien wel niet. Misschien was het voor hem gemakkelijker geweest. Als zij er was geweest, zou ze zijn veiligheid boven alles hebben gesteld. Ze zou hem hebben aangeraden, nee, gesmeekt, om de sterkste kant te kiezen, welke die ook was. Ze zou uit alle macht hebben gevochten om te voorkomen dat hij de dood in zou gaan. En omdat hij van haar hield, zou hij waarschijnlijk hebben toegegeven en zichzelf er later om hebben veracht. Plicht en eer waren ook zó belangrijk voor hem. Dat had ze onderschat, ze had niet beseft waartoe zijn onwankelbare gevoel voor plicht en eer hem zou kunnen leiden...

'Dolores. Word wakker, Dolores...'

Het was Tomás, die in het vage schijnsel van de olielamp over haar heen gebogen stond. Zijn gezicht was grauw en betrokken en zijn stem klonk hard.

'Is er iets aan de hand?' vroeg ze ongerust. 'Wat is er gebeurd?'

'Vraag me liever wat er gáát gebeuren,' zei Tomás. 'Vraag me wat er gaat gebeuren als de Moren hier komen. Moorse troepen uit Afrika, aangevoerd door Duitse vliegtuigen. Ze zijn op twintig kilometer ten zuiden van hier. Ze hebben elke republikein tussen hier en Sevilla gedood.'

Dolores wreef verward in haar ogen. Troepen uit Afrika hier, in Spanje? Ze had herhaaldelijk te horen gekregen dat er republikeinse strijdkrachten in de buurt waren, dat opstandige troepen werden teruggeslagen en de hele provincie weldra in handen van de arbeiders zou zijn.

'Weet je iets over de Moren, Dolores? De Moren die nu de kameraden van Christus zijn en ons land nogmaals binnenvallen, uit naam van de Moederkerk? Ze maken geen gevangenen en tonen geen genade. Ze moorden en martelen voor hun plezier. Ze zullen de mannen castreren, de vrouwen verkrachten, de ogen van de kinderen uitsteken, terwijl ze schreeuwen *"Viva el muerte!"* Lang leve de dood!'

'Maar jullie kunnen toch zeker niet tegen Moorse troepen vechten?' zei Dolores, plotseling vervuld van hoop. Misschien zou Tomás haar vrijlaten en zou iedereen op de vlucht slaan vóór de vijand kwam...

'Anderen hebben met stokken tegen hen gevochten en zijn voor de goede zaak gestorven. Maar wij hebben wapens en munitie. Als wij vluchten, welke hoop is er dan voor de republiek? Als wij vluchten, verraden we degenen die al gesneuveld zijn.'

'Maar...'

'Jaren hebben we op wapens gewacht en op de revolutie. Die geven we nu niet op. Als we moeten sterven, zullen we vechtend sterven. Ik vertel je dit allemaal omdat de gijzelaars zullen worden doodgeschoten voor het huis wordt ingenomen. Maar er zal veel verwarring zijn. Hier in de kelder zien ze je misschien over het hoofd, breng je het er misschien levend af, zodat je je Moorse bevrijders kunt begroeten. Als je hen ervan kunt overtuigen dat je zowel de vrouw als de dochter van een fascist bent' – hij spuwde op de grond – 'zullen ze je misschien sparen. Het is je enige kans.'

De mogelijkheid om te blijven leven was nog angstaanjagender dan de dreiging van de dood. Ze stelde zich voor hoe ze moest wachten, opgesloten en hulpeloos moest wachten, terwijl de strijd boven haar hoofd woedde. Ze kon bijna het geluid van zware laarzen en ruwe stemmen horen, de met bloed besmeurde bajonetten en rokende geweren bijna zien, het dierlijke zweet bijna ruiken van de huurlingen die oog in oog kwamen te staan met een jonge, aantrekkelijke, hulpeloze vrouw, smekend om genade... Ze huiverde.

'Nee,' zei ze. 'Nee.'

'Vraag me niet om je leven. Ik kan je niet laten gaan. Dit is alles wat ik je kan bieden.'

'Ik vraag niet om mijn leven. Ik kan met een geweer omgaan. Dat heeft mijn man me geleerd. Laat me vechten!'

'Jíj vechten tegen de fascisten? Denk eens na over wat je zegt! De anderen zouden het er niet mee eens zijn. Hoe weten we dat je niet op óns zou schieten?'

'Met welk doel? Ik zou net zo goed op mezelf kunnen schieten! Tomás, alsjeblieft. Laat me niet hier in het donker achter! Ik heb nog liever dat jouw mensen me nu doodschieten dan dat ik met Moorse soldaten over mijn leven moet onderhandelen! Zeg tegen hen dat ik wil vechten! Zeg het nú tegen hen!'

Tomás vertelde het hun. Ze kon horen hoe hij het hun vertelde, terwijl ze met haar oor tegen de kelderdeur gedrukt stond. Haar hart bonsde.

'Ze is niet te vertrouwen!' blafte Ignacia. 'Ze houdt je voor de gek, Tomás!'

'Hou je mond, vrouw,' zei een andere stem. 'We weten allemaal waarom je haar haat. Ze heeft in elk geval moed.'

'Ze is niet zoals de anderen.' Dat was de stem van Julio. 'Ze verdient het niet om te sterven.'

'Haar vader was onze vijand!' De stem van Ignacia weer. 'Haar man is een fascist. Natúúrlijk moet ze sterven. Laten we niet zeuren en haar vermoorden!'

Er volgde een ruziënd gemompel.

'Wat is er met de revolutie gebeurd?' riep een van de mannen. 'Toen we dit huis innamen, waren we zeker van de overwinning! Toen werd er niks over Moren gezegd! Wat heeft het voor zin om te proberen tegen hen te vechten? We moeten nú vluchten, voor het te laat is!'

'Lafaard!' snauwde iemand anders. 'Verrader! Fascist!' Er klonk het geluid van een worsteling en toen hoorde ze de stem van Tomás boven het lawaai uit.

'Degenen die geen zin hebben om te vechten, mogen ervandoor gaan. Als ze vluchten, zullen ze toch vanuit de lucht worden neergeschoten, zoals zo veel anderen. Laat ieder zijn eigen manier kiezen om te sterven. Degenen die vechtend wensen te sterven, moeten dat recht hebben.'
'Maar een gijzelaar niet,' siste Ignacia. 'Waarom zouden we de vijand wapens geven? Je hebt je hersens tussen je benen zitten, Tomás, net als altijd! Aah!'
Haar woorden eindigden in een kreet van pijn.
'Laten we stemmen,' vervolgde Tomás kalm. 'Er is geen tijd om te discussiëren. Binnen een paar uur zijn de fascisten hier. Òf we geven Dolores een geweer, òf we doden haar. Òf we geven haar een geweer òf ík dood haar, hier, nu, waar jullie allemaal bij zijn. We hebben lang genoeg gepraat.'
Dolores zakte op haar knieën op de koude, stenen trap. Ze wist in haar hart dat de stemming verkeerd voor haar zou uitpakken. Ze haatten haar, ze zagen haar als de vijand. Ignacia haatte haar en nu begreep ze eindelijk waarom...
Tomás zou haar snel en op een zachte manier doden. Ze hoefde niet bang te zijn. Ze kroop de trap weer af en wachtte tot de deur zou opengaan en het licht de sombere kelder zou binnenstromen. Nog even en ze zou haar lot weten. Ze zou in elk geval weldra vrij zijn.

Lorenzo had zijn buik even vol van politiek als van paardevlees. Een overval op een nabijgelegen korenschuur had het dagelijkse dieet aangevuld met kleine hoeveelheden ongezuurd tarwebrood, hard en smakeloos als een stuk steen, maar zijn eigen aandeel aan de gewaagde uitval had de verveling nauwelijks kunnen verdrijven. Elke dag werd hij eraan herinnerd dat ze geschiedenis schreven en aan een heroïsche kruistocht tegen het kwaad bezig waren. En tóch was de heersende stemming er een van verveling.

Het voortdurend bombarderen van de muren van het fort had even weinig effect als een proppeschieter, net als de horden ongetrainde militiemannen die hoog over hun geïmproviseerde barricaden heen schoten. Muren van vier meter dik waren overal tegen bestand, behalve tegen de zwaarste artillerie. Toch ging het schieten onafgebroken door en hield slechts op tijdens een staakt het vuren, waar beide partijen zich aan hielden, om een plaatselijke, blinde bedelaar in staat te stellen ongehinderd zijn dagelijkse weg te gaan, terwijl beide partijen elkaar beledigingen toeschreeuwden, die veel bevredigender waren dan kogels.

Intussen waren degenen die in het Alcázar gevangenzaten bij gebrek aan ander bloedvergieten tegen elkaar begonnen.

'De Guardia Civil beraamt een machtsovername,' beweerde kapitein Sanpedro, een van de jongere officieren. 'Het leger moet iets dóen.'

'Solidariteit is nu toch zeker het enige wat belangrijk is?' zei Lorenzo.

'De Guardia Civil is acht keer zo sterk als wij. We hebben geluk dat ze ons steunt. En bovendien heeft de kolonel nog steeds de leiding.'

'Dat duurt niet lang meer,' voorspelde een van Sanpedro's mede-falangisten. 'Niet als de Guardia Civil haar zin krijgt. We moeten hun laten zien wie de baas is.'

'Het kan Montanis niet schelen wie er de baas is, is het wel, Montanis?' smaalde Sanpedro, terwijl hij Lorenzo een por in zijn ribben gaf. 'Montanis denkt dat iedereen gelijk is. God beware ons voor laffe liberalen!'

'God beware ons voor fanatici en extremisten,' zei Lorenzo, terwijl hij zijn vuisten balde. 'Als je wilt vechten, kom maar op dan.'

'Vechten? Ik dacht dat solidariteit het enige belangrijke was? Ik begrijp je niet, Montanis. Zeg eens, wat is jouw politieke overtuiging eigenlijk? Kennelijk verwacht je niet dat je vrouw en kind die delen.'

'Ik heb je al eerder gezegd dat mijn vrouw en kind bij familie op bezoek zijn in Albavera.'

'Komt dát even goed uit...'

En zo ging het maar door, dag in dag uit. Lorenzo had moeite zich in te houden. Vechten met een medeofficier was vernederend en zou niets oplossen, hoezeer zijn handen ook jeukten. Lichamelijk kon Sanpedro niet tegen hem op. Lichamelijk had hij hem bont en blauw kunnen slaan. Maar woorden waren nooit

Lorenzo's sterke kant geweest en bij elke woordenwisseling dolf hij het onderspit en grijnsde Sanpedro tevreden.

'Montanis heeft gelijk; eenheid is alles,' verklaarde zijn tegenstander. 'Waarom zouden we anders die verraders hebben doodgeschoten die zich wilden overgeven? We zouden alle verraders moeten doodschieten, vind je niet, Montanis?'

'We hebben hen al doodgeschoten,' zei Lorenzo kortaf. 'Dus wat heeft het voor zin erover te praten?'

'Ah, maar ís dat zo? Wie weet welke verraders er nog meer onder ons schuilgaan. Afgedwaalden, die hun mond hebben gehouden om hun huid te redden, die zichzelf heimelijk aan de andere kant van de linies wensen. Zulke mensen moeten worden opgespoord en uitgeroeid voor ze het vergif van het defaitisme verspreiden.'

'Heb je niets beters te doen dan een heksenjacht te beginnen?'

'Wat is er, Montanis? Wat kan jou dat schelen? Waarom zou je het persoonlijk opvatten? Waar sta jij precies?'

'Ik ben tegen anarchie en revolutie en steun orde, gezag en democratie. Ik ben een patriot...'

Steeds weer liet hij zich verleiden tot verhitte discussies, één tegen velen, en onvermijdelijk protesteerde hij te veel. Hij wist dat er anderen waren die zijn opvattingen deelden en toch hielden zij hun mond, bang om verkeerd beoordeeld te worden. Sanpedro had een machtige kliek om zich heen gevormd en beschouwde de zogeheten gematigden als weinig beter dan de roden.

'Sanpedro heeft de pik op je,' waarschuwde een collega Lorenzo zachtjes. 'Pas goed op je woorden.'

Lorenzo voelde de eerste golf van ongerustheid en verachtte zichzelf erom. Doordat ze zaten opgesloten en niets te doen hadden, ontstonden achterdocht en wantrouwen. Zowel hij als Sanpedro was slachtoffer van dezelfde ziekte. Een collectieve claustrofobie had haar uitwerking op hen allen.

Doordat hij zich voortdurend zorgen maakte over Dolores en Andrés werd zijn geestesgesteldheid er niet beter op. Hij verslond het dagelijkse nieuwsbulletin gretig, op zoek naar geruststellende berichten en geteisterd door twijfel en hoop. Volgens de radio-uitzendingen van de vakbond trok het Afrikaanse leger op naar Badajoz. Als Dolores nog in het huis van haar vader was, zou alles nog goed kunnen zijn. Maar wat als ze was teruggegaan naar Toledo? Toledo was geen veilige plaats voor de vrouw van een opstandige officier, maar Dolores zou geen angst kennen, in haar verlangen weer bij haar zoon te zijn...

Het schuldgevoel steeg als een zuur in zijn keel op. Hij had hen beiden in een gevaarlijke positie gebracht, had zijn principes boven het welzijn van zijn gezin geplaatst en niet nagedacht over de gevolgen van zijn daden. Hij had het veilig moeten spelen, zich op de achtergrond moeten houden en daarna de kant van de meerderheid moeten kiezen, zoals vele anderen ongetwijfeld hadden gedaan. Misschien hadden de smalende opmerkingen van Sanpedro wel een grond van waarheid! Misschien wenste hij zichzelf wel aan de andere kant van de linies... Nee, dat was zwakheid, wankelmoedigheid. Hij was niet zover gekomen om nu de moed te verliezen. Hij was niet zover gekomen om zich nu op de kast te laten jagen en te laten demoraliseren door bekrompen fanatici. Van nu af aan zou hij Sanpedro negeren, hem met waardige verachting behandelen...

Het hoorde bij Lorenzo's taken om regelmatig de munitie en wapens te inventariseren, waaronder de groeiende voorraad zelfgemaakte granaten, metalen deurknoppen, die aan elkaar waren gemaakt met explosieven ertussen. Toen hij op een morgen op weg was naar de voorraden, zag hij een groep gevangenen die naar buiten werd gebracht om te luchten op de binnenplaats. De gijzelaars waren ondergebracht in de stallen, waar ze in kleine groepjes waren verdeeld en bewaakt werden door de Guardia Civil. Degenen van wie men dacht dat ze de grootste lastposten waren, werden onder de hoede geplaatst van geselecteerde mannen, die uitblonken in dit soort werk en een uitlaat nodig hadden voor hun sadistische aard. Toen Lorenzo, in gedachten verzonken, naderbij kwam, zag hij tot zijn verbijstering hoe een van de bewakers een gevangene pootje haakte, waardoor hij languit op de stenen viel en zijn hoofd met een klap de grond raakte. Voor hij weer kon opstaan, gaf de bewaker hem een harde trap tegen zijn ribben, terwijl de andere gevangenen grommend van onmacht stonden toe te kijken en de bewakers bulderden van het lachen.

Uit principe zou Lorenzo tussenbeide zijn gekomen, zelfs als de gewonde gevangene niet de *novio* van Rosa was geweest. Hij wachtte niet om te kijken wie de man was en wist zelfs niet eens dat Roberto gegijzeld was. Maar Lorenzo zag Roberto niet. Het enige dat hij zag, was een weerloze man die werd aangevallen door een bullebak die hun gemeenschappelijke zaak onteerde.
'Wat gebeurt hier?' vroeg hij, een dikke officier aansprekend.
'De gevangene is gestruikeld en gevallen. Hij is een onhandige sukkel van een anarchist.'
'Als ik in de toekomst nog meer gevangenen zie struikelen, beschouw ik jouw toezicht als onvoldoende,' zei Lorenzo koeltjes. 'Zorg ervoor dat hij onmiddellijk medische verzorging krijgt.'
'*Gracias,*' mompelde de gevangene, de republikeinse groet brengend, alsof hij de bewaker wilde uitdagen hem nogmaals te mishandelen. Lorenzo draaide zich om teneinde naar hem te kijken en zag de snelle, verwrongen glimlach van herkenning.
'Hallo, Roberto,' zei hij somber. 'Ik veronderstel dat je liever op die barricaden zou staan?'
'Ik zou liever hebben dat u daar met mij stond,' zei Roberto. 'Maar zoals de zaken nu staan, zijn we vijanden. *Salud.*'
Lorenzo liep stijfjes verder, zonder om te kijken. Roberto was hem niet vijandig gezind, ook al waren ze vijanden. Kwaadwilligheid was niet het privilege van vijanden. Met een vijand wist je tenminste waar je aan toe was, met bondgenoten was dat een heel ander verhaal.

Josep werd bij zonsopgang gewekt door een donderend geraas en er ging een trilling door de kerk, van de stenen vloer tot aan het gewelfde plafond. De mensen schrokken op uit hun onrustige slaap, gingen verder met jammeren en bidden en daarna kreeg het rumoer een hoopvolle toon. Hun bevrijders kwamen eraan.
Josep rende de kerk uit. Een groepje militiemannen keek bezorgd omhoog naar de uitkijkpost. De eerste zonnestralen beschenen net het vage silhouet tegen de nog duistere hemel. Het werd doorboord door de tweede sinistere lichtflits, die uit de olijfbomen naar beneden schoot, de bliksem van de volgende donderslag. En daarna vloog een gillend projectiel zonder scha-

de aan te richten over hun hoofden heen en ontplofte ergens ver achter hen.

'Ga terug naar binnen, priester,' schreeuwde Juan, Josep een ruwe por gevend, 'en bid dat de volgende granaat je kerk raakt. Dat betekent een snelle, heilige dood voor je. We laten hier geen fascisten achter om de Moren te begroeten. Zing je eigen requiem of bid voor onze overwinning.'

Zijn woorden gingen verloren toen er weer een granaat, die niet ver genoeg was gekomen, onder aan de heuvel ontplofte. De volgende zou doel treffen. En wat kon je met roestige geweren tegen artillerie uitrichten?

Toch namen Juan en zijn mannen hun posities in en begonnen zinloos te schieten op de vijand, die ze evenwel niet konden zien, zonder te denken aan het gevaar van granaatscherven en slechts beschermd door de gebrekkige dekking van zandzakken en boerenkarren. Ze hadden zich niet ingegraven. Loopgraven waren ondenkbaar voor de trotse militieman; je kon vanuit een gat in de grond niet vechten.

'Zoek in vredesnaam dekking,' schreeuwde Josep. 'Terwijl ze ons beschieten, komen ze niet dichterbij. Ga de kelders in tot het voorbij is en ga dán naar buiten om te vechten. Het is zelfmoord om boven de grond te blijven. Er is plaats in het grafgewelf. Ik breng al die mensen daarheen, maar er is nog meer plaats.'

'Ik schuil niet in een kerk,' snauwde Juan en op dat moment verscheen er een gapend gat in een huis aan het eind van de straat, waardoor het puin in het rond vloog. Josep wierp zich op de grond.

'Als jullie boven de grond blijven, worden jullie allemaal gedood!' schreeuwde hij wanhopig. 'Dan lopen ze gewoon naar binnen en nemen de stad in zonder dat er één schot valt. Dan kun je net zo goed meteen de witte vlag hijsen. Als je wilt vechten, zoek dán dekking!'

Een volgende explosie overtuigde Juan ten slotte, meer dan de woorden van Josep hadden kunnen doen. Onder grote verwarring en luid geschreeuw ging de mededeling rond dat men onder de grond moest schuilen. Het was geen bevel: anarchisten volgden geen bevelen op en gaven ze niet, maar er was geen tijd over het voorstel te stemmen of over de politieke waarde ervan te discussiëren. Even later zaten er in alle kelders gegoede burgers en revolutionairen en mensen die het allemaal niets kon schelen, slechts verenigd door de wil te blijven leven.

De muren van de kerk waren ruim een meter dik en de mensen daarbinnen waren ongetwijfeld beter beveiligd dan wie dan ook. Als Juan en zijn volgelingen enig verstand hadden gehad van moderne oorlogvoering, zouden ze de kerk versterkt hebben voor eigen gebruik. Maar het waren eenvoudige boeren, die nooit hadden gevochten, niets wisten van militaire strategie en geen organisatie kenden, geen discipline, geen training. Mensen die hadden gedacht dat hun positie op de heuvel hen zou beschermen, een tactiek die al een paar eeuwen verouderd was. Hoeveel legertjes waren er zo in Spanje, verblind door moed en onwetendheid?

De stemming in de kerk werd steeds beter en weer werd er aan Josep gevraagd voor te gaan in een gebed voor hun bevrijding. Maar weer weigerde hij. Misschien was het verkeerd van hem geweest om Juan aan te sporen dekking te zoeken. Het was beter als de militie meteen gedood werd; beter dat de fascisten binnenrukten zonder dat er een schot viel. Verzet zou alleen maar leiden tot een onnodige slachtpartij, waarbij onschuldige mensen in het kruisvuur gedood zouden worden. Juan en zijn mannen zouden tóch allemaal sterven, daar was Josep zeker van. Waarom zouden zij slagen waar de arbeiders van Sevilla hadden gefaald?

Josep bracht iedereen naar de niet-gebruikte grafkelder, ondanks de protesten van vrouwen dat hij vol zou zitten met ratten en ongedierte. Hij deelde kaarsen uit en bleef zeggen dat ze moesten opschieten. Er bestond altijd nog het risico, hoe klein ook, dat er een granaat door het raam kwam.

Er was niets om op te zitten en de grond was vochtig en koud, wat een beetje een domper zette op hun uitgelaten stemming. Maar ze hadden zich net mopperend geïnstalleerd, toen Josep wéér een geluid hoorde, een ander geluid dan eerst. Het was een hoog, jankend gegil van boven en werd gevolgd door een donderende klap, en toen nog een, en nóg een. Ze werden vanuit de lucht beschoten.

'Wees niet bang,' schreeuwde iemand boven de angstkreten uit. 'We zijn hier veilig. Het zijn onze vliegtuigen. Het zijn ónze vliegtuigen.'

En Josep moest bijna hardop lachen, maar de man had in elk geval geloof. En wie was hij om zijn neus op te halen voor geloof, in welke vorm dan ook?

Harry Martindale had een aantal kranteknipsels bij zijn laatste brief gedaan. Jack vond het nuttig om te weten wat de rechtse pers beweerde, en niet te vergeten de goeie, ouwe *Daily Worker*, ook al was het allemaal volkomen voorspelbaar.

Volgens de *Observer* en de *Mail*, waarvan de correspondenten naar de nationalistische kant waren gestuurd, maakten de arbeiders overal in Spanje amok. Ze moordden erop los, verkrachtten nonnen en alles wat ze zagen, werd onteigend. Er heerste totale anarchie, die zogenaamd op touw was gezet door de communistische partij. Intussen waren nationalistische strijdkrachten – ze gebruikten nooit de term 'fascist', net zomin als de linksen de term 'rood' gebruikten – bezig orde en gezag te herstellen en werden juichend begroet door de arme, geteisterde middenklasse, de ruggegraat van elk land, die meedogenloos was gestraft door machtswellustige revolutionairen.

De *Daily Worker* gaf een ander verhaal. Er werd niet gepraat over een arbeidersrevolutie en niet gesuggereerd dat de gekozen regering op het punt had gestaan in te storten; democratie was het sleutelwoord. De fascisten waren bezig onschuldige, ongewapende burgers te vermoorden en maakten barricaden van dode baby's, en de arbeiders sloegen hen met enorme heldhaftigheid terug. Het kleurige en inventieve verhaal werd aangedikt met stukken onversneden dogma en paranoïde gescheld op degenen die aan de republikeinse solidariteit durfden twijfelen.

Er was niets wat Jack het idee gaf dat hij zijn nieuwste kopij zou moeten wijzigen.

Vandaag heeft Frankrijk de democratie een dodelijke slag toegebracht. De mooie beloften van premier Blum zijn verbroken en er is een unilateraal beleid van non-interventie afgekondigd.

Er zijn er die deze verandering in het standpunt van meneer Blum zouden willen toeschrijven aan zijn recente bezoek aan Londen. Maar wie kan het mr. Eden kwalijk nemen dat hij tot voorzichtigheid maant of wapenleveranties aan Spanje verbiedt? De vrede moet ten koste van alles bewaard blijven. Mr. Eden is de vrede oprecht toegewijd. Uiteindelijk kunnen we weigeren om de republiek te helpen vanuit de prettige wetenschap dat er anderen zijn die in de bres zullen springen. Anderen zullen niet werkeloos toezien, zoals wij, terwijl Hitlers Junkers 52 burgerdoelen bombarderen. Stalin zal beslist handelend willen optreden, uit naam van alle vredelievende naties. Ja, als wij niet interveniëren en het aan hem overlaten dat voor ons te doen, kunnen we van één ding verzekerd zijn: welke kant er ook wint, Spanje zal op een dag veilig in fascistische of communistische handen zijn...

Volgens Harry drong de Labourpartij aan op formele non-interventie, terwijl de communisten daartegen waren. Het stukje dat hij zojuist had geschreven, zou iedereen mooi op het verkeerde been zetten.

Jack verplaatste de gekleurde kopspelden op zijn kaart om te laten zien hoever de nationalisten nu gevorderd waren.

Badajoz. Dat was ten dode opgeschreven. Het Afrikaanse leger maaide alles neer wat op zijn weg kwam. Wat had een gewapende militie voor zin als men geen idee had hoe te moeten vechten? De zogenaamde training die in Madrid werd gegeven, was misdadig ontoereikend. Badajoz, thuis, een eind weg om thee te gaan drinken. Net als Edmund vroeg hij zich af waar ze nu woonde. Ze had geen adres geschreven op de brief die ze, een maand nadat ze ervandoor was gegaan, via Martindale had geschreven. En zelfs als ze dat wél had gedaan, zou hij niet teruggeschreven hebben. Het had hem geërgerd dat ze dacht dat hij zou schrijven en dat ze zo weinig eergevoel had. Maar hij had haar briefje bewaard, niet uit sentimentaliteit, maar als een fetisj tegen een toekomstige bevlieging, om hem eraan te herinneren dat hij zwakker was dan hij dacht.

Beste Jack,
Ik heb je verteld dat ik me op 23 maart zou laten schaken. Maar Lorenzo kreeg onverwachts eerder verlof en hij kwam zonder waarschuwing op oudejaarsavond. Dus heb ik geen kans gehad afscheid van je te nemen. Ik wens je succes en geluk en zal altijd met genoegen aan je terugdenken. Ik hoop dat je hetzelfde doet wat mij betreft.

Dolores

Het was belachelijk dat hij er zo onder geleden had. Ze had gelijk, hij had altijd geweten dat ze verloofd was, op 23 maart 1931 zou gaan trouwen en tegen die tijd zou hij er misschien klaar voor zijn geweest. Dan zou hij de laatste bladzijde hebben bereikt en of het nu verdrietig was of gelukkig, er zou een eind zijn geweest, het verhaal zou af zijn geweest. Maar hij had het niet mogen afmaken en de ongelezen hoofdstukken achtervolgden hem nog steeds. In gedachte had hij ze eindeloos bedacht, zichzelf kwellend met zijn verzinsels. Het boek had zo vol wetenswaardigheden geleken en hij had de geheimen ervan zo graag willen weten. Het was het niet-weten waardoor hij had geleden. Hij was voorbereid geweest op verlies, maar niet op een beroving.

Hij zou graag hebben gehoord dat ze dik was geworden of in een helleveeg was veranderd en haar graag nog eens ontmoet hebben om te ontdekken dat ze onbenullig was. Omdat dat niet kon, had hij zichzelf voor de gek gehouden dat hij haar was vergeten en weerstand geboden aan de verleiding Edmund te vragen of hij iets van haar had gehoord. Niet dat dit nodig was geweest. Edmund was uit eigen beweging op de proppen gekomen met het weinige nieuws dat hij had, zuchtend omdat ze zo weinig schreef. Zijn moeder hoorde zelden iets van haar zieke zuster, maar kennelijk was Dolly volledig onterfd. Er was minstens één kind, begreep hij. En verder hoorde hij nooit meer iets, wat misschien wél zo goed was.

En tóch had hij elke dag dat hij in Spanje was aan haar gedacht en gehoopt dat ze in veiligheid was. Het deed er nauwelijks toe aan welke kant ze stond. Fascist of republikein, wat maakte het uit? Zulke benamingen hadden in menselijk opzicht geen betekenis; het waren slechts afkortingen, een manier voor de mensen thuis om onderscheid te maken tussen de goeden en de kwaden. Er konden geen goede fascisten en geen slechte republikeinen zijn, of andersom, naargelang je vooroordelen. En zelfs als Dolly dik was geworden, een helleveeg en onbenullig, kon hij niet geloven dat ze slecht was en hij hoopte dat ze veilig was.

Hij liet zijn stuk nog even bezinken en liep toen naar de bar. Er waren een paar kerels terug van het Sierra-front en die zouden hun ervaringen vertellen. Jack vond gevechten saai. Je stond ergens op een heuvel en mocht zien wat ze je wilden laten zien. Het meeste was echter saai en verward en soms afschuwelijk, en dat allemaal om te kunnen zeggen: 'Ik zag', alsof het ertoe deed wat je zag, alsof wat je zag invloed had op wat je schreef. En natuurlijk leek je dan heldhaftig. Journalisten vonden het prachtig om aan bommen te ontsnappen en de kogels om hun oren te horen fluiten. Het was een wonder hoe ze het altijd overleefden, in tegenstelling tot fotografen, die vrolijk sneuvelden ter wille van een of andere stomme foto die vervalst had kunnen worden.

Jack luisterde zonder commentaar te geven en maakte af en toe een notitie. Onder nauwlettend toezicht had de pers een bezoek mogen afleggen om het pas gevormde Vijfde Regiment in actie te zien. Het bestond volledig uit arbeiders, net opgeleid onder communistische supervisie en gedrild in ideologie zowel als wapengebruik. Het moreel was kennelijk goed en de discipline indrukwekkend. De communisten konden de anarchisten het een en ander leren over discipline.

Jack pakte een van de werkbesparende persberichten, alsmede een enthousiast geschreven vel papier om je aan te melden als rekruut, maar toen hij eenmaal had gehoord wat hij wilde horen, ging hij op zoek naar een maaltijd. Hij vermeed de eetzaal van het hotel en gaf de voorkeur aan de goedkope arbeidersrestaurants, waar hij iets interessants zou kunnen zien of horen. Hij had de eenzame uren in het buitenland altijd gevuld met een woordenboek en een vriendelijke, plaatselijke bewoner, die graag een praatje wilde maken als hij een drankje kreeg.

Hij glimlachte tegen het limonademeisje, dat op haar gebruikelijke plaats zat te wachten op een klant, gekleed in een zwart satijnen jurk waarvan het lijfje veel te strak zat. Ze was buitengewoon knap, op een agressieve manier wulps, maar volkomen seksloos. Plotseling had hij behoefte aan gezelschap.

Ze glimlachte vol verwachting terug.

'Heb je honger?' vroeg Jack, zich te laat realiserend dat de vraag schalks klonk.

Ze knikte gretig.

'Laten we dan wat gaan eten,' zei Jack, terwijl hij haar een arm aanbood en bij zichzelf grinnikte over wat de anderen zouden denken. Jack ging nooit met prostituées naar bed en dat was hij ook nu niet van plan, maar hij voelde zich op een vreemde manier vriendelijk gestemd jegens dat arme kind, dat elke avond zo geduldig in de bar zat te wachten tot ze zou worden misbruikt. Ze was natuurlijk een vijand van het volk – prostitutie was door de revolutionaire comités officieel verboden – en toen ze naar buiten ging nadat ze een sjofele regenjas had aangetrokken en een sjaal om haar hoofd had gedaan om haar opzichtige uiterlijk te verbergen, besefte hij dat het wreed zou zijn haar mee te nemen naar het restaurant waar hij meestal at en waar ze met haar jas aan zou moeten eten.

Hij trok hem weer van haar schouders, maakte de sjaal los en nam haar mee naar de eetzaal van het hotel, waar ze zich zichtbaar ontspande, ook al wist ze kennelijk niet goed hoe ze zich moest gedragen. Jack vond het amusant om te zien hoe ze hem gadesloeg en alles nadeed wat hij deed. Hij bestelde soep, vis en kip – de tekorten waaronder de rest van de stad leed, waren niet te merken in de goedgekeurde hotels – en ze at met een enorme eetlust, heel snel, als een mus met een te grote korst brood die bang was voor grotere vogels.

Jack had vaak honger gehad, zowel toen hij nog fabrieksarbeider was als tijdens zijn eerste maanden in Londen, maar hij had aan die vernedering het hoofd geboden door te doen alsof hij geen trek had, door een onverschilligheid ten opzichte van voedsel aan te kweken, die hij bleef houden ook toen hij genoeg te eten had. Maar het meisje had duidelijk veel meer honger gekend dan hij.

Hun gesprek tijdens het eten ging niet verder dan dat Jack alles opnoemde wat hij zag, terwijl zij ernstig zijn uitspraak verbeterde en hem de woorden vertelde die hij niet kende. Maar tijdens de koffie ontspande ze zich een beetje en begon ze onschuldig te babbelen. Ze vroeg hem zijn naam, wat hij deed en hoe oud hij was en of hij een vrouw en kinderen had en of het erg koud was in Engeland. Ze sprak een zangerig Spaans, en naar haar uiterlijk te oordelen kwam ze uit het zuiden van Spanje. Toen hij vroeg of ze Madrileense was, schudde ze haar hoofd en zei dat ze uit Andalusië kwam. Ze had een moeder en een vader en zes broers en zusters, die heel arm waren en alleen maar het geld hadden dat zij hun elke week stuurde. En een broer van haar was heel ziek. Het was het gebruikelijke zielige verhaal om zo veel mogelijk geld te kunnen vragen, maar het was waarschijnlijk redelijk dicht bij de waarheid. Jack vroeg haar of ze in Madrid een man had en ze zei dat ze een *novio* had, maar ook hij was ziek, heel ziek. En vervolgens, alsof ze hem er tactvol aan wilde herinneren dat tijd geld was, raakte ze over de tafel heen zijn hand aan en vroeg of hij moe was.

'Heel moe,' zei Jack, een glimlach onderdrukkend, en vervolgens: 'Hoeveel?'

Ze boog zich discreet naar voren en vertelde hem extra langzaam en duidelijk wat haar voorwaarden waren. Ze had een vreemd soort onschuld, als een kind dat met vieze plaatjes leurt. Haar diensten waren aandoenlijk goedkoop, hoewel het een dure standplaats was. Het leek bijna onbeschoft haar af te wijzen. En toch had hij net zomin met haar naar bed kunnen gaan als met zijn kleine zusje.

Hij zette zijn paraaf op de rekening en gebaarde haar dat ze hem moest volgen. Ze weigerde eerst om de lift in te gaan, maar hij duwde haar naar binnen en ze deed haar ogen dicht en klemde zich doodsbang aan hem vast, terwijl de lift krakend omhoogging.

Zodra ze in zijn kamer waren, begon ze haar kleren uit te trekken. Ze droeg overdreven luxe ondergoed, een soort zwart corselet, dat haar borsten omhoogduwde, een zwart slipje met kant en zwarte zijden kousebanden. Die hield ze nog even aan, alsof ze er graag mee wilde showen. Jack wilde haar niet beledigen door haar te vragen haar jurk weer aan te trekken, maar hij wilde haar ook niet naakt zien en zich een pedofiel voelen.

'Ga zitten, Marisa,' zei hij vriendelijk, naar woorden zoekend.

'Ik wil alleen maar met je praten. Verder niets. Alleen praten. Begrijp je?'

'Ben je ziek?' vroeg ze bezorgd, aan zijn voorhoofd voelend.

'Nee,' zei Jack, 'niet ziek.' Hoewel hij dat misschien wél was.

'O,' zei het meisje. En toen, verbaasd: 'Ben je homoseksueel?' Het woord was hetzelfde in het Spaans. Jack glimlachte en schudde zijn hoofd.

'Vind je me niet aardig?' Haar stem klonk meer bezorgd dan beledigd, alsof ze iets verkeerds had gedaan.

'Ja, ja, ik vind je aardig. Maar ik ga nooit... naar bed... met vrouwen die ik aardig vind.'

'Wat? Nooit?'

'Maar één keer. Dus omdat ik je aardig vind, wil ik liever praten. Je kunt me Spaans leren. Ik betaal je gewoon.'

Het was even stil.

'Hoeveel?' vroeg ze, ongerust nu.

'Je doet... wat ik maar wil. Praten.'

Hij telde het geld uit, zodat ze zich kon ontspannen.

'Alleen voor praten?' herhaalde ze, met een blik op de bankbiljetten, gekweld door scrupules of argwaan.

'Praten is wat ik wil,' zei Jack. En hij vroeg zich af waarom hij dat deed, want liefdadigheid lag niet in zijn aard. Het moest zijn omdat dit meisje hem aan Dolly deed denken.

Waarom ze hem precies aan Dolly deed denken, was niet meteen duidelijk. Ze leek niet op haar en hij vond haar zeker niet seksueel aantrekkelijk zoals dat bij Dolly was geweest. Misschien was het haar onschuldige houding, die ze ondanks alles had weten te bewaren, haar vasthouden aan de hoofdzaken, haar ongekunsteldheid en haar basale eerlijkheid. Ze droeg de hoerige lingerie als een kind een nieuwe jurk en toch had haar kwetsbaarheid een scherpe kant van argwaan, een onverholen wantrouwen. Ze was naïef, maar niet dom. Ja, ze moest hem op de een of andere manier aan Dolly doen denken. En dat was genoeg geweest om bij hem een gevoel van eenzaamheid op te roepen, wat anders was dan alleen zijn. Hij was altijd alleen geweest, maar nooit eenzaam, tot Dolly.

Jack klopte op het bed en zei tegen haar dat ze moest gaan liggen. Door alleen maar in haar ondergoed op het bed te gaan liggen, zou ze het gevoel krijgen dat ze iets deed. Hij schonk twee glazen whisky in en gaf er haar een. Ze ging rechtop zitten, nam een grote slok en stikte toen bijna.

'Vertel me over je leven,' zei hij, terwijl hij haar op haar rug klopte. 'Ik zal vragen wanneer ik het niet begrijp.'

Haar leven was een en al heden en toekomst. Er werd echter niets meer gezegd over haar doodarme familie, nu het geld veilig in haar tas zat. Ze had het voortdurend over haar *novio*.

'Hij is heel knap, heel beschaafd,' zei ze, elk woord benadrukkend. 'Hij is heel aardig voor me en heel royaal. Elke dag koopt hij een cadeautje voor me. Elke dag. Hij kiest al mijn kleren voor me en doet mijn haar. Mijn haar is mooi, toch?'

'Je haar is heel mooi,' stemde Jack in.

'Hij leert me een dame te zijn. Zijn vader is heel rijk en op een dag erft hij al zijn geld, en een mooi huis, en dan gaan we daar wonen en krijgen heel veel kinderen. Mooie kinderen. Mijn *novio* is heel knap. Hij glimlacht als een engel...'

Jack vroeg zich af of die pooier iets om haar gaf en hoeveel van het geld in haar tas voor hem was om te kunnen zuipen en gokken. Vervolgens liet ze hem de armband zien die om haar magere armpje rinkelde. Die zag eruit of hij echt van goud was, hetgeen hem verbaasde, en er hingen drie gouden bedeltjes aan, een hart, een vis en een sleutel. Morgen zou haar *novio* een belletje voor haar kopen dat tinkelde, uit een winkel in de Gran Via. Hij kocht nooit iets voor zichzelf en dacht alleen maar aan haar.

Ze leek oprecht verliefd op hem, hoewel het een kinderlijke liefde was. Ze was net een klein meisje dat hem vertelde de liefste papa van de wereld te hebben. Haar toewijding was oprecht, niet sentimenteel en ontroerend, en hij kon alleen maar hopen dat de pooier het waardeerde. Hij was van plan geweest voor Dolly een echt gouden belletje te kopen dat tinkelde, in plaats van dat waardeloze ding uit de knalbonbon. Het was ironisch dat hij er nu een voor dit meisje zou betalen, maar toch gaf het op een vreemde manier troost.

Marisa duwde zijn manchet omhoog en keek op zijn horloge.

'Wil je dat ik de hele avond blijf?' vroeg ze, op een manier die suggereerde dat zijn tijd bijna op was.

'Nee. Heb je nog een...' Hij wist het woord voor afspraak niet, maar ze maakte zijn zin voor hem af.
'Het is zaterdag. Elke zaterdag bezoek ik dezelfde meneer, hier in het hotel. Ik moet om elf uur bij hem zijn, nadat hij heeft gegeten. Maar daarna slaapt hij. Ik kan daarna terugkomen.'
'Nee, dat hoeft niet.'
'Ik kan morgen weer bij je komen. Ik kom hier elke avond, behalve wanneer ik ongesteld ben.'
Jack onderdrukte een lach. Ze had de overdreven plechtige manier van doen van een kind.
'Misschien. Maar ik moet 's avonds vaak werken. Misschien kunnen we over een paar dagen wéér een praatje maken.'
'Je Spaans is goed. Ik zou graag Engels willen leren. Mijn *novio* spreekt Engels, Frans en Latijn. Hij heeft heel veel geleerd. Spreek jij ook Frans en Latijn?'
'Geen Latijn,' zei Jack. 'Ik heb niet zo veel geleerd.'
'Ik ook niet,' zei Marisa, vol medeleven. 'Maar ik ben nu bezig te leren lezen.'
En toen besefte Jack dat Dolly slechts een excuus was. Het meisje deed hem denken aan zichzelf.

Er waren evenveel stemmen voor als tegen geweest over het in leven laten van Dolores, en Tomás had de beslissende stem gehad, zeer tot ongenoegen van Ignacia. Zij had het op zich genomen Dolores als een havik in de gaten te houden, omdat ze nog steeds verraad verwachtte. Dolores voelde voortdurend hoe haar ogen op haar gericht waren, brandend van haat.
Ze bemanden boven drie ramen aan de voorkant van het huis, samen met de oudste zoon van Tomás. Dolores laadde haar geweer en liet aan Ignacia en de jongen zien hoe zij die van hen moesten laden. Het was een Lee Enfield 42, goed onderhouden en geolied, en er was genoeg munitie. De uitkijkpost in de wachttoren had gemeld dat er troepenbewegingen waren in Albavera, op minder dan vijf kilometer afstand. Ze waren op geen enkel verzet gestuit dat hun opmars vertraagde en op elke schoorsteen was een witte vlag te zien geweest. Het zou spoedig beginnen.
Dolores voelde geen angst meer. Ze was op een vreemde manier opgetogen en haar eerdere fatalisme had plaatsgemaakt

voor een roekeloze uitdaging. Ignacia was realistischer. In een opwelling van krijgslustige kameraadschap had ze Dolores gevraagd haar dood te schieten vóór de Moren het huis zouden innemen. Ze zouden elkaar tegelijkertijd kunnen doodschieten. Ze porde met haar geweer in de ribben van Dolores om te laten zien hoe goed ze het meende. Ze had haar al tot in de meest afschuwelijke details verteld wat de Moren met vrouwen uitspookten.

Een aantal van de vrouwen en kinderen was geëvacueerd, maar de anderen hadden willen blijven om te vechten. De twee zonen van Tomás van elf en twaalf jaar oud waren gebleven. Zijn enige andere kind dat nog leefde, een meisje van acht, was naar Rosa in Toledo gestuurd.

Het kwam Dolores belachelijk voor dat de Moren, de onderdrukkers van vroeger, naast Spanjaarden tegen Spanjaarden vochten en ze wist zeker dat Lorenzo haar wens om te vechten zou respecteren. Het leek niet langer abnormaal dat Lorenzo het Alcázar verdedigde terwijl zij voor de republiek vocht. Ze zaten beiden in precies dezelfde positie en stonden beiden tegenover een overmacht die hen wilde vermoorden. Terwijl ze het geweer vasthield dat hij haar had leren gebruiken, voelde ze zich weer dicht bij hem, wist ze iets van wat hij voelde. Wat maakte het voor verschil dat ze ieder aan een andere kant stonden? Had ze niet elke dag gebeden om zijn bevrijding? En als hij haar nu kon zien, zou hij dan niet willen dat zij aan de winnende kant stond? En zouden ze niet allebei voor de nederlaag kiezen als dat Andrés zou kunnen helpen om te overleven?

'Ik zal jou doodschieten, als je dat wilt, Ignacia,' zei Dolores. 'Maar als ik wil sterven, zal ik zelf het moment kiezen. Richt het geweer alsjeblieft niet zo op me als het geladen is.'

Ignacia had weinig kans iets te raken, tenzij het zich vlak voor haar bevond. Zoals de meeste anderen had ze nog nooit eerder een geweer gehanteerd en door de terugslag zou ze haar doel nauwelijks kunnen raken. Dolores was vanuit de beste schutter van alle aanwezigen. Ze was met geweren opgegroeid, had gezien hoe haar vader ze schoonmaakte, laadde en afvuurde – niet dat ze zelf ooit had mogen schieten, zoals haar broers. Josep had weinig enthousiasme aan de dag gelegd, maar Ramón oefende eindeloos met een pistool, zittend in een stoel, terwijl Dolores dingen voor hem neerzette waarop hij kon schieten. Telkens als hij raak schoot, slaakte hij een kreet van vreugde, zeer tot bewondering en jaloezie van zijn zusje. Maar door het uitstekende onderricht van haar man had ze een goed oog en een snel reactievermogen ontwikkeld, en Lorenzo zei altijd gekscherend dat ze zijn beste cadet was.

De gedachte mensen dood te moeten schieten verontrustte haar niet zo als ze had gedacht. Het vooruitzicht te moeten doden zou ze vreselijk moeten vinden. Misschien was doden een natuurlijke reflex die door de beschaving was onderdrukt. Doden was het stelen van leven; voor iedere man die zij doodschoot, zou ze een paar seconden langer leven. Als ze er genoeg kon doden, zou ze het misschien overleven. Wat vreselijk om bij die vrouwen boven te zitten, of opgesloten in de kelder beneden en geen uitstel te krijgen door te kunnen doden.

Het wachten leek eindeloos te duren. Vanuit haar raam kon ze de horizon niet zien, die ging schuil achter de bomen. Het wachten zou gemakkelijker te dragen zijn als ze de vijand eenmaal kon zien. Wat had Ramón het Vreemdelingenlegioen altijd bewonderd! Hij vond het heerlijk om over de Afrikaanse campagnes te lezen en genoot van verhalen over bloed en roem. Arme Ramón! Hij zou in elk geval níet hoeven vechten en misschien zou zijn handicap zijn leven nog redden. In tegenstelling tot God wist hoeveel anderen zou hij niet gedwongen worden aan de verkeerde kant te staan; hij zou niet gedwongen worden om zijn leven te wagen voor een zaak waarin hij niet geloofde.

Hetzelfde gold voor Josep. Priesters konden helemaal niet vechten. Ze huiverde. Misschien was hem hetzelfde lot beschoren geweest als pater Luis, misschien had zijn anarchistische kudde eindelijk de tanden laten zien. Nee, niet hetzelfde lot. Bij pater Luis was de buik van zijn keel tot aan zijn kruis opengereten, waardoor jaren van luiheid en vraatzucht eruit puilden. Ze hadden zijn lichaam naakt op het gras neergelegd, op de gapende viezigheid staan plassen en het lijk voor de vogels laten liggen, tot het krioelde van de maden. Nee, ze zouden Josep misschien vermoorden, maar zichzelf er niet toe kunnen zetten hem te haten. En als Josep stierf, zou hij in elk geval naar de hemel gaan. Wat haarzelf betrof, was ze daar niet zo zeker van. Elke dag opnieuw beging ze de zonde van het bedrog. Uit liefde, maar liefde maakte de zonde niet ongedaan. Elke dag van haar huwelijk had ze tegen haar man gelogen, uit liefde. En uit liefde koesterde hij geen achterdocht, uit liefde kon hij in de blauwe ogen van Andrés kijken en slechts zijn eigen spiegelbeeld zien. Dat geheim zou ze met zich meenemen in het graf en er met opgeheven hoofd voor naar de hel gaan.

En nu, nu ze nog even tijd had, moest ze aan Jack denken. Ze kon zich hem niet voorstellen zoals hij nu was of dat hij hier zou zijn, ze kon zich hem alleen maar herinneren toen, daar, bevroren in de tijd en de ruimte met zijn bos rode bloemen, fluisterend: 'Ik houd van je, Dolly.' Hij hád het gezegd. Zeker, een liefde die minder waard was dan die van Lorenzo, een liefde die ze jaren geleden van zich af had moeten schudden, maar een liefde die haar had gebrandmerkt, haar had veranderd, iets van haar had weggenomen en buiten haar bereik had gehouden; iets wat haar ergens heen wenkte waarheen ze niet kon volgen, behalve misschien door de dood. Misschien zou het op het allerlaatst terugkomen, misschien zou dat ontbrekende stukje van haar ergens wachten, misschien zou ze weer heel worden.

Ze zou alleen niet doodgaan. Ze kon beter blijven leven en het zelf vinden en weer terugpakken. Er moest nog meer zijn. Er móest meer zijn.

Er wás meer. Ze wachtten niet op de eis tot overgave, ze wachtten niet op de aanval. Salvo's weerklonken vanuit de wachttoren boven en werden onmiddellijk gevolgd door schoten overal uit het huis. Er was geen discipline, geen coördinatie, geen strategie, geen hoop.

De reactie was snel en woest. Dolores kon de vijand, die dekking had gezocht achter de bomen, niet zien; maar algauw hoorde ze hem en voelde hem, toen er een hevig geweervuur losbarstte tegen het huis. Er klonken angstkreten van de gevangenen en nog meer verspreide staccatoschoten van boven en beneden. Dolores sloot haar geest af voor de zinloosheid van dit alles en bleef maar schieten. Ze kon niets zien, maar verbeeldde zich dat ze een vijand neerschoot bij elke keer dat ze de trekker overhaalde.

En ze telde hardop terwijl ze vuurde. Vijfentwintig dood, zesentwintig dood, zevenentwintig...

Ze werd uit haar trance gehaald door een plotseling, oorverdovend geluid, luider dan al het andere bij elkaar, een bloedstollende schreeuw van Ignacia. Dolores draaide zich om teneinde te kijken, denkend dat ze geraakt was, maar ze boog zich over het in elkaar gezakte lichaam van haar jongste zoon.

Hij was al dood, door een kogel in de hals. Ignacia stortte zich op het lichaam en beukte met haar vuisten op de grond, onstuitbaar huilend en vloekend. Dolores knielde hulpeloos naast haar neer en probeerde haar te troosten, maar Ignacia schold haar uit en duwde haar ruw weg. Dolores ging terug naar het raam en begon weer te schieten. Ze kon niets doen en wilde niet nadenken over het dode kind, ze wilde zich niet indenken wat Ignacia moest voelen. Stel dat het Andrés was die daar lag...

Geleidelijkaan bedaarde het snikken van Ignacia. Ze krabbelde overeind, pakte haar geweer en rende de kamer uit. Dolores deed geen poging achter haar aan te gaan. Ze wilde Tomás; alleen Tomás kon haar troosten.

Lawaai, lawaai, lawaai. Lawaai stompte de hersens af en dat was een zegen. De dood zou vast zoiets zijn als een laatste, oorverdovende dreun, een laatste, lange kreet...

En toen hoorde ze een enorm, gezamenlijk geschreeuw van angst van de gevangenen boven. Een kreet die op die laatste, lange kreet van de dood leek. En toen het gebrul van een leeuwin. Ignacia...

Dolores rende met haar geweer in de hand naar boven, maar kwam te laat. De schoten volgden elkaar snel op voor ze de overloop bereikte en ze stormde de kamer van de gevangenen binnen net op het moment dat Ignacia haar zesde kogel in het hoofd van een baby schoot, waardoor de hersens in de schoot van zijn dode moeder spatten. Vrouwen en kinderen zaten weggedoken achter het meubilair. De ogen van Ignacia waren wild; ze was krankzinnig van verdriet en haat.

Dolores liep naar haar toe en raakte haar arm aan.

'Ignacia,' zei ze. 'Ga mee. Je bent beneden nodig. Tomás vraagt naar je. Kom gauw.'

Ignacia keek haar verdwaasd aan maar zweeg en begon toen

zachtjes te huilen, heel zielig, leunend op haar geweer, kennelijk uitgeraasd. Dolores pakte haar bij haar elleboog en probeerde haar mee te tronen naar de deur, maar ze was als verlamd en er was geen beweging in haar te krijgen.

'Tomás vraagt naar je,' herhaalde Dolores. 'Ga met me mee. Laten we samen naar Tomás gaan.'

Ignacia deed een stap naar achteren en trok haar arm los. Dolores hield haar adem in en dwong zichzelf heel stil te blijven staan, heel rustig te blijven en geen enkele angst te tonen. Maar toen klonk er weer een geschreeuw van angst, toen Ignacia abrupt uit haar trance raakte, haar hoofd met een ruk achterover zwaaide en haar wapen op Dolores richtte, waarbij ze de loop in een kringetje ronddraaide, telkens weer tevergeefs de trekker overhalend.

'Fascist!' siste ze. 'Vuile spion. Hoer!'

'Je moet je geweer opnieuw laden, Ignacia,' zei Dolores koel. 'En dan moet je met mij meekomen en je zoon wreken. De Moren hebben hem gedood, niet deze vrouwen en kinderen. We verliezen tijd.'

Ignacia deed nog een stap naar achteren en liet toen de kolf van het geweer op de grond glijden, de loop vasthoudend. Daarna trok ze een vreselijke grimas en hief het wapen hoog boven haar hoofd, als een knots.

'Fascistische hoer!' spuwde ze, terwijl ze haar wapen met de kracht van een bezetene liet neerkomen en als een gevelde boom naar voren viel toen Dolores haar doodschoot.

Het gejammer van de vrouwen en kinderen was vreselijk en de grond lag bezaaid met bloedende lichamen. Dolores voelde dat ze moest overgeven. Ze draaide zich om en vluchtte weg van het bloedbad; ze wilde alleen maar zo ver mogelijk weg zien te komen. Ze rende blind naar beneden en nog meer trappen af naar de grote keuken, die heet en vol lawaai was, als de hel zelf. Er hing een zware baklucht doordat vrouwen pannen met kokende olie naar de aanvallers smeten. Tomás zat gehurkt bij een raam, constant vurend.

Dolores probeerde haar stem terug te vinden. Zijn zoon, en nu zijn vrouw. Zijn vrouw, niet vermoord door de fascisten, maar

door de vrouw wier leven hij had gered... Nee. Ze zou het hem niet vertellen. Ze zou het hem niet hóeven vertellen...
Haar wil om te blijven leven was op; ze was klaar nu. Ze had willen doden en dat had ze gedaan. Ze had haar slachtoffer voor haar ogen zien sterven; ze had een aanvallende vijand kapotgemaakt en had gedaan wat ze had gezworen te zullen doen. En nu kon ze maar beter sterven.
Ze nam niet de moeite om tussen de schoten door dekking te zoeken. Ze legde haar hoofd op de vensterbank, zodat ze een gemakkelijk doelwit was. De tranen stroomden uit haar ogen en ze kon niets meer zien; ze wílde niets meer zien. Ze was al eens eerder neergeschoten. Dat was niet zo erg en deed geen pijn, in het begin niet. Dus doodgaan kon helemaal geen pijn doen. Het kon niet meer pijn doen dan leven.

Kapitein Sanpedro had gelijk gekregen. Er waren inderdaad verraders binnen het Alcázar, rode handlangers, die de ondoordringbaarheid van het Alcázar van binnen uit wilden aantasten. Een reus zou de aanvallen van dwergen kunnen afslaan, maar kon niets doen tegen een zich uitbreidende kanker. De tumor moest snel weggesneden worden voor het te laat was.
Er bestond geen enkele twijfel meer aan het verraad. Er ontbrak een vrouwelijke gijzelaar. Het was onmogelijk om te ontsnappen, dus moest ze naar buiten zijn gesmokkeld, maar God alleen wist hoe. Er was een speurtocht op touw gezet naar haar lichaam, om moord of zelfmoord uit te sluiten, maar zonder resultaat. Een muur van zwijgen omgaf de gebeurtenis. De roden lachten in hun vuistje en waren ongetwijfeld bezig de volgende ontsnapping voor te bereiden.
'De kolonel heeft alle gezag verloren,' verklaarde Sanpedro tegen zijn volgelingen. 'Hij stopt zijn hoofd in het zand. Hij ziet niet dat er drastische maatregelen moeten worden getroffen. En de Guardia Civil zal er munt uit slaan, geloof me. Binnenkort krijgen we orders van haar commandant in plaats van die van ons. Er móet iets gebeuren voor het te laat is.'
De kolonel, een ridderlijke, oude man, scheen de ontsnapping met een zekere gelijkmoedigheid op te vatten. De ontbrekende gijzelaar was maar een vrouw, een slachtoffer van de omstan-

digheden, de vrouw van een republikeinse afgevaardigde die in zijn plaats gevangen was genomen, omdat haar man in Madrid was. En ze was ziek. Medelijden was niet noodzakelijk verraad... Ja, zeker, er moest een onderzoek komen hoe ze ontsnapt was, maar het was ongetwijfeld een op zichzelf staand incident...

Sanpedro had zijn onderzoek keurig gehouden. Hij ondervroeg alle mannen die die nacht op wacht hadden gestaan en alle andere gijzelaars in het gedeelte van de stal waar de vrouw opgesloten was geweest. Zijn ondervragingen brachten evenwel niets aan het licht, behalve dat de waakzaamheid en de betrokkenheid door de langdurige belegering al aan het wegebben waren. Er sloop een zekere loomheid binnen en een of andere schok was hard nodig om de discipline en het moreel te herstellen. Hij begon in ieders ogen een smeulend verraad te zien en verdacht iedereen van sabotage.

Luitenant Montanis was precies het type om de ontsnapping van die vrouw te hebben beraamd, met zijn vreemde ideeën over goed en kwaad. Maar helaas bleek hij een alibi te hebben. Hij had de hele week met geheimzinnige buikklachten in de ziekenboeg gelegen en had naar verluidt zijn bed niet verlaten, alleen om zijn ontstoken ingewanden te ledigen. Hetgeen jammer was, want Sanpedro had met grote belangstelling vernomen dat hij iets te maken had met de anarchistische gijzelaar en zich had bemoeid met een zaak die hem niet aanging. De Guardia Civil had altijd routinematig wreedheden gepleegd en je moest die stomkoppen een lolletje gunnen. Montanis was een zwakke soldaat en eigenlijk was hij helemaal geen soldaat. Hij was slechts een instructeur, een omhooggevallen bureaucraat, die niet eens een uniform zou mogen dragen.

Nadat hij had gemeld dat zijn onderzoek niets had opgeleverd, vroeg hij toestemming voor zijn volgende zet, maar die werd geweigerd. De kolonel wilde er niet van horen en beschouwde de zaak als afgedaan. Sanpedro kreeg nul op het rekest en aarzelde niet tegen zijn makkers te vertellen ernstige verdenkingen tegen de kolonel zelf te zijn gaan koesteren.

Drie dagen later verdween er weer een gijzelaar, maar deze keer geen onschuldige vrouw. Deze keer was het een rode politicus, die nu wel met trotse verhalen bij zijn kameraden zou zitten.

'Hoeveel ontsnappingen staan er nog meer op stapel?' vroeg Sanpedro aan zijn volgelingen. 'De verrader móet worden opgespoord, en snel. Ze lachen zich waarschijnlijk al gek om ons...'

Generaal Franco zou woedend zijn, en terecht. Had hij hen niet aangespoord in zijn dagelijkse radio-uitzendingen om tot het laatste toe vol te houden, niet zwak te worden en niet te vergeten dat ze een symbool waren, een inspiratie voor de rest van Spanje? Zou hij niet ernstig teleurgesteld zijn als hij hoorde dat de kolonel niet opgewassen was geweest tegen de edele taak die hem was toevertrouwd en te zwak om de nodige stappen te ondernemen?

Na een volgend uitgebreid onderzoek werd het verzoek van Sanpedro ten slotte ingewilligd en er werd bevel gegeven dat alle verdedigers en gevangenen zich op de binnenplaats moesten verzamelen. Lorenzo, nog bleek en zwak na zijn buikloop, had opdracht gekregen uit bed te komen en erbij te zijn.

Sanpedro leek in zijn element, terwijl hij heen en weer paradeerde voor de treurige groep smerige, ondervoede gevangenen. Een aantal van hen had blauwe plekken of sneden in het gezicht of hinkte pijnlijk. Lorenzo voelde een golf van walging en bedacht zich toen dat de andere kant hun gijzelaars waarschijnlijk even wreed behandelde, waardoor hij zich nóg ellendiger voelde. Zijn eigen tussenkomst om Roberto te helpen had er waarschijnlijk voor gezorgd dat de jongen door zijn gedwarsboomde bewakers nog slechter was behandeld.

De groep sjofele gevangenen vormde een schril contrast met de keurig opgestelde groep soldaten en de Guardia Civil. Het sporadische schieten op de achtergrond was routine geworden en de mannen waren weggeroepen van hun posten om de bijeenkomst bij te wonen. Er heerste een bijna feestelijke stemming, want alles wat de vreselijke eentonigheid doorbrak, was prachtig. De kolonel zelf was afwezig. Dit was duidelijk de show van Sanpedro.

'Zoals u allemaal zult weten,' begon hij gewichtig, 'zijn er twee gijzelaars ontsnapt. Ik heb de taak gekregen een onderzoek in te stellen, hetgeen niets heeft opgeleverd.

Het is duidelijk dat niemand had kunnen ontsnappen zonder hulp van een verrader. Die verrader stapt nu naar voren en bekent zijn misdaad of er wordt in zijn plaats een gijzelaar geëxecuteerd. Morgen worden er twee gijzelaars geëxecuteerd, de volgende dag drie, enzovoort. Intussen gaan we verder met het opsporen van de schuldige, hoeveel levens er intussen ook worden geofferd. Geen enkele verrader zal aan de gerechtigheid mogen ontsnappen. Laat hem níet denken dat hij door laf zijn mond te houden zijn eigen ellendige leven kan kopen met dat van anderen. Vroeg of laat zal ook hij sterven, met deze doden op zijn geweten. En we hebben hier geen priester om hem vergiffenis te schenken. Ik wacht.'

Lorenzo was verbijsterd. Hoeveel 'verraders' zouden ze deze keer vinden? Drie weken tevoren waren meer dan twintig weifelaars doodgeschoten, tijdens de eerste dagen van het beleg; mensen die de moed hadden verloren en zich hadden willen overgeven, mensen die overhaast hadden gehandeld en spijt hadden gekregen, mensen die niet duidelijk hadden begrepen waarom het ging. De verwarring van die uren! Er was geen gemeenschappelijk doel geweest, geen tijd om te praten, alleen maar paniek, haast en verwarring.

Voor de overtuigde rechtsen had het geen verschil gemaakt; voor anderen had de verkeerde beslissing tot hun dood geleid. En toch hadden sommigen de zuivering overleefd door zich gedeisd te houden. Verraderlijke lafaards of stille helden, afhankelijk van je standpunt. Maar waarom was degene die schuldig was niet zelf gevlucht in plaats van een gijzelaar te laten gaan? Misschien was de verrader tóch een held! Misschien waren alle verraders helden op de verkeerde plaats.

Er heerste een volledige stilte, afgezien van het lawaai van granaten die tegen de muren van het fort ontploften. Niemand stapte naar voren.

'Nog één minuut,' zei Sanpedro. 'Over één minuut wordt de eerste gijzelaar doodgeschoten. Er komt geen vuurpeloton. Ik wijs een officier aan om de executie uit te voeren.'

Lorenzo's hart begon hevig te bonzen bij deze sinistere afwijking van de militaire etiquette, waarvan het doel maar al te pijnlijk duidelijk was. Hij werd bestormd door het hulpeloze gevoel dat hij op school altijd had, het vreselijke moment van holle zekerheid waarop hij wist dat hij zou worden uitgekozen om zijn onwetendheid voor de hele klas te demonstreren. Hij twijfelde er niet aan dat het zijn naam was die zou worden afgeroepen. Hij verbeeldde zich dat hij Sanpedro vanuit zijn ooghoeken naar hem kon zien kijken, spottend en genietend van zijn afgrijzen. Maar hij zou het moeten doen. Als hij weigerde, zou dat ongetwijfeld worden gezien als bewijs dat hij bij dat verborgen nest van verraders hoorde...

En toen, net toen de spanning ondraaglijk werd, viel er een grote last van zijn schouders. Met een draaierig gevoel hoorde hij Sanpedro blaffen: 'Goed. Luitenant Vasquez, jij voltrekt de executie. De gijzelaars die doodgeschoten worden, zijn op grond van hun politieke schuld al uitgezocht. Haal de gevangenen.'

Luitenant Vasquez stapte naar voren. Hij was heel bleek, zich ervan bewust verdacht te zijn omdat hij was uitgekozen. Zijn openlijke haat tegen de Volksfrontregering stoelde volledig op religieuze gronden – zijn zuster was non en zijn hele familie vroom katholiek. Maar hij was niet dol op de Falange en dat wist Sanpedro.

Terwijl hij zonder blikken of blozen naar voren kwam, alsof hij zijn onschuld wilde bewijzen, gaf Sanpedro bevel de gevangene uit de groep gijzelaars te halen, die apart stond aan de andere kant van het binnenplein en hulpeloos wachtend op hun lot.

Lorenzo begon weer vrijer adem te halen. Vandaag niet. Vandaag zou hij het niet hoeven te doen. Morgen misschien, als niemand bekende. Maar vandaag niet. Tot die dag was hij slechts toeschouwer, niet bij machte iets te doen, maar er zou geen bloed aan zijn handen kleven. En toch, om een man te doden die niet gewapend was en niet berecht of veroordeeld, dat was geen werk voor een vuurpeloton, laat staan voor een officier. Behalve wanneer de officier zelf degene was die terechtstond...

Een grote man met een baard werd naar voren getrokken. Lorenzo deed zijn ogen dicht en voelde zichzelf voorover hellen. Hij hoorde Sanpedro het bevel geven en zette zich schrap voor het schot, maar hij hoorde het niet.

Toen hij weer bij bewustzijn kwam, lag hij weer in de onderaardse schemering van de ziekenboeg, zijn jasje bevlekt met belastend braaksel. Maar hij had de hele week al overgegeven. Waarom zou die dag een uitzondering zijn?

De voorspellingen van Jack waren uitgekomen. Ongetrainde milities en het overschot van het republikeinse leger waren geen partij voor stoottroepen. Het Afrikaanse leger trok meedogenloos op, alles op zijn weg vernietigend. En de vooruitzichten voor de republiek waren somber. Clara wilde meer dan ooit naar huis.

'We moeten de publieke opinie achter de republiek zien te krijgen, de mensen laten inzien waar het om gaat, politici lobbyen, geld inzamelen... Jij zou kunnen helpen, Edmund. Je hoeft geen lid te worden van de partij om tegen het fascisme te vechten...'

Dus zat er niets anders op dan toe te geven; ze was rusteloos nu, niet langer gelukkig. Haar euforie van het begin was verdwenen en het vuur in haar ogen veranderde in een smeulende haat. Ondanks Jacks verhaal over eenheid, of misschien juist daardoor, ging ze voortdurend tekeer tegen de niet-communistische, linkse partijen; het gebrek aan eenheid was duidelijk allemaal hún schuld. Edmund kon alleen maar hopen dat ze haar goede humeur weer terug zou krijgen als ze zich weer onder vrienden bevond.

Ze moesten lang wachten bij de grens terwijl hun paspoorten nauwkeurig bekeken werden. De grenswachten waren op zoek naar fascisten met valse papieren, die probeerden het land uit te komen. Terwijl Edmund er onmiskenbaar uitzag als een bonafide toerist, had Clara Spaanse arbeiderskleren aangetrokken, die haar aan beide kanten van de grens niet goed van pas kwamen en onnodige achterdocht wekten. Maar Clara kennende, zou ze vol trots haar sandalen met touwzolen blijven dragen tot ze uit elkaar vielen en ze tot diep in een Engelse winter nog aantrekken naar partijbijeenkomsten.

Toch was het beter dan haar met een fles te delen en, zoals ze telkens weer zei, dit was iets wat ze samen zouden kunnen doen, als hij tenminste ophield de kat uit de boom te kijken. Clara gaf Jack graag de schuld van Edmunds onverbeterlijke wantrouwen. Jack waaide politiek gezien met alle winden mee en stak de draak met iedereen die een bepaalde overtuiging had. Edmund had een waardevol lid van de partij kunnen zijn, als Jack zijn hoofd niet had volgestopt met onzin...

Maar haar energie was weer helemaal teruggekeerd. Ze toonde geen tekenen van vermoeidheid op de reis naar huis en wachtte niet eens om uit te pakken. Ze ging meteen naar Bert Winterman om te horen welke plannen er al op stapel stonden en liet het aan Edmund over haar kat op te halen bij de buren, het grasveldje te maaien en de noodzakelijke grapjes over het tuinhek heen te maken. Er werden hem beleefde vragen gesteld over zijn vakantie en hij beantwoordde ze met de gebruikelijke beschrijvingen van het weer, het eten en het sanitair. Hij merkte dat hij geen enkel woord over de oorlog kon zeggen dat in een Engelse achtertuin niet absurd klonk. Het leek ook zó ver weg! Hoe kon je in vredesnaam samenvatten wat daar gebeurde zonder in oppervlakkige algemeenheden te vervallen? Meneer Fisher, de gepensioneerde groenteman die naast hen woonde, merkte luchtig op dat Spanje 'een raar oord was om met vakantie heen te gaan, met al die stomme buitenlanders die elkaar overhoop schieten', en Edmund was niet in staat ertegenin te gaan. Ja, het was een raar oord geweest om met vakantie heen te gaan en er waren inderdaad een heleboel buitenlanders die elkaar aan het overhoop schieten waren. En hij wist iets te moeten zeggen over de dreiging van het fascisme en dat het belangrijk was ertegen te strijden, maar het leek zo onecht, het leek erop dat hij zijn geweten zou willen sussen met zelfingenomen gebabbel. Het was zo gemakkelijk om te praten.

Maar wat kon hij anders doen dan praten? En hoe kon hij met enige overtuiging praten? Aan wiens kant moest hij staan? Van de communisten, als hij niet in het communisme geloofde? Van de anarchisten, als hij ook niet in anarchisme geloofde? De socialisten, veronderstelde hij, al was het alleen maar omdat het geen communisten of anarchisten waren, hoewel het onduidelijk bleef wat ze wél waren. Je kon niet gewoon antifascist zijn in Spanje, je moest anti andere antifascisten zijn en op twee fronten tegelijk vechten. Nee, het was pure huichelarij om iets te zeggen. Hoe dan ook, hij was pacifist, zoals alle linkse intellectuelen –

wat háátte hij die benaming – officieel pacifist waren. Alleen steunde hij die niet.

Nadat hij zich van zijn huishoudelijke taken had gekweten, ging Edmund bij zijn moeder op bezoek, want hij had trek in thee met lekkere dingen. Hij had haar een telegram gestuurd dat hij thuis zou komen en hopelijk had ze haar normale coterie voor die dag afgezegd.

Hij trof haar, gekleed in het zwart aan. Maar ze glimlachte blij, omhelsde hem en zag er niet erg verdrietig uit. Edmund vroeg zich af wie van zijn bejaarde familieleden was overleden.

Ze vertelde het hem tijdens de thee, met een zucht de brief van Dolly te voorschijn halend. De brief was bijna drie weken tevoren geschreven.

Beste tante Margaret,
Vergeef me dat ik al die jaren niets van me heb laten horen. Zoals u al geraden zult hebben, is het slecht nieuws dat ik u moet melden. Mijn moeder is vandaag gestorven, na een ziekte van een aantal weken, hoewel het al een paar jaar niet zo goed met haar ging, zoals u weet.

De post hier werkt niet erg goed vanwege stakingen, maar ik stuur deze brief meteen weg, zodat hij u met zo min mogelijk vertraging bereikt. Na de begrafenis morgen ga ik meteen terug naar Toledo, dus als u wilt terugschrijven, doet u dat dan alstublieft via mijn man, luitenant Montanis, op de Militaire Academie. Ik hoop dat het goed gaat met Edmund en Flora. Ik wil nogmaals zeggen hoezeer het me spijt dat ik u al die jaren geleden in zo'n vreselijk moeilijke positie heb gebracht. Ik was écht van plan contact te houden, maar de eerste paar weken thuis waren erg moeilijk voor me en daarna was ik heel ziek door mijn zwangerschap. Hoe dan ook, ik bied u nogmaals mijn verontschuldigingen aan omdat ik misbruik heb gemaakt van uw gastvrijheid en zo'n ondankbare indruk heb gemaakt. Ik ben bang dat ik toen nogal wild en koppig was. Dat is niet meer zo, kan ik u verzekeren.

Veel liefs,

Uw nichtje Dolores

Edmund keek bezorgd en zijn moeder gaf hem een klopje op zijn arm.

'Maak je niet van streek, lieverd. Je hebt haar nooit gekend. We waren niet eens erg vertrouwelijk met elkaar. Arme Pamela. Zo'n rampzalig huwelijk. En daarna beroofd van al haar kinderen, net wanneer een moeder ze het meest nodig heeft. Wat ben ik blij met jou, Flora en papa. Vroeger was ik jaloers op haar omdat ze zo rijk was, weet je. Hoe dwaas lijkt dat nu. Edmund... wat is er?'

'Ik wist niet dat Dolly in Toledo was,' zei Edmund ongerust. Toen hij het niet-begrijpende gezicht van zijn moeder zag, legde hij zo eenvoudig mogelijk uit wat daar aan de hand was.

'Er is waarschijnlijk een kleine kans dat haar man meedoet aan de opstand, en in dat geval is ze waarschijnlijk bij hem, opgesloten in de Militaire Academie. Jack had het erover toen we elkaar zagen. Er bevindt zich daar een aantal vrouwen en kinderen, gezinnen van de opstandige officieren. Sinds de moeilijkheden begonnen, zijn ze al belegerd door de republikeinse militie en tot nu toe hebben ze geweigerd zich over te geven.'

'Maar... de mensen daarbinnen. Dat zijn toch fascisten? Dolly's man zou toch geen fascist zijn? Zij was altijd zo fel links, het arme kind.'

'Ik denk niet dat het zo eenvoudig is als men ons wil laten geloven,' zei Edmund. 'En eerlijk gezegd kan het me niet schelen wat ze is. Ze had waarschijnlijk tóch geen keus. Ik wil alleen niet dat haar iets overkomt, dat is alles. Ik zal meteen aan Jack schrijven. Misschien kan hij erachter komen wat er van haar is geworden.'

'O, Edmund! Weet je, het is nooit bij me opgekomen dat Dólly gevaar zou kunnen lopen. Toen ik eenmaal wist dat jij en Clara veilig waren, heb ik me geen zorgen meer gemaakt. De politiek is zo saai en je weet dat ik nooit kranten lees...'

Haar ongekunsteldheid was verfrissend.

'Ik denk niet dat je er veel wijzer van zou worden,' zei Edmund.

'Ik hoop dat alles goed met haar is. Wat een vreselijke toestand! Je vader zegt dat de communisten een plan hadden beraamd om de regering over te nemen en dat het leger in landen zoals Spanje dit soort dingen altijd oplost. Wat denkt Jack?'

'Ik weet nooit zeker wat Jack wérkelijk denkt. Je weet dat hij graag de advocaat van de duivel uithangt.'

'Zo'n merkwaardige jongen,' zuchtte mevrouw Townsend, terwijl ze haar zoon nog een plakje cake presenteerde. 'Ik had zó met hem te doen, die kerst. Hij voelde zich zo vreselijk slecht op zijn gemak. Weet je, ik geloof dat hij erg verliefd was op die arme Dolly.'

'Ja,' zei Edmund, 'ik denk het wel.'

9

Dolores werd verkrampt en stijf wakker. Het was geen slaap geweest, meer een trance van angst, een of andere primitieve toestand waarin je je nergens meer van bewust was, teneinde de kracht en het gezonde verstand die ze nog over had te bewaren.

Ze leefde dus nog.

Ze had gedacht klaar te zijn om te sterven en de dood als een bevrijding beschouwd. Maar ze had haar kans gemist en zich als een lafaard aan het leven vastgeklampt. Haar moed had haar in de steek gelaten. Maar het was helemaal geen moed geweest, slechts een laf doodsverlangen dat doorging voor moed, de zogenaamde moed van iemand die zelfmoord pleegde.

Ze had gehurkt op haar post gezeten om haar geweer opnieuw te laden toen de eerste vijandelijke granaat door de keukenmuur barstte, hen bedelvend onder stof en puin. Met haar armen over haar hoofd had ze in een hoek dekking gezocht. Ze had niet gezien dat de pannen met kokende olie omvielen en in brand vlogen en was zich slechts bewust geweest van het geloei, toen de intense hitte en daarna het geschreeuw en de lucht van verbrand vlees, terwijl het vertrek een meer van brandende olie werd, met lichamen die als spoken in de vlammen dansten. De munitie ontplofte alsof het vuurwerk was en de grote houten tafel leek een eiland van gloeiende houtskool boven de likkende golven. De vlammen en het puin versperden de enige uitgang, alleen niet die naar de kelder. Dolores had geen andere gedachte dan in dat gapende, donkere gat te springen en viel bijna de trap af door het gewicht van de lichamen die achter haar aan kwamen.

Een van hen was Tomás, die wild en verdwaasd om zich heen keek. Zijn linkermouw was helemaal weggebrand en zijn arm bloedde. Toen haar ogen aan het donker wenden, zag ze nog twee mensen in elkaar gedoken in het donker zitten, een oude man en een jongen, die jammerde van de pijn. Ze rende de trap weer op om te kijken of er verder nog iemand kwam, maar de lucht was zwart en toen er weer een harde explosie klonk, deed ze de deur dicht tegen de vlammen.

Het was allemaal voorbij en nog maar een kwestie van tijd voor de Moren het huis zouden binnenvallen en doorzoeken. Het zou niet lang meer duren voor ze ontdekt werden en toch was het instinct om zich te verbergen allesoverheersend. Dolores zocht op de tast haar weg naar de vleeskelder, maakte de deur open en duwde de twee anderen naar binnen, waar ze ineengedoken gingen zitten onder de heen en weer zwaaiende karkassen, die op gruwelijke wijze aan dood en slachting herinnerden.

'Snel, Tomás,' drong Dolores aan. 'Ga naar binnen. Het is onze enige hoop. Alsjeblieft, Tomás.'

Tomás schudde heftig het hoofd, alsof hij zich wakker wilde schudden uit de slaap en begon naar de trap te strompelen.

'Nee,' zei hij. 'Ik moet Ignacia en mijn jongens zoeken.'

Dolores probeerde hem vast te pakken en drukte haar vingers per ongeluk in het rauwe vlees van zijn arm, waardoor hij het uitschreeuwde van de pijn.

'Tomás... Ignacia is dood en Federico ook. Ik heb het zien gebeuren. En Marco was in de keuken. Hij kan het niet overleefd hebben. Leef om hen te wreken, Tomás. Leef om hen te wreken. Tomás, ga alsjeblieft niet. Ik ben zo bang! Ik heb je nodig. Laat me alsjeblieft niet alleen, Tomás!'

Hij aarzelde en ze klemde haar kaken op elkaar en duwde haar nagels hard in zijn bloedende arm, om te proberen hem van zijn vastberadenheid te beroven. Bevend zakte hij op zijn knieën en liet zich door haar meetrekken naar de voorraadkamer.

Dolores deed de deur dicht en ze wachtten in het stikdonker, terwijl de explosies boven hun hoofd hun oren teisterden. Ze zaten tussen hele zijden varkensvlees en rundvlees in elkaar gedoken en tussen rottende stukken wild, die haar vader altijd liet hangen tot de ingewanden groen waren geworden en er vanzelf uitvielen. Binnenkort zouden ze allen dood vlees zijn, dacht Dolores, terwijl het bloed van de arm van Tomás door haar mouw siepelde en ze het bevende lichaam van de jongen tegen zich aan voelde. Toen maakte de oude man een gorgelend geluid, werd de lucht vervuld van de stank van uitwerpselen en zakte zijn lichaam naar één kant.

Dolores drukte haar hoofd tegen de schouder van Tomás. Ze was niet in staat om te huilen, want ze voelde geen medelijden, alleen maar jaloezie omdat hij zo genadig was ontsnapt. O, had ze maar een hart dat oud en zwak was in plaats van een dat pijn deed tegen haar ribben met zijn wilde, energieke gebons.

Maar Tomás was nog steeds niet bij zijn positieven, verstard door shock, verdriet en schaamte. Dezelfde shock, verdriet en schaamte die zij zou hebben gevoeld als Lorenzo en Andrés boven lagen te smeulen, terwijl zij zich beneden veilig had verstopt. Alleen was ze niet veilig, want vroeg of laat zouden ze worden ontdekt. Datgene wat ze meer had gevreesd dan de dood, wat ze had gedacht te kunnen vermijden, zou tóch gebeuren. Ze zou worden vastgebonden aan een boom en herhaaldelijk worden verkracht en haar borsten zouden als hammen van haar lichaam worden gesneden... Die afgrijselijke verhalen waren al zó vaak verteld dat ze even werkelijk waren geworden als de kwellingen van het vagevuur. En ze was al begonnen de automatische smeekbeden te bedenken voor ze die hoorde uitspreken, voor ze het zachte, angstige gefluister van de jongen hoorde en de stem van Tomás toonloos hoorde meedoen, voor ze zelf haar stem hervond. 'Heilige Maria, moeder van God, bid voor ons zondaars, nu en in het uur van onze dood, amen. Nu en in het uur van onze dood, amen. Nu, in het uur van onze dood. Het uur van onze dood. Dood. Dood...'

Hoe lang zaten ze daar al? Het was nu stil. Door het duister, de kou en het stilzitten was ze ten slotte in een soort half bewusteloze verdoving geraakt, een instinctmatige, winterslaapachtige imitatie van de dood. Dolores had er geen idee van hoeveel tijd er was verstreken, ze wist alleen dat ze verkrampt en stijf was en nog leefde.

'Sssst,' siste Tomás in haar oor. 'Hou je heel stil.'

Er klonk een geluid boven hen terwijl de kelderdeur werd opengegooid, onder het gemompel van ruwe stemmen. Ze voelde haar keel samenknijpen van angst en kon geen adem meer krijgen.

Er klonken zware voetstappen op de trap, gevolgd door het knarsen van laarzen op de stenen vloer. Er flikkerde een bewegend patroon van licht door het ventilatierooster boven hun hoofd en toen een straal van een zaklantaren, die het duister verkende. Daarna nog meer onverstaanbaar gepraat en het gewone geluid van een doorzoeking, een vat dat werd omgetrapt, een zak die werd opengescheurd en gedroogde bonen die als hagelstenen op de grond kletterden. En terwijl de dood steeds dichterbij sloop, hield de arm van Tomás haar steeds steviger vast. Hij drukte haar tegen zich aan, drukte de jonge knul tegen zich aan en hield een hand op de mond van beiden, om elke angstkreet te kunnen smoren. Dolores klemde haar tanden op elkaar om ze niet te laten klapperen en hoopte nu alleen nog maar dat het snel voorbij zou zijn. Ze was er zeker van dat ze ontdekt zouden worden en wilde alleen nog maar dat er een eind aan het wachten zou komen.

Maar de voetstappen verwijderden zich en plotseling was het weer stil. Haar ingehouden adem kwam hijgend weer op gang en ze merkte dat haar blaas pijn deed omdat ze moest plassen. Ze werd misselijk van de lucht van de dode oude man en kreeg vreselijk dorst, naarmate de verdovende kracht van de angst plaatsmaakte voor het smerige lijden van het overleven.

Tomás haalde zijn hand van haar mond vandaan. Een zwak, wit licht scheen door het rooster, een constant, natuurlijk licht. Tomás ging op zijn tenen staan en keek door de opening.

'Ze hebben de deur opengelaten,' zei hij. 'Blijf hier terwijl ik ga kijken.'

De scharnieren piepten toen hij naar buiten stapte en Dolores weer in haar gevangenis opsloot. Het leek of hij een hele tijd wegbleef. Dolores probeerde de jongen op te wekken, maar hij reageerde niet. Dolores voelde aan zijn huid of hij dood was, maar die was warm, heel erg warm zelfs, en ze voelde zijn vochtige, onregelmatige ademhaling tegen haar hand.

Ten slotte kon ze het wachten niet langer verdragen, stak haar hand uit om de deur open te doen en schrok zich wild toen hij vanzelf openging. Het was Tomás, die haar gebaarde stil te zijn.

'We moeten hier tot donker blijven,' fluisterde hij, terwijl hij zichzelf weer opsloot. 'De keuken is open, want één muur is volledig verdwenen. Als we tot het donker wachten, kunnen we proberen weg te komen. Ze zullen bij hun opmars in elk geval een deel van de omheining kapotgemaakt hebben. Als we onder bescherming van het duister de akkers kunnen bereiken, kunnen we naar de rivier gaan en proberen achter de linies te komen. De troepen zullen vast en zeker die mooie paarden van je vader hebben meegenomen. Kun je lopen?'

Dolores knikte.

'Ik weet niet hoe het met die jongen is. Ik kan hem niet wakker krijgen.'

Tomás streek een lucifer af. De benen van de jongen waren rauw, vanaf zijn enkels tot zijn dijbenen.

'Hij gaat dood,' zei Tomás kort. 'Laten we hopen dat hij tegen donker dood is. Dat is het beste voor hem. Hij kan beter hier sterven dan in handen van de Moren. Ik ben blij dat je gezien hebt dat Ignacia dood was, Dolores. Ze was vreselijk bang voor de Moren. Heb je haar écht dood gezien?'

'Echt waar,' zei Dolores, haar geheim inslikkend, waarbij ze voelde dat het als een graat in haar keel bleef steken. 'Ik heb gezien dat ze stierf door een kogel in haar borst. Het ging heel snel.'

'Ik ben blij,' zei Tomás.

'En Federico ook. In zijn hals.'

'Ik zou zelf ook dood willen zijn, alleen ben jij nog in leven. Zolang jij leeft, zal ik je beschermen. Ik zou daarstraks je nek hebben gebroken voor ze je te pakken hadden kunnen nemen.'

'Dank je, Tomás.'

'Je zou geen pijn hebben gehad. Voor mijzelf had ik mijn mes, maar het is moeilijk om door messteken snel te sterven. Er zit veel bloed in me.'

Dolores hoorde de snik in zijn stem en trok zijn hoofd in haar armen, terwijl zijn lichaam schokte van stil verdriet. En zij probeerde ook te huilen, om iets van haar pijn kwijt te raken, maar dat lukte niet. Het was alsof haar tranen allemaal waren geteld en ze die moest bewaren voor groter verdriet.

Jack rekte zich achter in de open Bugatti lui uit, het voormalige eigendom van iemand van adel, die hem haastig aan het volk van Toledo had geschonken voor hij naar koelere streken vertrok. Die dag was hij gebruikt om een bezoekend Labour-parlementslid naar een heuveltop te brengen, vanwaar men een prachtig uitzicht had op de belangrijkste toeristenattractie van de stad. De belegering van het Alcázar was een doel geworden voor dagtochtjes vanuit Madrid en voor bezoekers uit het buitenland, die allemaal graag vanaf een veilige afstand een schot – in het wilde weg weliswaar – op de vijand wilden lossen.

Harry Martindale had Jack een telegram gestuurd dat hij Bill Arnold moest interviewen over zijn houding tegenover het Labour-beleid van non-interventie en Jack kon niet anders dan bewondering hebben voor de man, een ontzettende nepfiguur, omdat hij iedereen een slag voor was. Hij kon nu teruggaan naar huis en zeggen te hebben deelgenomen aan de belegering – nee, zelfs had meegevóchten – want hij had persoonlijk een aantal keren op de fascisten geschoten. Ja, hij had zich beslist uitgesloofd voor Spanje, om maar te zwijgen over zijn eigen ego. En hij zou de foto's hebben om het te bewijzen.

'Houden zo!' blafte de fotograaf, terwijl hij afdrukte. 'Prima. Zullen we er nu een van de dame maken?'

De dame ging pruilend klaarstaan, naar adem happend onder het gewicht van het geweer, dat ze door haar man in de juiste positie liet brengen.

'Niet schieten, liefje. Het slaat terug.'

Ze richtte charmant, terwijl de fotograaf dat ook deed.

'Perfect,' zei hij enthousiast. 'Nu een van u beiden samen, met het Alcázar op de achtergrond. Prachtig, prachtig...'

Het beleg begon al snel een fiasco te worden. Kolonel Lister, een Spanjaard die in Moskou was opgeleid, had zijn pasgevormde communistische Vijfde Regiment willen inzetten door het Alcázar stormenderhand in te nemen. Maar het Alcázar was de zaak van de anarchisten en de regering had zijn aanbod dus afgeslagen, bang om nog meer moorddadige strijd te ontketenen, waarna Lister zich vol walging had teruggetrokken.

De anarchisten voerden de operatie uit met hun gebruikelijk gebrek aan organisatie. Groepjes militieleden lachten en maakten grappen achter oude matrassen die als barricades dienstdeden. Ze flirtten met hun vriendinnen en genoten van de aandacht van de toeschouwers. Het was natuurlijk een beter baantje dan je bij het gehavende republikeinse leger te voegen, dat moest proberen de meedogenloze opmars van de fascisten te stuiten. Maar je zou een anarchist nooit zover krijgen dat hij in dienst ging, een uniform aantrok, bevelen zou gehoorzamen of een officier zou groeten. Van alle linkse partijen bewonderde Jack de anarchisten het meest, maar in hen had hij ook het minste vertrouwen. Zagen ze niet in dat ze de communisten precies in de kaart speelden?

'Schiet jij ook een keer, Jack,' zei het parlementslid joviaal, terwijl hij Jack het geweer gaf.

'Nee, bedankt,' zei Jack. 'Voor u de rest van uw partij tot uw standpunt hebt overgehaald, wil ik liever geen munitie van de republiek verspillen. Trouwens, ik kan niet goed schieten en zou waarschijnlijk missen.'

'Ze zouden er een half dozijn bommen op moeten gooien en in de lucht blazen. Waarom dóen ze dat niet? Ze hebben de vliegtuigen. Wat wil die Fransoos?'

'Ik denk dat monsieur Malraux het nogal druk heeft met zijn strijd tegen het Afrikaanse leger. Een iets gevaarlijker beest dan die arme stumpers in het Alcázar, die niet zo veel mensen doodschieten, behalve zo langzaamaan elkaar, denk ik. En vergeet niet dat zich dáár veel vrouwen en kinderen bevinden. Dat is nauwelijks de moeite waard om je bommen aan te verspillen. Het is slechts een symbool, meer niet. Het is al die drukte niet waard. Als u wilt weten wat de oorlog wérkelijk inhoudt, stel ik voor dat we een ritje naar het front maken. Een beetje gevaarlijker dan dit natuurlijk, maar een veel beter verhaal voor de mensen thuis. Ik zal het graag voor u regelen.'

'Eh... bedankt, Jack, jongen, maar de plicht roept. Ik moet aan het eind van de week weer terug zijn. Deze foto's zullen de mensen een indruk geven van wat er aan de hand is. Het leven achter de barricaden, het volksleger tegen een fascistisch bolwerk, opgehouden door gebrek aan materieel en wapens.'

'Jammer,' zei Jack peinzend. 'Ik had het allemaal kunnen regelen. Oordoppen, een helm, het hele spul. U zou prachtige foto's kunnen maken.' Jack glimlachte traag naar de dame van het parlementslid. Ze raakte de rand van haar hoed aan en gaf hem onder dekking van haar hand een knipoog.

'Nou, dan gaan we maar terug naar het hotel,' zuchtte Jack. 'Ik moet mijn kopij schrijven voor ik morgen vertrek. Jammer dat u niet met me meegaat. Een andere keer misschien.'

'Het moet heel gevaarlijk zijn,' kirde de dame. 'Oorlogscorrespondenten moeten vreselijk dapper zijn. Maakt uw vrouw zich niet ongerust over u?'

'Ik ben niet getrouwd,' glimlachte Jack. 'Als ik dat wél zou zijn, zou ik thuis wel wat beters te doen hebben.'

'Eh... weet u toevallig een goede kápper? Die waar ik gisteren ben geweest, heeft er zo'n troep van gemaakt dat ik niet eens mijn hoed durf af te zetten. Willie, ik moet het écht laten doen voor het eten vanavond.'

'Ik heb er toevallig vlak bij mijn hotel een gezien, als u daar iets aan heeft,' zei Jack behulpzaam, de stille wenk begrijpend. 'Ik kan het u laten zien, als de chauffeur ons afzet.'

'Wat aardig van u. Willie, zou je het erg vinden? Ik zie er zo vreselijk uit zo.'

'Hè? O, goed, liefje. Bedankt, Jack. Eh... je laat me toch wel zien wat je hebt geschreven, hè?'

'O, natuurlijk. Ik zal het vanavond meebrengen. De censuur gaat er natuurlijk nog in zitten krassen, om over Harry maar te zwijgen, dus kan ik het eindresultaat niet garanderen. U weet hoe dat gaat. Maar we moesten nu maar eens gaan, als het haar van mevrouw vóór het eten klaar moet zijn.'

De auto zette hen af op de aangegeven plaats en Arnold reed verder. De dame begon hem nogmaals te bedanken.

'Graag gedaan,' zei Jack, volledig begrijpend waarom ze zo nerveus was. 'Zeg eens, hoe lang duurt het om je haar te laten doen?'

'O... minstens een uur. Waarschijnlijk twee, of zelfs langer. Je weet hoe langzaam ze hier zijn.'

'Tegen die tijd heb ik waarschijnlijk een borrel nodig,' zei Jack, op zijn hotel wijzend. 'Misschien kunnen we samen wat drinken, als je klaar bent. Kamer 23.'

'Kamer 23,' zei de dame.

Terwijl hij wachtte, legde Jack de laatste hand aan zijn artikel.

Vandaag heb ik met Bill Arnold gepraat, Labour-parlementslid voor Ilkley North, terwijl hij achter de barricade grappen stond te maken met de leden van de militie. Bill legde een aantal uren het geweer aan de schouder en verzekerde de Spaanse arbeiders van de groeiende steun in Engeland voor hun aanval op dit fascistische fort.
Maar mr. Arnold zou de eerste zijn die mijn mening zou bevestigen dat de belegering in een impasse is geraakt. Het Alcázar is weinig meer dan een symbool geworden, terwijl de werkelijke strijd wordt gestreden in de verwoeste dorpen rondom Badajoz, het laatst overgebleven republikeinse bolwerk, dat het door de vijand bezette gebied in noord en zuid verdeelt.
Terwijl het vermaarde Vijfde Regiment van kolonel Lister zijn mannen oefent, uitrust volgens moderne gevechtsnormen en hen drilt in communistische ideologie, vechten andere republikeinse bataljons voor hun leven met ouderwets en slecht werkend materieel en met slechts een uiterst elementaire training.
Kolonel Lister heeft gelijk, want hij heeft machtige vrienden in het buitenland, die persoonlijk belang hebben bij zijn succes. Intussen worden minder bevoorrechte milities bij gebrek aan wapens door de fascisten afgeslacht.
Ik moest mr. Arnold er persoonlijk van afhouden om het front te bezoeken, in het belang van zijn kiezers thuis, maar hij verzekerde me dat hij er nu meer dan ooit van overtuigd is dat een blijvende non-interventie niet alleen zal bijdragen tot een fascistische overwinning, maar zal zorgen dat de republikeinse strijdkrachten steeds meer overheerst zullen worden door de communisten, de enige partij met de steun en de wapens om te kunnen slagen en een partij die zijn roem niet wenst te delen met de socialisten en anarchisten die ze niet als kameraden beschouwen, maar als dodelijke rivalen...

Jack verzegelde de envelop die Martindale anoniem zou bereiken via de onopvallende bagage van een aardige landgenoot. Hij schreef snel een aangepaste versie om tijdens het eten aan

Arnold te laten zien en schonk zichzelf een glas whisky in. Die was niet geweldig, maar kon ermee door. Wat een geluk dat er ongelukkig getrouwde vrouwen waren! Ze was ervaren genoeg in haar hobby om te zorgen dat haar kapsel op een overtuigende manier opnieuw was gedaan en alles in minder dan een half uur. Toen hij haar speelse klopje op de deur hoorde, dronk Jack zijn glas leeg, liet haar binnen en begon zonder omwegen zijn overhemd los te knopen. Hij liet altijd vrouwen zichzelf uitkleden en na een korte aarzeling deed ze dat dan ook, met een groteske hoeveelheid koketterie, alsof ze trots was op haar hangende borsten, haar striae en de sinaasappelhuid op haar dijbenen. Maar ze was redelijk slank en zag eruit alsof ze niet veel woog.

Jack tilde haar op, duwde haar tegen de muur en stootte meteen toe, waardoor ze naar adem hapte, hoewel ze meer dan klaar voor hem was nadat ze de afgelopen drie kwartier geestelijk aan het masturberen was geweest. Ze sloeg haar benen om hem heen en begon met het onvermijdelijke gekreun en gesteun en smerige taal. Vervolgens beet ze heel hard in zijn oor, het kreng.

Het viel niet mee. Hij had genoeg van haar tegen de tijd dat ze haar laatste hese kreet slaakte en haar nek kromde, waardoor hij haar vullingen zag en haar nagels over zijn rug haalde. Hij kwam snel klaar en liet haar toen prompt zakken. Pas toen glimlachte hij tegen haar, een geoefende glimlach, die haar dwaze herinnering de fantasieën zou verschaffen waarnaar ze verlangde. Niet voor het eerst bedacht hij dat er veel te zeggen viel voor Clara, die wist wanneer ze een toneelstukje opvoerde, maar zichzelf nooit één moment voor de gek had gehouden.

Jack had de waarde van het naspel geleerd. Het compenseerde de hekel die hij had aan het voorspel en de onpersoonlijke manier waarop hij de daad zelf bedreef, het was het geheim van zijn volkomen ongerechtvaardigde reputatie van goede minnaar. En hij hoefde er geen moeite voor te doen. Dus schonk hij voor haar een whisky in en liet haar praten. Ze vonden het allemaal heerlijk om te praten. Seks leidde tot gebabbel en werkelijke hartstocht tot een gelukzalig stilzwijgen. Hij herinnerde zich nog steeds dat volmaakte stilzwijgen, de verrukkelijke bevrijding van de noodzaak om te praten, waarbij alles wás gezegd en onuitgesproken bleef en niets werd verstoord door nutteloze woorden.

Nadat ze weg was, nam hij een bad, verkleedde zich voor het diner en herlas de brief die Edmund naar Madrid had gestuurd.

... dus is Dolly kennelijk in Toledo terechtgekomen. Ze heet nu Montanis, haar man is luitenant en geeft les op de Academie, die ze als adres heeft opgegeven. Als je erachter kunt komen wat er van haar is geworden, maak ik me misschien niet meer ongerust, of juist wél, maar in elk geval heb ik dán zekerheid. Alles wat ik in Barcelona heb gezien, leek zo onwerkelijk, alsof je naar een film keek, maar Dolly is echt en ze maakt de oorlog ook echt...

Er was niet veel detectivewerk voor nodig geweest om erachter te komen dat luitenant Montanis inderdaad aan de opstand had deelgenomen, hoewel de militaire autoriteiten niet behulpzaam waren wat betreft de verblijfplaats van zijn vrouw. Er moest worden verondersteld dat ze bij hem was in het Alcázar. Jack had bij die suggestie een steek van angst gevoeld. Er moest worden verondersteld dat het zo was, want ze zou gek zijn als ze in de stad bleef en gevaar liep te worden gearresteerd of doodgeschoten. Waarom zouden zoveel van de verdedigers anders hun gezin hebben meegenomen? Maar een aantal van de vrouwen en kinderen was ongetwijfeld elders ondergedoken, bij toeval of met opzet, of werd nauwkeurig in de gaten gehouden. En Jack ging liever niet uit van veronderstellingen.

Die avond moest hij dineren met Arnold en met de minister, die als zijn gastheer optrad – een lid van het oorlogskabinet met speciale verantwoordelijkheid voor public relations. Jack zag die ontmoeting als de ideale gelegenheid om aan wat touwtjes te trekken, om niet te zeggen enige chantage te plegen. De republiek was bezig de propagandaoorlog te verliezen en had alle goede publiciteit nodig die ze kon krijgen.

Dolores was half Engels en ze zou kunnen doorgaan voor een van Arnolds kiezers, over wie de familie zich ongerust maakte. Zij kon er nauwelijks iets aan doen dat haar man had meegedaan aan de opstand, daar kon een belangstellend Labour-parlementslid best iets aan doen, of een menslievende Spaanse socialist...

In het begin had Arnold een beetje moeilijk gedaan. Hij wilde eigenlijk liever niets te maken hebben met een familielid van een vrouw van een fascist – dat was slecht voor je imago – tot hij besefte dat het Jack ernst was en niet zou aarzelen het hem lastig te maken als hij dwarslag. Verdomde journalisten! Dus begon hij er na het eten toch maar over, waarbij hij de leugen redelijk overtuigend bracht. Uiteindelijk was de man politicus.

De minister deed zijn uiterste best de geruchten te ontkennen die Jack had gehoord over republikeinse wreedheden. Hij gaf toe dat het waar was dat bepaalde extremisten zich in naam van de revolutie schandelijk hadden gedragen, maar die groeperingen had men nu stevig onder controle.

'Er wordt door fascistische sympathisanten allerlei laster verspreid,' zei hij. 'Vooral in het buitenland. Laat u zich niets wijsmaken door rechtse propaganda, meneer Austin.'

'Volgens de rechtse propaganda hebben de verdedigers hun gezinnen meegenomen voor hun eigen veiligheid. Volgens de rechtse propaganda zijn de gezinnen die in Toledo zijn achtergebleven lastiggevallen, gearresteerd, gevangengenomen, gedood...'

'Waanzin. Volslagen waanzin!'

'Natuurlijk. Maar u weet hoe goedgelovig het publiek is. Op het moment ben ik bang dat de rechtse pers volledig haar gang gaat. Ik zou die fascistische leugens graag aan de kaak stellen. Als ik bijvoorbeeld Señora Montanis zou kunnen interviewen en mijn lezers zou kunnen vertellen dat ze veilig is in Toledo en niet bang hoeft te zijn, zou dat mooi bewijzen dat ik gelijk heb, nietwaar? Ik vond het nogal verdacht dat niemand bereid is me te vertellen waar ze woont. De familie schreef altijd via de Academie naar haar, ziet u. Als hetgeen u zegt waar is, vind ik haar hopelijk veilig thuis.'

'Haar interviewen? Het spijt me, maar het is bijna zeker dat ze bij haar echtgenoot zal zijn. Niet uit eigen verkiezing, begrijpt u. Veel vrouwen en kinderen zijn tegen hun wil ingesloten in het Alcázar.'

'Tegen hun wil? Hoe kunt ú dat weten?'

De minister zweeg even voor hij antwoord gaf.
'Militaire informatie,' zei hij kort.
'Vanuit het Alcázar?'
'We hebben natuurlijk spionnen achter de fascistische linies en het Alcázar is geen uitzondering. We hebben de Falange lang geleden geïnfiltreerd, in het belang van de nationale veiligheid, en we hebben gehoord dat zowel de gezinnen als velen van de verdedigers zelf zich graag zouden willen overgeven, maar bang zijn om dat te zeggen, uit angst onmiddellijk te worden geëxecuteerd. Een militante minderheid van fanatici is bereid om honderden levens, waaronder die van hun eigen vrouwen en kinderen, op te offeren aan een verloren zaak. Men kan alleen maar medelijden hebben met het lot van zulke onschuldige slachtoffers.'

'Wat interessant!' zei Jack. 'Ik zou u natuurlijk graag citeren, maar het lijkt verdacht veel op republikeinse propaganda. Kunt u het bewijzen?'

'Bepaalde informatie kán niet worden prijsgegeven, meneer Austin. Maar onze infiltranten zijn er al in geslaagd twee gijzelaars te laten ontsnappen.'

Jack schoot overeind.

'Ontsnapte gijzelaars? Kan ik hen spreken?'

'Ze zijn op het moment onder medische behandeling en pas beschikbaar voor interviews als ze weer hersteld zijn.'

Jack glimlachte cynisch. Dus ze hadden hun tekst nog niet geleerd.

'Natuurlijk. Dus als Señora Montanis tegen haar wil gevangen was genomen, zouden uw mensen haar ook kunnen helpen ontsnappen?'

'Meneer Austin, uw fantasie gaat met u op de loop. Hoewel het lot van Señora Montanis betreurenswaardig is, is het nauwelijks een kwestie van nationaal belang. Er is een grens aan het aantal ontsnappingen dat kan worden bereikt. De belangrijkste functie van onze spionnen is ons informatie te geven en een overgave te bevorderen. Het moreel is al vreselijk laag. De enige reden waarom we het Alcázar niet stormenderhand hebben ingenomen, is dat we de onschuldigen niet met de schuldigen willen doden. Anders zouden we er weken geleden al korte metten mee hebben gemaakt.'

'Ongetwijfeld. Dus ik neem aan dat u regelmatig radiocontact hebt?'

'Dat blijkt. Ik kan zoiets delicaats natuurlijk niet in gevaar brengen door in details te treden.'

'Ik geef u mijn woord dat ik discreet zal zijn. Gelooft u mij, ik wil de republiek graag helpen waar ik kan. Mijn krant heeft een heel grote oplage. En Señora Montanis heeft zeer invloedrijke familieleden in Engeland, nietwaar, Bill?'

'Eh... zeer invloedrijk,' mompelde Bill ongelukkig.

Jack zuchtte en schudde het hoofd.

'Wat jammer dat u mij niet kunt vertellen waar ze is. Iedereen zal het ergste veronderstellen. Andere journalisten krijgen misschien de lucht van het verhaal en gaan proberen de dame en haar man als helden af te schilderen – dappere officier en trouwe echtgenote houden samen stand tegen de barbaarse horden – dat soort verhalen. Of misschien proberen ze hun lezers ervan te overtuigen dat zij en haar kind wegkwijnen in een republikeinse gevangenis. Allemaal fantasie, natuurlijk. Maar als je geen feiten hebt, moet je toch iets schrijven...'

'Jack...' begon Arnold waarschuwend, toen het gezicht van de minister betrok. Maar Jack negeerde hem.

'Maar ik begrijp uw positie volledig,' vervolgde hij, terwijl hij nog een sigaret opstak. 'Nu de anarchisten de oorlog leiden en met al die revolutionaire chaos, kunt u natuurlijk niemand lastig vallen. Maakt u zich geen zorgen. Ik zal zelf mijn inlichtingen inwinnen. Het spijt met dat ik u met zoiets onbelangrijks heb lastiggevallen.'

De minister was niet gek en begreep de boodschap heel goed.

'De anarchisten hebben misschien de leiding bij het beleg, meneer Austin, maar zeker niet wat de oorlog betreft. Zoals u weet, zijn er geen anarchistische ministers. En wat een revolutionaire chaos betreft, ik kan u verzekeren dat de regering en het leger alles volledig in de hand hebben. Ik zal natuurlijk graag de noodzakelijke inlichtingen inwinnen. Dat is altijd al mijn bedoeling geweest. U kunt ervan op aan, meneer Austin, dat de republiek geen strijd voert tegen vrouwen en kinderen. Weest u zo goed dat op te schrijven.'

Jack maakte gehoorzaam notities, terwijl de minister uitweidde over de ridderlijkheid en het medeleven van de republikeinse troepen, het hoge niveau van de militaire discipline en de inzet en het heldhaftige werk van de spionnen achter de linies. Daarna las Jack langzaam en duidelijk voor wat hij had opgeschreven, alsof hij de voorwaarden van een contract oplas.

'Retoriek is geen vervanging van nieuws,' glimlachte Jack, terwijl hij de dop op zijn pen deed. 'En slecht nieuws is geen vervanging van goed nieuws. Ik hoop wél dat u me binnenkort goed nieuws kunt melden.'

'Dat klonk als een dreigement,' gromde Arnold later.

'Zo was het ook bedoeld,' zei Jack.

'Viva Cristo Rey!' klonk de kreet van boven toen de deuren van Joseps kerk wijd werden opengegooid. 'Lang leve Christus de Koning!'

Er klonken gejuich en gesnik, de mensen sloegen een kruis en krabbelden overeind, waarna ze duwend en trekkend haastig de grafkelder uitgingen, het daglicht in.

Josep zag dat zijn kerk vol soldaten was, een mengeling van legionairs en Moorse *regulares*, die er schitterend uitzagen in hun blauwe *djellabas* en rode petten. Een Spaanse officier groette hem uit naam van generaal Queipo de Llano en verklaarde Fontenar in naam van God en Spanje bevrijd. Hij feliciteerde Josep met de heldhaftige wijze waarop hij zijn gemeente had beschermd tegen het anarchistisch gespuis en nodigde hem hartelijk uit zijn troepen te zegenen. Hij was charmant, beschaafd en beleefd, kennelijk niet erg onder de indruk van het feit dat het dorp zojuist plat was gebombardeerd en door het uitschakelen van de anarchistische militie een groot aantal burgers willekeurig was afgeslacht.

Josep negeerde de uitgestoken hand, schudde zijn hoofd en liep naar buiten, de morgenzon in. De dood was overal. De mannen van Juan, die uit hun schuilplaats waren gekomen om de optrekkende troepen tegemoet te gaan, lagen op het met bloed bevlekte zand, terwijl de mensen uit het dorp in groepjes eromheen gingen staan. Sommigen van hen huilden om hun eigen verliezen en putten veel troost bij het zien van de lijken van de vijand. Josep knielde neer naast het lichaam van Juan, maakte het teken van het kruis boven hem en mompelde de absolutie voor de doden en stervenden die zelf niet kunnen biechten. Vervolgens deed hij hetzelfde voor een volgend lichaam en nog een en nog een. Velen van hen waren niet te herkennen omdat ze tot pulp waren geschoten.

En nog een en nog een, het boze gemompel om hem heen negerend. Hoe durfde hij de ziel van niet-gelovigen de absolutie te geven? Hoe durfde hij te proberen te verhinderen dat ze naar de hel zouden gaan?

Josep voelde een klopje op zijn schouder.

'U mag een mis opdragen, als u wilt, pater, bij het gemeenschappelijk graf dat mijn mannen nu meteen gaan graven. Wat u nu doet, is niet gepast en doet de nabestaanden veel verdriet. Ik wil u nogmaals vragen mijn mannen te zegenen en voor te gaan in gebed voor hen die wij in de strijd van vandaag hebben verloren.

U bent weer vrij, pater, om uw ambt ongehinderd door marxisten en atheïsten uit te oefenen. Niemand zal nu uw kerk verbranden en u hoeft niet langer bevreesd te zijn. Elke dag opnieuw bevrijden we Spanje van hen die het gezag van God aanvechten.'

De officier stak zijn arm uit in de fascistische groet, overtuigd dat hij een goede zaak diende. Hij zag zichzelf als een uitroeier van ongedierte, ziekte en misdaad, met een heilige missie om vrijheid door orde te vervangen. En Josep balde zijn vuist en voelde een overweldigende aandrang om hem op te heffen en in de lucht te steken als een gebaar van wereldse zegen voor hen die tevergeefs waren gestorven. Maar hij ontspande zijn hand weer en probeerde de man met mededogen aan te kijken. Hij had gedaan wat hij juist achtte. Dat was het trieste.

Hij ging de kerk weer in, zegende de bestofte soldaten en droeg vervolgens in een bomvolle kerk een mis op voor de doden. Legertrucks brachten de gewonden naar het dichtstbijzijnde veldhospitaal. De paar anarchistische gewonden kregen het genadeschot en werden in een massagraf gegooid. Maar Josep probeerde niet tussenbeide te komen. Ze waren dood ongetwijfeld beter af dan dat ze verpleegd zouden worden tot ze weer beter waren om vervolgens gevangengenomen te worden en later toch nog geëxecuteerd.

De doden onder de burgers werden individueel begraven, betreurd door huilende familieleden, die hen niet als slachtoffers van een fascistische luchtaanval beschouwden maar als martelaren van Christus, helden die voor hun geloof waren gestorven.

Er werden geen beschuldigingen geuit tegen de troepen. Een contingent uit de achterhoede zou achterblijven om het dorp te beschermen en eventuele roden, die zich hadden schuilgehouden, gevangen te nemen. Ze werden met grote gastvrijheid ingekwartierd.

'U heeft nu niets meer te vrezen, pater,' herhaalde de kapitein, tevreden met zijn werk. 'Zoals u kunt zien, zijn die anarchistische raddraaiers geen partij voor getrainde mannen. Ze hebben geen discipline en zijn slechts armzalige werktuigen in handen van degenen die hen tot revolutie aanzetten.'

De brave kapitein bleek een grote bron van informatie. Hij gaf met genoegen antwoord op de vragen van Josep en tekende in grote trekken een kaart om de vorderingen van de nationalistische troepen aan te geven.

'De strijd zal weldra gewonnen zijn, pater,' verzekerde hij hem. 'We zijn op weinig verzet gestuit en overal verwelkomd als het bevrijdingsleger. Binnenkort zal Badajoz vallen en daarna Madrid en Barcelona...'

Josep was benieuwd naar nieuws over zijn familie, maar die informatie was vaag. Het land van zijn vader lag nu achter de nationalistische linies, ongetwijfeld zeer tot opluchting van de oude man, en zijn arme moeder zou nu waarschijnlijk wel dood zijn. Maar er was niet achter te komen of Dolores nog in Albavera was of weer terug in Toledo en evenmin wist hij zeker aan welke kant haar man stond.

'Binnenkort zullen onze troepen het Alcázar ontzetten,' voorspelde de kapitein. 'Wat een heldhaftige strijd! Een handvol dappere zielen tegen duizenden roden! Wat zal dát een schitterende dag zijn als we de stad innemen!'

Josep had Lorenzo als kind al gekend en hem altijd een saaie piet gevonden, een aardige, maar doodgewone jongen, die het geluk had buitengewoon knap te zijn en daardoor het hoofd van zijn zusje op hol te brengen. Maar het huwelijk leek redelijk gelukkig. Het was bepaald moeilijk je voor te stellen dat Lorenzo zich zou aansluiten bij extreem rechts – trouwens, evenmin bij extreem links. Maar nu was er geen midden meer. Plotseling kon niemand meer van een afstandje toekijken, hijzelf zeker niet.

Net als altijd ging zijn sympathie uit naar de armen, de arbeiders. Als mens behoorde hij aan de andere kant van de linies, bij de republikeinen. Maar als hij overstak, kon hij niet langer priester zijn. De kapitein bevestigde wat hij al vermoedde: in de republiek waren de priesters ondergedoken omdat ze voor hun leven vreesden. Ze werden als vijanden van het volk achternagezeten en in de gevangenis gegooid of zelfs vermoord. Als hij overstak, zou hij zijn habijt moeten opgeven en dienst moeten nemen als soldaat, bereid moeten zijn om te doden. Het republikeinse leger had geen aalmoezeniers.

Het nationalistische leger natuurlijk wel. Hij zou daar zijn diensten kunnen aanbieden, de fascistische troepen kunnen zegenen voor de strijd, kunnen meedoen aan de bloedige kruistocht tegen een goddeloze regering, een zaak kunnen steunen waarin hij niet geloofde en een heilige huichelaar kunnen worden.

Of hij kon blijven waar hij was, proberen zich te verzoenen met zijn vroegere parochie en een eindeloos, saai, zinloos priesterambt uitoefenen, waarbij hij kaartjes voor de hemel verkocht en niets tot stand bracht. Degenen die hij graag wilde dienen, waren dood of gevlucht, en als er nog werden gevonden, zouden ze gepakt worden en doodgeschoten. De familie van Juan en zijn mannen zouden op de vlucht zijn naar het noorden en het oosten om hun toevlucht te zoeken in Madrid en Valencia. Hij zou hen nooit meer zien.

Hoe dan ook, hij zou tóch niet in zijn parochie mogen blijven. Zijn opmerkingen over de arbeiders van Triana, zijn weigering om te bidden voor de overwinning van de generaals en zijn openlijke revolutionaire sympathieën zouden ongetwijfeld de oren van zijn bisschop bereiken en tot gevolg hebben dat hij naar

Córdoba werd ontboden. En deze keer zou hij heel goed gedreigd kunnen worden met meer dan een verblijf in een klooster...
Hij moest snel handelen. Maar vóór hij iets deed, moest hij weten of Dolores veilig was. Als ze in Albavera was geweest toen de problemen ontstonden, zou ze niet in staat zijn geweest naar Toledo terug te keren zonder de linies te doorkruisen, met alle gevaar van dien. Ze was misschien ergens gestrand zonder nieuws over haar man en mogelijk had ze hulp nodig...
Wat Ramón betrof... Josep deed erg zijn best met sympathie aan zijn broer te denken, maar hij had al jaren helemaal niet meer aan hem gedacht. De twee broers waren nooit vrienden geweest. Ramón was altijd jaloers geweest op Josep, had openlijk de draak gestoken met zijn vrijwillig gekozen celibaat en hem gepest heimelijk homoseksueel te zijn. Toen hij pas in Madrid was, had Ramón zijn broer lastiggevallen om geld en toen Josep daar niet op in was gegaan, had Ramón hem obscene brieven gestuurd vol scheldkanonnades. Kort daarna was hij uit zijn appartement in Salamanca gegooid en sindsdien had Josep niets meer van hem gehoord.
Hij had niets meer in Fontenar te zoeken. Moreel was hij een buitenstaander, zonder bondgenoten, en iedereen was zijn vijand. Zijn eerste plicht betrof zijn verwaarloosde familie en zichzelf. Hij moest daar weg, vóór de keus hem werd ontnomen.

Marisa tinkelde blij met haar belletje. Ze zwaaide haar magere, bruine arm heen en weer en wenste dat ze niet gekleed was in de oude jurk, die geen recht deed aan haar juwelen. Maar Ramón had gelijk dat hij voorzichtig was; ze wilde niet dat haar nieuwe kleren haar van het lijf werden gescheurd.
Ramón had het belletje zonder commentaar gekocht. Hij had alleen gezegd dat ze een dwaas kind was om zo'n smakeloos ding te willen. Maar ze wist dat hij het prachtig vond dingen voor haar te kopen, hoe hij ook probeerde dat feit te verdoezelen, en ze wilde hem op haar beurt vreselijk graag ook iets geven.
Ze wilde hem graag een paar nieuwe, mooie, met de hand gemaakte laarzen cadeau doen. De zolen van het paar dat hij had flapten als hij liep en de vorige dag nog had ze een steeds groter wordend gat gezien tussen het bovenleer en de opgehoog-

de onderkant van de rechtervoet, maar toen ze hem erop had gewezen, was hij geïrriteerd geraakt.

'Mijn laarzen zitten lekker,' snauwde hij. 'Als ik nieuwe nodig heb, koop ik ze zelf wel. Jij denkt alleen maar aan geld uitgeven! Je mag je in geen geval bemoeien met mijn bezittingen of proberen ze te maken of te vervangen. Hoor je me?'

En dus had ze het onderwerp laten rusten, hoewel ze het nog steeds vervelend vond dat hij zulk slecht schoeisel had, terwijl zij een paar mooie, rode leren sandalen met hoge hakken had en bijpassende zijden kousen.

Het enige wat hij ooit voor zichzelf kocht, waren flessen drank, tegen de pijn in zijn borst. En nadat hij het eten en de huur had betaald, stuurde hij de rest van haar verdiensten naar haar moeder met zijn wekelijkse brief. Haar moeder had natuurlijk nooit teruggeschreven, omdat ze niet kon schrijven, en de laatste tijd was Marisa een beetje kwaad geworden omdat haar broers en zusters nieuwe schoenen hadden en Ramón niet.

De oplossing was heel eenvoudig geweest. Ze was begonnen een beetje achter te houden van hetgeen ze verdiende. De Engelsman had haar te veel betaald en ze had gevonden best de helft ervan te kunnen houden om een cadeau voor Ramón te kopen en nog wat over te houden. Op een dag zouden ze misschien extra geld nodig hebben en blij zijn dat er wat gespaard was. Ramón was veel te royaal met geld. Ze had liever gehad dat hij het zelf had gehouden dan het naar haar moeder te sturen. Haar genegenheid voor haar verre familie verminderde met de dag en ze had zelfs geopperd dat ze het misschien wel zonder haar hulp zouden kunnen stellen, maar hij had gezegd dat het slecht was zo egoïstisch te zijn en wilde er niets van horen. Zonder enige waarschuwing werd Ramón soms heel erg boos op haar en een of twee keer was ze bijna bang geweest, maar ze bleef altijd passief en stil tot hij was uitgeraasd. Daarna stuurde hij haar dan weg om een ijsje of bonbons te halen, of was hij een uur lang bezig haar letters te leren of liet hij haar zijn been masseren en werd de moordlustige razernij vergeten door het volmaakte geluk dat erop volgde. Het was vreemd dat hij haar nog nooit had geslagen. Mannen sloegen vrouwen altijd, wist Marisa uit ervaring – daar was ze niet bang voor. Haar enige angst was dat hij haar zou wegsturen of haar zou verlaten en ze alleen zou zijn. En dus deed ze haar best hem niet boos te maken.

Ramón was uitgeput door hun wandeling naar de winkels en terug en Marisa moedigde hem aan te gaan liggen en een uur of twee te rusten. Ze wachtte tot hij diep in slaap was voor ze haar spaargeld te voorschijn haalde, dat ze in een lege lippenstiftkoker had gestopt en in haar lichaam had verborgen. Ze wist dat Ramón kwaad zou zijn als hij het geld in haar tas vond en ze had geen andere plaats om het te verstoppen. Ze telde uit wat ze nodig had, deed de rest weer op zijn plaats en glipte stilletjes naar buiten om haar boodschap te doen.

Ze wist dat Ramón dol was op de *corrida* en sinds de moeilijkheden waren begonnen, waren er helaas bijna geen stieregevechten meer geweest. De meeste matadors zaten aan de andere kant en de anarchisten waren er uit principe tegen. Maar deze was door de anarchisten zelf georganiseerd en gesteund om geld bij elkaar te krijgen voor hun milities en Marisa had haar kans gegrepen Ramón een pleziertje te bezorgen.

De kaartjes werden in het vertrouwde café op de hoek van de Calle San Lucas verkocht. Marisa telde haar geld uit op de bar en stopte de kaartjes veilig in haar tas en ze wilde net weggaan, toen ze een hand op haar schouder voelde.

Het was haar allereerste klant. Hij grijnsde onplezierig, sloeg zijn arm om haar heen en mompelde een voorstel in haar oor, met zijn hoofd een beweging naar boven makend, naar de kamer waar ze haar vak had geleerd. Marisa keek hem minachtend aan. Zijn kleren stonken en zijn nagels waren vies en de kamer boven had een kale, houten vloer, een hard bed en geen lakens, en dat alles voor een paar karige muntjes.

'Nee,' zei ze, hooghartig het hoofd schuddend. 'Ik heb het te druk.'

'Te druk?' zei de man. 'Te druk?' Hij pakte haar ruw bij haar arm, maar ze rukte zich los. 'Vroeger had je het nooit te druk. Waar is dat kreupele vriendje van je? Weet hij dat je het te druk hebt?'

Er klonken stemmen toen hoofden zich nieuwsgierig omdraaiden.

'Hij is ziek,' zei Marisa snel. 'Ik moet gaan.'

'Ziek, hè?' bulderde de man, tegen niemand in het bijzonder eraan toevoegend: 'Ze is er net achter gekomen dat haar pooier ziek is. Dat is hij inderdaad. En jij ook, en nu ben ik ook ziek. Hoeveel mannen zijn er ziek door jou, door hem? Pokkenhoer!'

Hij wilde haar een harde klap in haar gezicht geven, maar Marisa trok haar hoofd net op tijd terug. Vervolgens gaf ze hem een knietje in het kruis, draaide zich om en rende aan één stuk door, tot ze veilig thuis was, hijgend van verontwaardiging.

Ze wás niet ziek! Ze blaakte van gezondheid en er was niets met haar aan de hand. Ramón had haar geleerd hoe ze de rubberzak moest gebruiken en zich vol ontsmettingsmiddel moest pompen zodat ze niet ziek zou worden. Het zou ook voorkomen dat ze een baby kreeg, zei hij. Ze had de zak elke dag gebruikt en er was helemaal niets met haar aan de hand. Hoe durfde die man te zeggen dat zij ziek was en dat Ramón die ziekte had. En al zou hij die ziekte hebben, dan zou ze die niet van Ramón hebben gekregen, omdat hij nooit met haar naar bed was geweest... omdat hij te ziek was, zei hij. Ze had hem een keer gevraagd waarom niet en hij had gezegd te ziek te zijn en ze had gedacht dat hij zijn borst bedoelde en zijn slechte been...

Een of andere vieze *puta* had hem ziek gemaakt en die andere man ook, en zij, Marisa, kreeg de schuld! Ze zou dat vieze kreng graag de ogen hebben uitgekrabd. Arme Ramón. Ze zou werken en werken en sparen en hem naar de beste dokters brengen, die hem weer beter zouden maken. Als hij dan eenmaal beter was, konden ze trouwen en kinderen krijgen en de dokters zouden zijn borst en ook zijn been beter maken en dan zou hij weer volmaakt zijn, even volmaakt als zijn gezicht. Ze veegde haar dwaze tranen weg en glimlachte weer.

Toen ze binnenkwam, sliep hij nog. Hij lag op zijn buik, zijn gezicht in het kussen gedrukt. Zijn schoenen en zijn beugel lagen op de grond. De laatste tijd was ze gaan zien hoe vies de kamer en de lakens waren en scherp afstaken bij de luxe van het hotel, maar ze zou altijd liever nieuwe kleren hebben dan schoon linnengoed en liever gouden bedeltjes dan nieuwe meubels. En ze zou haar mooie spullen blijven krijgen zolang ze elke dag een beetje spaarde, zodat Ramón op een dag weer beter zou kunnen worden. Die fantasie voegde ze toe aan haar verzameling en ze koesterde die, ze geloofde erin, omdat ze wist dat dingen gebeurden als je er maar genoeg in geloofde.

Toen hij wakker werd, masseerde ze zijn been voor hem en deed de beugel weer om.

'Schiet op,' zei ze. 'De *corrida* begint over een uur. Een van mijn bezoekers heeft me twee kaartjes gegeven.'

'De *corrida*? Waar héb je het over? Er ís geen *corrida*. Laat me met rust. Ik ben moe.'

'Wel waar! Kijk, hier heb ik de kaartjes! Schiet op, anders komen we te laat...'

Hij bleef mopperen, maar gaf ten slotte toe.

'Wat weten anarchisten van de *corrida*?' mompelde hij boos. 'Het wordt een fiasco. Ik ga alleen om boe te roepen, snap je, en heb in mijn tijd de beste matadors gezien. Ik herinner me nog een keer...'

Ramón bleef herinneringen ophalen, terwijl ze arm in arm naar het metrostation liepen en zich bij de mensen voegden die samenkwamen bij Las Ventas, de schitterende nieuwe arena van de stad. Toen hij pas in Madrid was, was hij een regelmatige bezoeker geweest en had met andere deftige heren op de beste plaatsen in de schaduw gezeten. De schitterende Moorse architectuur had geappelleerd aan zijn gevoel voor pracht en praal en hij had het heerlijk gevonden zich te verbeelden dat hij de matador was, die het publiek de adem deed inhouden van bewondering door zijn lef, gratie en behendigheid.

De grote arena zat bomvol en Marisa was blij dat ze haar kaartjes van tevoren had gekocht. Er heerste een feestelijke, enthousiaste stemming, alsof het een feestdag voor de arbeiders was en zonder dat volgevreten, gegoede burgers het uitzicht belemmerden. Marisa's minachting voor de burgerij was haar met de paplepel ingegoten en ze had geen aspiraties tot de middenklasse te behoren – haar droom was rijk en van goede familie te zijn.

Ramón haalde zijn neus op voor de onconventionele uitrusting van de matador en zijn handlangers, terwijl ze enthousiast toegejuicht door de ring paradeerden. Ze droegen allemaal roodzwarte sjaals en de cape van de matador was eveneens zwart met rood, de anarchistische kleuren. Toen het eerste gevecht begon, was het overduidelijk dat ze onder valse voorwendsels naar de arena waren gelokt.

'Ik heb je gezegd dat het geen échte *corrida* was,' siste Ramón, terwijl de zogenaamde matador onder luide toejuichingen van de partizanen zijn bejaarde prooi in beweging probeerde te krijgen. 'Ze hadden net zogoed een oude geit kunnen nemen.' De stier was inderdaad een zielig geval, afgedankt door een of andere boer en alleen nog maar geschikt voor de stoofpot. 'Die vent is duidelijk een stuntelige amateur. Laten we gaan.'

'Ze komen altijd het laatst met de beste stier,' pleitte Marisa, met een drukje op zijn arm. 'En met de beste matador. Je moet geduld hebben.'

Ramón zat te kankeren tijdens de eerste twee gevechten, terwijl zijn onbehouwen medetoeschouwers bij elke beweging vrolijk klapten. Marisa, die nauwelijks iets van stieregevechten wist, scheen het een bijzonder onderhoudend schouwspel te vinden. Ze vond elke nieuwe golf bloed opwindend, maar wist niets van de fijne kneepjes en was gewoon ordinair bloeddorstig...

Maar in één ding had Marisa gelijk. Ze bewaarden de beste stier voor het laatst. De sterattractie werd onder een gebrul van verbazing en opgetogenheid de ring binnengeleid en zelfs Ramón hield zijn adem in toen hij hem zag. Die stier had twee benen en droeg een toog en de horens waren met zwart en rood lint vastgebonden aan het hoofd. Marisa slaakte een kreet van verbazing, terwijl Ramón sprakeloos en vol afgrijzen naar die bespotting van de nobele kunst van de *torero* zat te kijken.

Er steeg een golf van verontwaardiging in hem op, meer door het gebrek aan respect voor de *corrida* dan uit religieuze scrupules, en hij stond op om weg te gaan. Een heer kon niet naar zo'n barbaarse sport zitten kijken, kon niet luisteren naar het godslasterende gejuich van dit smerige geteisem. Hij zou niet wachten tot de picadors de priesterlijke nek met hun lansen zouden doorboren; niet wachten tot de banderilleros hun pijlen in zijn schouders zouden steken, tot de matador hem kwelde en met hem speelde en hem afmatte vóór hij ten slotte de doodsteek toebracht. Het was afgrijselijk, obsceen, onuitstaanbaar... Hij ging weer zitten.

Marisa slaakte af en toe een gilletje en verborg haar gezicht achter haar handen, waarbij ze haar vingers ver genoeg van elkaar hield om even te kijken. Ze hield ook nerveus Ramón in de gaten, bang nu dat hij kwaad op haar zou worden. Maar zijn eerste schok scheen plaats te hebben gemaakt voor een afstandelijke walging. Zonder met zijn ogen te knipperen, staarde hij met volle aandacht naar de ring, zoals een reus het gespring van dwergen gadeslaat.

De stier bleek helaas weer een armzalig exemplaar te zijn, dat geen respect toonde voor de eerbiedwaardige tradities van het stieregevecht. Eerst weigerde hij aan te vallen en duwde zijn hoofd in zijn handen, onder luid boe-geroep van de menigte, en er waren uiterst ongebruikelijke aanmoedigingen van de picadors voor nodig om de zwakke stumper op de cape van de matador af te laten rennen. Het zielige beest was ook niet in staat om de paarden om te duwen. Toen hij gedwongen werd met zijn horens naar beneden op een van de paarden af te rennen, kreeg hij een harde trap van een hoef, hetgeen de toeschouwers een luid *'Olé!'* ontlokte. Hij moest overeind worden gehesen en vastgehouden teneinde de *banderillas* erin te kunnen laten steken, maar zijn magere schouders, waar door de lansen van de picadors het bloed uitstroomde, hadden niet genoeg vlees om de kleurige pijlen vast te houden.

Maar gelukkig keken de toeschouwers niet zo nauw en waren zo vriendelijk geen bezwaar te maken tegen die afwijking van de normale gang van zaken. Bij elke nieuwe klap brulden ze *bravo*, terwijl Marisa, die haar eerdere scrupules had overwonnen, enthousiast meedeed, opgewonden op en neer springend en zwelgend in het afgrijzen. Ramón zat sprakeloos en verstard toe te kijken. Elke keer dat het staal vlees doorboorde, kromp hij in elkaar van willoos genot en wenste alleen maar dat hij het gezicht van pijn kon zien vertrekken en het geschreeuw van angst kon horen.

Maar het jammerlijk schepsel had geen uithoudingsvermogen en al te snel zakte hij in elkaar. Met een zwierig gebaar dreef de matador zijn zwaard verticaal achter in zijn nek, maakte de namaakhorens los en hield ze toen onder donderend applaus omhoog.

En toen, met een laatste theatraal gebaar, verwijderde hij met een brede houw van zijn zwaard zijn trofee en stak die op de punt, zodat iedereen die kon zien.

'Het oor!' gilde Marisa, terwijl Ramón bijziend met zijn ogen knipperde. 'Hij heeft het oor eraf gesneden!' Ze klemde zich aan Ramón vast, dronken door het gebrul van de menigte en er volledig in opgaand. *'Bravo! Bravo!'*

'Bravo!' fluisterde Ramón, terwijl hij de inhoud van zijn gezwollen penis met een huivering van pure extase loosde. Het was beter geweest dan welke vrouw of man dan ook.

Ze werkten bij kaarslicht. Dolores vond een rol kaasdoek, die ze gebruikte om de verbrande arm van Tomás te verbinden. Tomás gooide een zak erwten leeg en vulde hem met proviand voor de reis. De soldaten waren niet naar de kelder teruggekeerd en ze hadden betere oorlogsbuit dan eenvoudige etenswaren. De toestemming om te plunderen was het enige loon van de Moren en het zilver en de juwelen van de familie Carrasquez hadden waarschijnlijk hun leven gered.

De jongen was doodgegaan, waardoor Tomás niet zijn hand op zijn mond had hoeven te drukken. Een aantal uren was er geen geluid van boven gekomen, maar ze hadden niet vóór donker te voorschijn durven komen. Nu ze boven aan de trap kwamen, rondkeken in de uitgebrande keuken en naar de stilte luisterden, leek het duidelijk dat de soldaten verder waren getrokken, omdat er niets meer was om mee te nemen en niemand meer om te vermoorden.

Er lagen verkoolde, onherkenbare overblijfselen in elkaar gedoken tussen de zwarte puinhopen en overal stonk het naar verbrand vlees. Tomás aarzelde, in de verleiding te proberen zijn vrouw en kinderen te zoeken, maar het risico bestond nog altijd dat er een paar bewakers waren achtergebleven en hij wilde Dolores niet in gevaar brengen.

Ze waren van plan onder dekking van het duister dwars door de velden naar de Rio Guadiana te gaan. Als ze eenmaal veilig de rivier over waren, zouden ze voorzichtig verdergaan tot ze zeker wisten weer terug te zijn achter de republikeinse linies. Daarna zouden ze met alle beschikbare middelen hun reis voortzetten naar Toledo, zo'n tweehonderdvijftig kilometer verder.

Tomás wilde graag zijn dochter en zuster vinden en Dolores verlangde hevig naar Andrés. De praktische details van hun ontsnapping hadden hun gedachten beziggehouden. Het enige waaraan Dolores kon denken, was hoe ze thuis moest komen en ze dacht niet meer na over de moordpartij of de rol die ze daarin had gespeeld. Ze kon zich nauwelijks nog herinneren dat ze Ignacia had doodgeschoten – de herinnering was bedolven onder een golf van nieuwe hoop en vastberadenheid – ze had zóveel schokkende dingen meegemaakt dat er voor schuldgevoel geen plaats meer was.

Deze keer waren er geen problemen met een gesloten deur en ze konden simpel de muur passeren. Tomás rende van boom naar boom, met Dolores achter zich aan, tot ze een groot gat in de omheining vonden. Het gras was door laarzen en artillerie uit de grond gerukt en platgeslagen. De troepen zouden hun opmars hebben voortgezet in noordwestelijke richting, naar Badajoz, dus staken ze de weg over en gingen zigzaggend in noordoostelijke richting. Ze hielden zich zoveel mogelijk schuil onder bomen en vermeden de weg naar Toledo, tot ze er zeker van konden zijn dat ze veilig waren.

Bij zonsopgang stopten ze om te slapen, nadat ze in een greppel hadden ontbeten. Tomás wist dat hij aan zijn dode vrouw en kinderen zou moeten denken, maar dat was te akelig en te pijnlijk en toen de zon opkwam boven de horizon werd hij steeds meer gekweld door de oude, vertrouwde gevoelens van ongeoorloofde lust. Een paar keer leek ze te merken dat hij haar aanstaarde en wendde ze verlegen haar blik af. Ongetwijfeld vond ze hem grof en weerzinwekkend, hoewel ze hem als altijd met dezelfde beleefdheid en hetzelfde respect behandelde, die hem deden denken aan de tijd in het verre verleden, toen hij haar voor het eerst had begeerd, zonder de hoop haar ooit te kunnen bezitten.

Maar die tijden waren voorbij. De sociale kloof die hen altijd had gescheiden, bestond niet langer. De revolutie had hen tot gelijken gemaakt. Het maakte hem kwaad dat hij zich nog steeds haar ondergeschikte voelde, nederig, haar niet waardig, dat hij, door haar jaren te aanbidden, zwak en afhankelijk was geworden, als een godsdienstverdwaasde.

Dolores ving de peinzende blik in zijn ogen op en keek de andere kant op, gekweld door het vreselijke verdriet van Tomás, zijn onvermogen om zelfs maar beleefdheden uit te wisselen en de vreselijke ellende van het verlies van geliefden die haar buitensloot. Ze voelde zich te kort schieten en schaamde zich voor haar eigen gevoelloosheid, de vastbesloten manier waarop ze haar misdaad ontkende. Hoe kon ze hem in vredesnaam belasten met een bekentenis en hem vervolgens voor het hoofd stoten door te zeggen dat het haar speet? Bovendien zou hij haar misschien in de steek laten of haar, gek van verdriet, vermoorden. En wie kon hem dat kwalijk nemen? Ze was een soort moordenares en zeker een leugenaar, maar ze was níet gek. Alleen zou ze de reis nooit kunnen maken. Ze had hem nodig om in Toledo te komen.

Hij had voor haar te snel gelopen en toch hield ze hem hijgend maar zonder te klagen bij. Toen ze de rivier hadden bereikt, die ondiep was door de hitte van de zomer, had hij haar zonder hulp naar de overkant laten lopen, terwijl hij haar had kunnen dragen. Hij had haar laten uitglijden en vallen, wat ze toeschreef aan zijn verdriet en zijn zorgen. Tegen de ochtend hadden ze al zo'n dertig kilometer afgelegd, in een moordend tempo, en ze was er vrij zeker van dat ze veilig achter de linies moesten zijn, maar ze wilde hem niet lastig vallen met vragen.

Toen haar honger was gestild, gaf Dolores eindelijk toe aan de verlammende vermoeidheid. Al haar ledematen waren ineens slap en futloos. Ze voelde hoe haar ogen zich sloten tegen het feller wordende licht, legde haar hoofd op de wijnrode aarde neer en viel onmiddellijk in slaap, een slaap van pure uitputting, terwijl Tomás peinzend naar haar lag te kijken.

Hij was blij dat zijn vrouw snel was gestorven en wilde dat zijn zonen in leven hadden kunnen blijven. En toch was het enige waaraan hij kon denken dat zachte, slapende lichaam, dat hem zowel de genezende slaap als een fatsoenlijk verdriet onmogelijk maakte. Hij verachtte zichzelf omdat hij niets meer was dan een hitsig beest zonder verstand of ziel, het schepsel dat zijn vrouw van hem had gemaakt. Ze waren vaak met elkaar naar bed geweest, op een grove, wilde manier, zonder tederheid of schoonheid, waarbij Ignacia hem vastgreep, vervloekte en om meer schreeuwde, altijd meer, terwijl hij lang en verbolgen voortzwoegde om haar stil te krijgen. Maar ze bleef altijd onbevredigd en klaagde altijd, was altijd jaloers, altijd veeleisend, waardoor ze hem beroofde van zijn potentie, zijn kracht aanvocht en zijn trots gebruikte om hem tot slaaf te maken. En nu, moge God hem vergeven, was hij vrij. Vrij, gefrustreerd en verbolgen, hij wilde niet bedwingen maar bedwongen worden, hij wilde iets zoets proeven in een bitter leven, zijn grote, lompe lichaam vergeten en de vrede vinden die in het hare lag. Maar ze was een deugdzame, getrouwde vrouw en niet iemand die overspel pleegde. En vanuit het diepst van zijn hart wenste hij haar man dood.

Hij werd wakker doordat Dolores in haar slaap een kreet slaakte. Ze zat recht overeind, haar ogen wijdopen en staarde zonder iets te zien naar de zon. Hij probeerde haar wakker te maken, maar ze was opgesloten in haar afgrijselijke droom en vocht tegen hem tot hij haar een paar keer een klap op haar wangen gaf en ze snikkend in zijn armen viel.

'Vergeef me alsjeblieft, Tomás,' huilde ze. 'Alsjeblieft, vergeef me.' En hij vroeg niet waarom ze hem vergiffenis moest vragen en gaf die vrijelijk, zich schamend voor zijn eerdere lompheid. Hij trok haar in zijn armen, troostte haar en hield haar tegen zich aan als om haar te beschermen. En door haar dicht tegen zich aan te houden, kwam de rust en ging de kwelling voorbij.

Er waren in drie dagen zes gijzelaars doodgeschoten. Drie verdachten hadden hun trouw aan de zaak aangetoond. Lorenzo wist dat hij nu snel aan de beurt zou zijn.

Het ritueel was het hoogtepunt van de dag geworden. Hij vroeg zich af of Sanpedro het rekte om de manschappen te vermaken. Het patroon was altijd hetzelfde. Dezelfde vraag werd gesteld en er reageerde niemand, de beul werd uitgekozen en de gevangenen werden gehaald.

Doordat de handen van de verdachten trilden, hadden ze zelfs van zo korte afstand niet meteen raak geschoten. Lorenzo wist dat hij maar één schot nodig zou hebben, het hart van een stilstaand doelwit bijna met zijn ogen dicht kon raken. En hij wenste dat hij zijn ogen zou kunnen dichthouden, dat ze hem een blinddoek zouden geven. Geen van de gijzelaars had een blinddoek willen hebben. Ze waren gestorven met ogen vol trots en haat, terwijl ze '*Viva la República!*' riepen. Lorenzo was jaloers geweest op hun moed. Als zijn beurt kwam, mocht zijn hand niet trillen, moest hij respect tonen voor zijn slachtoffers door hen onmiddellijk te doden, het soort dood dat hij zichzelf zou wensen.

Hij wachtte verdoofd tot zijn naam zou worden afgeroepen, maar weer werd hij teleurgesteld. Ja, teleurgesteld; opluchting kon hij niet meer opbrengen. Sanpedro genoot er duidelijk van hem in spanning te houden. Elke dag verbeeldde Lorenzo zich dat hij kon zien hoe hij hem achter zijn hand uitlachte, fluisterend tegen zijn makkers en de grap delend.

En dus bleef hij afgewezen staan en zag hoe een andere officier naar voren stapte. Nee, niet een andere officier. Het was een falangistische burger, iemand van de persoonlijke kliek van Sanpedro. Lorenzo begreep er niets van. Hij kon nauwelijks geloven dat Buesco onder verdenking stond. Buesco zou nooit een gijzelaar helpen te ontsnappen, want zijn haat voor alle roden was boven elke twijfel verheven. Wat had hij in vredesnaam gezegd of gedaan om de twijfel over zichzelf af te roepen?

Maar hij glimlachte terwijl hij naar voren stapte en knikte. Het was een verwachtingsvolle glimlach. Sanpedro glimlachte terug en blafte het bevel dat de gevangenen gehaald moesten worden.

En toen begreep Lorenzo het. Dit was een beloning, geen straf. Buesco was duidelijk opgetogen bij het vooruitzicht vier ongewapende vijanden van Spanje te mogen elimineren. Lorenzo kreeg de krankzinnige aandrang zich in zijn plaats vrijwillig aan te bieden. Beter om zelf op een nette manier de gevangenen te doden, een soldaat die tegen wil en dank bevelen gehoorzaamde, dan te zien hoe een sadist hen voor de lol afslachtte. Maar hij kon het niet doen, hij zou het niet mogen doen en stond als aan de grond genageld, machteloos, toen hij zag dat Roberto een van de vier gevangenen was.

Het eerste slachtoffer was een beer van een man, die uittorende boven de magere Roberto, die naast hem stond. Zijn handen waren op zijn rug vastgebonden en terwijl hij naar voren stapte, spuwde hij naar Buesco, om zijn minachting te tonen. Zijn gezicht vertoonde geen angst, maar hij trilde van top tot teen, zó erg dat hij niet kon blijven stilstaan.

Sanpedro gaf het bevel om te vuren en Buesco hief zijn pistool. Hij was geen goede schutter, of misschien toch wel. De kogel raakte de man precies tussen de benen en hij zakte op zijn knieën, terwijl het bloed uit zijn testikels gutste.

Buesco richtte nogmaals, alsof hij er een eind aan wilde maken. Toen aarzelde hij en liet de man kronkelend van de pijn liggen, terwijl hij zijn aandacht op zijn volgende slachtoffer richtte.

Roberto was een onhandige slungel van nauwelijks twintig. Rosa had Dolores giechelend in vertrouwen verteld dat hij heel verlegen was en weinig van vrouwen wist. En nu zou ook hij worden afgeslacht, een jongeman die verlegen was met vrouwen.

Buesco richtte zorgvuldig en schoot een van Roberto's oren eraf. En toen begon Lorenzo te rennen.

Niemand probeerde hem tegen te houden. Hij was zich ervan bewust dat alle ogen op hem gericht waren toen hij zich tussen Buesco en Roberto stortte, zijn pistool trok en de eerste gijzelaar uit zijn ellende verloste door hem recht door zijn hoofd te schieten. En terwijl een half dozijn officieren naar voren sprong om hem vast te grijpen, schreeuwde hij zijn bekentenis zo hard hij kon, zodat iedereen het zou horen.

'Ík ben de verrader!' schreeuwde hij telkens weer. 'Ík ben de verrader!' En het was een enorme opluchting om de woorden te zeggen die, op hun manier, geen leugen waren.

Na hun terugkeer naar Londen was Clara verbaasd en blij dat Edmund plotseling wilde meedoen. Hij was ineens bereid tijdens inzamelingen op te staan en te praten over wat hij had gezien, ook al waren de dingen die hij zei wat ongebruikelijk en had ze zich in het begin er een beetje voor gegeneerd.

'Er is in Spanje een oorlog aan de gang, of we het leuk vinden of niet. En ik spreek als pacifist. Als pacifist wil ik graag dat die oorlog snel voorbij is. Als pacifist wil ik niet dat Hitler in Spanje voet aan de grond krijgt voor de prijs van een paar vliegtuigen, omdat ik er stellig van overtuigd ben dat dat tot een veel grotere oorlog zal leiden, een oorlog in Europa. Ik zeg niet dat ik vee van politiek weet, hoewel ik natuurlijk antifascist ben, anders stond ik hier niet. Maar als iemand die niet veel van politiek weet, vraag ik u om eraan te denken wat de kranten u níet zullen vertellen, omdat het geen nieuws is, dat achter *beide* kanten van de linies duizenden, miljoenen gewone Spanjaarden staan, mensen zoals u en ik, die niet veel van politiek weten en toch *gedwongen* zijn partij te kiezen in een oorlog die ze niet gewild hebben.

Er zijn hier vandaag ongetwijfeld mensen die vinden dat de republiek een hoop op haar geweten heeft en dat de nationalisten, of fascisten, of hoe u ze maar noemen wilt, niet allemaal slecht zijn. Ik ben niet van plan te proberen u te overtuigen van het tegendeel. Wat ik wil zeggen, is dat het er niet toe doet welke kant u steunt, het doet er zelfs niet toe als u géén partij kiest, omdat u, door vandaag geld te geven, onschuldige oorlogsslachtoffers helpt en niet degenen die de oorlog voeren. Geen cent van uw geld zal worden gebruikt om wapens te kopen of mensen te doden. Het zal steun geven aan de daklozen, de hongerigen, de gewonden, de weduwen en wezen die nodeloos lijden en sterven. Zou één van u een baby willen zien sterven omdat u het niet eens bent met de politieke overtuiging van zijn ouders?'

Het vreemde was dat het werkte. Het werkte beter dan wanneer Tony Price of Bert Winterman opstonden en oreerden over de lijn van de partij en een heleboel mensen irriteerden. Edmund had zelfs een stel lastige katholieke vragenstellers geld uit de zak geklopt, die een zwak bleken te hebben voor uitgehongerde kinderen.

De eerste keer dat Edmund had gesproken, waren Tony en Bert razend geweest. Ze hadden hem beschuldigd van goedkope sentimentaliteit en dat hij niet antifascistisch genoeg was, maar ze hadden niets meer gezegd toen ze de opbrengst telden, misschien beseffend dat de gewone burgers van Oost-Londen meer geneigd waren te luisteren naar de beschroomde plaatselijke schoolmeester dan naar een stel bolsjewieken.

Edmund had vierkant geweigerd lid te worden van de partij – en Clara had ook geen druk uitgeoefend. Hij hield vol dat zijn belangstelling zuiver humanitair was en weigerde aan discussies mee te doen omdat hij haar niet in verlegenheid wilde brengen

367

waar haar vrienden bij waren. En hij was eerlijk tegen zichzelf over zijn motieven. Ja, natuurlijk meende hij wat hij in het openbaar had gezegd, maar zijn belangstelling was meer persoonlijk dan hij aan Clara wilde toegeven.

De gedachte aan Dolly en hoe haar loyaliteit veranderd zou kunnen zijn, had hem gedwongen zich in haar positie te verplaatsen, zich af te vragen hoe het moest zijn als je een niet intellectuele Spanjaard was uit de middenklasse die geconfronteerd werd met het vooruitzicht van een arbeidersrevolutie. Hoe het moest zijn als je een katholieke Spanjaard was en zag hoe kerken werden vernield en priesters vermoord. Hoe het moest zijn als je een zelfstandige boer was met een stukje land, doodsbang dat alles zou worden genationaliseerd. En hij moest zichzelf toegeven wat hij aan Clara niet zeggen kon, namelijk dat hij zich heel goed kon voorstellen hoe die Spanjaarden zich voelden. Ze voelden dat de regering de zaak niet meer in de hand had, het maatschappelijk bestel vernietigd ging worden en groepen militante arbeiders op het punt stonden het land over te nemen, hen te beroven van hun bezit, hun erfgoed te vernielen en God af te zweren.

Hij probeerde zich zijn ouders als Spanjaarden voor te stellen, Flora en Archie als Spanjaarden, Archies omhooggevallen ouders als Spanjaarden en hij twijfelde er in het geheel niet aan aan welke kant ze zouden staan als ze Spanjaarden zouden zijn. En ze waren misschien onwetend, inhalig, gevoelloos of ze hadden geen sociaal geweten, maar ze waren niet slecht, het waren geen fascisten en ze verdienden het niet te sterven of te moeten doden. Spanje moest vol zitten met mensen zoals zijn ouders, mensen zoals de Prendergasts. Hij probeerde zich Archie voor te stellen in een nationalistisch leger, zichzelf in een republikeins leger; hij probeerde zich voor te stellen dat hij de man van zijn zuster moest doodschieten, of andersom. Of misschien hield hij zichzelf voor de gek, misschien zou hij geen republikein zijn, als hij Spanjaard was. Het was zo heerlijk gemakkelijk om in Engeland antifascistisch te zijn, in het openbaar en privé. Er was niets op het woord aan te merken, maar toch was het vreselijk ontoereikend, misleidend en zelfingenomen. Het irriteerde hem als hij de kameraden van Clara met het woord hoorde schermen bij hun eigen grootspraak, zwelgend in deugdzame heldhaftigheid, de oorlog gebruikend als politiek platform zonder enig inzicht in wat de helft van de Spaanse bevolking voelde.

Maar zulke gedachten hield hij voor zich, ervan overtuigd dat ze verkeerd begrepen zouden worden, dat ze hem het stempel van fascist zouden geven en zo Clara in diskrediet zouden brengen. Clara was minder fel geworden nu ze voelde dat hij niet meer zo afstandelijk was en ze tolereerde zijn ketterij als goedbedoeld. De kameraden moesten schoorvoetend hun respect toegeven, al was het alleen maar omdat hij er geweest was en zij niet, hoewel velen van plan waren naar Spanje te gaan om een aantal fascisten te doden. Clara's gehoor bestond hoofdzakelijk uit uitgewekenen uit de middenklasse, met een enkele vakbondsactivist ertussen. Er waren weinig gewone mensen uit de werkende klasse aanwezig op de bijeenkomsten, behalve een aantal ballingen van het platteland, die door werkloosheid naar het zuiden waren gedreven. Clara ging die groep uit de weg, bang voor verwijten van hun kant. Een aantal van hen was nagenoeg dakloos en woonde in armzalige pensions en ze was zich scherp bewust van het lege huis in Curzon Street en blij dat het in een stichting was ondergebracht en niet kon worden verkocht. Tegelijk voelde ze zich schuldig, omdat ze het niet beschikbaar stelde als gratis hotel voor alle werkloze kameraden in Londen. Soms vroeg Edmund zich af waarom ze het niet voor een of ander filantropisch doel gebruikte, waarom ze mensen in dienst had om het te onderhouden en te zorgen dat het klaar was voor bewoning, waarom ze er slechts af en toe verbleef en altijd alleen. Hij concludeerde dat het een soort burcht was, somber, leeg, maar toch haar verleden, een plaats waar hij en anderen waren buitengesloten, iets dat aan haar geweten bleef knagen, haar eigen boetekleed.

Hij maakte meer ruzie met zijn vader dan met de kameraden. Edmund had altijd respect gehad voor de intelligentie van zijn vader, ondanks hun ideologische verschillen, en tot dan toe had hij hem nooit verdacht van fanatisme. Het irriteerde hem wanneer hij zich uit hun discussies terugtrok door te suggereren dat, als Edmund wist wat hij wist, als Edmund toegang had tot bepaalde vertrouwelijke informatie, hij beslist heel anders over de zaak zou denken.

Edmund was zeer op zijn vader gesteld, als een man die van vissen hield, van Shakespeare en gotische architectuur, Mozart en kleverige peperkoek, die zijn vrouw en dochter verwende, aardig was tegen de maîtresse van zijn zoon, een geduldige, gevoelige, vrijgevige man, die zich verborg achter een verlegen, prikkelbaar uiterlijk. Hij zag hem niet graag als een rechtse bureaucraat die een partijpolitiek napraatte die nog meer bekrompen was dan die van Clara. Maar de oude heer bleef het bij het verkeerde eind houden, wilde niet luisteren, weigerde om afstand te doen van de opvatting dat interventie tot escalatie zou leiden en een tweede wereldoorlog zou uitlokken, in plaats van er een te voorkomen. Spanje was in politiek opzicht een primitief land en nog niet klaar voor de democratie. Er was te veel hysterie over zogenaamd fascisme, dat zeker niet erger was dan anarchie of communisme. Links gebruikte het als reclamewagen en het verbaasde hem dat Edmund daar zo gemakkelijk intrapte.

'Ik zou je ervan kunnen overtuigen dat ik weet waarover ik het heb,' zei hij, ritselend met zijn krant, 'maar dat mag ik helaas niet doen.' En vervolgens scherp: 'En als we wél zouden interveniëren en er daardoor weer oorlog zou komen, zou je nog steeds dienst weigeren, neem ik aan?'

Die vraag was eerder bezorgd dan provocerend. De broer van meneer Townsend was op het slagveld gesneuveld en zelf was hij in Passchendaele gewond geraakt. Hij had altijd waardering gehad voor Edmunds pacifisme.

Edmund haalde de schouders op.

'In principe, zeker,' zei hij. 'In de praktijk weet je het nooit tot het moment daar is.'

'Laten we dan een oorlog voorkomen en er niet een veroorzaken,' zei meneer Townsend, reutelend inademend, een duidelijk teken dat hij van streek was. En eindelijk begreep Edmund dat zijn rechtse, fanatieke, bureaucratische vader alleen maar een aardige zorgzame man was die niet wilde dat zijn zoon zou sneuvelen.

Jack hing twee dagen rond in zijn hotel, wachtend op nieuws, zijn ongeduld bedwingend en gekweld door vreselijke twijfel. Hij had met de minister gespeeld, vertrouwend op zijn verlangen te laten zien dat hij gelijk had, zijn wanhopige behoefte aan gunstige publiciteit, zijn wens om te 'geuren'. Jack had er geen twijfel over laten bestaan dat geen nieuws zou worden opgevat als slecht nieuws en hij zich niet met sprookjes zou laten afschepen. Maar manipulatie was altijd een vaag iets en het risico bestond altijd dat hij zijn hand had overspeeld.

Als Dolly ergens in de stad was, zouden ze haar zeker vinden en haar toch zeker wel bij hem brengen als levend bewijs van de republikeinse eerlijkheid...? Als ze in het Alcázar was en hij er lang genoeg op bleef hameren, misschien zouden ze dan besluiten haar eruit te halen, in het belang van een grote, broodnodige propagandastunt. In beide gevallen was ze in groot gevaar en hij kon dat gevaar nauwelijks groter maken...

Hij voelde een koude rilling van angst en twijfel aan zichzelf. Hij had niet alleen ter wille van haar gehandeld, maar zijn motieven waren egoïstisch, zoals altijd. Hij wilde haar weerzien en de ridder op het witte paard zijn, haar dankbaarheid en respect verdienen, zorgen dat ze spíjt kreeg. Hij probeerde zich haar verdrietig, diepbedroefd en hulpeloos voor te stellen, zoals ze was geweest toen ze hem verliet. Maar hij kon zich haar alleen maar herinneren als sterk, vol vertrouwen en vastberaden. Hij wilde die rollen vreselijk graag omdraaien, háár zwak zien en zichzelf weer sterk voelen, de altijd aanwezige geest van de mislukking uitbannen. Hij wilde diep, blindelings in de put van het verleden graven en goud vinden tussen het puin van de spijt. En door dat te doen, had hij misschien meer kwaad gedaan dan goed...

Toen hij ten slotte op het kantoor van de minister werd ontboden, ging hij erheen, voorbereid op leugens. Hij verwachtte dat er om de zaak heen gedraaid zou worden, er loze, geruststellende opmerkingen zouden worden gemaakt en hij was vastbesloten de duimschroeven aan te draaien.

'We hebben iemand naar het appartement van Montanis gestuurd,' deelde de minister hem mee. 'Een dienstmeisje deed open en zei dat Señora Montanis een paar weken geleden met haar kind naar familie was gegaan. Ze zegt dat ze geen idee heeft waarheen. Er is een routineonderzoek gedaan, maar niets wees erop dat er nog andere volwassenen in dat huis woonden. Het meisje heeft twee kinderen en is zwanger. Haar *novio* is gijzelaar. Ze gaf uiting aan een vreselijke haat voor Señor en Señora Montanis. Ze is anarchiste, hetgeen voor zichzelf spreekt.'

Hij maakte een verontschuldigend gebaar. De anarchisten waren hinderlijk, zoals altijd.

Jacks gedachten schoten vooruit. Als ze bij familie was, zou ze misschien nog in Albavera zijn, dat nu achter de fascistische linies lag...

'Ik wist dat u niet tevreden zou zijn met deze informatie,' vervolgde de minister. 'Zo'n meisje is geen erg betrouwbare informantiebron. Dus ben ik gaan informeren of men wist of señora Montanis in het Alcázar is. Ik heb vandaag van onze mensen daar bericht gekregen dat ze beslist niet bij haar man is...'

Jack slaakte een zucht van opluchting.

'... die trouwens is doodgeschoten.'

'Doodgeschoten?'

'Het is natuurlijk van grote waarde voor ons om bij te houden hoeveel slachtoffers er zijn gevallen. Luitenant Montanis is kennelijk tussenbeide gekomen bij een sadistische moordpartij op een gijzelaar en is doodgeschoten. Het afgrijzen over deze gebeurtenis heeft het algemeen verlangen naar overgave enorm doen toenemen. We verwachten dat er een muiterij zal uitbreken. De fascisten willen graag de indruk vestigen dat het Alcázar een symbool is van hun moed en eenheid. Maar zoals u hoort, is het een burcht van wreedheid en onderdrukking.'

'Hoe weet ik dat dit waar is?'

'Meneer Austin, als ik wilde liegen, had ik u gemakkelijk kunnen vertellen dat Señora Montanis in het Alcázar was en aan tyfus stierf, of nog erger. Als ik wilde liegen, zou ik haar fascistische echtgenoot zeker geen heldhaftige daad hebben toegeschreven. U zou moeten weten wanneer mensen liegen; u bent journalist. Ik geef u plechtig mijn woord als Spanjaard en socialist dat deze informatie waar is. Ik heb in goed vertrouwen gehandeld en dat moet u nu ook doen.' Hij maakte een gebaar naar Jacks notitieblok, om hem aan hun overeenkomst te herinneren. Jack keek hem lange tijd aan. Hij keek terug zonder zijn ogen neer te slaan en uiteindelijk was het Jack die zijn blik afwendde. Haar man was dood. Die gedachte maakte hem op een afschuwelijke, ontoelaatbare wijze blij. Ja, dat geloofde hij, al was het alleen maar omdat hij het wilde geloven...

Jack schreef een paar minuten, koortsachtig nadenkend. Er was een goede kans dat ze veilig was. Haar vader was waarschijnlijk fascist, en als ze nog in Albavera was, zou ze zich veilig en wel achter de nationalistische linies bevinden. Maar wat als ze niet meer in Albavera was? Misschien loog het dienstmeisje...

'Dit is alleen maar om u een ruw idee te geven van wat ik zou willen zeggen,' zei Jack ten slotte. 'De inlichtingendienst van het republikeinse leger meldt dat het moreel onder de verdedigers van het Alcázar daalt. Het is bekend dat ze zware verliezen hebben geleden. Hoewel het fort gemakkelijk stormenderhand ingenomen zou kunnen worden, is het beleg gerekt om te proberen hen tot overgave te dwingen en zodoende onschuldige levens te sparen. Bronnen dicht bij de regering geven me de verzekering dat de vrouwen en kinderen die zo wreed gedwongen zijn om het lot van hun mannen te delen niets zal overkomen. Tot hun genoegen konden ze bevestigen dat Señora Montanis ten tijde van de opstand niet in Toledo was. Het zal een schok voor haar zijn te vernemen dat haar man is doodgeschoten en ik zal mijn pogingen voortzetten om haar op te sporen en haar verzekeren dat de republiek haar graag een uitreisvisum zal geven, zodat ze haar ongeruste familie in Engeland kan bezoeken.'

De minister glimlachte stralend, maar Jack beantwoordde zijn glimlach niet.

'Kan ik het adres krijgen van het appartement van Montanis? Ik wil graag zelf het dienstmeisje spreken.'

'U zult merken dat ze agressief is en niet erg behulpzaam. Ze is een anarchiste.'

Jack overhandigde hem zijn notitieblok en keek hoe hij het adres opschreef. De minister zuchtte.

'Deze oorlog is niet zo eenvoudig als hij in de ogen van buitenlanders wel lijkt, meneer Austin. Hier, in deze stad, zult u socialisten vinden die priesters onderdak geven; aan de andere kant zult u falangisten vinden die rode intellectuelen beschermen. We zijn niet allen bloeddorstige extremisten. Als u Señora

Montanis vindt, vertrouwt u mij alstublieft, laat u het mij weten. Ik heb zelf vrouw en kind en zou de zaak persóónlijk afhandelen. Begrijpt u me? Ik zou de dame graag willen verzekeren dat ze niets te vrezen heeft.'

Maar jij wel, dacht Jack, terwijl hij hem de hand schudde. Als hij werkelijk zo gematigd was als hij beweerde, waren zijn dagen zeker geteld.

Het onderkomen van de familie Montanis bleek heel bescheiden, een appartement op de eerste verdieping, met een kleine, ommuurde binnenplaats voor het gebouw, in een vervallen wijk van Toledo. Het was Dolly beslist minder goed gegaan in de wereld en Jack kon de vluchtige gedachte niet onderdrukken dat hij heel wat beter voor haar had kunnen zorgen.

Hij keek omhoog naar het kleine balkon, waar een aantal potten met geraniums stond te bloeien en probeerde zich voor te stellen hoe ze die water stond te geven, de luiken open- en dichtdoend en leunend tegen het smeedijzeren hek. Hij moest daar een paar minuten in gedachten verzonken hebben gestaan, toen hij een bal naar zich toe zag vliegen en automatisch zijn hand uitstak om hem te vangen.

Drie kinderen stonden argwanend naar hem te kijken, een donker, klein meisje van acht of negen en twee jongere jongens, van wie er een als twee druppels water op Dolly leek. Hij had haar donkere ogen, haar volle mond en haar donkere, weelderige haar. De gelijkenis benam Jack de adem. Hij gooide de bal terug naar de jongen, waarbij hij hem ernaar liet hollen. Hij keek gefascineerd toe.

'Hoe heet je?' vroeg Jack, terwijl hij naast hem hurkte, plotseling hopend dat zij er zou zijn.

Het kind was heel verlegen, gaf geen antwoord en staarde hem wantrouwend aan.

'Wat wilt u weten?' vroeg de andere jongen op de man af. 'Wie bent u?'

Het was een brutaal ventje, dacht Jack, terwijl zijn ondervrager hem onverschrokken opnam met een paar felblauwe ogen. Jack negeerde hem en sprak weer tegen het kleine, donkere jongetje.

'Is je mama thuis?' vroeg hij vleiend. Maar het kind draaide zich om en rende het huis in, onmiddellijk gevolgd door zijn twee maatjes, het meisje giechelend en de jongen met een boos gezicht.

Even later kwam er een jonge vrouw naar buiten, kennelijk het dienstmeisje. Ze had een blozend, stuurs gezicht en om haar hals droeg ze een rood met zwarte sjaal.

'*Salud,*' zei Jack. Niemand zei nog *buenos días* in het republikeinse Spanje. Het meisje keek hem achterdochtig aan en beantwoordde zijn groet niet.

'Is Señora Montanis thuis?' vroeg Jack. 'Ik ben een vriend van haar, uit Engeland.'

'Ze is er niet. Ze is weggegaan. Ik weet niet waar ze is. Dat heb ik hun al verteld.'

'Weg?' herhaalde Jack verbaasd. 'Zonder jou te vertellen waar ze heen ging?' Het meisje knikte agressief. 'Maar... waarom heeft ze dan haar zoon bij jou gelaten? Ik zag hem buiten spelen met zijn vriendjes. Ze heeft me een foto van het kereltje gestuurd, dus herkende ik hem meteen.'

Het meisje opende haar mond, maar deed hem meteen weer dicht.

'Ik weet dat je gisteren tegen hen hebt gezegd dat ze haar kind had meegenomen,' vervolgde Jack onverstoorbaar. 'Je had gelijk om te proberen hem te beschermen. Waar is Dolores?'

Hij haalde een bankbiljet uit zijn portefeuille en hield het haar voor.

'Ik wil uw geld niet,' zei het meisje heftig. 'Hoe weet ik dat u een vriend van haar bent? Als u een vriend van haar bent, moet u... dan moet u fascist zijn?'

'Ik weet dat ze thuis is geweest bij haar moeder, in Albavera,' vervolgde Jack geduldig, nog steeds glimlachend. 'Ze heeft me geschreven dat haar moeder is gestorven. Maar dat was een paar weken geleden en ze schreef terug te gaan naar Toledo. Vertel me alsjeblieft de waarheid. Ik verzeker je dat ik geen fascist ben, alleen maar een vriend uit Engeland. In Engeland maken we ons allen heel ongerust over Dolores. En ik weet dat je het beste met haar voor hebt, omdat je hebt gelogen om haar zoontje te beschermen.'

Hij haalde nog een bankbiljet te voorschijn.

'Heb je je loon al gehad?' vroeg hij. 'Wie betaalt je loon?'
'Ik heb een maand geen loon gehad,' verklaarde het meisje, 'maar ik ben niet voor geld te koop. Ik werk hier omdat ik ervoor kies te werken. Ik kies ervoor.'
Ze haalde luidruchtig haar neus op en Jack besefte dat ze bijna stond te huilen.
Ze had het even moeilijk met zichzelf, terwijl Jack zijn paspoort te voorschijn haalde.
'Kun je lezen?' vroeg hij. 'Hieraan kun je zien dat ik Engelsman ben. Aan mijn slechte Spaans kun je het ook horen.'
Hij tilde haar kind op, zodat ze hem aankeek, en hij kreeg medelijden met haar. Ze was zelf nog maar een kind.
Het meisje snoof en snoot haar neus, nerveus van links naar rechts kijkend. De deur naar het huis stond op een kier en Jack duwde haar naar binnen. Het was donker en koel in de gang en hij hoorde de kinderen tegen elkaar schreeuwen in het appartement boven.
'Ik beloof dat jou, de kinderen en Señora Montanis niets zal overkomen. Neem alsjeblieft je loon aan. Dolores zou willen dat je je loon had. Je moet eten kopen; je hebt geld nodig.'
Het meisje nam het geld zonder enig enthousiasme aan en stopte het in de zak van haar schort. Lange tijd zei ze niets en Jack wachtte zwijgend.
'Dolores is dood,' zei ze ten slotte bijna onhoorbaar. 'Ze móet dood zijn. Hoe moet ik dat aan het kind vertellen? De vader een fascist en de moeder dood. Hoe kan ik hem dát vertellen?' Haar ronde schouders begonnen te schokken. 'En mijn *novio* is gegijzeld. En mijn broer en mijn hele familie zijn dood. Allemaal dood.'
Haar stem ging van een gejammer in één adem over in een zacht gefluister.
'Hoe weet je dat ze dood is?' vroeg Jack. Ze was een heel eenvoudig meisje en hysterisch. Hij geloofde niet dat Dolores dood was. Hij wilde met haar in discussie gaan en zeggen dat ze gek was. En hij voelde zijn boosheid en ongeduld opborrelen, maar hield zijn stem rustig. 'Hoe weet je dat?'
'Mijn broer Tomás werkt op haar vaders land. Vorige week heeft hij zijn dochter naar me toegestuurd, omdat de fascisten

nog maar twee dagen verwijderd waren. De arbeiders hadden de oude man vermoord en Dolores gegijzeld. Mijn broer kon het niet voorkomen. En nu zijn de fascisten in Badajoz en moeten ze Albavera hebben ingenomen. En als ze Albavera hebben ingenomen, is al mijn familie dood en Dolores ook. De Moren máken geen gevangenen. Toen Tomás Petra naar me toe stuurde, wist ik hoe het zou gaan. Ik wíst hoe het zou gaan.'

Jack sloot zijn geest af voor de beelden die hij in zijn verhalen voor de krant zo levendig had geschilderd, verhalen over slachtpartijen en verminkingen, wreedheden die zó afgrijselijk waren dat ze niet hoefden te worden aangedikt, wreedheden die nog erger waren dan die welke door de republiek werden bedreven. Of ze door de Moren of door de boeren was vermoord, haar lot zou vreselijk zijn geweest. Het was niet waar. Het kón niet waar zijn.

'Hoe moet het met het kind?' vroeg Jack hees, zijn kalmte herwinnend. Misschien kon hij de jongen naar Engeland halen. Edmund zou hem zeker willen adopteren, want hij wilde vreselijk graag een kind. 'Als het waar is dat Dolores dood is, is haar kind nu een wees want luitenant Montanis is ook dood.'

De ogen van het meisje werden groot van schrik en vulden zich opnieuw met tranen. Als ze haar werkgever werkelijk haatte, had ze een vreemde manier om dat te tonen.

'Hoe weet u dat?'

'Ik ben journalist en ken bepaalde mensen in de regering, die nieuws hebben ontvangen uit het Alcázar. Ik ben gekomen om het Dolores te vertellen en haar mee te nemen naar Engeland.'

'Is hij in de strijd gesneuveld?'

'Geraakt door een kogel van de vijand,' zei Jack. Hij wilde haar niet het hele verhaal vertellen. Het meisje boog haar hoofd. 'De jongen heeft familie die graag voor hem zal willen zorgen. Ik weet zeker dat Dolores het zo zou willen.'

'Nee!' riep ze uit. 'Ík zal voor hem zorgen! Het is net of het mijn eigen kind is, ze zijn als broers opgegroeid! Niemand haalt Andrés weg. Niemand!'

Jack zou de Spanjaarden nooit begrijpen. Volgens haar eigen zeggen had de broer van dit meisje Dolores gegijzeld en misschien zelfs de hand gehad in haar dood, en toch was ze duidelijk bereid het kind van Dolores met haar leven te verdedigen. Het was niet te begrijpen, en toch was het volledig begrijpelijk in een burgeroorlog, of misschien in elke oorlog.

'Niemand zal hem bij je weghalen,' zei Jack vriendelijk, niet opgewassen tegen haar heftigheid. 'Hoe heet je?'

'Rosa,' mompelde ze. 'Rosa García.'

'Goed, Rosa, ik laat nu wat geld bij je achter, voor de jongen. En zo nu en dan kom ik terug en krijg je meer. Ik ben een soort oom van hem, begrijp je? En mocht Dolores terugkomen, dan moet je haar dit geven.'

Hij schreef wat op zijn notitieblok, scheurde de bladzijde eruit en stopte die in een envelop.

'Ik heb verteld van haar man en haar dringend gevraagd contact met me op te nemen,' zei Jack. 'Vertel haar alsjeblieft dat haar vrienden en familie zich zorgen over haar maken en dat ik ervoor zal zorgen dat zij en het kind kunnen teruggaan naar Engeland, als ze dat wil. Wil je haar dat vertellen? En zul je contact met mij opnemen als je hulp nodig hebt? Ik zal in Madrid zijn. Hier zijn mijn adres en telefoonnummer. Als je je naam achterlaat, kom ik meteen.'

Hij gaf haar zijn kaartje en ze stopte het met de envelop in haar zak. Deze keer stribbelde ze niet tegen over het geld. Jack wilde het gesprek nu graag beëindigen en het huis verlaten waarin Dolly had gewoond. Ook wilde hij het jongetje met zijn moeders grote, donkere ogen niet meer zien. Wat een smerige, stomme, boosaardige oorlog was dit! De oorlog die zulke goede kopij opleverde, de oorlog waardoor hij zoveel controversiële balletjes kon opgooien en die hij bijna had verwelkomd. Dolly dood. Het was niet mogelijk. Dolly, jong, mooi en dood, en allemaal voor niets. Het was als een straf voor hem vanwege zijn gebrek aan sympathie, zijn opportunisme, zijn gevoelloze, journalistieke oog. Die ellendige Edmund en zijn brief! Dolly was vijf jaar geleden gestorven en nu zou hij het allemaal nog een keer moeten doormaken.

Het meisje begon weer te huilen. Hij wilde haar wel troosten, al was het alleen maar om zichzelf te troosten, maar hij wilde ook weglopen en ontkennen dat dit allemaal gebeurde. Impulsief sloeg hij zijn arm om het snikkende meisje en gaf haar een knuffel.

'Er is nog hoop,' zei hij. 'Er is áltijd hoop. Misschien heeft ze kunnen vluchten.' Maar ze schudde heftig het hoofd en toen kwamen de kinderen de trap afrennen en liep hij snel weg.

Toen hij in het hotel terug was, begon hij aan een brief aan Edmund, maar zijn hand trilde zó hevig dat hij de brief moest verscheuren en opnieuw moest beginnen op zijn schrijfmachine, de machine die hij honderd jaar geleden van Clara's geld had gekocht.

> *... ik heb het meisje mijn kaartje gegeven en een briefje achtergelaten voor Dolly, dus als blijkt dat ze leeft, horen we hopelijk van haar. Ik ga hoe dan ook terug naar Toledo, om te kijken. Albavera is nu in handen van de fascisten; ik kan onmogelijk achter de linies komen en al zou ik het proberen, zou het zijn of je een speld in een hooiberg zoekt. Als Dolly het heeft overleefd, zal ze zo verstandig zijn geweest zich bij de autoriteiten te melden als vrouw van een opstandige officier – aannemend dat ze wist dat haar man heeft meegedaan aan de opstand – of te vluchten. Eén ding is zeker. Als ze nog leeft, komt ze vroeg of laat naar Toledo, vanwege het kind.*
> *Ik heb haar zoontje gezien, dat als twee druppels water op haar lijkt, en heb ervoor gezorgd dat het dienstmeisje genoeg geld heeft. Toen ik opperde om hem naar Engeland te laten gaan, werd ze bijna hysterisch, maar het lijkt me een voor de hand liggende oplossing. Kan zoiets via de consul geregeld worden? Misschien weet je vader dat.*

Hij had daar willen stoppen, maar werd zwak, belast met te veel gedachten, te veel walging.

> *Plotseling schaam ik me voor de manier waarop ik mijn brood verdien; ik voel me een oorlogsprofiteur en misschien ben ik dat ook wel. Ik dacht altijd te begrijpen waarom jij pacifist bent, maar ik begreep het helemaal niet, dat doe ik nu pas. Ik dacht altijd dat ik begreep waarom mensen in oorlogen vechten, maar dat heb ik eveneens nu pas begrepen...*

Een klein dorp op twintig kilometer afstand van Badajoz. Hij herinnerde zich dat ze daarover had gesproken op die grauwe dag in november, een oord waarvan hij nooit had gehoord noch ooit had gezien. En nu zou dat laatste ook nooit gebeuren. Het zou zelfmoord zijn en geen enkele zin hebben om te proberen door de linies heen te komen. De fascisten zouden hem nooit een visum geven en als ze dat wel deden, zou de republiek hem nooit meer toelaten. Het beste wat hij kon doen, was op zijn post in Madrid blijven, contact houden met Rosa, bidden dat Dolores boven water zou komen en haar overhalen terug te gaan naar Engeland.

De situatie aan het front in Estremadura was verschrikkelijk, zó verschrikkelijk dat de regering alle journalisten had verboden erheen te gaan, bang dat het republikeinse moreel nog verder zou zakken. Door dat verbod was Jack vastbesloten zelf te gaan kijken. De republiek zou er beter aan doen haar nederlagen bekend te maken dan haar overwinningen, hoewel er geen noemenswaardige overwinningen geweest waren. Tot dan toe waren de fascisten nauwelijks op enige tegenstand gestuit. Het was gebleken dat het Afrikaanse leger niet was tegen te houden, het was een schitterende, meedogenloze vechtmachine, die gesteund werd door goede dekking vanuit de lucht. De Duitse vliegtuigen en piloten veegden de vloer aan met de republikeinse luchtmacht. Wat Malraux en zijn veelgeroemde squadron betreft, de zogenaamde redders van Spanje, wat Jack betrof hadden ze net zo goed thuis kunnen blijven. Hij had een aantal van de Franse piloten geïnterviewd, die met de gebruikelijke aanhang waren ondergebracht in hotel Florida, en had gemerkt dat ze wel heel erg tevreden met zichzelf waren, gezien hun tot dan toe povere staat van dienst. Mensen die de oorlog als een avontuur beschouwden, verloren altijd snel hun belangstelling als het nieuwtje er eenmaal af was en Jack meed hun gezelschap. Hij gaf de voorkeur aan eerlijke huurlingen, zoals hijzelf.

Hij had zich aangesloten bij twee fotografen die eveneens het verbod aan hun laars wilden lappen en over een uur zouden ze in een huurauto vertrekken om te zien hoe ver ze konden komen. Laszlo, een Hongaar, en zijn vriendin, Thérèse, een knappe, roodharige Parisienne, werkten allebei voor een Franse krant.

Het was gebleken dat ze uiterst realistisch en professioneel te werk gingen, zonder het zelfingenomen amateurisme dat Jack zo irritant vond. Ze waren eerlijk over hun ambitie, wilden graag succes en maakten totaal geen drukte over hun levensgevaarlijke moed. En nadat ze in de loopgraven ternauwernood aan de dood waren ontsnapt, waren ze zó uitgelaten dat iets ervan op Jack afstraalde. Hij nam hen hun uitbundigheid niet kwalijk, omdat die oprecht was en ze klopten zich niet op de borst dat ze Spanje een dienst bewezen. Ze waren beiden arm geweest, nog armer dan Jack, arm in Parijs, waar armoede niet zo kil en onaantrekkelijk was. Ze waren uitbundig, stoer en charmant en zoals altijd maakte Jack zich die dag zorgen dat ze een keer te veel risico zouden nemen. Zoals altijd benijdde hij hen om hun hartstocht voor het leven en voor elkaar, hun gebrek aan schaamte daarvoor, hun vermogen om te voelen en hun gevoelens te tonen.

Maar die dag lette hij niet op hun dwaze grappen en droge opmerkingen, terwijl de auto voortsnelde over de weg vol kuilen. Ze passeerden verschillende groepen vluchtelingen, hoofdzakelijk vrouwen en kinderen, die op weg waren naar Madrid. Ze sloften moeizaam voort, hun schamele bezittingen met zich meedragend. Hun voeten bloedden en op hun gezichten stonden slechts ellende en verdriet te lezen. Ze vormden pakkende beelden, maar steeds banalere kopij; het wás allemaal al eens gezegd en hoeveel indruk had het gemaakt?

Af en toe schoot Jack overeind omdat hij dacht Dolly te zien en één keer liet hij de auto stoppen en rende achter een jonge vrouw aan, die natuurlijk Dolly niet was. Jack wist niet wat hij tegen haar moest zeggen, dus duwde hij haar wat geld in de hand, waarbij hij zich onhandig en boos voelde dat ze Dolly niet was, alsof het háár schuld was.

Wat zou op de lange duur erger zijn voor Spanje, een snelle fascistische overwinning of een lang uitgesponnen republikeinse nederlaag? Omdat er geen republikeinse overwinning kón zijn. Niet zonder een plotselinge, massale injectie van opgeleide soldaten plus wapens. En geoefende soldaten en wapens hadden hun eigen prijs, een hoge prijs. Die konden alleen gekocht worden door de revolutie of wat ervan over was, te verkwanselen.

Dan konden ze beter worden gekocht bij de beste koopman

in die branche, de enige die bereid was de transactie te sluiten. Goeie, ouwe Jozef Stalin wist hoe je moest verkopen. Als je eenmaal een voet tussen de deur had, was de rest gemakkelijk.

10

Tomás en Dolores gingen te voet naar Toledo. Het vervoer dat beschikbaar was, was gevorderd voor militair gebruik en alleen de gewonde vluchtelingen hadden enige hoop dat ze zouden worden opgepikt. Ze liepen een week lang door een steeds veranderend landschap, door uitgestrekte velden geel graan, zilvergroene olijfgaarden, weidegronden met schapen, begroeid met papavers, wilde rozen en kamperfoelie. Ze sliepen als de zon hoog stond, om de gloeiende oven van de open weg overdag te vermijden. Ze rustten uit wanneer ze schaduw konden vinden, hun proviand aanvullend met wat ze onderweg tegenkwamen. Dolores verloor elk gevoel voor tijd en zweefde op een wolk van voortdurende pijn, niet alleen van haar bloedende voeten, die vol blaren zaten, maar door het letsel dat ze had opgelopen, had ze vreselijke hoofdpijn. De wond boven haar oor was geheeld, maar de kogel was langs haar hersenpan geschampt en in haar somberder momenten was ze bang dat hij diepere, onzichtbare schade had aangericht, dat ze zou sterven vóór ze haar zoontje had gevonden – een angst die haar lichaam voortdreef lang nadat de reserves aan kracht waren uitgeput.

Toen Toledo eindelijk in zicht kwam, met hoog op de rots het Alcázar, leek het een visioen van de hemel en Dolores versnelde haar pas, vol nieuwe energie omdat de tocht bijna voorbij was. Maar Tomás hield haar terug en herinnerde haar eraan dat ze moesten wachten tot het donker was, zodat de buren niet zouden zien dat ze thuiskwam. Ze zouden tegen de patrouilles van de militie zeggen dat ze man en vrouw waren, maar verder de waarheid vertellen. Er was geen sprake van dat Dolores in haar huis kon blijven, waar ze herkend zou worden als de vrouw van een opstandige officier. Daardoor zou ze zichzelf, de kinderen en Rosa in groot gevaar brengen.

Dolores knikte, niet in staat verder na te denken dan het moment waarop ze Andrés weer zou zien. Het praktische probleem van het vinden van een ander onderkomen, na acht dagen in de open lucht, drong nauwelijks tot haar door. Honger en vermoeidheid maakten haar euforie alleen maar groter. Over een paar uur zou ze thuis zijn, zou ze haar kind in haar armen houden en dan zou spoedig, als God het wilde, het Alcázar worden ontzet en zou Lorenzo veilig weer bij haar terugkomen...

'Het duurt niet lang meer, Lole. Niet lang meer,' zei Tomás zacht, terwijl de zon dichter naar de horizon gleed. 'Probeer wat te rusten.' Hij vond het leuk om haar met dit koosnaampje aan te spreken, een naam waarmee niemand haar aansprak, alsof hij haar oude identiteit wilde uitbannen, haar eraan wilde herinneren dat ze nu gelijken waren.

Dolores zakte neer op het gras. Het was een tweede natuur geworden om Tomás te gehoorzamen. Sinds de nacht van haar vreselijke droom, toen hij haar weer in slaap had gesust, was hij altijd aardig, sterk, wijs en geruststellend geweest. Hij had zijn eigen verdriet verdrongen en alleen maar aan haar gedacht. Door schuldgevoel en dankbaarheid was Dolores onderdanig geworden, nederig. Die man had iets indrukwekkends en waardigs; ze was hem gaan bewonderen en volledig gaan vertrouwen. Toen ze zich de boze beschuldigingen van Ignacia herinnerde, had ze zich eerst afgevraaggd of hij een beloning verwachtte voor zijn diensten. Ze betrapte hem er een paar keer op dat hij naar haar keek en een of twee keer, toen ze elkaar toevallig aanraakten, was ze bang geweest dat hij lichamelijke toenadering zou zoeken. Ze was er bang voor geweest, niet vanwege de toenadering op zich, maar omdat ze bang was hem pijn te doen door hem af te wijzen. Maar het bleek dat ze zich voor niets ongerust had gemaakt. Hij bleef keurig op een afstand en alleen zijn ogen verriedden hem.

Terwijl ze naar de ondergaande zon zaten te kijken en hun laatste eten opaten, maakte Dolores van de gelegenheid gebruik hem om nog meer hulp te vragen.

'Bedankt voor alles wat je voor me hebt gedaan, Tomás.'

'Je hóeft me niet te bedanken. Je bent altijd goed voor mijn familie geweest. Ik heb je vader gedood en zou jou eveneens hebben kunnen doden. Dus nu is mijn schuld gedeeltelijk afgelost.'

En ik heb je vrouw gedood, dacht Dolores. Ik heb je vrouw gedood en zal voor altijd bij je in de schuld staan.

'Ik wil je nóg een gunst vragen,' zei ze. 'Ik weet dat het niet veilig voor me is om in Toledo te blijven, maar ik kan niet weggaan voor ik iets over mijn man heb gehoord. Ik kan niet weggaan voor ik hem heb laten weten dat we in veiligheid zijn. Hij moet zich vreselijke zorgen maken over wat er met ons is gebeurd.'

'Hij kan wel dood zijn,' zei Tomás nors. 'En hij zou trouwens niet willen dat je de aandacht op jezelf vestigde. En het is onmogelijk om berichten door de linies te krijgen.'

'Hoe weet je dat? Kun je niet met de militie praten?'

'En toegeven dat ik de vrouw van een opstandige officier verborgen houd? Denk eens na over wat je zegt!'

'Maar een van Roberto's vrienden zou toch wel helpen? Rosa weet wel met wie je moet praten. Misschien kunnen we nieuws over Lorenzo uitwisselen tegen nieuws over Roberto. Daar kan geen van beide kanten toch bezwaar tegen hebben?'

'Je raaskalt, Lole. Dat is een waanzinnig idee.'

Ze haalde diep adem voor ze rustig zei: 'Dan zal ik in Toledo moeten blijven. Ik zal me verborgen moeten houden en wachten tot het Alcázar wordt ontzet of valt. Ik kan mijn man niet zomaar in de steek laten. Als ik thuis was geweest toen het gebeurde, zou ik niet gevlucht zijn maar op hem gewacht hebben.'

'Denk je dat er fascistische troepen zullen komen om hem te redden? Dat zal niet gebeuren. Binnenkort is het Alcázar niet meer dan een hoop puin. Treur nu om je man, Lole. Red je eigen leven en dat van je zoon. We halen Andrés en Petra op en nemen hen mee naar Madrid. Heb ik je zo ver gebracht om je in vreselijk gevaar achter te laten? Denk aan je zoon. Wil je hem ertoe veroordelen jouw lot te moeten delen? Waarom denk je dat je man hem bij Rosa heeft achtergelaten? Als je eerlijk wilt zijn ten opzichte van hem, moet je je kind meenemen en vluchten. Dat zou hij willen.'

'Help me dan. Help me om hem bericht te sturen. Een korte boodschap maar, alleen "Dolores en Andrés veilig bij Ramón". Niemand zal verder begrijpen wat dat betekent. Dan weet hij in elk geval waar ik heen ben.'

'Droom je nog steeds van een fascistische overwinning?'

'Ik heb nog steeds hoop voor het leven van mijn man. Wat zou ik anders voor een vrouw zijn? Help me alsjeblieft, Tomás. Alsjeblieft.'

Het ontroerde hem haar te horen smeken. Kon haar man haar nu maar zien, smekend voor een eenvoudige arbeider, haar lange haar vies en ongekamd, haar ogen rood en gezwollen van vuil, hitte en tranen, haar lichaam niet langer heerlijk ruikend, maar stinkend naar zweet en vuile kleren. Ze was nog steeds mooi, mooier, omdat ze niet langer ontoegankelijk was.

'Goed,' zei hij ten slotte. 'Ik zal zien wat ik kan doen. Maar ik zal zeggen dat de boodschap van de zieke zuster van je man in Madrid komt, dat ze Rosa een brief heeft geschreven of er nieuws was. Niemand moet dit met jou in verband brengen. We kunnen niemand vertrouwen. Niemand.'

'Dank je wel,' zei ze, en hij zag hoe de bezorgde uitdrukking op haar gezicht veranderde in opluchting, dankbaarheid en hoop. Het maakte dat hij zich machtig voelde en zwak tegelijk.

'Intussen,' vervolgde hij stuurs, 'moet je me de ringen van je moeder geven. Ze maken jou verdacht en we moeten ze verkopen. Misschien moet ik mensen omkopen.'

Kort na hun ontsnapping had hij haar de ringen af laten doen en daar was een hoop speeksel voor nodig geweest en haar knokkels hadden pijn gedaan. Dolores nam een zakdoek uit haar zak en haalde de ringen te voorschijn. Zonder tegenstribbelen gaf ze die aan hem. Ze gaf hem al haar aardse bezittingen, haar erfenis, haar bruidsschat.

'Natuurlijk. Rosa zal geld nodig hebben, maar ik heb geen idee wat ze waard zijn. Ik heb ze alleen als aandenken meegenomen.'

Tomás had geen belangstelling voor de waarde ervan. Zonder de ringen was ze straatarm, zonder de ringen kon ze niet aan hem ontsnappen. Ze was nooit arm genoeg geweest om te weten hoe stom het was wat ze had gedaan.

Bij het vallen van de duisternis liepen ze Toledo in en werden daar inderdaad aangehouden en ondervraagd door gewapende wachtposten, agressieve jongemannen die sjofel gekleed waren in blauwe overalls. Tomás deed het woord en haalde zijn vakbondskaart te voorschijn, waarvan de anarchistische leden van de militie niet erg onder de indruk waren, maar het verminderde in elk geval hun achterdocht. Ze werden kortaf naar het gemeentehuis verwezen, waar ze papieren zouden krijgen, iets te eten en tijdelijk onderdak. Maar de nadruk lag op tijdelijk. Toledo had geen plaats voor vluchtelingen. Ze zouden verder moeten trekken.

De smalle, kronkelende straten van de stad waren versperd door prikkeldraad en barricaden en Dolores moest een omweg maken, wat niet meeviel, omdat alles donker was. Het appartement zag er verlaten uit, er scheen geen verwelkomend licht door de luiken en Dolores had het zwaar te verduren, terwijl ze alleen in het donker stond te wachten en Tomás de trap opging en zacht op de deur klopte.

Het leek heel lang te duren voor er iemand opendeed, maar toen hoorde ze eindelijk zachte stemmen en een gesmoorde vreugdekreet. Ze rende de trap op, de open deur door en langs een sprakeloze Rosa regelrecht naar de slaapkamer van de kinderen.

'Laat haar maar,' zei Tomás tegen zijn zuster. 'Laat haar alleen met haar zoon.'

Rosa klemde zich huilend aan hem vast, terwijl hij haar vertelde wat er gebeurd was.

'Ik dacht dat je dood was,' stamelde ze, helemaal in de war van emotie, 'en dacht dat Dolores ook dood was. Ik heb tegen de Engelsman gezegd dat ze dood was.'

'De Engelsman?'

'Hij kwam haar het nieuws brengen dat Lorenzo dood is.'

'Haar man is gesneuveld?'

'Hij zei het van iemand in de regering te weten, die bericht had gekregen achter de linies vandaan. Hij was gekomen om haar dat te vertellen en haar en Andrés mee te nemen naar Engeland. Als ze ooit terugkwam, moest ik haar dit geven. Hij zei dat hij zou terugkomen.' Ze haalde de envelop en het kaartje uit haar zak. 'Hij herkende Andrés van een foto, dus kon ik niet liegen. Hij wilde hem meenemen, maar dat heb ik niet goedgevonden. O, Tomás! Hoe moet ik haar vertellen dat haar man dood is?'

'Zeg maar niets,' zei Tomás scherp. 'Zeg niets van die Engelsman.' Hij pakte de brief en het kaartje uit haar hand.

'Maar ze zou in Engeland veilig zijn,' zei Rosa verbaasd. 'Hier is ze in gevaar. En ze is nu weduwe.'

Ze hapte verschrikt naar adem toen Tomás een lucifer nam en de brief en het kaartje verbrandde. Zonder één spier te vertrekken, liet hij ze opbranden tot aan zijn vingers.

'Ja,' zei hij, 'ze is nu weduwe.'

Het was stikheet met de luiken dicht en Ramón verlangde naar de ochtend. Dan zou Marisa thuiskomen en kon hij weer lucht en daglicht krijgen. De vorige avond had hij ze op een klein kiertje gezet, terwijl hij bij kaarslicht in zijn notitieboekje krabbelde, maar binnen een paar minuten was een of andere communistische bullebak van het huiscomité vloekend en schreeuwend op zijn deur komen bonzen dat hij het licht moest uitdoen.

De bommen waren op het ministerie van Oorlog gevallen, dicht genoeg bij voor Ramón om te denken dat zijn laatste uur had geslagen, maar net niet dicht genoeg om de verduistering draaglijk te maken in de verstikkende augustushitte. Het waren Duitse vliegtuigen geweest en de aanval had tot woedende demonstraties voor de ambassade geleid. Ramón had een lage dunk van de Duitsers en in feite haatte hij alle buitenlanders, maar nu moest hij toegeven dat ze hun nut hadden.

De communisten en socialisten hadden het burgerverdedigingssysteem georganiseerd, gezien het feit dat de anarchisten niet in staat waren wat dan ook te organiseren. Ramón had tijdens een wijkbijeenkomst te horen gekregen dat hij op zijn beurt ook moest luisteren naar de sirenes, het teken dat iedereen naar de schuilkelders moest gaan. De bewoners zonder handicap kregen opdracht om de straatlantarens blauw te verven. Marisa was blij geweest dat ze 's avonds in goed geventileerde ruimten werkte en Ramón had gewild dat hij gedurende die dreigende uren van duisternis zou kunnen slapen. Maar hij kon nooit slapen tot Marisa veilig thuis was.

Zoals de zaken ervoor stonden, moest hij bij kaarslicht werken met de luiken dicht – sterker licht scheen door de kieren – waardoor hij hoofdpijn en ademnood kreeg. Wat vluchten naar een kelder betreft, hij zou liever door een bom sterven dan zich aan zo'n claustrofobische marteling onderwerpen. Bovendien was er geen gevaar. De bommen zouden zeker op regeringsgebouwen gegooid worden, op de vliegvelden, op fabrieken en niet op een armzalige woonwijk.

Hij nam nog een borrel, veegde het zweet van zijn voorhoofd en sleep het potlood met zijn scheermes, zijn toevlucht zoekend in fantasie.

Zoals ik al van X had gehoord, gaan de bombardementen door. En ik heb uit betrouwbare bron vernomen dat de stad binnen de maand moet vallen. Volgens instructies blijf ik een gedetailleerd verslag bijhouden van de dagelijkse gebeurtenissen en informatie doorgeven via de gebruikelijke kanalen. Vandaag heb ik de volgende waarnemingen gedaan...

Hij grinnikte bij zichzelf, terwijl hij zich voorstelde hoeveel van zijn akelige buren zouden worden gearresteerd en doodgeschoten wegens zijn bewijsmateriaal tegen hen. Hij zag het al voor zich: zodra de stad gered was, zouden die schoften overlopen en doen alsof ze de nationalistische zaak steunden, om hun eigen ellendige huid te redden. Maar ze zouden hém niet ontsnappen. Hij had hun naam, verblijfplaats en uitspraken letterlijk opgeschreven. Met hun eigen woorden hadden ze zichzelf dag in dag uit opgehangen. Nu lachten ze hem uit en maakten spottende opmerkingen over zijn kreupele been. Ze hadden altijd geweigerd te geloven dat hij van deftige afkomst was, bogen op straat voor hem en noemden hem 'Hoogheid' en af en toe lieten ze hem struikelen of gaven hem een duw, zodat hij op straat viel. Maar spoedig zouden ze beseffen dat hij niet alleen van goede familie was, maar ook geheim agent, die al hun bewegingen rapporteerde. Ze zouden zich in het stof buigen en huilen en smeken of hij tussenbeide wilde komen, terwijl hij trots zou toekijken hoe ze stierven...

Hij schreef heel netjes en met dunne uithalen, beschreef beide zijden van het papier en verfraaide elke bladzijde met zijn initialen. Er was geen ruimte in de laars meer voor geld en het pak bankbiljetten lag bij het pistool onder de vloer, want zijn notitieboekje was veel kostbaarder geworden dan geld. Op de dag van de bevrijding zou zijn notitieboekje het paspoort zijn tot beloning en roem. En op een dag zouden zijn memoires worden gepubliceerd, kinderen zouden op school leren hoe vindingrijk en moedig hij was geweest en ze zouden lezen over de jaren dat hij incognito onder het volk had geleefd om wille van zijn geliefde land. En Marisa zou samen met hem opklimmen. Hij was tot de conclusie gekomen dat ze gelijk moest hebben en het kind van een edelman moest zijn, dat door boeren was ontvoerd. Als dat niet het geval zou zijn, zou hij haar gezelschap onverdraaglijk vinden. Ze was natuurlijk opgegroeid als een beest, maar hij had haar precies op tijd gered, vóór de schade onherstelbaar was geworden. Op een dag zou ze zijn gemalin zijn en zou hij haar zijn erfgename maken.

Het nieuws was altijd verwrongen en verdraaid door leugens en propaganda, maar hij begreep uit de uitzendingen van generaal Queipo de Llano, de grote patriot, dat Moorse troepen weer een heldhaftige overwinning hadden behaald bij Badajoz en het uit de handen van de arbeiders hadden bevrijd, hetgeen moest betekenen dat het landgoed van zijn vader veilig achter de nationalistische linies lag. Hij hoopte uit de grond van zijn hart dat het gespuis eerst zijn vader had vermoord voor het zelf werd afgeslacht. Wat een verrukkelijke ironie dat de boeren zijn erfenis zouden hebben vrijgemaakt! Want hij zou nu zeker erven. Zijn heilige, oudste broer zou onderhand wel levend verbrand zijn in zijn kerk, een passend eind voor iemand die dacht dat *braceros* een ziel hadden. Wat zijn zuster betreft... ach, hij zou natuurlijk voor Dolores zorgen. Ze was met een pauper getrouwd en zou zijn hulp nodig hebben. Hij zou zijn rijkdom met haar delen, ervoor zorgen dat ze mooie jurken had, bedienden en een auto. En hij zou royaal zijn ten opzichte van zijn neefje, die hem zou respecteren en meer van hem zou houden dan van die zak van een vader van hem. Ja, Dolores zou op een dag reden hebben hem dankbaar te zijn. Ze was een dwaas kind, maar hij was op haar gesteld.

Hij zette zwierig zijn initialen op de laatste bladzijde en stopte zijn notitieboekje samen met zijn lidmaatschapkaart van de Falange, weer terug in zijn laars. Marisa had gelijk, het schoeisel moest gemaakt worden. Hij zou lijm kopen, want het zou een ramp zijn als de laars tijdens het lopen kapotging, zijn notitieboekje eruitviel en in verkeerde handen terechtkwam. Wat leefde hij in groot gevaar!

Hij had geen horloge, maar berekende dat het bijna middernacht moest zijn. Vroeger was hij afgegaan op de klokken van de San Domingo-kerk, maar die waren allang tot zwijgen gebracht en nu had hij alleen nog de klok in het arbeiderscafé uit de buurt, die altijd achterliep. Marisa had gesmeekt een horloge voor hem te mogen kopen. Het meisje was bezeten van het uitgeven van geld en begreep niet de waarde ervan; ze was jong en extravagant, zoals hij vroeger was geweest. Maar ze had in elk geval iemand om haar belangen te verdedigen en werd niet belaagd door bedriegers en rovers, zoals bij hem het geval was geweest, niet veroordeeld om helemaal alleen en zonder vrienden in die slechte, vijandige stad te leven.

Hij kon haar elk moment tussen zonsopgang en halverwege de ochtend verwachten, afhankelijk van het feit of ze had moeten blijven slapen. Als een man dronken was, bleef ze meestal tóch slapen, mits ze verder niets te doen had, en dan zei ze de volgende morgen dat hij haar dat had gevraagd. Dan vroeg ze om een ontbijt te laten brengen – ze had een zwak voor sterke koffie van het hotel, die ze met heel veel suiker dronk – en ondanks het strenge verbod van Ramón lukte het haar altijd om een theelepeltje of een linnen servet mee te nemen, samen met een paar broodjes, en daar genoot ze altijd meer van dan van het geld dat ze rechtmatig had verdiend. Maar ze stal nooit iets van haar klanten, hoewel ze hen vaak dingen aftroggelde. Ze had een zilveren dasspeld voor Ramón gekocht – niet dat hij een das durfde dragen – een zijden zakdoek, een flesje eau de cologne en bezwoer dat ze die allemaal als extraatjes naast haar loon had gekregen.

Het was duidelijk dat ze een vaste klantenkring had opgebouwd en Ramón was niet langer bang dat ze haar werkterrein zou kwijtraken. Ze had de lucratieve wekelijkse afspraak met de dikke Rus, die alleen maar bekendstond als 'Gregory' en zijn fles manzanilla. Dan was er de Franse piloot die haar elke avond wilde en in minder dan vijf minuten met haar klaar was. Er was ook de impotente Engelsman, die haar betaalde alleen maar om te praten. Ramón liet haar tot in de kleinste details al haar activiteiten vertellen: hoe lang, met wie en wat er precies van haar was gevraagd, een klinisch verslag dat uiterst serieus en met een zekere mate van ongerustheid werd aangehoord. Van alle dingen die hij vreesde, was het ergste dat ze op een nacht niet zou thuiskomen en een rijke buitenlander haar als maîtresse zou nemen, haar ergens in een appartement zou installeren, hem zou beroven van zijn enige bezit en enige steun. Dat, en zijn telkens terugkerende nachtmerrie van lichamelijk misbruik, wanneer de herinnering aan zijn eigen wandaden hem kwelde tijdens de eenzame uren van wachten. Toen ze een keer met striemen op haar rug en dijbenen thuiskwam, was hij tegen haar tekeergegaan en huilde hij bijna. Hij had haar uitgescholden dat ze niet goed wijs was, maar zij had haar schouders opgehaald en gezegd dat het niet veel pijn had gedaan en de man haar goed had betaald. En hoe moe ze ook was, hij liet haar de douche gebruiken voor ze ging slapen en elke dag inspecteerde hij haar zwarte kanten broekje om te kijken of hij symptomen van ziekte zag. Ze was slordig en moest voortdurend achter haar vodden worden gezeten. Huishoudelijk werk zou haar handen verpesten, dus moest hij haar kleren naar de wasserij sturen. Ramóns eigen kleren waren te versleten om tegen kokend water te kunnen, maar hij weigerde vierkant andere kleding te kopen. Zijn vodden waren zijn uniform, zijn vermomming, zijn middel om te overleven. Nieuwe kleren zouden alleen maar achterdocht wekken, maar dat kon hij Marisa niet uitleggen, want zij was een vrouw en dus niet te vertrouwen.

Zijn overpeinzingen werden onderbroken door een gejank in de verte, gevolgd door gestommel beneden en er werd geroepen dat iedereen naar de schuilkelders moest gaan. Ramón blies bevend zijn kaars uit en kroop onder het bed. Het was vast weer

loos alarm, misschien zelfs met opzet. De communisten waren pas tevreden als ze bevelen gaven en mensen voor zich lieten draven, maar toch voelde hij een steek van angst, voor Marisa natuurlijk, niet voor zichzelf.
De duisternis was angstaanjagend. Als kind had hij altijd een nachtlampje gehad en een keer was hij wakker geworden toen het uit was geweest. Hij had gedacht dood te zijn en zijn keel zat plotseling helemaal dicht, zodat hij niet eens kon schreeuwen. Hij begon te hijgen en vervloekte het ellendige lichaam dat zijn geest aan banden legde, hem tot een zwakkeling maakte en een mikpunt van spot, dat hem vrijheid en respect ontnam. En hij dacht weer aan zijn held, generaal Millán Astray, de stichter van het Vreemdelingenlegioen, met zijn ene arm en zijn ene oog, van wie het verminkte lichaam het levend bewijs van heldendom was. Zo zou het met hem ook eens gaan. Noch zijn ellendige beugel, zijn zwoegende longen noch zijn rottende organen zouden hem zijn moment van glorie ontnemen. Ze zouden het eerder benadrukken, duidelijk maken dat hij een man was voor wie zulke handicaps niets te betekenen hadden, voor wie pijn iets onbeduidends was.

Marisa hoorde de sirene loeien en vervloekte die. Het zou haar een uur werk kosten en allemaal voor niets. En vervolgens dacht ze aan Ramón en vroeg zich af of ze vroeg naar huis moest gaan om voor hem te zorgen, maar toen besloot ze dat hij alleen maar kwaad zou worden als ze dat deed.
Ze had net haar bad genomen en Gregory was zoals gewoonlijk buiten westen. Ze kon hem maar beter wakker schudden en waarschuwen dat hij dekking moest zoeken. Hij was een goede klant, die elke week een hoop geld besteedde voor een paar minuten met een koude fles en een warme tong. Hij lag op zijn rug te snurken, zijn enorme buik ging op en neer en zijn dikke lippen waren nog nat en kleverig. Ja, hij was een goede klant, maar ze had nu andere klanten. Dus liep ze op haar tenen de kamer uit en liet hem aan zijn lot over.

Josep verdween in de nacht uit Fontenar en werd de volgende morgen vroeg door een legertruck opgepikt. De soldaten veronderstelden onmiddellijk dat hij van de andere kant van de linies kwam en op de vlucht was, zoals talloze andere priesters hadden gedaan.

'Ik wil terug naar de parochie waar ik oorspronkelijk vandaan kom, in Albavera,' vertelde Josep hun. 'De priester daar kent me goed en zal voor me instaan.'

'We kunnen u meenemen tot Córdoba, pater,' zeiden ze. 'Daar zullen ze u eten, onderdak en geld geven. U zou zich daar bij het bisschoppelijk paleis moeten melden.'

Josep wees dat aanbod haastig van de hand door te zeggen dat zijn oude moeder ernstig ziek was en hij graag zijn dorp wilde bereiken vóór ze dood was.

'Ik ben nu al vele weken ondergedoken,' zei hij, 'en heb al té lang gewacht.'

Op zijn verzoek zetten ze hem af bij een militair hospitaal buiten de stad, waar hij een andere lift zou kunnen krijgen. Daar vertelde hij hetzelfde verhaal weer opnieuw en maakte het nog een beetje mooier door te zeggen dat zijn kerk met de grond gelijk was gemaakt. De verpleegsters, allemaal nonnen, behandelden hem als een held. Ze gaven hem te eten, wasten en streken zijn kleren en stopten hem geld en proviand toe voor hij zijn reis vervolgde. Een andere truck zou voorraden afleveren bij een ziekenhuis in Vallemora, tachtig kilometer ten zuiden van Badajoz, waar ze hem graag een bed voor de nacht zouden geven...

Het leek allemaal zo gemakkelijk. Maar zijn verdwijning uit Fontenar zou nog niet gemeld zijn. Als dat eenmaal was gebeurd, zou hij zeker als overloper worden bestempeld en op de lijst van gezochten worden geplaatst, van roden die verdwenen waren. Binnenkort zou het waanzin zijn om zijn eigen naam te gebruiken en zou hij niets meer aan zijn identiteitspapieren hebben...

Als Dolores niet in Albavera was en zijn moeder al dood, wat dan? Wat dan, God? Hij probeerde zich voor te stellen dat hij weer terug was in de republiek en zich bij de militie aansloot, vocht en moordde, dat hij zou sterven zonder dat hem de biecht was afgenomen en wist dat hij dat niet kon doen. Het republikeinse leger had niets aan priesters, het had alleen maar soldaten nodig, soldaten om te helpen vechten tegen de fascisten, tegen de Kerk. Maar er moesten toch anderen zijn die in God en in de democratie geloofden, zoals hijzelf? Er was toch érgens wel een rol voor hem?

Terwijl het legervoertuig hem naar Vallemora bracht, keek hij naar links en rechts of hij tekenen van verwoesting zag, maar alles zag er redelijk rustig uit. Van elke schoorsteen wapperde een witte vlag en de boeren werkten heel gewoon op het land. Weer kreeg hij de verzekering dat de oorlog spoedig voorbij zou zijn.

'Vallemora is in een paar minuten gevallen,' vertelde de chauffeur hem opgewekt. 'Een bende arbeiders hield met een paar geweren het stadhuis bezet en begon stenen naar de troepen te gooien. Is het niet zielig? Een paar granaten en het was afgelopen met hen. De hel zal wel aardig vol worden, hè, pater?'

Vallemora was een welvarende marktplaats, het domein van handelslieden, handwerkslieden en kleine winkeliers, die zich rond aten aan de produkten van plaatselijke landgoederen die met slavenarbeid verkregen werden. Behalve het vernielde stadhuis droeg het stadje geen sporen van de strijd. Het kleine, plaatselijke ziekenhuis was door het leger gevorderd en Josep werd verwelkomd door de kapelaan, die graag alles over zijn ontsnapping wilde horen en hem vergastte op zijn eigen avonturen.

'Ik ben zelf uit Madrid gevlucht,' vertelde hij Josep, 'vermomd als boerenvrouw. Wát een reis! Madrid is een vreselijke stad. Vol communistische oproerkraaiers. De Heer zij gedankt voor onze dappere generaals!'

Al babbelend bracht hij Josep naar zijn kamer. 'We moeten onze avond-*paseo* samen maken,' zei hij gastvrij. 'U bent op een goed moment gekomen en zult vanavond getuige kunnen zijn van een executie op de Plaze d'España. Daarna zijn we uitgenodigd om te dineren met de gouverneur en met pater Sánchez, de plaatselijke priester.'

'Een openbare executie?' zei Josep verbijsterd.

'Ja zeker. Dat hoort bij de zuivering, begrijpt u. Die roden zijn net ongedierte, ze zitten overal. Door hen tot voorbeeld te stellen, kunnen we verdere opstanden de kop indrukken en onschuldige levens redden. Maak voort, anders komen we te laat.'

Hij leidde Josep snel naar buiten de straat op, naar het grote plein, waar het al heel druk was, alsof het een fiësta betrof. Kinderen zaten op de schouders van hun vader, zwaaiend met nationalistische vlaggetjes, terwijl verkopers hun versnaperingen aan de man probeerden te brengen. De mensen deden een stap opzij om de twee priesters door te laten en even later stond Josep helemaal vooraan, een bevoorrechte gast bij de feestelijke gelegenheid.

Er stonden drie gevangenen opgesteld voor een vuurpeloton. Josep had verwacht dat het boeren zouden zijn of arbeiders, die gearresteerd waren als revolutionairen, maar de mannen behoorden duidelijk tot de middenklasse en leken veel op de keurige burgers die Juan en zijn mannen in Fontenar hadden geterroriseerd.

'Rode intellectuelen,' mompelde de metgezel van Josep bij wijze van uitleg. 'Een journalist, een dokter en een dichter. Mannen die gestudeerd hebben en beter zouden moeten weten.'

De gouverneur besteeg het podium en begon aan zijn toespraak, regelmatig stoppend, zodat er kon worden geklapt.

'Laat dit een waarschuwing zijn voor de subversieve elementen die nog schuilgaan onder de eerlijke burgers van Vallemora. Laten we allen een open oog houden voor de vijanden van Spanje. Vergeet niet dat de vijand overal spionnen en oproerkraaiers heeft en alleen de gezamenlijke wil van het volk kan hen te voorschijn doen komen om hen te berechten. Ik feliciteer degenen die hun vaderlandslievendheid reeds hebben bewezen door de ellendige schepsels die u voor u ziet op te sporen en aan te geven. Geen enkele verrader zal aan de toorn van God ontsnappen!'

Die toespraak werd met luid gejuich begroet en vervolgens werden er halzen uitgerekt om zo goed mogelijk te kunnen zien. Toen stapte pater Sánchez op het podium.

'Twee van deze mannen hebben hun zonden bekend en absolutie gekregen. Na vele millennia in het vagevuur zullen ze door Gods eindeloze genade tóch zalig worden. Laten we voor hen bidden. De derde man,' hij wees beschuldigend naar de zondaar, 'heeft verkozen niet te biechten en zal dus eeuwig branden in de hel. Atheïsme is een gezwel dat weggesneden en -gebrand moet worden, zoals zijn ziel uit zijn lichaam zal worden gerukt en verbrand. *Viva Cristo Rey!*

'*Viva Cristo Rey!*' herhaalde de menigte, hun *churros* in de linkerhand nemend om vroom een kruis te slaan.

Josep stond met open mond naar het surrealistische van dat alles te kijken, de vreselijke verminking van alles wat hij zich van God voorstelde. Tweeduizend jaar geleden zou deze menigte hebben staan juichen bij de kruisiging. Hij dwong zichzelf te kijken toen de schoten weerklonken en de gevangenen voorover vielen en in elkaar zakten. De kapitein van de Guardia Civil liep langs de lichamen om hen het genadeschot te geven voor de lijken als zakken aardappels werden opgetild en op een vrachtauto werden gegooid. Weer ging er een gejuich op en de fanfare begon marsmuziek te spelen. De mensen liepen vervolgens lachend en grappen makend door elkaar heen, tevreden over het gratis vermaak van die avond.

Josep was tijdens het eten zwijgzaam. Na vele maanden van honger had hij geen trek in de sappige *tortilla*, de forel, het geroosterde speenvarken of het zoete gebak, dat was gevuld met room.

'U bent in gedachten verzonken, pater,' zei de gouverneur joviaal, terwijl hij weer een glas wijn leegdronk. 'U zult wel opgelucht zijn eindelijk een veilige haven te hebben gevonden en het er levend af hebt gebracht. Vele priesters zijn niet zo fortuinlijk geweest. Honderden, nee duizenden zijn op gruwelijke wijze door het grauw vermoord.'

'Ik maak me zorgen over mijn familie, dat is alles,' zei Josep. 'De arbeiders van mijn vader waren strijdlustig en mijn moeder is heel ziek geweest.'

De gouverneur verzekerde hem dat alles goed was in Albavera.

'Ik ken die streek persoonlijk niet,' zei hij, 'maar ik heb gehoord dat de stad geen verzet heeft geboden. De arbeiders zijn de troepen in het open land tegemoet gegaan en er is algauw korte metten met hen gemaakt. Overal hetzelfde verhaal. Geloof me, als we Madrid eenmaal hebben ingenomen, is het allemaal voorbij. Alle oostelijke provincies zullen zich overgeven en dan volgt Baskenland vanzelf.'

Josep keek verbaasd.

'Ik dacht dat de Basken overtuigd katholiek waren,' zei hij, zich de verhalen van María over haar geboortestreek herinnerend.

'Dat zijn ze ook,' zei pater Sánchez. 'Het is een schandaal. Ze hebben hun ziel aan een atheïstische staat verkocht om de Baskische onafhankelijkheid te handhaven.'

'De nationalistische beweging wil Spanje onder één centrale regering verenigen,' legde de gouverneur uit. 'De Basken hebben een bekrompen boerenmentaliteit en zijn bang dat ze hun zelfbestuur zullen verliezen. Daarom hebben ze voor een marxistische republiek gekozen en weldra zullen katholieken aan het noordelijke front elkaar bevechten. Een tragedie...'

Een tragedie, stemde iedereen in.

'Dus heeft hun leger aalmoezeniers, veronderstel ik?' zei Josep.

'Zoiets, waarschijnlijk. De Baskische priesters zijn nogal opstandig, en de absolutie die zij geven, zal in de ogen van God vast geen waarde hebben. Laten we hopen dat de Heilige Vader hen in de ban zal doen.'

Gedurende de rest van de maaltijd bleef Josep in gedachten verzonken. Hij ging vroeg naar bed, met de mededeling dat hij moe was, maar hij sliep niet.

'Edmund? Ik ben thui-uis,' riep Clara, terwijl ze haar hoed over de trapleuning gooide. Ze droeg een rol affiches onder haar arm en begon het touwtje los te maken. De volgende morgen zouden ze met een aantal mensen affiches gaan ophangen en ze had er een aantal meegekregen om elk leeg stuk muur dat ze kon vinden vol te hangen.

'Help Spanje nu! Stop de fascistische slachtpartij! Veroordeel de non-interventie!'

De grove tekening liet een kaart van Spanje zien met een grote swastika eroverheen gedrukt, alsmede Eden en Hitler die elkaar de hand schudden.

'Edmund?'

Hij zat in de woonkamer, zomaar voor zich uit te staren. Hij keek afwezig op. De radio was uit en hij zat niet te lezen. Hij deed absoluut niets, wat onheilspellend ongewoon was.

'Wat is er in vredesnaam aan de hand?' vroeg Clara scherp,

terwijl ze haar affiches op de tafel neerlegde. 'Je kijkt alsof er iemand dood is.'

Er lag een ongeopende brief op zijn schoot. Zonder iets te zeggen, gaf hij haar de brief. Hij was van Jack.

'O,' zei Clara uiteindelijk. En toen: 'Aan welke kant stond ze uiteindelijk? Aan dezelfde als haar fascistische echtgenoot, neem ik aan.'

'Wat doet het er verdomme toe aan welke kant ze stond?' siste Edmund plotseling giftig. Clara deinsde terug alsof ze een klap had gekregen, want Edmund vloekte nooit.

'Wil je niet tegen me vloeken!' zei Clara ijzig, terwijl ze naar de keuken liep. 'Persoonlijk vind ik dat het een hoop verschil maakt.'

'Hou je mond,' zei Edmund kort. 'Ik wil geen woord meer horen!' Hij pakte de brief terug en liep het huis uit, de voordeur in een ongekende uitbarsting van drift achter zich dichtsmijtend.

Clara wenste, te laat, minder tactloos te zijn geweest, maar niettemin ergerde ze zich aan Edmund. Het gaf zeker niet dat je fascist was, zolang je knap was, met een mooie glimlach en je het ego van een man streelde. Wat het schijnheilige naschrift van Jack betreft, dat bewees alleen maar wat ze altijd al had vermoed. Hij was nooit meer dezelfde geweest nadat Dolly was verdwenen en wekenlang was hij veel humeuriger en heftiger geweest dan zijn rol vereiste, haar niet voor de show, maar écht mishandelend, alsof hij haar werkelijk haatte. En nu ging Edmund zich net zo gedragen. Als Dolly dik was geweest, met wratten en haren op haar kin, zou het hen geen van beiden een bal hebben kunnen schelen. Als ze mager was geweest, met een grote neus en oranje haar, zou ze vervangbaar zijn geweest. Rotkerels!

Maar, bedacht ze, terwijl ze thee zette en de radio inschakelde voor het nieuws, in elk geval was daardoor de oorlog eindelijk voor hem gaan leven, als dat niet met elkaar in strijd was. Levendiger dan ooit in Barcelona. En híj beschuldigde háár ervan dat ze te emotioneel reageerde!

Niet dat ze persoonlijk iets tegen Dolly had. Ze had haar best aardig gevonden en als ze dood zou blijken te zijn, zou dat erg jammer zijn, maar het was nauwelijks verschrikkelijker dan de rest van de oorlog bij elkaar, alleen omdat Jack en Edmund nog steeds op haar vielen. Wat betreft het terugbrengen van het kind naar Engeland: wie zou ervoor moeten zorgen? Jack niet, dát was zeker. Ze hoorde Edmund al. Een kind om de plaats in te nemen van hetgeen ze verloren hadden. Een of andere aanbiddelijke replica van Dolly, veel beter dan alles wat zíj ooit zou kunnen voortbrengen. Hij moest het niet wagen met dat voorstel te komen...

Een uur later kwam hij terug. Clara zette zich schrap voor zijn excuses, maar die kwamen niet. In plaats daarvan zei hij: 'Ik was erg op Dolly gesteld. Dat zou je in elk geval kunnen respecteren. En wees zo goed om haar nooit voor fasciste uit te maken. Aan welke kant ze ook stond, en de Heer weet dat het er wel een dozijn zijn, ze was géén fasciste zoals jíj dat bedoelt. Als mijn leven ervan afhing, zou ik zo net nog niet weten wat ik deed en jij waarschijnlijk ook niet. Denk daaraan als je weer eens iemand veroordeelt.'

Hij zakte neer op de bank, alsof hij uitgeput was door zijn van tevoren geoefende toespraak en duidelijk wilde maken dat hij zijn zegje had gedaan en dat daarmee de kous af was, tenzij ze zo onverstandig was de ruzie te rekken. Het had nooit enige zin met Edmund ruzie te maken en het laatste woord te hebben, omdat hij dan verder zijn mond hield.

'Het spijt me,' zei Clara. 'Als ik had geweten dat je nog steeds zo vreselijk veel om haar gaf, zou ik mijn mond hebben gehouden. Ik stel de zaken misschien al te eenvoudig voor, maar jij maakt ze opzettelijk ingewikkeld omdat je een ingebouwde drang hebt mensen te excuseren. Neem een kop thee.'

Ze rammelde met het vaatwerk, ten teken van een wapenstilstand. Edmund zuchtte en bekeek een van de affiches terwijl Clara wat meel in een kom deed.

'Giet jij het kokende water erop terwijl ik roer,' zei ze. 'Morgenochtend plak ik ze op. Waar is die sauskwast gebleven?'

Ze roerde heftig met een houten lepel, terwijl Edmund de inhoud van een ketel erbij goot.

'Ik hoopte dat je vanavond met me mee zou gaan naar de bijeenkomst,' vervolgde ze opgewekt, alsof er niets was gebeurd. 'Dokter Peabody van het Spaanse medische hulpcomité komt een praatje houden. Kennelijk heeft de republiek gebrek aan verband, injectienaalden en medicijnen, aan alles. Besef je dat het front meer dan drieduizend kilometer lang is? Denk je eens in hoeveel veldhospitalen ze nodig zullen hebben als de zaak werkelijk losbarst.'

Edmund keek haar aan door een wolk van stoom en kreeg het plotseling koud.

'Het heeft natuurlijk niet veel zin medische voorraden naar de republiek te sturen als ze niet genoeg opgeleide mensen hebben om ermee te werken,' vervolgde Clara.

Edmund zette de ketel neer.

'Zeg je wat ik denk dat je zegt?'

'Ik wilde in september toch weer gaan werken. Ik begin me een nietsnut te voelen. En zelfs jij kunt niet ontkennen dat ik beter ben.'

Beter. Ja, ze wás beter. Ze at, sliep en dronk niet en had geen nachtmerries meer. Ze werkte al twaalf uur per dag, zonder tekenen van uitputting te vertonen, aan het maken en uitdelen van pamfletten, het inzamelen van geld en het organiseren van bijeenkomsten. Ze deed alles wat haar werd gevraagd en genoot van haar nieuwe 'ik ben in Spanje geweest'-status. En nu was dat niet genoeg meer. Net als bij elk ander verdovend middel, zoals alcohol, had ze steeds sterkere doses nodig. Sterker en sterker, tot het haar dood werd.

'Ik laat je niet gaan,' zei Edmund.

'Je zou ook kunnen meegaan. Ze schrééuwen om vrijwilligers. Je zou een ambulance kunnen besturen.'

'Probeer me niet te chanteren, Clara.'

'Probeer niet om mij te chanteren. Wat is belangrijker, denk je, hernia's behandelen in Mile End of levens redden in Spanje?'

'Je bedoelt: wat is roemrijker, nietwaar? Er zijn genoeg levens te redden in Mile End zonder dat je je eigen leven hoeft te wagen. Het hemd is nader dan de rok.'

'Roemrijk? Een oorlog heeft niets roemrijks. Dat zou jij toch moeten weten. Ik weiger met je te argumenteren, Edmund. Ik wil me alleen aanmelden, verder niet. Maak je geen zorgen, ze zullen me tóch wel niet willen hebben. Ik weet dat je denkt dat ik het niet kan. Je hoeft me er niet aan te herinneren dat ik een middelmatige verpleegster ben.'

Haar mond begon te trillen en ineens kreeg Edmund een visioen van haar als kind, gedoemd altijd aan het kortste eind te trekken, nergens voor beloond te worden en nooit te krijgen wat ze graag wilde.

'Doe niet zo denigrerend over jezelf,' zei hij bits. 'Je bent een heel goede verpleegster en dat weet je. Je bent alleen niet goed in examen doen. Ik probeer niet om je de wet voor te schrijven; je weet dat ik zo niet ben. Ik wil je alleen niet verliezen.'

'Ik wil iets bijzónders met mijn leven doen, begrijp je dat dan niet? Het is zo gemakkelijk voor mensen die mooi zijn of slim en voor vrouwen met kinderen. Die hoeven niets te bewijzen. Ik wél.'

'Voor mij hoeft dat niet.'

'Juist wél. Het spijt me van Dolly, Edmund. Ik wilde niet onaardig zijn en weet dat ik een kreng ben. Maar niet zo zwak en nutteloos als je denkt. Ik voel me net een bloedzuiger die jou leegzuigt. Je moet me op eigen benen laten staan. Laten we geen ruzie maken. Alsjeblieft.'

Vanuit een onuitgesproken overeenstemming lieten ze het onderwerp verder rusten. Edmund bleef de rest van de avond somber. Nu waren de rollen eens een keer omgedraaid en probeerde Clara hem in een beter humeur te brengen, omdat ze het vervelend vond hem zo terneergeslagen te zien. Ze zei tegen zichzelf dat hij alleen maar over Dolly zat te piekeren en niet zozeer over haar plannen om als verpleegster naar Spanje te gaan. Hij rekende er ongetwijfeld op dat ze haar zouden afwijzen, maar bijna zes jaar praktische ervaring in de verpleging zou toch wel enig gewicht in de schaal leggen. En dan was haar lidmaatschap van de partij er ook nog...

Ja, ze had heel wat te bewijzen. Aan Edmund, aan zichzelf en aan Jack. Jack kende haar van haar allerslechtste kant en dat had ze hem nooit helemaal vergeven. Jack weigerde haar serieus te nemen; hij dacht dat ze maar een meeloopster was en wond daar geen doekjes om.

'Je doet de partij veel eer aan, Clara,' had hij een keer tegen haar gezegd tijdens een van hun gebruikelijke ruzies. 'Les keurig uit haar hoofd geleerd, verstand op nul, blik op oneindig. De nazi's moeten zich voor hun kop slaan dat zij je niet eerst hebben gevonden...'

Ze zou Jack laten zien dat ze niet alleen met holle frasen kwam en Edmund laten zien dat ze geen mislukkeling was. Wat deed het ertoe dat ze slechts een middelmatige verpleegster was, want iemand moest immers het gewone werk doen. Er was niets roemrijks aan. Het zou vreselijk zijn. Er zouden mensen zijn met afgeschoten armen en benen, mannen die schreeuwden van pijn. En men dacht dat ze zoiets niet aankon en ze weer een zenuwinzinking zou krijgen, alsof iemand ooit een zenuwinzinking kreeg door het lijden van anderen. Was het lijden van anderen niet een perfect middel tegen zelfmedelijden? Ze zou hen allemaal eens een poepje laten ruiken.

'Mama, wanneer komt papa thuis?' zei Andrés.

De zon was net op en ze maakten zich klaar om te vertrekken.

'Is het waar dat papa is weggegaan om te vechten? Rosa zei dat ik moest wachten en het aan jou moest vragen.'

'Ja, dat is waar,' zei Dolores, zoekend naar woorden die hij kon begrijpen. 'Hij vecht voor de dingen waarin hij gelooft. Je vader is een moedige man en wat hij ook doet, hij doet het voor jou en voor mij. Luister naar me, Andrés. We moeten dit huis verlaten en dan gaan we met Tomás mee om een andere plek te zoeken waar we kunnen wonen tot je papa weer thuiskomt. We moeten doen alsof jij het zoontje van Tomás bent, een poosje in elk geval. Het is een soort spelletje, omdat de vijanden van papa ons misschien kwaad zouden willen doen als ze zouden weten wie we zijn. Dus als iemand je dat vraagt, is Tomás je papa. Begrijp je?'

Wat een bittere ironie om aan haar zoon te vragen een vader te verloochenen die niet eens zijn vader was...

De gedachte kwam zomaar bij haar op, misschien omdat ze haar zoon een paar weken niet had gezien, misschien omdat hij gegroeid was, veranderd, in haar afwezigheid. Maar ineens herinnerde hij haar zó tastbaar, zó pijnlijk aan Jack, dat ze gebiologeerd en met stomheid geslagen haar verleden voor ogen had.

403

'Ik begrijp het,' zei Andrés plechtig, hoewel hij dat onmogelijk kon. 'Waarom gaat Rafael ook niet mee?'

'Omdat Rosa hem nodig heeft, net zoals ik jou nodig heb en Tomás Petra nodig heeft. Je moet zorgen dat je vader trots op je is door een lieve jongen te zijn en niet te klagen en door te doen wat Tomás zegt,' vervolgde ze.

Ze trok hem dicht tegen zich aan en knuffelde hem, denkend aan de dode kinderen van Tomás en zich bitter bewust van haar eigen geluk. Ze zou alles doen om te zorgen dat Andrés veilig was. Alles. Moorden, stelen, liegen, verraden, zichzelf prostitueren. Ze had al bewezen tot elke misdaad in staat te zijn. Ze was blij met haar eigen egoïsme, dat nodig was om te kunnen overleven. Ze was misschien verdoemd, maar ze leefde nog.

'Ben je klaar, Dolores?' vroeg Tomás vanuit de gang. 'Het wordt al licht.'

Rosa klemde zich huilend aan Tomás vast en Petra deed hetzelfde bij Rosa. En toen deed Rafael ook mee en klemde zich huilend vast aan Dolores. Andrés stond er met droge ogen naast en alleen doordat hij af en toe zijn neus ophaalde was te merken dat hij van streek was.

Ten slotte werd Tomás ongeduldig en stemde erin toe Petra achter te laten bij Rosa en Rafael. Telkens als hij naar zijn stevige, donkerharige dochter keek, zag hij Ignacia boos naar hem kijken door háár ogen, zijn gedachten lezend, hem ontmannend en vervullend met schuldgevoel. Hij wilde de ogen van Ignacia niet op zich gericht zien, hij wilde vergeten. Hij wilde dat ze de jongen ook zouden kunnen achterlaten, dat ze het hele verleden achter zich konden laten en opnieuw konden beginnen...

'We moeten gaan,' zei hij nogmaals. 'Ik kom morgen terug, Rosa.' Hij keek haar veelbetekenend aan. Terwijl Dolores sliep, had Tomás zijn zuster telkens weer op het hart gedrukt dat ze niets over het bezoek van de Engelsman moest zeggen. Hij zou Dolores zelf vertellen dat haar man dood was, maar op zijn eigen manier.

Rosa had naar hem geluisterd en was niet gelukkig met de situatie, omdat ze hem maar al te goed begreep. Ze wist dat haar broer een enorme rokkenjager was en nu had hij geen vrouw meer. Hij was altijd verliefd geweest op Dolores, een absurde, hopeloze liefde, en nu was zijn kans eindelijk gekomen. Hij zou zich door geen Engelsman van zijn buit laten beroven...

Rosa bleef alleen achter met Rafael en Petra. Ze kalmeerde Rafael en legde hem met hulp van Petra weer in bed. Ze voelde zich uitgeput door alle opwinding en haar blijdschap over het feit dat haar broer en Dolores in veiligheid waren, was vermengd met zelfmedelijden, een gevoel dat ze haar in de steek hadden gelaten. Was Roberto er maar!

'Jij blijft toch bij mij, hè Petra?' zei Rosa met een snik, terwijl ze haar nichtje op schoot nam. 'Jij blijft toch en helpt me als de baby komt? Zoals ik je moeder heb geholpen toen jij geboren werd? Dat zou je moeder fijn vinden...'

Petra klemde zich aan haar vast. Ze had nu meer een moeder dan een vader nodig en Ignacia zou zich zeker in haar graf omdraaien bij de gedachte dat haar dochter tegen Dolores moeder zou zeggen. Tomás wist dat. Ze had het aan zijn gezicht gezien. Dat zou Dolores toch óók wel kunnen zien? Nee, misschien niet. Ze dacht alleen maar aan haar man, niet wetend dat hij dood was. Rosa vond het niet prettig het nieuws zelf te moeten vertellen, maar haar gedwongen dubbelhartigheid zat haar dwars en ze vond het moeilijk Dolores recht in de ogen te kijken. Dolores had verondersteld dat ze zich alleen maar zorgen maakte over Roberto en had geprobeerd haar te troosten.

'Tomás gaat met een van Roberto's vrienden praten,' zei ze. 'Om te kijken of we nieuws over hem kunnen uitwisselen tegen nieuws over Lorenzo. We gaan niet weg voor we iets hebben gehoord. O, ik wou dat ik hier bij jou kon blijven! Arme Rosa. Niet huilen hoor.'

Tomás had onheilspellend staan toekijken, haar alleen al door zijn aanwezigheid het zwijgen opleggend. Het was Tomás die Dolores had verraden en haar eigen handen waren schoon. Het kaartje en de brief waren nu verbrand, dus kon ze niets meer doen. Kwam de Engelsman nu maar op tijd terug!

Dolores had met opzet de kleren van Andrés vuil gemaakt en had zich niet gewassen noch verkleed of bagage meegenomen, omdat ze bang was hun verhaal te ondermijnen dat ze pas aangekomen vluchtelingen waren. Ze moesten eindeloos lang wachten en er werden talloze vragen gesteld voor Dolores eindelijk een tijdelijk onderkomen kreeg toegewezen, een kamer in het vroegere huis van een fabriekseigenaar, die in anarchistische bewoordingen 'mee uit rijden was genomen' en nooit meer was gezien.

Het huis, een grote stenen villa met een schitterend uitzicht over het dal van de Taag, had een groot spandoek boven de voordeur, waarop stond dat het eigendom was van de gemeenschap. Zowel van binnen als van buiten waren de muren bedekt met revolutionaire affiches en de bezittingen van de voormalige bewoner waren als rommel overal over de vloer verspreid – boeken waren uit de kaft gescheurd, religieuze beelden waren aan barrels geslagen, mooie kleren in stukken gescheurd en er lag kapot speelgoed tussen vertrapte poppen.

Dolores keek toe terwijl haar mannen brood en sardines verslonden; zelf was ze té ongerust om honger te hebben.

'Ga je vandaag met iemand praten?' vroeg ze.

Tomás knikte en ze glimlachte dankbaar, waardoor hij zich schaamde. Dat wat hij het liefste van de hele wereld wilde, was nu binnen zijn bereik. Hij hoefde alleen maar de waarheid te vertellen. Hij hoefde alleen maar te liegen...

'Ze blijft niet bij je,' had zijn zuster hem gewaarschuwd. 'Wát je ook zegt of doet. Laat je niet voor de gek houden, Tomás. Ze zal je gebruiken, verder niet. Ze houdt van haar kind en heeft iemand nodig die haar beschermt. En dus zal ze je gebruiken, zoals ik en iedere moeder zouden doen in haar plaats. Als je werkelijk van haar houdt, zou je haar laten gaan. In Engeland zou ze veilig zijn...'

Bij hem zou ze ook veilig zijn. Hij zou haar met zijn leven beschermen en zou haar liefde, vertrouwen en respect verdienen. Ze zouden tot elkaar komen in de geest van de revolutie en in vrijheid en gelijkheid samenleven.

Morgen zou hij haar vertellen dat hij nieuws had over haar man. Morgen zou hij haar vertellen dat haar man dood was. Hij zou haar troosten in haar verdriet, haar zijn bescherming aanbieden en meenemen naar Madrid. Dan zou de oorlog gewonnen worden en zouden ze een nieuw leven beginnen...

Het werd hem somber te moede. Hij was gek, gek om te denken

dat ze ooit zo'n grove kerel zou willen. Maar dat deed er niet toe. Hij wilde haar op elke voorwaarde hebben en was tevreden met alleen maar te geven. Hij zou geven en geven, maar hij zou haar niet opgeven.

Toen hij de wachttoren van zijn vader in het oog kreeg, vroeg Josep de chauffeur hem af te zetten en zei hem dat hij verder ging lopen. Hij wachtte tot het voertuig uit het zicht was voor hij verderging. Hij was van plan zijn familie en eventuele mensen uit het dorp te vertellen dat hij in Fontenar verlof had gekregen. Hij kon zijn vader nauwelijks de waarheid vertellen, want die was ertoe in staat hem aan te geven.

De bomen leken hoger dan ooit. Hij was bijna boven op de heuvel vóór het huis in zicht kwam toen hij stokstijf bleef staan.

Het hekwerk dat nog over was, was verbogen en verwrongen, alle ramen waren kapotgeschoten en de witte muren waren zwart en er zaten kogelgaten in. Er was een gapend gat waar de voordeur was geweest en een deel van de bovenverdieping was ingestort.

Josep hoorde zichzelf om zijn moeder en zijn zuster roepen. Zijn stem weerklonk nutteloos in de vreemde, sinistere stilte. Als in trance ging hij naar binnen, zich schrap zettend voor het zien van hun dode lichamen. Alles was met een dikke laag roet en puin bedekt en er hing nog een rooklucht. Verkoolde resten van meubelstukken lagen als brandhout verspreid op de grond en de marmeren vloeren waren van muur tot muur gebarsten, alsof ze door een aardbeving uit elkaar waren getrokken. De achtermuur van het huis was bijna geheel vernield, waardoor de deur van de kelder uitkwam in de open lucht.

De kamers die aan de vuurzee waren ontsnapt, waren leeg en geplunderd en de inhoud van laden en kasten lag overal in het rond. Als een dwaas doorzocht hij het hele huis, steeds maar 'Dolores! Mama! Dolores!' roepend. Hij maakte bijna een vreselijke val doordat een deel van de trap onder hem instortte. Er was niets waaruit bleek wat er van zijn familie was geworden en er waren geen menselijke overblijfselen tussen de puinhopen.

Voorzichtig klom hij de smalle, stenen trap op naar de wachttoren en keek om zich heen, zijn ogen samenknijpend tegen de zon. Zo te zien werd er niet gewerkt op het land van zijn vader. Albavera zag er intact uit, alleen de kerktoren niet, die was zwart...

Alsof hij werd achternagezeten, rende hij naar het dorp, waarbij hij in zijn haast dwars over de akkers ging. Hij bad God dat zijn moeder al dood was toen dit gebeurd was, dat Dolores terug was in Toledo en zijn hele familie op tijd was gevlucht...

De deur van de kerk stond open. Alle houtsnijwerk en de beelden waren verdwenen en al het glas-in-lood was weg, maar er brandden kaarsen en er stonden rijen stoelen waar de banken ooit waren geweest. De dikke muren hadden de brand weerstaan, alleen de versierselen waren verloren gegaan. Een oude vrouw zat in het halfduister op haar hurken bloemen te schikken op een eenvoudig, geïmproviseerd altaar. Josep klopte op de deur van de sacristie.

'Pater Luis!' riep hij. 'Ík ben het, Josep!'

Er kwam een priester te voorschijn, een jongeman met een blozend gezicht.

'Ik ben pater Alvaro,' zei hij, een nieuwsgierige blik werpend op de vuile toog van Josep en zijn zwarte handen en gezicht. 'Vergeef me dat ik u niet ken. Ik ben nog geen week in deze parochie. Wat kan ik voor u doen?'

Hij liet Josep binnenkomen.

'Er is nog een hoop te doen, zoals u kunt zien,' vervolgde hij. 'Het tabernakel was ontheiligd en de heilige relikwieën waren vernield. Er moesten nieuwe worden gewijd en opgestuurd uit Avila. Een schokkende zaak...'

'Mijn familie,' hijgde Josep. 'Wat is er met mijn familie gebeurd?'

De jonge priester zuchtte en boog het hoofd.

'Het spijt me te moeten zeggen dat er meer dan vijftien families door het gepeupel zijn vermoord. Die van u was er misschien bij. De arbeiders hebben het huis van Carrasquez bestormd, waar zij hun toevlucht hadden gezocht.'

'Dat is het huis van mijn vader,' zei Josep gespannen. 'Wat is er met mijn moeder gebeurd en met mijn zuster?'

'Iedereen daar in huis is gedood,' herhaalde de jonge priester treurig. 'Ik was hier zelf toen niet en ben pas kortgeleden overgeplaatst vanuit Cacáres. Ik zal een mis voor hen opdragen. Mijn oprechte medeleven.'

'O, lieve hemel!' barstte Josep uit. 'Mijn zuster woont hier niet, ze was op bezoek uit Toledo. Ik probeer erachter te komen of ze hier was toen het gebeurde. Waar is pater Luis?'

'Hij is martelaar geworden,' zei de andere priester hoofdschuddend. 'Hij is bij de engelen. *Requiescat in pace!* Hij sloeg een kruis.

Josep sprong geërgerd op.

'Neemt u me niet kwalijk. Ik moet iemand vinden die mij kent. Ik moet...!' Er werd zachtjes op de deur geklopt en er verscheen een hoofd om de hoek. Het was een oude vrouw, met haar armen nog vol bloemen. Ze wierp één blik op Josep, liet haar last vallen en barstte toen in tranen uit.

'Angelina!' zei Josep en omhelsde haar. 'Angelina, wat is er met mijn familie gebeurd?'

Ze mompelde onsamenhangend, waarbij ze zijn handen vastpakte, haar hoofd schudde en schokkend van verdriet kreunde. Vervolgens fluisterde ze iets in Joseps oor.

'Mag ik met deze dame onder vier ogen spreken?' vroeg hij. 'Ze was de persoonlijke bediende van mijn moeder en is erg van streek.'

De priester liet hen alleen.

'Is het waar?' vroeg Josep. 'Hebben de arbeiders hen allemaal vermoord? Vertel het me, Angelina!'

'Ze hebben mij laten gaan,' mompelde ze. 'Ik was zó bang. Die grote man, Tomás, heeft me laten gaan, omdat ik oud was. Hij wilde Dolores ook laten gaan, maar dat vonden de anderen niet goed. Ze wilden de andere bedienden niet vrijlaten en ze zeiden dat het lakeien waren die hun klasse hadden verraden. God zij dank is uw moeder op tijd gestorven. Ze zou het niet hebben kunnen verdragen. Ze is begraven op de dag dat het allemaal begon, de dag dat ze de kerk verbrand hebben. Uw vader en zijn mannen hebben een aanval op de arbeiders gedaan en velen van hen gedood. Dolores werd per ongeluk geraakt, aan haar hoofd. Ik heb haar verpleegd en was bang dat ze ook zou doodgaan. Het huis was vol met uw vaders vrienden en hun

gezinnen. Wat een hoop geweren! Ik was bang, dat waren alle bedienden, maar we konden nergens anders heen...'
'Mijn zuster?' vroeg Josep dringend. 'Vertel wat er met mijn zuster is gebeurd?'
'De arbeiders hebben 's nachts het huis bestormd. Ik werd wakker en toen was Dolores weg, gevangengenomen. Ze hebben uw vader en alle mannen vermoord en de vrouwen en kinderen gegijzeld. Ze zeiden dat er revolutie was en dat, als de generaals eenmaal verslagen waren, we allemaal vrij zouden zijn. Maar toen hoorden ze dat de Moren eraan kwamen en heeft de grote man me vrijgelaten.'
'Hij heeft jou laten gaan en Dolores niet? Wat heeft zij hem ooit voor kwaad gedaan?'
'Hij wilde haar bevrijden. Er werd voortdurend ruzie over gemaakt. Maar de anderen zeiden dat ze een fasciste was, omdat haar vader en haar man fascisten waren.'
'Lorenzo?'
'Tomás heeft bericht gekregen uit Toledo dat haar man in opstand was gekomen. Als Tomás er niet was geweest, zouden ze haar toen vermoord hebben. Tomás zei dat ik naar Albavera moest vluchten. Hij zei dat ik daar veilig zou zijn, omdat alle burgers een witte vlag hadden gehesen. Maar hij zei dat de arbeiders tot de dood toe zouden vechten en hun gevangenen zouden meenemen. En toen... en toen...'
Ze begon weer hevig te snikken.
'Het huis is met granaten bestookt,' zei Josep voor haar, 'en in brand gevlogen.'
'Niemand heeft het overleefd,' jammerde Angelina. 'Veel van de lichamen waren verbrand, niet meer te herkennen. De soldaten hebben het huis geplunderd; ze hebben alles meegenomen. Al het zilver, alle juwelen van uw arme moeder. De mensen hier zeggen dat de arbeiders die meegenomen hebben en verkocht vóór de troepen arriveerden.' Haar stem zakte weg tot een gefluister. 'Maar dat is niet waar. De mensen hier zeggen dat de arbeiders de vrouwen hebben verkracht en de baby's hun ogen hebben uitgestoken, maar dat is óók niet waar.' Ze klemde zich aan hem vast. 'Zeg niet tegen hen dat ik heb gezegd dat het níet waar is! Ik ben zó bang!'

'Je hoeft nergens bang voor te zijn, Angelina,' zei Josep met gesmoorde stem. 'Je bent veilig.'

'Naderhand heeft de Guardia Civil me ondervraagd,' snikte ze. 'Ze hebben me ervan beschuldigd dat ik de arbeiders in huis heb gelaten. Ze zeiden dat iemand de voordeur voor hen moet hebben opengedaan en de waakhonden heeft verdoofd. Ik heb gezegd dat ik dat nooit zou doen, nóóit! Ik heb uw familie veertig jaar gediend! Waarom zou ik de hand bijten die me heeft gevoed? Ze hebben me een papier laten zien waarop stond dat de arbeiders alle waardevolle bezittingen van uw vader hadden verkocht en de vrouwen en kinderen hadden gemarteld voor ze die hadden gedood. Ik heb het getekend. Ik móest het tekenen! Was dat een zonde, pater? Ik durf het niet te biechten...'

'Stil maar, u treft geen schuld. Wat is er met het zoontje van mijn zuster gebeurd?'

Angelina haalde haar neus op en wreef over haar ogen.

'Dolores heeft hem bij Rosa achtergelaten, in Toledo. Tomás heeft bericht gekregen dat hij in veiligheid is. Hij zei dat Rosa van het kind hield alsof het haar eigen kind was en ze zou ervoor zorgen dat hem niets overkwam.'

'En mijn broer?'

Angelina schudde haar hoofd.

'Nog steeds in een of andere achterbuurt in Madrid. Dat is vast de dood van uw arme moeder geweest. Dat, en het verlies van haar dochter. Allebei onterfd en uit het huis verbannen! U bent nu een rijk man, pater, u erft het landgoed. Laten we bidden dat de roden de oorlog niet winnen! Ze zullen al het land confisqueren; alle bezittingen. Niemand zal iets mogen bezitten. Iedereen zal zonder loon moeten werken en in een collectief moeten wonen. Pater Alvaro zegt...'

Josep sloeg zijn armen om de arme, verwarde oude vrouw tot ze stil was.

'Angelina, ik kan niet lang blijven. Ik moet naar de graven gaan kijken en moet dan weg.'

'Uw moeder ligt in het familiegraf. De arbeiders hebben uw vader en al zijn vrienden achter het huis begraven. Uw zuster... ze konden haar niet identificeren. Er zijn veel lichamen verbrand. Er komt een monument...'

Hij liet haar, nog steeds huilend, achter en liep alleen naar het met witte muren omgeven kerkhof, denkend aan zijn zus als klein meisje, als jonge vrouw, echtgenote en moeder. Ze had nooit een levende ziel kwaad gedaan, ze had allen die haar kenden alleen maar vreugde gebracht en nu was ze bezocht door de zonden van haar vader. Arme Lorenzo. Arme Andrés. God zij dank was zijn moeder die vreselijke pijn bespaard gebleven. Hoe zinloos was het om partij te kiezen! Er was geen goed meer, alleen maar kwaad. Beide kanten waren slecht. Oorlog was slecht. Hij wilde er niets mee te maken hebben. En toch moest hij iets doen. En om iets te kunnen doen, moest hij vrij blijven.

Zijn tijd raakte op. Zijn ongeoorloofde afwezigheid zou al gemeld zijn en zijn bisschop zou al een woordelijk verslag hebben gekregen van zijn laatste ketterijen, ketterijen die niet langer zouden worden getolereerd. De patrouilles zouden al gealarmeerd zijn dat er weer een rode intellectueel vrij rondliep...

Hij herinnerde zich de woorden van de gouverneur tijdens het diner. Baskenland was zowel katholiek als republikeins, de enige mogelijke veilige haven voor een paria zoals hij, het enige deel van de republiek waar een priester geen vijand van het volk was. Maar Baskenland was vijfhonderd kilometer verder naar het noorden, gevaarlijk ver weg en naar alle waarschijnlijkheid zou hij worden aangehouden voor hij er was. Hij zou worden ondervraagd, geïdentificeerd, gearresteerd, berecht en uiteindelijk voor een vuurpeloton komen te staan, zoals dat in Vallemora. Maar wat waren de alternatieven? Het was beter om te sterven dan te moeten doden. Beter sterven dan openlijk zijn dwaling te erkennen.

Dolores zou het begrepen hebben. Zijn rol als oudere, wijzere broer had hem nooit blind gemaakt voor de waarheid; zij waren uit hetzelfde hout gesneden. Net zoals zij was hij onvoorzichtig, onstuimig, trots en net als zij geloofde hij in instincten en liet hij zijn hoofd leiden door zijn hart.

Hij knielde neer voor het familiegraf en pakte een bloem uit de vaas die daar door de arme Angelina was neergezet.

'Leg dit aan mama voor me uit, Dolores,' zei hij hardop. 'Zeg tegen haar dat ik degenen die papa hebben gedood niet vergeef; zeg haar dat ik degenen die jou hebben gedood niet kan vergeven. Zeg haar dat ik niets kan doen om Ramón of jouw zoontje te helpen, behalve voor hen te bidden. Zeg haar dat dit het enige is dat ik kan bedenken. Help me om er te komen, help me om moedig te zijn. Waak over me, lief, klein zusje.'

De witte anjer had rode spikkels, als kleine druppeltjes bloed. Hij drukte er een kus op en stopte hem in zijn brevier. Vervolgens verliet hij snel het kerkhof en ging het gevaar tegemoet.

'Het is niet waar!' schreeuwde Dolores. 'Ik golóóf je niet!'
'Kalmeer een beetje. De jongen zal je horen.'

Tomás zag Andrés door het raam op de binnenplaats beneden oorlogje spelen met een stel groezelige knulletjes, om het hardst fascisten dodend.

'Ik zou over zoiets nooit tegen je liegen, Lole,' zei hij. 'Ik was daar tijdens het staakt-het-vuren en heb de onderhandelingen zelf gehoord. De gevechtslinies liggen maar een paar meter uit elkaar en de woorden klonken heel duidelijk. Rosa was bij me. Vraag het haar. Zij zal je hetzelfde vertellen. Je man is moedig gestorven, Dolores. Hij is in de strijd gevallen en je zou trots op hem moeten zijn.'

'Heeft Rosa dat ook gehoord?'
'Vraag het haar. Als je mij niet vertrouwt, vraag het haar.'

Ze keek hem diep in de ogen, zoekend naar de waarheid, en hij beantwoordde haar blik zonder zijn ogen neer te slaan. Het wreedste dat hij kon doen, was er niet in slagen om haar te overtuigen. Hij kon het niet verdragen om haar nog een sprankje hoop te zien koesteren terwijl dat er niet was.

'Waarom zouden ze liegen?' vervolgde hij. 'Ze zouden nooit toegeven dat ze een man verloren hadden, tenzij het waar was.'

Hij wilde dat ze zou huilen. Haar ogen waren droog, onnatuurlijk helder.

'Ik ben blij voor Rosa,' zei ze ten slotte.
'Ze liegen waarschijnlijk over Roberto,' zei Tomás nors, niet gelukkig met dat noodgedwongen verzinsel. 'Ze hebben langgeleden waarschijnlijk alle gijzelaars al gedood.'

'Zeg dat niet tegen Rosa,' zei Dolores scherp. 'Laat haar hopen. Ik wou dat ze tegen mij hadden gelogen en dat jij tegen me

had gelogen! Wat moet ik tegen Andrés zeggen? Hoe moet ik het hem zeggen?'
Ze beefde van top tot teen.
'Je moet voorzichtig zijn met wat je tegen Andrés zegt. Hij is nog maar een kind en zal alles herhalen wat je zegt. Je moet tegen hem zeggen dat je man voor de republiek is gestorven.'
'Dat ís hij ook! Hij geloofde in democratie! Hij is gestorven voor wat hij dacht dat goed was!'
'Ik wilde niet oneerbiedig zijn. Ik bedoelde...'
Ze zakte op haar knieën en drukte haar gezicht in haar armen. Op dat moment zou hij alles hebben gedaan om haar man weer levend te maken, alles om haar weer gelukkig te maken.
'Niet bang zijn, Lole,' zei hij. 'Ik zal voor je zorgen. Ik zal ervoor zorgen dat jou en de jongen niets overkomt. We gaan naar Madrid. Daar kent niemand je. Daar ben je veilig.'
Dolores bleef huilen, met tranen van schuldgevoel en verdriet. Hij was zo sterk, aardig, vriendelijk en dapper. Hij had zijn leven gewaagd voor haar en ze had hem meedogenloos gebruikt, hem niets teruggegeven. Integendeel, ze had zijn vrouw gedood. En nu was Lorenzo ook dood. Het leek wel een vergelding voor haar misdaad.
Ze pakte zijn hand.
'Laat me niet alleen, Tomás.'
'Ik zal je nooit alleen laten. Ik zwéér het. Ik zou voor je sterven, Lole.'
'Dank je,' zei ze zacht. Hij omhelsde haar onhandig en ze klemde zich aan hem vast als een drenkeling. 'Dank je.'
Maar de woorden waren niet langer genoeg. Het was niet alleen dankbaarheid dat haar verder deed gaan, maar een bewuste poging om ervoor te zorgen dat hij woord hield, een manier om hem aan zich te binden, een beloning, een smeekbede, een belofte. Er was zoveel troost in zijn armen, zoveel warmte in zijn grote lichaam. Hij leek de belichaming van kracht, leven en hoop. Zoveel was ze hem toch zeker wel verschuldigd? En bovendien had ze niets anders te geven...
Later, in de vochtige, trieste stilte van gedeelde eenzaamheid, huilde ze weer om Lorenzo. En voor het eerst sinds jaren huilde ze om Jack.

Jack schoot overeind in bed en deed het licht aan. Hij wreef in zijn ogen en keek op zijn horloge. Drie uur in de nacht. Sinds zijn bezoek aan Toledo had hij regelmatig nachtmerries gehad. De afgelopen week was hij soms zwetend en schreeuwend wakker geworden zonder dat hij zich de bloedige beelden kon herinneren, maar hij wist dat hij haar verminkt, gebroken, in stukjes gehakt moest hebben gezien. Maar die nacht had hij gedroomd dat ze leefde en hij was naar haar toe gerend, maar ze had tussen een menigte mensen in gelopen en hij had haar uit het oog verloren. Door pure opluchting en frustratie was hij met een schok wakker geworden en een paar kostbare seconden lang had hij de verdwijnende fantasie vastgehouden en gewild dat het waar zou zijn.

Het achtervolgde hem de rest van de dag; hij kon zich niet concentreren en van een interview met premier Caballero bracht hij niet meer terecht dan een vel met poppetjes. Achteraf had hij zich er niets meer van herinnerd en de hele zaak uit zijn duim moeten zuigen. Niet dat dit enig verschil maakte, omdat hij tóch niet van plan was om de premier te citeren. Het wantrouwen van de oude man jegens de communisten vertraagde ongetwijfeld de levering van hoognodige sovjetwapens en hij zou verbijsterd zijn geweest over de nieuwe vriendschap die Jack hem toedichtte. Maar een gestage stroom buitenlandse waarnemers van allerlei nationaliteiten en ongetwijfeld met valse papieren kwam naar de hoofdstad, hetgeen erop duidde dat er al plannen waren, met of zonder goedkeuring van Caballero. Stalin bewees nooit iemand een dienst. Als hij zich in die oorlog mengde, zou het zijn uit eigenbelang en niet om een onbelangrijk man als de Spaanse premier een genoegen te doen.

Omdat hij niet in staat was nog een nacht vol dromen, goed of slecht, door te maken, keerde hij terug naar Toledo en ging weer naar het appartement van Dolly. Het dienstmeisje hing op de binnenplaats de was op terwijl het kind van Dolly verlegen als altijd aan haar rokken hing.

'*Salud*, Rosa,' zei hij. 'Heb je nog nieuws over Señora Montanis?'

Ze aarzelde even en fluisterde het kind toen iets in het oor, waarna het wegliep. Het kleine meisje, dat haar mond vol wasknijpers had, volgde hem, een paar keer achterom kijkend, alsof ze haar tante niet alleen wilde laten.

'Ja,' zei ze, zonder hem aan te kijken en snel fluisterend. 'Ik heb nieuws. Maar het is zoals ik u al verteld heb. Mijn broer is uit Albavera gekomen; hij is aan de fascisten ontsnapt en naar Madrid gegaan. Iedereen is gedood. Mijn andere broer, mijn schoonzus, mijn neefjes. Iedereen. Dolores ook. Ze is moedig gestorven bij het verdedigen van het huis tegen de fascisten. Ze is voor de republiek gestorven. Mijn broer was bij haar toen ze stierf. Haar laatste wens was dat ik voor haar kind zou zorgen. U kunt hem niet meenemen naar Engeland. Dat kunt u niet.'

Jack ging op de stenen zitten.

'Het spijt me,' zei het meisje, verlegen omdat de vreemdeling aan haar voeten zat. 'Maar velen zijn gestorven. Ik ben bijna mijn hele familie kwijt.'

Jack bedekte zijn gezicht met zijn handen. Hij luisterde niet langer; wilde niet langer luisteren. Ze ging het huis weer in en kwam terug met een glas met iets erin.

'Drink,' zei ze zacht, terwijl ze naast hem hurkte en hem het glas gaf. Jack staarde ernaar. De uitdrukking op zijn gezicht maakte haar bang.

Tevoren had hij het niet geloofd. Geen minuut. En omdat hij het niet had geloofd, omdat er twijfel mogelijk was, had hij het verwerkt, was hij doorgegaan met zijn werk en had hij heimelijk hoop kunnen koesteren. Hij had gedacht het te hebben geloofd en zichzelf gelukkig geprezen dat hij het kon verdragen. Uiteindelijk had hij haar slechts kort gekend en was het meer dan vijf jaar geleden. Hij was sindsdien een stuk harder geworden en had vergeten noch vergeven... vooral niet vergeten. En dus was hij in staat geweest het Edmund te vertellen; hij had het opgeschreven om het echt te maken, maar toch had hij het nog niet geloofd. Hij schreef voortdurend dingen op om ze echt te maken, zonder ze te geloven. Had hij gedacht dat hij zo de dood te slim af kon zijn, door het op te schrijven zodat hij het niet hoefde te geloven?

Rosa sloeg hem handenwringend gade, verontrust door de uitwerking van haar bedrog. Liegen was de laatste tijd een gewoonte geworden, maar als Tomás haar niet precies had verteld wat ze moest zeggen, zou ze misschien geaarzeld hebben en mogelijk nog geprobeerd hebben hem te troosten met een sprankje hoop.

Maar ze durfde het niet. Deze man was geen vriend, maar een minnaar. Had Tomás dat misschien vermoed en was hij bang geweest voor een Engelse geliefde van lang geleden?

Ze had medelijden met de arme man in zijn verdriet en voelde zich schuldig over haar aandeel. Ze zou hem graag mee naar binnen hebben genomen en in de koele stilte hebben laten rusten tot hij zich beter voelde, maar hij zou misschien Andrés willen zien en ze had geen enkele reden bedacht waarom hij er niet was, dus liet ze hem op de grond zitten en keek hoe de cognac wegliep omdat hij het glas had omgestoten. Ineens schoot hij overeind, haalde zijn portefeuille te voorschijn en trok er blindelings een stapeltje bankbiljetten uit.

'Zorg voor me voor het kind,' zei hij hees. 'En neem contact met me op als je hulp nodig hebt.' Hij kuchte om zijn keel te schrapen en snoot zijn neus.

'Als je hier ooit weg moet of moeilijkheden hebt, laat dan een boodschap voor me achter. Heb je mijn kaartje nog?'

'Ja,' knikte Rosa verward. 'Ik heb uw kaartje nog.'

'*Adios*. Vergeef me, ik bedoel, *salud*. Bedankt, Rosa.'

Ja, hij moest een minnaar zijn, dacht Rosa, gebiologeerd door de blik in zijn ogen. Zijn verdriet was even heftig geweest als dat van Dolores om haar arme man. Wat had ze gehuild op de dag dat ze naar Madrid ging! Op dat moment flapte ze bijna de waarheid eruit, Tomás of geen Tomás. En toen zag ze iets anders aan zijn ogen. Ze waren blauw, fel blauw.

'Maakt u zich geen zorgen, señor,' zei ze verdrietig, eindelijk begrijpend hoe het zat. 'Maakt u zich geen zorgen over Andrés. Hij zal geen liefde te kort komen.'

Hij glimlachte om haar te bedanken, een gespannen, stroeve glimlach, precies dezelfde als de glimlach van Andrés als hij gehuild had. Tomás had gelijk gehad dat hij jaloers was op die man. Tomás kon haar geen kind geven.

11

Granazán, bij Huesca
25 oktober 1936

Lieve Edmund,
Bedankt voor je brief. Een heel kort briefje als antwoord, voor ik weer aan het werk ga. Er is slechts tijd om te werken en te slapen, maar ik stuur je vaak gedachten, waarvan ik hoop dat je ze ontvangt. Vorige week hebben we het vreselijk druk gehad. Tweehonderd nieuwe gevallen in drie dagen. Niet alleen soldaten, maar ook vluchtelingen uit gebombardeerde dorpen, met voeten die kapot waren door hun tocht over de bergen. En een paar gevallen van de vijand, hetgeen je genoegen zal doen. We zijn gisteren vier uur bezig geweest een Moorse soldaat te opereren die gangreen had aan een been. Het is maar goed dat hij is doodgegaan, omdat ik denk dat de dorpsbewoners hem anders gelyncht zouden hebben. Ze begrijpen niets van medische ethiek en ik kan niet zeggen dat ik het hen kwalijk neem.
    Elk nieuws zou welkom zijn, hoewel de Engelse pers wel vol zal staan met de gebruikelijke leugens. De censors hebben onze radio weggehaald, hetgeen doet vermoeden dat het nieuws hoofdzakelijk slecht is. Ik weet zeker dat jij wel een geheimzinnige, gewiekste manier kunt bedenken om de arme stumpers die onze brieven moeten lezen om de tuin te leiden.
    Ondanks het vreselijke gebrek aan alles – ga door met inzamelen, we hebben het meer dan ooit nodig – is het moreel goed, onder de partijleden tenminste. Er zijn nog steeds een paar saboteurs aan het werk – een van onze ambulances is laatst 'bevrijd' door de plaatselijke anarchisten, die hier de touwtjes in

handen hebben en ik ben ervan overtuigd dat de anticommunistische beweging het door de vingers heeft gezien.
Als je weer een pak stuurt, dan graag meer thee. Tessa gaat ons morgen verlaten, dus heb ik haar gevraagd je op te zoeken en je deze brief te geven. Ze komt helaas niet terug, omdat ze nu voortdurend last heeft van haar voet, maar ze zal thuis haar handen vol hebben aan het werven van vrijwilligers voor de Internationale Brigades. Het eerste contingent is al in Albacete aangekomen en wordt getraind voor de verdediging van Madrid. Mannen uit de hele wereld, kun je je dat indenken? En niet alleen leden van de partij.
Veel liefs.

C.

Edmund vouwde de brief op en glimlachte strak naar zijn bezoeker. De bedoeling van Clara's laatste zin ontging hem niet. Ze had hem niet hoeven accentueren, maar het gebrek aan subtiliteit was ongetwijfeld opzettelijk. Het was een verwijt, geen verzoek.

'Nog een kopje thee, Tessa?' zei hij stijfjes. Tessa gaf hem een schuldig gevoel. Ze was een teer poppetje en tamelijk knap, nauwelijks het prototype van iemand aan wie je op het slagveld iets had. Ze was gewond geraakt terwijl ze een eerste-hulppost bemande aan het front in Aragon, doordat ze machinegeweervuur had getrotseerd om een gewonde militiesoldaat te helpen. Haar enkel was verbrijzeld en ze liep nog steeds moeizaam met een stok. Hij vond het uiterst vernederend zijn principes te moeten verdedigen tegen een vrouw die in de strijd gewond was geraakt. Zijn angst dat Clara een dergelijk lot zou treffen, werd overschaduwd door de egoïstische gedachte dat ze gewond zou moeten zijn eer ze naar huis zou gaan.

'Ja, graag. Ik ben eraan verslaafd. Als we geen thee meer hebben, zullen we Spanje moeten overgeven aan de fascisten. Ik moest van Clara zeggen dat het trouwens Earl Grey moest zijn.'

'Wat moest je nog meer van Clara zeggen, Tessa?'

'Mmm. Aan je toon te horen, is het verspilde moeite.'

'Ik ben pacifist. En na een aantal van Clara's meest recente brieven te hebben gelezen, ben ik dat meer dan ooit. Gezonde jongemannen die aan stukken worden geschoten, onder helse pijnen sterven of opgelapt worden zodat ze een tweede portie kunnen gaan halen. En waarvoor? Mijn vader was maanden in de loopgraven en heeft gezien hoe de lammeren naar de slachtbank werden gestuurd, terwijl de generaals achter een glas port zaten. Hoe kan iemand daar nog intrappen? Na alles wat je gezien hebt? Hoe kun je naar eer en geweten proberen jongemannen zo ver te krijgen dat ze als kanonnevlees naar Spanje gaan? Omdat de Komintern je dat opdraagt?'

Hij zweeg abrupt. Tessa vertrok geen spier en nam rustig nog een slokje thee, zich er evenzeer van bewust als hij dat hij overdreven heftig reageerde. Ze had hem ongetwijfeld al afgedaan als een lafaard. Het soort lafaard dat veilig thuis blijft zitten terwijl zijn vrouw – Edmund dacht altijd aan Clara als zijnde zijn vrouw, al waren ze nooit getrouwd – haar leven waagde voor de zaak van die heilige koe, de democratie.

'Doe alsjeblieft niet zo sarcastisch! Geloof het of niet, maar ik ben hier niet gekomen om je ergens toe over te halen. Ik zou je tóch zijn komen opzoeken, of Clara het gevraagd had of niet. Wat ik tegen je wilde zeggen, is dit: ik denk dat je zou moeten proberen Clara over te halen naar huis te gaan.'

Deze onverwachte slag schudde Edmund los uit zijn starre cynisme.

'Waarom? Wat is er aan de hand?'

'Niets. Officieel nog niet. Maar dat gaat gauw gebeuren, denk ik. We hebben al drie zenuwinzinkingen gehad, en van veel sterkere personen dan Clara. Eigenlijk is het niet verbazingwekkend. Het kan voorkomen dat je een paar dagen achter elkaar hebt doorgewerkt, zonder te slapen, en dan een dode man uit een bed moet trekken om te kunnen gaan liggen. Op één dag moest ik drieëntwintig geamputeerde ledematen afvoeren, maar ik zal je niet vertellen wat ik ermee gedaan heb. En dan is er het eindeloze, saaie zwoegen door te proberen instrumenten steriel te houden onder de meest afschuwelijke omstandigheden, terwijl er tussen de operaties in nauwelijks tijd is adem te halen. Je wordt een automaat. Als ik niet gewond was geraakt, zou ik ingestort zijn. Ik begon te hallucineren en wist het niet veel langer te kunnen volhouden, maar je kunt je niet voorstellen hoe mislukt je je voelt als je dat moet toegeven. Sommige mensen zouden liever doodgaan dan dat toe te geven, en daar is Clara er een van. Dat is haar grootste kracht en haar grootste zwakheid. Ze probeert zichzelf iets te bewijzen en jou ook, denk ik. Eerst trapte ik erin, zoals iedereen, maar de laatste tijd begon ik mijn twijfels te krijgen. Ik denk niet dat iemand de verandering heeft gemerkt, behalve ik, en ik heb het alleen maar gemerkt omdat ik plotseling tijd had. Iedereen heeft het te druk om iets te merken. Ze gedraagt zich de laatste tijd nogal vreemd.'

'Wat bedoel je met vreemd?' vroeg Edmund, ongeduldig door de breedsprakigheid van Tessa en in gedachten al ver vooruit. Ze was vast weer aan de drank.

Tessa zette haar kop en schotel neer, boog zich naar voren en pakte Edmunds beide handen.

'Zet je schrap,' zei ze, met de zachte, professionele toon die hoort bij het brengen van slecht nieuws. Edmund onderdrukte een golf van irritatie. 'Ik heb dit verder tegen niemand verteld. Ik weet dat ik dat had moeten doen, maar in een oorlog weet je niet zo goed meer wat je wel en niet hoort te doen. Luister. In het bed naast het mijne lag een fascistische soldaat met een geperforeerde long. De chirurg had een uitstekende operatie verricht en de verwachting was dat hij volledig zou herstellen. Hij lag in een zijzaal, omdat we proberen de vijandelijke soldaten uit de buurt van de republikeinse slachtoffers te houden.

Het was natuurlijk nog maar een jonge knul en hij had veel pijn. Het was onmogelijk om hem te haten, fascist of niet. Zeg niet dat je dat van mij hebt gehoord, wil je? Hoe dan ook, heel vroeg op een ochtend kwam Clara binnen, om hem een injectie te geven. Ik herinner me dat ze nogal kortaf tegen hem deed en de naald er zonder veel omhaal instak. Kort daarna viel hij in slaap en ik ook. Toen ik weer wakker werd, was hij dood. Ik riep om hulp en binnen een paar minuten was hij weggereden en lag er een andere arme stumper in het bed. Zoals je je kunt voorstellen, hebben we geen tijd voor een postmortaal onderzoek, wat misschien wél zo goed is.'

'Wacht even,' zei Edmund ongelovig. 'Probeer je me soms te vertellen dat Clara hem een overdosis heeft gegeven?'

'Ik weet het niet en heb geen bewijs. Maar het ís mogelijk. Ze klaagt de laatste tijd vaak dat kostbare medicijnen en hulp worden verspild aan vijandelijke slachtoffers, terwijl de fascisten automatisch alle republikeinse gevangenen doden. Misschien doen ze dat, maar dat kunnen we niet wéten. En als ze het wel doen, kan niemand serieus menen dat wij hetzelfde zouden moeten doen. Ik ben me gaan afvragen of ze wel bij haar verstand is, dat is alles.'

'Waarom sturen ze haar dan niet naar huis?' barstte Edmund uit, terwijl hij opstond en geagiteerd door de kamer begon te lopen. 'Waarom laten ze haar zo haar gang gaan?'

'Ogenschijnlijk is er geen enkele reden om haar naar huis te sturen en redt ze het uitstekend. Ik heb haar nooit zien huilen of flauwvallen, nooit zien overgeven. En ik weet uit ervaring hoe dat is. Probeer je in te denken hoe het daar is. We komen wanhopig mensen te kort en iedereen werkt dag en nacht. Niemand wordt naar huis gestuurd, tenzij ze niet in staat zijn om te werken. En aan Clara's vermogen om te werken wordt niet getwijfeld. Ze wordt als onmisbaar beschouwd en dat weet ze. Het lijkt wel alsof het haar een gevoel van... van *macht* heeft gegeven.'

'Mijn God!' zei Edmund zacht. 'Dus ze heeft eindelijk haar eerste fascist gedood. De kameraden zullen trots op haar zijn.'

'Wees alsjeblieft niet bitter, Edmund. Je kunt je voorstellen hoe moeilijk het voor me was om je dit te vertellen. Ik zou me vreselijk kunnen vergissen en haar vreselijk onrecht kunnen doen. Daarom heb ik het niet gemeld. Het is duidelijk dat het haar carrière kapot zou maken als het zou blijken waar te zijn. En zelfs als het niet waar was, zou er toch iets van blijven hangen. Maar ik denk niet dat ik me iets inbeeld. Naderhand had ze een vreemde blik in haar ogen en toen ik verbaasd was dat de man dood was, deed ze nogal nerveus. Het spijt me, Edmund. Ik hoop dat ik me vergis, maar hoe dan ook, ze heeft genoeg gedaan. Ze kan hier thuis evenveel goede dingen doen.'

'Mensen rekruteren om hetzelfde te doen wat zij heeft gedaan? Er is geen bezwaar tegen om een man met een kogel, een bajonet of een bom te doden, maar niet met een injectienaald, want dát is moord. Wat een ontzettende hypocrisie!'

Tessa klemde haar lippen op elkaar, boog haar hoofd en verwaardigde zich niet om commentaar te geven.

'Hóe stel je je precies voor dat ik haar moet overhalen naar huis te komen?' vervolgde Edmund geïrriteerd. 'Heb je enig idee hoe onhandelbaar ze kan zijn?'
'Ja, een beetje. Ik zal proberen de hoge bazen van de partij ervan te overtuigen dat we haar hier nodig hebben, zonder hun te vertellen wat ik jou heb verteld natuurlijk. Als zij het vragen, komt ze wel naar huis. Het probleem is dat ik denk dat ze haar niet willen. Ze is geen goede spreekster en heeft geen gammel been om te laten zien, zoals ik. Verder kan ik ook niets bedenken. Is er iemand anders naar wie ze zou luisteren? Goede vrienden, of familie? Jij bent de enige over wie ze ooit praat.'
'Nee, er is niemand. En al was dat wél zo, dan zou Clara nog niet luisteren. Die oorlog is een obsessie voor haar, al vanaf het begin. Luister... het spijt me dat ik zo kortaf tegen je heb gedaan, Tessa. Sinds ze weg is, ben ik door een hel gegaan. Ze was van streek omdat ik niet met haar mee wilde. Ik had met haar moeten meegaan.'
'Waarom heb je dat niet gedaan? Je zou niet hoeven vechten, weet je. Pacifisten kunnen ambulances besturen, brancards dragen of zieken verplegen.'
'Omdat ik me een huichelaar zou hebben gevoeld,' zei Edmund. 'Omdat ik helemaal niet dapper ben, ernstige twijfels heb wat er gebeurt met al het geld dat we inzamelen en omdat ik niet antifascistisch genóeg ben.'
Tessa stond op om te gaan.
'Ik weet dat je ons niet vertrouwt, Edmund,' zei ze triest. 'Ik wou dat ik je kon overtuigen dat we oprecht zijn.'
'Ik weet dat jíj oprecht bent,' zei Edmund.

Jack vond het leuk Marisa te zien roken. Een hoop gepuf, gevolgd door overdreven inhaleren, alsof ze niets van de rook verloren wilde laten gaan. Hij gaf haar altijd een pakje mee om aan haar *novio* te geven, die ondanks zijn slechte borst, of misschien juist daarom, dol was op Engelse sigaretten.
De laatste tijd waren de tekorten steeds erger geworden, naarmate steeds meer voedselproducerende gebieden in fascistische handen vielen en de zwarte markt tierde welig. Marisa had geïnvesteerd in een veel grotere handtas, ruim genoeg om blikken

eten in te stoppen of andere draagbare etenswaren die ze via haar buitenlandse relaties kon bemachtigen. Alles wat ze zelf niet nodig had, verkocht ze zonder blikken of blozen voor exorbitante bedragen. Ze was er steeds meer op uit betaling in natura te krijgen en een voor beide partijen gunstige korting aan te bieden. Afpersing ging haar gemakkelijk af en ze deed het met een argeloze sluwheid die Jack vertederend vond. Hun praatsessies waren zijn belangrijkste bron van ontspanning geworden en hij zou haar missen als het allemaal voorbij was.

De algemene opvatting bij de pers was dat het over een maand allemaal voorbij zou zijn. Hoe eerder, hoe beter, het nieuwtje was eraf. De fascisten waren bezig de hoofdstad langzaam maar zeker in te sluiten en door de luchtaanvallen was het moreel van de burgers nog verder gezakt. Er werd algemeen erkend dat Madrid weken tevoren al gevallen zou zijn als Franco niet plotseling met zijn troepen naar Toledo was gegaan. Het Alcázar was tegen die tijd een hoop puin en door een zwaar artilleriebombardement eindelijk gevallen. Maar de overlevende verdedigers waren diep in de ondoordringbare kelders gevlucht en triomfantelijk te voorschijn gekomen om hun bevrijders te begroeten – een harde klap voor de republikeinse trots en een briljante propagandastunt voor de fascisten.

Zodra Jack had gehoord van de geplande fascistische omweg, was hij meteen naar Toledo gegaan om te proberen Rosa en de kinderen eruit te krijgen voor het te laat was. Maar hij had het appartement leeg aangetroffen. Zoals zo veel anderen was ze al gevlucht, waarschijnlijk naar Madrid. Madrid zat vol met vluchtelingen en het zou nagenoeg onmogelijk zijn haar daar te vinden. Maar sindsdien was er een maand verstreken en ze had nog steeds geen contact met hem opgenomen. Misschien was ze zijn adres kwijtgeraakt... Hij had het sombere gevoel dat hij de zaak had verknald en ten opzichte van Dolly te kort was geschoten.

Jack zelf deelde het algemene pessimisme ten aanzien van de val van de hoofdstad niet geheel. Volgens een praatgrage en corpulente Rus, die hij alleen maar als 'Gregory' kende – een van Marisa's vaste klanten – was een zeker aantal 'technici' uit de Sovjetunie gekomen om de Spaanse regering in deze tijd van crisis te 'adviseren'. Een edelmoedig gebaar, stemde Jack in.

Bijna net zo edelmoedig als het aanbod om de enorme Spaanse goudreserves om veiligheidsredenen naar Rusland te brengen, zodat ze niet in vijandelijke handen zouden vallen.

En natuurlijk was er altijd nog de cavalerie, in de vorm van de veelgeroemde Internationale Brigades, een bonte mengeling van ontheemden, idealisten, onaangepasten en avonturiers, die op dat moment onder erbarmelijke omstandigheden in Albacete werden opgeleid en een elan bezaten waarvan zelfs Jack onder de indruk was geweest. De dikke man was opgetogen geweest over het gunstige verslag dat Jack over hen had geschreven, wat hij slechts gedeeltelijk om tactische redenen had gedaan. De arme drommels hadden in elk geval behoorlijke geweren gekregen, wat van de moeizaam het hoofd boven water houdende niet-communistische milities niet kon worden gezegd. Als Madrid de komende aanval kon afslaan, zouden de Internationale Brigades met die eer gaan strijken, maar als de stad zou vallen, zouden de anarchisten ongetwijfeld de schuld krijgen.

Marisa stak nog een sigaret op.

'Vind je ook niet?' vroeg ze.

Jack was mijlenver weg geweest.

'Wat? Wil je het nóg een keer zeggen, Marisa? Ik heb het niet begrepen.'

Ze zuchtte met een lach en herhaalde overdreven duidelijk haar laatste zin. Het Spaans van Jack was enorm vooruitgegaan en Marisa wist heel goed dat hij niet had geluisterd.

'Dat ik die dingen eerlijk verdien,' zei ze. 'Welk recht heeft die man om tegen me te schelden, terwijl ik help zijn vrouw en het kind eten te geven? Ik heb tegen Lole gezegd dat ik die dingen zelf zou houden als ze goedvond dat hij me zo beledigde. Ze heeft geen pit en laat die hufter alles zeggen wat hij wil. Nu hij zich soldaat van de republiek noemt, denkt hij dat hij het recht heeft een oordeel te vellen over anderen. Ik hoop dat hij in de strijd sneuvelt.'

'Dat zal waarschijnlijk ook wel,' verzekerde Jack haar.

'Denk je dat de oorlog gauw voorbij zal zijn?' vervolgde ze ongerust. 'Ik hoop van niet. Als hij gauw voorbij is, gaan al mijn buitenlandse heren naar huis. Ga jij naar huis als de oorlog voorbij is?'

'Misschien al eerder,' zei Jack. 'Sommige oorlogen duren vele maanden, jaren zelfs. Mijn krant stuurt me misschien ergens anders heen.'
'En moet je overal heen waarheen je krant je stuurt?'
Een goede vraag, dacht Jack.
'Nee,' zei hij. 'Alleen als ik wil dat ze me betalen.'
'Dan moet je dus gaan,' zei Marisa. 'Als ze je betalen, moet je gaan.'
Haar werkethos was verrukkelijk eenvoudig. Ze zag geen verschil tussen de manier waarop zij haar geld verdiende en de wijze waarop hij dat deed, en misschien had ze wel gelijk. Als ze je betalen, moest je wel.
'Nee,' zei Jack tegen zichzelf.
'Nee?' herhaalde Marisa. 'Wie betaalt je dan? Ben je zo rijk dat je niet betaald hoeft te worden?'
'Niet rijk,' glimlachte Jack. 'Maar ik heb geen vrouw en geen kinderen. Ik kan het me veroorloven arm te zijn als ik dat wil.'
Marisa zette haar 'rare Engelsman'-gezicht. Ze vond hem steeds eigenaardiger en verdroeg zijn excentrieke opmerkingen met opgewekte gelijkmoedigheid. Ze ging weer verder met haar gebabbel, de gebruikelijke tirade tegen het enige dat haar werkelijk dwarszat. Jack had het allemaal al eens eerder gehoord, maar het was op een vreemde manier kalmerend om haar steeds hetzelfde te horen zeggen, een soort barrière tussen zichzelf en zijn steeds somberder wordende gedachten. Ze sprak weer snel, alsof ze wist dat hij de woorden kende, en ze beleefde haar belediging opnieuw, vulde haar verhaal aan en genoot er misschien zelfs van.
De plotselinge verstoring van haar routine – routine was heel belangrijk voor haar – was onmiddellijk als een bedreiging beschouwd. Op een ochtend in september was ze thuisgekomen – wat was ze toen eindeloos tekeergegaan! – om te constateren dat de zuster van haar *novio* en haar zoontje ongevraagd bij hen in waren getrokken. Ramón had een vreselijke astma-aanval en liet zich de zorgen van zijn lang verloren gewaande zuster welgevallen. Marisa had al spoedig aanstoot genomen aan die indringers, vooral toen ze hun beschermheer ontmoette, een grote bullebak van een kerel, die zich onmiddellijk inpopulair maakte

met zijn puriteinse bezwaren tegen haar beroep. Hij ging zelfs zo ver dat hij het kind verbood de cornedbeef te eten die ze had meegebracht uit het hotel. Ze was vreselijk opgelucht geweest dat ze slechts een paar dagen waren gebleven, tot de vakbond ander onderdak voor hen had gevonden, wat haar betrof net iets te dichtbij.

Maar sinds de komst van Lole was de zolderkamer helemaal schoongemaakt, waren de lakens gewassen en de versleten kleren van Ramón versteld. Het was Marisa een genoegen geweest die deftige dame als haar bediende te zien optreden en dat verzachtte de jaloezie een beetje dat ze de genegenheid van Ramón moest delen.

Ze had geen ruzie met Lole, hield ze vol. En Lole was in elk geval altijd beleefd tegen haar. Het eerste wat Lole de volgende dag had gedaan, was haar verontschuldigingen aanbieden voor Tomás en haar nederig te vragen of de jongen toch wat van de cornedbeef kon krijgen. Sindsdien had Marisa hem royaal allerlei dingen gegeven waarvan ze dacht dat hij die lekker zou vinden. Ze vond het fijn om te geven, of liever, ze genoot van de dankbaarheid, en tot dan toe was het nieuwtje er nog niet af. Maar de vorige dag – ze gaf Jack een por, want zijn aandacht was weer afgedwaald – was ze langsgegaan om het kind wat Franse chocola te geven, maar die grote schoft had opengedaan en haar met zijn gebruikelijke onbeschoftheid weggestuurd. Op weg naar huis had ze de chocola toen zelf maar opgegeten. Ramón vond die niet lekker.

'Ramón zegt dat die vent een huichelaar is en te gierig om voor zijn genoegens te betalen en dat hij daarom die arme Lole uitbuit, omdat ze arm is en voor een kind moet zorgen. En hij is grof! Ik zou niet met zo'n man meegaan, hoeveel hij me ook betaalde.'

'Leugenaar,' zei Jack losjes. 'Je zou nog met de duivel meegaan als hij genoeg betaalde.'

'Ik zou de duivel extra rekenen,' antwoordde ze verontwaardigd, zijn woorden zoals altijd letterlijk opvattend. 'Ik zou de duivel nog meer rekenen dan een priester.'

Voor het eerst in zijn leven had Josep een willig, onderdanig gehoor en werkte hij in vrede en harmonie. En hij verveelde zich dood.

Die weken dat hij vogelvrij was geweest, zonder papieren, en de fascistische patrouilles tussen Vallemore en de Baskische grens moest ontwijken, waren de meest opwindende van zijn leven geweest. Hij had te voet dwars door het land gereisd, in de nacht, vervuld van een niet te onderdrukken, roekeloze gedrevenheid.

Het was een uitdaging geweest naar het Baskenland te komen, maar in het Baskenland te zíjn was dat niet. Angst en gevaar waren bedwelmend geweest, enerverend, maar het effect daarvan was snel weggeëbd. De oorlog leek ver weg in dat slaperige oord; het leven ging door, zoals altijd, kalm, rustig en saai. De gewone bevolking was blij met haar nieuwe onafhankelijkheid, maar trok zich niet veel aan van de strijd die elders woedde. Dit was een land van kleine boeren en niet van hebberige landeigenaren, een land van samenwerking, maar niet van confrontaties, een land waar de Kerk deel van de gemeenschap was en geen tempel voor de rijken en machtigen.

De hoop die Josep in het begin had gehad als aalmoezenier te kunnen dienen, was nog niet te realiseren geweest. Het was rustig aan het noordelijk front en hij had te horen gekregen dat zijn diensten niet nodig waren; als 'buitenlander' werd hij nog steeds met enige achterdocht bekeken en was hij onder toezicht van een oude dorpspriester geplaatst, een flegmatieke, bekrompen man, die een hoop drukte over de bloemen op het altaar maakte en uiterst afgezaagde en saaie preken hield. Hij had zonder enig overleg Josep toegewezen gekregen en waarschijnlijk vond hij dat vervelend, maar het feit bleef dat er al weinig werk was voor één, laat staan voor twee, onder mensen die gehoorzaam naar de kerk kwamen, weinig eisen stelden en betrekkelijk welvarend waren.

Maar hij had in elk geval iets over zichzelf geleerd. Eindelijk wist hij wat er aan zijn leven had ontbroken. Hij had ontdekt wat de genezing voor die diepe, rusteloze frustratie was. Jarenlang had hij gedacht dat het iets seksueels was, iets lichamelijks, iets waar hij uiteindelijk overheen zou groeien. Maar in plaats daarvan was hij erín gegroeid. Op een verraderlijke, onverbiddelijke manier was hij eraan verslaafd geraakt. Aan gevaar.

Ramón hoorde de stappen van zijn zuster op de trap en stopte zijn met bloed bevlekte zakdoek in zijn zak. Als ze die zag, zou ze weer aan zijn hoofd zeuren dat hij naar een dokter moest gaan, wat hij onverdraaglijk vond. Het was één ding te weten dat je dagen geteld waren, maar het was iets heel anders om een of andere zelfingenomen kwast met een stethoscoop dat vonnis te laten vellen. Als hij doodging, zou het als held zijn en niet als slachtoffer.

Marisa werkte nu ook 's middags. Ze had haar werkterrein uitgebreid naar het grote hotel bij het Retiropark, dat vol zat met buitenlandse communisten. Marisa vond de communisten praktisch ingestelde lieden en aangezien Gregory, de dikke Rus, van hotel was veranderd, was ze vanzelf in die nieuwe, lucratieve omgeving geïntroduceerd. Ramón ondervroeg haar streng over haar pas verkregen klantenkring en wilde precies weten wat men haar allemaal vertelde. Vervolgens verzon hij er nog het een en ander bij en schreef alles keurig op in zijn notitieboekje. Hij was ongelofelijk trots op de Mata Hari-activiteiten van Marisa, maar hij zorgde ervoor zijn trots niet te delen met Dolores, die ongetwijfeld alles doorvertelde aan die stomme García. Het was duidelijk dat ze doodsbang was van de man en ze kon beter niets weten van haar broers plechtige belofte wraak te zullen nemen voor het geweld dat hij haar had aangedaan.

'Wakker worden, oom!' riep zijn neefje, terwijl hij zijn hand pakte en er vrolijk mee op de sprei sloeg. Ramón deed één oog open en glimlachte zwakjes.

'Helaas, Andrés, ik ben erg moe vandaag,' zei hij, met een sombere blik naar Dolores.

'Het is tijd om op te staan, Ramón,' zei Dolores opgewekt. 'Ik wil het bed verschonen. Ga een eindje met Andrés wandelen terwijl ik hier schoonmaak en iets te eten voor je maak.'

De kast in de hoek stond vol met Marisa's nieuwste aanwinsten en een maal koken voor Ramón betekende dat Andrés er ook wat van kreeg. Dank zij Tomás en zijn onwankelbare principes gaf Marisa niet zo vaak wat weg als anders misschien het geval zou zijn geweest. Waar het het welzijn van haar zoon betrof, had Dolores geen principes. Ze koos een paar blikjes uit en legde het kleine brood neer waarvoor ze een uur in de rij had gestaan.

Ramón kwam moeizaam uit zijn bed en liet zich door Andrés helpen met zijn laars. Vervolgens deed hij de lievelingsgoocheltruc van de jongen en haalde een snoepje uit de gerafelde pijp van zijn broek. Met een kreet van blijdschap stortte Andrés zich erop. Maar Dolores pakte het meteen af, om het te bewaren tot na het eten. En na voor de vorm even te hebben tegengesputterd, trok Andrés zijn oom overeind en nam hem mee voor hun uitstapje.

Andrés was dol op zijn pas verworven oom, die hem had verleid met een nooit ophoudende stroom opwindende verhalen, die bij zo'n aandachtig gehoor met veel verve werden verteld. Toen hij in Madrid aankwam, was Andrés bokkig en teruggetrokken geweest, nog steeds treurend om zijn vader, maar sindsdien had Ramón die leemte in zijn genegenheid opgevuld.

Het was begonnen toen Andrés hem tactloos had gevraagd wat er met zijn been was gebeurd. Dolores had gezegd dat hij zijn mond moest houden, maar Ramón had de gelegenheid aangegrepen om de jongen een beknopt verslag te doen van de vele verwondingen die hij had opgelopen tijdens zijn militaire loopbaan. Sindsdien waren er spannende verhalen geweest over heldendaden en bloedbaden, sommige op het slagveld, andere in de arena en weer andere op driemasters die de hoge zeeën trotseerden, op zoek naar de Nieuwe Wereld. Gelukkig wist Andrés niet veel van geschiedenis en evenmin hoe lang een mens leefde. Ramón had Columbus ontmoet en gedineerd met Ferdinand en Isabella, terwijl hij tijd vond om de Marokkaanse campagnes uit te denken, ontelbare *toros* te doden en die Engelse parvenu, Francis Drake, te verslaan.

Ramón vond het prettig om weer mannelijk gezelschap te hebben. Andrés was een heerlijk, hardvochtig kereltje, met een niet te bevredigen dorst naar bloed. Hij vond het prachtig om te horen welke vreselijke martelingen zijn oom had verdragen zonder zijn informatie aan de vijand prijs te geven en hoe hij eens een keer met een gloeiend pincet een kogel uit zijn eigen dijbeen had gehaald zonder één kreet van pijn te slaken. Ramón had de vooruitziende blik om zijn neefje te waarschuwen dat de dingen die hij hem vertelde geheim waren, heel geheim, en dat hij ze in geen geval aan zijn moeder of aan iemand anders mocht vertellen. Dat vond het knulletje prachtig en zijn borst zwol van mannelijke trots door het vertrouwen dat in hem werd gesteld.

Die dag kwamen ze op hun wandeling terug uit het Retiropark langs hotel Gaylord, net toen Marisa na haar werk van die middag naar buiten kwam. Ramón hobbelde haar tegemoet en nam automatisch haar tas over. Hij haalde er een pakje sigaretten uit en stak er met trillende vingers een op.

'*Salud*, Andrés,' kirde Marisa en bukte zich om hem een kus te geven. Marisa had een sterke, zoete geur bij zich, die Andrés lekker vond. Ze rook naar snoepjes.

Andrés groette haar beleefd en keek verwachtingsvol. Marisa gaf hem bijna altijd wat. Hij had het volkomen harteloze egoïsme van alle kleine kinderen, zoals Tomás tot zijn schade had ontdekt. Het enige dat Tomás hem ooit toestond, was dat hij af en toe op zijn schouders mocht zitten, wat heel leuk was, maar hij kon geen mooie verhalen vertellen en meestal vond Andrés hem knorrig en nogal saai. Zijn moeder had hem gewaarschuwd dat hij niet over zijn oom moest praten waar Tomás bij was, omdat ze elkaar niet aardig vonden. Ramón had hem al uitgelegd dat Tomás heel jaloers op hem was en Andrés kon heel goed begrijpen waarom.

'Ik heb wat Amerikaanse kauwgom voor je,' zei Marisa, terwijl ze haar tas weer terugpakte om die kleine traktatie te voorschijn te halen. 'Slik het niet door, anders plak je van binnen helemaal aan elkaar.'

Andrés wist dat hij zoetigheid tot na het eten moest bewaren of tot wanneer hij echt honger had, wat steeds vaker gebeurde. Maar zonder zijn moeder om hem vermanend toe te spreken, bleek de verleiding té groot. Algauw was hij vrolijk aan het kauwen, zijn ene hand in die van Marisa en de andere in die van Ramón, waarbij hij hen voorttrok als een hond aan een lijn, zonder op Ramóns manke been of Marisa's hoge hakken te letten.

Marisa glimlachte toegeeflijk. De uitbundigheid van de jongen werkte aanstekelijk. Ramón was minder slechtgehumeurd geweest sinds de komst van zijn neefje en het was veel gemakkelijker om hem, wat het geld betreft, voor de gek te houden. Marisa had al snel begrepen dat een deel van haar verdiensten naar de volkomen berooide Lole zou gaan, op wie Ramón abnormaal gesteld was, en ze had onmiddellijk stappen ondernomen om haar eigen belangen te beschermen. Het bontjasje dat ze voor de winter had gevraagd, was nu met meer dan zijde gevoerd; ponden en dollars gaven de warmste isolatie die er was.

Andrés wilde aan de ene kant het uitstapje zo lang mogelijk rekken, maar aan de andere kant had hij ook trek in zijn avondeten. Maar als hij dat eenmaal op had, zou mama hem naar huis brengen, hetgeen hij vreselijk vond. Hij vond het vreselijk om in de keuken te moeten slapen, een donker, muf vertrek met een schuin dak en een kale vloer, die zijn moeder altijd aan het schoonmaken was. Zijn moeder was veranderd. In Toledo was ze aardig en vrolijk geweest, maar in Madrid lachte ze bijna nooit en één keer had hij tot zijn grote schrik gezien dat ze huilde in haar schort. Hij had haar nog nooit eerder zien huilen en had haar gevraagd wat er aan de hand was. Toen had ze haar ogen gebet en gezegd dat ze alleen maar hoofdpijn had. De hoofdpijn van mama maakte hem bang. Soms moest ze ophouden met waar ze mee bezig was en gaan liggen met een natte lap over haar ogen, en dan moest hij heel stil zijn. Hij kon zich niet herinneren dat zijn moeder vroeger ooit ziek was geweest.

Vanwege die hoofdpijn mocht hij niet meer bij zijn moeder in bed. Hij had het heerlijk gevonden, vooral in de winter, wanneer hij 's morgens vroeg wakker werd met een koude neus door de frisse ochtendlucht. Maar nu was de slaapkamerdeur van zijn moeder op slot, zodat hij haar niet kon storen als ze sliep, zei ze, niet dat het hetzelfde geweest zou zijn nu Tomás daar was.

Hij vond het heel vervelend om te moeten doen alsof Tomás zijn vader was. Hij wilde graag opscheppen bij de andere kinderen dat zijn vader officier was geweest, een expert in geweren, die als een held gestorven was en nog dapperder dan zijn oom Ramón. Maar zijn moeder had hem gewaarschuwd dat hij in geen geval zijn echte naam mocht vertellen. Dat zou heel gevaarlijk zijn, had ze gezegd, en oom Ramón was het ermee eens geweest.

'Het is natuurlijk moeilijk te moeten zeggen dat zo'n onbeschaafde kerel je vader is,' had hij gezegd. 'Maar je moeder heeft gelijk. Het is je heilige plicht die onwaardigheid dapper te ondergaan. Men moet vaak incognito blijven, in dienst van zijn land.' Dat had Andrés enorm opgevrolijkt. Oom Ramón was het onfeilbare orakel in een wereld die ineens vol vreemde leugens zat.

Toen ze terugkwamen, had Dolores het eten voor hen klaar, een mengsel van vlees uit blik en bonen, een armzalige imitatie van *judías con chorizo*, maar het beste wat ze ervan kon maken. Andrés vond de roze, rubberachtige stukken vlees heel lekker. Zijn oom vond ze helemaal niet lekker en stond royaal zijn deel met een licht gebaar van walging af aan zijn neefje. Marisa trok ook haar neus op voor die geïmproviseerde maaltijd. Ramón had gelijk, ze werd dik en bovendien lukte het haar bijna altijd om in het hotel te eten.

Dolores zat met de lege pan op haar schoot en schraapte hem schoon met een lepel. Zij at later, met Tomás, nadat ze Andrés in bed had gelegd. Ze zei altijd tegen Tomás dat ze al had gegeten, opdat hij de grootste portie zou nemen. Hij was zo'n grote kerel en zelf had ze de laatste tijd weinig trek.

'Brave jongen,' zei Dolores. 'Nu kun je de snoepjes opeten die je van je oom hebt gekregen.' Andrés keek stralend naar Ramón, die teruglachte over de rand van zijn medicijnglas heen. Hij moest veel medicijnen nemen, vanwege zijn oorlogsverwondingen. Hij nam een grote slok, verslikte zich en begon in zijn zakdoek te hoesten, terwijl de vrouwen hem op zijn rug klopten.

'Ramón,' zei Dolores scherp. 'Er zit bloed op je zakdoek!'

'Ik heb mezelf gesneden bij het scheren,' zei Ramón, terwijl hij zijn zakdoek snel terugstopte in zijn zak.

'Ik heb je zelf geschoren,' zei Marisa. 'Jouw hand trilt altijd te veel. Ik snij je nooit en ben altijd heel voorzichtig.'

'Je moet naar een dokter gaan met die hoest,' zei Dolores.

'Jij moet naar een dokter gaan met je hoofdpijn,' kaatste Ramón narrig terug.

'Iedereen heeft weleens hoofdpijn. Andrés, wiebel niet zo met je benen. We moeten zo naar huis. Ik heb nog een hoop te doen.'

'Jij bent altijd aan het werk,' klaagde Ramón, degene die hoofdzakelijk van haar inspanningen profiteerde. 'Je hebt de handen van een wasvrouw.'

Marisa, die nu lange, rode nagels had, keek medelijdend naar de kale vingers van Dolores. Zelfs haar trouwring was verdwenen, verpand om nieuwe kleren te kunnen kopen voor Andrés.

'Wacht,' zei ze, 'ik zal je handen weer mooi maken.'

Ze haalde een pot crème te voorschijn, een nagelvijl en een flesje lak en ondanks de protesten van Dolores begon ze nauwgezet haar nagels te doen. Ze waren een stuk korter dan die van Marisa, maar haar vingers waren langer en het eindresultaat zou heel indrukwekkend kunnen zijn geweest als de knokkels niet bijna even roze waren geweest als de nagels.

'Heus, Marisa,' zei Dolores, half ontroerd en half verbluft. 'Dat is écht verspilde moeite.'

'Onzin,' zei Marisa edelmoedig. 'Je moet op je uiterlijk letten. Je zou Ramón je haar moeten laten doen en mijn lippenstift en rouge moeten gebruiken. Je mag jurken van mij lenen, Lole. Met jouw uiterlijk zou je een heleboel geld kunnen verdienen. Ik zou je aan een paar van mijn heren kunnen voorstellen.'

'Marisa!' snauwde Ramón. 'Wat zeg je daar nou? Hoe durf je zo tegen mijn zuster te spreken?'

'Niet boos zijn, Ramón,' zei Dolores. 'Marisa probeert alleen maar te helpen.'

Marisa haalde pruilend haar schouders op.

'Als je liever hebt dat je zuster arm blijft, is dat jouw zaak,' zei ze. 'Ik hoef mijn klanten met niemand te delen.'

'Dank je, Marisa,' zei Dolores. 'Ik waardeer je aanbod. Maar ik ben heel blij met mijn baantje op school.'

Ramón gromde.

'Nu ze de priesters en de nonnen hebben weggejaagd, moeten ze anderen betalen om te doen wat zij voor niets deden. Geen wonder dat ze van eerlijke burgers moeten stelen om op die manier geld over de balk te kunnen smijten!'

Dolores ging niet op die opmerking in. Door een recente maatregel van de president waren alle bezittingen geconfisqueerd van degenen die aan de opstand hadden meegedaan, waardoor een fascistische overwinning essentieel was geworden voor Ramóns niet te onderdrukken hoop op een erfenis. Josep was nu waarschijnlijk dood, verklaarde hij met een armzalig vertoon van verdriet. Hij had ongetwijfeld de prijs betaald dat de parochie van Josep in handen van de fascisten was gevallen en had gehoopt dat dit betekende dat hij in veiligheid was – veel veiliger dan hij in de republiek zou zijn. Er natuurlijk van uitgaand dat hij zo voorzichtig was geweest zijn politieke overtuiging voor zich te houden...

Na het nieuws van de dood van Lorenzo interesseerde Dolores zich niet meer voor de strijd. Het kon haar niet langer schelen wie er won, ze wilde alleen maar dat de oorlog snel voorbij zou zijn. Er was te veel slechtheid aan beide kanten; beide kanten waren net haaien met opengesperde kaken, die blindelings hapten naar een onschuldige prooi om hun verslindende gulzigheid te bevredigen.

Elke dag meldde Tomás zich op het hoofdkwartier van de militie voor de training en kwam daarna terug vol verhalen over onrecht en smerige praktijken. Hij was niet onder de indruk geweest van zijn nieuwe Russische geweer – niet dat het echt Russisch was en nieuw was het evenmin. Het was Zwitsers, zo'n vijftig jaar oud en lang niet zo goed als de geweren die de communistische bataljons kregen, zei Tomás. Hij popelde om naar het front te worden gestuurd, maar moest zich ermee tevreden stellen te wachten tot het front naar hem kwam. Dat kwam met de minuut dichterbij en er werden al voorbereidingen getroffen voor de verdediging van de stad. Overal in Madrid werden barricaden opgericht, hoewel er nog geen loopgraven waren gegraven vanwege een langzaamaan-actie van de vakbond.

Dolores had Andrés op een plaatselijke school gedaan. Er waren al veel scholen gesloten door de massale evacuatie van leerlingen naar het platteland. Maar Dolores had haar zoon niet willen wegsturen. Door haar lange ballingschap en de dood van Lorenzo waren moeder en kind doodsbang om gescheiden te worden. Ze werd heen en weer geslingerd tussen schuldgevoel dat ze haar zoon aan gevaar blootstelde en een koppige vastbeslotenheid om hem nooit meer uit haar gezichtsveld te laten verdwijnen.

Daarom had ze zich aangemeld voor parttime werk als hulponderwijzeres – een onbelangrijk baantje, maar ze had niet willen zeggen wat haar opleiding was, omdat ze bang was dat er vervelende vragen zouden worden gesteld. Ze hield toezicht tijdens de pauzes, ruimde schriften op, keek of de kinderen geen hoofdluis hadden, luidde de bel en was een soort manusje-van-alles. De afgelopen weken was ze bevriend geraakt met Paulina Quero, een Spaanse communiste, die de verantwoordelijkheid had gekregen voor de reorganisatie van het lesprogramma na de bende die de religieuze orde, die voordien de school had geleid, had achtergelaten. Paulina had grote bewondering voor alles wat Russisch was. Ze had geen vertrouwen in het Spaanse temperament, zei ze. De komst van Russische militaire discipline was de enige hoop voor een republikeinse overwinning.

'Die hoofdpijn van je is vreselijk, hè?' had ze vriendelijk gezegd, toen Dolores moest gaan liggen. De volgende dag had ze haar wat pijnstillers gegeven.

'Een kameraad van me werkt bij een apotheek,' had ze gezegd. En vervolgens, langs haar neus weg: 'Wil je misschien lid worden van de partij? Ik wil je graag onze overtuiging bijbrengen, als je dat wilt.'

Haar zendingsdrang was argeloos en onheilspellend tegelijk. Maar Dolores had het idee dat Paulina een waardevolle bondgenote zou kunnen zijn. Ongetwijfeld had ze allerlei kameraden die op nuttige plaatsen werkten.

'Graag,' zei Dolores. 'Ik weet heel weinig van politiek en zou graag meer over het communisme willen weten.'

Ze werd zich met de dag meer bewust van haar hachelijke positie. Nu de vijand voor de poorten van Madrid stond, was de heksenjacht op iedereen die iets met fascisten te maken had tot koortsachtige hoogten gestegen. Het feit dat ze met Tomás García samenleefde en doorging voor zijn vrouw was tot dan toe voldoende geweest voor de dagelijkse gang van zaken, maar zou een officieel onderzoek niet doorstaan als ze ooit de pech had daar aanleiding toe te geven.

Stel dat Andrés door een of andere losse opmerking hun schuldige geheim onthulde? Het was een van de redenen waarom ze bang was geweest hem weg te sturen en bij vreemden te gaan wonen. De vorige dag nog had Dolores de radio van haar broer aangezet en een vrouwelijke politicus een hartstochtelijke, opruiende rede horen afsteken.

'We moeten de familie van alle bekende fascisten opsporen!' verklaarde ze, begeleid door de *Internationale*. 'We moeten de vrouwen en kinderen arresteren van degenen die Spanje in een bloedbad hebben gestort en in de gevangenis zetten.'

Dolores had een rilling over haar rug voelen lopen. De voormalige verdedigers van het Alcázar stonden waarschijnlijk boven aan de lijst van vijanden van de republiek.

'Het leven van iedere vrijwilliger voor het front,' vervolgde de spreekster opruiend, 'moet worden gecompenseerd door dat van de moeder of het kind van een verrader!'

Andrés zou ongetwijfeld als het kind van een verrader worden beschouwd. En weer was ze Tomás onnoemelijk dankbaar. Tomás, die haar leven had gered en nog steeds zijn eigen leven waagde door haar te beschermen, die haar haar onbewuste misdaad tegen het volk niet kwalijk nam, haar voortdurende omgang tolereerde met de broer die hij terecht haatte, die er geen idee van had dat ze hem van zijn vrouw had beroofd, dat haar gedachten naar een andere man gingen wanneer hij met haar naar bed ging...

Arme Tomás. Ze zou het hem op de een of andere manier vergoeden. Op zekere dag zou ze hem belonen voor al zijn goedheid.

'Je bent gewoon moe, Jack,' zei Harry Martindale, terwijl hij een royale hoeveelheid Glenfiddich in een kristallen glas schonk. Hij leunde achterover in zijn leren fauteuil, waardoor deze kraakte onder zijn zware gewicht. Jack stond met zijn rug naar hem toe door de grote ramen naar buiten te kijken naar de kaal wordende bomen van Hampstead Heath.

'Neem een poosje vrij, zo lang als je nodig hebt. Je moet geen drastische dingen doen...'

Hij tinkelde met het ijs in zijn glas alsof hij Jacks afdwalende aandacht wilde trekken. 'Neem een borrel en dan bespreken we het.'

'Nee, bedankt. Mijn besluit staat vast, Harry. Van nu af aan sta ik op eigen benen. Freelance, onafhankelijk, eigen baas, hoe je het maar noemen wilt. En als ik iets geschreven heb, stuur ik het naar de uitgever van wie ik denk dat die erin geïnteresseerd is. Dat moet je niet persoonlijk opvatten.'

'Jack, je bent niet eerlijk. Hoe vaak bemoei ik me met wat je geschreven hebt? Heb ik niet altijd – nou ja, bijna altijd – jou de vrije hand gelaten? Ben je ooit een andere journalist tegengekomen die zo zijn gang heeft kunnen gaan als jij? Ik bedoel, zo heb je je reputatie opgebouwd, is het niet? Ónze reputatie. Dat is de essentie van *Red Rag*.'

'Precies. Ik heb er genoeg van in een dwangbuis te schrijven.'

'Dwangbuis? Dat is een beschuldiging die nergens op slaat, Jack! Je hebt altijd de grootst mogelijke vrijheid gehad om...'

'Ik beschuldig jou nergens van en aanvaard de volledige verantwoordelijkheid voor de kuil die ik zelf heb gegraven. Ik geef mezelf de schuld, jou niet. Natuurlijk werk ik door tot het eind van mijn opzegtermijn. Ik neem aan dat je wilt dat ik terugga naar Spanje. De volgende maand zou redelijk goede kopij moeten opleveren, een kans om de oplage nog wat op te peppen vóór ik wegga. De dag voor ik vertrok, heb ik gezien hoe een aantal mensen dat in de rij stond voor een brood aan stukken werd geschoten. Overal op straat lagen stukken van dode baby's. Maar zulke bloederige taferelen zijn eigenlijk niets voor mij, zoals je weet. Dat is meer de specialiteit van de *Daily Worker*.'

'Allemachtig, Jack, je hoeft je niet te schamen om toe te geven dat je er meer dan genoeg van hebt. Ik denk dat ik zelf ook behoorlijk van de kaart zou zijn als ik had gezien wat jij hebt gezien. Je moet er even tussenuit. Ga niet terug. Ik kan iemand anders sturen of een persbureau inschakelen. Neem een maand vakantie. Wat mij betreft is je Spaanse tournee voorbij.'

'Nee,' mompelde Jack, alsof hij het tegen zichzelf had. 'Die is nog maar net begonnen!'

Martindale knipperde snel met zijn ogen en zijn vlezige oogleden trilden door die ongewone activiteit.

'Ik weiger dit als definitief te beschouwen, Jack. Je bent overwerkt, uitgeteld. Het overkomt de meest ervaren journalisten. Ik weet hoe ellendig je je moet voelen, alsof je al die tijd met je kop tegen een muur hebt staan slaan. Maar de zaak begint eindelijk in beweging te komen en daar heb jij je steentje aan bijgedragen. Nu Labour eindelijk tegen non-interventie heeft gestemd, zal het tij van de publieke opinie moeten keren. Er is een geweldige reactie geweest op al die inzamelingen, weet je, ondanks alle pro-fascistische propaganda in de pers. En nu, met de Internationale Brigades, krijgen de gewone arbeiders een persoonlijk aandeel in de strijd; ze krijgen zonen en geliefden daar in Spanje, die vechten voor de democratie.'

Jack lachte wrang.

'Nee maar, Harry, je zou bijna denken dat je mijn artikelen serieus hebt opgevat! Je weet net zo goed als ik dat grote bedragen op geheimzinnige wijze gebruikt zullen worden voor politieke doeleinden en dat de arme drommels die zich aanmelden voor de Internationale Brigades het slachtoffer zijn van communistische verlakkerij. Democratie is het meest misbruikte woord in het woordenboek, een eindeloos toepasbare slogan om allerlei smeerlapperij die in naam van de democratie wordt uitgehaald te heiligen.'

'Daar weet ik helemaal niets van. Allemachtig, Jack, je zou haast denken dat je fascistische sympathieën hebt!'

Jack boog zich dreigend naar Harry over en sloeg met zijn vuist op de mahoniehouten tafel, waardoor er whisky uit het glas sprong.

'Zie je wel? Als je het lef hebt, gewoon het lef hebt om te zeggen hoe de zaken ervoor staan, is er onmiddellijk iemand die je van fascistische sympathieën beschuldigt. De man die ontdekt heeft dat de aarde rond was, werd van atheïsme beschuldigd, is het niet? Nou, je kunt me een fascist noemen zoveel je wilt, maar ik heb er genoeg van om cliché-kopij te schrijven over deze ellendige oorlog.'

'En aan wie stuur je je verhalen in de toekomst?' vroeg Martindale, nerveus nu. 'Aan de *Daily Express*, misschien? Misschien zou je je intrek moeten nemen in het fascistische hoofdkwartier in Burgos en niet in Madrid. Daar zul je ongetwijfeld

hartelijk verwelkomd worden... Eh... het spijt me, Jack. Dát meende ik niet.'
Alsof hij bang was een klap te krijgen, dook hij diep in zijn leunstoel. De uitdrukking op Jacks gezicht was moordlustig.
'Ik betwijfel of de *Daily Express* erin geïnteresseerd is om de waarheid te drukken, net zomin als jij.'
'Wie dan wel, als ik vragen mag?'
'Als ik me daarover zorgen ga maken, zal ik geen letter op papier kunnen krijgen, nietwaar?'
'Maar... hoe zit het dan met het geld?'
'Ik hoopte dat je daarover zou beginnen. Je bent me heel wat schuldig. Misschien kunnen we dat regelen voor ik morgen terugga. Met een beetje kom je al een heel eind in Spanje.'
Hij haalde een getypt vel papier uit zijn binnenzak, waarop keurig stond uitgewerkt hoeveel hij te goed had. Harry pakte het tussen duim en wijsvinger aan, geschokt door het botte gedrag van Jack. Hij was altijd traag geweest met het betalen van zijn schulden, een facet van zijn smetteloze afkomst.
'Ik zal je een cheque sturen,' zei hij stijfjes.
'Ik neem het bedrag liever meteen mee,' zei Jack, terwijl hij hem een pen gaf.
Martindale maakte een verzoenend gebaar. Hij wilde niet met ruzie uit elkaar gaan en zichzelf in de toekomst mogelijk met naam en toenaam in de krant tegenkomen. Hij liet Jack persoonlijk uit, hem uitvoerig verzoekend contact te blijven houden. Hij was al wat gekalmeerd en begon het licht te zien. Er was in Spanje iets gebeurd met Jack, iets persoonlijks, niet iets beroepsmatigs, hetgeen hij na verloop van tijd ongetwijfeld zou verwerken. Al dat plotselinge gehamer op de waarheid klonk hol. Jack had nooit naar integriteit gestreefd en had zich altijd laten leiden door wat politiek opportuun was, door onbeschaamde vooringenomenheid en zakelijke ambities. De waarheid verkondigen was iets voor profeten, een eenzaam, impopulair, armoedig slag mensen, dat altijd in de wildernis terechtkwam en nooit gelijk kreeg voor ze dood waren. Jack had niets van de mysticus of de idealist, maar was een geboren pragmaticus, een natuurlijke overlevende. Ja, hij was in een of andere emotionele verwikkeling terechtgekomen, verliefd geworden op een Spaanse en had

haar nodeloos zien sterven, of iets dergelijks. En nu voelde hij zich te zeer betrokken om de zaak nog afstandelijk te kunnen bekijken.

Na verloop van tijd zou hij eroverheen komen. Ze hadden al eerder verschil van mening gehad wat het werk betrof, als Jack zich op een of ander onderwerp had gestort dat gewoon niet goed was voor *Rag*, maar hij had altijd bakzeil gehaald, zij het met tegenzin, met de mededeling dat het hem eigenlijk koud liet. Jack gaf niet graag toe dat iets hem werkelijk raakte en Martindale had meedogenloos gebruikgemaakt van die zwakheid. Dit was slechts een fase en zou voorbijgaan. Het lag gewoon niet in Jacks aard om om iets of iemand te geven behalve zichzelf.

Jack hield een taxi aan en zei dat hij naar Pimlico wilde. Hij was zonder bagage van de ene dag op de andere teruggekomen en van plan geweest de volgende dag naar Madrid terug te gaan. Maar ineens was de gedachte aan die lege flat, die vroegere oase van eenzaamheid, ondraaglijk en zonder uit te stappen, vroeg hij aan de chauffeur door te rijden naar Whitechapel.

Hij was van plan geweest Edmund te mijden. Zijn laatste brief was erg deprimerend geweest. Het was geen verrassing geweest dat Clara met haar dubieuze verpleegsterscapaciteiten naar Spanje was vertrokken en te weten dat Edmund zich vreselijke zorgen over haar maakte. Wat hem wel had verbaasd, was dat Edmund niet was meegegaan, al was het alleen maar om een oogje op haar te houden. Of misschien was het niet zo verbazend en had hij het als de beste manier beschouwd om ervoor te zorgen dat ze snel instortte en naar huis gestuurd zou worden. Ze was volledig van hem afhankelijk, ondanks haar pogingen om het tegendeel te bewijzen, en nu ze de steun van Edmund moest missen, zou ze die zoeken waar ze maar kon, waarschijnlijk in de dichtstbijzijnde fles. Er was in Spanje een tekort aan alles, behalve aan alcoholische dranken van het meest ongezuiverde en bijtende soort. Misschien stelde het Edmund gerust als hij aanbood naar het front in Aragon te gaan om te kijken hoe het met haar was. Dat vooruitzicht stemde hem somber, maar het zou in elk geval materiaal kunnen opleveren voor zijn boek.

Jack was tot de onzekere conclusie gekomen dat fictie een beter medium was voor de waarheid dan zogenaamde feiten, maar hij was niet van plan iemand iets over zijn boek te vertellen tot het klaar was, zeker Edmund niet, met zijn ijzingwekkend literaire smaak. Het schrijven van een roman was al moeilijk genoeg zonder er van tevoren over te praten.

Hij zag de lamp in de gang van het huisje branden. Edmund was nu hoofd van de school, die onherkenbaar veranderd was. Jack had hem aan het begin van zijn carrière een dienst bewezen door een vernietigend stuk te schrijven tegen het pas ingevoerde onderzoek naar draagkracht, waardoor een aantal van Edmunds beste leerlingen niet naar het gymnasium had kunnen gaan. De intelligentste kinderen, volgens Edmund, waren zelden de armsten; het waren altijd degenen die net niet arm genoeg waren.

Jack bonsde op de deur, die meteen geopend werd. Edmund leefde ongetwijfeld voortdurend in angst dat hij een telegram zou krijgen. Hij was duidelijk blij Jack te zien.

Hij haalde een stoffige fles wijn te voorschijn en vroeg of Jack had gegeten, en pas toen drong het tot hem door dat hij de hele dag nauwelijks iets had genuttigd. Hij had geen zin om in een restaurant te gaan eten en deed zijn maal met een tosti en een stukje van de kleverige gemberkoek van mevrouw Townsend, terwijl hij Edmund intussen vertelde over zijn onderhoud met Martindale.

'Prima,' zei Edmund uiteindelijk, 'goed gedaan.'

'Zeg je dat alleen maar als trouwe vriend of meen je het? Beroepsmatig gezien, is het waanzin. Harry zal waarschijnlijk rondvertellen dat ik niet tegen het werk was opgewassen, of erger nog. Hij heeft me er met zoveel woorden van beschuldigd heimelijk fascist te zijn.'

'O, dat is niets bijzonders, ouwe jongen. Je stelt pas wat voor als je uitgemaakt bent voor fascist, in welke vorm dan ook. Krijg je problemen met geld?'

'Ik kan minstens een jaar vooruit, want ik heb er nooit aan kunnen wennen om het uit te geven. Ik heb dingen genoeg die ik kan verkopen, als de tijden slecht worden. Elizabeth heeft me met de kerst een gouden horloge gegeven. En in geval van nood kan ik altijd nog een vrouw zoeken om me te ondersteunen.'

Edmund vertrok geen spier. Zo af en toe kon Jack zo'n grove

opmerking niet voor zich houden om te kijken hoe hij zou reageren. Maar zo Edmund het al wist, liet hij het nooit merken.

'Ik heb mijn vader gevraagd of het mogelijk was Dolly's zoontje het land uit te krijgen,' zei hij. 'Hij scheen het een nogal wild idee te vinden. Maar ik heb gedacht, als ik de Spaanse autoriteiten ervan zou kunnen overtuigen dat ik naaste familie ben...'

'Vergeet het, Edmund. Ik weet zeker dat ik onderhand bericht van dat meisje zou hebben gehad als ze in Madrid was aangekomen. Ze had mijn kaartje en zou contact met me hebben opgenomen, al was het alleen maar voor geld. De fascisten hebben de charmante gewoonte vluchtelingen vanuit de lucht met machinegeweren te bestoken. Laten we maar aannemen dat ze dood is, en het kind ook. Wat maken een paar doden meer of minder uiteindelijk uit?'

Hij duwde zijn bord weg.

'Sorry,' zei hij. 'Ik heb bij de lunch veel gegeten.'

Even had Jack zijn gezicht niet in de plooi. Hij zag er zó anders uit en sprak zó anders dan normaal, dat Edmunds eerste opwelling was de crisis af te wenden, teneinde Jack de ondraaglijke schande te besparen zichzelf bloot te moeten geven. Jack was niet iemand die over zijn problemen praatte en als hij hem daar nu toe aanmoedigde, zou hij later zijn ergernis daarover te verduren krijgen. En als een ware vriend veranderde hij dus van onderwerp, zijn eigen problemen gebruikend om Jack weer op krachten te laten komen. Terwijl Edmund koffie zette, vertelde hij Jack rustig en zonder commentaar wat Tessa had gezegd en wachtte op zijn reactie.

'Ga niet,' zei Jack eenvoudigweg, terwijl hij een sigaret opstak en weer geheel meester over zichzelf was. 'Je zult haar niet kunnen overhalen naar huis te gaan; je zult bijna zeker meer kwaad doen dan goed. Ze kan niet doorgaan met patiënten uit de weg te ruimen zonder dat ze er vroeg of laat achterkomen. Dan schrijven ze het gewoon toe aan stress, stoppen het in de doofpot en zoeken een of ander belangrijk administratief baantje voor haar in Engeland. Laat de zaak maar zijn natuurlijke beloop hebben. Zoals je zei, als ze een man was, zouden ze haar een geweer geven en een aantal handgranaten en zou ze zoveel fascisten mogen doden als ze wilde.'

443

Edmund schudde zijn hoofd.

'Dat is wat ik tegen Tessa heb gezegd. Ik ben bang dat haar schijnheilige manier van doen het slechtste in mij heeft bovengebracht. Maar die vlieger gaat niet op, Jack. Zoals je weet, ben ik hoe dan ook tegen het doden van mensen. Als ik niet probeer iets te doen, heb ik iedere volgende dode op mijn geweten. God weet dat ik me tegenwoordig al genoeg een morele buitenstaander voel, zonder de paar principes die ik nog over heb te verraden.'

'Je kunt daar niet halverwege het schooljaar hals over kop heen gaan. Je hebt een baan!'

'Jij ook, tot vandaag.'

'Dat is totaal anders.'

'Nee, dat is niet zo. Het heeft met zelfrespect te maken, voor ons allebei, nietwaar? Het heeft te maken met het onder ogen zien van de feiten en je niet te verstoppen achter cynisme of idealisme, wat twee kanten zijn van dezelfde medaille, manieren om het werkelijke leven op een afstand te houden. Luister. Iemand van mijn klas van 1928 is net naar Cambridge gegaan om chemie te studeren. Zijn ouders zijn heel trots op hem. Ze hebben een patatzaak waar ik niet heen durf te gaan omdat ze me nooit laten betalen. Hoe dan ook, de moeder hield me laatst staande op straat, met tranen in haar ogen, omdat de jonge John vastbesloten is zijn studie op te geven en in Spanje te gaan vechten. En omdat ik een paar keer gesproken heb op een van Clara's Help Spanje-bijeenkomsten, scheen de arme vrouw te denken dat ik er op de een of andere manier bij hoorde. Ze vroeg me steeds maar *waarom* en *welk nut het had.* Maar natuurlijk kon ik absoluut niets zeggen. God alleen weet onder welke druk Clara daar staat, maar ik kan me niet aan het gevoel onttrekken indirect even verantwoordelijk te zijn als degene die die moeder van haar zoon berooft, als ik mijn ogen sluit voor wat ze aan het doen is. Een leven is een leven, van wie dan ook. Dat is wat ik altijd heb geloofd.'

'Het doet er wél toe wiens leven het is,' zei Jack ondubbelzinnig. 'Hou jezelf niet voor de gek. De Komintern weet het, al weet jij het niet. Levens van buitenlanders zijn niet veel waard, dat zijn ze nooit geweest. Een paar lijken van eigen bodem schudden de mensen pas wakker. Vandaar dat grote enthousiasme om rekruten te werven. Trap er niet in, wil je?'

'Maak je geen zorgen, ze zouden me niet willen hebben. Ik ben politiek niet betrouwbaar.'

'God zij dank,' zei Jack. 'Dus, wanneer gaan we?'

Op aandringen van Dolores ging Tomás door met de ondankbare taak inlichtingen in te winnen over Rosa. Tot dan toe had het evenwel niets opgeleverd. Er stroomden voortdurend vluchtelingen Madrid binnen. Ze woonden in armzalige, overvolle onderkomens en er waren niet voldoende middelen om hun identiteit of verblijfplaats te registreren. Zonder de opbrengst van de ringen van de moeder van Dolores zouden ze zelf in een of ander opvangcentrum terecht zijn gekomen, waar ze samen met talloze anderen hadden moeten wachten tot hun iets werd toegewezen. Het geld dat ze graag hadden betaald voor een voorkeursbehandeling zou, zo was hun verzekerd, de schatkist van de vakbond spekken en voor het gemeenschappelijke goede doel worden gebruikt, maar Tomás had dat niet hoeven te geloven om de gelegenheid aan te grijpen. Het was geen hoge prijs voor privacy, vooral nu de spanning van de recente gebeurtenissen haar tol van Loles gezondheid begon te eisen.

Hij vond het vreselijk te zien hoe mager ze werd en haar hoofdpijn maakte hem bang. Maar heel egoïstisch maakte hij zich meer zorgen over het andere symptoom van haar lichamelijke malaise, de onbewogen frigiditeit waarmee ze hem toestond met haar naar bed te gaan. Na zijn dood bezat haar man haar meer dan tijdens zijn leven, en hij was de meest onoverwinnelijke rivaal geworden, een rivaal die hij niet kon zien noch doden.

Tot zijn schande kon hij haar verdriet niet respecteren. Hij wilde haar meer en meer, kon zijn verlangen niet beheersen en maakte gebruik van het feit dat ze geen nee tegen hem wilde zeggen, omdat ze bang was. Hij kende haar vreselijke geheim en had het in zijn macht haar, haar broer en haar geliefde zoontje aan te geven. En dus zou ze hem nooit iets weigeren, waardoor niets wat ze gaf enige waarde had.

Soms lag hij tot diep in de nacht te piekeren, terwijl zij onrustig naast hem lag te slapen, zich verbeeldend dat ze hoopte dat hij zou sneuvelen, dat ze hem weerzinwekkend vond en haar zachtheid, geduld en vriendelijkheid alleen maar bedoeld waren om hem koest te houden, niet om hem te behagen. Een beter ontwikkelde man zou zulke gedachten onder woorden hebben kunnen brengen en een agressievere man had zich misschien kunnen laten gaan in woede, maar verlichting kreeg Tomás niet. Hij verlangde terug naar de lange, moeilijke week op weg naar Toledo, toen alles mogelijk had geleken. Hij had haar man dood gewenst en nu was hij dat ook, en een deel van Lole was met hem gestorven. Dit weerhield hem er niet van de broer eveneens dood te wensen en zelfs af en toe het kind, een nieuwsgierig jongetje dat nauwelijks ontzag voor hem had en openlijk de voorkeur gaf aan het gezelschap van zijn kreupele oom en de hoer, die zijn liefde kocht met haar kwalijke verdiensten. Hij had geprobeerd Dolores te verbieden met hen om te gaan, maar de rustige, stille, verbaasde blik in haar ogen had hem beschaamd zijn mond doen houden.

'Mijn broer is ziek, Tomás. En Marisa geeft Andrés van alles. Probeer het te begrijpen.'

Zij was degene die alle macht behield en hij kon haar niets ontzeggen. Hij zou liever gestorven zijn dan haar te verraden, ook al gaf hij haar die geruststelling niet, want over de mogelijkheid van verraad werd niet gesproken. Hij zou dat ene leven hebben ingeruild tegen de hele republiek.

Hij vroeg zich af welk excuus ze zou gebruiken als hij haar vroeg met hem te trouwen, een verlangen dat hem dagelijks kwelde. Ze zou zeggen dat het te snel na de dood van haar man was, daar was geen twijfel aan. Het huwelijk was nu een informele aangelegenheid, een openbare uitwisseling van belangen en geen commerciële transactie onder toezicht van een jammerende priester. Het werd door de revolutionairen als onnodig maar toelaatbaar beschouwd, een teken van wederzijdse trouw, en vanuit een praktisch oogpunt maakte het de status van weduwe of wees gemakkelijker vast te stellen. Naarmate de fascistische troepen de poorten van de stad naderden, raakte het weer 'in' om te trouwen.

Spoedig zou Madrid standhouden of vallen en daarmee de republiek. Als Madrid viel, zou hij sterven bij de verdediging ervan, gevangengenomen worden of moeten vluchten. Als Madrid viel, zou Lole snel weer aanspraak maken op haar status van weduwe van een fascistische officier teneinde haar eigen leven en dat van haar zoontje te sparen. De woorden van zijn zuster weerklonken in zijn oren. *Laat je niet voor de gek houden, Tomás. Ze gebruikt je, zoals ik ook zou doen en iedere moeder in haar plaats...* En toch kon hij dat nog wel verdragen. Wat hij níet kon verdragen, was dat hij niet nuttig meer zou zijn en als nutteloos zou worden afgedankt. Dus volgde daaruit dat hij niet gevangengenomen moest worden; hij zou niet vluchten. Als de stad viel, zou hij eveneens vallen; hij moest strijdend ten onder gaan, omdat er daarna niets meer zou zijn om voor te leven...

Anderzijds, als de stad niet viel en de fascisten werden teruggeslagen, zou Lole hem zeker meer dan ooit nodig hebben. Er was al een felle heksenjacht aan de gang op zoek naar de beruchte 'vijfde colonne'. Het netwerk van spionnen en sympathisanten met de rebellen, die overal verscholen zaten, infiltreerde in de vakbonden, de militie en volgens de geruchten zelfs in de regering. Het lot van deze verraders zou bijzonder grimmig zijn. Als hun bondgenoten hen niet snel te hulp kwamen, zou iedereen met fascistische connecties, onschuldig of niet, dat lot ongetwijfeld delen. Lole zou zeker in angst leven voor de dronken indiscreties van haar broer, de pure domheid van Marisa of een klop op de deur van een ondervrager van een *checa*, die de lucht van haar ware identiteit had gekregen. Eén knikje was al genoeg om een vijand te laten veroordelen en Tomás was zeer in de verleiding geweest om Ramón – die in zijn aanwezigheid bijzonder goed op zijn woorden paste – tot een onverstandige opmerking te verleiden en zo eindelijk wraak te nemen voor de arme Rosa. Maar hij zou de verwijtende blik in Loles ogen nooit hebben kunnen verdragen en bovendien zou die ellendeling zonder menselijke tussenkomst hopelijk binnenkort sterven.

Nee, hij kon Lole nu niet vragen met hem te trouwen, nu de strijd nog niet beslist was. Nederlaag en dood gingen hand in hand; alleen de overwinning kon hem het leven geven, hem verzekeren van zijn beloning en Lole ook in naam zijn vrouw maken, waardoor haar lot onverbrekelijk met het zijne zou zijn verbonden en het spookbeeld van het verleden zou worden uitgewist. De overwinning zou hem zijn macht teruggeven en hem weer sterk maken. De overwinning zou hem veranderen van een vluchteling in een held, een even grote held als haar man. Wat voor partij was een dode held voor een levende, een liefhebbende?

Ramón spreidde het verkreukelde papiertje uit dat als bladwijzer voor zijn notitieboekje diende. Eind augustus had hij het op straat gevonden, een van de vele pamfletten die door nationalistische vliegtuigen werden gedropt.
'*Madrileños!*' stond erop. 'Het bevrijdingsleger staat voor de poorten van uw nobele stad! Maakt u klaar om ons triomfantelijk binnen te halen en onze glorieuze overwinning op de roden te vieren! *Arriba España!*'
En nu, twee eindeloos lange maanden later, zou die belofte eindelijk vervuld worden.
Hij hoopte dat het niet veel langer zou duren, want hij had vast niet veel tijd meer. Hij was voortdurend bang dat de man met de zeis hem zou komen halen vóór het uur van de overwinning en hem zou beroven van zijn zo begeerde moment van glorie. Hoe had hij uitgekeken naar dat moment, waarop de *Caudillo* in eigen persoon een medaille op zijn borst zou spelden en hem de sleutels van zijn koninkrijk zou teruggeven! Wat een plannen had hij voor de kleine Andrés, voor Marisa, voor Dolores, de arme, berooide, misbruikte Dolores, van wie het zwakke lichaam elke nacht werd verkracht door een beest van het land! Wat zou er zonder hem van hen allemaal terechtkomen? Hoe zou Dolores haar onschuld kunnen bewijzen als hij er niet meer was om voor haar in te staan? Wat vreselijk als zij en Andrés valselijk werden veroordeeld als de vrouw en het kind van een rode! En hoe moest het met Marisa? Het meisje was zonder zijn bescherming en leiding volslagen hulpeloos...
De dingen die Ramón in zijn notitieboekje schreef, waren begonnen als een middel om aan de werkelijkheid te ontsnappen; ze waren reeds lang de enige werkelijkheid geworden. Zijn notitieboekje was het duidelijke bewijs dat Dolores en Andrés gewoon García's gevangenen waren, dat Marisa zich loyaal had gedragen onder zijn leiding en de vijand waardevolle geheimen

had ontfutseld. Zijn notitieboekje was hun paspoort naar de vrijheid, een middel waardoor hij uit het graf kon spreken. Wat zou het vreselijk zijn als het met hem mee werd begraven! Hij bad de Heer dat hij nog een paar weken zou blijven leven en toch wist hij dat hij er elk moment geweest kon zijn en dat hij zich op het ergste moest voorbereiden. Maar aan wie moest hij zijn ene, kostbare bezit nalaten?

De mogelijkheid Marisa in vertrouwen te nemen, had hij altijd al uitgesloten. Ze was een lui, vergeetachtig warhoofd, op wie je voortdurend toezicht moest houden en die het verstand miste om zoiets heiligs aan toe te vertrouwen. Het zou Dolores moeten zijn. Dolores was altijd een slim kind geweest en zou graag gebruikmaken van informatie die de toekomst van haar kind veilig zou kunnen stellen. Het enige probleem met Dolores was García. Het was niet te begrijpen dat zijn zuster geen kwaad woord van die kerel wilde horen. Toen hij haar had verweten dat ze zichzelf aan zo'n man had verkocht, hadden haar ogen gefonkeld van woede en had ze hem fel verdedigd, zeggend dat hij haar leven had gered en ze hem nooit kon terugbetalen voor alles wat hij had gedaan. Dat gevoel was jammerlijk misplaatst, maar dat kon hij haar niet duidelijk maken, want ze was koppig en onvoorspelbaar als altijd. Nee, bij nader inzien kon hij Dolores niet vertrouwen. Het was heel goed mogelijk dat García haar op een perverse manier seksueel in zijn macht had – ze was immers altijd al een slavin van haar hartstochten geweest – en wie wist wat ze, nadat haar lusten bevredigd waren, aan hem zou vertellen?

Hij piekerde onophoudelijk over zijn probleem, somber in zijn zakdoek hoestend en het slijm onderzoekend op voortekenen van de dood. Was er maar een man aan wie hij de fakkel kon overdragen, in plaats van twee hulpeloze, onhandige vrouwen. Was Andrés maar een paar jaar ouder!

Met een zucht stopte hij zijn schat weer terug in zijn laars. Er was nog maar heel weinig ruimte over en dat paste geheel bij zijn naderend overlijden. Terwijl hij de binnenzool op zijn plaats deed, begonnen de sirenes weer te loeien en snel tilde hij de losse vloerplank op om zijn pistool te pakken voor hij het licht uitdeed.

Hij was niet bang meer als de bommen vielen. Het was beter

te sterven door een bom dan door die ellendige, slopende ziekte, die de kracht uit zijn lichaam wegzoog. Hij zette de veiligheidspal van het pistool om, deed het raam open en duwde de luiken net genoeg van elkaar om de loop erdoor te steken.

Hij wachtte ademloos, zijn vinger verwachtingsvol om de trekker geklemd en zijn ogen starend in het duister, vervuld van een blind gevoel van macht. Als de bommen dicht genoeg bij vielen, zou hij een paar schoten lossen. Het geluid van het schot zou verloren gaan in het lawaai. De volgende dag zou hij een wandeling gaan maken om de schade op te nemen, met een gevoel van persoonlijke trots bij ieder slachtoffer. Hij zou zich inbeelden dat zijn kogels hun edele bijdrage hadden geleverd en zich erop verheugen zijn nieuwste slachtoffers te noteren in zijn boekje. Hij hoopte dat zijn kans die avond weer zou komen, zodat hij zijn heldendaad zou kunnen vastleggen. 'Weer twee vijanden van Spanje door mijn hand gedood. *Arriba España!*' Volgens zijn eigen telling had hij meer dan twintig van die schoften uit de weg geruimd sinds de bombardementen waren begonnen, door ze te raken wanneer ze als ratten naar hun holen terugvluchtten.

Maar die avond zat het hem lelijk tegen. Het geluid van de explosies was te ver weg om hem voldoende dekking te kunnen geven. Het zou stom zijn het risico te nemen ontdekt te worden, gezien het belangrijke werk dat hij nog moest doen. Teleurgesteld verstopte hij zijn schat weer toen het sein alles veilig werd gegeven en hoopte dat hij de volgende dag meer geluk zou hebben.

De volgende dag was hij echter te ziek om iets te doen en toen Marisa uit het hotel terugkwam, lag hij te ijlen. Zijn voorhoofd gloeide en zijn handen en voeten waren ijskoud. Ze ging meteen aan het werk, tilde zijn lichaam van het bed – hij woog de laatste tijd steeds minder – trok zijn vochtige kleren uit en wikkelde hem in haar bontjasje. Ze wreef zijn handen en voeten om ze warm te maken en bond een vochtige lap om zijn hoofd. Hij was voortdurend onsamenhangend aan het praten.

'Mijn laars,' mompelde hij. 'Mijn laars!'

Niet-begrijpend, deed Marisa hem aan zijn voet, in de hoop

dat dit hem op de een of andere manier zou kalmeren, maar hij schopte die koortsachtig weg en begon vreselijk te hoesten.

Marisa was bang. Hij leek veel zieker dan anders en de fles dure Russische wodka die ze de vorige dag voor hem had gekocht, was nog halfvol, waaruit bleek dat hij te zwak was geweest om hem leeg te drinken. Ze deed schone lakens op het bed, gewassen door Lole, en legde hem toen weer neer. Toen trok ze snel haar bovenkleding uit, ging naast hem liggen en sloeg haar armen om hem heen.

Ze schoof zijn hoofd tegen haar borst en begon zachtjes voor hem te zingen als voor een baby, terwijl hij vreselijk bleef hoesten en rillen. Het was bitter koud in de kamer, maar Marisa had een uitstekende bloedsomloop en na een poosje namen zijn ledematen haar warmte op en werd het hoesten minder. Marisa viel samen met hem in een vredige slaap en toen ze om twaalf uur wakker werd, was zijn koorts verdwenen en zijn ademhaling weer normaal. Pas toen ze opstond en zichzelf in de spiegel bekeek, merkte ze dat er opgedroogd bloed op haar rechterborst zat.

Terwijl ze op de primus water voor koffie opzette, dacht ze na over wat ze moest doen. Ramón had altijd gezegd dat dokters leugenaars en bedriegers waren en ze durfde geen woedeuitbarsting te riskeren door voor te stellen dat hij er nu heen zou gaan, omdat ze bang was dat hij weer een aanval zou krijgen. Al die maanden dat ze Ramón had gekend, had hij beweerd dat hij met één been in het graf stond. 'Ik ben stervende, Marisa,' had hij die allereerste dag tegen haar gezegd, en ze had geen enkele reden gehad om hem niet te geloven. Maar zoals elke waarheid die vaak wordt herhaald, maakte die geen enkele indruk meer en was even loos geworden als de dreiging van de hel. En nu had de duivel zich eindelijk geopenbaard en het hart van de ongelovige met angst vervuld.

Misschien kon Lole voor elkaar krijgen wat háár niet zou lukken. Ramón hechtte veel waarde aan de mening van Lole en hij werd nooit kwaad op haar, hoe ze ook op hem mopperde. Marisa was daar eerst kwaad om geworden, maar ze had al snel geleerd haar schoonzuster heel goed als buffer te kunnen gebruiken, zodat zijn boze buien niet op haar hoofd neerkwamen.

Ze deed de primus uit en besloot geen koffie te maken, maar meteen naar het appartement van Lole te gaan. Het zou vervelend zijn als Tomás er was, maar haar probleem kon niet wachten. Maar gelukkig was Tomás er niet; hij bouwde barricaden.

'*Salud*, Marisa,' zei Dolores met een glimlach. Haar gezicht verried onwillekeurig haar teleurstelling toen ze zag dat haar bezoekster met lege handen kwam. Ze had net twee uur in de rij gestaan voor hun rantsoenen – een Russisch schip had kort voordien nieuwe voorraden uitgeladen in Valencia – maar slechts te horen gekregen dat het meeste voedsel al in beslag was genomen door de militie. Haar moeite was slechts beloond met twee blikjes sardines en een pond linzen, en het vooruitzicht dat ze de volgende dag weer zo lang zou moeten wachten. Andere vrouwen hadden geklaagd dat de militie elke dag grote hoeveelheden brood weggooide, terwijl de kinderen honger hadden, en ze kon alleen maar hopen dat Tomás op zijn minst genoeg te eten zou krijgen als hij eenmaal in actieve dienst was.

'Is er iets aan de hand?' vroeg Dolores. Het was nogal vroeg op de dag voor Marisa om al op te zijn. 'Is het Ramón?'

Haar toon was ongerust maar rustig, zoals past bij iemand die gewend was geraakt aan slecht nieuws. Marisa knoopte haar jurk open en liet haar gevlekte hemd zien.

'Hij heeft vannacht op me gehoest. Het is heel erg om bloed te hoesten. En vergeet de zakdoek niet. Ik heb hem bij het scheren nog nooit gesneden en ben bang. Ik kom bij je als zuster, Lole. Jij moet zorgen dat hij naar een dokter gaat.'

Dolores had met Marisa te doen. Ze was misschien dom en oppervlakkig, maar ze gaf echt om Ramón en zou hem ongetwijfeld missen als hij er niet meer was, net als Andrés. Zelf voelde ze niet meer zo'n sentimentele binding. Ze vond het naar om te zien hoe diep hij was gezonken, het lichamelijk verval dat hem verteerde, het verzwakken van zijn eens zo scherpe geest tot achterdocht en grootheidswaan. Maar ze vond het moeilijk het zich aan te trekken en kon alleen in praktische zin iets voor hem doen. Ze kon voor hem wassen, schoonmaken en voor hem zorgen, maar ze had geen gevoelens meer over; ze was de laatste tijd op een vreemde manier voor alles en iedereen verdoofd, behalve voor Andrés.

Ze haalde haar schouders op.

'Wat kan een dokter voor hem doen, behalve hem banger maken? Laat hem op zijn eigen manier sterven, Marisa, op zijn eigen tijd. Alle goede dokters zijn aan het front nodig. Waarom zou je hun tijd verspillen?'

Marisa was boos door dat harde antwoord.

'Hoe kun je zó wreed zijn?' vroeg ze. 'Hou je echt niet van hem, zoals ik?'

'Ik hou van hem, maar niet zoals jij, Marisa. Hoe zou ik zoveel van hem kunnen houden als jij?'

Marisa ging zitten om dat twijfelachtige compliment te verwerken. Onverwachts begon ze te huilen, even plotseling en oprecht als een baby.

'Maar hoe moet het met míj, als Ramón doodgaat?' snikte ze, meteen ter zake komend.

'Je bent jong en heel knap en zult spoedig iemand anders vinden die voor je zorgt.'

'Poe!' snoof Marisa, door haar snikken heen. 'Je bedoelt een man? Wat heb ik aan mannen, zonder Ramón?'

Edmund kreeg twee weken verlof nadat hij had gezegd dat zijn verloofde in Spanje ziek was geworden en hij haar naar huis wilde halen. Hij had een grote hoeveelheid sympathie te verduren gekregen, waardoor hij de leugen moest volhouden, hoewel niemand behalve Jack in de gaten had dat hij weinig vertrouwen had in het slagen van de onderneming. Hij stond erop zijn zaken op orde te brengen en een testament te maken voor hij vertrok, een voorzorgsmaatregel die Jack somber maar veelbetekenend vond. Edmund zou met Clara naar huis komen of helemaal niet, en helemaal niet zou letterlijk daarop neer kunnen komen, zelfs voor een burger die niet wilde deelnemen aan de strijd.

Ze reisden grotendeels in stilzwijgen, terwijl Edmund Trollope zat te lezen en Jack de eerste roerselen voelde van het ontstaan van zijn roman. Hij wist dat hij die nu misschien moest onderdrukken, omdat het mogelijk een kwaadaardig gezwel zou blijken te zijn dat zijn gastheer uiteindelijk kapot zou maken. Het zou een ongewoon boek worden, een boek dat tegen de draad in ging, een boek zonder held. Een held mocht één fataal gebrek hebben, maar slechts één. Niemand zag iets in een dwaas als hoofdpersoon van een boek. Waarom zou hij ook over een dwaas willen schrijven? En waarom zou iemand over een dwaas willen lezen?

Misschien had hij ongelijk door Dolly overal de schuld van te geven. Misschien was zij slechts een katalysator geweest die zijn werkelijke ik tot leven had gebracht, de sluimerende, verachte ik die hij langgeleden had gedacht te vervangen, de Jack die alleen zij ooit had gezien, de Jack die leed en hem bang maakte. Sinds zijn confrontatie met Martindale had hij het gevoel dat zijn vleugels kleefden; hij was zijn oriëntatie kwijt, miste de veiligheid van de cocon en wist dat hij een soort dood had omhelsd. Wat voelde een mot in die suïcidale dans rondom de vlam van de kaars? Extase of wanhoop? Misschien was er geen verschil.

Ze reisden met de nachttrein vanuit Parijs. Edmund ging vroeg slapen, terwijl Jack naar het derde-klassegedeelte ging. Er zouden ongetwijfeld een paar vrijwilligers in de trein zitten – 'dagjesmensen' die zonder paspoort een tochtje naar Duinkerken hadden gemaakt en de weg waren kwijtgeraakt, waarna ze de verkeerde kant waren uitgestuurd naar Perpignan, waar ze zouden worden afgehaald door verduisterde bussen die hen naar de Pyreneeën zouden brengen. Ze zouden onderhand tijd gehad hebben weer op krachten te komen met goedkope Franse wijn en met een beetje geluk zouden ze misschien spraakzaam blijken te zijn.

De levendige conversatie in de coupé hield abrupt op toen Jack zijn hoofd om de deur stak. Het was de vrijwilligers ingeprent dat ze zich tijdens de reis met niemand moesten inlaten, uit angst argwaan te wekken, hoewel die voorzorgsmaatregel in dat stadium van de reis volkomen overbodig was. Het laatste wat de Fransen wilden, waren de last en de kosten van het deporteren van buitenlanders zonder papieren, die het land tóch weldra zouden verlaten. Dus vatten ze de 'non-interventie' letterlijk op en deden niets. Maar het heimelijke gedoe maakte het avontuur natuurlijk wel spannender.

Er was nog een plaats over in de coupé en Jack ging zitten.

'*Excusez-moi,*' zei een van de mannen met een vreselijk Oxbridge-accent. '*Cette siège est déjà prise.*'

'Ik hoop dat je Spaans beter is dan je Frans, makker,' zei Jack, terwijl hij een halve fles whisky uit zijn binnenzak haalde. 'Op de republiek, hè?' Hij nam een slok en gaf de fles door aan de man naast hem, een slecht geklede, magere, bleke jongeman, die bij elke legerkeuring zou zijn afgekeurd.

'Proost!' zei hij, enthousiast een slok nemend.

'Wie heeft er iets gezegd over naar Spanje gaan?' zei degene die eruitzag als student quasi verbaasd.

'Hou op, man,' zei een gezette Welshman smalend, zijn hand uitstekend naar de fles. 'De dood aan al die ellendige fascisten.' Hij nam een grote slok en smakte met zijn lippen. 'Ben jij ook vrijwilliger?'

'Nee,' zei Jack. 'Ik ben jour... liever gezegd, ik ben schrijver. Ik wilde jullie vragen waarom jullie naar Spanje gaan.'

'Dat is een ontzettend stomme vraag,' zei de student bekakt. 'Om voor de democratie te vechten natuurlijk. Wat anders?'

'Ik krijg het lazarus van jullie intellectuelen. Eerlijk waar!' hernam Taff. 'Breng hem niet aan de gang,' smeekte hij Jack. 'Sinds dat stomme Parijs geeft hij ons onderwijs.'

'Waarom ga jíj dan naar Spanje?' vroeg Jack.

'Omdat ik arbeider ben, begrijp je? Niet zoals hij. Hij denkt dat het een verdomd gave grap wordt, is het niet?'

Die opmerking werd met schor gelach begroet. De arme kerel was waarschijnlijk een dichter en Jack kon alleen maar hopen dat hij zo verstandig zou zijn dat in zo'n gezelschap niet toe te geven.

'Maken jullie je geen zorgen dat jullie gedood zullen worden?' zei Jack langs zijn neus weg, terwijl hij sigaretten uitdeelde. 'De republiek heeft er tot nu toe aardig van langs gehad, voorzover ik heb gehoord.'

Het gezelschap behandelde die vraag met de minachting die hij verdiende. Sneuvelen was iets wat andere mensen overkwam.

'Dat zal wel,' klonk een stem uit het gangpad. 'Maar het is beter dan creperen in de steun. Je zit op mijn plaats, makker.'

Jack draaide zich om en even was hij van zijn stuk gebracht voor hij opstond en zijn hand uitstak.

455

'Jack!' zei Billie Grant. 'Dat ik jóu hier tegenkom! De laatste keer dat we elkaar hebben gezien, was op het Embankment. Met kerst, was het niet? Dat moet vijf, zes jaar geleden zijn!' Hij schudde hem energiek de hand.

'Billie!' zei Jack, een glimlach forcerend. 'Leuk je te zien.'

'Jongens, dit is mijn ouwe makker Jack Austin,' dreunde Billie enthousiast, lichtelijk zwaaiend op zijn benen, wat niet alleen door de beweging van de trein kwam. 'Jack schrijft voor *Red Rag*. Schrijf je een stuk over ons, Jack? Ik wed dat jij niet zo gek bent als vrijwilliger te gaan.'

'*Red Rag*?' herhaalde de dichter beleefd, alsof hij op een cocktailparty was. De Welshman keek kwaad.

'Die trotskistische troep,' smaalde hij. 'Die staat vol met leugens.'

'Bijna net zoveel leugens als in de *Daily Worker*,' stemde Jack vriendelijk in. 'Maar niet half zo saai, vind je ook niet?'

'Hoor eens even,' kwam Billie tussenbeide, ver boven de kleine Welshman uitstekend en hem in zijn nek grijpend, 'maak je mijn vriend uit voor leugenaar?'

Taff reageerde op de aanval door Billie een harde klap in zijn middenrif te geven, die hem naar adem deed happen. Jack ving hem op toen hij achteruitdeinsde.

'Hou op,' zei Jack tegen de aanvaller. 'Hij heeft te veel gedronken. Als je wilt vechten, kun je mij pakken, maar misschien kun je je energie beter bewaren voor de fascisten. Die zul je nodig hebben, geloof me.'

De dichter sprong op en hielp mee om de half bewusteloze Billie naar de slaapcoupé van Jack te brengen.

'Een beetje een ruwe klant, onze meneer Evans,' merkte zijn bondgenoot vriendelijk op. 'Er melden zich vogels van allerlei pluimage. Persoonlijk vind ik *Red Rag* wel aardig. Al die Stalinverering wordt een beetje vervelend, nietwaar?'

'Dat zou ik in Spanje niet zeggen, als ik jou was,' zei Jack. 'Je commissaris zal dat niet leuk vinden.'

'Mijn wát?' vroeg de dichter.

DEEL DRIE

april – juni 1937

12

april 1937

Josep had grote moeite gehad zijn blijdschap te verbergen toen het noordelijke offensief eindelijk was begonnen, toen zijn jeugd, kracht en enthousiasme om zich als vrijwilliger te melden hem plotseling een langverwachte voorsprong gaven op de Baskische priesters die ouder, zwakker of minder bereidwillig waren. Voorlopig deed het er niet meer toe dat hij buitenlander was. Hij was een van de tweeëntachtig Baskische aalmoezeniers, uniek in het republikeinse leger en met onverholen vijandigheid bekeken door de anarchistische bataljons uit het naburige Asturië, die nu tegen wil en dank hun kameraden waren.

De oorlog had zich uitgebreid tot in de provincie Vizcaya. Gedwarsboomd door de succesvolle verdediging van Madrid en de republikeinse overwinning bij Guadalajara hadden de fascisten hun offensief abrupt in noordelijke richting omgebogen, teneinde de wapenfabrieken in Bilbao in handen te krijgen, de enorme lokale reserves aan ijzer en staal te bemachtigen en tevens de Baskische grens met Frankrijk af te snijden. Een overgave was gevraagd en geweigerd. Een klein plaatsje dat Durango heette, was onmiddellijk gebombardeerd door Duitse vliegtuigen, waardoor meer dan tweehonderd burgers waren gedood en de Basken in een toestand van afgrijzen en ongeloof waren geraakt.

Maar ze hadden zich niet overgegeven. Josep had de kans aangegrepen zijn diensten aan te bieden en was aangenomen. Het was een geweldige opluchting geweest eindelijk iets te doen, iets waardoor hij geen tijd had voor somber zelfbeklag, te piekeren over het verleden, of na te denken.

Hij had nu drie weken midden tussen de gevechten gezeten,

drie weken waardoor de afgelopen zeven jaar onbelangrijk leken. Hij had stervende mannen voorzien van het Heilig Oliesel, had hen horen schelden en vloeken van pijn, was op zijn buik door niemandsland gekropen om de laatste zegen uit te spreken, had geflirt met de dood, ermee gespeeld en hem uitgedaagd hem aan te raken omdat hij er half verliefd op was, omdat het hem het gevoel gaf dat hij leefde.

Het gevaar schiep een unieke, eigen beschermende capsule, die de wereld buitensloot, elke gram energie die hij bezat samenbundelde, hem een doel gaf en angst omzette in kracht.

Onder vuur bleef hij kalm en nuchter en hij toonde een suïcidale moed, alleen wanneer hij sliep, lieten zijn stalen zenuwen hem in de steek. De dagen waren een gezegende afwisseling van de nachten, wanneer de verdoving van het voortdurend bezig-zijn wegtrok en de knagende pijn tot diep in zijn ziel doordrong, de pijn van het niet te berekenen verlies en de onontkoombare nederlaag. In zijn slaap beleefde hij opnieuw de verschrikkingen van de dag, dan lag hij te zweten en te beven. Zijn dromen waren nachtmerries van verscheurd vlees, van lichamen die als vissen in een net spartelden, van zinloze, bandeloze slachtpartijen. Dan werd hij schreeuwend van angst wakker. Hij schreeuwde maar één woord: *Dolores.*

Elke dag zag hij hoe dappere jongemannen ter dood veroordeeld werden door hun weifelende, ruziënde officieren, door de laksheid van ver verwijderde generaals, door onderlinge ruzies, slechte training, onvoldoende bewapening en collectieve angst, die als een ontploffende granaat openbarstte tot algehele paniek. De afgelopen dag nog waren twee anarchistische bataljons op eigen initiatief gedeserteerd, waardoor ze hun Baskische kameraden zonder steun lieten vechten tegen een overmacht. Voor het eerst was Josep in de verleiding geweest het wapen van een dode op te rapen en zelf mee te doen aan het gevecht, teneinde de golf van woede die hem even overmeesterde af te koelen. Net op tijd had hij echter beseft dat zijn woede op de verkeerde gericht zou zijn. Waarom zou hij de vijand straffen voor het verraad van een zogenaamde vriend?

'*Salud, Camarada,*' zei Paulina, terwijl ze Dolores omhelsde toen ze uit haar middagklas kwam. Discreet liet ze een flesje in de zak van het schort van haar collega glijden.

Dolores beantwoordde de groet. Haar vingers sloten zich om het kostbare voorwerp en ze kreeg het bekende, onaangename gevoel een huichelaar te zijn. Maar dat onderdrukte ze met gemak. Eten van de zwarte markt of medicijnen van de rode markt, wat maakte het uit? Ze had geleerd Paulina even meedogenloos te gebruiken als Marisa.

Dolores wachtte in de gang op haar zoon en worstelde met het eeuwige probleem wie ze wat moest geven. De pillen die de dokter Ramón had voorgeschreven, hadden geen enkele uitwerking. De medische voorraden waren onvoldoende voor de behoeften van het front en burgers stonden helemaal achteraan in de pikorde. Haar eerste plicht gold Tomás, nu haar man, maar Ramón was nog steeds haar broer en ze was Marisa iets verschuldigd.

Ze wist uit eigen ervaring maar al te goed wat Marisa moest doorstaan. Ramóns woeste uitbarstingen en kreten van pijn waren zoals altijd komedie, maar zijn ziekten waren maar al te echt – niet alleen de syfilis, maar de zieke lever en de kapotte longen. Iedereen was verbaasd dat hij nog zo lang bleef leven. Doordat hij zijn hele leven met zijn gezondheid getobd had, was hij opmerkelijk tegen de dood bestand. Ja, Marisa verdiende een beloning. Tomás zou nooit zijn kracht hebben teruggekregen nadat hij zijn been was kwijtgeraakt tijdens de slag om Madrid zonder het regelmatige, voedzame eten dat ze zo royaal had gedeeld, terwijl ze het met een enorme winst had kunnen verkopen.

'Ik heb genoeg andere dingen te verkopen,' zei ze dan, als een *grande dame* haar schouders ophalend. 'Neem het maar.'

Marisa bedoelde die gaven natuurlijk voor haarzelf en Andrés, en weer voelde Dolores zich een verraadster, wanneer ze haar zoon te kort deed om haar man te voeden, of haar man te kort deed om de pijn van haar broer te verlichten. Het zou nooit bij haar zijn opgekomen Paulina om verdovende middelen te vragen, omdat ze niet wist dat die spullen te krijgen waren, maar toen haar collega had gehoord dat Tomás zijn been was kwijtgeraakt, was ze op eigen initiatief gaan praten met een kameraad die in een van de legerapotheken werkte. Paulina wist natuurlijk dat Tomás socialist was, maar de laatste tijd voelden steeds meer socialisten zich tot de partij aangetrokken vanwege de eensgezindheid, de organisatie en de discipline. Als Thomás anarchist was geweest, zou ze waarschijnlijk minder medeleven hebben getoond.

Dolores omhelsde haar zoon en vroeg uit gewoonte wat hij die dag had geleerd. Hij somde verschillende stukken dogma op, op dezelfde manier waarop zij vroeger de catechismus had opgezegd, zoals altijd blij bij het vooruitzicht dat hij naar zijn oom ging. Na school ging Dolores altijd bij Ramón langs en dikwijls liet ze Andrés dan een paar uur bij hem, terwijl zij voor Tomás zorgde.

Ramón ging de laatste tijd zelden meer naar buiten. De bitter koude winter was te veel voor hem geweest en de aprillucht was nog fris. Er was altijd te weinig olie voor de kachel en dus bracht hij een groot deel van zijn tijd in bed door, gewikkeld in dekens. Terwijl ze keek hoe haar zoon op het bed sprong en zijn oom vergastte op zijn gebruikelijke gebabbel, terwijl ze het gezicht van Ramón zag opklaren, verbaasde Dolores zich er weer over hoe grondig hij zijn neefje kon verwennen, terwijl hij zijn eigen zoon zo wreed had verstoten. Arme Rafael. Ze koesterde nog steeds de zwakke hoop dat hij in veiligheid was, ergens, met Rosa en Petra. Ze durfde niet meer over hen te spreken waar Tomás bij was. Tomás zou hen niet hebben willen zien. Of beter gezegd, Tomás zou niet hebben gewild dat zij hém zagen...

Zijn lichamelijke pijn was waarschijnlijk niet erger dan die van Ramón, maar zijn geestelijke nood was verschrikkelijk, al was het alleen maar omdat hij nu erger invalide was dan de man die hij het meest verachtte in de hele wereld. Zijn enorme kracht was er nog steeds en keerde zich nu tegen hem. Zoals hij het nu zag, was hij heel egoïstisch in de maand november met haar getrouwd. Dolores wist dat hij zichzelf verweet haar aan een invalide te hebben gekluisterd. Hij had in de volle glorie van de overwinning met haar willen trouwen, maar het had hem zijn linkerbeen gekost, dat vijf lange maanden geleden aan stukken was gescheurd door een fascistische granaat.

'Hoe is het vandaag met je, Ramón?' vroeg Dolores, terwijl ze aan het voorhoofd van haar broer voelde.

'Slecht,' beweerde Ramón, met een zeker genoegen. 'Wat heb ik vannacht vreselijk geleden! Een oude oorlogswond, mijn jongen,' voegde hij er zachtjes aan toe tegen Andrés. 'Een kogel door de borst van een Marokkaanse sluipschutter.' Hij hoestte met lange uithalen.

Dolores deed het raam open om de muffe lucht te verdrijven en begon linzen te koken op de primus.

'Ik heb geen honger,' zei Ramón bot. 'Het enige wat ik nodig heb, is slááp.' Hij keek haar verwachtingsvol aan. Dolores voelde aan het flesje in haar zak.

'Waar zijn de pillen die de dokter je heeft gegeven?'

'Neem ze maar mee naar school en gebruik ze als krijt, want meer is het niet.'

'Heb je écht slaap, oom?' vroeg Andrés teleurgesteld. Hij had gehoopt op een verhaal, een lekker lang verhaal, waardoor ze niet zo gauw naar huis zouden gaan. Nu Tomás er altijd was, vond hij het erger dan ooit naar huis te gaan.

'Poeh! Ik kan dágen zonder slaap. Ik heb ooit een mars gemaakt van drie dagen zonder te rusten of te eten. Heb ik je ooit verteld over de veldtocht in...'

Dolores maakte eten voor Andrés klaar en schonk het glas van Ramón weer vol. Het was weer Bell's whisky, een cadeau van een van de Engelsen van Marisa en hopelijk minder slecht dan de absint van vroeger. Ze deed er een ruime hoeveelheid water bij.

'Ik laat Andrés een poosje hier, Ramón, terwijl ik Tomás ga verzorgen,' zei ze, terwijl ze haar zoon een bord gaf.

Ramón onderbrak zijn verhaal niet om haar gedag te zeggen. Ze was opgelucht dat hij zich duidelijk veel beter voelde. Hij beleefde een van de onvoorspelbare perioden van herstel waarin hij bijna normaal leek – dat wil zeggen, normaal voor zíjn doen. Zo'n herstel was voor Tomás niet mogelijk. Ze was blij dat ze niet langer hoefde te kiezen.

Tomás hoorde haar voetstappen op de trap en sleepte zich naar de deur om haar te begroeten, waarbij het gebonk van zijn krukken voor een treurige roffel zorgde op de kale houten planken van de vloer. Hij was met een nog etterende stomp uit het ziekenhuis ontslagen, omdat zijn bed hard nodig was voor dringender gevallen. Ze had hem zien schreeuwen en vloeken van pijn, woede en frustratie. Hij kankerde op zichzelf omdat hij niet was doodgegaan en haar opzadelde met een levende dode. Als de hulp van Paulina er niet was geweest, waardoor hij tijdelijk van de voortdurende pijn werd verlost, zou hij beslist gek zijn geworden. De verdovende kracht van alcohol werd zwaar overschat en puriteins als altijd was Tomás toch nog steeds te trots om het voorbeeld van zijn diep verachte zwager te volgen. Maar niet te trots om het medicijn te slikken waarvan Dolores zei dat ze er op wettige wijze aan was gekomen, om te doen alsof hij iets geloofde waarvan hij wist dat het een leugen was. Dolores rantsoeneerde haar karige voorraad meedogenloos. Als hij de kans kreeg, zou hij misschien te veel nemen, per ongeluk of met opzet. Een of twee keer had ze zich afgevraagd of ze hem de middelen moest verschaffen om dat te doen, maar ze had zich vervolgens geschaamd.

Ze mat de kostbare druppels af in een glas water en hoorde hem zuchten bij het idee weldra verlost te worden, dat hij een paar uur zonder pijn zou kunnen slapen, een pure weelde. Het maakte Dolores kwaad dat zelfs nu pijn zoals altijd met armoede was verbonden. Tomás was niet zo belangrijk dat zijn pijn er iets toe deed. Ze kon niet geloven dat een generaal of een minister zoveel zou hebben moeten lijden of dat medicijnen zo schaars waren dat machtige mannen uit het ziekenhuis werden ontslagen zonder de middelen om hun pijn te verzachten en hem de rust te geven om te genezen. De revolutie had iedereen gelijk moeten maken, maar invloed en bevoordeling waren nu belangrijker dan ooit, zoals ze uit eigen ervaring wist. Paulina was een van de nieuwe rijken en Dolores een van de nieuwe bedelaars, die bereid waren zich tot elk geloof te bekeren om een aalmoes te krijgen.

Die nacht zou Tomás weer eens slapen en zij ook en zou er enig respijt zijn van de angstaanjagende woedeaanvallen, de altijd aanwezige dreiging van geweld. Hij had haar nooit geslagen, zichzelf met bovenmenselijke inspanning beheersend, maar de laatste tijd was Dolores bang geworden vanwege Andrés. Tomás had het altijd vervelend gevonden haar aandacht te moeten delen en hij deed niet langer moeite dat te verbergen. Het gevolg was dat ze de jongen steeds meer tijd bij Ramón liet doorbrengen wanneer haar broer zich goed genoeg voelde om gezelschap te hebben. Andrés werd steeds opstandiger en moeilijker; hij was nooit een meegaand kind geweest, maar reageerde het best op kordaat optreden en niet op woede. Lorenzo had zelden zijn stem hoeven verheffen om zich in zijn gezag te doen gelden; hij eiste gehoorzaamheid uit liefde en niet uit angst. Tomás, die eens zelf zo kordaat en rustig was geweest, kreeg plotselinge woedeuitbarstingen, waarbij hij om het minste of geringste tegen de jongen tekeerging. Gefrustreerd door zijn machteloze toestand aan een stoel gekluisterd te zijn, zwaaide hij met zijn krukken naar zijn tegenstander, viel over het meubilair als hij hem achterna wilde zitten en brulde als een gewonde leeuw. Maar met de ongevoeligheid die bij zijn leeftijd en sekse hoorde, voelde Andrés geen greintje medelijden met hem, ondanks de smeekbeden en vermaningen van zijn moeder. Integendeel, hij had een duivelse neiging ontwikkeld om te provoceren, genietend van zijn nieuwe macht.

Tomás sloeg het drankje in één keer achterover. Hij koesterde de hoop een houten been te krijgen, maar daar was voorlopig nog geen kijk op. Kunstbenen waren een luxe, en als er al een beschikbaar zou zijn geweest, zou het vast vreselijk zijn geweest om het te dragen, om het gewicht van dat enorme lijf te laten neerkomen op een stomp die hardnekkig weigerde te genezen.

Dolores gaf hem soep – de meest opvallende produkten van de zwarte markt waren in soep niet te herkennen. Ze stampte en hakte erop los om Tomás zover te krijgen dat hij de onherkenbaar geworden kip, pâté, en een keer kaviaar – die Marisa niet lekker vond – opat, waarin hij vast en zeker zou zijn gestikt als hij had geweten waar het vandaan kwam.

Tomás at niet alles op en ging half bedwelmd op bed liggen. Hij kon niet alleen slapen en dus ging Dolores naast hem liggen tot hij in slaap viel. Ze wreef over zijn lange, brede rug en kalmeerde hem, tot hij wegzakte in de vergetelheid. Ze was dankbaar dat hij niet wilde vrijen. Ze had gedacht dat zijn libido zou afnemen door de pijn, maar die leek eerder toe te nemen. Het was zijn enige troost geworden, de enige manier waarop hij nog kon bewijzen een man te zijn.

Vijf jaren huwelijk met Lorenzo, een uiterst schroomvallige, zachtaardige echtgenoot, hadden Dolores slecht voorbereid op de enorme seksuele honger van Tomás. Arme Tomás. Hij had zich zo geschaamd omdat hij zo ongewoon groot geschapen was en was bang geweest haar pijn te doen en was zich goed bewust van zijn tekortkomingen als minnaar. In het begin had ze zijn onhandigheid vertederend gevonden en onverschrokken gedaan wat hij vroeg, blij met dat lichamelijk bewijs van zijn trouw en liefde. In het begin was het gemakkelijk geweest aardig te zijn en hem genot te verschaffen; haar eigen gebrek aan verlangen had haar niet verontrust. Ze was eraan gewend geen verlangen te voelen. De herinnering aan verlangen had ze alle jaren van haar huwelijk bewust onderdrukt; genegenheid en tederheid konden genoeg zijn. En bij Lorenzo was dat ook zo geweest. Maar Tomás was daarmee niet tevreden geweest, Tomás had zich te kort gedaan gevoeld. Tomás wilde een hartstocht die even groot was als de zijne en hij vroeg meer dan ze kon geven...

Tomás, die bijna in slaap was, zegende het drankje dat zijn begeerte deed wegebben en hem hielp vergeten. Ignacia achtervolgde hem nog steeds en vanuit het graf zon ze op wraak, bespotte ze hem meedogenloos. Tijdens haar leven had hij haar bijna gehaat om haar niet te bevredigen verlangens en haar grofheid, om de manier waarop ze hem grof had gemaakt. Wat was hij opgelucht geweest toen Dolores geen angst had getoond en wat was het heerlijk geweest om haar strak om zich heen te voelen... Té strak. Het voelde al een hele tijd aan of hij haar verkrachtte, hoewel ze hem nooit weigerde. Haar onwillekeurige reflexen maakten het hem bijna onmogelijk bij haar binnen te dringen en ondanks de valse overgave van haar lichaam was haar geest nog steeds een ondoordringbaar fort, even onneembaar als het Alcázar...

Er voer een rilling door Tomás heen toen hij eindelijk in slaap viel. Opgelucht stond Dolores op en sloop stilletjes terug naar de keuken. Ze at de rest van het eten van Tomás op en schepte nog een beetje op uit de pan. Ze moest zorgen dat ze niet ziek werd, ze moest sterk blijven. Wát er ook gebeurde, ze mocht niet ziek worden...

De eerste keer dat ze was flauwgevallen, was op school geweest en de tweede keer op straat. Ze had het toegeschreven aan honger en uitputting en was begonnen zich te dwingen meer te eten en te rusten. Tomás noch Marisa of Ramón kon voor Andrés zorgen als er iets met haar zou gebeuren. De derde keer was ze erop voorbereid geweest. Ze had het zoemende geluid herkend, de plotselinge bittere smaak in haar mond en de vreemde, scherpe geur. Ze was toen op een bijeenkomst van de partij geweest en Paulina was erg geschrokken. Ze had gezegd dat Dolores naar een van haar medische kameraden moest gaan. Paulina wist van de wond boven haar oor, waar geen haar groeide – het gevolg, zo geloofde ze, van een fascistische kogel, wat op zich volkomen waar was.

Dolores had geprotesteerd dat er niets aan de hand was, niets. De gedachte dat er zou worden vastgesteld wat ze had, maakte haar doodsbang. Ze had haar moeder aan een hersentumor zien sterven en was heimelijk de angst gaan koesteren dat zij hetzelfde had, een angst die ze niet bevestigd wilde hebben. Daarna vond ze, zodra de eerste symptomen zich voordeden, een of ander excuus om te gaan liggen – zo nodig op de grond – tot de aanval voorbij was. Wat de hoofdpijn betrof, maakte ze zichzelf wijs dat die minder werd en weigerde toe te geven dat ze eraan gewend was geraakt, zoals je aan een gebrek went. Wat was hoofdpijn in vergelijking met een afgezet been of een lichaam dat door een kwaal wegrotte? Wat betekende hoofdpijn vergeleken met het algemene lijden? Haar ellende had tot een verwrongen, wanhopig soort optimisme geleid. Het was verleidelijk het allemaal weg te drukken, te geloven wat er op de partijbijeenkomsten werd gezegd, dat alles toch nog goed zou komen.

Het thema van die bijeenkomsten was altijd hetzelfde. Eerst de oorlog, daarna de revolutie. De revolutie moest wachten tot de oorlog was gewonnen.

'We moeten al onze energie wijden aan het vechten tegen de fascisten,' verklaarde Paulina. 'Degenen die de revolutie op de eerste plaats zetten, spelen de fascisten in de kaart.'

Alleen de communisten konden de oorlog winnen, zei Paulina. De anarchisten en de trotskisten waren vreselijk misleid in hun revolutionaire ijver en in hun wantrouwen ten opzichte van de communistische discipline. Het nieuwe, verenigde Volksleger, opgezet volgens communistisch model, was de enige hoop op overwinning. De tijden van de zelfstandige milities, die naar eigen inzicht vochten of op de vlucht sloegen, waren gelukkig voorbij. De grove vergissingen van de eerste maanden van de oorlog werden langzamerhand hersteld en de schade die door de extremisten was aangericht, werd gerepareerd. De communistische partij was de bondgenoot van de gewone man: zij had niet de wens om privé-bezit in beslag te nemen, maar wilde vrijheid, gerechtigheid en gelijkheid voor iedereen. De partij vertegenwoordigde *democratie*. Wat jammer dat sommige koppige socialisten de natuurlijke affiniteit tussen de twee groeperingen niet herkenden, wat jammer dat ze beïnvloed waren door degenen die uit waren op versplintering, fascistische infiltranten die de republiek van binnen uit kapot wilden maken...

Dolores luisterde aandachtig. Het communistisch standpunt klonk haar heel verstandig in de oren. Het was duidelijk dat eenheid essentieel was voor het winnen van de oorlog. Wat de revolutie betreft, die was helaas in een slecht blaadje komen te staan. Er waren berichten dat in Aragon kleine boeren in naam van de revolutie door de anarchisten werden gedwongen al hun oogsten aan vraatzuchtige comités af te staan, die hun nauwelijks genoeg teruggaven om hun gezinnen te eten te geven. Die gewapende mannen zouden aan het front tegen de fascisten moeten vechten, kreeg ze te horen, niet hun medearbeiders het leven zuur moeten maken en kameraad Stalin belasteren, de enige bondgenoot van de republiek. Ze moest niet aarzelen mensen aan te geven die probeerden haar te misleiden, zodat een meer ter zake kundige kameraad kon proberen hen tot andere gedachten te brengen...

In dat stadium dwaalde de aandacht van Dolores altijd af naar de problemen die thuis op haar wachtten. De humeurigheid van Tomás, de ongehoorzaamheid van Andrés, de dementie van Ramón, hoe ze het eten van die dag het best kon verdelen, hoeveel vloeistof er nog in het flesje zat, hoeveel langer dit alles nog zou duren. Dan kwam ze met een schok weer terug tot de werkelijkheid, klapte mee en deed zo aardig mogelijk tegen iedereen, zichzelf eraan herinnerend dat ze alle vrienden nodig had die ze kon krijgen.

Ze veegde haar soepkom schoon, gooide haar jas over haar schouders en ging naar buiten om haar zoon te halen. De straten lagen vol met onopgeruimd afval. De frisse lentewind blies het voor haar uit en deed het stof in haar ogen dwarrelen. Deze keer kreeg ze geen enkele waarschuwing. De smaak, de geur en het gezoem kwamen alle tegelijk, voor ze abrupt van al haar zintuiglijke waarnemingen werd beroofd en in de goot viel, die vol met vuil lag.

'Sommigen draaien hun hand er niet voor om,' pufte zuster Kelly, terwijl ze Clara hielp om een verlamde man van honderd kilo in een rolstoel te tillen. Ze stopte haar mollige vuist in haar schort en haalde er een stukje papier en twee enveloppen uit.
'Neem hier zoveel mogelijk van mee, als je wilt. Laat de blikken maar, als ze te zwaar zijn. Behalve de gecondenseerde melk dan. En wil je de brieven vanuit Londen voor me posten? Wat een geluk hebben jullie,' vervolgde ze, toen de verpleger eraan kwam, 'wat ik niet over zou hebben voor een hele maand verlof.'
Edmund glimlachte beleefd en reed de patiënt weg. Hij vermeed het over koetjes en kalfjes te praten waar Clara bij was, alsof hij rekening hield met haar hogere rang. Ze deed altijd autoritair en formeel tegen hem als ze dienst hadden, hoewel ze het rooster zorgvuldig zo had ingedeeld dat hun werktijden samenvielen.
Clara stopte het lijstje van Kelly in haar zak zonder ernaar te kijken. Ze zou haar een pakket moeten sturen. Niemand wist dat ze niet terugkwam en niemand wist waarom niet. Ze had haar zwangerschap zo lang mogelijk geheim willen houden.
Nog drie dagen. Het speet haar niet dat ze wegging, want ze had het van het begin af aan vervelend gevonden dat ze daarheen was gestuurd. Ze hadden gedaan of men jaloers op haar was. Maar tegen de tijd dat ze daar was aangekomen, was de strijd om de stad gestreden en gewonnen. Terwijl andere vroegere collega's naar veldhospitaals in Jarama en Guadalajara waren gestuurd, naar het heetst van de strijd, zat zij daar weggestopt in een klein burgerhospitaal, beroofd van het verdovende overwerk dat eens haar redding was geweest. Dat was niet waarvoor ze naar Spanje was gekomen en in het begin had ze zich afgevraagd

of Edmund de hand in haar overplaatsing had gehad, er alleen maar aan twijfelend omdat ze die theorie liever zou hebben gehad dan de minder aantrekkelijke waarheid.

Ze had half en half verwacht dat hij zou komen, omdat ze wist dat de aanblik van Tessa's verwonding hem de stuipen op het lijf zou jagen. Toen ze vierkant had geweigerd naar huis te gaan, had hij aangeboden te blijven en zichzelf nuttig te maken. In het begin was ze verbaasd en opgetogen geweest, triomfantelijk zelfs. Maar binnen een paar weken na zijn komst was ze verbannen van het front naar die prettige, veilige plek en toen had Edmund toestemming gevraagd en gekregen om daar eveneens te mogen werken. Dat kwam allemaal heel goed uit. Sindsdien – of in elk geval tot voor kort – had ze voortdurend om overplaatsing gevraagd, maar zonder succes.

Maar ze klampte zich vast aan een strohalm als ze zich verbeeldde dat Edmund het allemaal had geregeld. Een verpleegster die werkelijk goed was, zouden ze nooit laten gaan alleen om een neurotische minnaar zoet te houden. Nee, de werkelijke reden was dat ze niet goed genoeg was, zoals gewoonlijk; ze hadden haar niet nodig en daarheen gestuurd om haar te lozen. Het enige goede daar was dat ze geen kostbare tijd of geneesmiddelen aan die ellendige fascisten hoefde te verspillen.

Over tien minuten zat hun dienst erop. De strenge regels waarop men in Engelse ziekenhuizen zo dol was, golden niet in het republikeinse Spanje. Ze woonden samen in een kleine kamer op de bovenste verdieping van het gebouw, waar de staf was ondergebracht. Clara onderdrukte een geeuw. Ze was de laatste tijd gauw moe. Eerst een kom met iets smerigs in de keuken, wat ze er waarschijnlijk weer uit zou gooien, en dan naar bed, samen. Samen naar bed was natuurlijk zijn troefkaart geweest, en zoals gewoonlijk had hij zijn zin gekregen. Clara's blijdschap over haar zwangerschap was bijna even groot als die van Edmund, ook al was ze veel te bijgelovig om het toe te geven.

Clara dwong zichzelf om de vette troep door te slikken, terwijl Edmund haar bezorgd gadesloeg. Deze keer zou het goed gaan, deze keer zou ze bewijzen dat ze net zoveel vrouw was als Flora met haar twee gezonde koters, als Dolly met haar zoontje met de grote ogen of Kelly met haar saaie, lieve kleinzoontje. Haar kind zou grijze ogen hebben en haar met de kleur van vochtig zand. Het zou niet op haar lijken. Telkens wanneer ze zich een miniatuur replica van zichzelf voorstelde, dwong ze haar gedachten terug naar het fotoalbum van de familie Townsend, maar ze zei dan onmiddellijk tegen zichzelf dat ze het lot niet mocht tarten. Die beelden van Edmund als kirrende baby hadden haar de laatste keer achtervolgd.

Ze bleef een poosje stil zitten om te proberen het eten binnen te houden. Ze weigerde met Jack in het hotel te eten, ondanks de altijd open uitnodiging, want ze wilde niet genieten van eten dat de plaatselijke bevolking niet kon krijgen, ondanks haar walging voor het afgrijselijke ziekenhuisvoedsel. Als ze eenmaal weer thuis waren, was er nog tijd genoeg om zichzelf te verwennen. Ze had haar steentje toch zeker wel bijgedragen? Ze had in elk geval een goed excuus om weg te gaan, misschien niet zo goed als dat van Tessa, maar meer dan goed genoeg.

Edmund viel meteen in slaap, met zijn hand beschermend op haar nog platte buik. Hij vond zijn dagelijkse ronde nog steeds zwaar, al was het volgens de normen van Clara een peuleschil. Het duurde veel langer dan zes maanden gewend te raken aan lichamelijke arbeid, het uithoudingsvermogen te krijgen om je ogen lang genoeg open te houden om te lezen, je te ontspannen of naar de radio te luisteren zonder weg te doezelen. Hij had alleen maar geestelijke uitputting gekend en nooit de chronische lichamelijke vermoeidheid meegemaakt die je beroofde van het vermogen na te denken. Ze wist dat hij het werk haatte en nog steeds een verloren strijd leverde tegen zijn aangeboren pietluttigheid. Hij haatte bloed, pus, stront en vuil en had een aangeboren aversie tegen lichamelijk contact met vreemden. Hij had nooit geklaagd, maar had ook nooit gedaan alsof het hem beviel. Het was het enige dat hij mocht doen en hij deed het voor haar, niet voor Spanje.

Edmund werd wakker doordat Clara stond over te geven in het teiltje en hij verstijfde. Het was een geluid dat hij nog steeds in verband bracht met haar drinken en hij deed alsof hij sliep. Ze vond het vreselijk als hij wist dat ze had overgegeven. Vervolgens deed ze haar peignoir aan en ging de kamer uit om het teiltje leeg te gooien, de deur zachtjes achter zich sluitend.

Edmund rekte zich uit in het harde, korte bed. Nog drie dagen. Hij had het moeilijk gevonden zijn vreugde over zijn langverwachte triomf te verbergen. Hij vond het een prettige gedachte dat hij het moment van bevruchting wist: de avond van die vreselijke ruzie, de ergste die ze ooit hadden gehad, toen ze hem eindelijk, na jaren van proberen, zó had getart dat hij het niet langer kon verdragen. Zijn geduld was opgeraakt door de lange uren van staan, bukken, tillen en dragen, door slecht eten en ongemak, door pure, verlammende uitputting. Hij was vreselijk van zichzelf geschrokken, niet zozeer om wat hij had gedaan, maar omdat hij ervan had genoten. Hij had nog nooit eerder in zijn leven iemand een klap gegeven, zeker niet een vrouw en vooral Clara niet. Met de vlakke hand had hij haar een klap midden in haar gezicht gegeven, waardoor haar mond was gaan bloeden, wat al erg genoeg was, maar het had hem niet gespeten, wat nog erger was. Het had hem zó'n geweldig gevoel van bevrijding en blinde vreugde gegeven dat hij het onmiddellijk nóg een keer had gedaan. Ze was angstig in elkaar gekropen en toen had hij haar door elkaar geschud tot haar tanden klapperden, zijn handen hard in haar schouders drukkend. De aanblik van haar angstige gezicht, het straaltje bloed dat over haar kin liep en de rode vlek op haar wang hadden hem een primitief, verbijsterend gevoel van trots gegeven. En hij was verbaasd geweest over zichzelf, verbaasd dat hij het jaren geleden niet had gedaan.

Maar niet zo verbaasd als hij over Clara was geweest. Clara, die snikkend op haar knieën zijn gulp openmaakte, die wist voor hij het zelf wist dat hij stijf was door een nieuw, ontoelaatbaar soort woede, die met haar wang langs het bewijs van zijn gramschap streek, dat ze eerst bevochtigde met haar tranen en toen met haar mond, iets wat ze nog nooit eerder had gedaan en daarna ook niet meer, waardoor het nog belangrijker was.

Hij was te opgewonden geweest om haar met zijn gebruikelijke fijngevoeligheid te nemen en had haar nagenoeg verkracht, waartegen ze zich niet had verzet. Nu had het hem een keer werkelijk niet kunnen schelen of ze er klaar voor was, of hij haar pijn deed en haar het kleine beetje genot schonk waartoe ze in staat was. Hij was volkomen onvoorbereid geweest op haar plotselinge, heftige samentrekkingen. In de afgelopen acht jaar was

hij helemaal vergeten hoe dat voelde. Dát moest het moment zijn geweest waarop het gebeurde, het moment waarop de baarmoederhals zich had geopend om hem binnen te laten.
   Het moest toen zijn geweest, omdat gebleken was dat die ervaring niet kon worden herhaald. Niet het vrijen op zich; hij had snel geprobeerd het moment terug te krijgen, om de onvolmaaktheden goed te maken, zijn ruwheid te compenseren met zachtheid, warmte en eindeloos geduld. Maar het was nooit meer hetzelfde geweest. Hij was niet iemand die gauw kwaad werd. En om te proberen het te simuleren, zou op bedrog en perversiteit hebben geleken. Maar toch was de gezamenlijke herinnering eraan een nieuwe, krachtige band. De verandering in Clara was moeilijk te bepalen, maar onmiskenbaar en de verandering in hemzelf was heel klein, maar stabiel, vast. Ze spraken er geen van beiden over, alsof ze door een stilzwijgende overeenkomst zo hun kostbare geheim veilig konden stellen voor elkaar en voor zichzelf.

Jack stuurde niets meer op. De verhalen die hij recentelijk uit nijd naar Harry had opgestuurd, waren niet opgenomen, hoewel hij geen moment had gedacht dat dat wél zou gebeuren. Gelukkig had hij ze niet om geld geschreven. Zijn spaargeld, hoewel volgens Engelse normen bescheiden, was in Spanje aardig wat.
   Edmund had ze voor hem gepost, naar het adres van zijn moeder, tussen velletjes met onbelangrijke dingen – de aardige censors waren allang met pensioen gestuurd en hun opvolgers waren gekomen en hadden zich vermenigvuldigd. Er was geen twijfel aan dat Harry ze had ontvangen, want hij had snel teruggeschreven dat hij ze niet wilde opnemen, zijn beslissing heftig verdedigend, waaruit bleek dat hij zich de smalende opmerkingen die Jack erbij had geschreven, had aangetrokken.

Beste Jack,
Hoewel ik het prachtig vond na zo'n lange stilte je twee stukken te ontvangen, ben ik na ampele overweging tot de conclusie gekomen dat het niet het juiste moment is deze verhalen te publiceren, omdat de republikeinse zaak er alleen maar door geschaad zou worden.

473

Natuurlijk geloof ik wel wat je schrijft, en als het inderdaad zo is dat buitenlandse vrijwilligers niet uit dienst mogen, zelfs niet op medische gronden, dat ze lastig worden gevallen over politiek, naar 'heropvoedingskampen' worden gestuurd en zelfs worden doodgeschoten als ze zich niet onderwerpen aan de partij, dan is dat verschrikkelijk. Maar hoe waar het ook is, niemand zal het geloven, alleen de mensen die de fascisten steunen en zulke beweringen maar al te graag willen gebruiken voor hun eigen propagandadoeleinden. Ik kan Rag gewoon niet op die manier door fascistische sympathisanten laten gebruiken en weet zeker dat je dat zult begrijpen.

Je daagde me uit in de brief de waarheid te vertellen en ik vind de suggestie dat ik iets anders zou doen nogal vervelend. Maar in oorlogstijd kan de waarheid een tweesnijdend zwaard zijn, zoals jij toch zeker moet weten. Ik heb er begrip voor dat je wilt voorkomen dat andere jongemannen in zo'n situatie terechtkomen en zie in dat het enorm grote aantal doden en gewonden bij de Internationale Brigade jouw nogal boute 'kanonnenvoertheorie' ondersteunt, maar het heeft geen enkel nut dat nu te zeggen, nu de stroom vrijwilligers bijna is opgedroogd.

Wat de vermeende activiteiten van de communistische geheime politie in Barcelona betreft, ik betwijfel of veel lezers jouw diepe verontwaardiging zouden delen. Het is duidelijk dat de anarchisten en de POUM zich niet erg inzetten voor de strijd en daardoor wel in aanvaring zullen komen met de autoriteiten. En jouw bezorgdheid dat de revolutie verraden is, zal niet erg aanslaan bij het grote Engelse publiek, ben ik bang.

Maar het spreekt vanzelf dat ik het prachtig *zou vinden meer materiaal van je te krijgen, geschreven op een bredere basis...*

Jack vroeg zich af wat er was geworden van zijn oude vriend Billie Grant, die zich zo onbezonnen als vrijwilliger bij de Internationale Brigade had gemeld. Sinds de trein naar Perpignan had hij hem twee keer gesproken. Een keer na de slag om Madrid, toen hij vanzelfsprekend in een goed humeur was, een van de helden van het uur – hoewel de Spaanse militie nijdig was geweest omdat een klein contingent buitenlanders de meeste eer kreeg – en een keer na Jarama.

De slag bij Jarama was een technische overwinning geweest. De uiterst belangrijke weg tussen Madrid en Valencia was niet afgesneden, een prestatie die de enorme verliezen aan republikeinse kant moest goedmaken. Billie deed in het openbaar alsof hij in de strijd redelijk gehard was geworden, maar Jack had gezien hoe zijn ogen knipperden, zijn handen trilden en zijn mondhoek een beetje trok en had hem overwijld meegenomen naar zijn kamer om hem dronken te voeren.

Billie had zeven roemvolle uren doorgebracht op de 'Zelfmoordheuvel', tijdens de verdediging van een onhoudbare positie onder voortdurend artillerie- en machinegeweervuur, inderdaad een veteraan tussen mannen die nog minder ervaring hadden dan hij en van wie velen nog nooit eerder een geladen geweer in handen hadden gehad. Vierhonderd van de zeshonderd mannen waren achter elkaar afgeslacht, hun rol spelend in de schitterende overwinning. Billie was er op wonderbaarlijke wijze zonder één schrammetje doorheen gekomen en werd heen en weer geslingerd tussen een vreselijk schuldgevoel dat hij was blijven leven en een wilde, verwrongen vreugde dat zijn gehate commissaris het eindelijk voor zijn kiezen had gekregen.

Er was een hoop Bell's whisky voor nodig geweest om hem zover te krijgen dat hij dit toegaf, zo grondig had hij geleerd zijn mond te houden. De officiële taak van een commissaris was om het lichamelijk welzijn en het moreel van de troepen te handhaven en als je geluk had, kreeg je er een die dat ook deed. Als je pech had, zoals Billie, kreeg je een gemene, fanatieke aanhanger van de partij, die een neus had voor rotte eieren. En Billie had een uur in de wind gestonken. Hoe hij zijn ontgroening had overleefd, bleef een mysterie. Hij was altijd voor Labour geweest en haatte de fascisten, en heel naïef had hij gedacht dat dat goed genoeg was. Hij beweerde er geen idee van te hebben gehad dat hij bij een communistische beweging zou terechtkomen, maar zelfs een aantal van de jongens die van huis uit communisten waren, begon behoorlijk nijdig te worden over het hele gedoe. Als je gezicht hen aanstond, werd je naar huis gestuurd met een snee in je vinger en je arm in een mitella, maar als dat niet zo was, werd je opgelapt en weer naar het front gestuurd zodra je weer op je benen kon staan.

'Ik heb me immers als vrijwilliger gemeld?' riep Billie, zwaaiend met zijn glas. 'Ik heb mijn steentje bijgedragen voor dat stomme Spanje. Waarom mag ik nu niet naar huis? Omdat ze bang zijn voor wat ik de mensen thuis zou kunnen vertellen, natuurlijk. Ze houden me in dit godvergeten land tot ik hartstikke dood ben!'

De volgende morgen had Jack hem persoonlijk op tijd bij zijn eenheid afgeleverd, nadat hij hem had volgegoten met zwarte koffie en had gezegd dat hij zijn mond dicht moest houden. Billie had gezegd van plan te zijn bij de eerste de beste gelegenheid te deserteren. Maar Jack had hem gewaarschuwd dat hij niet zo stom moest zijn, want dat hij dan zou worden doodgeschoten. Billie had gezegd dat hij zou worden doodgeschoten als hij niet deserteerde, dus wat maakte het uit? Ze waren een beetje vervelend uit elkaar gegaan. Billie omdat hij zich geneerde voor de dingen die hij in zijn dronkenschap had gezegd en Jack omdat hij hem niet kon helpen. Zich op te stellen als redder in de nood voor ontevreden brigadeleden hoorde niet bij zijn plannen. Hij was verontwaardigd over wat hun als groep werd aangedaan, maar hij had weinig sympathie voor hen als individu. Jack zou zichzelf nooit als vrijwilliger ergens voor gemeld hebben. Hij had met Billie te doen, maar vond hem een dwaas. Een paar weken later kreeg hij een briefje:

Ik lig in Albacete in het ziekenhuis. Heb mijn rechterwijsvinger eraf geschoten terwijl ik mijn geweer aan het schoonmaken was. Heel stom. Ik zal je moeder de groeten doen als ik thuiskom.

Jack was meteen naar Albacete gegaan en had een zeer terneergeslagen Billie aangetroffen. Hij was een paar uur lang ondervraagd over het 'ongelukje' en had net de verzekering gekregen getraind te worden om links te schieten, ongetwijfeld in een 'heropvoedingskamp'.

'Kun je verdomme niets dóen?' had Billie gesist.

'Bij mij moet je niet zijn,' zei Jack onbewogen. 'Dat is een ontzettend ouwe truc. Je dacht toch niet écht dat ze erin zouden trappen?'

'Nou, ik ga in elk geval niet naar zo'n verdomd verbeteringskamp. Ik ga ervandoor en heb het al helemaal uitgedacht.'
En deze keer had Jack niet geprobeerd hem tot andere gedachten te brengen.

En dus was Billie, in officiële bewoordingen, 'gedeserteerd naar het front'. Zoals zoveel anderen, die ongeduldig waren geworden in het ziekenhuis terwijl hun kameraden tegen de fascisten vochten, was hij die nacht uit zijn ziekenhuisbed verdwenen, vastbesloten in zijn pyjama en zonder geld of eten terug te gaan naar zijn eenheid. Volgens allerlei berichten was het anderen al talloze keren gelukt. Het was een bewijs van het voortdurend hoge moreel van de Internationale Brigades...

Die informatie werd Jack op een dreunende toon verstrekt door een medische bureaucraat, die dat onderwerp kennelijk uit zijn hoofd had geleerd. Jack vroeg zich af hoe ver Billie zou komen voor ze hem te pakken kregen en hoe lang het zou duren voor mevrouw Grant een telegram zou krijgen dat haar zoon in de strijd was gesneuveld. Nadien had hij niets meer gehoord.

Jack had Billie achter in zijn hoofd weggestopt, maar was hem niet helemaal vergeten. Zijn herinnering raakte steeds voller met dingen die hij uit zijn gedachten had gezet, als een volgepakte kast in een opgeruimde kamer. Alleen omdat hij een boek schreef, hoefde zijn geest nog geen warboel te zijn. De enige manier waarop hij die groeiende massa in zijn hoofd de baas kon, was die te beschouwen als iets wat losstond van hemzelf, iets dat langzaam in hem groeide, dat zich met hem voedde maar geen bezit van hem nam, een foetus die hem op een dag zou verlaten, een onprettige maar tijdelijke last. Het bonsde en zwol en bedreigde zijn vrijheid, maar het leefde in elk geval. Hij kon het uren lang negeren en zich toch niet eenzaam voelen.

Hij zou niet de enige zijn die een boek over Spanje schreef. Er waren andere schrijvers in Madrid, die al naam hadden gemaakt en inspiratie zochten aan hotelbars, maar Jack meed hun gezelschap zorgvuldig. Ze deden hem denken aan het soort verwende, zwangere vrouwen die met hun toestand te koop lopen en zwelgen door alle aandacht. Ze gaven hem het gevoel dat hij een verkracht keukenmeisje was dat haar schandelijke last verborg, jaloers was op hun mooie wiegjes die stonden te wachten, bang was ontslagen te worden en in ongenade te vallen, zich erop voorbereidde in het geheim te bevallen en het verdoemde kind bij de geboorte te smoren.

En toch had hij het boek thuis niet kunnen schrijven. Om de terugtocht te bemoeilijken, had hij zijn flat opgegeven, zijn auto verkocht en de brieven van Elizabeth ongeopend teruggestuurd met 'onbekend op dit adres' erop. Zijn enige houvast was de groeiende stapel pagina's waarover hij niet wilde praten, zelfs niet met Edmund, hoewel die de laatste tijd niet erg spraakzaam was. Hij was mager geworden door het zware werk en het slechte eten en begon meestal te geeuwen zodra hij in een stoel zat. Zijn zachte handen waren rood en ruw geworden, hij liep krom omdat hij voortdurend pijn in zijn rug had en sprak zelfs anders – hij schepte niet langer genoegen in woorden, maar koos ze om zo weinig mogelijk moeite te hoeven doen in plaats van zich zo goed mogelijk uit te drukken. Zoals altijd gaf Jack Clara de schuld. Jack zag niets edels in zware lichamelijke arbeid – hij had het ooit te vaak gedaan om het als iets anders dan geestdodend te beschouwen. Maar Edmund maakte een redelijk gelukkige indruk, nu hij had wat hij wilde. Heel onredelijk nam Jack het Clara meer kwalijk dat ze hem meenam dan dat ze hem eerst hierheen had gebracht.

Op zijn aandringen trakteerde hij hen op een afscheidsdiner. Het zou de vorige avond hebben moeten zijn, maar Clara had op het laatste moment afgezegd, met een of andere vage klacht die met haar toestand te maken had. Jack vond het moeilijk zich Clara als moeder voor te stellen, maar haar baby was in elk geval voor de helft van Edmund; zijn boek had helemaal geen genen die iets konden compenseren, tenzij je Dolly meerekende.

Zijn Dolly-persoon was in het begin goed vervormd geweest, maar ze had genoeg gekregen van het heimelijke gedoe. Ze had haar geleende kleren uitgedaan en deed nu waar ze zin in had. Zijn zogenaamde manipulatie van haar was even onecht als die altijd was geweest en hij leefde in voortdurende angst wat ze nu weer zou doen, hoe ze hem zou dwarsbomen, hem zou ontglippen, volledig uit zijn greep zou verdwijnen. Telkens als hij ging zitten schrijven, verwachtte hij dat ze verdwenen zou zijn. De opluchting dat ze er nog was, bracht hem ertoe te schrijven tot hij niet langer kon, voor het geval het de laatste keer zou zijn.

Marisa had hem een keer worstelend met zijn schepping aangetroffen, toen ze zich aan een afspraak hield die hij helemaal was vergeten. Ze had hem op het slechtst denkbare moment gestoord en hij had tegen haar geschreeuwd dat ze moest ophoepelen, vóór hij zijn pen neergooide en haar terugriep, omdat hij wist dat hij haar in elk geval moest betalen. Pas toen had hij gemerkt dat ze er bleek en ongelukkig uitzag en hij had haar gevraagd binnen te komen, bang haar van streek te hebben gemaakt.

Hij had haar laatste jammerverhaal niet helemaal geloofd, hoewel het hem niet kon schelen of het waar was of niet. Hij had keurig gezorgd voor wat slaappillen en pijnstillers voor de zogenaamd stervende pooier, zich intussen afvragend voor hoeveel ze die zou verkopen. Het maakte Clara nog steeds razend dat alles, maar dan ook alles op de zwarte markt te koop was en ze hield haar absurde, bekrompen verontwaardiging over de nieuwe, welvarende oorlogsindustrie vol. Jack bewonderde Marisa om haar ondernemingslust en hoopte dat ze stinkend rijk zou worden door die vreselijke puinhoop. Ze was in elk geval Spaanse en teerde op de buitenlanders, in plaats van andersom.

Die avond was haar gewone avond, de avond dat ze een uur voor hem reserveerde, en hij vond het vervelend op het laatste moment te moeten afzeggen. Hij liet bij de receptie een boodschap voor haar achter, samen met een in een krant gewikkelde fles, en nam de metro naar het ziekenhuis. Rekening houdend met Clara's gevoeligheid, had hij een bescheiden restaurant gevonden waar het eten slecht genoeg was om Clara geen last van haar maag te bezorgen.

Het ziekenhuis lag buiten de stad, een voormalig klooster in een eigen park, dat nu een wildernis van onkruid en rommel was. Jack wachtte buiten een minuut of tien voor Edmund alleen aan kwam lopen en zei dat Clara zich nog steeds niet goed voelde en zich liet verontschuldigen.

Jack was vreselijk opgelucht en Edmund maakte er geen bezwaar tegen naar het centrum van de stad te gaan voor een fatsoenlijke maaltijd. Jack wist een uitstekend restaurant vlak bij het park, dat hem was aanbevolen door de dikke Gregory. Het restaurant had vroeger gekookt voor de lekkerbekken van Salamanca en werkte nu onder een nieuwe leiding voor een nog exclusievere clientèle.

Ze gingen eerst naar een paar bars, aten zich vol aan *tapas* en hadden steeds minder zin nog te gaan dineren. Edmund was die avond weer in vorm, geestig, cryptisch, nauwgezet, maar harder, minder gemoedelijk dan vroeger, een verandering die bijna onmerkbaar maar gestaag had plaatsgevonden. Zonder zijn gebruikelijke tact vroeg hij recht op de man af of hij Jacks roman in mocht zien en Jack had hen beiden verbaasd door het goed te vinden, al was het alleen omdat Edmund de volgende dag zou weggaan. Toen zei Edmund zomaar ineens: 'Je was verliefd op haar, nietwaar?' En één afschuwelijk moment dacht Jack dat hij het over Clara had, dat hij achter hun verhouding was gekomen en die volkomen verkeerd had uitgelegd. Maar net op tijd besefte hij dat Edmund Dolly bedoelde.

Jack had zijn schouders moeten ophalen en achteloos iets moeten zeggen als: 'Als je het zo kunt noemen, gegeven het feit dat ik haar nauwelijks kende.' Maar een sentimenteel afscheidsgevoel had de avond al een sfeer van bekentenissen gegeven en ze waren beiden in de losse, heldere toestand die aan dronkenschap voorafgaat.

'Ja,' zei Jack, terwijl hij zijn zoveelste sigaret uitmaakte.

'Ik ook, weet je. Ik was belachelijk jaloers op die verloofde. Ik kon er zelf niet veel aan doen, maar bleef hopen dat iemand anders dat zou doen. Niet iemand zoals jij, moet ik erbij zeggen. Ik kan je vertellen het niet zo leuk te hebben gevonden toen jij op het toneel verscheen. Ik wilde dat ze iemand zou ontmoeten zoals ik, die haar omstandig het hof zou maken en met haar zou trouwen. Niet iemand die...'

'Die alleen maar met haar naar bed wilde,' maakte Jack af, terwijl hij de ober wenkte om hun glazen nog eens bij te vullen.

'Heb je dat gedaan?'

'Jij niet?'

'Ik heb het niet over willen, Jack.'

'Waarom zou een keurig, in een klooster opgevoed meisje als Dolly naar bed gaan met een armoedzaaier zoals ik?'

'Die dag dat ik thuiskwam, terwijl jij thee dronk met haar,' ging Edmund onverschrokken door, 'heeft me meer dan één slapeloze nacht gekost. Ze had een soort dierlijke gloed over zich.'
'Ik heb nooit geweten dat jij zo'n levendige verbeelding had! Niettemin, ik voel me gevleid. Maar zelfs al had ze met me te doen gehad, zou ik dat nu toch zeker niet toegeven?'
'Waarom niet?'
'*De mortuis*, (Over de doden niets dan goeds.).'
'Ik zou het haar niet euvel duiden en jou ook niet. Het leven is te kort om er niet uit te halen wat erin zit. Dolly wist dat instinctmatig, denk ik. Ze was van nature alles of niets. Een beetje zoals Clara.'
Jack snoof.
'Denk er maar eens over na,' zei Edmund. 'Ik heb gelijk, weet je. De gelijkenis hoeft niet overduidelijk te zijn om fundamenteel te zijn. Kijk naar jou en mij. Ik ben conventioneel, jij bent een buitenbeentje en allebei zijn we verstard door onze zelfbeheersing. Ik denk soms dat zelfbeheersing de ergste soort oneerlijkheid is.'
'Laten we teruggaan naar het hotel,' zei Jack. 'En dan kun je zo eerlijk zijn als je wilt.'
Hij had zo'n veertigduizend woorden geschreven, waarvoor Edmund een paar uur nodig had om ze te lezen, terwijl Jack de kamer met rook vulde. Hij had zijn bril met het stalen montuur opgezet, waardoor hij er als een geleerde uil uitzag, meer als de professor in Oxford die hij had moeten zijn dan als de eenvoudige schoolmeester die hij was geworden. Hij las snel en aandachtig en zei niets tot hij klaar was. Daarna zette hij zijn bril af en maakte hem eindeloos schoon voor hij eenvoudigweg zei:
'Maak het in godsnaam thuis af, Jack.'
'Ga je melodramatisch doen?'
'Laat je het hier gewoon liggen terwijl je er niet bent?'
'O, meestal stop ik het onder de matras. Ze nemen nooit de moeite die te keren.'
'Dan moet je graag dood willen.'
'Overdrijf niet.'
'Ik overdrijf niet. De mensen zullen het verkeerd begrijpen en denken dat je een fascist bent.'

'Begin jij nou ook niet! Het is zonneklaar dat ik geen verdomde fascist ben. Ik probeer alleen eens een keer de waarheid te vertellen.'

'Mensen die in oorlogstijd de waarheid proberen te vertellen, gaan er meestal aan. Je weet wat er in Barcelona gebeurt. Dat zal zich verbreiden. Hoe lang nog voor de geheime politie de zaken in Madrid overneemt? Hoe lang nog voor je op een avond thuiskomt en merkt dat je kamer is doorzocht? Je denkt toch niet dat ze je een eerlijk proces zullen geven?'

'Ik kan het thuis niet schrijven. Dat zou... bedrog zijn.'

'Jack, jij bent niet verantwoordelijk voor de dood van Dolly. Natuurlijk kun je een oorlogsboek schrijven en hoef je nergens doekjes om te winden, maar moet je zo in details treden? Kun je het niet in een andere tijd en op een andere plaats laten spelen? Zou dat niet even waardevol zijn en politiek minder gevoelig? Je smeekt er gewoon om dat de mensen je verkeerd beoordelen. De verkeerde mensen zullen het prachtig vinden, omdat ze het verkeerd interpreteren, en de verkeerde mensen zullen er kritiek op hebben, óók omdat ze het verkeerd interpreteren. Ervan uitgaand dat iemand het risico wil nemen het te publiceren, wat ik betwijfel. Stalin is op het moment onkwetsbaar, dat hebben de showprocessen bewezen.'

'Het kan me niet schelen of het gepubliceerd wordt of niet,' zei Jack geprikkeld.

'Het heeft geen zin om iets te schrijven dat door niemand zal worden gelezen.'

'Het heeft geen zin om iets te schrijven alleen om het gepubliceerd te krijgen. Als ik dat wilde, zou ik gewoon Martindale vragen me mijn baan terug te geven. Denk je dat ik niet een aardig, heroïsch verhaal zou kunnen schrijven als ik dat wilde en het volstoppen met schijnheilige onzin? Massa's adellijke heren, verraad, heldendagen, hartstochtelijke liefde en tragisch verlies, met alles keurig zwart-wit, behalve het verplichte beetje grijs, zodat de critici het serieus nemen? Ik ben er niet op uit mijn mannelijke fantasieën te sublimeren. Mijn held – als je hem zo kunt noemen – dóódt geen fascisten. Hij ziet gewoon een hoop gewone, onschuldige, onwetende mensen sterven.'

'Onder wie de vrouw van wie hij houdt, neem ik aan.'

'Je zult moeten wachten om dáárachter te komen.'
'Jack, wil je zeggen dat je denkt dat ze zich zouden moeten overgeven? Wil je zeggen dat de republiek niet kan winnen?'
'Het hangt er van af wat je met winnen bedoelt,' zei Jack.

Er scheen een fel licht in het linkeroog van Dolores. Haar oogleden werden met duim en wijsvinger opengehouden, zodat ze niet kon knipperen. Ze had het gevoel gevangen te zijn en was doodsbang. De hand ging even weg voor hij bij het andere oog dezelfde handeling toepaste.

'Hoe lang geleden is dit gebeurd?' vroeg de dokter abrupt. De handen verlegden hun aandacht naar het litteken boven haar oor. Dolores knipperde, want ze zag nog steeds dansende vlekken licht.

'Afgelopen juli,' zei ze.

Haar hart begon pijnlijk te bonzen toen de oude angst weer opkwam. Ze kende de dokter en de spreekkamer niet en vervloekte de goede Samaritanen die haar hadden opgepakt en daarheen hadden gebracht. Ze dwong zichzelf antwoord te geven op alle vragen, haar symptomen bagatelliserend. Ze had af en toe hoofdpijn en was twee keer flauwgevallen toen ze niet had gegeten en kon nu naar huis, want ze voelde zich goed en haar zoontje wachtte op haar.

Hij deed haar nu pijn, doordat hij hard op de tere plek drukte, waardoor ze misselijk werd. Vervolgens vroeg hij haar te gaan staan, deed een verband om haar ogen en draaide haar een paar keer rond voor hij haar vroeg doodstil te blijven staan. Dolores gehoorzaamde hem, maar dat deed de kamer níet. Ze voelde de vloer deinen onder haar voeten en wankelde om haar evenwicht te bewaren.

'U moet naar het ziekenhuis om een röntgenfoto te laten maken,' zei de dokter bars. 'Ik zal u een verwijsbriefje geven.'

Ze pakte het aan en vluchtte. Ze bleef rennen alsof ze achternagezeten werd, tot ze zag waar ze was. Daarna begon ze hijgend langzamer te lopen en kwam verhit en buiten adem bij het appartement van Ramón aan.

Alles was precies zoals ze het had achtergelaten, alleen was de fles bijna leeg en lagen Ramón en Andrés vast te slapen. Ze maakte de verzegelde brief voor het ziekenhuis open en las hem. De Latijnse woorden dansten voor haar ogen, vervulden haar met angst en ze had het gevoel dat ze haar eigen doodvonnis vasthield. Systematisch scheurde ze de brief aan kleine stukjes. Ze wilde het niet weten. Als ze het eenmaal wist, zou alle hoop verloren zijn. Ze zou hen geen vonnis over haar laten vellen en ze was niet van plan dood te gaan. Onwetendheid was het laatste bolwerk dat ze nog had tegen de wanhoop...

Ze nam Andrés mee naar huis, maar eerder dan ze had gedacht keerde ze alweer terug naar het appartement van Ramón. De volgende ochtend vroeg hoorde ze iemand op de deur kloppen en toen ze opendeed, stond Marisa daar, die erg van streek was. Tomás was nog diep in slaap.

'Lole! Lole! Kom gauw! Ramón gaat dood!'

Dolores gooide een jas over haar nachtpon, haalde het flesje te voorschijn en glipte naar buiten, de deur zachtjes achter zich sluitend.

'O, Lole, de pijn is vreselijk! Hij kende me niet en heeft hoge koorts! Ik heb geprobeerde hem pillen te geven, maar hij wil ze niet doorslikken!'

Ze had nog steeds haar mooie kleren aan, een korte, felroze jurk, die heel laag was uitgesneden en afgezet met idiote veren. Ze was zonder jas naar buiten gegaan.

Dolores trok haar eigen jas uit en zei tegen Marisa dat ze hem helemaal moest dichtknopen, wat ze onder het rennen door deed. Ze wankelde en struikelde over haar hoge hakken, die ze ten slotte uittrok, waarna ze op blote voeten door de smerige straten rende.

Ramón deed deze keer niet alsof. Hij lag te kronkelen van de pijn en schreeuwde om zijn moeder.

'Stil, Ramón,' zei Dolores zacht. 'Ik zal je iets geven tegen de pijn.'

Hij greep haar bij haar kraag en trok haar met verbazingwekkende kracht naar zich toe, tot haar oor bij zijn mond was.

'Mijn laars,' zei hij hees. 'Mijn laars!'

Dolores negeerde hem, bevrijdde zich uit zijn greep en goot een dubbele dosis van de kostbare vloeistof in een glas water. Marisa duwde zijn hoofd achterover en hield zijn mond open, terwijl Dolores de oplossing in zijn keel goot. Hij gorgelde en maakte benauwde geluiden terwijl hij slikte. Marisa liet zijn hoofd los en het viel terug op het kussen.

'Mijn laars,' fluisterde hij.

Marisa knielde naast het bed en kuste zijn hand. Dolores pakte haar jas van de grond en deed de deur open. Marisa draaide zich om, haar gezicht nog steeds vertrokken van angst.

'Ga nog niet weg, Lole,' smeekte ze. 'Blijf nog even. Ik ben bang nu alleen met hem te zijn. Blijf nog even!'

Haar gezicht was kinderlijk en aandoenlijk onder de laag poeder en verf. Dolores ging lusteloos zitten, terwijl Marisa bleef snikken en Ramón streelde. De tafel lag vol met spullen die ze pas buit had gemaakt – een pak koffie, een staaf scheerzeep, een blikje zalm en een fles, gewikkeld in een krant...

Hij was in het Engels gedrukt. Zonder erbij na te denken, haalde Dolores hem van de fles af en spreidde hem geeuwend uit op haar schoot. Ze keek naar de datum en zag teleurgesteld dat hij een paar maanden oud was. Daarna las ze de kop:

LUCHTAANVAL OP MADRID
Een ooggetuigeverslag van onze speciale correspondent
Jack Austin

Marisa draaide zich om toen ze haar naar adem hoorde happen. Dolores las de woorden heel snel.

'Vanuit mijn kamer in hotel Florida, uitkijkend over de Gran Via, zie ik...'

'Wat is er, Lole?'

'Jack Austin,' zei Dolores zwakjes. Marisa keek naar de krant en knikte.

'Jack Austin,' herhaalde ze, de naam verkeerd uitsprekend. 'De Engelsman, degene die me whisky geeft voor Ramón. Lole, wat is er?'

'Niets. Die Jack Austin. Ís hij nog in hotel Florida?'

Marisa keek verbaasd.

'Dat heb ik je gezegd, hij heeft me de whisky gegeven,' zei ze, op de fles wijzend. 'Waarom vraag je dat?'

'Ik... ik zag alleen zijn naam in die krant, verder niet.'

Ze vouwde de krant op en stak hem in de zak van haar jas.
'Lole, je bent zo bleek! Ben je ziek?'
Jack. Jack, hier in Madrid. Jack hoorde in Londen, in het verleden. Hij had niet het recht haar stad binnen te dringen, haar heden, en haar te herinneren aan dingen die ze beter kon vergeten...
'Lole?'
'Ik ben alleen maar moe, Marisa. Ramón slaapt nu door tot morgenochtend. Ik moet naar huis.'
Ze draaide zich om en verliet snel de kamer, net toen ze in de verte een sirene hoorde loeien.

Jack hoorde hem ook. Hij deed het licht aan en stapte uit bed om wat water te drinken. Zijn mond was droog van te veel wijn en tabak en zijn hoofd deed pijn. Hij nam een paar aspirines en ging weer liggen, de klop op zijn deur en het geroep om naar de schuilkelders te gaan negerend. Stomme tijdverspilling.
Misschien had Edmund gelijk, misschien wilde hij wel dood. Maar als dat zo was, was het alleen maar voor de show, omdat hij wist dat hij onsterfelijk was. Het waren altijd de verkeerde mensen die doodgingen, degenen die goed, dapper, mooi, gelukkig of onschuldig waren, degenen die iets hadden om voor te leven. Wat hadden de goden eraan om iemand zoals hij te grijpen, die niets gaf om de rijkdommen van het leven, niets had om naar uit te kijken, behalve de twijfelachtige genoegdoening dat achteraf gebleken was dat hij gelijk had gehad, als een soort moderne Jeremiah? Nee, de dood haalde zijn neus voor hem op. Het waren de Dolly's van deze wereld die een tragische dood stierven. Hij zou honderd worden, tenzij hij het karwei zelf klaarde.
Hij voelde de trillingen van een explosie in de verte, stak nog een sigaret op en keek hoe hij opbrandde. Hij was overgegaan op een goedkoop Spaans merk, dat scherp was in zijn keel, en had zijn smakeloze Engelse sigaretten aan Marisa gegeven. Weer een knal. Verbazingwekkend hoe je eraan wende. Zouden de mensen thuis er ooit aan gewend raken? Hoe lang zou het duren voor ze niet meer naar de schuilkelders gingen en doorgingen met thee zetten, voor ze een luchtaanval beschouwden

als een onweer? Hoeveel mensen werden er uiteindelijk door de bliksem getroffen? Het was geen moed, alleen een langzaam opgebouwde gewenning aan adrenaline. Ja, je raakte aan oorlog gewend, daar was geen twijfel aan, zozeer dat je die waarschijnlijk miste als hij ophield. Zelfs Edmund had dat toegegeven.

'Ik popel om naar huis te gaan, maar het zal wél wennen zijn, na dit,' had hij gezegd toen hij wegging. 'Ik heb het niet leuk gevonden, maar dit zijn de dingen die je ooit aan je kleinkinderen vertelt. Het krijgt een soort gouden gloed. Het is net zoiets als je schooltijd, die de beste tijd van je leven is. Een verschrikking als je op school bent, maar later vind je die prachtig.'

O ja, het zou iets zijn om de rest van hun leven op te teren. Het etiket van 'Ik ben in Spanje geweest' was al iets waarmee je geld kon verdienen, vooral als schrijver. Hij zou naam kunnen maken als hij hun gaf wat ze wilden. De lieveling van de linkse boekenclub, Jack Austin. Hij zou zijn roman aan Gollancz kunnen aanbieden, gewoon voor de lol. Het zou net zoiets zijn als pornografie sturen naar het bijbelgenootschap...

Het sein dat alles veilig was. Dat had niet lang geduurd. Hij draaide zich om en ging weer slapen.

Hoe kon hij geslapen hebben? Jaren later achtervolgde het hem nog dat hij kon hebben geslapen, dat het hem zo volkomen had ontbroken aan telepathie, aan intuïtie, dat hij zo volledig in zichzelf was opgegaan. In boeken hadden mensen een vreselijk voorgevoel en zelfs in het werkelijke leven waren ze zo aardig om achteraf te beweren dat ze een 'gevoel' hadden gehad. Maar híj had niets gevoeld. Het enige wat hij had gedaan, was een sigaret roken en diep in slaap vallen.

Hij hoorde het pas toen Clara weer bij kennis kwam en erin slaagde hun te zeggen hoe hij heette. Ze had heel veel geluk gehad, kreeg Jack te horen. Het lichaam van Edmund had haar val gebroken en op wonderbaarlijke wijze had een balk haar beschermd tegen het ergste vallende puin, waardoor ze lucht had gekregen om adem te halen tot ze haar hadden uitgegraven. Het was jammer van haar *novio* en de baby, beaamden ze, maar gelukkig waren haar verwondingen maar licht.

Ze huilde niet. Jack wel, voor het eerst in twintig jaar, terwijl zij zijn hand vasthield en er afwezig in kneep, haar gezicht witter dan een doek. Ze was ijzingwekkend rustig. Met monotone stem vertelde ze hem dat ze zich niets van de sirene hadden aangetrokken, omdat ze aan het vrijen waren. De kans op een voltreffer was heel erg klein en ze gingen de volgende dag tóch weg. Omdat ze de volgende dag weggingen, hadden ze zich heel veilig gevoeld...

'Niet huilen,' zei ze telkens weer, meer als opdracht voor zichzelf dan tegen Jack. 'Alsjeblieft, niet huilen.'

Jack deed zijn best zich te beheersen. Hij schaamde zich omdat hij wist het voor haar erger te maken. Hij moest alle praktische dingen regelen, het lichaam laten terugsturen naar Engeland, de Townsends een telegram sturen. Hij moest Clara naar huis brengen...

Hij vermande zich en sprak op zachte, sussende toon tegen haar. Hij zei overal voor te zullen zorgen, omdat hij haar verdriet wilde besparen. Pas toen kwam de oude Clara plotseling weer boven.

'Ik gá niet naar huis,' zei ze. 'En ik stuur hem niet naar huis. Hij is van míj. Hij wordt hier begraven, mét de baby. Ik heb gezegd dat ze het lichaampje moesten bewaren. Ze gooien ze weg als ze zo klein zijn, tenzij je vraagt het niet te doen. Regelrecht door de gootsteen. Ik heb het in een potje laten doen. We gaan niet naar huis, geen van allen. Ik heb thuis niets te zoeken. Ze zijn van mij en ik wil ze hier houden.'

Ze was waardig en vastbesloten, maar duidelijk nog in een shocktoestand. Het leek oneerbiedig haar tegen te spreken. Jack knikte. Hij besloot later terug te komen en het nog eens te proberen.

'Het ís al geregeld,' was ze hem een stap voor, haar stem plotseling schor. 'Ze begraven de lijken hier snel. Morgenochtend vroeg. Heb het lef niet om het al aan de Townsends te laten weten. Die zullen de ambassade bellen en de zaak tegenhouden, zodat ze hem kunnen weghalen. Stuur het telegram vanavond pas, dan is het te laat voor hen om nog iets te ondernemen. Beloof het.'

Haar ogen, doods en wazig van ellende, tartten hem haar te verraden.

'Clara, denk na bij wat je zegt. Je blijft niet eeuwig in Spanje! Je...'

'Ik zal hier sterven, net als zij,' zei ze. 'Knap van God, nietwaar, om me door een wonder te laten redden? Hij is goed in zulke details. Maar Hij kan me er niet van weerhouden te kiezen waar ik sterf of hoe ik het doe.'

'Clara...'

'O, maak je geen zorgen. Ik zal het mezelf niet gemakkelijk maken en geen laffe uitweg zoeken, zoals mijn vader. Ik zou Edmund niet beledigen door dát te doen.'

Haar stem was weer dof, zonder enige nadruk.

'Ik kom vanavond terug,' zei Jack zacht. 'Ik zal je het telegram laten zien vóór ik het verstuur.'

Hij bukte zich om haar een kus te geven en met onverwachte kracht pakte ze zijn hand vast.

'Je liegt toch niet tegen me?'

'Ik heb nooit tegen je gelogen, Clara. Nóóit!'

Hij dwong zich naar het lichaam van Edmund te gaan kijken voor hij wegging, omdat hij wist altijd door fantasieën van gemangeld vlees achtervolgd te zullen worden als hij de waarheid niet onder ogen zag. Het lijk lag naast vier andere lijken, bedekt door een vuile, grijze deken. Er was geen bloed. Zijn nek was gebroken en hij moest meteen dood zijn geweest. Misschien was dát de verklaring. Jack had niet gevoeld dat Edmund doodging, omdat hij het zelf niet had gevoeld. Hij klampte zich wanhopig vast aan die gedachte, huiverend door de kille troost die die gaf. Hij moest voor Clara zorgen. Hij kón niet anders.

Dolores verliet de schuilkelder en ging het kille, eerste licht van de dageraad in. Andrés lag nog tegen haar schouder te slapen. De lucht was koud na de ranzige warmte van opeengeplakte lichamen.

Ze had Tomás niet wakker kunnen krijgen; hij had overal doorheen geslapen. Ze maakte koffie – of wat voor koffie doorging – kruimelde er oud brood in, deed er een kostbare hoeveelheid suiker bij en bracht hem die op bed. Hij wuifde die geergerd weg en kwam moeizaam overeind op zijn krukken.

'Je behandelt me als een invalide,' mopperde hij. 'Ik red me wel.'

Hij zat somber vanuit zijn stoel toe te kijken terwijl Dolores Andrés aankleedde, die geeuwde en over hoofdpijn klaagde. Hij mompelde dat hij niet naar school wilde en de dag liever met Ramón wilde doorbrengen. Tomás begon zwaar te ademen.

'Als je ziek bent, blijf je thuis, bij mij,' blafte hij, 'maar als je je goed genoeg voelt bij je oom op bezoek te gaan, kun je óók naar school.'

Dolores voelde met veel omhaal aan het voorhoofd van haar zoon en besloot dat hij geen koorts had en ze dus streng moest zijn. Tomás klaagde voortdurend dat ze te zacht was voor de jongen.

'Kom niet te laat,' waarschuwde hij haar toen ze hem gedag kuste, en gaf de woorden een veelbetekenende klank. Er waren onderwijzers op de school, ontwikkelde mannen van haar eigen klasse, mannen met twee benen. Heel onverstandig had ze tegen hem gelogen toen hij haar de eerste keer had ondervraagd. Ze had zijn gedachten gelezen en beweerd dat de hele staf uit vrouwen bestond, waarop Andrés haar meteen tegensprak. Die mannen waren partijleden en niet geschikt voor het front, hoewel het onduidelijk bleef wat er met hen aan de hand was.

Het lukte haar om tijdens een pauze Paulina te pakken te krijgen en zo achteloos mogelijk zei ze dat Tomás nog nooit zo'n vreselijke pijn had gehad, in de hoop dat ze haar volgende rantsoen daardoor wat eerder zou krijgen. In haar momenten van wanhoop voelde ze angst en woede dat ze zo volkomen afhankelijk was geworden van de goede wil van Paulina en volledig in haar macht was geraakt. Wat benijdde ze Marisa haar onafhankelijkheid! Marisa noemde haar eigen prijs, Marisa voelde geen schaamte, Marisa was beroeps, terwijl zij, Dolores, maar een stuntelende amateur was. Ze had zichzelf te goedkoop verkocht en nu was ze weinig meer dan een slavin. Wat zou Lorenzo het vreselijk vinden hen zo te zien! Hij was een lieve echtgenoot geweest, een trotse vader...

De gedachte was in de nacht bij haar opgekomen, terwijl ze in elkaar gedoken in de schuilkelder zat, dat ze misschien naar hotel Florida moest gaan en haar zoon aan zijn echte vader moest geven en hem smeken de jongen naar Engeland te brengen, waar hij veilig zou zijn. Maar het was de soort gedachte geweest die alleen in het donker ontstaat en het heldere daglicht niet kon verdragen. Jack zou intussen wel getrouwd kunnen zijn en kinderen hebben. Hoe kon ze een niets vermoedende vrouw met zoiets belasten? En zelfs als hij níet getrouwd zou zijn, waarom zou hij dan zo'n verantwoordelijkheid op zich willen nemen, na al die jaren, voor één vergeten nacht van dwaasheid?

Hoe dan ook, zonder valse papieren zou hij Andrés niet uit het land kunnen krijgen. Valse papieren waren duur en riskant, maar het bleef ondenkbaar via de officiële kanalen toestemming te vragen en de bureaucratische grondigheid de kans te geven haar schuldige geheim aan het licht te brengen.

Een van de vele schuldige geheimen, een van de vele leugens. Ze had tegen Lorenzo gelogen, tegen Andrés, tegen Tomás en het meest tegen zichzelf. Die ene nacht van geluk was het begin geweest van een spiraal van bedrog, die haar alle rust, alle tevredenheid ontnam. Ze voelde een vreselijke golf van woede tegen Jack, al was het alleen al omdat hij niets van zijn misdaad wist, omdat hij zich haar herinnerde als oppervlakkig en trouweloos, omdat hij híer was, verdomme. Bovenal omdat hij híer was.

Het was een burgerlijke plechtigheid in het Spaans en vanuit Jacks standpunt volledig onbevredigend. Hij had behoefte aan ritueel, aan pracht en praal, aan een openbaar vertoon van smart, maar Clara leek blij dat het snel voorbij was. Het had geen zin om weer een zinloze dood te verheerlijken.

De rest van de dag bracht hij door in het telefoongebouw en probeerde verbinding te krijgen met Londen. De Townsends zouden het telegram nu wel ontvangen hebben en Clara maakte zich zorgen dat ze het graf zouden willen zien. Ze smeekte Jack hen weg te houden.

'Ze geven mij natuurlijk de schuld. En waarom níet. Ik ben op hen gesteld, Jack. Ik kan het niet verdragen nu zijn familie te zien. Wil jij voor me met hen praten? Leg het hun uit.'

Het was Flora die opnam, tot grote opluchting van Jack. De leeghoofdige flirt was al lang uitgegroeid tot een indrukwekkende matrone, die met beide benen op de grond stond en haar huishouden met ijzeren hand bestierde.

Ze was kort en zakelijk en slechts een lichte trilling in haar stem verried haar verdriet. Verder was iedereen ingestort, dus had zij de leiding moeten nemen. Haar moeder had haar kort na het ontbijt opgebeld en nu een kalmerend middel gekregen. Haar vader had zich opgesloten in zijn studeerkamer en wilde niemand spreken. Archie was naar Thomas Cook gestuurd om tickets te kopen.

Jack sprak heel snel, bang dat de verbinding zou worden verbroken, en tot zijn verbazing begreep ze hem volledig. Ze was het met hem eens dat de reis misschien voorbarig was en dat zeker haar moeder er niet toe in staat was. Clara's wensen met betrekking tot de begrafenis zouden moeten worden gerespecteerd, of ze het nu leuk vonden of niet. Haar moeder maakte zich vreselijk veel zorgen om Clara, voegde ze eraan toe. Het hoofddoel van de reis was geweest Clara mee naar huis te nemen.

'Zeg tegen haar dat we haar niets kwalijk nemen, wil je,' zei ze bars. 'Dat zou Edmund niet willen. Ik zal met papa praten. Bel vanavond terug, als je kunt.'

Tegen het advies van de dokter in verliet Clara later op de dag het ziekenhuis, maar ze protesteerde niet toen Jack een kamer in zijn hotel voor haar besprak. Ze had nog steeds een vreselijke, kille rust over zich, die weinig goeds voorspelde. Hij wilde dat ze zou huilen en tekeer zou gaan tegen het lot, boos en hysterisch zou worden, het gif van haar schuldgevoel eruit zou gooien en de druk van haar verdriet zou ontlasten, maar het was alsof haar lijden zó kostbaar was dat ze er niets van wilde afstaan. Ze verborg het angstvallig, zoals een vrek op zijn goud zit. Ze zou het elke dag in het geniep tellen en kijken hoe het groeide en het met niemand delen, toevlucht zoekend in een schatkamer van verborgen ellende.

Na weer heel lang te hebben gewacht in de Telefónica kreeg hij de bevestiging dat de pelgrimstocht van de Townsends was uitgesteld. Flora had een overlijdensadvertentie in de *Times* laten zetten, voor een gedenkdienst gezorgd en alle familieleden op de hoogte gesteld. Er lag een brief voor Jack bij de notaris van Edmund, die ze zouden doorsturen.

Het was de langste avond die Jack ooit had meegemaakt. Het was duidelijk dat Clara doodsbang was om alleen te zijn, hoewel ze dat niet wilde toegeven. Jack had een blad met voedsel boven naar zijn kamer laten brengen en haar gedwongen iets te eten. Hij probeerde haar aan te moedigen te praten, omdat hij dacht dat het zou helpen, maar hij kon niet tot haar doordringen. Hij weerstond de verleiding van de whiskyfles, wetend dat hij met haar erbij niet kon drinken, en zei egoïstisch tegen zichzelf dat ze zo wel naar bed zou gaan en hem alleen zou laten, waarna hij zichzelf in slaap zou drinken. Maar ze maakte geen aanstalten en hij vond het tactloos haar voor te stellen naar bed te gaan.

Ten slotte zei ze: 'Neem een borrel, als je er een wilt. Let niet op mij.' Omdat het beledigend voor haar zou zijn te doen alsof hij geen trek had, schonk hij zichzelf royaal in en dronk het glas snel en bijna heimelijk leeg. Hij was zich onnatuurlijk bewust van voetstappen in de gang, van mensen die praatten en lachten alsof er niets was gebeurd. Hij wilde tegen hen schreeuwen dat ze hun kop dicht moesten houden en respect moesten hebben voor de doden. Hij nam nog een borrel.

Nog pas tien uur. De vorige avond om die tijd had hij met Edmund in een bar gezeten en over Dolly gepraat. Inderdaad, alleen de goeden stierven jong. Hij wenste vurig dat de bom op het hotel Florida zou zijn gevallen en hem en zijn ellendige roman had getroffen. Pas toen Clara sprak, was hij zich ervan bewust dat hij de gedachte hardop had uitgesproken.

'Ze móesten sterven,' zei ze. 'Het was de enige juiste straf, begrijp je dat niet?'

'Straf waarvoor?'

'Voor wat ik heb gedaan, natuurlijk. *Mijn wraak zal zoet zijn, zegt de Heer.*' Ze sprak op nonchalante toon. 'Ik heb er een paar van het leven beroofd, zie je, en heb geprobeerd het evenwicht te herstellen. Ik had kunnen weten dat Hij dat niet goed zou vinden. Deze keer ben ik te ver gegaan.'

Jack voelde een kilte langs zijn ruggegraat.

'Waar heb je het over?'

'Ik heb een paar patiënten gedood, in Aragon. Fascisten. En nu heeft Hij teruggeslagen. Dat bewijst aan welke kant Hij staat, nietwaar? Alsof we dat niet wisten!'

Geloof in God moest een troost zijn, geen vloek. Jack was blij dat hij zelf nergens in geloofde, toen hij zag hoe Clara werd gekweld door haar verwrongen versie ervan. Het had geen zin te zeggen dat ze niet zo raar moest doen, het had geen zin om te proberen haar gerust te stellen, want haar geloof dat ze verdoemd was, was absoluut. De hel was nog steeds haar geestelijk thuis.

Ze pakte een sigaret van Jack en stak die onhandig aan. Haar hand trilde zo erg dat ze haar sigaret niet naar haar mond kon brengen en uiteindelijk liet ze hem vallen, waardoor hij een gat in haar rok brandde. Jack sprong op om hem te pakken en gooide hem in de asbak.

Zodra hij zijn armen om haar heen sloeg, verstijfde ze. Maar ze liet hem haar schoenen uittrekken en haar op zijn bed leggen, waar ze rustig, half wakend, half slapend bleef liggen, terwijl Jack onrustig naast haar lag te dromen.

Het was marktdag in Guernica en de zon scheen. Het met bloed bevlekte veldtenue van Josep hing te drogen in het aprilwindje en de smerige luizen waren verdwenen. Voor het eerst sinds een maand voelde hij zich schoon en heerlijk vrij, des te meer van de onderbreking genietend omdat die zo kort was.

Niet dat er iets was om vrolijk over te zijn. Zijn eenheid was onmiskenbaar op de terugtocht. Elke dag werden ze verder teruggedreven door het meedogenloze offensief van de troepen uit Navarra, die beweerden dat elke nieuwe overwinning het werk van Christus was. Het ironische van de situatie stemde hem somber, evenals het vreselijke aantal slachtoffers. Hij was uitgeput aangekomen met een ambulance vol gewonde mannen, hevig bloedend uit een vleeswond in zijn dij, die nu was schoongemaakt en verbonden en niet zou verhinderen dat hij de volgende dag weer naar het front zou gaan. Tot dan toe was hij vrij en vastbesloten die korte onderbreking zo veel mogelijk te benutten. Hij wist dat zijn euforie het gevolg was van shock en bloedverlies en was blij met dat excuus om zich zo onredelijk opgewekt te voelen.

Je zou niet zeggen dat er een oorlog aan de gang was, als de rij vluchtelingen er niet was geweest, die voor het station stond te wachten op transport naar Bilbao, waarvan men nog steeds geloofde dat het onneembaar was vanwege de fortificaties waarmee het omringd was, die bekendstonden als 'de ijzeren ring'. Op de vluchtelingen na en de koortsachtige activiteit in het ziekenhuis, waar de gang vol lag met gewonde mannen, had het een gewone marktdag kunnen zijn, met krijsende kippen, schreeuwende verkopers en elkaar verdringende vrouwen. Ze verdrongen elkaar misschien een beetje meer dan anders, nu er wat minder voedsel te krijgen was, maar het ging redelijk gemoedelijk, want de mensen hier hadden nog geen honger gekend.

De vorige avond was Josep in zijn ziekenhuisbed in slaap gevallen bij het lawaai van het zondagse bal in de open lucht, verlevendigd door het gejoel van dronken soldaten, die in het plaatselijke klooster waren ondergebracht. Er waren voorbereidingen getroffen om Guernica te versterken tegen een aanval, zeer tot ongenoegen van de bewoners, van wie velen zich liever zouden hebben overgegeven.

Toen Josep wakker werd, scheen de zon en had hij een hele vrije dag voor de boeg. Na het ontbijt was hij op pad gegaan om de stad te verkennen en te genieten van de zon, het advies negerend om zijn been rust te geven. Na wekenlang uren achtereen te hebben moeten kruipen en bukken, was het heerlijk nu langzaam en voor je genoegen rechtop te kunnen lopen.

Tegen het middaguur voelde hij zich zwak en een beetje draaierig en hij ging zitten om een poosje te rusten op de stenen bank naast de fontein op het plein, genietend van de zuivere lentelucht, die niet bezoedeld was door de rottende stank van de dood. Hij deed zijn ogen dicht tegen de zon en doezelde weg, tot hij werd gewekt door het zingen van een vrouw.

Ze stond in de rij om water te halen en hield een kleine jongen bij de hand, van wie ze een arm heen en weer zwaaide op de maat van het liedje. Het kind snufte en huilde een beetje en zag er ziek uit. Van tijd tot tijd bukte ze zich en veegde zijn neus af met haar zakdoek.

De oudere vrouw vóór haar slofte weg, scheef lopend door het gewicht van haar emmer, en het meisje zette een grote kan onder het stroompje water. Ze tilde haar zoontje op in haar armen en knuffelde het terwijl de kan volliep.

Josep deed zijn ogen weer dicht, ze met tegenzin weer openend toen het kind hard begon te huilen. Zijn moeder had twee handen nodig om de zware kan te dragen, maar hij weigerde te lopen en stond erop te worden gedragen.

Josep stond op.

'Ik zal het kind wel voor u dragen,' bood hij aan.

Opgelucht bedankte ze hem met een stralende glimlach, maar toen Josep zich bukte om het kind op te tillen, begon dat nog harder te huilen. Zijn moeder zuchtte en schudde haar hoofd.

'Wilt u dan alstublieft het water nemen?' zei ze, terwijl ze Josep haar kan gaf. 'Hij voelt zich vandaag niet lekker.'

Ze ging hem voor naar haar huis, onderweg gezellig babbelend. Het Baskisch van Josep was nog niet erg goed en hij had er moeite mee haar snelle gepraat te volgen. Ze stond erop hem binnen te vragen en een glas wijn voor hem in te schenken, wat Josep niet kon afslaan, vond hij. Er stond een foto van haar man, in uniform, op de schoorsteenmantel, naast een groot crucifix. Dat was geen goed teken. Hoeveel jongemannen zouden er nog meer worden opgeofferd voor de zonden van anderen? Het was duidelijk dat ze arm waren en Josep ging weg voor de vrouw hem nog meer kon aanbieden, terwijl haar zoontje, dat nu weer blijde geluiden maakte, hem net als zij nazwaaide.

Josep vond een café en bestelde nog een glas wijn. Het was er druk en er werd luid geconverseerd, maar het ging zó snel dat Josep er niet meer uit kon halen dan de grote lijnen. Ze hadden het over marktkooplieden die de stad vroeg verlieten, over troepen die zich aan het ingraven waren rondom het kerkhof en over plaatselijke bewoners die zich klaarmaakten weg te gaan. Er werd gezegd dat de kerk van San Juan met zandzakken werd versterkt en er in de grafkelder een machinegeweer werd geïnstalleerd.

Josep dronk zijn glas leeg en sloot zijn oren. Niets zou zijn dag van rust bederven. Hij hoefde de zandzakken en de machinegeweren, die de plaatselijke bewoners zo fascineerden, niet te zien. Die dingen waren te gewoon om zijn belangstelling te wekken.

De wijn hielp om de spieren in zijn benen te ontspannen. Hij voelde dat het bloed in zijn aderen werd aangevuld, een uiterst werelds gevoel. Hij besefte dat hij vreselijke honger had. Guernica had twee restaurants, een dure gelegenheid voor de gegoede burgerij, waar Josep niet heen wilde, en een gewone waar veel schaapherders en veehandelaren kwamen en een grote kom *fabada* te krijgen was voor vijftig céntimos per portie. Josep vond een plaatsje en maakte zich klaar om zich te goed te doen aan de hartige stoofpot. Het brood was vers en hij spoelde een brok ervan weg met nog meer wijn, terwijl hij op zijn maaltijd wachtte.

Het was er druk en hij moest lang wachten, zich verheugend op wat komen ging. Toen zijn boordevolle kom werd gebracht, weerstond hij de verleiding hem achter elkaar leeg te eten en was vastbesloten van elke hap te genieten, langzaam te kauwen en de sappige stukken vlees die tussen de bonen zaten goed te proeven. De bonen die hij de volgende dag zou krijgen, zouden droog, hard en smakeloos zijn. Hij besloot van het festijn te genieten alsof het zijn laatste maal op aarde was.

Hij wenste te laat dat hij het snel had opgegeten, zijn wijn achter elkaar had opgedronken in plaats van met kleine slokjes en tijd had gemaakt om nog een kop sterke, geurige koffie te drinken. Maar zijn kom was nog halfvol toen door de plotselinge, paniekerige uittocht de borden en glazen op de grond kletterden.

Hij hoorde de explosies, voelde ze en wist wat ze betekenden, maar toch verroerde hij zich niet. Hij ging door met eten, het voedsel in zijn mond stoppend, terwijl de andere mensen die zaten te eten opsprongen en over elkaar struikelden in hun haast bij de deur te komen. Zijn enige zorg was zijn eten te nuttigen. Dat was het enige dat belangrijk leek. Pas toen zijn kom omver werd gestoten, kwam hij bij zijn positieven en zag een oude man op de grond liggen, kreunend omdat hij onder de voet werd gelopen.

Josep tilde hem op en droeg hem naar buiten, op zijn aanwijzingen naar de dichtstbijzijnde schuilkelder rennend. Er klonk weer een enorme explosie en de mensen schreeuwden. En toch kon hij alleen maar denken aan die omgegooide kom voedsel.

13

Toen Dolores op een avond met Andrés thuiskwam, had Tomás bezoek. Twee vroegere strijdmakkers waren thuis met verlof en er kennelijk in geslaagd hem heel dronken te voeren.

'Ben je daar, vrouw?' begroette Tomás haar. 'Je bent weer laat! Schiet op en maak wat te eten voor mijn vrienden.'

Andrés wierp hem een vernietigende blik toe, boos dat zijn moeder op zo'n bevelende toon werd toegesproken. Dolores nam hem mee naar een hoekje en zei dat hij daar stil moest gaan zitten spelen, terwijl ze haar schort voordeed. Het was heel ongebruikelijk dat Tomás bezoek had en nog ongebruikelijker dat hij had gedronken. Hij had een vreselijke minachting voor dronken mensen, vooral voor dronken invaliden.

Ze durfde geen onrechtmatig verkregen etenswaren te voorschijn te halen en verder was er weinig te eten, alleen de eeuwige linzen en een stuk gezouten vis, nauwelijks genoeg voor twee, laat staan drie. Ze was blij dat Andrés al gegeten had. Ramón had geen honger en hij had dus weer een dubbele portie gekregen.

De twee mannen waren zo beleefd gegeneerd te kijken en begonnen uitvluchten te zoeken door te zeggen dat ze thuis wel zouden eten, dat hun gezin hen verwachtte. Tomás drong er luid op aan dat ze bleven, maar ze herhaalden hun excuus en de fles ging nog een keer rond, tot ze eindelijk, toen het eten bijna klaar was, opstonden om te gaan en zeiden de volgende keer dat ze weer met verlof waren weer langs zouden komen.

Tomás bleef zwijgen toen ze weg waren. Dolores wist instinctmatig dat er gelazer zou komen, ze kon het ruiken in de lucht, alsof het gas was. Haar enige gedachte was dat ze moest zorgen dat Andrés het huis uit was voor het ontplofte.

'Andrés,' zei ze, 'wil je hier wat van naar je oom brengen? Misschien heeft hij nu meer trek.'

Dat was een vergissing.

'Blijf waar je bent,' snauwde Tomás. 'Waarom moeten wij onze rantsoenen delen met die dronken voddenbaal? Er is tóch al zo weinig te eten.'

'Ik heb wat extra in de pan gedaan,' zei Dolores, 'omdat ik dacht dat je vrienden zouden blijven.'

'Bewaar het dan voor morgen,' zei Tomás. 'Mijn vrienden mogen met ons het eten delen. Mijn vrienden vechten voor de republiek. Zet die kom neer, jongen.'

'Nee,' zei Andrés.

Tomás pakte zijn krukken en hees zichzelf overeind.

'Ik zei: zet neer!'

'Doe wat Tomás zegt, Andrés,' zei Dolores zacht.

'Nee!' riep Andrés. 'Waarom zou ik! Híj is mijn vader niet!'

'God zij dank niet!' bulderde Tomás. 'Ik ben misschien kreupel, maar géén fascist, zoals je vader. God vervloeke hem!'

'Tomás!' kwam Dolores tussenbeide.

'Waarom vertel je de jongen de waarheid niet, Lole?'

'Mijn vader wás geen fascist!' protesteerde Andrés. Hij had op school geleerd dat alle fascisten slecht waren.

'Waarom moet je dan doen alsof ik je vader ben? Waarom mag je niet over hem praten? Waarom mag je zijn naam niet noemen? Omdat hij een vijand van de republiek was. Dáárom!'

'Tomás, hou je mond!' Dolores deed de deur open, duwde Andrés de gang in en fluisterde: 'Let maar niet op hem, hij is dronken. Ga nu. Wacht bij je oom. Ik kom je halen. Vlug!'

Ze zei het heel rustig. Als Andrés besefte dat ze bang was, zou hij niet weggaan. Hij kwam net op de krijgslustige leeftijd waarop hij de gigantische Tomás in zijn eentje aangevlogen zou zijn om zijn moeder te verdedigen. Wantrouwend liep hij de trap af, zich een paar keer omdraaiend om naar haar te kijken. Ze glimlachte stralend, wuifde en wachtte tot hij onder aan de trap was voor ze de deur dichtdeed.

'Je hebt het beloofd,' siste ze tegen Tomás. 'Dat was gemeen van je! Hij is te jong om het te begrijpen. Hoe kan ik zulke dingen aan een kind uitleggen?'

'Wat maakt dat voor verschil? Je hebt hem toch goed geleerd hoe hij moet liegen over zijn vader? Ben je bang dat hij je mooie, nieuwe vrienden de waarheid zal vertellen? Maak je geen zorgen, Lole. Hij kan goed liegen, net als zijn moeder.'

Dolores klemde haar kaken op elkaar en zette zijn eten voor hem neer, in de hoop dat het de uitwerking van de goedkope drank zou opnemen. Tomás haalde uit met een enorme knuist en het bord kletterde op de grond. Zonder één woord te zeggen, hurkte ze op handen en voeten neer en begon de slijmerige massa terug te scheppen op het bord, maar Tomás schopte het met zijn rechtervoet uit haar handen, waardoor ze plat voorover viel.

'Ik zou je een pak slaag moeten geven, vrouw! Je jaagt mijn vrienden de deur uit met je ellendige kop! Je vernedert me door hen niet gastvrij te onthalen! Hun vrouwen zitten thuis op hen te wachten! Míjn vrouw is er nooit! Mijn vrouw geeft alleen maar om dat verwende kind, haar klagende broer en haar dode fascistische man! Ze glimlacht tegen die smerige hoer, Marisa' — hij trok een afschuwelijke, gemaakte grijns — 'ze glimlacht tegen haar nieuwe kameraden, maar voor mij of mijn vrienden kan er geen lachje af!'

Hij pakte het broodmes van de tafel en keek hoe scherp het was. Daarna drukte hij het langzaam en met een gruwelijk grimas tegen zijn keel.

'Dát is wat je graag zou willen, hè, mijn kleine Lole? Op een avond thuis te komen en te zien dat ik me eigenhandig van het leven heb beroofd. Daarom tart je me en maak je mijn leven tot een hel, zodat je me tot een wanhoopsdaad kunt drijven. Waarom beledig je me door te doen of je van me houdt? Waarom geef je niet toe dat je me haat?'

Hij liet het mes kletterend op de vloer vallen en begon luid te snikken.

'Stil, Tomás,' zei ze, terwijl ze haar armen om hem heen sloeg. 'Maak je niet van streek. Natúúrlijk haat ik je niet!'

Weer was ze vervuld van spijt en probeerde zich te herinneren hoe hij vroeger was geweest. Zachtaardig, vriendelijk, wijs, waardig en geduldig; de deugden van een sterke man. Ze had

hem om die eigenschappen bewonderd en gerespecteerd, maar ze had nooit van hem gehouden. En dat wist hij.
 En toch haatte ze hem niet; ze kon dat niet. Eerder nog haatte ze zichzelf. Ze had hem meer ellende bezorgd dan zelfs het verlies van zijn been. Niet opzettelijk, maar onontkoombaar. Ze had hem nooit geweigerd, maar haar lichaam verried haar altijd. Haar doen alsof had hem niet voor de gek gehouden en hij had onvermoeibaar geprobeerd haar te behagen, tot ze zijn pogingen was gaan vrezen en al haar spieren zich samentrokken tegen de komende pijn.
 Hij beantwoordde haar omhelzing, huilde als een kind, smeekte haar om vergeving, schold zichzelf uit dat hij een beest was en smeekte haar niet bij hem weg te gaan, terwijl zij hem troostte en vergiffenis schonk, zoals ze altijd deed, waardoor zij zich beter en hij zich ellendiger voelde.
 'Ik probeer van de jongen te houden, Lole,' zei hij. 'Maar ik weet dat hij een hekel aan me heeft, zoals ik een hekel aan zijn vader heb. Voor hem ben ik nog steeds een vreemde en zal dat altijd zijn…'
 Weer gingen haar gedachten terug naar Jack, Jack de verleider, Jack die nog steeds een vreemde was en dat altijd zou zijn. Daarna keek ze naar Tomás, Tomás haar redder, een man van wie het hart een open boek was, een man die van haar hield. En ze hield zich vast aan de duivel die ze kende.

De brief van Edmund was in oktober geschreven, voorafgaand aan zijn vertrek naar Spanje.

Beste Jack,
Ik hoop dat je dit nooit zult lezen, maar het leek me verstandiger om mijn zaken te regelen, in de wetenschap dat de omstandigheden waarop niet is gerekend, altijd gebeuren.
 Ik heb een testament gemaakt en jou als mijn executeur benoemd. Ik weet dat ik me daarmee een vrijheid veroorloof, maar hoop dat je me dat zult vergeven. Ik heb besloten dat het zinloos was mijn beperkte vermogen aan Clara of mijn familie nu te laten, die het niet nodig hebben, dus heb ik alles nagelaten aan iemand voor wie het wél belangrijk zou kunnen zijn, ene Andrés

Montanis, volgens de laatste berichten woonachtig in Toledo, met de opdracht dat je alle redelijkerwijs mogelijke stappen neemt om hem op te sporen, op mijn kosten. Als hij niet te vinden is, laat ik het aan jou over ervoor te zorgen dat mijn nalatenschap naar een of ander fonds voor wezen gaat, het liefst een dat zich niet bezighoudt met de politieke overtuiging van de overleden ouders.

Ik heb natuurlijk ook een brief voor Clara gemaakt en uitgelegd wat ik gedaan heb en waarom. Ik heb jou niet verteld waarom, omdat ik weet dat dat niet nodig is.

Ten slotte, doe het uit liefde, niet uit plichtsgevoel. Ik wil niet dat je je rot voelt over iets wat in het verleden gebeurd kan zijn of dat je vindt dat je me iets verschuldigd bent. Ik vraag je om dit te doen omdat ik je respecteer en je mijn vriend bent. Ik vraag je om dit te doen voor Dolly, niet voor mij.

Voor altijd de jouwe,

Edmund

De notaris had er een tweede brief voor Clara bij ingesloten en bracht het verzoek van Edmund over dat Jack bij haar bleef terwijl ze hem las. De hare was even lang als die van Jack kort was en af en toe werd haar gezicht zachter en vertrok bij het lezen, maar nog steeds huilde ze niet. Toen ze klaar was met lezen, zei ze: 'Als je geld nodig hebt om te doen wat hij vraagt, laat het me dan weten. Je kunt al het geld krijgen dat je wilt. Maar ik wil er niets mee te maken hebben.'

Jack knikte, verdiept in zijn eigen gedachten.

'Dank je,' vervolgde ze stijfjes. 'Voor je hulp van de afgelopen dagen. Maar het gaat nu wel weer, ik ben over het ergste heen. Ik heb om overplaatsing gevraagd en moet daar binnenkort bericht over krijgen. Dan ga ik weg, waar ze me ook maar heen sturen; hoe eerder hoe beter.'

Jack zei niets, zich ervan bewust dat hij tegen dovemansoren zou spreken als hij zei dat ze naar huis moest gaan en een poosje haar gemak ervan moest nemen. Ze vouwde de brief van Edmund op en stopte hem weg.

'Dan neem ik nu afscheid,' vervolgde ze, terwijl ze opstond.

'Je hoeft niet langer op me te passen. Als je het niet erg vindt, ga ik liever het hotel uit. Ik moet even op mezelf zijn.'

Jack pakte haar hand en hield die stevig vast.

'Niet doen, Clara. Sluit me niet buiten. Ik hield ook van hem, weet je. Kunnen we niet wat aardiger tegen elkaar zijn?'

'Ik wil je aardigheid niet,' zei Clara, zonder enige bitterheid.

'En ik wil niet aardig zijn. We zijn geen van beiden aardig van nature en wat heeft het dan voor zin te doen alsof? Dat is ziekelijk en hypocriet. Het is allemaal al erg genoeg, zonder dat we er sentimenteel over doen. Als je geld nodig hebt, laten we dat dan nu regelen. Ik wil er niet nog eens over moeten nadenken.'

'Ik zal geen geld nodig hebben.'

'Ach, barst! Is duizend pond genoeg?'

'Ik heb gezegd dat ik het niet nodig heb, Clara.'

'Zoals je wenst.'

Ze deed de deur open en Jack wilde haar terugroepen, haar tegen zich aan drukken en troosten, maar wat had het voor zin? Hij had haar niets te bieden, behalve de herinnering aan een gemeenschappelijk schuldgevoel. *Ik wil niet dat je je rot voelt over iets wat in het verleden gebeurd kan zijn.* Hij had het dus geweten. Het was een opluchting. Het had hem een ellendig gevoel moeten geven, maar het was een grote troost dat Edmund het slechtste van hem wist en hem toch als vriend beschouwde.

'Ik ben hier als je me nodig hebt,' bracht hij uit, maar haar antwoord was voorspelbaar.

'Ik heb je niet nodig,' zei ze. 'Ik heb niemand nodig.'

Hij hoorde haar de gang uitlopen en ging weer zitten om de brief en de kopie van Edmunds testament te lezen. Zijn nalatenschap was groter dan Jack verwacht had. Toen hij meerderjarig werd, had hij wat geld geërfd en in 1933 een half huis in Kent van zijn grootmoeder van vaderszijde, dat verkocht was en waarvan de opbrengst was belegd. Alles bij elkaar was hij goed voor meer dan tienduizend pond.

De jongen proberen te vinden, zou inderdaad liefdewerk zijn en een karwei waaraan Jack, als geboren pessimist, vrijwillig niet begonnen zou zijn. En nu moest hij het doen, of hij wilde of niet, voor Edmund. Nee, niet voor Edmund. *Ik vraag je om dit te doen voor Dolly, niet voor mij.* Nee, ook niet voor Dolly. Voor zichzelf.

'Dat is toch niet waar, oom?'
'Wat heeft je moeder je verteld, mijn jongen?'
'Dat papa in de strijd is gesneuveld en als held is gestorven. En nu zegt Tomás dat papa een fascist was. Tomás zegt dat ik dáárom zijn naam niet kan gebruiken.'
'En waarom zou jij je er iets van aantrekken wat Tomás zegt? Die vent is gewoon een onwetende botterik.'
'Maar fascisten zijn vijanden van het volk. Fascisten...'
De deur ging open en Dolores kwam buiten adem binnen. Ze keek angstig van Andrés naar Ramón en weer terug. Andrés trok een nors gezicht.
'Andrés,' zei ze, 'Tomás is vandaag erg ziek. Hij meende niet wat hij zei over je vader.'
'Hij zei dat mijn vader een fascist was. Jij hebt me verteld dat hij voor de republiek is gestorven.'
Dolores pakte de handen van haar zoon en sprak heel zacht. 'Denk je dat ik tegen je zou liegen, Andrés? Je vader is heel dapper gestorven, vechtend voor dat waarin hij geloofde. Je vader wás geen fascist.'
'Waarom kan ik het op school dan niet vertellen?' zei hij. 'Ik vind het vréselijk García genoemd te worden en te doen alsof Tomás mijn vader is!'
'Je moeder heeft plechtig beloofd te zullen zwijgen,' kwam Ramón er op verheven toon tussen. 'Je overleden vader was bezig aan een werk van het diepste geheim. Er mag nooit over gesproken worden, ook niet over de wijze waarop hij gestorven is. Je moet je mond erover houden.'
'Waarom?'
'Je vraagt waarom? Een goede soldaat vraagt nooit waarom. Orders moeten zonder vragen gehoorzaamd worden. Je stelt me teleur, jongeman.'
Dolores keek Ramón dankbaar aan.
'Je oom heeft gelijk. Toon dat je een man bent door te doen wat moeilijk is.'
'Dus is het niet waar? Papa wás geen fascist?'

'Je vader is voor zijn land gestorven, Andrés. Beledig zijn herinnering niet door die vraag nog eens te stellen.'

De lip van Andrés trilde opstandig. Plotseling kreeg Dolores een angstig visioen van de toekomst. Als er iets met haar zou gebeuren, als Andrés bij pleegouders terechtkwam of zelfs geëvacueerd werd, hoe lang zou het dan duren voor hij een vriendelijk, luisterend oor zou toevertrouwen dat zijn echte naam Montanis was, zijn vader geheim agent was geweest en hij gewaarschuwd was dat hij nooit iemand iets over hem mocht vertellen en hij moest doen alsof Tomás zijn vader was?

Ze sloeg haar armen om haar zoon.

'Op een dag zul je het begrijpen, Andrés. Maar tot dan moet je dapper zijn en doen wat je gezegd wordt.'

'Maak je geen zorgen,' zei Ramón. 'Ik zal met Andrés praten, van man tot man. Laat ons alleen, Dolores.'

Zijn gezicht had een blos. Hij sprak op hoogdravende toon en hij was in een van zijn breedsprakige buien waarin hij zijn mond voorbijpraatte. Dolores keek hem waarschuwend aan, wat alleen maar een irritante, mysterieuze glimlach tot gevolg had. Het was bijna alsof hij van haar ongerustheid genoot.

'Een andere keer,' zei ze. 'Kom, Andrés, we moeten nu naar huis.'

'Nee!' zei Andrés. 'Ik wil hier blijven. Ik háát Tomás. Ik ga niet terug daarheen.'

'Je doet wat ík zeg!' riep Dolores, terwijl ze hem bij zijn arm greep en een paar tikken voor zijn billen gaf. 'Je vader zou zich voor je schamen als hij je nu kon zien!'

En voor mij, dacht ze triest, terwijl ze hem voor zich uit naar huis duwde. En voor mij.

Josep had gedacht dat hij gewend was aan de dood. Maar toen hij de met rook gevulde schuilkelder uitstrompelde, die vol zat met proestende mensen, met een vaag idee dat hij de gewonden moest verzorgen en de stervenden geestelijke bijstand moest verlenen, zag hij dat hij helemaal niets van de dood wist.

De luchtaanval op Fontenar, al die maanden geleden, had hem verbijsterd omdat het zo'n nietsontziende slachtpartij was geweest. Deze aanblik was honderd keer erger dan Fontenar en duizend keer zo erg dan het uitgebrande huis van zijn vader. Hele straten waren met de grond gelijkgemaakt, andere stonden in lichterlaaie en overal lagen lichamen, gebroken en zonder ledematen. Niet de sterke jongemannen van wie het lot altijd was geweest om te vechten en te sterven. Niet langer met hen tevreden, had de oorlog nu hun huizen en families bezocht, als om de bijenkorf te vernietigen die hen eens had voortgebracht.

Het was weer heel stil. Hij kon het zachte gejammer horen van mensen die vastzaten onder het puin en mannen waren al bezig emmers water door te geven om de branden te blussen. Josep wist niet waar hij moest beginnen. Hij maakte een gat in een berg neergestort puin en kroop erin. Ergens daarbinnen hoorde hij een baby huilen. Toen voelde hij iemand aan de pijp van zijn broek sjorren en hem achteruit trekken.

'Dat wordt hun dood,' zei hij. 'En die van jou. Het stort in. We hebben steunbalken nodig, touwen, scheppen.'

De man begon rustig orders te geven. De mensen kwamen verdoofd uit de schuilkelders te voorschijn, hoestend en verblind door de rook. Toen ontdekten ze dat de vertrouwde huizen verdwenen waren en er overal onherkenbare lijken lagen in de straten van hun keurige stadje. Algauw was iedereen die daartoe in staat was bezig puin te ruimen, emmers door te geven en gewonden naar een veilige plek te dragen. Josep hielp een vrouw optillen van wie de keel was opengereten en zag een kind waarvan de arm er nog aan één spiertje bijhing. Hij lette niet op de doden. Het ritueel van postume absolutie was ineens ontzettend onbelangrijk, het bracht God terug tot een kleinzielige ambtenaar die bezeten was van spirituele administratie. God zou zónder zijn hulp ook wel voor de doden zorgen. Hij moest doen wat hij kon voor de lévenden.

En terwijl hij aan het werk was, vroeg hij zich voortdurend af: waarom? Waarom dit vredige marktstadje, zonder enige strategische waarde? Er bevonden zich daar een brug en een wapenfabriek. Maar de rivier was zó ondiep en smal dat de brug geen enkele strategische waarde had. En de wapenfabriek was nauwelijks groot genoeg om zo'n vernietigende aanval te rechtvaardigen. Nee, het moest zijn om de Basken zo de schrik op het lijf te jagen dat ze zich overgaven. Welke andere reden kon er zijn?

Sommige van de slachtoffers waren doorzeefd met machinegeweerkogels, afgeslacht terwijl ze haastig dekking zochten voor laag vliegende vliegtuigen. Er waren geen brancards, geen eerste-hulpposten, geen veldambulances, de hele vertrouwde infrastructuur van het slagveld ontbrak. Josep tilde in zijn eentje lichamen op en droeg ze naar de privé-voertuigen die al bezig waren de gewonden naar het overvolle ziekenhuis te brengen. Hij probeerde hard te zijn en degenen te negeren die niet meer geholpen konden worden, van wie de verwondingen zo vreselijk waren dat ze ter plaatse zouden moeten sterven. Maar toen kwam hij bij een lijk dat hij herkende.

Hij had die kostbare minuut niet moeten verspillen, een halve minuut die misschien had kunnen helpen een leven te redden. Maar hij deed het toch en gaf de laatste zegen, niet in staat door te lopen. Het was de jonge vrouw met de waterkan. Al rennend was ze gevallen, met haar kind in haar armen, een kind dat nooit meer zou huilen. Haar jurk was doordrenkt met helderrode vlekken en een van haar benen had geen voet meer. Haar hoofddoek was losgegaan en haar lange haar lag los op haar schouders, alsof ze sliep. Haar gezicht was ongeschonden, haar ogen waren open en verschrikt, alsof ze midden in een vreselijke droom wakker was geworden.

Zonder schuldig te zijn, zonder het te weten, had dit meisje vijanden gemaakt, vijanden die ze nooit kwaad had gedaan, vijanden die haar toch hadden willen vernietigen, samen met haar kind en de kinderen die ze zou hebben gekregen. En het was hun gelukt, triomfantelijk hadden ze haar uitgeknepen als een kaars, haar uitgeknepen zoals Dolores...

Josep had zich nooit een voorstelling willen maken van de dood van zijn zuster, omdat hij de woede vreesde die zijn geest zou verteren; hij had zichzelf nooit toegestaan om haar te treuren, omdat hij de vernietigende kracht van verdriet kende. De liefde van een priester moest verdund worden, verdeeld worden onder velen, gemeden worden in zijn meest intense, bevredigende vorm, de vorm die het vermogen geeft om te haten, de primitieve behoefte tot wraak...

Even was hij als het ware verlamd, overweldigd door intense, persoonlijke pijn en door verdriet. Maar toen hoorde hij twee geluiden tegelijk. Een was het zielige gejammer van twee kleine kinderen, die hand in hand verdwaasd rondliepen, op zoek naar hun moeder. Het andere kwam van boven. Josep keek omhoog en zag drie vliegtuigen naast elkaar vliegen, die als adelaars naar beneden doken. De lucht erachter was donker van de toestellen die volgden.

Hij wierp zich boven op de kinderen, net toen een regen van kogels uit de hemel neerdaalde en lag daar, hulpeloos. Het was nog niet voorbij. Het was nog maar net begonnen.

'Clara, kind, het spijt me zo vreselijk!'

Dokter Peabody pakte de hand van zijn vriendin en hield hem stevig vast. Hij zou haar nauwelijks herkend hebben als de toegewijde verpleegster die zo'n indruk had gemaakt bij het Hulp voor Spanje-comité, die eens de ruggegraat was geweest van het team in Granazán. Ze zat als een afgedankte pop, met afhangende schouders, haar knieën tegen elkaar aan en haar enkels uit elkaar. Haar hoofd was gebogen en haar ogen stonden wijdopen, starend in het niets. Alles aan haar was wanhoop. Hij herinnerde zich de brief van haar verloofde, waarin hij hem smeekte haar over te plaatsen en wenste te laat dat hij haar in plaats daarvan naar huis had gestuurd.

Clara is niet zo sterk als ze eruitziet, had Edmund geschreven, *ze was ernstig depressief na het verlies van onze baby vorig jaar, hetgeen zijn tol heeft geëist van haar gezondheid, en hoewel het naar Spanje gaan haar weer een doel heeft gegeven, begint ze onder de spanning te lijden. Maar ze weigert absoluut haar post te verlaten en ik ben bang dat ze zichzelf een vreselijke mislukkeling zal vinden als u haar naar huis stuurt. Ik zou u eeuwig dankbaar zijn als u haar ergens heen zou kunnen overplaatsen waar minder eisen aan haar worden gesteld en mij daar ook zou willen plaatsen, zodat ik haar wat tot steun kan zijn...*

En nu was die steun weg.

'Ik vraag u niet om een speciale behandeling,' zei Clara toonloos. 'Alleen dat u me snel weer ergens aanstelt.'
'Je had het ziekenhuis niet uit moeten gaan, Clara. Als verpleegster had je beter moeten weten.'
'Ik voel me prima.' Ze stond met een ruk op, alsof ze door een onzichtbaar touwtje omhoog werd getrokken. 'Ik weet dat er patiënten op u wachten en wil u niet ophouden. Ik...'
'Ga zitten, Clara, alsjeblieft. In jouw toestand kán ik je gewoon geen aanstelling geven. Het zou volslagen onverantwoordelijk zijn. Je bent niet in staat om te werken, en daarmee uit.'
Ze schudde heftig haar hoofd.
'Ik móet werken en wil dat mijn hersens volledig in beslag worden genomen. Ik wil het zó druk hebben dat ik geen tijd heb om na te denken, ik wil...'
'Clara, je moet jezelf toestaan om verdriet te hebben. Dat is de enige manier om over zoiets heen te komen. Als je doorploetert, doe je schade aan je lichamelijke en geestelijke toestand. Werk is een pijnstiller, geen geneesmiddel.'
'Werk is het enige dat ik heb. Dat is alles wat er nog over is.'
'Werk alsjeblieft mee, Clara. Vergeet het werk en denk aan je carrière. Je bent een goede verpleegster en ik wil je niet kwijtraken.'
'U bedoelt dat u probeert om dit als excuus te gebruiken om me te lozen. U bedoelt...'
'Luister naar me, Clara, niet alleen als arts, maar als kameraad die je respecteert en zich dat aantrekt wat er met je gebeurt. Lichamelijk en emotioneel sta je op het punt in te storten. Je hebt net een miskraam gehad, je hebt bloedarmoede en een shock. En daarbij komt nog dat je Edmund net hebt verloren en jezelf de schuld geeft van zijn dood. Je zou nog in het ziekenhuis moeten liggen. En ik stá erop dat je de nacht op de ziekenzaal doorbrengt.'
Clara stond met fonkelende ogen op, van plan zijn spreekkamer uit te marcheren. Misschien was dit wat ze uiteindelijk had gewild. Dit was geen sympathie. Hij deed alleen maar zijn werk. Dan was het niet erg. Hij deed alleen maar zijn werk.
'Ik ga over een paar dagen naar huis,' vervolgde Peabody onverstoorbaar. 'Ik stel voor dat je met me meegaat.'

'Maar ik...'

'Ik zou graag willen dat professor Elliott je eens onderzoekt.'

De vriendelijke professor Elliott had naam gemaakt door het behandelen van soldaten van wie de zenuwen overspannen waren geraakt door het granaatvuur tijdens de Eerste Wereldoorlog en sindsdien had zijn werk zich uitgebreid over een breed gebied van psychologische ziekten. Hij had met succes twee door Aragon veroorzaakte zenuwinzinkingen behandeld, die, naar men zei, nu weer zo goed als genezen op de ziekenzaal aan het werk waren.

'Professor Elliott? U bedoelt dat u denkt dat ik op instorten sta?'

'Ik bedoel dat ik niet geloof dat je hier zonder hulp overheen komt.'

'Ik wil geen hulp en geen sympathie. Ik heb Edmund gedood en mijn baby ook. Daar is nooit meer iets aan te veranderen. Ik wil niet dat er verontschuldigingen voor me worden gezocht en weiger over mijn persoonlijke zaken te zeuren tegen een of ander medisch equivalent van een priester.'

Peabody haalde diep adem. Hij moest Elliott maar een telegram sturen en een onmiddellijke opname regelen. Ze was niet ver van zelfmoord af.

'Clara, vergeet niet dat je verpleegster bent. En een verpleegster kan niet functioneren in een toestand van nerveuze uitputting. Je zou toch niet willen dat een patiënt doodging omdat jij tijdens het werk in elkaar was gestort, wel?'

Ze kromp ineen en keek hem geschrokken aan, snel met haar ogen knipperend.

'Wat bedoelt u?' vroeg ze scherp. 'Waar probeert u me precies van te beschuldigen?'

'Ik probeer je nergens van te beschuldigen, behalve van verwaarlozing van jezelf. Vertrouw me, Clara. Ik heb eerder mensen in deze toestand gezien, mensen die veel geleden hebben, maar veel minder dan jij. Het is absoluut niet als kritiek op jou bedoeld. Wij hebben je hierheen gebracht en nu is het ónze plicht voor je te zorgen.'

Even gaf ze geen antwoord; haar mond ging geluidloos open en dicht in een poging de juiste woorden te vinden.

'Dus... als ik ermee instem naar Elliott te gaan, belooft u me dat ik terug mag komen?' Ze had nu een kleur gekregen en praatte snel en nerveus. 'Ik moet terugkomen. Edmund is hier. O God...'

Dokter Peabody gaf haar een klopje op haar hand en feliciteerde zichzelf dat ze zich zo snel gewonnen had gegeven. Ze zou natuurlijk niet willen terugkomen, en waarom zou ze, maar dat zou ze pas toegeven als ze weer beter was.

Clara slikte gehoorzaam pillen door en liet zich in bed stoppen. Ze bloedde nog steeds behoorlijk, maar scheen niets te merken van haar doorweekte ondergoed, van de donkere vlek in haar rok. Het enige deel van haar dat kon huilen, had de tranen in stilte geplengd.

Jack had er een aantal dagen voor nodig om genoeg energie en moed te verzamelen. Hij had zichzelf er zó grondig van overtuigd dat Rosa dood moest zijn en Dolly's kind met haar, dat er een enorme wilsinspanning voor nodig was die sombere vooronderstelling van zich af te schudden en aan het werk te gaan.

Zijn mislukte poging om haar te redden, net vóór de fascistische aanval op Toledo, had in elk geval bevestigd dat ze zo verstandig was geweest te vluchten. Dat was een begin. Na het ontzet van het Alcázar had de gebruikelijke vergelding plaatsgevonden waarmee alle fascistische overwinningen gepaard gingen. Men zei dat de straten rood waren geweest van het bloed; zelfs de gewonden in het plaatselijke ziekenhuis waren afgeslacht, samen met de artsen en verpleegsters. Zelfs rekening houdend met geruchten was het ongetwijfeld zo dat de stad systematisch gezuiverd moest worden van alle bekende of veronderstelde 'rooien', hun familie incluis.

Dit wetend, was Rosa zo verstandig geweest geen risico te nemen.

Duitse piloten oefenden graag door op vluchtende burgers te schieten en de mogelijkheid bestond altijd nog dat dit vreselijke lot haar had getroffen, maar het was even waarschijnlijk dat ze in de verwarring gewoon zijn kaartje was kwijtgeraakt. Misschien was ze op dat moment wel in Madrid. Ze zei dat haar broer naar Madrid was gegaan en misschien was ze wel naar hem toegegaan. Het leek zeker de meest waarschijnlijke plaats om de speurtocht naar een naald in een hooiberg te beginnen.

Rosa zou het kind waarschijnlijk wel op school hebben gedaan, vermoedelijk als Andrés García. Niet dat Jack van plan was met naam en toenaam naar hem te vragen. Hij zou een voorwendsel moeten hebben voor zijn speurtocht; een legaat van tienduizend pond voor de zesjarige zoon van een anarchist zou een beetje verdacht kunnen klinken en de aandacht kunnen trekken van de steeds onheilspellender en machtiger wordende officiële instanties, de nieuwe elite die de stad in handen had sinds de regering was uitgeweken naar Valencia. De vriendelijke minister van propaganda die Jack in Toledo had ontmoet, was allang uit zijn ambt ontzet en vervangen door een communist van de harde lijn. De bureaucratie was nu ijzingwekkend efficiënt en de komt-u-toch-binnen vriendelijkheid van 'adviseurs' zoals Gregory hield Jack geen moment voor de gek. Hij kon het risico niet lopen iemand in vertrouwen te nemen.

Hij zou zeggen dat hij een artikel schreef over het nieuwe, progressieve onderwijssysteem dat in de plaats was gekomen van de religieuze hersenspoelerij van vroeger. Hij zou Gregory om wat introducties vragen en zeggen vooral in het lager onderwijs te zijn geïnteresseerd. Op die manier kon hij in de klassen komen. Hij zou het kind meteen weer herkennen. Dolly's mond, haar haren en vooral haar ogen. Een verloren kind, dat een veel groter verlies vertegenwoordigde, het verlies van alles wat het zijne had kunnen zijn, wat van Edmund had kunnen zijn.

De verloren kinderen van Edmund waren buiten bereik, voor altijd verdwenen. Des te meer reden om het kind te vinden. De enorme onmogelijkheid van de taak was een ingebouwde prikkel. Hij had nooit eerder een ambitie gehad die niet berekend was, bereikbaar, die niet achteraf te gemakkelijk had geleken, alsof hij de zaak bedroog. Hij was nooit bang geweest om te falen, omdat hij erop vertrouwde dat hij het wel zo zou weten te draaien dat het een succes leek. Maar deze keer kon hij niet doen alsof, zelfs niet alsof hij had willen falen; hij kon niet beweren dat het hem koud liet en kon geen bijgelovige vloek uitspreken, zoals hij over zijn roman had gedaan. Het was voor het eerst in jaren dat hij iets écht had gewild; voor het eerst in jaren dat hij bereid was geweest een risico te nemen.

Edmund was nooit bang geweest om te willen, te voelen, te falen. Misschien was dat zijn verborgen nalatenschap. Willen was een begin. Voelen zou volgen. En falen zou maar al te gemakkelijk zijn. Het was moeilijk om niet bang te zijn.

De mensen vluchtten in horden uit Guernica, bang dat de vliegtuigen weer terug zouden komen. De chaos was onbeschrijflijk; hoestend en proestend kwamen mensen uit de schuilkelders te voorschijn omdat ze liever hun kans in de open lucht waagden dan het gevaar te lopen te stikken. Josep stond op, onder het stof, en zag dat zowel hij als de twee kinderen ongedeerd waren. Overal waar hij keek, lag de stad in puin. Het zou nu toch zeker wel voorbij zijn?

Het kleine meisje was ongeveer acht en de jongen vier of vijf. Ze waren té verbijsterd om te huilen en staarden hem met nietsziende ogen aan. Josep keek om zich heen of hij een vrouw zag aan wie hij hen kon toevertrouwen, zodat hij verder kon gaan met hulp verlenen, maar er heersten zó'n chaos, paniek en verbijstering dat hij geen andere keus had dan ze zelf onder zijn hoede te nemen. Moest hij hen naar een schuilkelder brengen, voor het geval er weer een aanval kwam? Of moest hij hen buiten de stad brengen, meegaan met de algemene uittocht naar de veiligheid van de nabijgelegen schuilkelders?

Hij tilde de jongen op zijn schouders en nam het meisje bij de hand.

'Ik wil naar huis,' snikte ze. 'Ik wil mijn mama.'

'Ik breng je straks naar huis,' zei Josep. 'Straks gaan we je mama zoeken. Nu moeten we uit Guernica weg.'

'Mijn mama is in Mundaka,' zei het kind. 'Wij komen uit Mundaka. We zijn met mijn oom meegekomen, voor de markt.'

'Dan moeten we je oom zoeken,' zei Josep, die een straaltje hoop zag. Mundaka was een klein plaatsje aan de kust, niet ver weg.

Toen Josep het over haar oom had, schudde het meisje heftig het hoofd en begon te huilen. Ze klemde zich stevig aan Josep vast. 'Ik wil mijn mama,' herhaalde ze, aan zijn arm trekkend.

513

En daarna maakte ze zich los en begon vooruit te hollen, hem de weg wijzend naar huis, zodat hij achter haar aan zou komen.

Ze hadden een half uur gelopen toen ze de vliegtuigen weer hoorden. Omdat hij niet wist welke kant ze uit zouden gaan, ging hij weer op de kinderen liggen tot het gevaar voorbij was. Zelfs op die afstand waren de explosies oorverdovend. De trillingen gingen door Joseps lichaam heen als een soort imitatie van het vreselijke kloppen in zijn gewonde been. De paar minuten die hij niet had hoeven lopen, waren genoeg geweest om het helemaal stijf te maken. Toen hij probeerde weer overeind te komen, kon hij nauwelijks staan.

'Je moet een poosje zelf lopen,' zei hij tegen de jongen. 'Ik kan je niet meer dragen.'

Ze waren dicht bij de rivier gebleven, onder de dekking van de bomen langs de oever. Josep knielde neer en schepte wat water in zijn handen. Hij nam een paar slokken en bad de kracht te mogen hebben nog tot de monding door te lopen, waar vast mensen zouden wonen. Hij plensde wat water op zijn brandende, gewonde been en zag de rode bloedvlek.

'Kijk,' zei het meisje en wees. Het was het antwoord op zijn gebed. Het was een boot.

Marisa schopte haar schoenen uit en ging op het bed van Jack liggen. Ze keek uit naar die korte perioden van rust, vooral nu ze zo hard werkte. Ramón hield vol dat de oorlog binnenkort voorbij zou zijn, waardoor ze vastbesloten was er geen minuut van te verspillen, maar de laatste tijd voelde ze zich nogal moe.

Ze voelde dat haar ogen dichtvielen en kwam op haar ellebogen overeind. Zoals gewoonlijk lette hij niet op haar en zat driftig te typen.

'Kom met me praten,' pruilde ze.

'Jij bent degene die praat, ik niet. Toe maar. Ik luister.'

Hij hield op met typen en kwam naast haar zitten. Afwezig streelde ze op een onschuldige manier over zijn dijbeen.

'Waarom wil je niet met me naar bed?'

'Omdat ik liever je vriend ben. Hoe is het met je *novio*?'

Ze haalde knorrig haar schouders op.

'De pillen die je me hebt gegeven, hebben niet geholpen. Binnenkort ben ik alleen.' En vervolgens overviel ze hem met: 'Zorg jij voor me als hij er niet meer is? Ik zou hier kunnen blijven, bij jou in het hotel en net zoveel praten als je wilt. Ik zou je geen geld vragen. Als ik niet werk, slaap ik. Je zou geen last van me hebben.'

Jack voelde zich op een vreemde manier geroerd. Hij deed zijn mond open om aardig, tactvol en ontwijkend te zijn, maar zei slechts: 'Nee, Marisa.'

'Waarom niet? Je hebt gezegd dat je me aardig vond.'

'Ik leef liever alleen. Misschien iemand anders...'

Ze schudde boos het hoofd, alsof hij haar had beledigd. Jack wist niet wat hij verder moest zeggen. Hoe kon hij 'voor haar zorgen'? Ze was trouwens heel goed in staat voor zichzelf te zorgen. Of niet? Gregory had hem eens vergast op een misselijkmakend verslag van een sessie met haar waarvan hij alleen maar kon hopen dat het uit zijn ziekelijke verbeelding was voortgekomen. Het had hem het gevoel gegeven verantwoordelijk voor haar te zijn en hij was bang geweest wat haar zou kunnen overkomen. En nu had ze om hulp gevraagd en hij had geweigerd. Zoals altijd was hij teruggedeinsd voor persoonlijke betrokkenheid en wilde hij alleen maar toeschouwer zijn. Eens had hij haar gezelschap ontspannend gevonden en nu bleek het het omgekeerde te zijn. Hij liet zichzelf bij haar trieste, naargeestige, drukke leventje betrekken, een leven dat hem helemaal niet zou moeten interesseren, behalve als studieobject. Haar koppige vermogen om te overleven, en dat heel goed te doen ook, was een blijk van de evolutionaire meedogenloosheid van de oorlog, van de manier waarop die de vette, zachte, weke menselijke trekken deed afsterven, die het moesten hebben van vrede en overvloed. Het was dat vermogen dat hem had gefascineerd, hem had verleid over haar te schrijven, hem gedwongen had om haar te geven. Op zijn gebruikelijke, gevoelloze, afstandelijke manier had hij haar in een stuk voor *Rag* kunnen verwerken, maar door haar tot een figuur in zijn roman te maken, was ze echt geworden.

'Ik zal een onderkomen voor je zoeken,' zei hij, omdat hij haar gerust wilde stellen. 'En je kunt mij om hulp vragen als je moeilijkheden hebt. In ruil daarvoor... wil ik dat je voorzichtiger bent.'

515

Ze keek hem vreemd aan, alsof ze dat niet begreep.
'Wat ik bedoel, is, dat je niets gevaarlijks moet doen of je door iemand pijn moet laten doen voor geld.'
De blik ging over in een spottende lach. Ze haalde haar poederdoos te voorschijn en trok een gezicht tegen zichzelf, terwijl ze poeder opdeed en een dikke, rode smeer lippenstift, waardoor ze ineens veranderde van een angstig kind in een harde hoer. Vervolgens keek ze op zijn horloge, pakte een halflege fles whisky en wat sigaretten en stopte die in haar grote tas.
'Ik moet nu weg,' zei ze kortaf. 'Kun jij een paar zijden kousen voor me regelen?' Jack grijnsde, want hij was vergeven.
'Hoepel op, hebberig klein kreng,' zei hij. 'Ik moet werken.'
Hij ging tot middernacht door met schrijven en kon vervolgens niet slapen, omdat hij nadacht over zijn plannen voor de volgende dag, waarop hij een afspraak had op het ministerie van Onderwijs. Gregory had een gesprek geregeld met de betreffende ambtenaar, die hem ongetwijfeld grondig zou ondervragen. Het was niet opgevallen dat hij al zes maanden zweeg als journalist; Martindale had geen ruchtbaarheid gegeven aan zijn ontslag en was ertoe overgegaan tweederangs, voorspelbaar materiaal te publiceren, waarvan Jack het prima vond dat het doorging voor het zijne, omdat er verder geen schrijver werd vermeld. De belangstelling voor de oorlog was de laatste tijd nogal tanende en veel correspondenten waren op zoek gegaan naar gebeurtenissen die meer nieuws opleverden. De zware gevechten bij Guadalajara en het voortdurende bombardement op Madrid hadden thuis slechts geringe belangstelling gewekt en er zou een opzienbarende, nieuwe ontwikkeling voor nodig zijn om de lezers te laten opschrikken uit hun gewone apathie. Hij was blij dat niet langer te hoeven doen.
Marisa had weer al zijn whisky meegenomen. Hij moest zorgen ergens nog wat vandaan te halen als hij nog een oog wilde dichtdoen, want het was hem tegenwoordig bijna onmogelijk zijn gedachten tot rust te brengen zonder een paar borrels te hebben gedronken. Hij ging naar beneden naar de bar, met de bedoeling een fles mee naar boven te nemen, naar zijn kamer. Terwijl hij op zijn beurt wachtte, zag hij Laszlo, de Hongaarse

fotograaf, die hij een paar weken niet had gezien en kreeg zin om een praatje te maken.

Laszlo zei met een somber gezicht dat hij wel wat wilde drinken. En zonder tijd te verspillen aan de normale begroeting, begon hij aan een stroom van zelfverwijten omdat hij een of andere foto had gemist. Hij maakte een lichtelijk beschonken indruk, hoewel hij meestal van nature zo opgewonden was dat het moeilijk te zeggen was of hij had gedronken of niet. Jack wist niet zeker waarover hij het had, maar aangezien hij de neiging had in twee of drie talen tegelijk te spreken, was dat op zich niet ongewoon.

'Ik niet daar!' raasde hij. 'Twee dagen geleden ik in Frankrijk! Ik boot nemen naar overkant als ik wist wat gebeurde! Beste foto's van verdomde rotoorlog en ik heb niet. Ik hier in klere Madrid!'

Jack knikte vol medeleven, nieuwsgierig nu. Hij had de hele dag zonder ophouden aan het boek zitten werken, omdat hij wist de komende weken niet veel tijd te hebben om te schrijven. Hij was er zozeer in opgegaan dat hij niet was gestopt om te eten en pas toen Marisa kwam, had hij zich gerealiseerd hoe laat het was. Plotseling voelde hij zich als Rip Van Winkle, en toch weerhield de oude, ingebakken angst om een flater te slaan hem ervan om toe te geven dat hij van niets wist. Gelukkig was het niet nodig Laszlo vragen te stellen.

'Platgebombardeerd,' vervolgde hij, zijn vuist schuddend. 'Drie, vier uur bommen. Wat een foto's! De fascisten zeggen dat zij niet gedaan hebben. Basken stad zelf aangestoken! En ik geen foto's van Duitse Junkers. Schoften! Weet je waarom ze dit doen, beste vriend? Ik vertel jou. Ze oefenen! Hoeveel Guernica's in Spanje, in Frankrijk, in Engeland? Ze oefenen! Republiek moet nu Duitsland oorlog verklaren! Engeland, Frankrijk moeten Duitsland oorlog verklaren! Fascistische leugens! Geen foto's, geen bewijs!'

Het nieuws was zó ongelofelijk dat Jack dacht dat er sprake moest zijn van enige overdrijving. Drieëneenhalf uur lang was het kleine Baskische stadje Guernica, met minder dan tienduizend inwoners, bijna voortdurend gebombardeerd door Duitse vliegtuigen. Honderden burgers waren omgekomen, verpletterd

517

onder tonnen puin, levend verbrand door brandbommen, gestikt door de rook in de schuilkelders, vanuit de lucht neergeknald met machinegeweren terwijl ze renden voor hun leven; de vernietiging en de slachtoffers stonden in geen enkele verhouding tot mogelijk militair gewin. De algemene opinie was dat het was gedaan om Bilbao zó de schrik op het lijf te jagen dat het zich zonder slag of stoot zou overgeven, waardoor de waardevolle industrie intact zou blijven. Maar er was al een nationalistisch communiqué uitgegeven waarin vierkant werd ontkend dat de luchtaanval ooit had plaatsgehad. Het stadje was vernietigd als onderdeel van de Baskische politiek van de verschroeide aarde, door de Basken zelf...

Iedereen was het erover eens dat het schitterend was voor de propaganda. De publieke opinie zou nu vierkant achter de republiek staan. Zo'n slachtpartij kon onmogelijk getolereerd worden...

Oefenen. Zou Duitsland de nationalistische zaak openlijk in diskrediet brengen door alleen maar te 'oefenen'? Het heftige ontkennen van het fascistische hoofdkwartier had zijn eigen verhaal. Waarschijnlijk had niemand de moeite genomen Franco's toestemming te vragen. Het kon Hitler niet veel schelen wie die kleine oorlog won, als hij de grote maar won. En oefening baarde kunst.

'Alstublieft, pater. Red mijn kinderen.'

'Ik ben geen zeeman,' herhaalde Josep. 'Ik weet niets van de zee. Uw kinderen zouden kunnen verdrinken.'

'Mijn kinderen zullen zeker doodgaan als ze hier blijven,' zei de vrouw bitter. 'Er is nu geen hoop meer voor ons, niet na vandaag. Deze,' ze klopte op haar bolle buik, 'heeft geen andere keus dan mijn lot te delen. Maar Joachim en Inéz hebben een kans, als u hen helpt. U hebt het leven van mijn kinderen toch niet gered om hen ter dood te veroordelen?'

Ze begon weer te huilen. Ze was nu al twee uur lang bezig Josep genadeloos te bewerken. Zijn opluchting toen hij de moeder had opgespoord en hen veilig bij haar had afgeleverd, was van korte duur geweest.

'Eerst mijn man,' huilde ze, haar refrein hervattend, 'door een fascistische kogel, en toen mijn arme broer door een Duitse bom. En nu mijn kinderen ook nog. In Frankrijk zouden ze veilig zijn. Ze zouden onder Basken zijn. U zegt dat ik hen naar Bilbao moet sturen! Daar zullen ze onder de voet worden gelopen door degenen die er al zijn. Er staan duizenden en duizenden kinderen bij de kade te wachten. En zelfs nu vallen de bommen daar naar beneden! Ik zou liever hebben dat ze op zee stierven dan door een bom! Ik zou u dit niet vragen, pater, en hen zelf brengen als ik niet zwanger was geweest. Kijkt u eens naar me! Hoe kan ik een boot roeien? Denkt u dat ik u zou bidden en smeken als ik het zelf kon doen? Alstublieft, pater.'

Josep was moe, vreselijk moe, te moe om te denken. Waarom liet deze vrouw hem niet met rust? Hij wilde alleen maar slaap en vergetelheid.

'Het is al laat,' zei Josep. 'Ik zal u morgen mijn antwoord geven. Ik...' Hij wankelde duizelig op zijn benen. Zijn wond had erg gebloed, waardoor hij nog lichter in zijn hoofd was geworden en hij niet meer kon praten van vermoeidheid.

De vrouw schaamde zich een beetje en maakte een bed voor hem op in de keuken. Het was een eenvoudig vissershuisje, een paar meter van het strand, waar de boot van haar overleden man, haar enige bezit, lag vastgemeerd. Al haar hoop was op die boot gevestigd. Ze had Josep meteen laten zien hoe zeewaardig hij was en had hem ervan willen overtuigen dat hij veel beter was dan de geleende boot waarmee hij naar Mundaka was gekomen.

Uitgeput ging hij op het geïmproviseerde bed liggen en probeerde te slapen. Het was stil, maar hij kon nog steeds het geschreeuw horen, het was donker, maar hij kon nog steeds de verminkte lichamen zien. Niets van wat hij op het slagveld had meegemaakt, had hem voorbereid op de verschrikkingen van die dag. Was dit hoe de oorlog van nu af aan zou verlopen? Zou het morgen weer gebeuren en de dag daarop en de dag dáárop? En zelfs als er een overgave kwam, wat zou er dan gebeuren? De man van deze arme vrouw was een vurig Baskisch nationalist geweest en ze zou ongetwijfeld de prijs voor zijn overtuiging moeten betalen. Hele families werden door de fascisten achter elkaar uitgemoord, als onderdeel van het achterhoedegevecht. Haar angst voor de kinderen was zeker niet ongegrond.

Hij probeerde zijn kansen realistisch af te wegen. De blokkade voor de Baskische kust was niet erg effectief door de aanwezigheid van bevriende buitenlandse schepen en de meeste aandacht was op Bilbao gericht. Als hij 's nachts buiten de vijf-mijlgrens zou weten te komen, zou hij misschien niet worden opgemerkt. Het werkelijke gevaar zat niet in de fascistische schepen, maar in het weer en de rotsen. Hij zou geen wijs hebben kunnen worden uit een zeekaart, al zou hij er een gehad hebben. Vissers gebruikten geen kaarten...

Hij werd gewekt door het ontploffen van granaten en de vijand kwam langzaam maar zeker dichterbij. De kinderen waren aangekleed en wachtten op hem en er was al een tas met eten en drinken klaargemaakt. De kleine jongen huilde een beetje, omdat hij voelde hoe verdrietig zijn moeder was. Josep keek naar hem en wist dat hij hen niet in de steek kon laten. Het was nu belangrijker levens te redden in plaats van alleen maar zielen.

'Huil maar niet meer, Joachim,' zei Josep, terwijl hij hem in zijn armen tilde. 'We gaan vissen.'

'Ons leerlingenaantal loopt natuurlijk dagelijks terug,' zei de vrouw met het scherpe gezicht. 'Er zijn veel kinderen naar Valencia gestuurd of naar het platteland. Hun onderwijzers ook. Deze school gaat binnenkort sluiten.'

Jack voelde een golf van wanhoop. Dit was zijn tiende school die dag. Hij had zes uur lang vriendelijk zitten kijken naar rijen kinderen die allemaal op elkaar leken, met gemaakte belangstelling naar lesprogramma's geluisterd, onbenullige gesprekken gevoerd met achterdochtige onderwijzers die ongetwijfeld dachten dat hij een of ander onderzoek instelde. Een aantal van hen had gedacht dat hij een Rus was.

Zoals te verwachten, waren er talloze kinderen die García heetten. Hij zou dit nog een hele maand kunnen doen zonder iets te bereiken. En dan? Hetzelfde weer in Valencia? Een tocht langs elk dorp in republikeins Spanje? Wat was een grotere tijdverspilling, zijn boek schrijven of het kind zoeken? Wat nutteloosheid betreft, maakte het niet zoveel verschil, hetgeen alleen maar bewees dat hij niets beter te doen had. Uiteindelijk was nutteloosheid aan de orde van de dag. Nutteloosheid was de essentie van de oorlog.

Als ze hier was, zou Rosa waarschijnlijk wel werk hebben gevonden en dus had het de moeite waard geleken de CNT te benaderen, de anarchistische vakbond, waarbij hij zich uitgaf voor een bewonderaar die het contact was kwijtgeraakt. Dat was op niets uitgelopen. Ze hielden geen gegevens over hun leden bij, omdat elk soort bureaucratie indruiste tegen de geest van het anarchisme. Nadat Jack een aantal fabrieken en andere voor de hand liggende werkplaatsen had bezocht, had hij die manier opgegeven om iets te weten te komen. Zelfs als iemand iets van haar had geweten, zouden ze dat toch niet tegen een vreemde hebben gezegd. Overal heerste wantrouwen; als je toegaf dat je iets wist of iemand kende, zou je jezelf verdacht kunnen maken.

Toen hij terugkwam in het hotel, vond hij een briefje van Clara, in een vreselijk beverig handschrift.

Beste Jack,
Maak je geen zorgen, ik maak het goed. Ik heb besloten even vrij te nemen voor ik terugga naar het front. Ik heb contact opgenomen met Richard Peabody, die een overplaatsing voor me regelt. Bedankt voor je hulp. Zeg tegen de Townsends dat ik hen na verloop van tijd zal schrijven. Het spijt me.
Clara

Het was voor het eerst dat ze hem had geschreven sinds de tijd van 'Woensdag, twee uur'. Hij had toen gedacht dat hij haar verachtte, was blijven denken dat hij haar verachtte, maar toch was het allerergste van de dood van Edmund haar te zien lijden. Tijdens die vreselijke, eerste nacht was hij wakker geworden en had haar daar met open ogen in het donker zien liggen staren. Hij had een plotselinge, overweldigende, schokkende impuls moeten onderdrukken om haar in zijn armen te nemen en met haar te vrijen, in een wanhopige poging de vreselijke ellende te verdrijven. In sommige culturen moest de broer van een dode met zijn weduwe trouwen en misschien had hij gereageerd uit een soort primitieve drang om zichzelf als vervanging aan te bieden. Het was een emotionele, geheel lichamelijke behoefte geweest, een behoefte die hem had verbijsterd en waaraan hij nooit gehoor zou hebben gegeven. Maar het was toch onmiskenbaar geweest en door die te onderdrukken, had hij een soort frustratie overgehouden, een gevoel dat hij te kort was geschoten.

Hij probeerde zich de laatste keer te herinneren dat hij met een vrouw naar bed was geweest. Het moest Elizabeth zijn geweest, de avond dat hij zijn ontslag had genomen bij *Red Rag*. Hij kon zich er geen enkel detail meer van herinneren. Seks was een buitengewoon gemakkelijk te vergeten ervaring, behalve als je wilde vergeten. Maar het was meer dan twee maanden geleden geweest. Misschien moest hij een hoer oppikken, zichzelf doodmoe maken of zichzelf helpen om te slapen...

Nee. Hij had altijd vermeden om ervoor te betalen. Het stuitte hem tegen de borst om te erkennen dat de behoefte zo groot was. En als Marisa het via haar collega's te horen kreeg, zou ze ongetwijfeld beledigd zijn. Bovendien was het geen oplossing. Het was gemakkelijker om het karwei zelf te klaren, hoewel dat geen juiste oplossing was. Wat hij werkelijk nodig had, was gezelschap, iemand die dit vreselijke, meedogenloze gevoel van alleen zijn kon doorbreken...

Hij ging naar beneden naar de bar op zoek naar Laszlo, of misschien, als hij eerlijk was, op zoek naar Thérèse, van wie het eerlijke, gewone Engels prettiger was. Jack was blij dat ze al besproken was, anders zou hij zich misschien verplicht hebben gevoeld haar te verleiden en zo elke kans op vriendschap verprutst hebben. Hij moest toegeven dat ze verbazend aantrekkelijk was, met een dikke bos donkerrood haar, een ondeugend engelengezichtje en een bedrieglijk tengere bouw, waaraan niet te zien was hoe lenig en gehard ze was. Ze was ook een geboren flirt; Jack vermoedde dat ze opzettelijk met mannen aanpapte om Laszlo wakker te houden. Ze kon een mouw aanraken, een sigaret aansteken of haar benen over elkaar slaan op een manier die heel lichamelijk, heel suggestief was. En toch was men het erover eens dat ze Laszlo nooit ontrouw was geweest, misschien omdat ze zelf vreselijk jaloers was.

Jack keek naar de bar, maar daar waren ze geen van beiden te zien. Het was nog vroeg en met een beetje geluk zouden ze straks komen. Hij installeerde zich in een rustig hoekje, haalde zijn zakwoordenboekje te voorschijn en ging het laatste nummer van *La Batalla*, de officiële spreekbuis van de revolutionaire POUM, ontcijferen.

Hij was aan zijn derde borrel bezig toen Thérèse verscheen en recht naar Jacks tafeltje liep.

'Ben je niet tamelijk asociaal vandaag?' zei ze, op de krant wijzend.

'Nee, ik zit alleen maar te lezen,' zei Jack met een glimlach. Hij stopte de krant in zijn zak en trok een stoel voor haar bij.

'Dat bedoelde ik ook. Het lezen van *La Batalla* zou gemakkelijk kunnen worden opgevat als een onmaatschappelijke daad.' Haar stem zakte tot en samenzwerend gefluister. 'Ik zou geheim agent kunnen zijn van de NKVD en je bij mijn superieuren kunnen rapporteren.' Ze maakte een gebaar alsof ze haar keel doorsneed.

'Hoe wist je dat het *La Batalla* was?' vroeg Jack geamuseerd. De voorpagina had naar binnen gevouwen gezeten.

'Ik herkende het lettertype dat ze gebruiken. En ik weet zeker dat de geheime politie dat ook zou doen.'

'Ik zou de NKVD niet geheim willen noemen.'

'Een publiek geheim dan,' zei ze. 'Wat staat erin? Mijn Spaans is vréselijk.'

'De gebruikelijke dingen. Revolutionairen vinden het moeilijk onderscheid te maken tussen de ene soort onderdrukking en de andere. Ze zien het subtiele verschil niet tussen communisme en fascisme.'

'Jij kennelijk ook niet.'

Jack haalde de schouders op. Hij zei zelden wat hij werkelijk dacht, zelfs niet tegen mensen die hij vertrouwde. Het was niet in de mode, om niet te zeggen gevaarlijk, anticommunist te zijn. En hoewel Thérèse deed alsof ze heel cynisch was over politiek, waren haar Franse uitgevers fel pro-Stalin.

'Waar is Laszlo?' vroeg Jack, van onderwerp veranderend.

'In Barcelona, vanwege de viering van de eerste mei. Hij hoopt op relletjes.'

'Waarom ben je niet meegegaan?'

Thérèse trok een zielig gezicht.

'Hebben jullie ruzie gehad?' vroeg Jack. Iedereen mocht altijd meegenieten van hun ruzies, maar ook als ze zich weer verzoenden.

'Ik heb ruzie gehad, ja,' zei ze. 'Maar níet met Laszlo.'

Haar stem klonk gespannen en het drong ineens tot Jack door dat ze opzettelijk naar hem toe was gekomen, dat ze boos was en van streek.

'Wat is er aan de hand?'

'Dat ellendige tijdschrift! Mijn foto's, mijn foto's, en híj krijgt alle eer! Laszlo was natuurlijk ook woedend. Maar ik heb tegen hem gezegd dat het geen zin meer heeft dat wij samenwerken. Het is niet de eerste keer dat dit is gebeurd. Niemand wil geloven dat ik mijn eigen foto's maak; ze denken allemaal dat ze van hem zijn.'

Ze stak in het Frans een woedende tirade af, terwijl Jack iets te drinken voor haar ging halen.

'Ik heb mijn leven gewaagd om die opnamen te maken,' vervolgde ze bitter, terwijl ze een grote slok nam. 'Ik wilde de identificatietekens op het vliegtuig laten zien, als *bewijs* van Duitse interventie. Maar ik ben natuurlijk maar een vrouw, dus kon ik dat niet gedaan hebben.'

'Natuurlijk niet,' zei Jack plagend. 'Vrouwen zijn niet dapper genoeg, dat weet toch iedereen? Dus wat ga je nu doen?'

'Je denkt toch zeker niet dat ik me voor niets laat doodschieten! Mannelijke uitgevers!' Er volgde weer een niet te vertalen tirade. 'Ik heb vandaag een journaliste ontmoet, een Amerikaanse. Ze wil wat foto's bij een artikel in een tijdschrift.'

'Welk tijdschrift?' vroeg Jack.

'*American Woman.* Ze maken een vierdelige serie over "Vrouwen in oorlog".'

'Nieuwe opwindende mogelijkheden met kapucijners. Hoe krijgt u die hardnekkige bloedvlekken uit uw was. Artistieke manieren van verduistering.'

'Leuk hoor. Het gaat over weduwen en wezen, akelige kerel. Hoe dan ook, ik heb gezegd dat ik het wilde doen. Ze betaalt een stuk meer dan die Franse schoften en ze heeft me zelfs een voorschot gegeven.' Ze haalde een stapeltje bankbiljetten uit haar tas en zwaaide er triomfantelijk mee. 'Ga mee, ik nodig je uit voor het eten.'

'Graag,' zei Jack moeiteloos. 'Maar alsjeblieft niet hier. Ik weet een heel dure tent, bij het Park.'

Thérèse dronk snel haar glas leeg en stond op om te gaan.

'God zij dank was je er,' zei ze, met een overdreven zucht van opluchting. 'Ik werd gek. Zodra Laszlo naar Barcelona was vertrokken, stonden ze in een rij voor mijn deur, *comme ça*.' Ze deed een hond na die met zijn tong uit zijn bek stond te hijgen. 'Bij jou voel ik me in elk geval veilig.'

'Waarom ben je daar zo zeker van?' vroeg Jack, nog uit het veld geslagen door die belediging van zijn mannelijke trots.

'Instinct,' zei ze. 'Ik voel het aan.'

'Wat voel je aan?'

'Dat je op iemand anders verliefd bent,' zei ze, terwijl ze haar arm om de zijne haakte. 'Krijg ik wat over haar te horen?'

'Geen schijn van kans,' zei Jack.

Marisa was gesteld op haar kleine pennemesje, zoals ze op alles gesteld was wat Ramón haar had gegeven. Ze droeg het plichtsgetrouw in haar handtas en had hem niet voor het hoofd willen stoten door te vertellen hoe onpraktisch het was. Een scheermes was kleiner, scherper en veel discreter.

Er werd zelden van haar gevraagd om al haar kleren uit te trekken. Kousen en kousebanden werden algemeen beschouwd als beter dan helemaal naakt en tot dan toe had niemand bezwaar gemaakt tegen haar charmante gewoonte om haar schoenen aan te houden. Als iemand dat zou hebben gedaan, zou ze er nog eens over hebben nagedacht of ze hem wel ter wille wilde zijn. Een snelle ruk aan de pleister onder elk van beide instappers en ze had een scheermes waarmee ze zichzelf kon verdedigen. Ze vertrouwde hen geen van allen, behalve Jack.

Ze had haar les door schade en schande geleerd. De striemen waarover ze tegen Ramón zo luchtig had gedaan, had ze opgelopen terwijl ze was vastgebonden, een prop in haar mond had en heel bang was geweest. Sindsdien had ze er nooit meer in toegestemd dat ze haar vastbonden. Indien mogelijk draaide ze de rollen om en had ze speciaal voor dat doel een aantal smaakvolle sjaals en riemen bij zich.

Ze was niet bang van de dikke man, zou ze Ramón hebben verzekerd, ondanks het sadistisch genoegen dat hij erin schiep haar te bedreigen, ondanks zijn enorme gewicht en grootte, zijn gecompliceerde quasi-geweld. Haar opluchting wanneer er een sessie voorbij was, kwam niet voort uit angst, zei ze tegen zichzelf. Als ze wérkelijk bang was geweest, zou ze gewoon niet meer naar hem toe zijn gegaan. Maar hoewel ze het prachtig zou hebben gevonden te horen dat hij het land had verlaten of door een bom was getroffen, had ze zich er nooit toe kunnen zetten vrijwillig zo'n goede klant op te geven. Uiteindelijk had hij haar nooit écht pijn gedaan. En ze zorgde er altijd goed voor situaties te vermijden waarin ze met haar hand niet bij haar voet kon, of omgekeerd. Een paar keer waren haar vingers nerveus naar de reep pleister gegleden, maar zijn spelletjes waren nooit echt uit de hand gelopen en dat zou ook niet gebeuren als ze haar hersens bij elkaar hield. Die zachte, mollige handen zouden zich nooit helemaal om haar keel sluiten en de zware klappen zouden allemaal in de lucht blijven hangen zolang ze de vereiste mate van angst aan de dag legde. Zolang ze beefde en om genade smeekte, was hij tevreden, en wat het ritueel met de fles betreft – soms manzanilla, soms wodka, wat ze liever had omdat het niet zo kleverig was – daar was ze blij van geworden, omdat het betekende dat het einde nabij en er weer een transactie succesvol was afgesloten. Naderhand, als ze haar bad nam, fantaseerde ze dat ze het eind van zijn penis erafsneed met haar scheermes en de bloedende stomp in de lege fles propte, tot hij vol zat met bloed, en dat ze hem dwong het op te drinken. Maar ze zou nog steeds niet hebben toegegeven dat ze bang voor hem was.

Toch naderde ze de imposante ingang van hotel Gaylord met iets minder dan haar gebruikelijke enthousiasme. Ze was weer heel moe en wilde dat het donderdag was, de dag dat ze op kosten van Jack een welkom dutje kon doen. Ze onderdrukte een geeuw en stak zonder te kijken de straat over. Ze kon nog net een taxi ontwijken, die met piepende remmen tot stilstand kwam en toeterde voor hij zijn passagiers aan de andere kant van het trottoir liet uitstappen.

Marisa groette haar klanten nooit in het openbaar. Ze bleef op een afstandje staan kijken terwijl Jack de chauffeur betaalde en was er helemaal niet op voorbereid dat hij zich omdraaide en wuifde, evenals zijn vriendin. Om een onverklaarbare reden ergerde het haar en ze zwaaide niet terug. Ze draaide hun de rug toe en stoof zonder om te kijken het hotel in.

De volgende paar uur kwam het voorval telkens weer bij haar op. Haar werk vereiste weinig concentratie en vaak zocht ze wat afleiding door te dagdromen over de toekomst. Maar de laatste tijd waren haar dagdromen niet leuk geweest, de toekomst had er dreigend en niet aantrekkelijk uitgezien en was ze op zoek geweest naar een nieuw geloof als vervanging voor dat wat ze had verloren. Als Ramón zou sterven, zou ze nooit aan boord gaan van dat schip, noch de wereld rondreizen, nooit in weelde leven of een gelukzalig nietsdoen kennen. Sinds die morgen waarop ze, besmeurd met Ramóns bloed, wakker was geworden, had ze een of ander visioen gezocht om zichzelf overeind te houden; een visioen dat misschien niet zo volmaakt was, maar de charme had dat het tot de mogelijkheden behoorde.

Ze had Jack gevraagd voor haar te zorgen met slechts een heel vaag idee van wat ze bedoelde, waarbij haar woorden vorm gaven aan haar vage gedachten. Maar nu, terwijl ze in bad lag en de dikke man lag te snurken, begonnen de nieuwe beelden duidelijker te worden. Op een dag zou Jack haar meenemen naar Engeland en zou ze daar het leven leiden van een Engelse dame. Ze zou niet langer hoeven werken, scheermessen onder haar schoenen hoeven te plakken en niet langer vreemden hoeven gehoorzamen om geld. Ze zou tijd hebben om te slapen en te praten. Het zou net zijn alsof ze weer kind was, alleen was ze nooit kind gewéést. Net als een kind zou ze te eten krijgen en onderhouden worden en er zou niets van haar verlangd worden. Omdat hij haar aardig vond. Eindelijk had ze de waarde daarvan leren begrijpen.

De Française vertegenwoordigde alles wat Marisa graag wilde zijn. Ze was elegant, charmant en geestig en geboren in die magische wereld waar Marisa alleen maar onder geleide binnen kon komen. En nu ze haar met Jack had gezien, was ze jaloers geworden. Niet jaloers op een seksuele manier, dat gevoel kende ze niet. Als ze hen samen in bed had aangetroffen, zou ze dat gelijkmoedig hebben aanvaard, maar het idee dat ze samen praatten, dat Jack haar aardig vond en aan haar de voorkeur gaf, beviel haar niet.

Iemand aardig vinden was nog een nieuw begrip voor Marisa. Ze hield van Ramón, verafschuwde Tomás, Dolores liet haar koud en ze had medelijden met de jongen. Wat familie betreft, zij waren familie, net zoals klanten klanten waren. Persoonlijke voorkeur kwam er niet aan te pas. Maar als Jack plotseling geen geld, whisky of sigaretten zou hebben, zou ze toch op zijn bed willen gaan liggen en met hem praten. En dus moest ze hem aardig vinden.

Ze zou het bewijzen, aan zichzelf en aan hem. De volgende keer zou ze zijn geld niet aannemen. De volgende keer zou ze alleen de whisky en de sigaretten meenemen. Het was een belangrijk besluit, waarna ze zich veel gelukkiger voelde.

Dolores keek sprakeloos naar de stapel geld.

'Neem het,' zei haar broer met een grootmoedig gebaar, maar zijn ogen afwendend, alsof hij nauwelijks kon aanzien hoe vreselijk veel hij weggaf.

'Hoe ben je hieraan gekomen?' vroeg ze. 'Is dit Marisa's geld?'

'Het is míjn geld. Ik ben een man van karige gewoonten en heb uit eigen verkiezing de laatste jaren als een pauper geleefd, maar niet omdat het nodig was. Ik wist dat er slechte tijden zouden komen. Heb ik je jaren geleden al niet gewaarschuwd wat er zou gebeuren? Heb ik niet voorspeld dat we van al ons land en bezit beroofd zouden worden, dat de dag zou komen waarop we door het volk verjaagd zouden worden? Toen wilde je me niet geloven, zusje. Jij geloofde in je wereld van rechtvaardigheid en vrijheid, waarin iedereen gelijk zou zijn en je was dwaas genoeg om te geloven dat het juist was om te delen. Delen! Delen zij met ons? Maar ik zal met jou delen en met Andrés. Mijn dagen zijn geteld, maar zelfs als dat niet zo was, zou ik willen dat jij veilig was.' Hij legde met een melodramatisch gebaar een hand op zijn hart en vulde de kamer met zijn vrome glimlach.

'Maar Marisa...'

'Nou! Als ik dood ben, wordt ze de maîtresse van de een of andere rijke vent. Dat heeft ze dan volledig aan mij te danken. Ik heb haar uit de goot gehaald, eten en kleren gegeven en alle benodigdheden voor het enige beroep waarvoor ze geschikt is. Ze heeft alles aan mij te danken. Mijn eerste plicht is die ten opzichte van mijn eigen vlees en bloed.'

'Maar...'

'Ik geef je dit om je van dat beest te bevrijden. Ga naar Valencia met de jongen. Laat hij je maar aangeven. De *checas* vinden je nooit als je eenmaal uit Madrid weg bent.'

'Maar ze vinden jou misschien. Vergeet niet dat Tomás je haat! De enige reden waarom hij jou niet aangeeft, ben ik.' Ze duwde het geld naar hem terug. 'Dank je wel, Ramón. Maar ik kan het niet aannemen. Hou het. Wie weet wat er kan gebeuren? Misschien hebben we het wel nodig om ons leven af te kopen.'

'Laat hij me maar aangeven,' zei Ramón met een achteloos handgebaar. 'Ik heb mijn haatdragende buren al duizend keer verteld dat ik van voorname afkomst ben. Niemand gelooft me en hem zullen ze ook niet geloven. Ik gedraag me nu al jaren als een zwakke invalide, een ellendige dronkaard, niet tot een samenzwering in staat. Dank zij deze vermomming verdenkt men mij niet. Laat hem mij vooral beschuldigen en op zijn ene been hierheen komen hinkelen om met de vinger naar een mede-invalide te wijzen. Hij zal zichzelf belachelijk maken. Denk na, Dolores. Op een dag, als ik dood ben, zal de stad bevrijd worden en worden jullie gebrandmerkt als de vrouw en de zoon van een rooie! Ben je niet bezorgd voor je zoon?'

'Ssst!' Dolores keek verontrust naar de deur. 'Iemand zou je kunnen horen!' Ze keek weer naar het geld. Misschien konden ze op een dag gewoon verdwijnen, zonder het zelfs op school te zeggen...

'Ik zal er goed over nadenken, Ramón,' zei ze. 'Maar ik ken niemand in Valencia; ik ken niemand buiten Madrid. Het is vaak even gevaarlijk om te vluchten als om te blijven. En ik ben niet bang van Tomás. Als ik vlucht, is het niet voor hem.'

Ramón slaakte een diepe zucht van spijt.

'Ik bied het aan voor de jongen,' zei hij hooghartig. 'Hij is als een zoon voor me.'

Arme kleine Rafael, dacht Dolores. Als Rosa en Rafael hier waren, zou ze Ramóns geld zonder aarzelen hebben aangenomen en het aan zijn rechtmatige erfgenaam hebben gegeven.

Ze kuste haar broer en zag hoe blozend zijn wangen waren. Hij had die dag een goede kleur en het leek of het veel beter met hem ging. Hij stopte het geld weer in zijn zak. Ze had haar kans voorbij laten gaan, misschien voorgoed. Zijn stemmingen wisselden zó snel dat hij zich heel goed zou kunnen bedenken of zelfs zou ontkennen het aanbod ooit te hebben gedaan. Ze had het zekere voor het onzekere moeten nemen en het moeten aannemen, zichzelf tijd moeten geven om na te denken. Had ze het geld afgewezen, of dat wat het vertegenwoordigde? Ze was altijd maar weer weggevlucht. Misschien was ze het vluchten nu moe.

'Zeg er niets over tegen Marisa,' zei Ramón, zonder dat dat nodig was. 'Dat kind is bezeten van geld uitgeven. De toekomst interesseert haar niet.'

'Misschien heeft ze wel gelijk. Misschien is er geen toekomst.'

Ramón ging daar niet op in. Hij had haar gerust kunnen stellen dat alles goed zou komen, maar het was duidelijk niet verstandig om dat te doen. Hij had gehoopt dat ze de kans om te ontsnappen met beide handen zou aangrijpen en zijn vertrouwen waardig zou blijken. Hij vermoedde al een lange tijd dat die bruut haar mishandelde – zulke mannen sloegen hun vrouwen altijd – en dat ze haar dwaling zou hebben ingezien. Hij had haar op de proef gesteld en ze had jammerlijk gefaald, zijn ergste vrees bevestigd. Ondanks alles bleef ze in de ban van García en had ze bewezen niet geschikt te zijn voor zijn heilige missie. Dan was er nog maar één bondgenoot mogelijk...

Zodra Dolores weg was, stopte hij het geld weer veilig onder de losse plank in de vloer, glimlachend tegen het pistool als tegen een oude vriend. Als ze hem ooit kwamen halen, zouden ze te laat zijn. Het was de enige eervolle manier. Niet dat hij bang was om gemarteld te worden. Voor iemand die zo gewend was aan pijn als hij, was dat niet angstaanjagend. Maar hij zou hun het genoegen van martelen ontnemen. Hij stopte de loop in zijn mond en sloot zijn gebarsten lippen om het koele metaal, genietend van de tastbare smaak van de dood. Hij moest een briefje achterlaten voor dat moment kwam en de jongen als zijn erfgenaam benoemen. Maar hij zou zijn neefje meer nalaten dan geld. Hij zou hem iets van onschatbare waarde nalaten.

Paulina verdween heel plotseling van de school, zonder afscheid te nemen. Dolores veronderstelde dat ze was overgeplaatst, maar dat werd niet officieel bevestigd. 'Overplaatsing' was een eufemisme voor zowel straf als beloning; de goddelijke wil van de partij werd zonder meer aanvaard.

Door haar plotselinge vertrek had Dolores niet de beschikking meer over het pijnstillend middel. Paulina was zo voorzichtig geweest de naam van haar kameraad niet te noemen en evenmin te zeggen waar hij werkte en Dolores zag ertegenop Tomás dat slechte nieuws te vertellen.

Sinds de uitbarsting tegen Andrés had hij zich rustig gehouden, evenals Andrés zelf, maar zijn helderblauwe ogen verrieden een nieuwe, formidabele wrok. Die gelukkige, bezorgde begintijd waarin ze zich echt moeder had gevoeld was voorbij, de tijd dat ze in al zijn behoeften kon voorzien en zeker was van zijn liefde. De band tussen hen was op een wrede manier te vroeg verbroken. Hij was er te vroeg achter gekomen dat ze niet volmaakt was, begon haar te beoordelen en had gezien dat ze te kort was geschoten.

Was er maar iemand die ze in vertrouwen kon nemen! Was Josep er maar... Nee, dat was een egoïstische gedachte. Als Josep hier zou zijn, in de republiek, zou hij in ernstig gevaar zijn. Elke dag bad ze dat hij ontsnapt was aan vervolging door zijn anarchistische kudde en elke dag weer was ze dankbaar dat zijn parochie nu veilig achter de fascistische linies lag. Hij zou nu wel hebben gehoord wat er in Albavera was gebeurd en het was bijna zeker dat hij nu geloofde dat ze dood was. Dat was maar goed ook. Als Josep wist hoe ze er aan toe was, zou hij zichzelf misschien aan gevaren blootstellen om naar haar toe te komen. Als hij nog leefde, moest hij in leven blijven. Er waren al te veel doden.

Die dag ontbraken er weer twee kinderen op school, omdat hun ouders voor lokale evacuatie hadden gekozen, zoals Dolores zelf misschien ook zou hebben gedaan als ze niets te verbergen had gehad. Het aantal leerlingen liep dagelijks terug naarmate steeds meer ouders hun kinderen naar het platteland stuurden, meer vanwege het voedseltekort dan voor de bommen en granaten. Trouwens, nu Duitse vliegtuigen een plaatsje als Guernica hadden platgegooid, was het nergens meer veilig. Wie wist waar ze de volgende keer zouden toeslaan?

Ze wachtte in de gang op Andrés en vroeg hem opgewekt hoe zijn dag was geweest, maar hij had een van zijn zwijgzame buien. Zoals gewoonlijk was Dolores elders met haar gedachten en ving de waarschuwingstekens niet op, tot hij haar met de vraag volledig overviel.

'Ben je van plan me weg te sturen?' vroeg hij, zonder omwegen.

Dolores reageerde schuldig, onmiddellijk veronderstellend dat hij weg wilde en ze een excuus zou moeten bedenken hem thuis te houden. Een paar van zijn vriendjes waren al weg en ze wist dat hij hun armoedige onderkomen vreselijk vond, dat hij Tomás haatte en haar waarschijnlijk ook.

'Waarom? Zou je graag weg willen?' vroeg ze opgewekt, niet wetend hoe ze dit moest aanpakken.

Maar zijn reactie was explosief en boos.

'Ik ga níet!' schreeuwde hij. 'Ik ga niet! Ik wil niet op een boerderij wonen en bij oom Ramón weg!'

'Maar Andrés...'

'Ik ga níet!' Even wist Dolores niet wat ze moest zeggen. 'Ik ga níet!' Hij huilde bijna. Verward en bij stukjes en beetjes kwam het er allemaal uit, de angst die hij nu al weken had opgekropt dat ze van plan was hem te lozen, dat Tomás haar zover zou krijgen en hij nooit meer zou mogen terugkomen als hij eenmaal weg was.

Verbijsterd probeerde Dolores hem tegen zich aan te drukken, maar hij deinsde terug, vechtend tegen zijn tranen, zijn gevoel van verdriet en afwijzing verbergend, zich verzettend maar niet smekend. Zelfs met zijn zes jaar was hij veel te trots om te smeken. Nee, niet alleen te trots. Hij had die vreemde, Jack-achtige mengeling van zelfvertrouwen en angst, waarbij zijn agressie maar een pose was.

Hij liet zich maar even door haar troosten en vleien voor hij weer beheerst en afstandelijk werd, zoals altijd. Hoezeer ze ook probeerde hem gerust te stellen, hij zou altijd aan haar twijfelen.

Had ze hem er op de een of andere manier toe gedreven of was het aangeboren, onontkoombaar, boven haar macht?

'Andrés,' zei ze ferm, 'áls ik je ooit zou wegsturen, zou het niet zijn omdat ik je kwijt wil, maar alleen om te zorgen dat je veilig bent.'

'Ik ga níet,' herhaalde hij, kalmer nu, maar onverzoenlijk.

'Je hoeft niet te gaan. Nóg niet. Maar áls ik ooit besluit dat je moet, dan zul je moeten doen wat ík zeg.'

'Dan loop ik weg,' bromde hij. En vervolgens sloeg de schrik haar om het hart toen hij zei: 'Tomás heeft gezegd dat ik niemand mag vertellen dat mijn vader fascist was, want anders gooien ze jou in de gevangenis. Maar mijn vader wás toch geen fascist? Of wel?'

'Nee,' zei Dolores met bonzend hart. Had Tomás geprobeerd de schade ongedaan te maken of het juist erger te maken? 'Denk er nu maar aan dat Tomás je vader is. Als iemand ernaar vraagt, dan is Tomás je vader.'

'Nee, dat is hij níet,' sputterde hij opstandig. En toen nog een keer: 'Je stuurt me toch niet weg, hè, mama?'

'Nee,' zei Dolores, half verslagen en half opgelucht. 'Nee, ik zal je niet wegsturen.'

Ze liet Andrés bij Ramón achter en ging op weg naar huis, zich schrap zettend voor nieuwe moeilijkheden met Tomás.

'Paulina is weggegaan,' zei ze hem stijfjes. 'Ik ken niemand anders die ons kan helpen. Je weet hoe schaars geneesmiddelen zijn.'

Ze hield haar adem in en wachtte op de onvermijdelijke beschuldigingen: dat ze van plan was haar voorraden te verkopen, dat ze die liever aan haar broer gaf of ze opzettelijk achterhield om hem te laten lijden.

'Mooi,' zei Tomás rustig. 'Nu hoeven we niet langer afhankelijk van haar te zijn.'

Dolores was even met stomheid geslagen.

'Ik heb veel minder pijn,' vervolgde hij. 'Binnenkort heb ik wel weer werk, in een wapenfabriek. Dan kan ik mijn gezin weer onderhouden.'

Dolores had blij moeten zijn met die onverwachte verbetering van zijn humeur. Geen beledigingen, geen boosheid noch achterdocht. Hij had beleefd tegen haar gesproken, voor het eerst sinds maanden op een normale toon. Maar het enige dat ze voelde, was onzekerheid. Dit was vast en zeker de stilte vóór de storm.

'Waar is de jongen?' vroeg hij. 'Bij zijn oom?'

'Ja,' zei Dolores, in de verdediging. 'Ik wilde je wat rust geven, dat is alles.'

'Het is logisch dat je van je familie houdt,' zei Tomás. 'Ik kan niet verwachten dat hij mijn grieven deelt. Lole... ik weet dat je niet van me houdt en me veracht omdat ik maar een halve man ben.'

'Ik veracht je niet, Tomás.'

'Ik weet dat je bang voor me bent. Dat hoeft niet. Zelfs als je me verlaat, zou ik je nooit verraden. Ik zou liever hebben dat je me verliet dan dat je uit angst bij me bleef.'

Dolores voelde een verraderlijke blos op haar wangen komen. Ze was een dag en een nacht aan het piekeren geweest over het aanbod van Ramón. Ze had zichzelf vervloekt omdat ze het niet had aangenomen, zwelgend in het martelaarschap dat in de plaats was gekomen van haar gevoel voor eigenwaarde, haar veiligheid zoekend in gevangenschap. Ze had geprobeerd loomheid te zien als vasthoudendheid, angst als voorzichtigheid, schuldgevoel als loyaliteit.

'Als ik je had willen verlaten, zou ik dat nu wel gedaan hebben. Zoals je weet, ben ik egoïstisch, voor mezelf en voor mijn zoon. Als ik bij je bleef omdat ik bang van je was, dan is dat omdat... omdat ik bang ben zonder je te zijn. Omdat ik bang ben alleen te zijn.'

'Het was verkeerd van me de vader van de jongen te beledigen,' vervolgde Tomás ernstig. 'Hij was een moedig man. Het was verkeerd van me je tot een huwelijk te dwingen, zo kort na zijn dood. Ik zal mezelf niet meer aan je opdringen.'

'Je hebt nooit...'

'Ik ben niet gek, Lole. Behandel me zo niet. Ik heb gezegd wat ik te zeggen had. Je hebt met je geduld een zwakkeling van me gemaakt en me verwend als een kind. Ik weet dat je het goed bedoelde, maar nu moet ik leren weer sterk te zijn.'

Zijn woorden waren op een vreemde manier bedreigend en

de onuitgesproken beschuldigingen onaangenaam dicht bij de waarheid. Ze had nu al maanden het slachtoffer gespeeld, maar wás ze werkelijk zo onschuldig als ze graag wilde geloven? Belastte ze hem niet dagelijks met haar schuldgevoel door haar eeuwige tolerantie, haar koppige onverstoorbaarheid? Beledigde ze hem niet met haar vergevingsgezindheid en vernederde ze hem niet met haar ijzige kalmte? Ignacia zou teruggeschreeuwd hebben, hem tot herstel gedreven hebben, geen sympathie hebben geschonken en geen zelfmedelijden hebben gekoesterd...

Had ze hem tot gewelddadigheid gedreven om zichzelf een excuus te verschaffen hem te verlaten? Of had ze hem als zondebok gebruikt voor haar eigen apathie? Hoe dan ook, ze was niet goed voorbereid op het plotselinge verlies van initiatief, wat haar nerveus en verward maakte. En dat gevoel verdween ook niet toen Tomás Andrés vrolijk groette en een aarzelende reactie van hem loskreeg, maar evenmin toen hij zijn woord hield en geen aanspraak maakte op zijn rechten als echtgenoot. Ze bleef gespannen, onzeker, opgelucht en kwaad tegelijk. Tot haar eigen verbazing viel ze de volgende morgen woedend uit over iets onbenulligs, toen Tomás per ongeluk een van hun drie kopjes van de tafel stootte in scherven op de grond uit elkaar spatte.

Normaal zou ze zonder één woord te zeggen zijn neergeknield om de stukken op te rapen, hem door haar zwijgen een verwijt makend.

'Onhandige stommerd,' hoorde ze zichzelf schreeuwen. 'Ruim het zélf maar op!'

Ze zag Andrés met open mond naar haar kijken en wachtte, verstijfd door haar eigen stomheid, op de tegenaanval. Maar Tomás stond alleen maar op en zei kalm: 'Wil je me alsjeblieft even helpen, Andrés.'

Ze bleef zwijgend staan kijken terwijl zij aan het werk gingen en ze vocht tegen de opkomende tranen en haatte zichzelf omdat ze zomaar haar zelfbeheersing had verloren. Ze bracht Andrés naar school zonder Tomás gedag te zeggen, erop wachtend dat het kleine monster zou zeggen hoe prachtig hij het had gevonden dat ze zo was uitgevaren en in gedachten al een passende berisping bedenkend. Maar hij zei niets, alsof hij bang was dat ze nóg bozer zou worden.

Die avond ging ze vol berouw terug naar huis, vastbesloten het goed te maken, om het ongelijke evenwicht van geven en nemen te herstellen. Maar Tomás was haar voor geweest wat geven betreft. Het kopje paste niet bij de twee andere, die van het goedkoopste soort grof aardewerk waren. Hij had zichzelf naar de markt gesleept, had een kraam gevonden met geconfisqueerde goederen en een prachtige porseleinen kop en schotel uitgezocht, om haar het gevoel te geven dat ze thuis was.

Een glimlachende verpleegster deed de deur van de door de zon verlichte kamer van Clara open in de kliniek van professor Elliott in Surrey.
'U hebt bezoek, juffrouw Neville. Ene mevrouw Prendergast.'
Clara draaide zich om en drukte haar gezicht in het kussen. Ze vervloekte Richard Peabody.
'Ik wíl mevrouw Prendergast niet zien.'
'Ik ben bang dat het een vasthoudende dame is. En ze heeft prachtige bloemen voor u meegebracht.'
'Zeg maar dat ze er een grafkrans van maakt. Zeg maar...'
Plotseling was er enige opschudding in de gang en de deur zwaaide open.
'Mevrouw Prendergast,' begon de verpleegster, terwijl ze tussen de bezoekster en de patiënte in ging staan. 'Juffrouw Neville voelt zich niet goed genoeg om...'
'O, ga toch wég,' kwam Clara tussenbeide. De verpleegsters waren volgens haar maar een slap stelletje. 'Ga zitten, Flo.'
De verpleegster moest even tot zich laten doordringen dat zij het was die werd weggestuurd, maar verliet toen opgelucht de kamer. Flora legde haar bloemen in de wasbak en pakte een stoel.
'Om te beginnen moet je Richard Peabody geen verwijten maken,' begon ze, zonder enige inleiding. 'Of dat oude fossiel Elliott. Uiteindelijk zijn het maar mannen. Je ziet er vreselijk uit. Het eten zal hier wel smerig zijn. Ik heb wat marshmallows voor je meegebracht.'
Ze deed de doos open en nam er opgewekt zelf een uit. Clara staarde naar de roze klonten, alsof ze niet zeker wist wat het waren. Haar ogen hadden een glazige blik. Ze hadden haar waar-

schijnlijk volgestopt met kalmerende middelen, maar het was meer dan dat. Als Flora er ooit aan had getwijfeld dat Clara van haar broer hield, was die twijfel nu verdwenen.

Ze weerstond de verleiding om die magere, bleke hand met sproeten te pakken en er een kneepje in te geven, om zelfs maar te suggereren dat ze haar lijden enigszins kon delen. Met moeite slikte ze de marshmallows door. Ze vond de zoete, kleverige smaak afschuwelijk, maar mammie had volgehouden dat Clara er dol op was.

'Wat wil je dat ik zeg?' zei Clara ten slotte. 'Dat het me spijt? Nou, het spijt me. Je hebt gelijk dat je mij de schuld geeft. Je hebt het recht me te haten. Ik kan niets zeggen dat ook maar enig verschil zou kunnen maken. Ik wou dat je níet was gekomen. Je bent alleen maar ter wille van Edmund gekomen. Je hebt me altijd alleen maar ter wille van Edmund verdragen. Laat me alsjeblieft met rust, Flo. Alsjeblieft!'

'Maar ik ben er nog maar nét,' zei Flora kalm. 'Ik blijf niet lang, een minuut of tien maar, en dan kom ik morgen misschien weer even langs. Thames Ditton is maar een wipje. Trouwens, ik dacht dat je misschien een poosje zou willen komen logeren, als ze je er eenmaal uit laten...'

'Ik ga naar Spanje terug,' onderbrak Clara haar toonloos. 'Zodra ik hier weg kan, ga ik terug naar Spanje. Dat heeft Richard beloofd.'

'O, ik begrijp het. Het was maar een idee. Mammie zou ook gekomen zijn, maar ze voelt zich niet zo goed. Je moet de groeten van haar hebben, van iedereen trouwens.'

Clara haalde diep adem.

'Flora,' zei ze hees. 'Ik weet dat je alleen maar aardig wilt zijn. Maar ik kan het niet opbrengen om iets met de familie te maken te hebben. Wat jullie ook zeggen, ik zou liever hebben dat jullie me haten, dat jullie me nooit meer zouden willen zien. Ik heb mijn portie wel gehad, ook zonder jullie aardigheid.'

'Onzin,' snoof Flora, terwijl ze haar rok gladstreek en wanhopig improviseerde. Ziekenbezoek was tóch al iets vreselijks. 'Ik ben helemáál niet aardig, ik ben eigenlijk altijd ónaardig geweest, wat jou betreft in elk geval. Ik heb je nooit zo aardig gevonden, weet je. Ik dacht dat je slecht was voor Edmund en bleef altijd hopen dat hij iemand anders zou ontmoeten, iemand zoals ik, denk ik, die zou willen trouwen en hem een écht thuis wilde verschaffen. Ik maakte altijd goedkope grappen over je en deed bij elke gelegenheid kleinzielig en kattig. Ik wist niet waarom ik dat deed, tot Dolly me een keer op mijn nummer zette. Je weet hoe Dolly altijd met van alles op de proppen kwam. Het was een keer tijdens de lunch en ik een of andere onzettend geestige opmerking over de kleur van je haar maakte. En toen zei Dolly: "Hou toch op, Flo. Je bent alleen maar jaloers!"'

Clara liet niet merken dat ze luisterde en haar ogen staarden in de verte.

'Ze had natuurlijk gelijk,' ging Flora onverdroten verder. 'Ik heb Edmund aanbeden sinds ik kon lopen, ook al schold hij me altijd uit dat ik een domme ijdeltuit was. Hij heeft vóór jou massa's vriendinnen gehad, weet je. Hij bracht hen het weekend altijd mee naar huis uit Oxford en dacht dan dat niemand het in de gaten had als ze midden in de nacht door de gang naar zijn kamer slopen. Ik heb er een keer een opgewacht en boe geroepen. Hij was rázend. En nooit ben ik op een van hen jaloers geweest, al waren ze een stuk knapper dan jij. Of dan ik, trouwens. Hij had met ieder van hen kunnen trouwen en het zou me niets gedaan hebben. Ah, maar toen jíj op het toneel verscheen, jíj moest hem met lichaam en ziel van ons afpakken. Hij hield nog steeds van ons, hij hield nog steeds van mij, maar daarna was het nooit meer hetzelfde, omdat hij méér van jou hield. God alleen weet waarom. Ik weet zeker dat jíj het níet weet, maar hij hield meer van jou dan van de hele wereld bij elkaar. Hij zou zijn leven voor je gegeven hebben en nu heeft hij dat ook gedaan. En je hebt het recht niet daarom kwaad op hem te zijn. En ik ook niet, wij geen van allen. Ik was zo kwáád op hem omdat hij is doodgegaan, Clara! Dat ben ik nóg steeds, verdomme!'

Zinloos. Flora huilde zelden, maar áls ze dat deed, waren het geen halve maatregelen. Ze huilde uitbundig, ze vergat Clara en ging geheel op in haar eigen, persoonlijke woede, waar ze slechts uit werd opgeschrikt door een dun, hoog gejammer dat aanzwol tot een vreselijk gebrul, zó angstaanjagend dat Flora niet eens probeerde er zelf iets aan te doen, maar hulp ging halen, geschrokken door het effect dat ze, zonder het te weten, had bewerkstelligd en door het gapende, zwarte gat midden in Clara's gezicht, en de primitieve, dierlijke geluiden die eruit kwamen.

Er verschenen onmiddellijk twee verpleegsters en een van hen nam Flora haastig mee naar de kamer voor het bezoek, waar ze in haar zakdoek zat te snuffen en zich afvroeg wat ze verkeerd had gedaan. Archie had gelijk, ze had niet moeten komen. Ze had meer kwaad gedaan dan goed. Maar ze móest komen, al was het alleen maar om die arme mammie gerust te stellen dat het 'goed' was met Clara, ook al wist ze heel goed dat het níet 'goed' met haar zou zijn, dat het niet 'goed' met haar kón zijn, anders zou ze niet in een psychiatrische kliniek zijn. Deels had ze natuurlijk willen helpen, maar deels wilde ze ook zien hoe Clara leed. En voor een deel was ze ook instinctmatig te werk gegaan, bijna alsof Edmund haar zou vertellen wat ze moest zeggen, wat ze moest doen, hoewel dat idee natuurlijk absurd was.

Ze hoorde nu geschreeuw, een vreselijk geschreeuw, alsof er iemand werd gemarteld. Dat was Clara waarschijnlijk niet. Het zou daar wel vol zitten met tierende gekken. Bovendien had ze niets gezegd waardoor Clara zo van streek geraakt kon zijn. Het enige dat ze had gezegd, was hoeveel Edmund van haar hield. Misschien had ze het niet over haar haren moeten hebben, dat was nogal tactloos. Misschien had ze niet moeten toegeven dat ze kwaad was op Edmund, maar pas op dat moment had ze beseft dat ze zo kwaad op hem was. Professor Elliott zou woedend op haar zijn. Ze hadden haar alleen maar binnengelaten als een speciale gunst en haar gewaarschuwd dat Clara het nog niet aankon. En nu zouden ze haar ervan beschuldigen dat ze 'de patiënt van streek had gemaakt' en haar het gevoel geven ontzettend stom te hebben gedaan. Misschien moest ze nu gewoon maar weggaan en later opbellen om te vragen hoe het met Clara was. Het schreeuwen was opgehouden, maar er klonk een hoog, snijdend geluid, met een bloedstollende intensiteit, ritmisch, hopeloos; een uiting van uiterste wanhoop.

Flora stak een sigaret in een pijpje en pafte eraan zonder te inhaleren, alleen om iets te doen te hebben. Onder normale omstandigheden zou ze de kinderen hebben meegenomen. Kinderen vrolijkten de mensen altijd op, maar hier waren kinderen natuurlijk taboe. Ze pafte een paar minuten door en drukte de sigaret toen uit. Ze hield het hier geen moment langer meer uit.

'Wilt u tegen professor Elliott zeggen dat ik nog zal bellen?' zei ze tegen de verpleegster aan de balie. 'Ik moet nu weg.'

'Professor Elliott is op het moment bij juffrouw Neville. Zou u nog even willen wachten? Hij heeft gezegd dat hij u graag wilde spreken vóór u weggaat.'

Daar twijfelde Flora niet aan, en met een schuldig gevoel ging ze weer zitten. Ze ging een geschikte versie van het bezoek zitten bedenken om aan mammie te vertellen. Clara was bleek en verdrietig, maar hield zich kranig. Kranig. Dát was een mooi woord. Daar was niets op aan te merken. Edmund, rotzak, hoe kon je ons dít aandoen?

'Mevrouw Prendergast? Dank u zeer voor het wachten. Kan ik u heel even spreken?'

Flora volgde hem naar zijn spreekkamer. Ze had er nu spijt van dat ze Richard Peabody net zo lang had bewerkt tot hij haar had verteld waar Clara was. Jack had het wérkelijk niet geweten en het was het enige geweest wat hij kon opperen. Peabody van de Spaanse Medische Hulp. Wát een geluk, had ze gedacht, dat hij met verlof in Engeland bleek te zijn. Wat een geluk dat hij Clara had weten over te halen naar huis te gaan. Wat had ze het knap van zichzelf gevonden dat het haar was gelukt bij haar te worden toegelaten. Het was waar, ze was een bemoeizuchtige druktemaker. Ze zou nog eens eindigen als een lastige, oude feeks, zoals oma Townsend...

Flora wachtte tot Elliott iets zou zeggen. Ze hield haar rug kaarsrecht en trok het strenge gezicht dat tientallen comités had geïntimideerd.

'Gefeliciteerd, mevrouw Prendergast,' zei professor Elliott. 'U hebt voor elkaar gekregen wat de experts niet is gelukt. U heeft juffrouw Neville aan het huilen gekregen.'

'Ik wil graag dat je een aandenken aan me hebt, Andrés, als ik er niet meer ben. Kijk toch niet zo verdrietig! Niemand kan zulke vreselijke verwondingen als ik heb overleven en daar nog oud mee worden ook.'

Andrés bleef somber. Hij vond het niet leuk eraan te denken dat zijn oom doodging, laat staan erover praten.

'Zeg nog maar niets tegen je moeder,' vervolgde Ramón. 'Het zou haar verdrietig maken. Maar als de laatste adem dit gekwelde lichaam verlaat, vóór ik ter ruste word gelegd, vraag ik je om deze laars uit te trekken en hem altijd te bewaren, ter nagedachtenis aan mij.'

Hij tikte met zijn stok op de in deplorabele toestand verkerende laars.

'Hij zal je herinneren aan de verwondingen die ik in dienst van mijn land heb doorstaan. Zweer, mijn jongen, dat je mijn laatste wens zult respecteren, op je allerhoogste erewoord.'

'Op mijn allerhoogste erewoord,' zei Andrés hem automatisch na. Zijn oom liet hem altijd geheimhouding zweren.

'García mag hier in geen geval iets van weten,' vervolgde Ramón. 'Na mijn dood moet je om mijn laars vragen, als aandenken, en hem met je leven bewaken. Je mag hem nooit uit het oog verliezen. Wil je me dat beloven?'

'Ik beloof het,' zei Andrés. 'Maar ik zou liever uw wandelstok hebben.'

'Al mijn aardse bezittingen zijn voor jou, mijn zoon. Ik ben van plan een testament te maken waarbij ik jou alles nalaat. Je mag met al mijn bezittingen doen wat je wilt, maar niet met de laars. De laars moet je altijd houden, als aandenken aan mij. Hij lijkt misschien een waardeloos ding, maar ik verzeker je dat hij van onschatbare waarde is. Hij mag in geen geval verloren raken of vernietigd worden. Zweer het!'

'Ik zweer het.'

'Goed zo. Laten we nu naar huis gaan. Ik ben erg moe.'

Andrés keek nieuwsgierig naar de laars, terwijl zijn oom naast hem voorthinkte. Hij was helemaal versleten en het leek een armzalig afscheidscadeau. Maar hij had het plechtig beloofd en die belofte zou hij houden. Zijn oom ging trouwens nog niet dood. Voor het eerst in weken was hij naar buiten gegaan om een wandeling te maken en hij zag er ook veel beter uit. Misschien zou Marisa thuis zijn als ze terugkwamen en hem wat chocola geven. Door die hoop rende hij vooruit en botste bijna tegen Tomás op.

'Hola, jongen,' zei de reus. 'Wat doe jij alleen op straat?'
'Oom Ramón is bij me,' zei Andrés nors, moeilijkheden verwachtend. Tomás keek verbaasd.
'Ik dacht dat die niet meer uit bed kwam,' zei hij. En vervolgens, zijn stem verheffend: '*Salud,* Ramón.'
Ramón bleef abrupt staan. Het was voor het eerst dat hij Tomás op krukken had gezien. Hij staarde hem wreed aan, waarbij zijn lip in onverholen spot krulde. Hij verwaardigde zich niet hem terug te groeten.
'Laten we ter wille van je zuster ophouden vijanden te zijn,' vervolgde Tomás. 'We hebben haar beiden al genoeg verdriet gedaan.'
Ramón staarde ongelovig naar de uitgestrekte hand. Durfde deze bruut, die zijn zuster sloeg en misbruikte, hem vriendschap aan te bieden? Bij wijze van voorzorg deed hij een stap naar achteren, buiten het bereik van de krukken van Tomás.
'Je hebt mijn zuster slecht behandeld, García,' beschuldigde hij hem hooghartig, tegen hem sprekend als een edelman tegen een slaaf.
'En jij de mijne,' zei Tomás. 'Laten we geen ruzie maken waar het kind bij is. Als je mijn vriendschap niet wilt, het zij zo.'
'Je hebt me ooit bespot omdat ik kreupel was,' tartte Ramón hem, terwijl hij nog een paar stappen achteruit deed. 'En nu ben jij kreupeler dan ik.'
'Omdat je kreupel was, heb ik je gespaard,' zei Tomás. 'Als je niet kreupel was geweest, zou ik je met mijn blote handen vermoord hebben. Wees gewaarschuwd, mijn handen zijn nog steeds sterk. Kom, Andrés.'
'Kom, Andrés,' zei Ramón.
Andrés deed een stap in de richting van Ramón en aarzelde toen.
'Wees niet bang, jongen,' zei Tomás. 'Als je met je oom wilt meegaan, ga dan. Ik kom je straks wel ophalen. Je moeder is ziek. Ze heeft weer hoofdpijn.'
'Dank zij jou, ongetwijfeld,' snauwde Ramón. 'Je kunt op straat wachten, als je komt. Je bent in mijn huis niet welkom.'
Andrés stond met open mond en stokstijf te wachten tot To-

más zich met zijn gebruikelijke woedende gebrul op zijn oom zou storten.
'Niettemin ben je welkom in het mijne, ter wille van Lole. Je hoeft niet langer bang voor me te zijn. Waarom sta je zo ver weg? Ben je nog steeds bang van me? Toe maar, sla me maar met je stok en bewijs hoe dapper je bent. Ik zal je niet terugslaan.'
Ramóns lippen vertrokken van woede.
'Ik zal mezelf niet bezoedelen door jou aan te raken. Denk erom, García. Als je óóit je hand opheft naar mijn arme zuster, ben je míj verantwoording schuldig!' Hij zwaaide met zijn stok in de lucht. 'Hoor je me? Ik vermoord je!'
'Ga je gang,' zei Tomás. 'Als ik haar ooit een klap geef, moet je me zeker vermoorden. Zoals ik zeven jaar geleden met jou had moeten doen.'
Hij draaide zich om en strompelde naar de overkant van de straat, terwijl Ramón smalend snoof en Andrés verbluft bleef staan kijken.
'Heb je dat gehoord, Andrés? Als die lummel ooit één vinger naar je moeder opheft, moet je het me onmiddellijk komen vertellen. Dan krijgt hij een enkele reis naar de hel van me!'
Andrés liep verbijsterd achter Tomás aan. Hij had hem zijn moeder nog nooit zien slaan. Maar áls hij dat deed, zou Ramón hem vermoorden. Niet lang geleden zou hij het een prachtig vooruitzicht hebben gevonden dat zijn oom Tomás zou vermoorden. Hij haatte Tomás, of had dat gedaan, tot nu toe. En hij bewonderde zijn oom, of had dat tot nu toe gedaan...
Zijn moeder lag in bed en Tomás vroeg hem te helpen bij het klaarmaken van haar eten. Daarna stopte hij hem in bed en luisterde, terwijl Andrés voorlas uit zijn verhaaltjesboek. Vervolgens strekte hij zich uit op twee stoelen en deed het licht uit.
'Ik blijf vannacht hier bij jou slapen,' zei hij. 'Om je moeder niet te storen.'
Terwijl hij daar in het donker lag, voelde Andrés voorzichtig naar de kostbare, in zilverpapier gewikkelde lekkernij die hij voor bedtijd had bewaard en haalde onder de dekens behoedzaam het zilverpapier eraf, terwijl het water hem al in de mond liep. Nog twee vierkantjes. Hij stopte er een in zijn mond en liet het heel langzaam op zijn tong smelten, waarbij hij probeerde

er zo lang mogelijk mee te doen en naar de doffe, rode gloed keek van de pijp van Tomás, die in het donker naar hem knipoogde. Toen glipte hij uit bed en liep er op de tast heen.

'Wat is er, jongen?' vroeg Tomás knorrig.

Andrés duwde zonder iets te zeggen de kleverige schat in zijn hand en klom toen weer in bed. Het duurde een paar minuten voor Tomás bedankte, maar tegen die tijd sliep Andrés al.

Het duurde lang voor het been van Josep genas. Tegen de tijd dat hij weer kon lopen, werd het Baskenland tot overgave gedwongen, waardoor hij het ellendige gevoel had de boel in de steek te hebben gelaten. Maar zijn reis was niet tevergeefs geweest. Na drie dagen op zee was de kleine vissersboot opgepikt door een Frans schip. De twee kinderen waren nu ondergebracht bij een Franse familie en wisten gelukkig niet dat hun moeder bijna zeker zou zijn omgekomen.

Josep was in een naburig klooster verpleegd. Zijn wond was gaan zweren, waardoor hij niet meer kon lopen, maar zo werd zijn leven gered.

'U kunt hier met alle plezier blijven, pater,' had de plaatselijke priester hem verzekerd. 'Er zijn hier veel Spaanse priesters in Frankrijk, die gevlucht zijn voor de vervolgingen aan het begin van de oorlog. En nu worden er vele Baskische kinderen geëvacueerd. U spreekt Baskisch en zou veel kunnen doen. Ze hebben priesters nodig om in de vluchtelingenkampen te werken...'

Josep had geknikt, maar niet geluisterd. Hij was volkomen uitgeblust. Het was dus allemaal voorbij en er was niets meer voor hem te doen. Hij was zijn familie kwijt, zijn werk en nu ook zijn land. De gedachte aan een of andere onbenullige bezigheid vond hij vreselijk. Hij voelde zich geïsoleerd, in de val gelokt, machteloos, meer bedreigd door veiligheid dan hij ooit door gevaar was geweest.

Zijn mentor maakte zich zorgen over zijn neerslachtigheid en hij stuurde een van Joseps landgenoten naar hem toe om te proberen hem wat op te vrolijken. Het was een bejaarde priester, die naar Frankrijk was gevlucht omdat hij zijn toevlucht niet wilde zoeken in fascistisch gebied.

Hij was een aardige, oude baas en het was een opluchting om

weer Spaans te spreken. Daardoor zei Josep meer dan hij eigenlijk wilde. Voor het eerst kwamen zijn woede en frustratie naar de oppervlakte. Hij ging tekeer over de arbeiders die Dolores hadden vermoord, de fascisten die Fontenar hadden bestormd, de Duitsers die Guernica hadden gebombardeerd... en schold op zichzelf.

'Ik kan hier niet blijven,' zei hij. 'Ik ben jong en sterk en zou me een lafaard voelen.'

'Ga dan naar huis.'

'Naar huis?'

'Er zijn veilige onderkomens in de republiek. Veel priesters zijn nog steeds ondergedoken.'

'Ik heb geen zin gastvrijheid van fascistische sympathisanten te aanvaarden,' zei Josep. 'En ook niet om privé-missen op te dragen voor de rijken. Ik zou me een overloper voelen.'

'Niet alle priesters die ondergedoken zitten, zijn lafaards. Het zijn niet allemaal fascistische sympathisanten. De situatie thuis is aan het veranderen, Josep. Door de Kerk te verbannen, heeft de republiek haar gezuiverd, sterker gemaakt, de grond ingedreven waar ze haar wortels uitspreidt. De Kerk was corrupt en deze beproeving was nodig om ze schoon te wassen. De tijd is gekomen om ze terug te brengen naar het volk. Er zijn er die dagelijks hun leven wagen, de stervenden de sacramenten toedienen en in het geheim de mis opdragen. Als je aan die strijd wilt meedoen, hij is nog maar net begonnen.'

'Zijn er andere priesters die net zo voelen als ik? Andere priesters die de fascisten niet steunen?'

'Dacht je dat je alleen was?'

'Ik ben altijd alleen geweest.'

'Wees gewaarschuwd, Josep, het gevaar is heel groot en de geheime politie zeer efficiënt. Neem zo'n besluit niet lichtvaardig. Je zou elke dag het risico lopen dat iemand je verraadt...'

Josep vond dat op een vreemde manier geruststellend. Het was beter dan zichzelf te verraden.

14

'Je had daar moeten zijn, Jack,' zei Laszlo, terwijl hij de foto's op het bed uitspreidde. 'Je zou erover moeten schrijven.'

De foto's van de heftige straatgevechten in Barcelona waren op Laszlo's gebruikelijke, nietsontziende wijze gemaakt. Officieel waren de POUM en de anarchisten de agressors geweest, die een aanval hadden gedaan op het gezag van de communistisch-socialistische coalitie, zogenaamd opgestookt door de fascisten. Maar Jack twijfelde er niet aan dat de revolutionaire groeperingen gewoon hadden gereageerd op opzettelijke pesterij door de politie, die dat doelbewust had gedaan om een rel uit te lokken en neer te slaan.

Laszlo had gelijk. Hij zou er moeten zijn en erover moeten schrijven, al was het alleen maar om de zaken recht te trekken. Er waren al nuttige en informatieve communiqués uitgegeven, die zonder meer gesteund en gereproduceerd zouden worden, gezien het feit dat extreem links geen aanhangers had onder de buitenlandse pers. De communisten waren de meest rechtse partij geworden in republikeins Spanje, vrienden van de kleine burgerij, beschermers van privé-bezit en bewakers van wet en orde, een bolwerk tegen de plunderende horden collectivisten en gewapende boeven. Het gerucht was rondgestrooid dat de revolutionaire groeperingen in het geheim samenwerkten met de fascisten om de republiek omver te werpen. En hoe belachelijk die theorie ook mocht zijn, er was meer dan genoeg bijkomstig bewijsmateriaal om deze te ondersteunen. De lastercampagne was intelligent opgezet en uitgevoerd en als de helft van die strategische energie was besteed aan de strijd tegen Franco, was de oorlog nu misschien voorbij geweest.

'Wat geef je deze voor onderschrift?' vroeg Jack. 'Wat vind je van "Spaanse vrijheidsstrijders delen een klap uit aan het sovjetimperialisme"?'

'Mijn uitgever steunt de Russische interventie,' zei Laszlo schouderophalend.

'Het zal iets worden als "Regeringstroepen onderdrukken opstandige extremisten",' merkte Thérèse cynisch op. 'Waarom ben je niet naar Barcelona gegaan, Jack?'

'Te druk,' zei Jack kortaf.

'Nog steeds je onderzoek over scholen?'

'Ja.'

'Heb je foto's nodig?'

'Nee, bedankt.'

'Je voert iets in je schild,' beschuldigde ze hem, een blik wisselend met Laszlo. 'Zorg dat je niet in moeilijkheden komt. Wees discreet.'

'Neem me niet kwalijk dat ik het zeg, maar dat is de pot die de ketel verwijt dat hij zwart is. Jij bent degene die risico's neemt, niet ik.'

'Niet meer. Dat laat ik nú aan Laszlo over. Nietwaar, *chéri*?'

'Ik gaan Frankrijk,' verduidelijkte Laszlo. 'Neem vluchtelingenschip naar Bilbao.'

'Terwijl ik mooie plaatjes maak voor *American Woman*,' zei Thérèse, een gezicht trekkend. 'Ik vertrek morgen naar Valencia. Heel opwindend.'

'Dan zie ik je wel weer als je terug bent,' zei Jack en omhelsde haar. 'Ik moest maar weer eens aan het werk gaan.'

Hij liet hen alleen, zodat ze konden inpakken, en ging terug naar zijn eigen kamer, aan de andere kant van de gang. Hij had niet de moeite genomen hem op slot te doen; Laszlo had hem gestoord terwijl hij druk aan het schrijven was, popelend zijn foto's te laten zien, en Jack had zijn roman op het bureau uitgespreid laten liggen. Hij begon nonchalant te worden. Het zou heel slordig zijn als hij zou worden gearresteerd; die arme Harry Martindale zou de triomfantelijke koppen in de *Daily Worker* nooit overleven. 'Voormalige journalist van *Red Rag* bekent "Ik was een fascistische spion".' Hij zou niet de enige zijn. Op de dapperste dissidenten na 'bekenden' ze uiteindelijk allemaal verraad. Hij kon beter naar de raad van Thérèse luisteren en discreet zijn, in elk geval tot hij alles had gedaan wat hij kon om het kind te vinden. Het was net zo'n goed excuus om in leven te blijven als elk ander.

Hij werkte tot middernacht en stopte de getypte vellen onder de matras, alsof dat hielp. Het leek een overdreven voorzorgsmaatregel. Hij had geen reden om te denken dat hij onder verdenking stond, en als dat wél zo was, zouden ze hem tóch wel iets aanwrijven. *Maak het in godsnaam thuis af, Jack.* Thuis. Het woord had geen betekenis. Hij kon in alle eerlijkheid zeggen dat hij zich daar evenveel of even weinig thuis voelde dan waar ook. Er was niemand die hem miste, niemand om wie hij gaf, niets wat belangrijk was, behalve verloren zaken – zijn roman en het vinden van Andrés. Al zijn tijd werd in beslag genomen door hopeloze ondernemingen, voortdurende activiteit die nergens toe leidde, zelfs niet tot uitputting. Hoe laat hij ook naar bed ging, bij zonsopgang werd hij wakker, terneergedrukt door het verpletterende gewicht van een suïcidale depressie. Hij had van slechts twee mensen op de wereld gehouden en nu waren ze beiden een zinloze dood gestorven, terwijl hij doorging een zinloos leven te leiden. Het instinct om te overleven was verraderlijk sterk. Hoe zinloos moest een leven precies zijn voor je de moed vond er een eind aan te maken? Over een jaar zou hij het boek af hebben, het zoeken naar Dolly's kind hebben opgegeven en al zijn spaargeld hebben opgemaakt. Wat dan?

Over een jaar zou er misschien oorlog in Europa zijn. Hij zou opgeroepen worden, tenzij hij een aanstelling als oorlogscorrespondent kon bemachtigen, een rol waaraan hij niet langer moest denken. Hij zou niet in aanmerking komen voor een officiersopleiding, hoewel hij die tóch niet gewild zou hebben. Als er één ding erger was dan bevelen te ontvangen, was het bevelen te geven. Hij zou weer helemaal onder aan de maatschappelijke ladder terechtkomen en eindelijk zouden ze hem leren waar zijn plaats was. Misschien was dat een hele opluchting. Hij had hen niet verslagen, maar was in elk geval nooit een van hen geworden.

Hij kleedde zich uit en schonk zich een slaapmutsje in, een of ander smerig Spaans brouwsel dat garandeerde dat je even sliep.

Hij gooide het in één slok achterover, alsof het medicijn was, deed het licht uit en wachtte op de uitwerking ervan. Hoe je stierf, was niet belangrijk; hoe je lééfde, dáár ging het om. En er was niets in zijn leven waarop hij trots kon zijn, niemand in zijn leven die nog aan hem zou denken; wanneer hij doodging, zou het zijn alsof hij nooit had geleefd. Allemaal heel droevig. Maar het zette je aan het denken. Het deed je begrijpen waarom mensen kinderen hadden.

'Dank je wel, Tomás.'

Het was nu al twee dagen 'Dank je wel, Tomás' en 'Dank je wel, Andrés' geweest. Ze hadden de huishoudelijke taken onder elkaar verdeeld en verbazend goed samengewerkt. Tomás had de jongen de bijnaam 'Benen' gegeven. 'Ik ben je armen en hij is je benen, tot je weer beter bent.'

Voorzover Tomás wist, was Dolores door uitputting 'flauwgevallen'. Deze keer was het gebeurd terwijl ze de trap afkwam en ze was lelijk gevallen. De bekende waarschuwingssignalen waren er niet geweest. Het was plotseling volledig donker geworden. Ze was vreselijk gekneusd en geschokt, niet in het minst door de wetenschap dat ze geluk had gehad haar nek niet te hebben gebroken.

De volgende keer was ze misschien níet zo gelukkig. De volgende keer kwam ze misschien niet meer bij. Het had geen zin langer te doen of er niets aan de hand was; het was een soort laatste, duidelijke waarschuwing geweest. Ze moest Andrés beschermen. Noch Tomás, noch Ramón of Marisa was in staat voor hem te zorgen. Als zij doodging, zou hij in een weeshuis van de staat terechtkomen, een van de honderden moederloze kinderen, drijvend op de bodemloze oceaan van de oorlog...

De tijd was gekomen om haar trots in te slikken. De volgende dag zou ze naar hotel Florida gaan en Jack vragen de zorg voor zijn zoon op zich te nemen. Het zou betekenen dat ze Lorenzo onteerde. Andrés onteerde, zichzelf onteerde, het beetje gevoel van eigenwaarde opofferde dat ze nog over had. Maar ze moest die vernedering doorstaan of leven – nee, sterven – met de gevolgen.

Wat had Edmund die dag tegen haar gezegd? *Je hebt grote*

aanleg om jezelf in de nesten te werken, jongedame. Wat hadden die woorden in haar oren weerklonken! Was ze maar Engelse. Een Engelse zou het zich nooit zo erg hebben aangetrokken. Ze werd overheerst door haar opvoeding en doordrenkt met stomme, Spaanse trots...

'Dank je wel, Andrés.' Het was een bord met cornedbeef. Tomás had haar voorraadje spullen van de zwarte markt ontdekt, maar niets anders gezegd dan dat ze moest eten om weer op krachten te komen. Ze was zijn onhandige tederheid al als vanzelfsprekend gaan beschouwen en de vreselijke woedeaanvallen al aan het vergeten.

De volgende dag zou ze naar Jack gaan. Ze zou huilen en smeken, hem vertellen dat ze stervende was, man invalide en dat haar kind zonder haar zou omkomen van de honger. En als al het andere faalde, pas dán zou ze zeggen: 'Je zei tegen me dat ik geen baby zou krijgen en het is tóch gebeurd. Jij hebt me verleid. Het is jóuw schuld, jóuw verantwoordelijkheid.' Uiteindelijk was het waar, ook al was het niet helemaal eerlijk.

Pater Spinks klopte op Clara's deur en ging naar binnen zonder te wachten.

'En hoe is het vanmorgen met mijn kampioenzondares?'

Clara keek hem vernietigend aan, wendde het hoofd af en sloot haar ogen. Niet uit het veld geslagen, trok de ziekenhuispriester een stoel bij, haalde een tabakszak te voorschijn en begon een sigaret te rollen.

'Alstublieft,' zei Clara. 'Laat me alstublieft met rust.'

'Je bent wel uit een ander vaatje gaan tappen, moet ik zeggen. De vorige keer dat ik hier was, wilde je me niet laten gaan. Ik geloof dat ik hier de halve nacht heb gezeten. Ondank is 's werelds loon.'

'Het spijt me. Ik ijlde. Ik herinner me niet eens om een priester te hebben gevraagd.'

'Vervelende zaak, bloedvergiftiging. Maar ja, als je ook wilt gaan pierewaaien in het buitenland! Laat het een les voor je zijn. Je was er bijna geweest, weet je.'

'Dat weet ik,' mompelde Clara in het kussen. 'Ik dacht dat ik naar de hel ging.'

Ze deed haar ogen een heel klein stukje open en keek naar hem door haar wimpers. Hij had elke leeftijd tussen de vijfendertig en de vijftig kunnen hebben, was klein, gezet, slecht geschoren en had een soort vrolijke morsigheid, meer als een marktkoopman dan als een priester. Ze had dezelfde vijandige gevoelens van intimiteit ten opzichte van hem als ze eens had gevoeld voor de mannen met wie ze naar bed was geweest, mannen die haar laag en walgelijk vonden, maar haar verdroegen omdat ze het de moeite waard maakte. Net zoals zij, wist hij het ergste van haar en zoals zij wilde hij zijn beloning en zou hij in de buurt blijven om te kijken of er nog wat te halen viel. Zoals zij had hij zijn nut gehad en zou het veld moeten ruimen.

'Het was geen berouw, alleen maar lafheid,' voegde ze er nors aan toe. 'Ik wil dat u uw absolutie intrekt. Die heb ik onder valse voorwendsels gekregen. Ik heb u gebruikt en nu hebt u afgedaan. En wilt u me nu alstublieft met rust laten?'

'Als ik je met rust zou kunnen laten, zou ik het graag doen. Maar ik denk beter nog een poosje te kunnen blijven.' Hij ging kalm door met likken en plakken, kennelijk meer geïnteresseerd in zijn slecht gerolde sigaret dan in Clara's onsterfelijke ziel.

Wat was biechten vreselijk vernederend! Zelfs als kind had ze het al een ondraaglijke inbreuk op haar privacy gevonden en liever denkbeeldige zonden verzonnen dan de echte te bekennen. Ze moest urenlang hebben liggen brabbelen, razend en tierend, terwijl de vlammen steeds dichterbij kwamen en haar hele lichaam door een helse hitte smolt. Hij had steeds geprobeerd haar te onderbreken, maar dat stond ze niet toe, niet eerder dan dat ze hem alles had verteld, álles, anders telde het niet. Jaren en jaren van dingen die ze nooit had verteld, waarover je niet kón praten, die niet te vergeven waren. En toen was er ten slotte niets meer te zeggen geweest en had ze de olie op haar voorhoofd gevoeld en de zachte, koele, geruststellende woorden gehoord. En vóór ze tijd had gehad opluchting te voelen, had ze met verbazende helderheid geweten dat het een valstrik was geweest; dat ze uiteindelijk tóch niet zou doodgaan...

'Je hebt geluk,' pafte de priester door een vieze rookwolk heen. 'Ik val alleen maar in voor pater Beavis. Hij maakt een pelgrimstocht naar Lourdes en zou je meer dan drie weesgegroetjes hebben gegeven, dát kan ik je verzekeren. Daarom ben ik vanmorgen gekomen. Om je boete te laten doen. Ik was van plan het erbij te laten zitten, omdat ik dacht dat je doodging en zo, maar nu je nog leeft, moet ik je eraan houden. Drie weesgegroetjes.'

Zijn stem was volkomen ernstig en toch kon hij het onmogelijk menen.

'Het is allemaal onzin, nietwaar?' smaalde Clara. 'In zak en as moeten zitten sloeg in elk geval nog ergens op. Ik geloof er allemaal niets van en ben gehersenspoeld. Het is waar wat de jezuïeten zeggen. Geef me een kind voor het zeven is en het is van mij voor het leven. Of in elk geval bij zijn dood. U verspilt uw tijd.'

'Drie weesgegroetjes,' herhaalde hij onverstoorbaar. 'Dan ga ik. Ik heb de goederen afgeleverd zoals ze besteld zijn en als je wilt dat ik ga, kun je de rekening beter voldoen. Ik heb niet de hele dag de tijd.'

'Doe niet zo belachelijk!'

'Toe nou, ik heb nog méér te doen. Probeer het van míjn kant te bekijken. Drie weesgegroetjes en ik kan door naar mijn volgende klant.'

Clara lachte ongelovig. Hij schudde zijn hoofd alsof hij zich gewonnen gaf. 'Ik zie dat je een lastige klant bent. Goed, doe me maar een aanbod.'

Clara keek hem lange tijd aan, maar zijn gezicht bleef volkomen in de plooi.

'Eén weesgegroetje,' zei ze.

'Tweeëneenhalf.'

'Twee.'

'Goed. Maar ik wil horen dat je ze opzegt. Ik vertrouw je niet. Zeker niet na wat je me hebt verteld. Over slechteriken gesproken.'

Hij zat daar kalmpjes te roken, as en tabak morsend op zijn toog en geduldig wachtend.

'Wat is er?' vroeg hij. 'Ben je de woorden vergeten?'

Met een zangerig gebrek aan eerbied gehoorzaamde ze hem, terwijl ze hem uitdagend bleef aankijken. Halverwege kreeg ze een oneerbiedige giechelbui, maar herstelde zich genoeg om het gebed af te maken.

'God zij dank,' zei hij en stond op. 'Nu ben je gered. Geen hel, alleen maar een paar duizend jaar in het vagevuur. Daar zal ik je wel weer tegenkomen. Intussen, als je doodgaat, zul je merken dat mijn tarieven heel redelijk zijn. Het is me een genoegen geweest zaken met u te doen, juffrouw Neville.'

Hij pakte haar hand en schudde hem. Daarna boog hij zich voorover en fluisterde op samenzweerderige toon in haar oor.

'Tien pond, dan hoef je ook niet in het vagevuur. Tien pond voor een speciale mis met alles erop en eraan en een volle aflaat met jouw naam erop.'

Clara's lippen trokken nerveus.

'Vijf,' zei ze.

'Acht.'

'Zeven.'

'Best.'

Hij stak zijn hand uit en wreef zijn vingers over elkaar, terwijl Clara haar tas pakte en het geld uit haar portemonnee haalde.

'Plus tien procent commissie,' voegde hij er sluw aan toe. 'Ik heb geen wisselgeld bij me. Zal ik dat morgen meebrengen?'

'Ik reken erop,' zei Clara.

'Ga niet weg, Marisa. Thérèse, dit is Marisa.'

Marisa bleef aarzelend in de deuropening staan. Jack en de Française zaten samen op het bed met een stapel foto's tussen hen in en Thérèses schoenen lagen op de grond. Door het zien van die schoenen besloot ze te blijven, ondanks haar vijandigheid ten opzichte van haar rivale. Marisa's nieuwe sandalen met hoge hakken deden haar vreselijk pijn en dit was de enige kamer waar het veilig was ze uit te doen.

'*Salud*, Thérèse,' zei ze, met een koninklijk knikje.

'*Salud*, Marisa.'

De roodharige vrouw glimlachte en zei iets tegen Jack, wat hij onmiddellijk vertaalde.

'Thérèse zegt dat het haar spijt dat ze niet goed Spaans spreekt. Ze vraagt of je haar wilt verontschuldigen, maar ze moet aan het werk.'

Thérèse stond op. Jack gaf haar de stapel foto's, maar ze

schudde haar hoofd en Marisa begreep uit haar gebaren dat ze van plan was later terug te komen.

'Ik blijf niet lang,' zei Marisa mokkend, nadat ze weg was.

'Wees niet jaloers,' zei Jack. 'Ze is een vriendin, meer niet.'

Die opmerking bevestigde alleen maar Marisa's grootste angst.

'Vind je haar aardig?'

'Niet zo aardig als jou,' zei Jack. Hij pakte haar tas en stopte er wat geld in, maar Marisa haalde het er weer uit.

'Háár betaal je niet om te praten,' zei ze. 'Ik wil je geld niet.'

'Wat is er?' zei hij verbaasd, toen ze de biljetten op de grond gooide. 'Heb ik je beledigd?'

'Ze is mooi. Ga je met haar naar bed? Ik wil niet dat ze je vriendin is.'

'Ik kan niet met haar naar bed omdat ze dat niet wil. Ze houdt van een andere man. Neem het geld alsjeblieft, Marisa.'

Ze wuifde de biljetten opzij.

'Wat zijn dat voor foto's?'

'Werk. Thérèse is fotografe. Ze wilde me de foto's laten zien die ze in Valencia heeft gemaakt. Wil je ze zien?'

Marisa schudde gemelijk haar hoofd.

'Ze is net teruggekomen en daarom kwam ze naar me toe. Waarom ben je boos? Waarom neem je niet aan wat ik je schuldig ben?'

Marisa draaide een beetje bij. Zijn toon was vleiend, verontschuldigend. Ze was er niet aan gewend dat men haar vleide of verontschuldigend tegen haar deed. Ze wilde het hem uitleggen, maar had er de woorden niet voor, zelfs niet voor zichzelf. Maar ze moest íets zeggen, anders zou hij het geld weer in haar tas stoppen en dan zou het nóg moeilijker zijn om het terug te geven.

'Ik kom hier omdat ik dat wil en niet omdat het moet. Als je me betaalt... heb ik niets te willen. Hou het geld. De andere dingen wil ik wél hebben, maar niet het geld.'

Hij keek haar nieuwsgierig aan.

'Zoals je wilt,' zei hij. 'Wil je praten?'

'Nee, ik wil uitrusten. Ik ben heel moe.'

Ze schopte haar schoenen uit en ging op het bed liggen.

'Praat jij maar,' beval ze. 'Ik hoor je graag praten.' Ze strekte zich wellustig uit. 'Praat jij maar,' herhaalde ze. 'Vertel me een verhaal.'

Hij legde een sprei over haar heen en trok een stoel bij.

'Wat voor verhaal?'

'Een verhaal over een arm meisje dat een knappe prins ontmoet. Een verhaal dat goed afloopt.'

'Goed. Er was eens...'

Marisa zuchtte volmaakt tevreden. Wat was het heerlijk om daar te liggen en alleen maar te luisteren. Ze hoefde helemaal niets te doen, ze hoefde niet eens te praten, omdat hij haar niet had betaald. Dít was nog eens luxe. Dit was vrijheid. Dit was veel, veel beter dan geld...

Binnen een paar minuten sliep ze, tot een balletje opgerold, met haar duim in haar mond. Jack had haar nog nooit eerder in slaap gezien. Ze zag er heel jong uit... Ze wás ook heel jong en onder alle verf kon ze niet veel ouder zijn dan zestien. Na een uur maakte hij haar met tegenzin wakker, omdat hij wist dat ze andere afspraken moest hebben. Ze werd met een schok wakker, schoot overeind en stoof de badkamer in. Jack zette tactvol de radio aan. Na een paar minuten kwam ze weer te voorschijn en zag er tamelijk bleek uit.

'Wat is er?' vroeg Jack bezorgd. 'Ben je ziek?' Maar ze schudde alleen haar hoofd. Ze propte haar gezwollen voeten weer in de strakke sandalen en keek in zijn spiegel, terwijl ze een nieuwe laag lippenstift en rouge opdeed.

'Mijn *novio* heeft de whisky opgedronken,' zei ze, terugvallend in haar gebruikelijke zakelijkheid. 'En ik heb nog steeds geen zijden kousen van je gekregen.'

Jack lachte en schudde zijn hoofd tegen haar. Marisa stak haar tong uit en ging ervandoor, met haar rok strak om haar heupen. Jack pakte de foto's van Thérèse en begon ze te bekijken. Er werd op de deur geklopt.

'Eindelijk,' zei Thérèse, veelbetekenend met haar ogen draaiend. 'Kan ik binnenkomen of ben je te moe?'

'Ik ben uitgeput. Er kan je níets overkomen.'

Ze ging naast hem op het bed zitten.

'Wat vind je ervan?'

'Ze zijn heel goed. Ik wil graag een lijst van de plaatsen waar

555

je geweest bent en ga zelf ook een keer naar Valencia... Onderzoek voor het boek, weet je.'
'Je vindt de foto's niet te sentimenteel?'
'Ik dacht dat je opdracht was de harten van de lezers te laten smelten?'
'Dat is ook zo. Maar ik moest de zaak een beetje oplichten, want de kinderen waren veel te vrolijk. Het is verbazingwekkend. Sommigen van hen hebben vreselijk geleden en toch herstellen ze zich heel snel. Ze komen huilend en in lompen gekleed aan en binnen een paar dagen lachen en spelen ze. Ik neem aan dat ze snel vergeten op die leeftijd. De kindertehuizen worden heel goed geleid.'
'Ik weet het,' zei Jack afwezig. 'Ik heb er vorige week een bezocht in het Palace-hotel.'
'Nog meer onderzoeken voor het boek?'
'Indirect. De sovjetwelzijnsadviseurs zitten erg met het *bezprizorny*-probleem. Zwerfkinderen zijn een bedreiging voor de nationale veiligheid. Het zijn de toekomstige revolutionairen.'
'Wat ben jij cynisch! Ik zie menselijke vriendelijkheid en jij ziet alleen maar politiek. Schaam je!' Ze wees naar de foto die Jack in zijn handen had. 'Dat kleine meisje was mijn favoriet. Ik wilde haar mee terug nemen. Is ze geen schatje?'
Jack keek naar het weesje met de grote ogen en knikte voor hij de volgende foto pakte. De laatste tijd was hij ziek geworden van het zien van zulke kinderen, maar het was moeilijk niet ontroerd te raken, moeilijk niets te voelen. En toen was het plotseling onmogelijk niets te voelen.
'Waar heb je deze foto gemaakt?' vroeg hij, opspringend. 'Herinner je je waar je die gemaakt hebt?'
Thérèse keek naar de foto en toen naar hem.
'Natuurlijk herinner ik me dat.'
'Schrijf het adres op,' zei Jack.
'Waarom?'
Thérèse bekeek de foto nauwkeurig. Er stond een knappe, jonge, Spaanse verpleegster op, die de hand vasthield van een leuk maar zielig kind. Ze glimlachte begrijpend.
'Ze ziet er niet slecht uit. Wie is ze?'

Jack deed zijn mond open om iets te zeggen, maar bedacht zich toen.
'Het doet er niet toe wie ze is. Schrijf het adres nu maar op.'
Met een zucht deed Thérèse wat hij vroeg.
'Waarom doe je altijd zo geheimzinnig? Vertrouw je me niet?'
Maar Jack luisterde niet. Met een frons in zijn voorhoofd en een afwezige blik in zijn ogen begon hij lukraak kleren in een koffer te gooien. Thérèse haalde berustend haar schouders op.
'Ik neem aan dat je naar dat kindertehuis gaat?'
'Inderdaad.'
'Hoe lang blijf je weg?'
'Dat weet ik nog niet zeker... Bedankt, Thérèse. Bedankt.' Jack gaf haar een stevige knuffel en een zoen op haar voorhoofd. 'Je bent een genie!'
Ze keek nog een keer naar de foto voor hij zijn koffer dichtklapte.
'Ik heb altijd al geweten dat je een verleden had,' zei ze.

'Meneer Austin heeft het hotel verlaten.'
De man achter de balie bekeek Dolores van top tot teen, zonder de moeite te nemen zijn minachting te verbergen.
'Bedoelt u dat hij hier niet meer logeert?'
'Dát heb ik niet gezegd. Waar komt u voor?'
'Wanneer komt hij dan terug?'
'Dat heeft hij niet gezegd.'
'Weet u waar hij heen is?'
'Die informatie kan ik u niet geven. Als u uw naam en telefoonnummer achterlaat, zal ik meneer Austin vragen u te bellen als hij terug is.'
Door de grote nadruk die hij op het woord *telefoon* legde, maakte de man het onaangenaam duidelijk dat hij wist dat ze geen telefoon had.
'Kan het morgen zijn?'
'Wie weet,' snauwde hij, ongeduldig nu. 'Journalisten zijn altijd op reis. Als het belangrijk is, moet u een boodschap achterlaten.'
Zijn gezicht lichtte plotseling op toen een roodharige vrouw kwam aanlopen en haar sleutel overhandigde. Hij bedankte haar

voor niets en glimlachte onderdanig. Zodra ze weg was, werd zijn houding meteen weer onbeschoft.

'Ik kan alleen maar een boodschap aannemen, verder niet. Als u niet kunt schrijven, laat het dan door iemand anders doen.'

Dolores, die volkomen uit het veld geslagen was geweest, kwam ineens in opstand.

'Zijn je manieren alleen met geld te koop, kameraad?' vroeg ze, de hooghartige toon aanslaand waarmee Paulina een partijbijeenkomst toesprak. De man was stomverbaasd over die metamorfose.

'Ik bood toch aan u te helpen!' zei hij stijfjes. 'Wilt u een boodschap achterlaten?'

'Niet bij jou,' zei Dolores, hem met ijzige minachting aankijkend. 'Niet bij een hielenlikker.'

Ze draaide hem de rug toe en marcheerde het hotel uit, nog verbaasder dan hij. Het was onverdraaglijk afgebekt te worden alleen omdat ze armoedig gekleed was! Waar vochten ze anders voor dan voor gelijkheid? Hoe kon die man buigen en zich uitsloven voor rijke buitenlanders en een medearbeider als een minderwaardig mens behandelen?

Ze had woedend moeten zijn omdat zij ook een dame was, zij het vermomd, omdat zij tot voor kort eveneens gewend was aan een zekere mate van hoffelijkheid en eerbied, maar dat was het helemaal niet. Ze beschouwde zichzelf niet langer meer als een dame, dat woord had geen betekenis meer. Ze was verontwaardigd omdat ze nu bij de arbeidersklasse behoorde en er recht op had te worden gerespecteerd om wat ze was en niet om wat ze was geweest. Het was maar een peuleschilletje geweest vergeleken bij wat Tomás en miljoenen zoals hij generaties lang te verduren hadden gehad, maar toch kookte haar bloed. Ze had politieke principes aangehouden om te kunnen overleven, waarbij ze zichzelf een huichelaar had gevoeld en had geloofd dat het haar koud liet wie de oorlog won, zolang er maar vrede kwam. Het was een hele schok te ontdekken dat het haar niet koud liet. De utopische idealen van haar jeugd waren kapotgemaakt, maar er was iets anders voor in de plaats gekomen, een felle, onvrijwillige partijgeest, die voortkwam uit ervaringen en niet uit optimisme.

Ja, een arbeider verdiende respect, maar een bedelaar ook? Misschien had ze te hard geoordeeld. Had ze door haar zenuwachtige, onderdanige gedrag niet toegegeven dat ze zijn gelijke niet was? De houding van de man was onmiddellijk veranderd toen ze hem een grote mond gaf.

Misschien was het maar goed dat Jack er niet was en haar niet in zo'n meelijwekkende toestand had gezien. Jack was er de man niet naar geroerd te worden door medelijden; Jack was geen Edmund. Hij verachtte zwakheid; de liefde die hij voor haar had gevoeld, was voor het meisje geweest dat ze vroeger was geweest, trots, koppig, wilskrachtig. Ze zou morgen weer komen en de dag daarna en de dag dáárna, tot ze hem had gevonden. Maar ze zou met hem praten als met een gelijke en niet als iemand die een gunst kwam vragen. Hij zou zien dat ze veranderd was maar niet anders was geworden. Ze zou zowel zichzelf als Jack bewijzen dat ze van binnen nog steeds dezelfde was...

Andrés verveelde zich. Sinds hij uit school was gekomen, had zijn oom liggen slapen en hij wilde dat zijn moeder zou opschieten en hem kwam halen. Hij haalde het stukje kauwgom te voorschijn dat hij onder de stoel had geplakt om het te bewaren. Het was hard en smakeloos, maar het gaf hem iets te doen. Hij ging op het bed zitten en probeerde zijn oom per ongeluk wakker te maken door een paar keer op en neer te bonken, maar dat hielp niet. Daarna ging hij op verkenning door de kamer. Er hing een rail met een gordijn eraan, waarachter Marisa haar kleren bewaarde. Die waren helemaal niet interessant. Er was een kast met eten, maar er lag geen snoep in, alleen maar blikjes, flessen en sigaretten. Hij pakte de wandelstok die naast het bed lag, legde hem als een geweer over zijn schouder en marcheerde toen een poosje heen en weer. Vervolgens richtte hij en schoot een paar fascisten dood, met de bijbehorende geluidseffecten. Maar nog steeds bewoog zijn oom zich niet. Andrés ging op de grond zitten, vreselijk balend. Hij had zijn moeder moeten beloven niet alleen naar buiten te gaan, maar hij zou zijn belofte hebben verbroken als het niet had geregend.

Hij begon een slagveld te maken op de grond, waarbij hij alles gebruikte wat voor handen kwam. Hij stapelde zijn leesboeken op elkaar om het republikeinse leger het voordeel van een hogere positie te geven en zette er een rij lege flessen bovenop, die zijn troepen moesten verbeelden. Daarna keek hij om zich heen, op zoek naar een positie voor een machinegeweer. Daarvoor kon hij de laars van zijn oom gebruiken. Hij legde hem op zijn kant en duwde er een blik in, bij wijze van machinegeweer, voordat hij besloot dat de peperbus beter zou zijn en het blik er weer uithaalde.

De laars was helemaal kapot en de binnenzool kwam mee met het blik. Andrés wist dat hij op zijn kop zou krijgen omdat hij eraan had gezeten en duwde hem haastig weer terug, maar hij wilde niet passen. Er zat iets in de weg. Hij haalde hem er weer uit en vond wat er in de weg zat. Het was een notitieboekje.

Nieuwsgierig haalde Andrés het eruit. Het was gescheurd, er zaten ezelsoren in en was bij elkaar gebonden met een stukje touw. En op het omslag stonden twee woorden: 'Absoluut geheim'. Absoluut geheim!

Andrés was opgewonden, maar voelde zich ook een beetje schuldig. Als het 'Absoluut geheim' was, mocht hij er zeker niet in kijken. Zijn oom zou heel boos zijn als hij het wél deed. 'Jij bent de enige die ik kan vertrouwen, Andrés,' zei hij altijd. Hij frunnikte aan de schoen en het lukte hem het notitieboekje weer in zijn schuilplaats te krijgen, hoewel zijn vingers heel onhandig waren, uit angst dat zijn oom wakker zou worden en zou zien wat hij had uitgehaald.

Toen de schat weer veilig was weggestopt, ging hij zitten nadenken over zijn ontdekking, niet langer geïnteresseerd in zijn militaire manoeuvres. Dus dáárom wilde zijn oom dat hij de laars hield. Dáárom had hij tegen hem gezegd dat hij er niet over mocht praten. 'Je bent nog te jong om de waarde ervan te begrijpen,' had hij gezegd. 'Maar die eenvoudige laars is mijn kostbaarste bezit.'

Andrés keek naar zijn slapende oom en zijn borst zwol van trots. Wát het geheim ook was, hij zou het met zijn leven bewaken. Wat het geheim was, ging hem niet aan; het feit dát het geheim was, was al genoeg. Hij was goed in het bewaren van geheimen.

'Ik ontsla mezelf,' zei Clara kalm. 'Ik heb het professor Elliott verteld.'

'Ik denk dat hij liever zou hebben dat je nog een poosje bleef,' zei Peabody. 'Je ziekte heeft de zaak nogal in de war gegooid. Je was er bijna geweest, Clara. Dat kan niet goed zijn geweest, bij alle andere dingen.'

'Ik denk van wel. Ik ben hier uit vrije wil gekomen, Richard. Je kunt me hier niet houden.'

'Vergeet niet wat we zijn overeengekomen, Clara.'

'Dat ben ik niet vergeten. Maar ik ga nu toch niet terug naar Spanje.'

'O. Ja, dat is heel begrijpelijk. Maar niettemin...'

'Dat niet alleen, ik ga de verpleging uit. Dus ben je niet meer verantwoordelijk voor me. Je kunt een zuiver geweten hebben.'

'Je gaat de verpleging uit? Waarom?'

'Omdat ik er nooit aan had moeten beginnen. Ik ga een poosje bij pater Spinks logeren tot ik heb besloten wat ik ga doen.'

'Nee toch!' zei Peabody ontsteld. Als overtuigd atheïst beschouwde hij priesters als weinig beter dan toverdokters, die gebruikmaakten van de zieken wanneer ze het kwetsbaarst waren.

'Ik ben niet plotseling in de ban van de religie geraakt,' vervolgde Clara, zijn gedachten lezend. 'Op de een of andere manier ben ik dat mijn hele leven al geweest en nu wil ik ervan loskomen.'

'Met hulp van pater Spinks?'

'Het was zijn idee. Gooi alles overboord, zei hij, en begin opnieuw. Ik ben niet vreselijk slim, zoals je weet, en ben er nooit erg goed in geweest voor mezelf te denken. Ik denk dat ik daarom lid ben geworden van de partij. Communisme is precies hetzelfde als katholicisme, is het niet? Vol onwrikbare stellingen en taboes.'

Peabody ging maar niet op die ketterij in.

'Clara, het is zeker niet aan mij je te vertellen wat je moet geloven. Zorg alleen dat je niet van de regen in de drup komt. Er zijn geen magische oplossingen in het leven. Je zit op het moment erg in de put en...'

'Ik red het wel, Richard. Dat ben ik aan Edmund verschuldigd. Jij hebt gedaan wat je kon.'

'Tja... eh, het zal ons heel erg spijten dat we je kwijtraken, dat spreekt vanzelf. Je was een erg toegewijde verpleegster. Als je er een poosje uit bent geweest, voel je je misschien weer in staat de verpleging weer op te pakken. De slechte herinneringen zullen voorbijgaan en...'

Ze schudde heftig het hoofd om hem het zwijgen op te leggen en frunnikte aan de blaadjes van het enorme boeket naast haar bed.

'Nog iets. Ik wil niet dat Edmunds familie weet waar ik ben. Zeg alleen maar tegen hen dat ik bij een vriend ben gaan logeren en zal schrijven. Wil je dat doen?'

Peabody knikte begrijpend. Dat mens van Prendergast zat zó vol goede bedoelingen dat je eronder bedolven werd.

'Ik moet leren leven met wat ik hun heb aangedaan,' vervolgde Clara zacht. 'Ik was verantwoordelijk voor de dood van Edmund, daar valt niet aan te ontkomen. Als ik er niet was geweest, zou hij nooit naar Spanje zijn gegaan. En toen heb ik hun hun familiebegrafenis ontnomen. Ik heb hun zijn graf ontnomen. Zelfs na zijn dood kon ik het niet opbrengen hem te delen. En Flora's pogingen om aardig te zijn, wrijven alleen maar zout in de wond. Ze zullen me vermoorden met hun vriendelijkheid, Richard. Ik zal er nooit overheen kunnen komen, tenzij ik een poosje uit hun buurt blijf.'

Peabody knikte, nog steeds vol twijfels.

'Denk eraan, als ik iets kan doen... Via de partij kun je me altijd bereiken. Schaam je niet om hulp te vragen, Clara. We zijn het je verschuldigd, je hebt ons alles gegeven wat je had. Laat me weten hoe het gaat.'

'Misschien. Kijk niet zo bezorgd. Ik weet dat je het goed bedoelde door me hierheen te brengen. Je dacht dat ik van plan was er een eind aan te maken, nietwaar? Dat zou ik niet gedaan hebben, weet je. Dat zou... té gemakkelijk zijn geweest.'

Josep haastte zich naar het adres dat hij op had gekregen, in een arbeiderswijk van Madrid, waar een vrouw op sterven zou liggen. Hij droeg een blauwe overall en een zak met gereedschap, die de kostbare doos verborg met de hostie en het Heilig Oliesel. Hij had zich niet geschoren, zijn handen waren vies en er bungelde een sigaret aan zijn lippen. Hij bracht een vluchtige republikeinse groet aan een passerende patrouille, die ze beantwoordde.

Een angstig kijkende vrouw deed de deur open en liet hem binnen. Het was een vreselijk armoedig onderkomen. Haar bejaarde moeder lag op een smal, smerig bed. Haar gezicht was ingevallen en het lichaam was uitgemergeld door ziekte. Het was dus echt. Zoals altijd was er het gevaar geweest dat het een val was.

Ondergrondse priesters werden beschouwd als fascistische oproerkraaiers en als ze gepakt werden, hoefden ze niet op genade te rekenen. Als iemand van de beweging werd opgepakt, werd er onmiddellijk van uitgegaan dat hij, als hij gemarteld werd, de namen en verblijfplaatsen van mede-'fascisten' zou onthullen. Schuilplaatsen werden veranderd, er werden nieuwe papieren vervalst en gewijde hosties werden snel doorgeslikt om te voorkomen dat ze ontheiligd werden.

De voorganger van Josep had zich een week lang de gastvrijheid van de geheime politie moeten laten welgevallen vóór hij zich in zijn cel had opgehangen, de voorkeur gevend aan eeuwige verdoemenis boven het verraden van zijn vrienden. Bij een eerdere gelegenheid was gebleken dat een jonge vrouw, die regelmatig ter communie was gegaan in de keuken van een katholieke dokter, voor de NKVD spioneerde; haar biechtvader was tijdens de mis gearresteerd en daarna nooit meer gezien.

Ondanks dat alles was er een groeiende vraag naar de diensten van Josep, ook al lag Madrid nog ver achter bij Barcelona, waar een toestroom van Baskische vluchtelingen de gelederen van de ondergedoken katholieken had versterkt. Er waren al plannen om een Baskische regering in ballingschap op te richten, die druk op de republiek zou uitoefenen om de kerken weer open te stellen of in elk geval de mensen toestemming te geven thuis de mis op te dragen. Intussen was noch de macht van de geheime politie, noch de voortdurende antifascistische paranoia in staat om dat bedolven, bevende geloof te doven, dat telkens weer onbedwingbaar de kop opstak.

Josep vroeg om een kom water en waste zijn handen. Vervolgens ging hij naast de oude vrouw zitten, die lag te ijlen. Kalm en geruststellend diende hij de laatste sacramenten toe en keek hoe ze haar krampachtige greep op het leven losliet, terwijl de dochter steeds maar tegen hem zei dat hij moest voortmaken, omdat haar man gauw thuis zou komen.

Toen Josep de laatste zegen gaf, lieten de vingers van de oude vrouw de zijne los en was de kamer ineens vervuld van de plotselinge geur van de dood. Hij trok de deken over haar gezicht en begon rustig zijn spullen bij elkaar te pakken, zonder acht te slaan op de zware voetstappen op de trap en de paniekgeluiden van de dochter. De oude, vertrouwde, ontoelaatbare opwinding was even koppig als pure alcohol.

'Snel, pater! U moet u verstoppen.'

Ze sloeg de sprei terug en wees op de ruimte onder het bed van de oude vrouw. Maar Josep schudde zijn hoofd. Het instinct om je te verbergen was verraderlijk; als je je verborg, maakte je jezelf en anderen schuldig en hij zou trouwens toch al snel ontdekt worden. Zoals altijd, had hij zijn verhaaltje klaar, een stapel loterijkaartjes in zijn zak, een vervalste vakbondskaart en een verklaring waarin stond dat hij niet geschikt was voor het front. Allemaal nutteloos, als hij ook maar de geringste angst liet blijken.

De vrouw draaide zich vertwijfeld om toen een grote man met een anarchistische halsdoek om de kamer binnenkwam en het verstarde tafereel in ogenschouw nam: de snikkende vrouw, het lichaam met de deken eroverheen en de ongeschoren vreemdeling.

'Is ze dood?' vroeg hij bars aan zijn vrouw, Josep aankijkend.

Ze knikte met een vertwijfeld, schuldig gezicht. De man liep naar het bed, trok de deken weg en zag de olie glinsteren op het voorhoofd van de oude vrouw. Lange tijd zei hij niets.

Josep wachtte zonder dat zijn gezicht enige emotie verried. De man draaide zich langzaam om en staarde hem aan, terwijl zijn lip krulde. Josep keek onverschrokken, bijna onbeschoft terug. Het was fatalisme, geen geloof, dat hem kracht gaf. Onverschilligheid was de beste talisman.

De man liep naar de deur, deed hem wijdopen en Josep liep weg.

Thérèse had één ding niet verteld. Het adres in Valencia dat ze hem had gegeven, was geen gewoon weeshuis, maar een tehuis voor gehandicapte kinderen.

Jack zat in de ontvangstkamer uit te kijken over de speelplaats, waar een bonte mengeling verminkte en invalide kinderen vrolijk ronddartelde, schreeuwend en lachend, terwijl anderen in een rolstoel toekeken. Het kind van Dolly was er niet bij.

Hij keek weer naar de foto. Er waren vier schijnbaar volmaakte ledematen op te zien en twee grote ogen die konden zien. Op het eerste gezicht was er dus niets aan de hand. Thérèse moest een vergissing hebben gemaakt. Hij hóópte dat ze een vergissing had gemaakt en hij haar zou moeten opbellen en dat ze hem een ander adres zou geven. Het was nooit bij hem opgekomen dat het kind letsel opgelopen zou kunnen hebben. Niet alle verwondingen waren natuurlijk zichtbaar. Veel gevluchte kinderen waren doof geworden door explosies. Misschien was het doof. Als het doof was, was het in elk geval niet te zien.

Na wat uren leek, werd hij vriendelijk begroet door een wat oudere, moederlijke vrouw, die hem voorging naar een klein kantoortje. Ze vroeg naar Thérèse en verspilde een aantal minuten door de loftrompet over haar te steken. Eindelijk stak ze haar hand uit naar de foto. Er kwamen daar veel mensen zoeken naar verloren geraakte kinderen, zei ze. Was hij familie?

'Ja,' zei Jack, om aan de veilige kant te blijven.

Ze keek naar de foto.

'Dus u kunt ons zijn naam vertellen?' zei ze.

'Andrés. Andrés... García.'

'García?'

Fout, dacht Jack.

'Misschien heeft zijn moeder een andere naam aangenomen,' zei hij terloops en voegde eraan toe: 'Kan ik hem spreken?'

'Jazeker. Kent hij u goed? Wanneer heeft hij u voor het laatst gezien en waar?'

'Bij zijn moeder, in Toledo, vlak voor de fascisten de stad innamen. Ze is dood, neem ik aan?'

'Dat kunnen we alleen maar veronderstellen. Maar laten we hopen dat hij u herkent. Hij is een paar maanden geleden door het leger gevonden, terwijl hij een paar kilometer buiten Madrid alleen op een open weg zwierf. We hebben aangenomen dat hij wees is. Zoals u weet, zijn vele vluchtelingen vanuit de lucht doodgeschoten. We hebben geen bijzonderheden kunnen vaststellen, tot u kwam. Andrés – wij zeiden Miguel tegen hem – heeft geen woord gezegd sinds hij werd gevonden. Hij kan horen en begrijpen, maar is erg in zichzelf gekeerd en snel van streek. Hij heeft vast gezien hoe zijn moeder is gedood, of iets dergelijks. Sommige kinderen zijn erger getraumatiseerd dan anderen. Misschien vrolijkt uw bezoek hem op. Komt u maar mee.'

Jack zuchtte opgelucht. Alleen maar stom. Zelfs niet doof, alleen maar stom. Dát was toch zeker niet zo erg?

Dolly's zoon was in een kamer met een aantal andere kinderen en zat alleen in een hoekje te tekenen. Ja, er was geen vergissing mogelijk. Haar ogen, haar haar, haar mond...

'Hij tekent graag,' zei de vrouw die toezicht hield. 'De tekeningen wijzen erop dat hij erg gestoord is. We konden hem niet naar een weeshuis overbrengen, want hij heeft nog steeds speciale zorg nodig.'

Jack stond als aan de grond genageld te kijken. Het donkere hoofd was in opperste concentratie over het papier gebogen, de schouders hingen naar beneden en de rechterhand kraste heftig heen en weer. Hij deed een stap naar voren.

'Andrés,' zei hij. 'Andrés.'

Het kind reageerde totaal niet.

'Laat hem naar u kijken,' zei ze.

Jack liep naar de voorkant van het kleine tafeltje en hurkte op de grond.

'Andrés,' zei hij. 'Kijk me eens aan!'

Het kind keek op en staarde hem even nietszeggend aan voordat het zijn aanval op het papier weer hervatte.

De vrouw haalde haar schouders op.

'U zegt dat hij u goed kent?'

'Niet goed,' zei Jack. 'Maar ik heb zijn moeder heel goed gekend. Ik zou eigenlijk de financiële verantwoordelijkheid voor hem op me willen nemen. Ik weet zeker dat zij dat zou willen.

Ik zou hem mee terug willen nemen naar Engeland. Hoe pak ik dat aan?'
'U bedoelt hem adopteren?'
'Ja, indien nodig.'
Ze nam hem mee het vertrek uit en liep terug naar haar kantoortje.
'U beseft dat dit kind verre van normaal is? Het kan maanden duren voor hij zich weer aan een gezinsleven kan aanpassen. Psychische problemen zijn veel moeilijker te behandelen dan lichamelijke. Als een kind geen armen heeft, houden mensen daar rekening mee. Maar Miguel – dat wil zeggen, Andrés – ziet er heel gewoon uit en vooral andere kinderen kunnen heel wreed zijn. Als u hem wérkelijk wilt adopteren, zult u de betrokken autoriteiten ervan moeten overtuigen dat u in alle behoeften van het kind kunt voorzien en een geschikte ouder zult zijn. Denkt u niet dat het gemakkelijk is om een kind mee naar het buitenland te nemen omdat dit land in oorlog is. Dat maakt het eerder moeilijker. Vele rijke, kinderloze echtparen denken dat Spaanse wezen te koop zijn. Dat is zeker niet het geval. Vergeet niet dat dit zijn vaderland is, het enige dat hij nog heeft wat van hem is. Om hem weg te halen uit zijn geboorteland, waarvan hij de taal en de gewoonten kent, waar hij gewend is aan het eten en het klimaat, en hem naar Engeland te brengen... Is dat werkelijk een goede daad?'

Dus ze dacht dat hij een goede daad wilde verrichten. Jack onderdrukte een golf van ongeduld. Wat ze zei, was ongetwijfeld waar, maar haar bezwaren gaven slechts vastere vorm aan zijn aarzelende, vage idee.

'Hij is jong genoeg om zich aan te passen,' zei hij. 'En bovendien... hij is half Engels.'

'Half Engels?' Ze keek hem vragend en veelbetekenend aan en Jack wist meteen wat ze dacht. 'Wilt u zeggen dat u de vader van het kind bent?'

'Ja.'

'Maar ik begrijp dat u niet getrouwd was met zijn moeder?'

'Nee.'

'Hebt u een vrouw?'

'Nee.'

'U bent ongehuwd?'

'Als u mij aanraadt om een vrouw te zoeken teneinde de adoptie te vereenvoudigen, dan zal ik dat doen. Ik heb de middelen om voor hem te zorgen en weet zeker dat zijn moeder liever zou willen dat hij bij zijn eigen vlees en bloed is dan bij vreemden, hoe goed bedoeld ook.'

Ze zei niets, maar haalde een map uit een kast.

'Misschien kunt u me de geboortedatum en de geboorteplaats van het kind vertellen. Ook de naam en de geboortedatum van zijn moeder. Ook bijzonderheden over...'

Om de onvermijdelijke verificatieprocedure te bemoeilijken, zei Jack dat het kind in Engeland was geboren. Als naam van de moeder gaf hij Rosa García op, bang om zich in een wespennest te steken in verband met een fascistische afkomst. Hij was in alle opzichten mededeelzaam, coöperatief en charmant en ze werd wat vriendelijker. Als hij kon bewijzen dat het kind de Britse nationaliteit had, dan maakte dat de zaak natuurlijk anders. Had de moeder hem op de geboorteakte als de vader vermeld? De autoriteiten zouden willen weten dat a. pogingen om de moeder op te sporen vruchteloos waren gebleven, en b. dat er enig bewijs van zijn vaderschap was. Het zou natuurlijk een langdurige kwestie worden...

'Hoe langdurig?' vroeg Jack.

'Dat hangt er van af. Zijn moeder kan een van de vele slachtoffers zijn die nooit geïdentificeerd zullen worden. Aan de andere kant zou de arme vrouw op dit moment wanhopig op zoek kunnen zijn naar haar kind. We hebben hem hier een aantal maanden gehad zonder dat we hem bij zijn naam konden noemen. Nu we die informatie hebben, moeten we de details laten rondgaan, in de hoop moeder en zoon te herenigen. Dat zou natuurlijk de ideale oplossing zijn, zoals u ongetwijfeld met me eens zult zijn.'

'Maar Rosa is vast en zeker dood,' zei Jack. 'De jongen is immers alleen rondzwervend aangetroffen?'

'Dat hoeft niet. Misschien is ze bewusteloos geweest door haar verwondingen en van hem gescheiden geraakt. Zulke dingen gebeuren. Alle mogelijkheden moeten worden onderzocht. Mag ik vragen hoe het is gekomen dat hij in Engeland geboren is?'

'Zijn moeder was in dienst bij een Spaanse familie en is met hen meegegaan toen ze een bezoek aan Engeland brachten. Ze hebben haar ontslagen toen ze zwanger raakte, maar ze weigerde mijn aanbod met haar te trouwen. Kort na de geboorte verkoos ze naar haar geboorteland terug te gaan en gaf zich uit voor weduwe. Ik heb altijd voor het kind betaald, aangezien het meisje zelf geen familie had. Toen de oorlog uitbrak, ben ik hierheen gekomen, in de hoop haar over te halen met me mee terug te gaan, maar deze keer was er natuurlijk een andere man in het spel en wilde ze niet mee. Sinds de val van Toledo heb ik overal naar mijn zoon gezocht.'

'Ik begrijp het. Nou, ik kijk uit naar de geboorteakte van het kind.'

'Ik zal die onmiddellijk uit Engeland laten opsturen.'

'Er is geen haast bij. U moet erin berusten dat u lang zult moeten wachten tot de noodzakelijke formaliteiten zijn uitgevoerd. Maar dat oponthoud zal u de kans geven vriendschap met het kind te sluiten. U moet begrijpen dat we niet kunnen toestaan dat u het meeneemt als het niet klikt tussen u beiden, wát de omstandigheden verder ook mogen zijn. Het belang van het kind staat voorop.'

'Ik zal een hotel in Valencia zoeken,' zei Jack. 'U hebt er geen bezwaar tegen dat ik hem elke dag kom opzoeken?'

'Zolang hij positief reageert, niet. U zult voorzichtig te werk moeten gaan, want hij schrikt heel gauw. Hebt u ervaring met kinderen?'

'Ik heb tien jongere broers en zusters. Mijn moeder was al vroeg weduwe en omdat ik de oudste was, heb ik de rol van vader op me genomen. Mijn hele leven heb ik naar kinderen van mezelf verlangd en vond het vreselijk toen Rosa bij me wegging. Ik hield heel veel van hen beiden. Neemt u me niet kwalijk.' Jack koos dat moment uit om zijn stem te laten breken en zijn neus te snuiten, waarbij hij haar boven zijn zakdoek uit gadesloeg.

Ze knikte vriendelijk.

'Komt u morgen maar weer,' zei ze. 'De beste tijd is in de middag, na de les. U kunt ervan verzekerd zijn dat ik al het mogelijke zal doen om deze zaak tot een gelukkig einde te brengen.'

Ze schudde hem hartelijk de hand en liet hem uit.
Jack was door het dolle heen. Hij moest een paar uur goed nadenken voor hij de problemen bij de uitvoering van zijn plan had geanalyseerd en geëvalueerd. Achteraf bezien had hij zich grondiger moeten voorbereiden en een waterdicht verhaal moeten bedenken. Maar tot dat buitengewone moment waarop hij Andrés weer had gezien, waren zijn bedoelingen vaag geweest. Die plotselinge, heftige vastbeslotenheid om hem te hebben, te houden, indien nodig te stelen, was onwillekeurig geweest, onvoorzien. Het was niet voortgekomen uit sentimentaliteit, ook niet uit weekhartigheid en evenmin uit edelmoedigheid. Die eigenschappen bezat hij niet en zou hij ook nooit krijgen. En het had niets te maken met Edmunds testament. Het kwam voort uit een zuivere, onvervalste, egoïstische behoefte, of misschien was hebzucht een beter woord. Hij had zich ooit maar één keer eerder zo gevoeld, maar één keer. En deze keer zou hij zich niet de kaas van het brood laten eten; deze keer zou híj winnen. Intussen kon niet worden aangetoond of zijn verhaal waar was of niet; door zijn leugens had hij vaste grond onder de voeten gekregen. Het verwarde web liet veel meer mogelijkheden dan de rechte, smalle, doodlopende weg van de waarheid.

De omslachtige, officiële 'onderzoeken' zouden al dan niet een ongeruste Rosa opleveren, die omgepraat en gekalmeerd zou moeten worden. De formaliteiten konden zich maandenlang voortslepen, terwijl hij de strijd aanbond met een enorm groot en log ambtenarenapparaat. Intussen wonnen de fascisten dagelijks nieuw terrein en de republiek zou kunnen vallen vóór de zaak geregeld was. En wat dan? Er zou een algehele zuivering komen van alle bestaande ambtenaren en hij zou weer helemaal opnieuw moeten beginnen...

Hij zou een kortere weg moeten vinden. Het moest geen probleem zijn om valse reispapieren te bemachtigen, dank zij Edmunds geld. Zodra de jongen hem had leren vertrouwen, zou hij hem een dagje mee uit vragen. Meer dan één dag had hij niet nodig. Tegen de tijd dat ze beseften dat hij niet terugkwam, zouden ze veilig de grens over zijn...

Hij besprak een hotelkamer voor de volgende nacht en nam

de trein terug naar Madrid om zijn spullen op te halen. Zoals te voorzien was geweest, wachtte Thérèse hem op.

'Als je geen vragen stelt, krijg je ook geen leugens te horen,' zei hij onvermurwbaar. 'Ik vertrek. De komende paar weken ben ik in hotel Cristina, in Valencia.'

'Een tweepersoonskamer, neem ik aan?'

Jack glimlachte ondoorgrondelijk.

'Arme Marisa,' zei Thérèse plagend. 'Ze zal ontroostbaar zijn.'

Arme Marisa. Jacks geweten stak.

'Heb je een paar zijden kousen?' vroeg hij.

'Kom binnen, Marisa. Is er iets aan de hand? Hier, laat me je helpen.'

Ze was beladen met een grote doos, die Dolores van haar overnam, wankelend onder het gewicht en gebaarde dat ze stil moest zijn. Het was nog vroeg en Andrés en Tomás sliepen nog.

'Ik kan dit niet meenemen naar huis,' zei Marisa hijgend. 'Ramón zou het achter elkaar opdrinken. Kun jij het voor me verstoppen?'

De doos bevatte een dozijn flessen whisky.

'Hoe kom je daaraan?' vroeg Dolores.

'Mijn Engelsman is weggegaan. Hij heeft ze voor me achtergelaten, met dit briefje. Kun jij het voor me lezen?'

Ze herkende het handschrift meteen. Dolores scheurde de envelop open en staarde naar wat er op het briefje geschreven stond.

'En?' vroeg Marisa gretig. 'Wanneer komt hij terug?'

'Ik ben een paar weken weg voor mijn werk. Pas goed op jezelf terwijl ik weg ben. Jack.'

'Zijden kousen!' zuchtte Marisa, dieper in de doos duikend. 'En chocola voor de jongen! En sigaretten. Ah, zie je wel, hij geeft écht om me!'

Eerbiedig haalde ze een zijden kous uit het pakje en liet hem over haar arm glijden, vol bewondering voor het dunne, glanzende weefsel.

'Hij is zeker heel aardig,' zei Dolores stug. 'Ik zal de doos voor je onder het bed stoppen.'

'Twaalf flessen,' zei Marisa peinzend. 'Denk je dat dit betekent dat hij twaalf weken wegblijft?'
Twaalf weken.
'Wie weet? Neemt hij contact met je op als hij weer terug is?'
'Ja, zeker. Hij is heel erg op me gesteld. Hij heeft beloofd voor me te zorgen als Ramón dood is.'
'Voor je te zorgen?'
'Hij neemt me mee naar Engeland en daar ga ik in een huis wonen en word een echte dame.'
'Heeft hij je dat verteld?'
'Min of meer.' Marisa liet de kous langs haar wang glijden. 'Als ik eenmaal in Engeland ben, zal ik je pakjes sturen en na de oorlog mag je me komen opzoeken in mijn mooie huis.'
Ze geeuwde hartgrondig.
'Je ziet er weer ziek uit,' merkte ze op. 'Heb je hoofdpijn?'
'Niet zoals jij bedoelt,' zei Dolores. 'Ik heb alleen veel aan mijn hoofd.'
'Je bent gek dat je bij die lomperik blijft. Als Ramón er niet meer is en ik er niet meer ben, wie moet je dan helpen? Je bent nog jong en zou een andere man moeten zoeken, vóór het te laat is. Denk aan je zoon.'
'Ik denk voortdurend aan hem,' zei Dolores.
Ze deed de deur zachtjes dicht en keek naar haar slapende zoon. Twaalf weken of twaalf dagen, dat zou nog steeds te laat kunnen zijn. Ze had al te lang gewacht.
Ze pakte een vel papier en begon te schrijven. Daarna verscheurde ze het en begon opnieuw. Na nog drie pogingen stopte ze het in een envelop, plakte die dicht en adresseerde hem aan Mrs. M. Townsend, 32 Landsdowne Gardens, Londen, Engeland.

15

Slaap, zeeën en zeeën van slaap, vol vreemde, glibberige dromen, die als felgekleurde vissen door het duister schoten. Clara werd dan wakker vol vluchtende, vluchtige kennis, wetend dat ze iets had geleerd maar niet in staat het zich te herinneren en verlangend naar de volgende reis naar de gewichtloze wereld van de vergetelheid.

Pater Spinks moedigde haar aan in bed te blijven. Het was de beste medicijn, zei hij, en als ze sliep was ze bovendien veel minder lastig dan wanneer ze wakker was. Dan liep ze hem voor de voeten en stoorde hem bij het mediteren met allerlei godslasterlijke onzin. Clara voelde alle woede van een bedrogen vrouw. Ze ging als een versmade geliefde tekeer tegen de God die haar in de steek had gelaten; pater Spinks ging er niet tegen in – hij moest toegeven dat ze in zekere zin gelijk had.

'Hij geeft het nooit op, nietwaar?' raasde ze. 'Eerst dwingt Hij mijn vader om mijn moeder te vermoorden. Mijn vader had de keus om haar te redden, of mij, en de priester zei dat ik gered moest worden, omdat het leven van een baby altijd heilig is. Waaróm is het leven van een baby altijd heilig?'

'Zeg jij het maar,' zei Spinks.

'Omdat de enige vrouw die goed is, een maagd is, dus is een moeder geen verlies. Hoe dan ook, als goede katholiek heeft mijn vader gedaan wat die priester zei. Ik werd geboren en zij begraven, op de leeftijd van tweeëntwintig jaar. Vervolgens denkt mijn vader bij zichzelf: als Helens leven er niet toe deed, dan het mijne ook niet. Heel logisch. Dus gaat hij het weekend naar Sussex en schiet zichzelf dood met zijn jachtgeweer. Pang.'

'Hoe oud was je toen?'

573

'Twee. Hoe dan ook, mijn vader had het bij het verkeerde eind. Het leven van mijn moeder was niets waard, maar het zijne bleek heilig te zijn, net als het mijne. Ze hebben hem in ongewijde grond begraven, om ervoor te zorgen dat iedereen wist dat hij naar de hel was gegaan.'

'Je weet niet zeker of hij naar de hel is gegaan, Clara. Dat weet je pas als je er zelf bent. En wat is er met jou gebeurd, nadat je vader was uitgestapt?'

'Ik werd rijk. Daarna heb ik geen kans meer gehad. Het is gemakkelijker voor een kameel om door het oog van de naald te gaan dan voor een rijk klein kind om het koninkrijk der hemelen binnen te gaan. Mijn oudoom en -tante hebben me in huis genomen. Ik vond mijn oom aardig. Hij was een vriendelijke man. En toen betrapte tante Mary me op een dag toen ik bij oom Edward op schoot zat. We zongen ons favoriete kinderliedje. Hop paardje, hop, hop, paardje hop. Breng ik u in verlegenheid?'

'Na twintig jaar de biecht te hebben afgenomen, Clara, is er weinig wat ik niet gehoord heb. Hoe oud was je toen?'

'Acht. Om eerlijk te zijn, begon ik het net leuk te vinden. In het begin deed het een beetje pijn, maar dat is voor mij nooit een bezwaar geweest. Ik dacht dat het betekende dat hij dol op me was, ziet u. Hoe dan ook, daar heeft tante Mary gauw een eind aan gemaakt. Tante Mary was goed katholiek, dus mócht je het niet lekker vinden; haar man niet en ík zeker niet.'

'Dus toen hebben ze je naar het klooster gestuurd?'

'Ellendige nonnen. Weet je wat de hel is, Clara Neville? De hel betekent meer pijn dan je je ooit kunt voorstellen. Het is net alsof je wordt opgesloten in een gloeiend hete, ijzeren doos, in een oven, voor eeuwig en altijd...'

'Geen wonder dat je zo blij was me die avond te zien.'

'Angst. Het hele katholieke geloof is gebaseerd op angst. Nou, Hij kan me nu verder niets meer doen, vóór mijn dood niet, in elk geval. Hij heeft me alles ontnomen. Edmund, mijn baby's, alles. Ik ben niet bang meer van Hem. O, nee!' En vervolgens, haar woorden logenstraffend: 'Het zal toch wel goed zijn met Edmund?'

'Goed?'

'Edmund geloofde niet in God. Er zijn toch speciale regels

voor niet-katholieken, omdat ze niet beter weten? Dus zal het toch wel goed met hem zijn? Ik kan de gedachte niet verdragen dat het níet goed met Edmund zou zijn!'

'Vertel eens wat meer over Edmund,' zei pater Spinks kalm, zonder op haar tranen te letten, omdat hij wist dat ze haar mond zou houden als hij medeleven toonde.

'Edmund? Ik aanbad hem. Ik houd meer van hem dan ik van God hield en daarom moest hij sterven. Ik haat God. Ik háát Hem.'

'En waarom hield je van Edmund en aanbad je hem?'

'Omdat... omdat hij góed was. Omdat hij me liet geloven in goedheid.'

'Mooi. Nu komen we ergens.'

'Tomás... ik heb zitten nadenken, over Andrés. Het zou het beste voor hem zijn als ik hem wegstuur tot de oorlog voorbij is.'

'Nee, nee. Een kind moet bij zijn familie zijn. Ik ben bij Petra weggegaan en weet nu niet of ze dood is of leeft. Er kunnen overal bommen vallen. Je zult je meer zorgen maken als hij bij vreemden is en heimwee naar je heeft.'

'Geen vreemden. Mijn plan is hem naar Engeland te sturen... naar mijn oom en tante. Er zijn geen bommen in Engeland, er is genoeg te eten en...'

'En hoe krijg je hem in Engeland? Je zult om een vergunning moeten vragen, er zullen vragen worden gesteld en je zult moeten liegen. En als ze ontdekken dat je liegt...'

Hij hoefde de zin niet af te maken. Als haar leugens aan het licht kwamen, zou dat haar dood betekenen. Maar ze zou tóch sterven, dat voelde ze. Maar dat kon ze niet tegen Tomás zeggen.

'Ik weet zeker dat mijn oom een manier zal vinden. Misschien stuurt hij genoeg geld om valse papieren te kopen. Ik heb nog niets tegen Andrés gezegd. De gedachte dat hij bij me weg moet, zou hem alleen maar van streek maken.'

Tomás zweeg even.

'Hij hóeft niet bij je weg,' zei hij stijfjes. 'Scheid jezelf niet van je zoon om mijnentwil. Je moet met hem meegaan naar Engeland.'

'Dan wordt het gevaar dat we ontdekt worden twee keer zo

575

groot, als we beiden zouden proberen weg te gaan. Trouwens, jij bent mijn man, mijn plaats is bij jou. En als de oorlog voorbij is, komt Andrés terug.'

'Denk je dat jouw communistische vrienden de oorlog voor ons zullen winnen? Je bent niet goed wijs. De dagen van Caballero zijn geteld. Die wordt binnenkort vervangen door een marionet. Binnenkort regeren de Russen in Spanje. Dan kun je net zo goed in Engeland tussen de buitenlanders leven.'

'Ik heb je al vele malen gezegd dat ik je niet zou verlaten, Tomás. Ik ben je vrouw!'

Tomás schoof, niet op zijn gemak, heen en weer in zijn stoel.

'Je bent mij niets verschuldigd, Lole. Ik wilde jou, dat was alles. Ik heb gezorgd dat je niets overkwam omdat ik je begeerde, om geen enkele andere reden. Ik was blij toen ik hoorde dat je man dood was. Ik was blij, Lole.'

'Ik wist dat je me begeerde, Tomás. Ik wist het en heb er gebruik van gemaakt. Maar het is niet slecht geweest. Waar zouden we nu zijn als we elkaar niet hadden?'

'Lole... waarom heb je niet eerder aan je familie geschreven? Waarom nu? Wat is er veranderd?'

'Veranderd?' Dolores wendde haar blik af. Hij mocht niet weten dat ze ziek was, hij had zelf al genoeg te verduren. 'Nou... alles wordt erger. Het tekort aan eten, het gevaar. Ze zeggen dat de fascisten verder oprukken en er weer bombardementen gaan komen.'

'Er zijn eerder bommen geweest en toen heb je hem níet weggestuurd. En de jongen lijdt geen honger. Jíj lijdt honger, maar hij niet. Er is iets anders veranderd. Het komt door mij. Het komt omdat ik tegen hem tekeer ben gegaan en hem slecht heb behandeld.'

'Nee! Dat is het niet. Hij is de laatste tijd juist erg op je gesteld geraakt. Het heeft niets met jou te maken. Ik had het al lang geleden moeten doen. Ik heb hem uit egoïsme bij me gehouden, omdat ik bang was hem kwijt te raken.'

'Lole, luister naar me. Er is iets dat ik je moet vertellen. De jongen had allang in Engeland kunnen zijn, en jij ook, als ik er niet was geweest.'

'Tomás, ik verzeker je dat je je vergist. Ik heb dit plan pas heel kortgeleden bedacht. Het is een laatste toevluchtsmiddel, dat is alles, en alleen voor Andrés, niet voor mezelf. Ik ben niet erg dol op Engeland en zou daar uit eigen verkiezing nooit gaan wonen. Ik veracht degenen die in moeilijke tijden hun land in de steek laten, heb nooit aan vluchten gedacht, ik...'

'Laat me uitspreken. Ik heb liever dat je dit van mij hoort dan van je familie, die het je zeker zal vertellen. Er is een Engelsman geweest. Er is een Engelsman bij Rosa geweest, die op zoek was naar jou.'

'Wat?'

'Toen wij in Albavera waren. Hij kwam je vertellen dat je man dood was en wilde je meenemen naar Engeland.'

Dolores keek hem niet-begrijpend aan.

'Hij was naar Spanje gekomen om uit te zoeken hoe het met jou was en had met iemand van de regering gesproken. Hij heeft Rosa verteld dat je man in de strijd was gesneuveld en heeft haar een brief voor jou gegeven. Die heb ik verbrand. Zo wist ik dat je man dood was.'

Dolores bleef hem aanstaren, sprakeloos.

'Als ik er niet was geweest, hadden jij en de jongen in veiligheid kunnen zijn,' vervolgde Tomás nors. 'Ik was bang om je kwijt te raken, Lole en heb me aan je vastgeklampt, zoals jij aan Andrés, uit liefde.'

'Heeft... heeft Rosa je verteld hoe die Engelsman heette?'

'Ik heb het haar niet gevraagd. Hij heeft haar zijn kaartje gegeven, maar dat heb ik ook verbrand.'

Dolores schudde haar hoofd en probeerde haar gedachten helder te krijgen.

'Toen ik je vertelde dat je man dood was, was dat niet gelogen. Ik zei tegen mezelf dat ik je zou beschermen en liefhebben, zoals je man had gedaan. Ik zei tegen mezelf dat niemand er schade van zou ondervinden. Dat was fout van me.'

Dolores voelde zich tegelijk warm en koud worden.

'Ik vraag je niet om me te vergeven, maar vraag en wil dat je bij me weggaat, dat je jezelf en je zoon in veiligheid brengt. Ik heb je een groot onrecht aangedaan.'

Dolores wendde zich van hem af, terwijl ze vocht om haar gezichtsuitdrukking te beheersen. Ze was woedend, verbij-

sterd... en beschaamd. Ze schaamde zich om de onhandige onschuld van zijn misdaad, het weloverwogen bedrog waaraan zij zich schuldig had gemaakt. Een teveel aan liefde van zijn kant en een gebrek aan liefde van de hare. Wie van hen had het meest kwaad gedaan?
'Het geeft niet,' zei ze. 'Ik begrijp het.'
'Ik heb uit egoïsme gehandeld.'
'En ik ook.'
'Ik heb je bedrogen.'
'Ik jou ook.'
'Als ik er niet was geweest, zou je nu in veiligheid zijn.'
'Als jij er niet was geweest, zou ik nu dood zijn! Hou erover op, Tomás, alsjeblieft. Dat ligt nu allemaal achter ons. Het is voorbij.'

Ze legde een vinger op zijn lippen, omdat ze niets meer durfde zeggen. Het was allemaal verleden tijd. Maar het verleden was nooit voorbij, nooit afgedaan; de tentakels van het verleden waren verraderlijk lang. Edmund of Jack. Wie was het geweest, Edmund of Jack? Het moest Edmund geweest zijn. Het moest Edmund geweest zijn.

'Mijn neef kan plotseling komen terwijl ik naar mijn werk ben,' zei ze, hardop denkend. 'Zeg hem maar dat je mijn man bent en vraag hem te wachten.'

'Schaam je je niet om te zeggen dat ik je man ben?'

'Ik schaam me voor veel dingen,' zei Dolores, 'maar niet voor jou.'

Langzaamaan, had Jack tegen zichzelf gezegd, dan lukt het wel. Maar het lukte niet. Het kind tolereerde hem, maar meer niet. En hij kon merken dat de staf niet onder de indruk was van zijn vorderingen. Hij probeerde alles. Verhaaltjes, puzzels, spelletjes, omkoperij. Andrés reageerde overal uiterst onverschillig op. Hij kauwde op snoepjes zonder dat hij liet blijken ze lekker te vinden en schoof speelgoed opzij nadat hij het een paar minuten vluchtig had bekeken. Het enige wat hij wilde, was tekenen. En wanneer hij werd gedwongen iets anders te doen, kreeg hij plotseling een heftige huilbui, die niet zozeer driftig was als wel heel zielig en vol onuitgesproken angsten.

De jongen vond het niet prettig aangeraakt te worden en reageerde niet op grapjes. Jack wilde hem vreselijk graag horen lachen. Als hij eenmaal lachte, zou hij gaan praten en als hij eenmaal praatte, kwam de rest ook wel. Er was niets aan de hand met zijn stembanden, zoals uit zijn huilbuien bleek.

Jack had de tekeningen urenlang bekeken en geprobeerd de betekenis ervan te ontcijferen. Er waren geen herkenbare gestalten of vormen te zien, alleen maar vlekken van felle kleuren en dikke, zwarte strepen, boos en verward en zomaar lukraak. Een breedsprakige psycholoog had ze al op een of andere gladde, voor de hand liggende manier geïnterpreteerd, Jack verblindend met zinloze kennis en de jongen terugbrengend tot een standaardgeval. Het was duidelijk dat hij het maar niets vond dat een amateur zich met de zaak bemoeide, maar gelukkig bleef het hoofd duidelijk aan Jacks kant. Ze had zijn aantrekkelijke verhaal zó volledig geslikt dat ze zelfs beweerde dat het kind op Jack leek. Jack was een paar keer met haar gaan eten en had haar gezelschap leren waarderen. Ze was ontwapenend apolitiek, vooral wanneer ze een glaasje op had.

'Theoretici en politici, dat is allemaal één pot nat. Ze beweren altijd dat zij overal het antwoord op weten. Ik heb met de realiteit te maken. Geen enkel principe, geen enkel ideaal kan rechtvaardigen wat wij onze kinderen aandoen. O ja, we doen het met hun kinderen ook, als we de kans krijgen. Het is alleen zo dat zij aan de winnende hand zijn en dus hebben zij de meeste schade aangericht. Ach, ik zeg te veel, zoals gewoonlijk.'

'Ik zal je woorden niet aanhalen,' zei Jack. 'En als ik het wél deed, zou ik nooit mijn bronnen onthullen. Dat is het enige eerbare wat wij journalisten hebben.'

'Vertel me nog wat meer over de moeder van Andrés.' Pepa hield van een goed verhaal. Iedereen hield van een goed verhaal.

Hij noemde haar Rosa, maar het was Dolly die hij beschreef. Het gaf troost haar aan een vreemde te beschrijven als de verloren liefde van zijn leven, de vrouw die hem had versmaad en een andere man had gevonden. Het was verkeerd van hem geweest haar te verleiden, zei hij, maar hij kon er niets aan doen, het was een daad van hartstocht geweest waarvan hij onmogelijk spijt kon hebben. Maar het was verstandig van haar geweest niet met hem te trouwen, verstandig om iemand te zoeken die aardiger was en meer verantwoordelijkheidsgevoel had dan hij. Hij had haar misbruikt en ze had gelijk gehad hem daarvoor te straffen...

Zo had hij er nog nooit eerder over nagedacht; hij had nooit aanvaard ook schuldig te zijn, had nooit het gevoel afgeschud dat hij verraden was, zelfs niet toen hij hoorde dat ze dood was. Het was alsof hij, door die gevoelens van boosheid in leven te houden, ook haar in leven kon houden. Maar nu kon hij haar fatsoenlijk begraven, haar geest te ruste leggen, omdat hij een deel van haar had teruggekregen, als een onverdiend cadeau uit het hiernamaals.

'Het bloed kruipt waar het niet gaan kan,' zei Pepa altijd, hem eraan herinnerend hoe oneerlijk zijn aanspraken waren. Maar dat deed er niet toe. Als hij er de volgende dag achter zou komen dat Andrés inderdaad zijn kind was, zou het geen verschil maken. Het was belangrijk dat hij van Dolly was, een deel van haar. Als zij samen een kind hadden gehad, zou hij hetzelfde hebben gevoeld. Hij was geen bewonderaar van zijn eigen genen; noch zijn uiterlijk, noch zijn karakter was de moeite waard om te worden voortgeplant. Het ideale kind zou een volmaakte replica van haar zijn geweest. En op zijn sekse na was Andrés dat bijna.

Het kwam bij hem op dat Dolly de jongen misschien Engelse kinderliedjes had geleerd en hij misschien wel tweetalig was. Hij pijnigde zijn hersens om zich de paar liedjes te herinneren die hij in zijn jeugd had geleerd. Bij het zingen dacht hij een of twee keer dat er een vonkje van herkenning te zien was, waardoor hij volhield, zonder op het gegiechel van de andere kinderen te letten. Maar tot dan toe was dat de enige vorm van communicatie geweest, behalve de tekeningen. En misschien waren de tekeningen alleen maar voor hemzelf bedoeld en misschien was het opdringerig te proberen ze te begrijpen en aan te nemen dat je de gedachten van een ander kon analyseren.

Zijn groeiende frustratie schreeuwde om een uitlaatklep en die vond hij in zijn boek. Het manuscript was nu te dik om te verstoppen, maar dat leek hier nauwelijks nodig. Hotel Cristina was een bescheiden etablissement vlak bij de arena, op loopafstand van het kindertehuis, en het leven in Valencia leek bijna normaal vergeleken bij Madrid of Barcelona. Het was een streek van kleine handelaars en rijke boeren, die het er levend af hadden weten te brengen door samen te werken met de anarchisten en de draad nu weer gewoon hadden opgepakt. De verplichte verkoop van alle produkten aan de vakbonden werd geregeld door dezelfde kooplieden die rijk waren geworden tijdens het oude regime en van wie de kennis van exportprocedures essentieel was om de belangrijke handel met het buitenland te kunnen voortzetten. Officieel mocht iemand voor zichzelf geen handel meer drijven, maar ondanks routinematige verbeurdverklaringen en executies bleef de hele stad onmiskenbaar welvarend en trok zich koppig niets aan van de oorlog, alsof men die als een dwaling beschouwde en besloten had te wachten tot die voorbij was in plaats van te proberen te winnen.

In dit klimaat van niet te onderdrukken ondernemingslust was het niet moeilijk geweest iemand te vinden die in valse documenten handelde, al was het via een moeizame reeks tussenpersonen. Het was gewoon handel en duidelijk zeer winstgevend. Jack had de notaris van Edmund telegrafisch om geld gevraagd, Thérèses foto van de jongen overhandigd en vervolgens de spullen opgehaald, waardoor Andrés een stuk armer was geworden. Het leven was in Spanje misschien goedkoop, maar vrijheid zeker niet.

'En, jongen? Nog last gehad met die García? Is alles goed met je moeder?'

'Ja, oom. Tomás is heel rustig. Hij zit gewoon de hele dag in zijn stoel en schreeuwt zelfs niet meer.'

Andrés was deze vragen gaan vrezen. Zijn oom leek nooit tevreden met zijn antwoorden. Hij had gedacht dat hij blij zou zijn te horen dat alles goed ging thuis, maar hoe geruststellend het nieuws ook was, daarna begon hij te razen en te tieren dat het zijn plicht als heer was de eer van zijn zuster te verdedigen.

'Je zult hem bevend om genade zien smeken, Andrés,' verklaarde hij. 'Eerst zal ik hem een klap in zijn gezicht geven, zó!' Hij doorkliefde de lucht. 'Dan mag hij elk wapen kiezen wat hij wil, sabel, pistool of blote handen. Dan...'

'Maar, oom, hij kán niet vechten,' onderbrak Andrés hem,

verontrust bij het vooruitzicht van die ongelijke strijd. 'Hij kan niet eens stáán zonder zijn krukken. En ik weet zeker dat hij mama nooit iets zou doen.'

'Als ik er niet meer ben, moet jij je moeder beschermen,' hielp Ramón hem herinneren. 'Je bent het toch niet vergeten, is het wel, van het aandenken dat ik je heb nagelaten?'

'Nee, oom.' Andrés kreeg een kleur bij de herinnering aan het ongeoorloofde kijkje dat hij in de laars van zijn oom had genomen.

'Mooi. Je moet het voor García heel goed verborgen houden. Het is van het grootste belang dat het niet in verkeerde handen komt.'

'Ja, oom.'

'Mijn tijd komt nader, helaas,' vervolgde hij en vroeg het kind met een gebaar zijn glas bij te vullen. 'Ik ben erg moe.' Hij nam een grote slok en zakte toen achterover op het bed.

Even later begon het zware, hortende ademhalen. Andrés zuchtte. Zijn moeder had gezegd dat ze hem over een uur of twee zou komen halen, als ze klaar was met haar boodschappen, maar die dag regende het niet, de zon scheen en Andrés had niet veel zin weer zo saai binnen te moeten wachten. Zijn oom was lang zo leuk niet meer als vroeger en Andrés begon genoeg te krijgen van zijn gekanker op Tomás. Die grote, stille, bewegingloze figuur had iets wat respect afdwong, iets wat veel ontzagwekkender was dan de boze reus die tegen hem had geschreeuwd en geprobeerd had hem op zijn ene been achterna te zitten door de kamer.

Tomás had nooit veel te zeggen, maar hij kon heel goed luisteren. Zijn moeder had het altijd te druk om te luisteren en zijn oom viel hem steeds in de rede, maar Tomás vond het prima hem zo veel te laten praten als hij wilde. Andrés praatte graag, vooral als iemand goed luisterde, en het gaf hem een heel volwassen gevoel Tomás te leren lezen.

'Ik ben niet zo snel van begrip als jij, jongen,' had Tomás hem gewaarschuwd. 'Je moet geduld hebben.' Andrés was niet erg geduldig van aard en soms ergerde het hem als Tomás zijn letters niet kon onthouden, maar dan zei Tomás kalm: 'Bewaar je boosheid voor belangrijke dingen. Bewaar je boosheid voor als je die nodig hebt,' en dan zweeg Andrés beschaamd.

Het snurken werd luider en dieper. Andrés zat een paar minuten besluiteloos heen en weer te schuiven en glipte toen de kamer uit. Hij had graag naar zijn oom toe gewild, in de hoop wat chocola te zullen krijgen en een paar mooie verhalen te kunnen horen, maar het een nog het ander was het geval geweest en nu had hij spijt te zijn gekomen.

Zijn moeder zou boos op hem zijn, maar zolang hij meteen naar huis ging, zou het wel meevallen. Er was hem gezegd dat hij beslist niet op straat mocht spelen, hoewel allerlei kinderen die veel jonger waren dan hij dat wél deden. Hun moeders vonden het niet erg dat ze vies werden of lawaai maakten en Andrés was vreselijk jaloers op hun vrijheid. Bij een gedenkwaardige gelegenheid was hij slaags geraakt met een stel schoffies dat, zonder succes, had geprobeerd hem een stuk kauwgum af te pakken en was buiten adem en vol blauwe plekken thuisgekomen, popelend om zijn avontuur te vertellen. Maar zijn moeder had niet willen horen hoe goed hij het eraf had gebracht en in plaats daarvan had ze hem een pak slaag gegeven. Vrouwen begrepen die dingen niet, had Tomás later tegen hem gezegd.

Half ondeugend en half gehoorzaam verliet hij tegen de instructies in toch de kamer, maar weerstond de verleiding op straat te blijven rondhangen en ging meteen naar huis. Hij rende de trap op en wilde net op de deur kloppen zodat Tomás hem zou binnenlaten, toen hij stemmen hoorde. Niet zomaar stemmen. Zijn moeder huilde.

Hij aarzelde, heen en weer schuifelend voor de deur. Plotseling was hij bang, bang dat Tomás zijn moeder misschien tóch sloeg, zoals zijn oom altijd beweerde, dat hij het bewijs ervan zou horen of zien en hij het tegen zijn oom zou moeten zeggen, die Tomás zou uitdagen voor een duel en hem zou doden...

Hij drukte zijn oor tegen de deur.

'Jij en de jongen moeten samen naar Valencia gaan,' zei Tomás. 'Daar zouden jullie beiden veilig zijn voor de bombardementen. Op die manier zou je hem niet naar Engeland hoeven sturen. Als je hem daar eenmaal heen hebt gestuurd, zie je hem nooit meer terug. Je familie is rijk en wij zijn arm. Haal je hem terug na de oorlog om in armoede bij ons te leven? Denk erover na, Lole. Je kunt nooit meer kinderen krijgen. Hoe kun je je enige kind weggeven?'

'En als ik zou doodgaan, wat dan?' huilde zijn moeder. 'Jij kunt niet voor hem zorgen, Tomás.'

'En waarom zou je doodgaan? Je bent jong. Ben je ziek?'

'Niet ziek. Alleen... alleen moe. Je weet hoe dwars hij is, Tomás. Ik kan hem niet meer aan. Ik ben niet ziek, alleen moe.'

Zijn moeder begon weer te huilen. Andrés stond als aan de grond genageld en kon zijn oren niet geloven. Engeland! Ze had beloofd dat ze hem niet zou wegsturen. En nu was ze van plan om hem naar *Engeland* te sturen!

Hij zou niet gaan en weglopen. Tomás had gezegd dat, als hij eenmaal naar Engeland ging, hij zijn moeder nooit meer zou zien. Andrés voelde zijn hele wereld onder zijn voeten instorten. Hij deed bijna zijn mond open en verried zowat zijn aanwezigheid en bijna riep hij hard: 'Nee! Ik ga níet!' Maar de voorzichtigheid won. Hij sloop de trap weer af, ging terug naar de Plaza de Chueca en zat somber bij het bed van zijn oom te wachten toen zijn moeder hem kwam halen.

'Lieve God!' zei Flora, terwijl ze Dolly's brief aanpakte. 'En Jack heeft iedereen verteld dat ze dood was. Wel heb je ooit!'

'Ik heb hem natuurlijk aan papa laten zien, maar hij zegt dat het óns probleem niet is. Je weet hoe hij de laatste tijd is. Wat vind jij, lieverd? Arme Dolly. We moeten iets doen.'

Margarets toon was zoals altijd vaag, maar de vaagheid was veranderd van de lichte nevel, die altijd in haar aard had gelegen, in een dichte, kunstmatige mist.

'Pamela's kleinkind,' mompelde ze bij zichzelf. 'Arme Pamela.'

Kalmpjes nam ze een slokje thee.

'Dus dacht ik bij mezelf: Archie zal wel weten wat we moeten doen. Wil jij met Archie praten, lieverd?'

'Archie?' herhaalde Flora, nog steeds lezend. 'O, natuurlijk. Laat het allemaal maar aan mij over, mam.'

'Arme, arme Pamela. Zo'n tragisch huwelijk.'

'Steven!' blafte Flora, opkijkend. 'Waar zijn je manieren!'

'Oma, mag ik alsjeblieft een plakje cake?'
'Natuurlijk, liefje.'
'Mag ik ook een plakje cake?' vroeg Arabella, de oudste, keurig.
'Ze doet me zó aan jou denken op die leeftijd,' zuchtte mevrouw Townsend. 'Zo netjes en altijd zo beleefd. Zo...'
'Mam, vind je het erg als ik de kinderen een poosje hier laat? Ik denk dat ik even bij papa langs ga op kantoor.'
'Hij zal vreselijk boos zijn. Bella, kom eens bij oma op schoot zitten.'
'Mag ik mee naar opa?' vroeg Steven.
'Nee, jij blijft hier en gedraagt je heel rustig tot ik terug ben. En je mag níet met volle mond praten. Begrepen?'

Flora vertrok en riep een taxi aan. Ondanks het feit dat ze niet lang was, had ze een aanwezigheid die taxi's meteen deed stoppen en waardoor de meest stuurse verkopers onmiddellijk gedienstig werden. Manipulatie was haar enige talent. Ze had die geleerd op haar vaders knie en bewerkte hem er nog steeds mee. Hij mopperde misschien en sputterde tegen, maar uiteindelijk kreeg ze altijd haar zin en dat zou nu ook gebeuren. Het was hoog tijd dat pappie zich losmaakte uit zijn rouwproces en probeerde iets positiefs te doen.

Flora stevende de hal van het ministerie van Buitenlandse Zaken binnen en kondigde aan dat ze dringend de staatssecretaris wilde spreken. Ze werd onmiddellijk naar zijn kamer gebracht en hij keek haar boos aan over de barricade van glanzend mahoniehout heen.

'Het gaat zeker over die Spaanse onzin,' zei hij, voor ze ook maar iets had kunnen zeggen. 'Hondsbrutaal is het. Dat kind heeft ons alleen maar last bezorgd terwijl ze hier was – en ik heb haar nooit in huis willen nemen. Ik wist hoe het zou gaan – en nu schrijft ze zeven jaar later een bedelbrief. "De groeten aan Edmund", nota bene!'

'Papa, ze kon onmogelijk weten...'

'Als ze de moeite had genomen contact te blijven houden, zou ze het geweten hebben! Als ze het had geweten, zou ze zeker het lef niet hebben gehad ons nog verder lastig te vallen! Het zou al erg genoeg zijn geweest als Edmund voor zijn land was gestorven, zoals zijn oom, maar om te sterven voor het land van een ander, een barbaars, primitief, onbeschaafd land, om te sterven voor een regime dat zich verzet tegen orde, gezag, godsdienst en algemeen fatsoen... ik wil niets met die brief te maken hebben! Dat kind heeft zich in de nesten gewerkt en dat spijt me voor haar, maar ik kan absoluut niets doen om te helpen. En al kon ik dat wel, je moeder en ik zijn niet in de positie om op ónze leeftijd nog een kleine jongen te adopteren...'

'Papa, ík zou voor hem kunnen zorgen. Ik denk aan Edmund en niet aan Dolly. Het kind is uiteindelijk zijn erfgenaam. Het enige wat ik van je vraag zijn raad en steun. Is er iemand op de ambassade naar wie ik moet schrijven? Wat zijn de regels?'

'Regels?' blafte hij. 'Er zijn geen regels. De zogenaamde republiek is gewoon een politiestaat. Al doende maken ze regels! Wettelijk zijn de regels dat Dolores gewoon een vergunning aanvraagt om te reizen. Als ze dat tenminste durft. Te oordelen naar alle omslachtige verhalen uit haar brief durft ze dat níet.'

'Precies! Moet je dit horen: "De vader van Andrés, Tomás, is het met mijn plan eens. Zoals jullie weten, zijn wij maar arme arbeiders en kunnen we het reisgeld van de jongen niet eens betalen." En dan ondertekent ze met García en niet met Montanis. Ze maakte zich zorgen dat de censors haar brief misschien zullen lezen, begrijp je dat niet? Ze is de weduwe van een fascistische officier. Ze kan via de officiële kanalen natuurlijk niets doen zonder dat alles aan het licht komt. Papa, jij moet toch iets kunnen doen om haar te helpen!'

'Flora, ik herhaal, al lag het in mijn vermogen om iets te doen via een onofficiële weg, dan zou ik dat nóg niet doen. Zulke dingen gaan uiteindelijk altijd fout. Als je niet zoveel te verbergen heeft, zou ze er goed aan doen te vermijden dat zij of de jongen de aandacht trekt zolang de oorlog niet voorbij is...'

'Maar papa, ze is ziek! Ze zegt dat het ernstig is en vreest dat ze misschien wel zou kunnen doodgaan!'

Meneer Townsend sloeg met een liniaal op zijn bureau.

'Ik herinner me de jonge Dolores heel goed. Je bent het toch met me eens dat ze de neiging had te overdrijven? De zaken al te dramatisch voor te stellen? Erger nog, de boel te bedriegen?'

'Maar dat was jaren geleden!'

'Flora, voor de laatste keer, ik weiger betrokken te raken bij iets wat ook maar enigszins illegaal is en verbied je te proberen je op eigen houtje ermee te bemoeien. Misschien vind je het interessant om te weten dat een aantal houders van een Brits paspoort op dit moment in Spaanse gevangenissen vastzit op beschuldiging van vage misdaden tegenover de staat. En ondanks allerlei bemoeienissen van de ambassade kunnen we niets doen om hen te helpen. De afgelopen maand zijn er al twee aan "longontsteking" gestorven...'

'Maar papa...'

'Ik herhaal, ik laat me niet in met Spaanse politiek en wil ook anderen daar niet in betrekken. Diplomatiek gezien is het een uiterst delicate situatie. En als je me durft te compromitteren door iets achter mijn rug te doen, zal ik onmiddellijk optreden om daar een eind aan te maken. Is dat begrepen?'

Flora deed haar mond open teneinde haar zaak nog verder te bepleiten, maar iets in haar vaders gezicht legde haar het zwijgen op.

'Deze familie heeft genoeg voor Spanje gedaan,' zei hij met een schorre stem. 'Ik bid God dat dat ellendige rotland van de aardbodem wordt weggevaagd.'

Flora boog het hoofd.

'Het spijt me, papa. Ik wilde je niet van streek maken.'

Ze draaide zich om teneinde weg te gaan en was bij de deur toen hij haar terugriep.

'Beloof me,' zei hij, 'beloof me ter wille van Edmund dat je geen dwaze dingen doet.'

'Doe niet zo gek!' zei Flora onschuldig. 'Dat zou Archie nooit goedvinden.'

'Deze tent noemen we het lyceum,' zei mevrouw Pinkney tegen Clara, terwijl ze het tentzeil opzij hield en rijen opstandige kinderen liet zien, van wie de hoofden besmeurd waren met wit, kleverig spul. 'Sommigen van hen hebben ook schurft, vandaar de zwavelbaden. Stil maar, kleintje, je hoeft niet te huilen.' Een klein meisje werd snel ontdaan van haar lange, donkere haar.

'Het verbaast me niets dat ze huilt,' zei Clara kortaf. 'Spreekt er hier niemand Baskisch?'

'Jawel. Ongeveer honderd volwassenen zijn met de kinderen meegekomen op de *Habana*. Hoofdzakelijk onderwijzeressen en een paar priesters.'

'Met vierduizend kinderen? Dat is geen erg goede verhouding, is het wel?'

'Ach, het is duidelijk dat ze nu Engels zullen moeten leren. Daar hebben we óók vrijwilligers voor nodig. De reactie van de mensen hier is fantastisch geweest en de gemeenteraad van Eastleigh is gewoon geweldig geweest. Het land is gratis ter beschikking gesteld door een plaatselijke boer en de padvinderij is nonstop bezig geweest de tenten op te zetten. En het is allemaal volkomen vrijwillig. De regering wilde ons geen cent geven. Binnenlandse Zaken wilde de kinderen alleen het land in laten op voorwaarde dat ze niet ten laste van de gemeenschap zouden komen. Wil je wel geloven dat Defensie zelfs het lef heeft gehad huur te vragen voor de tenten en de veldkeukens? Maar gelukkig stromen de giften binnen. De mensen kunnen gewoon niet genoeg doen, vooral de katholieke organisaties. En, wat voor werk zou u interesseren, juffrouw Neville?'

'Als de giften binnenstromen, kunnen we dan niets beters doen dan tenten, latrines en reveille om halfzeven 's morgens? Moet het allemaal zó streng?'

Mevrouw Pinkney keek een beetje beledigd. De meeste bezoekers waren vol lof over het kamp en mr. Attlee was zeer onder de indruk geweest.

'We moeten discipline hebben,' legde ze uit, met een tolerante glimlach. 'Sommige van deze kinderen zijn een beetje... een beetje ongezeglijk, vooral de oudere jongens. Je hebt er je handen vol aan, dát kan ik u verzekeren!'

'Misschien komt dat omdat ze uit Bilbao komen en niet uit Bournemouth. Elke jongen die ouder is dan twaalf, heeft waarschijnlijk in een wapenfabriek gewerkt of zelfs aan het front gevochten. Ze zijn het niet gewend door volwassenen de wet voorgeschreven te krijgen. Kinderen zijn in Spanje vroeg volwassen. Tenminste... dat heb ik gehoord.'

'Wérkelijk? Nou, ik kan alleen maar zeggen dat ze nog een hoop te leren hebben.' Ze liet haar stem zakken tot een wellustig gefluister. 'De toiletten, werkelijk vréselijk. De meesten hebben er nog nooit een gezien. Ik bedoel, je moet hun vertellen wat ze moeten dóen. We betrappen hen voortdurend achter struiken en zo. Geen wonder dat we zoveel last hebben van vliegen...'

'Zouden ze niet beter af zijn in een gezin?' vroeg Clara. 'Dit is geen erg natuurlijke omgeving voor kinderen. En al die uniformen, zoals die man van de padvinderij daar – deze kinderen associëren uniformen met fascisten.'

'Het was een speciaal verzoek van de Baskische regering om hen bij elkaar te houden, zodat ze hun nationale identiteit zouden behouden,' zei mevrouw Pinkney. 'Persoonlijk ben ik het met u eens dat het een slecht idee is. Als ze in Engeland gaan wonen, moeten ze met Engelse kinderen samenleven en de Engelse manier van doen leren. Maar die beslissing is niet aan ons. Uiteindelijk hopen we hen in groepen te kunnen opsplitsen. Verschillende filantropen hebben belangstelling getoond om voor accommodatie te zorgen. Maar dat vraagt tijd en een enorme hoeveelheid werk. De hemel weet hoe we het zouden moeten redden als we hen alle tienduizend hadden genomen!'

'Tienduizend? Maar wie heeft er dan beslist welke moesten achterblijven?'

'O, het Nationale Gezamenlijke Comité is strikt eerlijk geweest. De kinderen moesten tussen de vijf en de vijftien zijn. We moesten schriftelijke toestemming van de ouders hebben en de aanvragen die geaccepteerd zijn, waren *precies* in verhouding tot de verdeling van de verschillende politieke partijen in het Baskische parlement.'

'Wat een troost voor degenen die zijn afgewezen!' zei Clara droogjes.

'Welnu,' hernam haar gids, tot het onderwerp terugkerend dat eigenlijk aan de orde was, 'wat voor werk had u in gedachten?'

'Wat is het minst populaire baantje?'

'Behalve het schoonmaken van de toiletten? Nee, nee, ik maakte maar een grapje. Daar heeft zich al een aantal vrouwen uit de buurt voor aangemeld, weet u, mensen die gewénd zijn aan dat soort werk.'

Clara onderdrukte een sarcastische opmerking.

'En behalve het schoonmaken van de toiletten?'

'Tja... niet al te veel vrouwen kunnen hier hun intrek nemen.

Die hebben een gezin, weet u. En de omstandigheden zijn natuurlijk niet bepaald luxueus. We hebben tweehonderd tenten, twintig kinderen per tent, en de Spaanse onderwijzers hebben ieder een tent toegewezen gekregen, zodat de helft van de tenten slechts parttime toezicht heeft. Een aantal van de kinderen is nogal van streek; die hebben écht vierentwintig uur per etmaal steun nodig.'

'Een soort tentmoeder bedoelt u? Ik moet bekennen dat ik geweigerd heb bij de padvinderij te gaan. En ik kan niet erg goed met kinderen opschieten.'

'Tentmoeder? Wat aardig uitgedrukt! Dat geeft het heel goed weer. En wat betreft het omgaan met kinderen – ach, je hebt er niets aan om al te emotioneel te zijn. Ik ben bang dat het ondankbaar werk is. De meesten van hen zijn totaal niet dankbaar en schijnen niet te begrijpen dat we het beste met hen voor hebben. U zou het altijd een week kunnen proberen en als het u te veel is, dan...'

'Ik wil er graag over nadenken,' zei Clara. 'Ik kom terug, als ik mag.'

Mevrouw Pinkney straalde bemoedigend en Clara wilde dat ze minder stroef tegen haar had gedaan. Ze ergerde zich aan haar overdreven manier van doen, maar ze bedoelde het kennelijk goed. Ze was het soort kloeke vrouw van middelbare leeftijd met veel vrije tijd dat in haar element was als ze goed kon doen en genoot van dat soort boven kritiek verheven macht.

'Wát je ook doet', had pater Spinks haar gewaarschuwd, 'doe het deze keer uit liefde, niet uit haat. Doe iets positiefs waar je plezier aan beleeft, of doe het helemaal niet.' En zodra ze een dag bij hem vandaan was, vroeg ze alweer om het minst populaire baantje. Ze had kunnen zeggen een ervaren verpleegster te zijn die zes maanden in Spanje had gewerkt, in Aragon en in Madrid. Ze zou opgetogen zijn binnengehaald als expert en gevraagd zijn voor een half dozijn verschillende comités, waarbij haar nieuwe collega's naar haar zouden opkijken en haar voortdurend om raad zouden komen vragen. Dat was waarvan ze ooit had gedroomd, de erkenning en het respect die zouden volgen op de woorden: 'Ik heb als verpleegster in Spanje gewerkt.'

Maar ze kon niet zeggen: 'Ik heb als verpleegster in Spanje

gewerkt,' zonder eraan toe te voegen: 'En terwijl ik daar was, heb ik in koelen bloede twee ongewapende mannen gedood omdat ik het niet eens was met hun politieke overtuiging. Erger nog, ik overtuigde mezelf ervan het recht te hebben dat te doen.'

Wát pater Spinks ook zei, hoe vaak hij haar ook de absolutie gaf, hoe waar het ook was dat ze onder stress had gehandeld en hoezeer ze ook met haar schuldgevoel leerde leven, er was geen enkele periode in haar leven die ze ooit kon gebruiken om zichzelf op een voetstuk te zetten. Dat recht had ze onherroepelijk verspeeld en toch was haar zwijgen geen boetedoening. Het was aardig zijn voor zichzelf, zichzelf helpen te vergeten. Het zou onnodig pijnlijk zijn geweest erover te praten en noodzakelijke pijn was al erg genoeg.

Haar overdreven behoefte naar Spanje terug te keren was in diskrediet gebracht en de valsheid van haar motieven was aan het licht gekomen. Nu terug te gaan, zou een stap terug zijn en alleen maar dienen om te rechtvaardigen dat ze überhaupt was gegaan, om te bewijzen dat het niet allemaal een afschuwelijke vergissing was geweest en het haar niet alles had gekost, behalve haar leven. Daarom had ze de arme Edmund daar gelaten, als een gijzelaar, om zichzelf te dwingen terug te keren. *Doe het uit liefde, of helemaal niet*, had pater Spinks gezegd. Ze was niet uit liefde naar Spanje gegaan. Ze was er niet heen gegaan om anderen te helpen, maar om haar eigen problemen op te lossen. Het was geen moed geweest, alleen maar opschepperij, een uitdagende poging om te bewijzen dat ze sterk was, om haar tekortkomingen te overschreeuwen.

'Je moet leren van jezelf te houden,' had hij tegen haar gezegd. 'Zolang je dat niet doet, kun je niet van iemand anders houden, niet écht, en zeker niet van God.' In het begin had ze het een belachelijke opvatting gevonden. Van kinds af aan was het haar ingeprent dat het eigen ik door en door slecht was en voortdurend moest worden onderdrukt. Ze had haar eigen ik altijd gezien als een geest die tegenspartelend gevangen zat in haar brein, die haar kwelde en probeerde te verleiden tot de verlichting van de zonde, spotte met haar onvermogen om nee te zeggen en haar tot slaaf maakte. Elke gram energie die ze bezat, was opgegaan aan het gevecht, hoewel ze wist dat het onvermijdelijk was dat ze verslagen zou worden en hoewel ze voortdurend willens en wetens bezweek, zwelgend in de hopeloosheid van de strijd en het mislukken.

Als ze in het kamp ging werken, in welke hoedanigheid dan ook, zou ze dat dan uit liefde doen? Ze had niets met kinderen, helemaal niets. Normale vrouwen vonden kinderen schattig. Normale vrouwen keken in kinderwagens. Normale vrouwen voelden zich niet geremd kinderen op te pakken, te knuffelen en er rare dingen tegen te zeggen. Zelfs als haar baby's geboren zouden zijn geworden, zou ze het moeilijk hebben gevonden zich tegen hen te gedragen zoals andere moeders deden. Uiteindelijk was er over haar ook nooit gemoederd.

Maar niet alle kinderen waren leuk. De nonnen hadden haar stout gevonden, geen liefde waardig. Van sommige van deze kinderen werd ook gezegd dat ze lastig waren, en geen wonder. Niet erg dankbaar, ja, ja. 'Je bent een ondeugend, ondankbaar kind, Clara Neville!' Misschien was er nog hoop voor haar. Als ze het uit liefde moest doen, kon ze beter bij de ondankbaren beginnen, omdat ze precies wist hoe die zich voelden.

'Niet langer dan een uur,' had Pepa gezegd. 'Je mag Andrés meenemen, maar niet langer dan een uur. Te veel opwinding is misschien slecht voor hem.'

Jack was niet tegen haar ingegaan. Een uur was een begin. De volgende keer zou het twee uur zijn, dan een halve dag. En een hele dag was meer dan genoeg om bij de grens te komen.

'*Salud*, Andrés,' zei Jack vrolijk. Hij was van plan een bezoekje af te leggen aan het station, om hem te wennen aan het zien en horen van treinen.

Ze hadden hem een jas aangedaan die veel te groot voor hem was en zijn ogen waren groot en wantrouwend onder de bos zwart haar. Hij reageerde niet op de begroeting en was zoals altijd niet vatbaar voor zijn naam. Ze zeiden dat het zachtste fluisteren van je naam hoorbaar was boven het grootste lawaai uit, dat het oor daarop bijzonder ingesteld was. Jack vroeg zich af of Dolly hem een koosnaampje had gegeven, maar hij had alle Spaanse verkleinwoorden geprobeerd maar zonder succes.

Hij had zelfs Engelse versies geprobeerd, zoals Andy en Drew, maar niets baatte.

Jack hield zijn adem in toen het kind zich bij de hand liet pakken en liet meenemen naar de deur. Pepa was uit haar kantoortje gekomen om getuige te zijn van de grote gebeurtenis en glimlachte hem bemoedigend toe.

Jack deed de deur open en nam de jongen mee naar buiten. Ze moesten een grote tuin door en een poort midden in een muur. Jack deed de poort open, net toen er een auto voorbijkwam en op het gezicht van de jongen lichtte een glimp van belangstelling op. Jack begon meer hoop te krijgen. Auto's en treinen. Alle jongens waren dol op auto's en treinen. Auto's, treinen en vliegtuigen...

'Kijk,' zei Jack, zonder erbij na te denken, en wees. 'Een vliegtuig.' Het was een van de veelgeprezen Russische gevechtsvliegtuigen, die een oefenvlucht maakte om het moreel wat op te vijzelen, hoewel de tijden dat de mensen hen op straat stonden toe te juichen reeds lang voorbij waren.

Hij besefte onmiddellijk hoe stom hij was geweest, maar de jongen zou het tóch gehoord hebben. Het vloog laag, om indruk te maken, met veel motorgeronk. Andrés rukte zich los, drukte zijn handen tegen zijn oren en rende schreeuwend terug door de tuin naar de veiligheid, buiten het bereik van het machinegeweervuur dat op hem was neergekomen en ongetwijfeld de arme Rosa had gedood.

Jack volgde hem langzaam, terwijl Pepa naar buiten kwam rennen. Het duurde lang voor ze hem gekalmeerd hadden. Hij wilde niet dat iemand hem vasthield of troostte en deinsde terug voor de geringste aanraking.

'Laat je niet ontmoedigen,' zei Pepa filosofisch. 'Dit is al eens eerder gebeurd, toen de kinderen in de tuin aan het spelen waren en het zal weer gebeuren. Het is heel normaal. Veel kinderen reageren op deze manier, maar uiteindelijk komen ze eroverheen en dat zal met Andrés na verloop van tijd ook gebeuren. We kunnen hem niet eeuwig binnenhouden. Laat het een weekje rusten en probeer het dan weer eens een keer. Geduld, mijn vriend.'

Geduld was nooit een sterke kant van Jack geweest. Hij had

een grondige hekel aan wachten en was ingesteld op actie, snelle resultaten, tijdslimieten. Als er geen tijdslimiet was, maakte hij er zelf een en op die manier kreeg je twee keer zo veel gedaan. Als het die dag goed was gegaan, zou hij zichzelf een maand hebben gegeven, hooguit zes weken, maar nu leek dat belachelijk optimistisch.

Hij voelde zich boos, gedwarsboomd en bijna wraakzuchtig doordat de jongen weigerde mee te werken. Pepa had gelijk, het wás niet aardig een kind weg te halen uit zijn vaderland als dat het enige was wat hij nog had. Hij deed dit ter wille van zichzelf en voerde een zielige fantasie uit, joeg een dwaze droom na. Hij zou het geld van Edmund moeten overdragen, doen alsof het van hem was en moeten weggaan, toegeven dat het mislukt was en de jongen overlaten aan de experts. Het was een puur egoïstische onderneming. Hij zou er nog een maand aan besteden, misschien twee, maar meer niet. Of hooguit drie. Over drie maanden zou het boek af moeten zijn...

Toen hij op zijn kamer terugkwam, lag er een boodschap voor hem dat hij Thérèse moest bellen. Het was dringend.

Hij belde haar meteen terug vanuit de lobby van het hotel. De eerste gedachte die bij hem was opgekomen, was dat er iets met Marisa was gebeurd.

'Jack? Eindelijk! Ik wacht al de hele dag op je telefoontje. Er is een telegram voor je uit Engeland en de man aan de balie wilde het niet doorsturen voor het geval het belangrijk was. Hij kan geen Engels lezen en heeft me gevraagd of ik jou wilde bellen. Wil je dat ik het openmaak?'

'Graag,' zei Jack.

Hij hoorde het geluid van scheurend papier. Jack ontspande zich, ervan uitgaand dat het een of ander verzoek achteraf was van Martindale.

' "Vertrek onmiddellijk stop geboekt in Plaza Hotel stop Dolly in leven stop Flora." Het is gedateerd op eergisteren.' En toen, even later: 'Jack, heb je dat gehoord?'

'Het spijt me,' zei Jack, die zichzelf weer hervond. 'Wil je dat alsjeblieft herhalen? De lijn is heel slecht.'

' "Vertrek onmiddellijk, geboekt in Plaza Hotel, Dolly in leven..." ' Jack klemde zijn hand om de hoorn.

'Thérèse, wil je tegen de balie zeggen dat als er een mevrouw Prendergast naar me vraagt, ze moeten zeggen dat ik onderweg ben. En wil je vanaf vanavond weer een kamer voor me reserveren?'
'Prima. Kan ik verder nog iets doen? Wat is er aan de hand?'
'Kan ik nu niet uitleggen. Bedankt, Thérèse.'
Hij legde de hoorn neer, gooide wat spullen in een weekendtas en rende naar het station. Hij voelde nog geen verbazing en het leek volkomen logisch. Natúúrlijk was ze in leven. Natuurlijk! Hoe kon hij daaraan ooit hebben getwijfeld?
Hij wilde niet denken aan het moment waarop hij haar zou weerzien; hij weigerde zichzelf dat te gunnen, uit angst dat er iets verkeerd zou gaan. Alleen zou er deze keer níets verkeerd gaan. Hij zou ervoor zorgen dat er deze keer niets verkeerd ging.
De vorige keer had hij haar niets kunnen aanbieden, maar deze keer zou hij niet met lege handen komen. Deze keer zou hij haar meer geven dan een gouden kettinkje en een klein koperen belletje. Deze keer zou hij haar haar zoon geven.

Om een uur 's nachts werd er op de deur geklopt en Dolores schrok wakker. Ze had nu al dagen lang verwacht de deur te zullen opendoen en Edmund voor zich te zien staan en bij het geringste geluid was ze al wakker. Maar Edmund zou nooit zo kloppen. Ze voelde een rilling van angst.
'Blijf daar,' zei Tomás verontrust, onmiddellijk het ergste veronderstellend. 'Verstop je. Ik ga wel opendoen.'
Dolores schudde haar hoofd.
'Als het een ondervrager van de *checa* is, halen ze alles overhoop. We moeten heel gewoon doen.'
Andrés zat rechtop in bed in zijn ogen te wrijven. Met de grote gestalte van Tomás op zijn krukken achter haar deed Dolores de deur open.
'Ben jij Lole?' vroeg het meisje. 'Ben jij de zus van Marisa, Lole?'
Haar gezicht was verwrongen achter een masker van verf, ze hijgde en het was duidelijk dat ze had gerend. Aan haar strakke, opzichtige kleding te zien, was ze een van de collega's van Marisa.

'Ik ben Lole. Wat is er aan de hand?'

'Ze hebben haar meegenomen, in een auto,' zei het meisje. 'Er was zóveel bloed! Veel bloed!'

Dolores schoot haar jas aan.

'Ik ga mee. Tomás...'

'Ga naar haar toe. Ik zorg voor de jongen. Wees voorzichtig.'

Het was de nacht van zaterdag op zondag en er was geen vervoer te krijgen. Het meisje had geen idee waar Marisa heen was gebracht, dus moesten ze eerst naar het hotel om daar achter te komen.

'Ze maakte zich ongerust over haar *novio*,' hijgde Luisa. 'Ze zei dat ik jou vliegensvlug moest gaan halen. Maar Lole, er was zóveel bloed, zoveel bloed!'

'Waar was ze gewond?' vroeg Dolores.

'Van binnen,' zei Luisa hees. 'Van binnen.'

Het was pikdonker op straat, op een paar flauwe, blauwe lichtjes na, en hotel Gaylord was verduisterd. Dolores rende langs de portier meteen naar de receptie.

'Waar hebben ze het meisje heen gebracht?' vroeg ze, zonder enige uitleg.

'Welk meisje?'

'Marisa. Het meisje dat gewond was. De prostituée.'

'Prostituée? Ik weet niets van prostituées. Dit is een keurig hotel. Er moet een vergissing in het spel zijn.'

'Vertel het hem, Luisa!'

Maar het leek of Luisa haar tong had verloren.

'U móet dat meisje kennen,' zei Dolores en wees op Luisa. 'Zij werkt hier ook.'

'Ik ken niet al het personeel en heb dit meisje nog nooit van mijn leven gezien.'

'Lole,' siste Luisa. 'Kom mee. Kom mee.'

'U moet bij het verkeerde hotel zijn. We hebben hier geen prostituées. Goedenacht, camarada.'

Luisa trok Dolores mee naar buiten.

'Het was stom om hier terug te komen,' siste ze. 'Ik had het moeten weten. Ze zullen alles ontkennen. Die dikke Rus is heel belangrijk.'

En toen begreep Dolores het. Er was misschien meer met Marisa aan de hand dan dat ze gewond was. Misschien hadden ze haar helemaal niet naar het ziekenhuis gebracht, maar haar geloosd, om een schandaal te vermijden. Misschien had de chauffeur van de auto 'haar mee uit rijden' genomen om die belangrijke, dikke man te beschermen voor gênante consequenties... Kortgeleden nog had Marisa haar verteld dat een van haar colegaatjes was 'verdwenen'. Er 'verdwenen' steeds vaker mensen en als je verstandig was, deed je geen navraag naar hen en gedroeg je je alsof er niets was gebeurd, uit angst dat jou hetzelfde zou overkomen...

Ze knipperde tegen het duister. Luisa was als een schim met de nacht versmolten en in haar plaats was er een man van de militie verschenen.

'Papieren,' zei hij.

'Die heb ik niet,' zei Dolores. 'Kijk naar me. Ik kom zo mijn bed uit. Ik heb bericht gekregen dat een vriendin van me ziek is geworden en probeer haar te vinden. Waar is het dichtstbijzijnde ziekenhuis?'

'Een vrouw moet 's nachts niet alleen op straat lopen. Waar is uw man?'

'Op krukken,' siste Dolores woedend. 'Heb je geen respect voor de vrouw van een veteraan die een kameraad in nood wil helpen?'

Hij keek haar even scherp aan en maakte toen een hoofdgebaar dat ze hem moest volgen. Het ziekenhuis was ongeveer tien minuten lopen. Dolores holde naar binnen en vroeg of er het afgelopen uur een meisje was opgenomen dat hevig bloedde; het was haar zuster.

De verpleegster schudde het hoofd.

'Waar kan ze anders heen gebracht zijn? Ze heeft een ongeluk gehad in hotel Gaylord, waar ze werkt. Ze...'

Dolores wankelde op haar benen. Ze moest nu geen aanval krijgen. Nú niet. De verpleegster zei verontrust dat ze moest gaan zitten.

'U kunt haar niet gaan zoeken nu alles verduisterd is,' zei ze vriendelijk. 'Wacht u hier, dan ga ik voor u bellen.'

Het begon al licht te worden voor er nieuws kwam.

'Uw zuster ligt op een afdeling in de buitenwijken. Er waren geen bedden in de stad. Ze is buiten gevaar en u mag haar bezoeken.'

Dolores knikte, te zeer verdoofd om zelfs opluchting te voelen en wetend dat het niets met een tekort aan bedden te maken had. Marisa was buiten het onmiddellijke bereik van familie of vrienden gehouden tot haar toestand bekend was en ze fit genoeg was om haar te waarschuwen dat ze haar mond moest dichthouden. Als ze aan haar verwondingen gestorven zou zijn, zou er geen nieuws geweest zijn maar zou ze gewoon spoorloos zijn verdwenen.

Het ziekenhuis was een somber, grijs gebouw, dat eruitzag als een voormalig klooster, hoewel er geen kruis meer op het dak stond. Een vrouwelijke dokter nam haar mee naar een kamertje en vroeg haar of ze familie was en Dolores zei de schoonzuster van Marisa te zijn.

'Ze had een ernstige vaginale bloeding,' zei de dokter nuchter. 'De verwonding had ongetwijfeld met haar beroep te maken. Ze heeft ons verzekerd dat er niemand anders bij was betrokken en het ongeluk volledig haar eigen schuld was. Ze is gehecht en voelt zich nu redelijk, maar heeft veel bloed verloren en moet een dag of twee hier blijven. Gelukkig is de baby ongedeerd gebleven, maar bedrust is heel belangrijk. Ze heeft nog steeds last van shock.'

'De baby?' herhaalde Dolores. 'O, ja... de baby. Dank u, dokter. Mag ik nu naar haar toe?'

Marisa was zo bleek als een echte dame. Ze huilde zacht toen ze Dolores zag en pakte haar hand heel stevig vast.

'Wat is er gebeurd, Marisa? Vertel me wat er gebeurd is.'

Marisa keek naar links en naar rechts, alsof ze wilde zien of er iemand luisterde.

'Zweer dat je het niet tegen Ramón zult zeggen. Zwéér het. Ik wil dat hij denkt dat ik vrouwenproblemen heb. Wil je dat tegen hem zeggen, Lole? Wil je hem naar me toe brengen, zodat hij zich geen zorgen maakt?'

'Ik zal tegen hem zeggen dat je vrouwenproblemen hebt,' zei Dolores. 'Maak je maar geen zorgen.'

Marisa wenkte haar met een zwak gebaar van haar vinger en fluisterde in haar oor: 'Ze hebben tegen me gezegd dat iemand

me zal aanklagen als handlanger van de fascisten, als ik mijn mond opendoe. Niemand mag het weten. Maar ik zal het jou vertellen, als je belooft te zwijgen.'
'Dan hoef je het me niet te vertellen. Ik kan het wel raden.'
'Ik wil het! *Ik moet het iemand vertellen!* O, was mijn Engelsman er maar! Hem zou ik het kunnen vertellen!'
'Vertel het aan niemand, Marisa,' zei Dolores. 'Vertel het mij nu, als het je hoog zit, en hou dan verder je mond. Denk aan Ramón.'

Marisa gebaarde naar Dolores dat ze haar moest omhelzen en terwijl ze elkaar omarmd hielden, fluisterde ze in haar haren. Ze vertelde haar over de dikke man en de fles, en de hals van de fles die brak, en het bloed. Zoveel bloed...

Dolores klopte haar op haar rug, probeerde haar te kalmeren en wachtte tot ze haar van de baby zou vertellen, maar ze zakte terug in de kussens, uitgeput door de inspanning van het praten. Ze liet haar slapend achter, ging vermoeid naar huis en vertelde Tomás een aangepaste versie van wat er was gebeurd.

'Ze had een vreselijke bloeding. Een of andere vrouwenkwaal. Ze wil Ramón spreken. Ik moet het hem gaan vertellen en hem erheen brengen.'

'Is Marisa ziek?' vroeg Andrés.

'Ja, maar ze zal gauw weer beter zijn. Ik neem je oom mee naar haar toe, dus zal Tomás vandaag voor je zorgen.'

'Wanneer kom je terug?'

'Ik weet het niet zeker. Je oom zal ongerust zijn en hij is helemaal alleen. Ik kom zo snel mogelijk terug. Wees lief, alsjeblieft, Andrés.'

Andrés trok een boos gezicht en wierp haar een van zijn beschuldigende blikken toe. Hij was de laatste paar dagen extra moeilijk geweest en was toch buitengewoon aardig tegen Tomás geworden en speelde hem bij elke gelegenheid tegen haar uit.

'Wij houden elkaar gezelschap, hè knul?' zei Tomás, terwijl hij hem een por in zijn ribben gaf. 'Op een dag, als je groot en sterk bent, ga ik op je schouders zitten en zal ik weer voelen hoe het is om hard te lopen.'

Dolores gaf hun allebei een kus en verliet de kamer, nog steeds in gedachten. Marisa zwanger. Arme, ongelukkige Marisa. En het kind kon van iedereen zijn, van wie dan ook, behalve van Ramón. Van iedereen, zelfs van Jack. O nee, dat niet. Dat zou te wreed zijn. Dat zou meer zijn dan ze kon verdragen.

Het beviel Archie helemaal niet. Hij vond het helemaal niet leuk om met zijn smetteloze Bentley over de smerige Spaanse wegen te rijden en zag zeker niets in het idiote plan van Flora om het kind uit Spanje te smokkelen op het familiepaspoort. Ze had hem uitgedaagd met een beter idee te komen, maar Archie was niet zo'n denker. Het had geen zin op te merken dat de jongen te oud was om Steven te zijn en van het verkeerde geslacht om voor Arabella door te gaan, want Flora hield vol dat ze zulke details nooit zouden controleren. En niemand zou trouwens verwachten dat twee keurige Engelse toeristen kinderen zouden smokkelen.

De heenreis was een generale repetitie, zoals Flora het noemde, voor hun terugreis, die noodzakelijkerwijs via een andere route zou gaan. Ze had zich diep in de rouw gestoken en zichzelf uitgerust met Edmunds overlijdensbericht uit de *Times*, een exemplaar van de *Whitechapel Gazette*, compleet met foto en overlijdensbericht en Jacks noodlottige telegram. Toen de douane bij Port-Bou hun visums wilden zien en vroegen waarom ze naar Spanje gingen, barstte ze in tranen uit en begon hun het hele droevige verhaal te vertellen. Dat ze geen Engels verstonden, kon haar er niet van weerhouden. Ze doorspekte haar verhaal met een paar goed gerepeteerde zinsneden in vreselijk Spaans, zodat de grote lijnen hun niet konden ontgaan. Maar daar bleef het niet bij, ze stond erop hun het telegram te laten zien en de krantenknipsels en een stuk van het familiealbum, tot ze haar letterlijk smeekten weer in de auto te stappen en hen haastig lieten doorrijden.

'Zie je wel?' zei ze. 'Op de terugweg hetzelfde verhaal. Het werkt perfect.'

'En als die mannen van de douane besluiten de auto te doorzoeken? Dat kind begint misschien in het Spaans tegen hen. Als ze vermoeden dat er iets niet in de haak is, zijn we de sigaar, worden we gearresteerd wegens kidnapping en in een of andere smerige buitenlandse gevangenis gegooid. Je vader raakt helemaal door het dolle heen...'

'Onzin! Hij slaapt de hele weg als een roos en ze maken hem vast niet wakker. Ik heb wat van mama's pillen meegenomen. Daarom zijn we met de auto gekomen, weet je nog? Maak je toch niet zo ongerust! Papa weet nergens van voor we veilig weer thuis zijn. Zeg Archie – ik krijg net een prachtidee voor de terugweg. Als ik me zelf eens opvul, zodat het lijkt of ik negen maanden onderweg ben? Als ze dan lastig worden, begin ik te jammeren en grijp ik naar mijn buik. Dan laten ze ons vast meteen gaan. Mannen zijn gewoon doodsbang van dat soort dingen.'

Archie keek inderdaad zeer geschrokken.

'Rustig aan, Flo. Vind je niet dat je fantasie een beetje met je op de loop gaat?'

'Nou, dat is beter dan dat je helemaal geen fantasie hebt, zoals jij. Doe niet zo vervelend, Archie. Rij jij nou maar!'

Hoewel de wegen smal waren en in slechte staat, waren ze nagenoeg verlaten. Toch werden ze een verontrustend aantal keren tegengehouden, hoewel de zwarte kleren van Flora, de kranteknipsels en het trieste verhaal 'Wij komen naar het graf van mijn broer kijken. Hij is gestorven voor de republiek' een toverformule waren. Ondanks hun norse uiterlijk waren de agenten verbazend sentimenteel. Enkele van hen bekeken geduldig alle foto's en bestudeerden de onbegrijpelijke stukjes krant, vol medeleven hun hoofd schuddend en mompelend dat het hen speet. Ze zwaaiden hen onveranderlijk na met een krachtige, republikeinse groet, die Flora enthousiast beantwoordde. Archie was zo verstandig dat ook te doen, hoewel zijn persoonlijke sympathie veel meer uitging naar de nationalisten.

'Sjofel uitziende soldaten, als je het mij vraagt,' mopperde hij, terwijl Flora uit het raampje zwaaide. 'Die zouden in Engeland niet door de inspectie komen, dát is zeker.'

'Doe niet zo narrig! Sommigen zijn nog niet eens volwassen. Ze hebben allemaal een moeder, hoor. En denk eraan wat ik heb gezegd. Altijd stoppen, of ze hun vlag opsteken of niet. En druk niet zo hard op het gaspedaal als je wegrijdt, dan maak je hen argwanend. Weet je, misschien kunnen we Dolly ook wel meenemen, in de kofferruimte. Ze zal onderhand wel zo mager zijn als een lat. Het zou veel beter zijn als ze zich in Engeland laat behandelen voor die flauwten. Ik moet er niet aan dénken hoe die Spaanse dokters zijn.'

Archie veegde zijn voorhoofd af.

'Kalm aan, Flo. We moeten niet te overmoedig worden.'

'Mmm. Weet je, het is dat die arme Edmund dood is, maar anders zou ik hier best van genieten. Ik zou het prettig vinden als hij naar ons keek. Jij niet? O, jeetje.'

'Niet huilen, lieverd. Spaar je tranen voor de volgende patrouille.'

'Ik zou alles over hebben voor een kop thee. Hoe lang nog?'

'Een paar uur. O, Flo...'

Archie stopte de auto en sloeg een arm om haar heen.

'Droog je tranen, mevrouw P. Ik ben bij je. Ik ben bij je om voor je te zorgen.'

Flora snufte en gaf hem een kus.

'O, Archie,' zei ze, volkomen gemeend. 'Wat zou ik zonder jou moeten?'

Ze brachten hun derde nacht door op enige afstand van de hoofdstad, om daar niet tijdens de verduistering te hoeven aankomen en vertrokken de volgende morgen weer vroeg, na een ongeriefelijke nacht en weer een ontbijt dat onder de maat was. Naarmate ze dichter bij Madrid kwamen, werden de controles vluchtiger. Door de auto werden ze onmiddellijk beschouwd als keurige mensen – men achtte het onwaarschijnlijk dat zo'n deftige auto subversieve elementen zou bevatten en ze werden met een zeker ontzag behandeld, zoals in elke andere Europese hoofdstad zou zijn gebeurd. Flora, die had verwacht door benden boze arbeiders met rotte eieren te worden bekogeld, was vreselijk opgelucht, niet beseffend dat er heel weinig eieren te krijgen waren in Madrid, rot of niet.

In het Plaza Hotel wachtte hun een boodschap van Jack.

'Ik ben in hotel Florida. Bel me zodra jullie er zijn.'

Flora gaf opdracht een pot kokendheet water en twee koppen en schotels naar hun suite te brengen. Met een zucht van verwachting pakte ze haar Spode porseleinen theepot uit en deed er twee grote lepels Fortnum's Superior Blend in. De melk smaakte nogal vreemd, maar dat was te verwachten.

Terwijl ze met kleine slokjes van haar thee dronk, vroeg ze een gesprek aan met hotel Florida. Ze had Jack altijd een rare snijboon gevonden, maar was heel blij dat hij daar was. En hoewel ze dat nooit aan Archie toegegeven zou hebben, was ze doodsbang.

Ze schrok toen de telefoon rinkelde en sprong op om de hoorn op te nemen.

'Jack?'

'Flora. Ik kom er meteen aan. Weet je het absoluut zeker? Er is geen vergissing mogelijk?'

'Totaal niet. Dolly heeft mammie een brief geschreven om te vragen of wij het kind het land uit konden krijgen. Daarom zijn we gekomen. Gelukkig staan Steve en Bella allebei op Archies paspoort, dus hebben we de auto gepakt en... O, Heer, de telefoon wordt toch niet afgeluisterd?'

Het was doodstil. Flora sloeg haar hand voor haar mond. Telefoneren was haar meest geliefde bezigheid en met ongebreideld plezier maakte ze gebruik van het apparaat. Het was echter nooit bij haar opgekomen dat die afschuwelijke censors zouden kunnen meeluisteren. Wat afgrijselijk! Zoiets zou in Engeland nooit kunnen gebeuren.

'Jack?'

'Je bedoelt... ze heeft twee kinderen?'

'Twee? Luister, Jack, is het werkelijk veilig om door de telefoon te praten?' Haar stem zakte weg tot een gearticuleerd gefluister.

'Daar hebben we het nu niet over. Ik wist niet dat ze twee kinderen had. Is er dan een baby?'

'Een baby? Nauwelijks. Hij is zes jaar oud. Je weet wel, de kleine jongen die in het testament van Edmund vermeld staat. Degene die je in Toledo hebt gezien en die je hebt gezocht. Ze heeft niets over een baby gezegd. Waarom? Weet jij iets dat ik niet weet?'

Er volgde weer een lange stilte.

'Flora,' zei Jack, heel rustig. 'Wil je me alleen nog een keer zeggen hoe het kind heet?'

'Hoe het heet? Weet je dat niet? Hij heet... Wil je wel geloven dat ik het even kwijt ben? Wacht even.'

Flora rommelde in haar tas, haar paspoort, de kranteknipsels, kaarten, pillen en tickets eruit gooiend. Ten slotte vond ze Dolly's brief opgevouwen tussen haar agenda en begon weer verder te zoeken naar haar leesbril.

'Hier heb ik het.' Ze liet haar ogen over de bladzijde gaan. 'Ik had het op het puntje van mijn tong, maar eerlijk, na drie dagen reizen over die afschuwelijke buitenlandse wegen ben ik écht niet helemaal mezelf. Eigenlijk...'

'Flora,' zei Jack bijna onhoorbaar, 'heet hij Andrés?'

'Dat ís het!' zei Flora, terwijl ze met haar vinger het woord opzocht. 'Andrés. Ze zei vroeger altijd dat ze haar eerste zoon Andrés zou noemen. Maar wanneer kunnen we elkaar zien? Ik heb alles uitgedacht, maar het spreekt vanzelf dat ik het je liever niet door de telefoon vertel.'

Hij gaf niet meteen antwoord.

'Dat wil zeggen, hoe eerder we in actie komen, hoe beter. Het heeft geen zin om tijd te verliezen.'

'Ja,' zei Jack. 'Ik kom er meteen aan.'

'Zeg, Archie,' zei Flora, terwijl ze hem zijn thee gaf. 'Jack leek nogal somber. We kunnen beter nóg een kop en schotel laten komen.'

Archie haalde een fles Franse cognac uit de bagage en grijnsde ondeugend naar zijn vrouw.

'Misschien heeft hij liever iets sterkers,' zei hij hoopvol.

16

Ramón sliep nog toen Dolores zichzelf binnenliet. Er hing een walm van whisky en tabak in de kamer en er vloog een bromvlieg rond, boos zoemend telkens als hij tegen een muur botste. Ze aarzelde even voor ze hem wekte. Het zou hem ongetwijfeld van streek maken als hij Marisa in het ziekenhuis zag, maar hij zou nog meer van streek zijn als hij haar niet zag. Nadat ze de halve nacht bezig was geweest haar te zoeken, moest ze de beproeving tot een goed einde brengen, zich door de hysterie, de astma, de hoestbui en de tranen heen werken, hem net genoeg alcohol geven om hem aangekleed en op de been te krijgen.

Ze probeerde hem voorzichtig te wekken, maar moest uiteindelijk aan hem schudden en tegen hem schreeuwen, terwijl hij vloekend en scheldend zijn slaap als een geliefde probeerde vast te houden.

'Ramón,' riep ze. Ze wilde dolgraag dat dit achter de rug zou zijn, ze naar huis kon gaan en zelf kon gaan slapen. God zij dank was het zondag. 'Word wakker!' En toen ten slotte: 'Marisa is ziek!'

Hij deed meteen zijn ogen open en keek naar haar op, onmiddellijk bij de tijd.

'Ziek? Heeft iemand haar iets gedaan?' Hij schoot overeind. 'Waar is ze?'

'Niemand heeft haar iets gedaan. Ze is in het hotel ziek geworden en men heeft haar naar het ziekenhuis gebracht, een heel eind hier vandaan. Er was geen plaats voor haar in de stad. Ze vraagt naar je, maar voelt zich nu al veel beter. Ze zei dat je je geen zorgen moet maken.'

'Je liegt!' snauwde Ramón, terwijl hij zijn been over de zijkant van het bed zwaaide zodat ze de beugel erom kon doen. 'Iemand heeft haar iets gedaan. Ik vermoord hem! Ik zal uitzoeken wie het is en ga dan naar het hotel en vermoord hem.'

'Niemand heeft haar iets gedaan, Ramón. Ze had vrouwenproblemen, pijn en een bloeding, dat is alles.'

Ramón reageerde onmiddellijk.

'Je bedoelt een miskraam?'

'Een miskraam?' stamelde Dolores. 'Waarom denk je dat? Is ze zwanger?'

'Ze zweert van niet, maar ik geloofde haar niet. Ze is al een aantal weken niet ongesteld geweest. Ik let op die dingen. Ze zei dat dat wel vaker gebeurde bij haar. Hoe durft ze tegen me te liegen!'

'Ramón, ik weet niets van een miskraam.'

'Was het dan een abortus? Die rooie dokters tarten God met hun abortussen! Het is immoreel, het is moord. Heeft ze achter mijn rug om een abortus gehad?'

'Ramón, ik beloof je dat ze geen miskraam of abortus heeft gehad. Je moet haar niet van streek maken door haar van zulke dingen te beschuldigen. Ze is heel zwak. Beloof me dat je haar niet van streek zult maken.'

'Het leven is heilig,' verklaarde Ramón. 'Ik heb tegen haar gezegd dat ze moest ophouden met haar werk als ze zwanger was. Ik heb al vaak geprobeerd haar van haar zondige leven af te houden en aangeboden haar te onderhouden. Je weet dat ik een vermogend man ben. Alles wat ze heeft, heeft ze aan mij te danken. Ze heeft het recht niet mij een zoon te ontnemen!'

'Jou een zoon te ontnemen?'

'Ik zou graag een zoon hebben voor ik sterf. Ik had gedacht Andrés tot mijn erfgenaam te maken, maar nu je hem naar Engeland stuurt...'

'Hem naar Engeland sturen? Wie heeft je dat verteld?'

Ramón liep langs haar heen de gang in en begon verontrustend snel de trap af te lopen.

'De jongen zelf, natuurlijk. Het is logisch dat hij mij in vertrouwen neemt.'

'Maar ik heb het nooit tegen hem gezegd!' Dolores moest haar

best doen hem bij te houden en ze had hem zich in maanden niet zo snel zien bewegen.
'Nee, inderdaad. Je hebt hem bezworen dat je zulke plannen niet had. Maar hij heeft jou met García horen praten. Die jongen is niet gek, Dolores! Hij lijkt op mij.'
Het was onmogelijk boven het lawaai van de metro uit te praten en Dolores hield verder haar mond. Men zei dat mensen die gek waren een bijzondere opmerkingsgave hadden, vreemde, verwrongen inzichten waartoe mensen van wie het denken werd gehinderd door rationele gedachten niet kwamen. Het was gemakkelijk gekken te onderschatten, evenals het gemakkelijk was kinderen te onderschatten. Marisa en zij hadden dezelfde vergissing gemaakt. Arme Andrés! Wat moest hij in de war zijn! Misschien had ze het hem moeten vertellen. Maar ze had het onzin gevonden hem van tevoren al van streek te maken en bovendien had ze zich de laatste tijd zo zwak gevoeld...
Men wilde maar één bezoeker tegelijk toelaten. Ramón ging eerst naar binnen, terwijl Dolores nerveus zat te wachten, elk moment verwachtend dat er een verpleegster zou komen vragen of ze haar broer wilde verwijderen omdat hij last veroorzaakte. Maar na ongeveer een half uur kwam hij met opgeheven hoofd en volkomen kalm naar buiten.
'Jij mag nu naar binnen,' zei hij tegen Dolores. 'Wees zo goed haar niet te vermoeien.'
Marisa zat in de kussens geleund. Er was weer wat kleur op haar wangen, maar ze keek verre van gelukkig.
'Lole,' zei ze en pakte haar hand. 'Hij weet het van de baby!'
'Welke baby?' zei Dolores voorzichtig.
'Hij zei dat de dokters het hem hebben verteld!' Ze begon te huilen.
'Wat is er aan de hand? Was hij boos op je?'
'Boos? Nee, nee. Maar nu mag ik niet meer werken van hem. Ik wist zeker dat het geen baby was, maar de dokter zegt van wel. Ik wil geen baby, Lole. Ik wil dat ze het uit me snijden. Maar Ramón zegt dat ik hem moet houden!'
Ze beefde en Dolores begon haar op en neer te wiegen, maar de woordenstroom ging door.
'Ramón zegt dat hij de baby als zijn eigen kind zal behandelen.

Maar binnenkort is Ramón dood en wat zal er dan met mij gebeuren? O, Lole, het deed zoveel pijn! Is dat ook zo als je een baby krijgt? Is er dan zoveel bloed? Ik ben zo bang!'
Ze begon in het kussen te huilen.
'Je hoeft nergens bang voor te zijn,' zei Dolores hulpeloos. 'Je moeder heeft toch al je broers en zusters gekregen? En ze heeft het overleefd. Het is niet zo vreselijk.'
'Dat is het wél! Ze heeft zó geschreeuwd! Ze heeft een dag en een nacht geschreeuwd toen mijn broer werd geboren. Men dacht dat ze doodging en de baby ook en ze hebben zelfs de priester laten komen!'
'Dat was in Andalusië. Hier, in Madrid, zijn er dokters en ziekenhuizen; hier word je goed verzorgd. Stil nu maar. Als je zo huilt, krijg ik de schuld en sturen ze me weg.'
'Ga niet weg. Ga niet! Blijf bij me. Vertel me hoe het bij Andrés was. Had je veel pijn?'
'Die ben je zo vergeten.'
'Meer pijn dan met de kapotte fles?'
'Veel minder.'
'Waarom heeft mijn moeder dan een dag en een nacht geschreeuwd? Ramón zei dat het niet kon gebeuren zolang ik de zak gebruikte. Maar vaak was ik zó moe...'
'Probeer nu te rusten.'
'Beloof me dat je niet weggaat? Ben je nog hier als ik wakker word?'
'Ik beloof het.'
Zodra ze wegdoezelde, ging Dolores op zoek naar Ramón. Hij zat geërgerd heen en weer te schuiven omdat hij moest wachten en had duidelijk een borrel nodig. Hij verklaarde dat hij zelf wel naar huis zou gaan, waar hij dringende zaken had te regelen.
'Tegen de tijd dat mijn zoon is geboren, zal de oorlog gewonnen zijn!' verklaarde hij luid, zonder op Dolores te letten, die gebaarde dat hij zacht moest praten. 'Tegen de tijd dat mijn zoon is geboren, heb ik mijn landgoed weer terug. Jij zult daar altijd welkom zijn, lieve zuster. Maar García niet. Denk daar maar eens over na.'
Hij liep met rechte rug en nieuwe energie de gang uit, zwierig zwaaiend met zijn wandelstok. Voor een man die de meeste tijd

op bed doorbracht, was zo'n plotselinge uitbarsting van energie verbazingwekkend. Hadden hoop en zelfbedrog dezelfde kracht om nieuw leven en steun te geven?

En dus bedroog Dolores Marisa. Ze kalmeerde haar met leugens, beloofde haar dat ze geen pijn zou hebben, verzekerde haar dat Ramón niet zou doodgaan en vertelde haar alle dingen die ze wanhopig graag wilde horen. Voortdurende herhaling was een beproefde methode om het geloof te versterken, dat wisten politici en de Kerk en ieder ander die de waarheid verdraaide. Voortdurende herhaling. Heel geleidelijk begon het middel te werken en vielen ze beiden in slaap.

Tomás gaf Andrés zijn sleutel en liet hem vooruit gaan. Het was een moeizaam proces om zichzelf drie trappen op te hijsen en hij deed dat liever op zijn gemak. Hij hoopte dat Lole hen zou opwachten met goed nieuws. Hij gaf niet veel om Marisa, maar ze had haar nut en zonder haar zou Dolores volledig voor de verzorging van die waardeloze dronkelap opdraaien.

Het gezelschap van Andrés was uitputtend gebleken. Lole had gelijk. Als haar iets zou overkomen, zou het een hele klus voor hem zijn de jongen te verzorgen. De vakbond had hem zittend werk beloofd. Hij zou munitie moeten inpakken, samen met vrouwen en mannen die niet geschikt werden geacht voor het front. Het zou pietepeuterig werk zijn waar je handige vingers voor nodig had, maar geen kracht, maar het was beter dan niets te doen en als hij eenmaal onafhankelijk was, zou Lole zich minder verantwoordelijk voor hem voelen. Misschien zou ze er dan mee instemmen haar zoon naar Engeland te volgen...

Andrés rende met zijn hoofd naar beneden de trap op, oorlogsachtige geluiden makend in zijn keel. Die dag was hij piloot in een bommenwerper en de hele morgen had hij al heen en weer gevlogen om fascistische stellingen te vernietigen. Hij rammelde van de honger en hoopte dat zijn moeder soep had gemaakt. Hij kwam aan het eind van de trap en vloog met zijn neus naar beneden door de gang, klaar om de laatste bommen te laten vallen voor hij naar de basis terugkeerde.

Hij stopte midden in de lucht. Er stonden drie mensen voor de deur te wachten, twee mannen en een vrouw. Hij keek verschrikt van de een naar de ander. Door hun kleren wist hij meteen dat het gevreesde moment eindelijk was gekomen, dat dit de mensen uit Engeland waren die gekomen waren om hem mee te nemen. Hij wilde zich omdraaien en wegrennen, maar zijn reacties waren als verlamd en hij was niet in staat zich te bewegen.

De vrouw glimlachte en ging op haar hurken zitten.

'Dag, Andrés,' zei ze, met een vreemd accent. De grote, donkere man met de snor keek hem stralend aan en knikte naar hem, terwijl de kleinere man hem alleen maar zonder iets te zeggen aanstaarde, tot de vrouw iets in zijn oor fluisterde.

'Waar is je moeder, Andrés?' vroeg hij.

Andrés deed een stap naar achteren, alsof hij wilde proberen of zijn benen hem nog gehoorzaamden. Daarna draaide hij zich om en rende weg. Hij hoorde dat ze achter hem aan kwamen. Hun voetstappen dreunden hol op de kale planken, maar hij keek niet om. Zijn benen bewogen als zuigers, de eerste trap, de tweede, en boem, tegen Tomás op, van wie het enorme lichaam de smalle trap versperde.

'Hola, knul,' bulderde hij verschrikt, bijna zijn evenwicht verliezend. Andrés dook onverschrokken in het gat waar eens Tomás' linkerbeen was geweest en holde verder, net toen de drie volwassenen onder aan de tweede trap kwamen en hun weg versperd zagen door een reus. Tegen de tijd dat Tomás zich had omgedraaid en weer naar beneden was gegaan om hen erdoor te laten, had de jongen een ruime voorsprong. De twee mannen renden weg en de vrouw volgde hen met een ongerust gezicht, maar in een wat langzamer tempo.

Tomás keek hen zacht vloekend na terwijl ze uit het gezicht verdwenen. Een van de mannen moest de neef van Lole zijn. Het was duidelijk dat ze Andrés op de een of andere manier aan het schrikken hadden gemaakt, omdat hij zo was weggerend. Het kind was totaal niet in de hand te houden. Zes maanden geleden zou hij hem in zijn armen hebben opgevangen en als een spartelend konijn de trap weer op hebben gedragen. Nu had hij net zo goed een oud wijf kunnen zijn, niet bij machte hem bij zijn lurven te grijpen.

Hij strompelde naar het eind van de straat en keek naar links en naar rechts, maar er was al niets meer van hen te zien. Er zat niets anders op dan te wachten. De jongen kon nergens heen, behalve naar zijn oom, maar die was niet thuis en met Dolores op weg naar het ziekenhuis. Maar hij zou spoedig weer terugkomen.

Omdat hij niet in staat was zo gauw de trap opnieuw op te klimmen, ging Tomás naar het café op de hoek, waar hij zwetend van uitputting buiten aan een tafeltje ging zitten, zodat hij het gebouw in het oog kon houden. Als de vreemdelingen terugkwamen, zou hij hun vertellen wie hij was. Kennelijk had Lole haar neef niet van zijn toestand verteld, anders zou hij hem zeker herkend hebben en op de een of andere manier hebben begroet. Het waren goedgeklede, rijke mensen, mensen met wie hij niets gemeen had, mensen die hij op het eerste gezicht al gehaat zou hebben als het Spanjaarden waren geweest. Maar Lole zei altijd dat in Engeland de rijke mensen anders waren, dat ze de arbeiders niet onderdrukten of kinderen van honger lieten doodgaan en er geen Don Felipes waren of mensen zoals pater Luis, geen Guardia Civil, maar dat de mensen vrij waren. Hij moest hen welkom heten en zorgen dat Lole zich niet voor hem hoefde te schamen.

Na een minuut of twintig verscheen de vrouw weer, samen met de man met de snor. Ze zagen er in deze arme wijk misplaatst uit en de mensen stonden hen in groepjes aan te staren, alsof het schepsels van een andere planeet waren. De vrouw was helemaal in het zwart gekleed. Ze had een zwarte hoed op met een zwarte voile voor haar gezicht. Tomás had gedacht dat ze de vrouw van de neef was, maar misschien was ze een weduwe. Hij hees zichzelf overeind en volgde hen de straat in, hen roepend.

Ze draaiden zich om en keken hem beleefd maar nietszeggend aan. Hij vroeg hun of ze de familie van Lole uit Engeland waren en stelde zichzelf voor als haar man. Hij zei dat ze zich niet ongerust moesten maken over de jongen, die niet ver uit de buurt kon zijn. Maar ze begrepen het kennelijk niet. De vrouw haalde een boekje te voorschijn en sprak in het Spaans tegen hem, de woorden luid voorlezend, maar Tomás begreep haar niet en moest haar vragen het nog eens te zeggen. Dat deed ze een aantal keren, maar ze had net zo goed Engels kunnen spreken. Vervolgens liet ze hem het boekje zien en wees met haar vinger, maar de leeslessen van Tomás waren nog niet zo ver gevorderd dat hij onbekende woorden kon lezen en hij maakte een verontschuldigend gebaar. De man en de vrouw spraken in opgewonden Engels tegen elkaar en leken te bespreken wat ze moesten doen. Tomás gebaarde naar het appartement en probeerde duidelijk te maken dat ze daar konden wachten, wat ze uiteindelijk leken te begrijpen. Ze volgden hem toen hij moeizaam naar boven liep. Pas toen ze helemaal boven waren, herinnerde Tomás zich dat Andrés de sleutel had.

Ramón voelde zich weer vol jeugdige energie. Binnenkort zou hij een zoon hebben! Dat moest gevierd worden.

Hij zou zijn dagen niet meer in bed doorbrengen, wachtend op de dood. Hij voelde zich als een man die verfrist wakker werd nadat hij lang had geslapen. Wat had hij zichzelf in een isolement geplaatst! Vandaag had hij voor het eerst gemerkt dat de stad weer normaal werd. De chique bars die aan het begin van de oorlog waren dichtgegaan, waren nu weer open en er waren weer goedgeklede mensen te zien op straat. Er hingen ook geen lelijke spandoeken meer boven elke deuropening. Net zoals hij was Madrid weer tot leven gekomen.

Helaas was hij, in zijn haast om naar Marisa te gaan, met alleen wat kleingeld op zak de deur uitgegaan. Hij zou naar huis gaan, geld uit zijn geheime voorraad halen en zichzelf trakteren op een feestelijke fles Franse champagne. Nu de mensen van de betere klasse weer te voorschijn waren gekomen – er ongetwijfeld van overtuigd dat de overwinning niet lang meer op zich zou laten wachten – zou hij misschien iemand kunnen vinden die blij was een intelligent gesprek te kunnen voeren. Hij zat vol plannen voor de toekomst van zijn zoon en popelde om erover te praten met andere ontwikkelde mensen.

Zijn ziekte was voortgekomen uit wanhoop en zijn gezondheid aangetast doordat hij jaren tussen het gepeupel had moeten leven. Nu kon hij weer rechtop lopen. Zijn zoon zou hem nooit in lompen gekleed zien, nooit die stank van die ellendige achterbuurten ruiken. Wat was het heerlijk om te leven!

Hij glimlachte stralend naar iedere voorbijganger en draaide zijn wandelstok rond. Voor het eerst in maanden had hij trek. Misschien zou hij naar een van de restaurants gaan waar hij vroeger altijd kwam, stijlvol dineren, zich mengen onder de mensen van stand, herinneringen ophalen aan de goeie, ouwe tijd en uitkijken naar de dag van de bevrijding, waarop de *Caudillo* zijn zegevierende troepen de stad zou binnenvoeren, terwijl de burgers bloemen op zijn pad strooiden. Wat zou het heerlijk zijn getuige te zijn van de openbare executie van de soortgenoten van García! En wat zou Dolores dankbaar zijn voor de bescherming van haar broer! De dagen van armoede zouden snel voorbij zijn; een nieuw tijdperk van rijkdom en weelde brak aan.

Wat was dit een smerig gebouw! Het wemelde er van de insekten, het stonk er en er klonken altijd rauwe stemmen. Zijn zoon zou op marmeren vloeren en dikke tapijten lopen, zijn zoon zou paardrijden en jagen, zijn zoon zou bedienden hebben die aan al zijn grillen zouden voldoen. Dolores zou hem misschien zijn neef afnemen, maar dat zou ze met zijn zoon niet mogen doen. De zwak die ze voor Engeland had, was de oorzaak geweest van haar ellende. Daar had ze haar hoofd volgestopt met subversieve onzin en had ze geleerd om haar eigen klasse te verachten. Wat was hij verstandig geweest haar zijn geheimen niet toe te vertrouwen! Het was duidelijk dat ze meer dan ooit van die García was bezeten, zó bezeten dat ze zich had laten overhalen om haar enige zoon weg te sturen. Het kwam goed uit dat hij de jongen niet langer nodig had. Nu hij zijn gezondheid weer terug had en hij zelf een zoon kreeg, nu de overwinning zeker was, had hij daar geen zorgen meer over. Wat een dwaas was hij geweest om zich zo door wanhoop te laten meeslepen! Beloonde God niet altijd de rechtvaardigen?

Hij onderdrukte een golf van ergernis toen hij zijn eens zo geliefde neefje voor zijn deur op hem zag zitten wachten. Wat typerend voor García om de jongen aan zijn lot over te laten! Zo'n man was niet geschikt om vader te zijn. Hij zou de jongen meteen naar huis sturen; in zijn plannen voor de rest van de dag was geen plaats voor een kind van zes.

'Dag, Andrés. Wat doe jij hier? Ik ga meteen weer weg, naar een belangrijke afspraak, waar jij tot mijn spijt niet bij kunt zijn.'

Andrés volgde hem naar binnen, vechtend tegen zijn tranen.

'Kan ik dan hier blijven? Kan ik hier blijven terwijl u weg bent?'
'Wat is er aan de hand, jongen? Waarom zit je te snuffen? Tranen zijn voor vrouwen; een heer huilt nooit. Vertel.'
'Er is niets aan de hand,' zei Andrés stug, terwijl hij met de rug van zijn hand de tranen wegveegde.
'Heb je last met García, jongen? Heeft hij je bedreigd?'
'Nee. Maar... ik ben liever bij u dan bij Tomás. Mag ik hier blijven tot u terug bent? Alstublieft?'
Ramón grijnsde om het compliment.
'Wacht in de gang terwijl ik mijn toilet maak. Daarna kun je wachten tot ik terug ben. Als García je komt zoeken, mag je hem in geen geval binnenlaten. Ik weiger om dat beest mijn studio te laten bevuilen met zijn walgelijke aanwezigheid. Is dat duidelijk?'
'Ja, oom.'
Hij stuurde de jongen de kamer uit en nam al het geld uit zijn schuilplaats, waar hij alleen het pistool liet liggen. Daarna legde hij de plank terug, schoof het kale kleed er weer overheen en liet Andrés binnen.
'Oom...' begon Andrés met een trillende lip.
'Ja? Wat is er?'
'Oom, ik ben bang.'
'Bang? Waarvoor? Een heer kent geen angst. Ben je bang voor García? Dat is niet nodig. Als hij je op de een of andere manier lastig valt, krijgt hij met mij te maken!'
'Wanneer komt mama thuis?'
Ramón haalde zijn schouders op.
'Ze is bij Marisa in het ziekenhuis. Ze zal je ongetwijfeld komen zoeken als ze terug is. Ik kom zelf pas laat thuis en heb dringende zaken te regelen.'
Andrés deed zijn mond open om iets te zeggen, maar Ramón onderbrak hem.
'Ik moet opschieten, mijn compagnons wachten op me. We zullen morgen over je problemen met García praten. Hier...' Hij greep in zijn zak en haalde er een biljet van vijf peseta's uit, het hem voorhoudend zoals een bisschop doet met zijn ring. 'Dit is voor jou, mijn jongen.'

Andrés keek sprakeloos naar die plotselinge, ongehoorde rijkdom en voor hij een bedankje kon stamelen, was zijn oom verdwenen.

Hij zat een poosje naar het bankbiljet te kijken. Het was veel geld. Als zijn oom weigerde hem onderdak te geven, zou hij in elk geval genoeg geld hebben om voor een paar dagen eten te kopen. Hij moest zich lang genoeg kunnen schuilhouden tot die Engelsen het hadden opgegeven en weer naar huis waren gegaan. Hij hoopte dat Ramón niet lang zou wegblijven en hem raad zou geven. Toen hij hem had verteld van het plan van zijn moeder om hem weg te sturen, had hij dat gedaan in de hoop dat zijn oom tussenbeide zou komen. Maar hij was boos geweest omdat hij wakker was gemaakt en had weinig interesse getoond voor zijn probleem, zelfs toen hij hem had gevraagd wat hij met de laars moest doen. Hij was onsamenhangend gaan mompelen en weer in slaap gevallen, en kort daarna was zijn moeder hem komen halen. Maar bij wie kon hij anders aankloppen? Hij wist dat Tomás niet wilde dat hij naar Engeland zou gaan, dat had hij hem horen zeggen, maar bij Tomás kon hij zich niet voor zijn moeder verstoppen.

Misschien kon hij beter niet op Ramón wachten. Zijn oom zou hem misschien een standje geven omdat hij ongehoorzaam was geweest en hem eraan herinneren dat bevelen altijd zonder tegensputteren moesten worden opgevolgd. Tot voor kort zou hij hem absoluut hebben vertrouwd, maar nu was er niemand die hij kon vertrouwen, behalve Tomás, die hem niet kon helpen. Hij kon nu beter weggaan, voor zijn moeder hem kwam zoeken. Hij wist een kerk die niet meer werd gebruikt waarin hij zich kon verstoppen; kinderen speelden daar vaak tussen de vernielde relikwieën en het verkoolde hout. Daar zou hij blijven tot het gevaar geweken was.

Hij deed de etenskast open en vond een pak droge biscuits, dat hij in zijn zak stopte. Daarna keek hij de kamer rond of hij nog iets nuttigs zag. Zijn oom had een oude wandelstok, die aan een kant gespleten was en die hij niet meer gebruikte sinds Marisa een nieuwe voor hem had gekocht. Die kon als wapen dienen, voor het geval hij zich moest verdedigen. Hij herinnerde zich het stel ruwe kinderen dat had geprobeerd om zijn kauwgum te stelen. Ze zouden hem misschien vermoorden voor vijf peseta's...

Hij wilde juist de deur opendoen, toen hij het onmiskenbare gebonk van Tomás op zijn krukken hoorde, vergezeld van andere, lichtere voetstappen. Ze waren hem al aan het zoeken!

Hij verborg zich snel achter het gordijn dat voor de kleren van Marisa hing en bleef bewegingloos staan, de sterke, zoete geur van goedkope parfum inademend, terwijl Tomás op de deur bonsde en riep: 'Andrés? Andrés? Ben je daar? Wees niet bang. Laat me erin!'

Andrés hield zich heel stil, was zelfs bang om adem te halen. Vervolgens hoorde hij Tomás zeggen: 'Ik dacht niet dat hij hier zou zijn. Zijn oom is bij Dolores, in het ziekenhuis. We kunnen beter naar huis gaan en daar op haar wachten.' De onheilspellende geluiden verdwenen weer en de voetstappen stierven weg.

Andrés wachtte een paar minuten, om er zeker van te zijn dat de kust veilig was voor hij uit zijn schuilplaats te voorschijn kwam. Zijn oom had vaak verteld hoe hij dagen, weken in vijandelijk gebied ondergedoken had gezeten en ontsnapt was aan de klauwen van de verkenners en overvallers, terwijl hij geheime missies uitvoerde. Hij zou zijn oom laten zien dat hij geen huilebalk was; hij zou hen allemaal bewijzen dat hij voor zichzelf kon zorgen.

Hij sloop de kamer uit, deed zachtjes de deur dicht en sloop de trap af, zijn oren gespitst voor het geringste geluid. De gebruikelijke schoffies stonden bij de pomp en hij maakte een omweg om hen te vermijden, omdat hij bang was dat ze hem van zijn kostbare bezittingen zouden beroven. Daarna rende hij als een speer naar de kerk.

'Jack!' begroette Flora hem opgelucht. 'Het werd tijd. Heb je hem gevonden?'

'Nee. Ik heb overal navraag gedaan, maar niemand schijnt gezien te hebben welke kant hij op is gegaan. Die steegjes zijn net een doolhof. Hij zou overal kunnen zijn.'

Flora en Archie stonden beiden midden in de kamer en de grote man met het ene been zat op een stoel die veel te gammel leek om zijn gewicht te kunnen dragen. Hij knikte naar Jack en gebaarde hem te gaan zitten.

'Ik geloof dat hij een buurman is,' zei Flora. 'Hij moest het slot forceren om ons binnen te laten.'

'Ga maar zitten,' zei Jack.

'Liever niet,' zei Flora kieskeurig.

'Allemachtig, Flo, het is brandschoon!'

Ze gehoorzaamde aarzelend, haar tegenzin verbergend achter een stralende, gemaakte glimlach. Archie deed haar onmiddellijk na en nam onhandig plaats op een laag krukje.

'Wat een afschuwelijk hol!' vervolgde Flora. 'En dan te bedenken dat Dolly in zoiets woont.'

Jack geneerde zich vreselijk voor die botte opmerking, hoewel de grote man er duidelijk geen woord van had begrepen. Het was inderdaad een hol, maar niet erger dan vele waarin hij zelf had gewoond. Hij schaamde zich om hier in zijn deftige kleren te zitten en neerbuigend te doen tegen die invalide reus. Jack sprak hem in het Spaans uiterst hoffelijk aan en vroeg of hij wist waar de moeder van de jongen was.

'Dolores is op bezoek bij een zieke vriendin,' antwoordde hij. 'Ze komt zo thuis.'

'Laten we hopen dat Andrés eerder thuis is dan zij,' zei Jack beleefd.

'De jongen is dwars en bezorgt haar veel last. Ze zal gelukkiger zijn als hij veilig in Engeland is. Ik probeer een vader voor hem te zijn, maar...' Hij wees op zijn stomp en haalde zijn schouders op.

Jacks bloed hield op met stromen. Hij had de grootste moeite om de woorden te vinden.

'Bent u haar man?'

'Haar tweede man, ja.' Hij keek Jack strak aan. 'Was u het die in Toledo was? Was u degene die het bericht van de dood van Lorenzo bracht?'

Jack knikte.

'Heeft Rosa het haar verteld?'

'Jack,' kwam Flora tussenbeide, 'ik moet vreselijk nodig naar het toilet. Al die thee! Zou je het erg vinden als Archie en ik teruggaan naar het hotel? We komen meteen weer terug.'

'Jullie hoeven niet terug te komen. Ik wacht hier wel met Dolly's man tot ze thuiskomt en dan breng ik haar mee naar het Plaza.'

'Is hij haar mán?' vroeg Flora verbijsterd.

'Allemachtig, Flo, toon wat respect.'

'Dus er is inderdaad een Tomás. Ik dacht dat ze alleen maar...'

De man knikte bij het horen van zijn naam. Flora herstelde zich, glimlachte beleefd en stak haar hand uit, naar hem gebarend dat hij moest blijven zitten. Vervolgens deed Archie hetzelfde.

'We gaan het hotel niet uit voor we iets van je gehoord hebben,' zei Flora. 'Zeg Archie, kun jij de weg terug vinden? Sommige van die lieden op straat zagen er beslist onguur uit...'

'Je bent hier veiliger dan in Londen,' zei Jack bits, geërgerd nu. 'Weet je de weg, Archie?'

'Ik vind het wel,' zei Archie snel, Flora voor zich uit naar buiten duwend.

'Dus heeft Dolores mijn brief gekregen?' hernam Jack.

'Nee, die heb ik verbrand.'

'Maar waarom...'

'Luister en ik zal het u vertellen. Dolores en ik zijn uit Albavera ontsnapt. Verder is daar iedereen vermoord. We zijn naar Toledo gegaan om haar zoon op te halen. Ze smeekte me om naar haar man te informeren. Ik heb haar verteld dat hij dood was. Dat was geen leugen.'

Zijn stem was vast, nuchter, maar niet verontschuldigend.

'Ik heb haar niets verteld van uw bezoek en mijn zuster Rosa laten zweren dat ze haar mond zou houden. Ik was bang dat u haar zou meenemen naar Engeland. Ik wilde haar als vrouw. Begrijpt u?'

'Ja,' zei Jack langzaam, hem volledig begrijpend. 'Ja, ik denk dat ik het begrijp.'

'Ik heb het haar verteld en nu heb ik het u ook verteld. Ik vraag u vergiffenis.'

Er viel niets te zeggen op zijn kalme waardigheid. Jack werd even overweldigd door een golf van meegevoel. Hij zou hetzelfde hebben gedaan. Daar was geen twijfel aan, hij zou hetzelfde hebben gedaan.

'Bent u haar neef?' vervolgde Tomás, Jack nieuwsgierig aankijkend. 'Ze heeft het over u gehad.'
'Die mevrouw is haar nicht,' zei Jack. 'Ik ben een vriend van de familie.'
'Het is aardig van u dat u van zo ver bent gekomen,' zei Tomás. 'Hoe wilt u de jongen het land uit krijgen? Het kan gevaarlijk zijn om een reisvergunning aan te vragen. Er zouden veel vragen worden gesteld. Daar maakt Dolores zich erg ongerust over. Ze is bang dat ze erachter zouden komen dat de vader van de jongen een fascist was.'
'Die mevrouw heeft een kind van dezelfde leeftijd op haar pas staan,' zei Jack. 'Er zit geen foto bij. Het zal alleen nodig zijn Andrés als meisje te verkleden.'
Tomás grinnikte.
'Die heeft niets van een meisje,' zei hij. 'Hij is een grote beproeving voor zijn moeder. Maar hij heeft veel meegemaakt. Hij heeft zijn vader verloren en zijn neefje en nu raakt hij zijn moeder ook nog kwijt.'
'Zijn neefje?'
'Die jongen is samen met mijn zuster en mijn dochter omgekomen toen de fascisten Toledo hebben ingenomen. Voorzover we weten tenminste. We hebben al maanden niets meer van hen gehoord. Velen zijn omgekomen. De *novio* van mijn zuster was een gijzelaar, een anarchist. Ze zal hebben moeten vluchten. Maar ze hebben hen in vliegtuigen achternagezeten en vanuit de lucht neergeschoten. Wie weet gaat hetzelfde in Madrid gebeuren. Het is verstandig van Dolores om de jongen weg te sturen.'
Jack moest zijn best doen om zijn gezichtsuitdrukking onder controle te houden. Hij wilde deze kamer verlaten en alleen zijn om na te denken en alles weer op een rijtje te kunnen zetten. Maar nu zat hij in de val, in een val die hij zelf had gezet. Hij durfde niet eens een sigaret op te steken, omdat hij bang was dat zijn hand zou trillen. Hij liet zijn gedachten teruggaan naar Toledo, naar dat magische moment waarop hij het donkerharige kind had gezien. Hij had nauwelijks naar de andere jongen gekeken, de werkelijke Andrés, Dolly's zoon met de blauwe ogen.

Hij had hem vandaag als voor het eerst gezien, Dolly's zoon met de blauwe ogen...

Hij was zich er scherp van bewust dat de grote man hem aanstaarde, wat hem het gevoel gaf alsof hij recht door hem heen keek.

'Toen ik afgelopen september in Toledo was,' zei Jack uiteindelijk, zorgvuldig zijn woorden kiezend, 'heb ik drie kinderen gezien. Een van hen leek sprekend op Dolores.'

Tomás gaf geen enkel teken van verbazing.

'Rafael, het kind van mijn zuster Rosa. De bastaard van de broer van Dolores.' Hij maakte een minachtend gebaar. 'Dolores heeft Rosa en de baby in haar eigen gezin opgenomen.'

'Rafael leeft nog,' zei Jack.

'Wat?' Gehoorzamend aan een nutteloze reflex, probeerde Tomás op te springen.

'Hij is in een kindertehuis in Valencia, maar kan niet praten en kon zijn naam niet zeggen.'

'En Petra? Mijn dochter?'

Jack schudde zijn hoofd. Tomás bedekte zijn gezicht met zijn handen.

'Vergeef me. Dit is goed nieuws. Het is maanden geleden dat we goed nieuws hebben gekregen. Lole zal dolblij zijn. Ze hield van hem alsof het haar eigen kind was.'

'*Lole*?'

'Ik noem haar Lole en wil graag vergeten dat ze ooit Dolores is geweest. Ik ben maar een arbeider, zoals u kunt zien.' Hij maakte een gebaar naar de kamer. 'Haar nicht was ongetwijfeld geschokt haar met zo'n man aan te treffen. Drinkt u een glas met me?'

Hij wees Jacks aanbod om te helpen af, duwde zichzelf overeind uit zijn stoel, pakte een fles wijn en twee glazen en schonk ze tot de rand toe vol.

'Op de republiek,' zei hij. 'Op de vrijheid.'

'Op de vrijheid,' zei Jack.

Tomás nam een grote slok.

'Zo,' zei hij, Jack lang aankijkend. 'U bent niet haar neef.'

Jack gaf geen antwoord. *Lole*. Lole en die grote lummel van een

man van haar met zijn ene been. Al die maanden was ze binnen zijn bereik geweest... Lole.
'U bent niet haar neef,' herhaalde Tomás.
'Haar neef? Nee. Zoals ik al zei, ik ben een vriend van de familie.'
'Kent u Dolores al lang?'
'Ik kende haar als meisje, toen ze in Engeland was. Ik heb haar ontmoet via haar neef, de broer van die mevrouw. Hij is hier in Madrid omgekomen, bij een luchtaanval.'
'Hier in Madrid? Was hij op zoek naar haar?'
'Nee. Hij werkte in een ziekenhuis. We dachten allemaal dat Dolores dood was.'
Tomás boog het hoofd. 'Het zal Dolores verdriet doen dat te horen. In Madrid, en wij wisten het niet!'
'Madrid is groot,' zei Jack. Hij begon weer het gevoel te krijgen dat hij in de val zat. De ogen van de grote man leken door hem heen te boren, alsof hij zijn gedachten kon lezen. 'Moet ik op straat de jongen gaan zoeken? Heeft hij vriendjes in de buurt, waar ik navraag kan doen?'
Tomás schonk zijn glas weer vol en schoof het naar hem toe.
'U hebt in Toledo drie kinderen gezien,' zei hij. 'U hebt Andrés gezien.'
'Ja, ik heb Andrés gezien.' Tomás pinde Jack met een volgende, doordringende blik vast op zijn stoel.
'U hebt aangeboden hem mee terug te nemen naar Engeland?'
'Ja. Ik dacht dat hij een wees was. Hij had zowel zijn moeder als zijn vader verloren en...'
Tomás lachte ruw.
'Zijn vader? Ik ben kreupel, beste vriend, maar níet blind. Je denkt zeker dat ik gek ben?'
Lange tijd zaten ze elkaar aan te staren. Jack was de eerste die zijn blik afwendde.
'Ik ben blind geweest,' zei hij. 'Ik ben gek geweest!'

'Ik moet voor donker naar huis, Marisa. Morgen kom ik weer, na mijn werk.'
Marisa knikte zwakjes.
'Dank je wel, Lole. Je bent een goede zuster voor me. Zul jij

voor mij en de baby zorgen als Ramón dood is? De Engelsman zal me niet willen hebben met een baby. Nu zal ik wel nooit naar Engeland gaan.'

'Je zou het niet leuk vinden in Engeland,' zei Dolores. 'Het is er te koud.'

'Zelfs kouder dan in Madrid in de winter?'

'Het weer niet, de ménsen. De mensen zijn aardig, maar koud.'

'Zoals mijn Engelsman?'

'Is jouw Engelsman koud?'

'Ja. Hij geeft niets om vrouwen en betaalt me alleen om met hem te praten. Ik denk dat hij misschien ziek is. Maar hij is aardig.'

'Alleen om mee te praten?'

'Alleen om mee te praten. Hij zou heel boos zijn als hij wist wat er is gebeurd. Hij is op me gesteld, dat weet ik.'

'Zeg niets,' zei Dolores. 'Als die dikke man zo belangrijk is, moet je heel voorzichtig zijn. Denk aan Ramón. Wat zal er van hem worden als jij in de gevangenis terechtkomt? Denk aan mij. Hoe moet ik het zonder jou stellen?'

Dolores stopte haar in als een kind en gaf haar een zoen.

'Hoe voel je je nu?'

'Beter. Het is fijn om te rusten. Ramón zegt dat ik mezelf niet moet vermoeien. Ramón zegt dat dames de hele dag in bed liggen tot hun baby's geboren zijn. Is het waar dat Ramón geld heeft, Lole? Hij zegt dat hij geld heeft.'

'Hij heeft wat geld, ja. Maak je nu maar geen zorgen om geld. Probeer te slapen.'

Dolores ging uitgeput op weg naar huis. Doordat ze zo moe was, raakte ze in een licht euforische stemming. Hij betaalde haar alleen maar om met hem te praten. Die wetenschap was als een absolutie. Niet dat het haar had kunnen schelen of Jack met Marisa naar bed ging of niet, maar het was een grote opluchting voor haar dat zij zijn kind niet zou hoeven grootbrengen.

Op weg naar huis viel ze in de metro in slaap en miste bijna haar halte. Het begon al donker te worden en onder haar jas had ze nog steeds haar nachtjapon aan. Nu hoefde ze zich helemaal niet meer aan te kleden; ze zou vroeg het eten klaarmaken en meteen naar bed gaan. Ze versnelde haar stap. Het was gaan motregenen en er lag een olieachtige glans over de stapels afval. Toen ze een zijstraat insloeg, zag ze een rat door de goot scharrelen. In de arme wijken aten ratten soms baby's levend op. Ze moest erop letten dat Marisa een net over het wiegje deed. Misschien zou ze Andrés verliezen, maar ze zou Marisa's baby nog hebben. Dat zou een kleine troost zijn. Tomás had gelijk, ze zou Andrés nooit kunnen terughalen naar een leven van armoede en gebrek. Als hij ging, zou het voorgoed zijn. Wie de oorlog ook won, ze zouden altijd arm zijn. Als de republiek won, zouden de rijken misschien arm worden, maar de armen zouden nooit rijk worden.

In Engeland zou er geen oorlog zijn. In Engeland hielden ze van vrede en waren de mensen veilig op hun eiland. Wat er ook in Spanje gebeurde en wat er ook in Europa gebeurde, Engeland zou erbuiten blijven. Ze had ooit de algemene afkeuring gedeeld voor het feit dat Engeland de republiek niet wilde helpen, maar nu was ze blij, ter wille van Andrés, dat Engeland alleen zijn eigen belangen behartigde.

Ze klom langzaam de trap op, de ene voet achter de andere aan slepend. De arme Tomás moest even moe zijn als zij, na een dag voor de jongen te hebben gezorgd. Misschien lag hij op bed en kon ze beter de sleutel gebruiken.

Ze haalde de sleutel uit haar tas terwijl ze door de gang liep en stak haar hand uit om hem in het sleutelgat te steken. Toen zag ze dat het zware ijzeren slot eruitgehaald was en er alleen nog een kaal stuk versplinterd hout was overgebleven. Vrezend dat er een overval was geweest of erger nog, slaakte ze een kreet van schrik toen ze de deur opengooide. Haar gezicht was vertrokken van schrik en ze bleef stokstijf staan.

'Jack,' zei ze alleen, gebiologeerd door de bekende helderblauwe ogen, de ogen die ze elke dag van haar leven zag, de ogen die haar nooit hadden laten vergeten. Ze had verwacht dat hij er anders zou uitzien, maar toch was hij helemaal niet veranderd. Zijn aanblik bracht haar met een schok terug in het verleden, het leek een beetje op de dood, het onontkoombare moment van de waarheid dat pas aan het eind komt...

'Dolly.'

Jack staarde haar aan. Hij had zich op het ergste voorbereid en verwacht dat ze broodmager, afgetobd en onherkenbaar zou zijn. Ze zag er ouder uit, dat wel, mager en ziek, maar ze benam hem nog steeds de adem. De schaduwen gaven haar gezicht een nieuwe waardigheid en ze droeg haar bleekheid met trots.

Hij stak zijn hand uit, maar Dolores pakte hem niet. Plotseling ongerust, keek ze de kamer rond.

'Waar is Andrés?'

'Lole, de politie is naar hem op zoek. Hij is weggelopen.'

'Weggelopen?' Ze zakte neer in een stoel.

'Ze zeggen dat ze hem gauw zullen vinden,' zei Jack. 'Nu je thuis bent, zal ik mee gaan zoeken. Iedereen helpt mee. Maak je geen zorgen. We vinden hem wel.'

Hij sprak tegen haar in het Spaans, als een vreemde.

'Dank je,' zei ze. 'Dank je.'

'Flora en Archie zijn er,' vervolgde hij, door de namen in het Engels overgaand. Het was vreemd om weer Engels te horen. 'Ze zijn in het hotel. Als je je goed genoeg voelt, zal ik je naar hen toe brengen.'

'Dank je. Dank je. Flora en Archie?'

De bedoeling van de vraag was duidelijk.

'Edmund is dood,' zei Jack. 'Hij is met Clara naar Spanje gekomen om in een ziekenhuis te werken en bij een luchtaanval omgekomen.'

Ze keek hem even uitdrukkingsloos aan en zei toen toonloos: 'O. O, God! Wat spijt me dat!'

'Ik moet gaan helpen zoeken naar de jongen,' vervolgde Jack stijfjes. 'Mag ik later terugkomen?'

Tomás knikte. Dolores gaf geen antwoord en Jack verliet snel de kamer, zich een indringer voelend.

Tomás pakte de stoel van Dolores en zette hem dichter bij zijn eigen stoel. Ze leek volledig verdoofd; haar handen waren koud en ze rilde. Hij wreef haar ijskoude vingers, maar even later trok ze haar handen terug en stond ze op. Ze wankelde op haar benen.

'Ik moet gaan liggen,' mompelde ze. 'Ik moet plat gaan liggen.' Ze liep langzaam naar de slaapkamer en deed de deur achter zich dicht. Toen Tomás een paar minuten later ging kijken, zag hij tot zijn verbazing dat ze sliep.

Het was heel koud in de kerk en vol vreemde geluiden. Geklapwiek, geritsel, gekras en gefluit. Sommige van de kinderen zeiden dat de geesten van de dode nonnen er rondspookten en midden in de nacht op hun bezemsteel rondvlogen. In een instinctmatige poging het kwaad af te weren, sloeg Andrés een kruis. Op school had hij geleerd dat het geloof een en al leugens en bijgeloof was, maar het leek hem beter de kwade geesten gunstig te stemmen. Hij was blij geweest toen mama had gezegd dat hij 's avonds niet hoefde te bidden, want van nature was hij een heiden. Maar nu voelde hij een weemoedig verlangen naar die warme geborgenheid van het bidden voor het slapen gaan.

Hij had alle biscuitjes opgegeten en had nu dorst. Een expeditie naar de dichtstbijzijnde pomp zou gevaarlijk zijn op dit late uur. Ze zouden hem kunnen aanhouden om te vragen waarom hij niet thuis was en in bed lag. Bovendien was het te donker om door de stapels kapotte planken en puin de weg naar buiten te zoeken.

Zijn tanden begonnen te klapperen en hij stopte zijn handen in zijn oksels om ze warm te houden. Hij vroeg zich af hoe zijn oom het had gered bij zijn geheime missies. Hij moest niet huilen. Alleen vrouwen en lafaards huilden. Rafael was een vreselijke huilebalk geweest. Hij wilde dat Rafael nu bij hem was. Als Rafael hier was geweest, zou het gemakkelijk zijn dapper te wezen. 'Niet huilen, Rafael,' zou hij kranig zeggen. 'Je moet gewoon doen wat ik zeg en dan komt alles voor elkaar.' Rafael had altijd de rol van het kleine broertje op zich genomen, ook al was hij ouder, en deed automatisch altijd alles wat Andrés zei. Het was een beetje alsof hij een zuster had. Andrés had het leuk gevonden hem de hand boven het hoofd te houden en de brutale schoffies bij hem vandaan te houden. Het zou leuk zijn, als ze weer met hun tweeën waren. Voor een avontuur moest je met z'n tweeën zijn.

Zijn maag knorde luid. Hij wilde nu dat hij al zijn chocolade had bewaard voor zo'n noodgeval als dat. Hij schoof, niet op zijn gemak, heen en weer op de koude stenen vloer en eindelijk lukte het hem om weg te doezelen. Maar een poosje later werd hij met een kreet wakker toen er iets over zijn blote benen rende. Twee groene kraaltjes licht glommen gemeen naar hem in het donker, waardoor de haartjes op zijn lichaam rechtop gingen staan. Hij haalde fel uit met zijn stok, waardoor het knaagdier wegrende, maar na die onvoorziene aanval kon hij niet meer slapen. Elke zenuw wachtte gespannen op de volgende schermutseling en hoewel hij uiteindelijk niet meer wakker was, rustte hij toch niet uit.

'Ik eis een advocaat,' zei Ramón, zijn kin afvegend met zijn mouw. 'Jullie hebben niet het recht me hier tegen mijn wil vast te houden.'

'Hou je kop, wil je?' raspte een korzelige stem uit de cel ernaast. 'Er zijn er hier die proberen te slapen.'

'Morgenochtend ben je de eerste,' zei de bewaker smalend. 'Hou nu je mond, anders stop ik je bij hem.' Hij maakte een hoofdbeweging naar de buurman die hij niet kon zien.

'Morgenochtend ben ik dood,' protesteerde Ramón. 'Ik ben heel ziek.'

'Dat kun je wel zeggen. Denk erom dat je de volgende keer in de emmer overgeeft, kameraad, anders kun je het allemaal van de grond likken met je arrogante tong.'

Ramón was woedend. De brutaliteit! Die afschuwelijke kerel verwachtte vast dat hij steekpenningen zou krijgen. Hij voelde voor de twintigste keer in zijn lege zakken en moest prompt weer overgeven.

Beroofd! Hij was beroofd! En die zogenaamde politie wilde er niets mee te maken hebben. Ze toonden helemaal geen belangstelling om de misdadiger op te sporen en te arresteren, de aasgier te grijpen die zijn zakken had gerold en hem straatarm had gemaakt. Nee, ze wilden alleen maar een onschuldige burger lastig vallen over een onbenullige, onbetaalde rekening van een restaurant, ook al had hij een schuldbekentenis willen geven en zijn woord als heer dat de schuld de volgende dag zou worden vereffend. De arrogantie van handelslieden! En nu durfden ze hem van dronkenschap te beschuldigen! Hij had niet eens genoeg gehad om een kind dronken te krijgen! Hij kon zich niet precies herinneren wat of hoeveel hij had gedronken, maar het was belachelijk weinig, ook al leek de eerste fles champagne heel lang geleden, evenals de *tapas*, die nu in de emmer dreven. Maar hoe langgeleden het ook was – hij had geen horloge – hij was beslist niet dronken. Als ze alleen maar de laaghartige schurk zouden arresteren die hem had beroofd, kon hij dat rekeningetje meteen betalen en weggaan.

'Mijn vrouw is zwanger,' had hij tegen hen gezegd. 'Ze kan elk moment bevallen.' Maar die communisten hadden geen respect voor het gezin. 'Hoe durven jullie een oorlogsveteraan te mishandelen?' had hij hen streng berispt, waarop ze hem nietbegrijpend hadden aangekeken en beledigingen naar het hoofd hadden geslingerd. Het was onverdraaglijk. Hij zou het beslist hogerop zoeken. Zodra hij uit deze smerige cel weg was, zou hij een brief schrijven naar de president zelf om een verontschuldiging te eisen en erop te staan dat die schurken een reprimande kregen en op staande voet werden ontslagen.

De volgende ochtend zou hij Marisa laten komen, als ze terug was uit het hotel, en zou zij hen afbetalen. Zulke schurken leefden van steekpenningen. Toen herinnerde hij zich dat Marisa in het ziekenhuis lag en moest hij weer overgeven. Daarna voelde hij zich een beetje beter en toen weer een heel stuk slechter. Naarmate de alcohol de bloedstroom verliet en het lichaam steeds meer macht kreeg over de geest, begon hij te beven, vervolgens te hijgen en toen te vechten om adem te krijgen en hees om hulp te roepen, zich nu niets meer aantrekkend van de bedreigingen en de stroom verwensingen uit de cel ernaast.

Hij was blauw tegen de tijd dat ze zijn heftige smeekbeden beantwoordden en zijn ogen puilden uit zijn hoofd. Er was geen dokter bij de hand en zijn ellende was zó overtuigend dat zijn bewakers geloofden dat hij elk moment zou kunnen sterven en hen zodoende een vervelende hoeveelheid papierwerk kon bezorgen. Aangezien de communisten de politie in hun macht hadden, moest er van elke dode rekening en verantwoording worden afgelegd. Het doden gebeurde nu uit het zicht en werd van veraf anoniem gesanctioneerd, en 'ongelukken' waarvoor geen toestemming was gegeven, waren alleen maar lastig. En om geen tijdverslindend onderzoek te riskeren, verscheurden de bewakers dus hun formulieren, sleepten ze de lastige gevangene uit zijn cel, gooiden hem in een modderpoel aan het eind van de straat en lieten hem daar aan zijn lot over.

'Eindelijk,' zei Flora, terwijl ze Jack haar suite binnenliet. 'Ik ben gék geworden van ongerustheid.' Ze had haar rollers onder een roze sjaaltje verstopt en dronk met kleine slokjes van haar kop sterke cacao. Archie lag in de aangrenzende kamer te slapen.

'Ze gaan morgenochtend pas weer verder met zoeken,' zei Jack. 'Je kunt beter naar bed gaan.'

'Heb je Dolly gezien?'

'Ja. Ik ben niet lang gebleven. Toen ik bij Tomás terugkwam, lag ze al in bed.'

'Zag ze er vreselijk uit?'

'Jij zou vinden van wel. Ik heb het haar verteld van Edmund, maar het leek niet tot haar door te dringen. We vonden dat we haar pas over Rafael moesten vertellen als ze Andrés hebben gevonden. Ze heeft genoeg te verwerken gehad voor een dag.'

'Rafael?'

'De jongen die ik in het weeshuis in Valencia heb gevonden. Het blijkt dat hij haar neefje is, vandaar de gelijkenis. Daar heb ik me gigantisch in vergist. Mag ik daar een beetje van?'

Hij schonk wat van Archies cognac in.

'Ach, zo'n vergissing lag voor de hand,' merkte Flora peinzend op. 'Vooral omdat Andrés helemaal niet op haar lijkt. Hij zal wel op zijn vader lijken.'

'Ja,' zei Jack, zijn glas in een teug leegdrinkend. Onwillekeurig bloosde hij en vroeg zich af of ze het had geraden. Als dat zo was, zou ze het zeker zeggen; Flora was veel te openhartig om tactvol te zijn. Als ze het niet had geraden, zou hij het haar niet vertellen. Het was duidelijk dat Dolly niet had gewild dat iemand het wist en het was niet aan hem haar geheim te verklappen.

'En, ben je nog iets anders te weten gekomen?' vroeg Flora.

'Haar man schijnt niets te weten van die ziekte van haar. Ik denk dat ze hem niet ongerust wilde maken. Ik hoopte dat ze misschien had overdreven om te proberen je over te halen te komen, maar nu ik haar heb gezien, denk ik van niet.'

Flora huiverde.

'Arme Dolly. We moeten zorgen dat ze naar een dokter gaat. In Engeland zou ze veel beter af zijn. Ik kan me niet voorstellen wat haar ertoe heeft gezet om met zó iemand te trouwen. En zo kort na de dood van haar man. Ik bedoel, minder dan een jaar...'

'Hij zegt dat ze uit medelijden met hem is getrouwd, nadat hij zijn been was kwijtgeraakt.'

'Heeft hij je dat verteld?'

'Hij heeft me een heleboel verteld.' Jack schonk zichzelf nog eens in en stak een sigaret op. 'Hij heeft me gevraagd te proberen Dolly over te halen met Andrés mee te gaan.'

'O, maar natuurlijk! Maar hoe krijgen we haar het land uit?'

'Dat kunnen we niet. Niet met jullie, in elk geval. Zeker niet nu je twee kinderen moet meenemen en niet een.'

'Dat is een heel optimistische voorspelling. De een is weggelopen en de ander kan de deur niet uit zonder dat hij het op een schreeuwen zet.'

'Je moet hier in Spanje geduld hebben. De dingen gebeuren òf heel langzaam, òf heel plotseling. Je moet ophouden logisch na te denken. De enige manier waarop je hier overleeft, is afgaan op je instinct.'

'Ben je dronken?'

'Niet van de drank. Sorry. Ik moet je naar bed laten gaan.'

'O, alsjeblieft zeg! Ik slaap tóch niet. Ik moet steeds maar denken aan dat arme kereltje dat in het donker over straat loopt te zwerven. Dolly moet zich vreselijk ongerust maken.'

'Ik denk dat ze dat stadium voorbij is. Ze heeft het afgelopen jaar ontzettend veel meegemaakt.'

'Je kon kennelijk goed met die man van haar opschieten.'

'Het bleek dat we een hoop gemeen hadden. Ga nu een poosje slapen, Flo. We praten morgenochtend verder.'

'Misschien moet ik een van mama's pillen nemen. Wil jij er een?'

Jack schudde zijn hoofd. Flora nam er een in en trok een vies gezicht.

'Hoe oud zijn je kinderen?' vroeg Jack.

'Bella is vijf en Steven vier. Maar ik denk dat ze daar bij de grens niet naar zullen kijken, zeker niet als ze in dekens gewikkeld achterin liggen te slapen. We gaan langs een andere weg naar huis, dus we komen niet langs dezelfde douane. En zodra ze lastig beginnen te worden, krijg ik onmiddellijk weeën.'

Ze stak haar kin krijgslustig naar voren en roerde heftig in haar cacao. Jacks gezicht lichtte op in een vage glimlach.

'Weet je, Flora, je bent een vreselijke snob, maar in een oorlog ben je absoluut geweldig!'

'Bedankt. Misschien neem ik ook wel wat van dat spul.' Ze hield haar kopje bij en liet Jack er wat ingieten. 'Dus hoe moeten we Dolly het land uit krijgen?'

'Tja, ze kan geen paspoort en visum aanvragen zonder zo'n beetje over alles te liegen – haar meisjesnaam, de datum en plaats van haar geboorte, de naam van haar moeder, de naam en het beroep van haar vader en ga zo maar door. En als er iets niet klopte, zouden ze een hoop vervelende vragen gaan stellen. Achterdocht is een soort ziekte hier en waar ze je ook van verdenken, je bent automatisch schuldig tot je onschuld bewezen is. Haar huwelijk met Tomás was een twee minuten durende intentieverklaring, een van de ceremonies uit het begin van de revolutie voor de bureaucraten de zaak hadden overgenomen. Dus hoewel de naam Dolores García op een distributiekaart en bij het arbeidsbureau bestaat, is ze uit het niets gekomen, heeft ze geen geschiedenis, geen papieren. Van iedereen die iets te verbergen heeft, wordt aangenomen dat hij een fascist is en wordt dienovereenkomstig behandeld. Er kwijnt een aantal mensen weg in de gevangenis op grond van allerlei verzonnen aanklachten, dat heeft je vader niet overdreven. Dus zou het in haar geval minder gevaarlijk zijn illegaal het land te verlaten dan te proberen het legaal te doen.'

'Met een vals paspoort bedoel je? Kun je er een te pakken krijgen?'

'Tegen een zekere prijs, ja. Ergens in Valencia. Dat is het probleem niet. Het probleem zal zijn om haar over te halen te vertrekken.'

'Vanwege haar man?'

'Hij zegt dat ze hem niet zal verlaten, maar misschien luistert ze naar jou. Ik zal je trouwens een brief voor de notaris meegeven, zodat ze Edmunds geld kunnen vrijgeven. Ik weet zeker dat Archie zal weten hoe het moet worden belegd. Ik zal ook vragen of ze met de adoptieprocedure willen beginnen, voor Rafael.'

'Dat is niet nodig, Jack. Archie en ik...'

'Het is nodig, voor míj. Lange tijd heb ik gedacht dat hij van Dolly was.'
'Maar nu weet je dat het niet zo is!'
'Dat doet er niet meer toe. Ik zal haar toestemming moeten vragen, natuurlijk, als naaste familie.'
'Allemachtig. Je bedoelt dat je hem werkelijk wilt hebben?'
'Dat moet ik haast wel.'
'Nou, ik zou jou nooit vaderlijke neigingen hebben toegeschreven.'
'Ik ook niet,' zei Jack.

'Stil maar, Lole. Alles komt goed.'
Haar diepe, plotselinge slaap was van korte duur geweest. Gewikkeld in een omslagdoek liep ze steeds maar heen en weer, haar gezicht vertrokken van ongerustheid. Tomás had haar moeten tegenhouden, anders was ze direct op zoek gegaan naar Andrés.

'Ramón vertelde me dat hij ons heeft horen praten,' zei ze. 'Ik had eerlijk tegen hem moeten zijn en het moeten uitleggen. Maar hoe kon ik er zeker van zijn dat ze zouden komen? Ik heb mijn belofte verbroken dat ik hem niet zou wegsturen... Ik had het nóóit moeten beloven. Ik voelde me te zwak om tegen hem in te gaan. En nu...'

'Hij komt wel naar huis als hij honger krijgt,' herhaalde Tomás. 'Hij heeft geen eten en geen geld. Geef jezelf niet de schuld. Ik had hem moeten tegenhouden, maar hij was me te vlug af. Ga terug naar bed. Morgen helpt iedereen mee met zoeken en dan zullen we hem voor je vinden. En dan, dat beloof ik je, krijg je nog meer goed nieuws, nieuws waarvan je weer gelukkig wordt.'

'Welk goed nieuws? Er bestaat geen goed nieuws meer. En nu is Edmund ook nog dood! O, Tomás, als er iets met Andrés zou gebeuren... Ik kan het niet verdragen. *Ik kan het niet verdragen!*'

Ze begon hulpeloos te huilen, met haar hoofd op de tafel. Hij trok zijn stoel naast de hare, liet zich erop zakken en probeerde haar te troosten, maar dat was niet mogelijk. Hij had haar nog nooit zó verdrietig gezien, zelfs niet toen haar man was gestorven.

'Ik zal je bewijzen dat er toch nog goed nieuws kan zijn, als je je tranen even wilt drogen.'
Ze reageerde niet en scheen hem niet te horen.
'Lole... je Engelsman heeft Rafael gevonden.'
Nog steeds reageerde ze niet. En toen, heel langzaam, hief ze haar hoofd op en keek hem met grote, met bloed doorlopen ogen met zwarte kringen aan.
'Luister. Ik wilde het je morgen pas vertellen, als de jongen eenmaal veilig thuis was. Maar om je op te vrolijken, zal ik het je nu vertellen. Je overleden neef heeft al zijn geld aan Andrés nagelaten. Heel veel geld. Die Engelsman heeft overal gezocht, maar kon hem niet vinden. Maar hij heeft Rafael gevonden, in een kindertehuis in Valencia. Hij is ongedeerd, maar nog te bang om te praten. Ze denken dat hij heeft gezien hoe Rosa en Petra gedood zijn. Als Andrés gevonden is, zal de Engelsman je meenemen naar Valencia, naar hem toe. Dan neemt je nicht beide jongens mee terug naar Engeland. Haar twee kinderen staan op haar paspoort. Word je daar een beetje blijder van?'
Dolores keek hem ongelovig aan.
'Maar hoe kan hij er zo zeker van zijn dat het Rafael is? Als hij niet kan praten, zou het een ander kind kunnen zijn!'
'Hij zegt het zeker te weten. Hij zegt dat hij zich hem nog herinnert uit Toledo, omdat hij zo op jou lijkt.'
Ze wachtte even voor ze haar volgende vraag stelde.
'Heeft hij Andrés gezien voor hij ervandoor ging?'
'Ja. En in Toledo.'
Ze drukte haar gezicht weer in haar armen.
'Het is vandaag pas tot hem doorgedrongen, Lole.'
Ze keek verschrikt op en kreeg een vuurrode kleur.
'Hij dacht dat Rafael je zoon was,' vervolgde Tomás zacht. 'Hij heeft Andrés in Toledo gezien en toch zag hij zichzelf niet. Hij zag alleen Rafael, hij zag alleen jou.'
Ze ontweek zijn blik en sloeg haar armen strakker dan ooit om haar hoofd, alsof ze zichzelf wilde afzonderen.
'Je schaamt je ten opzichte van mij? Hoe kun je je ten opzichte van mij schamen?'
'Ik wil niet dat Andrés het weet,' zei ze met gesmoorde stem.

'Hij zal het me nooit vergeven. Hij was zo dol op Lorenzo en denkt al slecht genoeg over me!'

'Als hij slecht over je dacht, waarom zou hij dan liever weglopen dan bij je weggaan?'

'Ik ben een slechte moeder en kan niet voor hem zorgen. Hij is beter af zonder mij. Ik heb hem alleen maar uit egoïsme en trots bij me gehouden. Maar ik kan het niet verdragen dat hij me een hoer vindt. Ik kan dat niet verdragen!'

'Kalm aan. Hield je van deze man?'

'Dat dacht ik toen. Ik was nog heel jong.'

'Dan was je geen hoer. Op een dag zal Andrés dat begrijpen. En hij zal het beter begrijpen als jij bij hem bent. Ik heb de Engelsman gevraagd een manier te zoeken waarop jij...'

'Nee!'

'Lole...'

'Ik zei nee! Wat denk je wel van me? Denk je dat ik ervandoor zou gaan en jou in de steek zou laten? Beledig me nooit meer door dát te zeggen!'

'En wat voor liefde zou ik voor jou voelen als ik je hier hield? Toen ik in Toledo dat briefje heb verbrand, dacht ik dat ik van je hield, maar dat was niet zo, niet zoals nu. Nu houd ik genoeg van je om je te laten gaan. Hoe kun je het enige dat ik je kan geven, weigeren?'

'Je bent mijn man,' zei ze koppig. 'Jij bent mijn man, dit is mijn land en daarmee uit. Bovendien...' Haar stem stierf weg en uitgeput begon ze weer te huilen.

Ze liet zich door Tomás overhalen weer naar bed te gaan en lag in het donker te staren. Bovendien. Bovendien zou ze binnenkort dood kunnen zijn. En Jack wist dat. Ze had geaarzeld voor ze het toegaf in haar brief aan de Townsends, maar ze was zo bang geweest dat ze negatief zouden reageren, dat ze meteen haar troefkaart had uitgespeeld in plaats van een tweede keer te moeten schrijven. Uiteindelijk had ze zich al die voorgaande jaren afschuwelijk gedragen, zich teruggetrokken omdat ze zich te schande had gemaakt en pas weer contact opgenomen toen ze iets nodig had. Als ze had geweten dat Edmund was omgekomen, zou ze nog meer getwijfeld hebben aan een positief antwoord. En nu wist Jack hoe ziek ze was en dat Andrés zijn zoon was. Nu zou Jack medelijden met haar hebben en zich schuldig voelen ten opzichte van haar. Nu was ze het allerlaatste, kostbare stukje van haar trots kwijt.

Maar in elk geval zou Andrés financieel onafhankelijk zijn. Dank zij Edmund hoefde Jack zich niet verplicht te voelen haar zoon, zijn zoon, te onderhouden. Wat hij ook verkoos te doen, het zou vrijwillig zijn en zij noch Andrés zou hem iets verschuldigd hoeven te zijn, dank zij Edmund.

Wat Rafael betreft – ervan uitgaand dat het werkelijk Rafael was, en dat geloofde ze niet tot ze het met haar eigen ogen had gezien – misschien zou het geld genoeg zijn voor hen beiden. Zo niet, dan zou Flora vast en zeker helpen. Rafael had niets met Jack te maken, dus kon Rafael haar niet compromitteren. Als ze eenmaal allemaal veilig weg waren, kon ze in vrede leven, of sterven.

Wat moest hij haar erg veranderd hebben gevonden! Zelfs nu zou hij denken: arme Dolly. Arme, arme Dolly. De vernedering bezorgde haar een prop in haar keel. Ongetwijfeld keek hij neer op de achterbuurt waar ze woonde, vond hij Tomás een onwetende pummel en dat ze veel te haastig en beneden haar stand was getrouwd, nauwelijks respect tonend voor haar overleden echtgenoot. Nou, dat moest hij dan maar denken! Ze zou geen woord zeggen om hem uit de droom te helpen. Wat was ze nu blij dat ze hem niet in het hotel had aangetroffen, niet al haar emoties had blootgelegd, noch zichzelf aan zijn genade had overgeleverd. Op deze manier stond ze tenminste bij Flora en Archie in het krijt en niet bij Jack.

Toen het eerste daglicht door de luiken scheen, viel ze in een onrustige, hoopvolle slaap. Tomás had gelijk, natuurlijk had hij gelijk. Andrés zou naar huis komen als hij honger kreeg.

De geur van vers brood was bedwelmend. Het water liep Andrés in de mond terwijl hij zijn hele vermogen overhandigde.
'Wat is dat?'
De vrouw achter de toonbank was heel groot.
'Heb je geen kleingeld, kind?'
Andrés schudde zijn hoofd en nieste. Het dak van de kerk had de hele nacht gelekt, waardoor hij nat en koud was geworden.

'Dan moet je maar weer naar huis gaan en het aan je moeder vragen. Een kind wegsturen om brood te kopen met een biljet van vijf peseta! Die vrouw heeft meer geld dan verstand!'

Ze ging de volgende klant helpen. Andrés staarde naar het bankbiljet dat ze hem weer in zijn hand had gestopt. Dat kon hij niet eten. Hij had geduldig een uur voor de winkel staan wachten en deze onverwachte tegenslag was meer dan hij kon verdragen.

'Maar ik kan zonder brood niet naar huis!' jammerde hij. 'Ik heb honger!'

Twee grote, verraderlijke tranen maakten zijn zicht wazig en hij snoof heftig in een poging ze weg te werken.

Hij hief zijn hand weer op naar de toonbank om het nutteloze bankbiljet aan te bieden en nieste nog een keer.

'Niet huilen, kleintje,' zei een stem achter hem. 'Ik koop wel brood voor je.'

Andrés wachtte opgelucht terwijl de vrouw brood kocht en griste het toen gretig uit haar handen, bijna vergetend te bedanken. Met haar hand op zijn schouder loodste ze hem de winkel uit.

'Nu moeten we samen naar huis, naar je moeder, zodat ze me kan terugbetalen. Waar woon je?'

Maar Andrés had het te druk met stukken van het brood te scheuren en in zijn mond te stoppen om haar antwoord te geven.

'Woon je pas in deze buurt?' hield ze aan. 'Ik herinner me niet dat ik je al eens eerder heb gezien.'

Andrés haalde zijn schouders op en probeerde zich los te maken van zijn weldoenster, maar ze greep zijn schouder steviger vast.

'Je bent doorweekt! Waarom heb je geen jas? Hoe heet je?'

De stem van de vrouw was zacht en haar ogen waren vriendelijk. Hij werd heen en weer geslingerd tussen de drang weg te rennen en een grote behoefte aan troost.

'Je bibbert helemaal! Je moet je kleren drogen en iets warms drinken. Kom.'

Ze nam hem mee naar een smalle zijstraat en door een donkere deuropening kwamen ze in een kleine, muffe kamer. Een oude vrouw stond op uit haar stoel.

'Wie is dat?' vroeg ze. 'Hij is doorweekt!'
Er kwamen verleidelijke golven van warmte bij de gloeiende kachel vandaan, waarop een pan met een donkere vloeistof stond te borrelen. De jonge vrouw goot er wat van in een kom en zette die op tafel, terwijl ze Andrés duidelijk maakte dat hij moest gaan zitten. Hij legde de rest van zijn brood op het tafelzeiltje en klemde zijn handen even om de kom. Met uiterste concentratie begon hij vervolgens stukken van het brood af te scheuren en in het dampende vocht te dopen, waardoor elk droog stukje veranderde in een warme, sappige hap.

De twee vrouwen praatten zacht in een hoek terwijl hij at en daarna ging de oudere weg, de deur zacht achter zich sluitend.

'Hoe heet je?'

'Andrés,' zei hij met zijn mond vol.

'Andrés. Nu moet je je kleren uitdoen, Andrés, zodat we ze voor de kachel kunnen drogen, terwijl jij nog een kom koffie drinkt.'

De deken was dun en ruw, maar hij voelde zich nu warmer van binnen. Hij lepelde zijn tweede kom leeg en verslond de rest van het brood. Nu zijn honger gestild was, kreeg hij een overweldigende behoefte om te slapen en hij geeuwde luid.

'Ga maar liggen tot je kleren droog zijn,' zei de vrouw. Ze trok een gordijn opzij, waardoor er een bed te voorschijn kwam. Nadat hij een nacht op de natte tegels had gezeten, zag het er zacht en aanlokkelijk uit. Andrés liet zich door haar instoppen. Hij was daar veilig. Daar zouden die Engelsen hem nooit vinden. Daar waren warmte, eten en een bed en hij had zijn biljet van vijf peseta ook nog. Eindelijk was hij ondergedoken.

'Ik heb eens een jongetje zoals jij gehad,' zei ze. 'Maar hij is omgekomen.'

En ze huilde nog zacht toen de politieman hem kwam halen.

'Maar hoe moet het met Ramón?' vroeg Dolores. Tomás zuchtte. De ellendeling had de hele nacht in de goot gelegen voor hij op handen en voeten naar huis was gekropen. Was hij maar ter plekke doodgegaan!

'Hij heeft koorts,' vervolgde ze. 'En Marisa ligt nog in het ziekenhuis...' Het verzoek werd niet uitgesproken, maar was onmiskenbaar.

'Lole, Rafael is belangrijker dan Ramón. Ik zal voor je broer zorgen en voor hem doen wat jij zou doen. Ik mag dan de pest aan hem hebben, maar ik houd van jou. Als hij niet wil dat ik hem help, is dat een teken dat hij zich goed genoeg voelt om voor zichzelf te zorgen. Ga nu!'

'Hij mag geen whisky drinken als hij die gele pillen inneemt. En...'

'Geef me zijn sleutel en ga nu,' zei Tomás. 'Ze wachten op je.'
Dolores ging op haar tenen staan om hem een kus te geven.

'Ben je klaar, Andrés? Ben je klaar om mee te gaan naar Rafael?'

Andrés knikte nors, maar dat was slechts show. De aanblik van de Bentley van Flora en Archie en de belofte van een hereniging met Rafael hadden van de reis naar Valencia een uitje gemaakt dat hij voor geen goud zou willen missen.

'Tot ziens, jongen,' zei Tomás ernstig, terwijl hij hem een hand gaf. 'Vergeet niet wat ik tegen je heb gezegd.'

Andrés knikte en snoof.

'Gaan jullie beiden nu. De sleutel, Lole.'

Dolores gaf hem de sleutel van het appartement van Ramón en pakte Andrés bij de hand, maar hij trok zich los.

'Wat is er nú weer?' vroeg Dolores geërgerd. 'We moeten opschieten, Andrés. De auto staat te wachten.'

Andrés stak opstandig zijn onderlip naar voren.

'Doe wat je moeder zegt, jongen,' zei Tomás. 'Je hebt me je woord gegeven en dat moet je houden.'

Andrés keek van zijn moeder naar Tomás en weer terug.

'Gaat... gaat oom Ramón dood?'

'Misschien,' zei Tomás zacht. 'Hij is erg ziek. Zó ziek dat je hem vandaag niet kunt opzoeken. Ik zal hem gedag voor je zeggen. Hij begrijpt het wel.'

'Maar...' Andrés aarzelde, gekweld door besluiteloosheid. Hij mocht er niet over praten waar Tomás bij was, maar hij vertrouwde Tomás, al deed oom Ramón dat niet. Hij vertrouwde Tomás meer dan hij zijn moeder vertrouwde. Het was Tomás die hem als een man had behandeld, Tomás die hem ervan overtuigd had dat het zijn plicht was op Rafael te letten en ervoor te zorgen dat hij veilig in Engeland kwam.

'Rafael zal veel te bang zijn om zonder jou te gaan,' had hij gezegd. 'Jij moet hem moed geven.'

Hij bleef even besluiteloos staan en mompelde toen: 'Ik wil Tomás iets vertellen.'

Dolores kromp ineen bij de vijandigheid in zijn ogen en verliet zonder een woord te zeggen de kamer.

'Ja, Andrés. Wat is er?'

'Als oom Ramón doodgaat, is het de bedoeling dat ik zijn laars krijg. De laars met de dikke zool.'

'Wat?'

'Als hij doodgaat, mag die laars niet begraven worden. Wil je hem voor me opsturen naar Engeland, Tomás? Hij heeft me laten beloven om hem niet uit het oog te verliezen. Het is heel belangrijk.'

'Belangrijk? Een laars? Waarom?'

Andrés keek naar de grond, heen en weer geslingerd door botsende loyaliteiten.

'Het is een geheim. Hij heeft me gezegd dat ik het jou niet mocht vertellen. Vertel hem alsjeblieft niet dat ik het jou heb verteld. Ik heb het beloofd.'

'Vertel me dan verder niets meer. Ik zal doen wat nodig is en zal niet tegen je oom zeggen dat jij erover hebt gepraat. Je hebt je belofte gehouden. Ga nu. Je moeder wacht.'

Andrés snoof opgelucht, drukte zijn armen in een afscheidsomhelzing om het been van Tomás en rende de kamer uit.

Er had zich een menigte kinderen om de auto verzameld, die er jaloers naar stonden te kijken. Andrés voelde zijn borst zwellen van trots toen hij achterin stapte en de sensuele geur van leer inademde. Zijn moeder begon meteen in het Engels te praten tegen de vrouw met de zwarte hoed die voorin zat. Hij rekte zich uit om het dashboard beter te kunnen zien. De man die naast hem zat, glimlachte en sprak tegen hem in het Spaans.

'Zou je graag voorin willen zitten, Andrés?' vroeg hij, zijn gedachten lezend. Vervolgens klopte hij de vrouw op haar schouder en zei iets tegen haar. Een paar minuten later stopte de auto.

Normaal zou Andrés er niet over gedacht hebben als een baby

bij een vrouw op schoot te gaan zitten, maar dit was een uitzondering.

Tomás veegde het zweet van zijn voorhoofd. Hij was buiten adem door de tocht naar het ziekenhuis, maar hij had Lole beloofd dat ook te zullen doen en hij wilde zijn belofte nakomen.

Marisa zat rechtop in bed voor zich uit te staren en ze schrok verbaasd op toen ze hem zag. 'Waar is Lole?'
'Lole heeft bezoek. Uit Engeland. Ze heeft me gevraagd in haar plaats te komen.'
Marisa leunde lusteloos achterover.
'Bezoek uit Engeland?'
'Haar nicht en haar man. Ze heeft ze geschreven dat ze de jongen moesten komen halen.'
'En Ramón?'
'Die is dronken, zoals gewoonlijk. Lole zorgt voor hem. Ze heeft gezegd dat je moet rusten en je geen zorgen moet maken. Hoe gaat het met je?'
'Ik heb pijn als ik loop. Maar het is fijn om te rusten.'
Ze verviel in stilzwijgen en negeerde hem verder. Maar toch bleef Tomás een poosje wachten, om weer op adem te komen. Wat een ellendige meid! Zodra de bastaard geboren was, zou Lole het kind moeten voeden en verzorgen, terwijl de moeder weer de hoer zou gaan spelen. Het zou beter zijn als ze alledrie dood waren als Lole terugkwam uit Valencia, zodat ze vrij was om haar zoon naar de veiligheid te volgen. Het zou beter zijn geweest als Marisa was doodgebloed, Ramón in de goot was gestikt en hij zelf in de strijd was gesneuveld.

Na een poosje begon Marisa over haar baby te praten. Hij moest een rieten wiegje krijgen met een kanten bedje, een zilveren bijtring en een half dozijn deftige namen. Ramón had tegen haar gezegd dat ze uit Madrid zouden vertrekken zodra hij geboren was en het landgoed van zijn vader weer in bezit zouden nemen, waar ze een groot, nieuw huis zouden bouwen en heel veel bedienden zouden nemen.

'Hou je mond, mens!' gromde Tomás. 'Als ze je zo horen praten, zullen ze denken dat je een fasciste bent.'
Marisa pruilde.

639

'Poeh! Is het fascistisch om prettig te willen leven en mooie dingen te willen hebben? Is het fascistisch om het beste voor mijn kind te willen? Mijn kind zal nooit op het land werken of met honger naar bed gaan. Mijn kind zal nooit zonder schoenen lopen! Zijn die dingen fascistisch?'

'Ik moet gaan,' zei Tomás en greep zijn krukken. Hij werd moe van haar domheid. 'Wees voorzichtig, Marisa. Pas op je woorden, voor je eigen bestwil en die van Ramón.'

Ze trok een lelijk gezicht, terwijl hij moeizaam de kamer verliet. Wat een zielepoot was hij. Arme Lole. Hij was zo sterk als een os, die vent, en zou stokoud worden. Alleen de goeden, zoals Ramón, stierven jong...

Haar ogen gingen naar het meisje in het bed naast haar. Ze ademde onregelmatig, haar huid was wasbleek en een bedorven lucht van verval hing om haar heen. Marisa voelde geen medelijden, alleen nieuwsgierigheid. Doordat ze zo veel sliep, was ze op een luie manier alert, om niet te zeggen dat ze zich verveelde. Ze wilde dat Jack er was, om haar een verhaaltje te vertellen...

Er kwam een verpleegster, die het meisje zachtjes wakker maakte en iets in haar oor fluisterde. Het meisje knikte gretig en kwam moeizaam overeind, terwijl de verpleegster de kussens in haar rug schikte. Ze verliet de zaal en kwam even later terug met een bezoeker, een jonge man in een blauw werkpak en met een knapzak bij zich.

Hij ging op het bed zitten, pakte de hand van het meisje en begon heel zachtjes tegen haar te praten, zijn hoofd buigend, zodat hij in haar oor kon fluisteren. Marisa keek ongeïnteresseerd toe. Het was duidelijk dat hij haar vriendje was. Hij was lang en heel knap en Marisa merkte dat ze hem aanstaarde. Niet omdat ze hem lichamelijk aantrekkelijk vond – ze had geen enkele seksuele belangstelling voor mannen – maar omdat ze zich probeerde te herinneren waar ze die man eerder had gezien.

Op dat moment ving hij haar blik op en aan zijn gezicht te zien herkende hij haar ook. Automatisch glimlachte Marisa, een beroepsmatige glimlach, alsof ze hem wilde verzekeren dat ze hem niet zou verraden. Ze verwachtte niet dat de man haar zou groeten, klanten geneerden zich altijd als ze haar in het openbaar tegenkwamen. Hij moest een van de eersten zijn geweest en was duidelijk te arm om haar huidige tarieven te betalen...

Hij keek verschrikt bij de glimlach en Marisa legde discreet een vinger tegen haar lippen om duidelijk te maken dat ze haar mond zou houden. Ze had plezier omdat hij zich zo slecht op zijn gemak voelde. Toen kwam de verpleegster terug en trok de gordijnen om het bed, alsof ze het paartje privacy wilde geven.

Een half uur later kwam de man weer te voorschijn en wierp Marisa een korte, dankbare blik toe voor hij snel wegliep. Marisa keek hem ongeïnteresseerd na, want haar gedachten waren alweer elders.

Ze lag weer te piekeren over de pijnlijke bevallingen die haar moeder had gehad, het bloedstollende geschreeuw dat door de olijfgaarden had weerklonken en Marisa van een primitieve angst had vervuld. Zowel de moeder als het ongeboren kind was bijna dood geweest en de vroedvrouw, een godsdienstig, oud mens, had Marisa's broer weggestuurd om de priester te halen. Maar het dichtstbijzijnde dorp was wel twee uur lopen door ruw, heuvelachtig terrein en tegen de tijd dat haar broer terugkwam, was het gevaar geweken. De vader van Marisa had de bemoeizuchtige vroedvrouw een uitbrander gegeven en de knappe, jonge priester weggestuurd...

En toen herinnerde Marisa zich waar ze de man eerder had gezien.

Jack ging niet op de plaats zitten waar Andrés had gezeten. Hij bleef aan een kant van de achterbank zitten, terwijl Dolores ijverig uit het andere raampje keek. Archie deed zijn best om de jongen te amuseren. Hij schakelde met de hand van het kind onder de zijne en liet hem aan de knopjes op het dashboard rommelen. Flora's talent om eindeloos over koetjes en kalfjes te praten had niet te lijden onder de omstandigheden en ze vergastte Dolly op eindeloze verhalen over wie met wie getrouwd was, terwijl Dolly deed alsof ze dat allemaal hoogst interessant vond.

'Sylvia Morton – de vroegere Sylvia Trevelyan – is tegenwoordig moddervet! Je zou haar niet meer herkennen. Ze is meer

aangekomen dan jij afgevallen bent. Jij bent vel over been, Dolly. De kleren die ik heb meegebracht, zullen je geen van alle passen.'
'De kleren zijn prachtig, Flo. Ik kan ze makkelijk innemen. Je had echt niet zoveel moeite moeten doen.'
'Je bent ontzettend bleek. Voel je je zweverig? Ik heb vlugzout in mijn tas.'
'Nee, ik voel me prima.'
'Daar zie je niet naar uit. Om je de waarheid te zeggen, zie je er vreselijk uit. Nietwaar, Jack? Ik wou dat je verstandig was en mee naar huis ging.'
'Alsjeblieft, Flo. Daar hebben we het al uitgebreid over gehad.'
'Je bent nog net zo koppig als vroeger.'
'En jij bent nog net zo bazig.' Dolores glimlachte en gaf een kneepje in de hand van haar nicht. Het was waar, ze zag er vreselijk uit, helemaal als ze zichzelf met Flora vergeleek. Flora, die ooit jaloers was geweest op haar uiterlijk. Flora's volmaakte bleekroze huid was nog steeds zacht en glad, haar figuur was uiterst vrouwelijk en ze was goed gevoed, haar kleren en haar kapsel waren smetteloos als altijd. Zoals ze hier in de auto zat, met Flora, kon ze bijna weer terug in Engeland zijn. Flora scheen Engeland als een onzichtbare, beschermende cocon met zich mee te dragen.

Jack keek af en toe tersluiks naar Dolores, zich ervan bewust dat ze hem opzettelijk negeerde. God, wat zag ze er ziek uit! Zag Tomás niet dat het meer was dan moeheid en zorgen? Maar Tomás zag haar elke dag. Het had geen zin hem ongerust te maken, hij hoefde hem niet onder druk te zetten. Hij wilde toch al dat ze naar Engeland ging. Zoveel hield hij van haar.

En die liefde werd niet beantwoord, beweerde Tomás. Maar Jack vermoedde dat het waarschijnlijk wel zo was. Liefhebben was iets wat haar gemakkelijk afging. Ze was even royaal met haar genegenheid als hij karig was met de zijne. De liefde die ze hem zo lang geleden had gegeven, was zorgeloos geweest, onnadenkend, spontaan, een uitvloeisel van de warmte die ze voor de wereld in het algemeen voelde. Voor hem was het intens geweest, een bezetenheid, iets unieks. Hoe gierig hij ook was, hij zou zijn laatste stuiver aan haar hebben uitgegeven; hoe royaal zij ook was, ze had hem slechts een aalmoes gegeven.

Hij was bereid geweest om te liegen, te bedriegen en te stelen, om alles te doen teneinde haar terug te krijgen. Dat leek nu onwaardig. Haar leven was het enige dat belangrijk was. Hij zou haar welgemoed opgeven en haar nooit meer zien, áls ze maar in leven zou blijven.

In Londen zou Flora haar meteen bij haar aankomst naar een of andere dure kliniek brengen, waar onmiddellijk een specialist zou worden ontboden en er zou niet op geld worden gekeken. Ze zouden haar dwingen om te rusten, goed te eten en haar volstoppen met bloed en wat ze ook had, ze zouden hun uiterste best doen haar te genezen. Misschien zou het hun lukken en misschien ook niet, maar ze zou in elk geval de best mogelijke behandeling krijgen.

In Spanje zouden alle kansen tegen haar zijn. Er was een tekort aan alle medische voorzieningen – personeel, medicijnen, verbandmiddelen, apparatuur – aan alles, behalve aan patiënten. Patiënten waren er in overvloed. Ze zou lang moeten wachten, onder aan de lijst komen te staan en behandeld worden door overwerkte artsen onder primitieve omstandigheden, een onbelangrijke burger in een land waar het leven niet veel meer waard was en de dood een gewone zaak was geworden.

Maar het zou geen zin hebben die dingen te zeggen. Flora had haar best al gedaan en het was haar niet gelukt. En Jack had geen reden om te veronderstellen dat hij het er beter af zou brengen. Van alle mensen in de wereld zou ze hem waarschijnlijk nog het minst vertrouwen. Ze herinnerde zich hem vast als een goedkope verleider, een agressieve vlegel, een onbeschaamde pummel die duidelijk hogerop wilde, ambitieus, egoïstisch, meedogenloos, ongevoelig en een ontzettend slechte minnaar. Als het kind er niet was geweest, zou ze hem onmiddellijk vergeten hebben, maar door het kind had ze hem niet vergeten, noch vergeven. Al die jaren had hij geprobeerd boos op haar te zijn en er nooit aan gedacht dat zij een gegronde reden kon hebben kwaad op hem te zijn. Hij kon haar boosheid nu voelen, die straalde ze uit, en dat was het enige contact tussen hen.

'Dolly heeft het me van Andrés verteld,' had Flora kortaf gezegd. 'Ze wilde het me vertellen voor jij het deed. Ik heb tegen haar gezegd dat jij er met geen woord over had gerept. Je bent

een volmaakte heer tegenwoordig, is het niet? Jammer dat je toen geen heer was, klootzak! Hoe kon je?'
Het was een opluchting geweest dat Flora hem had gezegd wat ze van hem vond. Hij wilde dat Dolly dat ook zou doen, maar die troost wilde ze hem niet geven. Ze was beleefd en koel en deed haar best te vermijden met hem alleen te zijn, alsof ze het niet kon verdragen erover te praten.
Jack vroeg zich af of haar man het had geweten. Als dat zo was, moest ze door een hel zijn gegaan. In de middenklasse van het vooroorlogse Spanje zou het een onvergeeflijke schande zijn geweest die een smet op haar huwelijk en haar kind zou hebben geworpen. Hij zou zich Dolly hebben voorgesteld als een liefhebbende aanhalige moeder, maar ze gedroeg zich kortaf en gespannen ten opzichte van de jongen en de jongen gehoorzaamde haar met tegenzin. Volgens Flora had Dolly bekend dat ze Andrés niet aankon en het was zeker dat hij een nors ventje was. Maar of dat door de huidige omstandigheden kwam of door de schaduw van het verleden, was moeilijk te zeggen.
Jack sloeg hem zonder enige emotie gade, terwijl hij op Flora's schoot zat rond te draaien. Dit was zijn zoon. Hij zou iets van een vaderlijk gevoel moeten hebben, maar tot nu toe had hij niets voor hem gevoeld, helemaal niets. Dit was een vreemde die op hem leek, verder niet. Hij deinsde ervoor terug om te proberen iets van zichzelf in de jongen te zien. Niet de lichamelijke kenmerken, die nu zo duidelijk waren dat ze er niet meer toe deden, maar de andere dingen, de dingen waarvoor belangstelling, aandacht en bestudering nodig waren. Normale ouders vonden dat een uiterst boeiende bezigheid en vonden het prachtig familietrekjes en zwakheden te herkennen en aan te dikken. Normale ouders waren zo tevreden met zichzelf dat ze nog een volgende generatie wilden voortbrengen. Het heette gemakkelijk te zijn van je eigen kind te houden, maar toch leek het Jack oneindig veel gemakkelijker van het kind van iemand anders te houden, van een kind te houden dat je niet aan jezelf deed denken, van wie de tekortkomingen draaglijk waren omdat ze geen afspiegelingen waren van je eigen gebreken. Het was gemakkelijk geweest van Rafael te houden, vanuit de gedachte dat hij van Dolly was. Dolly zou een schattig kind zijn geweest, hartelijk, vrolijk

en spontaan. Rafael verborg al die aardige eigenschappen achter zijn schild van angst, daar was hij zeker van geweest. Hij was vastbesloten geweest de Dolly in hem te voorschijn te brengen en had zichzelf behekst tot het zien van dingen die er niet waren. Maar nu was het te laat om de betovering te verbreken.
Andrés deed hem vreselijk aan zichzelf op die leeftijd denken – op elke leeftijd – eigenwijs, slim en koel. Hij had nooit een kind willen hebben, dat dacht hij tenminste, en toch moest er een moment zijn geweest waarop hij het wel had gewild. Hij had gewild dat dat moment eeuwig duurde en dat was hem ook gelukt. Geen wonder dat ze hem er nog steeds om haatte! Hij had haar achtergelaten met een levende herinnering aan haar dwaasheid, het haar moeilijk gemaakt om van haar eigen, haar enige kind te houden.
'Dolly,' zei hij voorzichtig.
'Ja?' Haar toon was verdedigend, kortaf.
'Ik moest in het kindertehuis een paar leugens vertellen. Ik kan het je beter nu vertellen, zodat je kunt volgen wat er gebeurt.'
'Leugens?' Hij dacht bijna dat hij haar lippen zag trekken.
'Brand maar los. Ik ben goed in leugens.'
'Ik dacht dat hij jouw kind was, zoals je weet, en dat jij dood was. De enige hoop die ik had, was hen ervan te overtuigen dat ik iets over de jongen te zeggen had. De bureaucratie bij adoptie is verbijsterend. Allereerst moeten ze zich er zo goed mogelijk van vergewissen dat de moeder werkelijk dood is. Dan moeten ze...'
'Welke leugens?'
'Ik heb hun verteld dat ik zijn vader was.' Jack voelde zijn gezicht en nek rood worden. 'En dus zou het het allemaal een stuk gemakkelijker maken als jij hun zou vertellen dat jij zijn moeder bent. Dan kunnen ze hem laten gaan. De gelijkenis alleen al moet hen ervan overtuigen. Bovendien kun je bewijzen dat jij García heet en...'
'En als hij me niet herkent?'
'Dan komen we terug tot dat wel het geval is. De directrice is heel sentimenteel. Jouw opstanding uit het graf is precies het soort *happy end* dat ze graag wil geloven.'

645

'En dan vertellen we haar zeker dat we gaan trouwen en van plan zijn nog lang en gelukkig te leven?'

'Zoiets. Dat zal ons een hoop bureaucratische rompslomp besparen.'

Ze keek weer uit het raampje.

'Goed,' zei ze. 'Ik hou me aan je sprookje. Je bent heel inventief geweest, moet ik zeggen.'

'Wat ik verder nog wilde zeggen... Je zult er toch geen bezwaar tegen hebben als ik hem adopteer?'

'Wie? Andrés?' Haar stem was scherp.

'Nee, Rafael. Jij bent zijn naaste familie, je broer niet meegerekend.'

'O. Dat is heel edelmoedig van je.'

'Helemaal niet. Je kent me wel beter.'

'Integendeel. Ik ken je nauwelijks. Maar het is veel te vroeg om daar nu al over te praten. Eerst wil ik hem met eigen ogen zien, voor ik geloof dat het écht Rafael is. En dan...'

'Waarover fluisteren jullie toch?' dreunde Flora.

'Hoe we het moeten aanpakken,' zei Jack.

'Ik wil graag dat Archie de auto uit het zicht houdt. Dan lopen Dolly en ik er alleen heen. Zelfs als alles van een leien dakje gaat, is het niet waarschijnlijk dat we Rafael vandaag meteen mogen meenemen. Daarna gaan we allemaal naar een hotel en bespreken we de zaak.'

'Zal Andrés het vervelend vinden bij ons achter te blijven, Dolly? Kent hij Engels? Ik dacht dat je hem dat wel geleerd zou hebben.'

'Nee. Dat veroorzaakte alleen maar moeilijkheden tussen mijn eigen ouders. Uiteindelijk kun je maar een nationaliteit hebben. Ik wilde niet dat hij tussen twee culturen in kwam te zitten, zoals ik.'

'Dat zal nu wél gebeuren, of je wilt of niet. Maar hij is nog jong genoeg om dat aan te kunnen, nietwaar, Andrés?'

Andrés keek niet-begrijpend om zich heen.

'Wanneer zien we Rafael?' vroeg hij zijn moeder beschuldigend.

'Vandaag niet, lieverd,' zei Dolly. 'Morgen misschien.'

'Maar je hebt het beloofd!'

'Ik heb niet gezegd vandaag. Jij moet met je oom en tante in de auto blijven en heel lief zijn.'

Andrés voelde zich teleurgesteld en opgelucht tegelijk. De dag waarop hij Rafael zou zien, zou de laatste dag zijn waarop hij zijn moeder zag. Als hij Rafael eenmaal zag, zouden ze naar Engeland vertrekken... Hij moest niet huilen, dus trok hij maar een lelijk gezicht.

Toen ze uitstapten, was hij verdiept in de inhoud van het handschoenenvakje, vooral in de zaklantaren van Archie. Hij zei zijn moeder niet gedag, alsof hij duidelijk wilde laten merken dat het hem niets deed. Jack had plotseling zin hem door elkaar te rammelen.

'Wat de naam betreft,' zei Jack, terwijl hij haar uit de auto hielp. 'We kunnen beter tegen hen zeggen dat Rafael zijn tweede naam is en dat jij die thuis altijd gebruikte, maar waarvan ik niet op de hoogte was. Ik kende hem nauwelijks, zie je.' Hij begon heel snel te praten en geneerde zich vreselijk. 'Jij was een Spaans dienstmeisje dat in Londen op bezoek was en ik had je zwanger gemaakt, maar je wilde niet met me trouwen en bent teruggegaan naar huis. Ik was naar Spanje gekomen toen de oorlog uitbrak om te proberen je over te halen met me mee terug te gaan naar Engeland, maar je weigerde, omdat je van een andere man hield...'

'Dat is in elk geval gemakkelijk te onthouden,' zei ze.

'Het spijt me. Ik moest hun iets vertellen.' Hij waagde het haar aan te kijken, maar ze keek niet terug. 'Eh... als we willen dat ze ons verhaaltje geloven, kun je me beter een arm geven, als je dat kunt opbrengen.'

Ze knikte en gaf hem een arm.

'Probeer je nu te ontspannen. Je bent zo stijf als een plank! De directrice is heel aardig en je hoeft niet zenuwachtig te zijn.'

Ze stond heel bedeesd te kijken terwijl hij Pepa het prachtige nieuws vertelde Rosa bij toeval in Madrid te hebben ontmoet, dat ze zich nu verzoend hadden en dat ze dolblij was bij het vooruitzicht haar verloren gewaande zoontje weer te zien.

'Ik heb hem Rafael genoemd, naar mijn gesneuvelde *novio*,' zei Dolly verlegen. 'Zijn echte vader wist dat niet.'

Pepa luisterde maar met een half oor en keek haar verrukt aan.
'Nee maar, hij lijkt sprekend op je! Ik zou je overal herkend hebben als zijn moeder! Het is zo zeldzaam dat we een kind met zijn familie herenigen en het personeel zal dolblij zijn. Maar... maar bereid je voor op een teleurstelling. Hij is erg in zichzelf gekeerd en reageert misschien niet meteen.'
'Hij moet hebben gedacht dat ik dood was,' zei Dolores rustig. 'Ik was ernstig gewond toen de fascisten vanuit hun vliegtuigen op ons schoten en ben vele dagen buiten bewustzijn geweest. Sindsdien heb ik hem overal gezocht. Mag ik nu naar hem toe?'
Pepa ging hen voor en Dolly greep Jacks arm steviger vast. Hij wilde zijn hand bemoedigend op de hare drukken, maar durfde niet.
Het was het lokaal waar Jack hem voor het eerst had gezien. De andere kinderen zaten om een grote tafel en keken naar het bord. Rafael zat in zijn gebruikelijke hoekje en was, zoals altijd, met een heel geconcentreerd gezicht aan het tekenen.
Dolores keek vanuit de deuropening naar hem en een vreselijk moment lang dacht Jack dat het uiteindelijk toch niet Rafael zou zijn. Haar gezicht was een toonbeeld van ellende, haar ogen waren dof van verdriet, en het leek of ze zich niet kon bewegen noch praten. Toen haalde ze diep adem, alsof ze al haar kracht moest verzamelen, en zei rustig en duidelijk: 'Rafael.'
Het leek alsof het vertraagd gebeurde. Hij spitste zijn oren als een hond en draaide zich toen om. Nog steeds verroerde Dolly zich niet. Hij staarde haar een moment aan en ze spreidde haar armen.
'Rafael.'
Jack slikte moeizaam. De tranen stroomden al over Pepa's wangen, maar Dolly was volkomen rustig. Ze bewoog zich nog steeds niet en wachtte tot hij reageerde. Toen dat ten slotte gebeurde, vond het in een flits plaats. Hij rende zonder geluid te maken naar haar toe, liet zich door haar in de lucht tillen, sloeg zijn armen om haar hals en klemde zich aan haar vast, alsof hij bang was uit zijn droom wakker te worden als hij ook maar een enkel geluid maakte.

Pepa slaakte een kreet van vreugde, omhelsde Jack en gaf hem een kus op beide wangen.
'Ik ben zó blij voor jullie,' snikte ze. 'Ik ben zo blij voor jullie allebei.'
Pas toen keek Dolly hem aan, voor het eerst in zeven jaar. Ze zei geen woord, maar haar ogen maakten hem duidelijk dat ze hem vergeven had.

Toen Tomás de deur opendeed, trof hij Ramón in coma aan, maar nog duidelijk in leven, te oordelen naar de hoeveelheid whisky die uit de fles was verdwenen. Geen whisky in combinatie met de gele pillen, had Dolores gezegd. Tomás kwam zwaar in de verleiding ter plekke een dodelijk mengsel te bereiden of hem te smoren, maar hij had Dolores beloofd voor hem te zullen zorgen en bovendien zou het niets oplossen.
Zijn oog viel op de laars, die naast het bed op de grond lag. Waarom zou hij de jongen zo'n walgelijk ding willen nalaten? Het was een geheim, had Andrés gezegd, en hij had hem niet zijn woord willen laten breken.
Misschien zat er geld in. Lole had gehuild toen ze hoorde dat Ramón van al zijn spaargeld was beroofd, geld dat hij nodig had om Marisa en het kind, dat op komst was, te onderhouden. Tomás wist hoe het zou gaan. Uiteindelijk zouden hij en Lole hen van hun karige inkomen moeten onderhouden en zou zij steeds verder wegkwijnen door de zorg voor hen allemaal. Als er geld in de laars zat, zou hij dat nu zonder wroeging kunnen inpalmen en het bewaren voor Lole. Andrés had het nu toch niet meer nodig.
Hij trok aan de losse buitenzool, maar daar zat niets onder en in de hiel was geen beweging te krijgen. Hij deinsde ervoor terug zijn hand in de smerig ruikende binnenkant te steken, maar werd algauw beloond toen de binnenzool loskwam en zijn vingers daaronder een holte voelden.
Hij haalde triomfantelijk de rol papier te voorschijn, in de veronderstelling dat het bankbiljetten waren, en staarde toen knipperend naar de velletjes met onleesbaar schrift. Ze waren losjes bij elkaar gebonden, maar de woorden op de omslag be-

tekenden niets voor hem, dat waren geen woorden die Andrés hem had geleerd.

Geduldig bekeek hij alle bladzijden, in de hoop dat er geld tussen verstopt zou zitten. Toen hield hij plotseling zijn adem in. Je hoefde niet te kunnen lezen om een lidmaatschapskaart van de Falange te herkennen; de weerzinwekkende afbeelding van het juk met de pijlen sprak boekdelen.

Hij voelde er peinzend aan. Dit was een hele vondst. Aan het begin van de oorlog had de Falange snel alle ledenlijsten vernietigd, maar andere rechtse partijen waren niet zo voorzichtig geweest. Hun leden waren overal op republikeins grondgebied vervolgd en degenen die niet op tijd waren gevlucht, waren gevangengenomen en voor het grootste deel terechtgesteld. Maar vele falangisten die niet waren opgespoord, maakten nog steeds plannen voor de val van de republiek. De zogenaamde 'vijfde colonne' was berucht en ieder van wie werd vermoed dat hij er iets mee te maken had, was ten dode opgeschreven...

Hij bekeek de bladzijden en wenste dat hij kon lezen. Wat er ook stond, het was ongetwijfeld belastend. Maar waarom zou Ramón die documenten aan Andrés willen nalaten? Zodat een mede-falangist zou weten waar ze waren? Die ellendeling deinsde er kennelijk niet voor terug een onschuldig kind medeplichtig te maken aan verraad.

Hij had altijd gedacht dat Ramón een fascist was, maar het zwijn had het nooit toegegeven en zelfs als hij dronken was, had die lafaard nog zijn mond weten te houden. Hoe dan ook, Tomás zou hem niet hebben aangegeven, hoezeer hij ook in de verleiding zou zijn geweest, ter wille van Dolores. Maar nu was de tijd gekomen wreed te zijn teneinde goed te doen.

Hij stopte de papieren weer in de laars, behalve de kaart, die hij veilig in zijn zak stopte.

'Je bent er geweest, beste vriend,' mompelde hij bij zichzelf, terwijl Ramón zonder iets te merken verder snurkte. 'Maar voor je eraan gaat, moet je weer sterk worden.'

Hij klemde zijn kaken op elkaar en ging aan het werk om een maaltijd te bereiden voor zijn vijand. Hij probeerde niet om stil te doen en uiteindelijk werd zijn vijand kreunend wakker.

'Wat doe jíj hier?' vroeg Ramón, knipperend met zijn ogen.
'Waar is Dolores? Ik eis dat je onmiddellijk weggaat!'
'Drink die soep op, dan zal ik met genoegen vertrekken. Ik doe dit alleen maar voor Lole, niet voor jou, en zij voelt zich vandaag niet goed. Ik ga nu je vuile troep weggooien en neem de sleutel mee.'
Met één kruk lopen ging langzaam, maar het was de enige manier om een hand vrij te houden. Tomás verliet langzaam de kamer, de volle po van zich afhoudend, en ging als een slak de trap af, bang om de smerige inhoud over zich heen te morsen. Maar op de eerste verdieping kreeg een passerende buurvrouw medelijden met hem en nam de last van hem over. Even later kwam ze terug met de geleegde po.
'Graag gedaan, kameraad,' zei ze, Tomás' dank wegwuivend.
'Ik zie dat je veteraan bent. Heb je die lege kamer op de bovenste verdieping gehuurd?'
'Nee. Ik kom in plaats van mijn vrouw, om voor haar zieke broer te zorgen.'
De vrouw kneep haar ogen toe.
'Die kreupele?'
'Ja.'
De vrouw spuwde op de grond.
'Ik ben blij dat je me dat niet eerder hebt verteld, anders had ik je misschien alleen laten tobben. *Salud.*'
Ramón had hem kennelijk niet zo snel terug verwacht. Hij zat gehurkt op de vloer een revolver te laden en de plaats waar hij hem onder de vloer verstopt had gehouden, was duidelijk te zien. Hij schrok hevig.
'Ga weg!' siste hij, het wapen op Tomás richtend. 'Ga weg of ik schiet!'
Tomás schopte de deur achter zich dicht.
'Schiet maar,' zei hij. 'En schiet daarna jezelf ook maar dood en bewijs dat je een man bent. Op die manier kunnen we zorgen dat je onfortuinlijke zuster van ons beiden wordt verlost.'
Ramóns hand trilde hevig. Tomás stak zijn hand uit naar zijn tweede kruk, die tegen de deurpost stond.
'Zal ik me omdraaien, zodat je me in de rug kunt schieten?' smaalde hij. Met een plotselinge beweging haalde hij uit met

zijn kruk en de revolver vloog uit Ramóns hand. Ramón bleef bewegingloos en in elkaar gedoken zitten, alsof hij verwachtte een volgende klap te zullen krijgen. Tomás lachte.
'Een andere keer zullen we misschien dat duel houden wat je me hebt beloofd, maar niet zolang je nog een stumperige zieke bent en ik je verpleger ben. Ga nu maar weer terug in bed.'
Dat deed Ramón, hijgend.
'Je moet eten en dan ga ik weg,' hernam Tomás kalm, alsof er niets was gebeurd.
'Ik heb te veel dorst om te eten.'
'Hier is water.'
'Ik wíl geen water.'
Tomás glimlachte. Hij wist alles van het krat whisky bij hen thuis onder het bed, maar de ellendeling had zijn rantsoen voor vandaag gehad.
'Geef me dan wat geld, dan zal ik halen wat je hebben wilt,' tartte hij.
'Beest! Alsof ik jou met mijn geld zou vertrouwen! Lazer op!'
'Zoals je wilt. Ik kom morgenochtend terug. Dan hoop ik je dood aan te treffen, omdat je de hand aan jezelf hebt geslagen. Als je ook maar enige liefde voor je arme zuster voelt, maak je zonder verder getreuzel een eind aan dat ellendige leven van je.'
'Dat geldt ook voor jou, klootzak!' schreeuwde Ramón, toen Tomás veilig weg was. De brutaliteit! Marisa als weduwe achterlaten en zijn kind als wees? Wat zou er van hen worden zonder zijn bescherming? Wat zou er van Dolores worden?

Hij kroop weer uit bed, raapte het wapen op en legde het onder zijn kussen. Daarna schoof hij een stoel voor de deur. García was vast van plan hem in zijn slaap te vermoorden. De volgende keer zou hij klaar voor hem zijn.

Hij begon weer te hijgen. Hoe durfde Dolores García zijn sleutel te geven! Hoe durfde ze hem aan de genade van zijn gezworen vijand over te leveren, zonder een cent! Hij had haar elke stuiver aangeboden die hij bezat, uit broederlijke liefde, maar nu had ze hem in de steek gelaten zonder geld om een armzalig borreltje te kopen. Er was geen dankbaarheid in de wereld...

Tomás strompelde naar huis, nadenkend nu. Misschien had

hij de revolver moeten pakken, Ramón moeten doodschieten, zichzelf moeten doodschieten. Maar dat zou onwaardig zijn geweest, een zieke man te doden en Dolores achter te laten met beide doden op haar geweten. Nee, hij mocht haar geen schuldgevoel nalaten.

Drie dingen stonden haar vrijheid in de weg – Ramón, Marisa en hijzelf. Vooral hijzelf. Sinds de komst van de Engelsman had hij aan allerlei manieren gedacht een eind aan zijn leven te maken. Een val van de trap of een verkeersongeluk was gemakkelijk te organiseren, maar niet volledig betrouwbaar – het gevaar zou bestaan dat hij nog meer invalide zou worden, dat het andere been of een arm zou breken, waardoor hij immobiel werd. Als hij het met een mes of een ander wapen deed, zou het duidelijk zelfmoord zijn en zou Lole er te veel verdriet van hebben. En het gebaar zou overbodig zijn als Ramón niet ook dood was, net zoals de dood van Ramón zinloos zou zijn zonder zijn eigen dood.

Wat Marisa betreft... dat was een moeilijker probleem. Een zwangere vrouw kon hij niets doen. Een vloek op hen allen, hemzelf incluis.

'Je moet zorgen dat ze van je houdt, Engelsman,' zei hij hardop. 'Je moet zorgen dat ze genoeg van je houdt.'

Flora vloog overeind toen Andrés het portier opengooide en op het trottoir sprong. Omdat ze dacht dat hij weer wilde wegrennen, deed ze een uitval naar hem, maar hij was haar te snel af. Archie en zij kwamen tegelijk in beweging en ze stoven de auto uit om hem achterna te gaan. Pas toen zagen ze wat zijn scherpe ogen in de verte hadden opgemerkt.

Tegen de tijd dat ze hem hadden ingehaald, rolden de twee jongens dollend over de grond als twee jonge honden. Jack was zichtbaar ontroerd en deed zijn best het niet te laten merken, maar Dolly was als bevroren en verried geen enkele emotie. Ze rende naar Flora toe en trok aan haar mouw.

'Ik verdwijn meteen, Flo, terwijl ze nog helemaal in elkaar opgaan, anders wil Rafael niet meer bij me weg. Jullie kunnen beter zo snel mogelijk vertrekken. Geen afscheid nemen. Honderdduizend miljoen keer bedankt.'

'Maar Dolly... ik bedoel, dat is een beetje plotseling, vind je niet? Ik had nooit gedacht dat ze hem vandaag al zouden laten gaan.'
'Ze hadden niet veel keus. Hij zou de hele boel bij elkaar hebben geschreeuwd als ik hem had achtergelaten. God zij dank is Andrés erbij. Geef hun wat van die pillen en rij dan zo snel als jullie kunnen. Ik moet gaan. *Ik moet gaan*!'
Ze wierp een laatste blik op de kinderen, wendde haar blik toen af en rende de straat uit, met Jack op haar hielen.
'Nou, Archie,' zei Flora, buiten adem maar vastbesloten. 'Daar gaan we dan.'
Ze duwde de beide jongens achter in de auto. Rafael begon te huilen om Dolores, maar Andrés troostte hem en fluisterde hem dingen in zijn oor die hem schenen te kalmeren. Flora haalde een tas met speelgoed te voorschijn en een zak met snoepjes en deed er een paar van mammies pillen bij. Zodra ze in slaap vielen, zou ze hen hun pyjama aantrekken, hen in dekens wikkelen en zichzelf opvullen, klaar voor de eerste controle.
Archie zweeg en deze keer had ook Flora niets te zeggen. Ze wisten beiden wat de ander dacht. Het leek een vreselijk eind rijden naar Frankrijk.

DEEL VIER

augustus 1937

17

'De brieven zijn duidelijk vervalst,' zei Clara, met een boze blik naar haar bezoeker. 'Ik weiger absoluut om die kinderen te laten gaan.'

Henry Jarratt zag eruit alsof hij zich niet op zijn gemak voelde, lichamelijk in elk geval. De rookkamer van Hambleton Grange, het buiten van de familie Neville in Sussex, was ontdaan van zijn vroegere weelde; harde, houten stoelen ontmoedigden tijdverspillers te blijven plakken. Alle twaalf slaapkamers waren ontdaan van hun antieke meubilair en donkere, zware gordijnen en veranderd in lichte, vrolijke slaapzalen, waar nu het geroezemoes klonk van tweeëndertig lawaaiige Baskische pubers.

Jarratt verschoof zijn gewicht van de ene dikke bil naar de andere en glimlachte star naar Clara.

'Juffrouw Neville, mag ik u eraan herinneren dat de wensen van de ouders natuurlijk voorrang hebben boven de uwe? We zochten slechts een tijdelijk onderdak voor deze kinderen en...'

'We? Wie zijn we precies? Toen wíj de Baskische kinderen opnamen, was úw repatriëringscomité nog niet eens uitgevonden! Uw leden hebben nooit een vinger uitgestoken om te helpen, noch ooit een cent gegeven. En nu durft u plotseling met de vinger naar mij te wijzen en te praten over de wensen van de ouders?'

'Mijn beste juffrouw Neville...'

'Mijn beste meneer Jarratt, u was een van de eersten die zich ertegen verzette om de Baskische kinderen überhaupt het land binnen te laten en sindsdien hebt u niets anders gedaan dan leugens rondstrooien en de publieke opinie tegen hen opzetten. Al die vragen in het Lagerhuis en die angstaanjagende verhalen

in de rioolpers zijn úw werk. Geen van deze kinderen heeft ooit iemand aangevallen, iets gestolen of bezittingen vernield...'
'Dan verdient u alle lof dat ze hun leven gebeterd hebben, juffrouw Neville. Ik heb begrepen dat hun staat van dienst niet zo smetteloos was voor u hen hebt opgenomen. Dit charmante landhuis van u is naar men zegt een speciaal tehuis voor de meer delinquente elementen...'
'Ze waren ernstig van streek, verder niet. Dat zou u ook zijn, als u gebombardeerd was geweest, uitgehongerd, beschoten en door uw familie was weggestuurd.'
'Inderdaad. En nu is de tijd gekomen hen terug te sturen naar hun familie. Ik heb geen bewijs gezien dat uw mening ondersteunt dat deze brieven vervalst zijn.'
'Bewijs? Gezond verstand, dát is alles. Kijk eens naar dit onzinverhaal hier.' Ze zette haar leesbril weer op en nam de strenge schooljuffrouwhouding aan die iedereen voor de gek hield, behalve haarzelf. 'De vader van deze jongen is een Baskische nationalist. Wilt u werkelijk dat ik geloof dat hij wil dat zijn zoon naar huis komt en "dienst neemt in het glorierijke leger van Franco"?'
'Iedereen heeft het recht van gedachten te veranderen. Velen die vroeger de republiek steunden, zijn gaan beseffen dat de enige hoop op een stabiele toekomst is om de handen ineen te slaan tegen de dreiging van het communisme.'
Clara zeilde de brief naar hem terug.
'O, bespaar me de fascistische propaganda! Deze discussie is verspilling van tijd. Ik laat deze kinderen niet gaan en daar blijf ik bij. Het spijt me dat ik u niet kan helpen.'
Clara stond op, om aan te geven dat het gesprek ten einde was.
'Mmm. Ik weet uit betrouwbare bron dat er wel twee anderen zijn die u laat gaan. Niet dat u enig wettelijk recht hebt om te beslissen wie wel gaat en wie niet.'
'De desbetreffende kinderen gaan niet terug naar fascistisch grondgebied. Hun ouders zijn naar Catalonië ontsnapt en willen graag met hen herenigd worden.'
'En waarom gelooft u dat hun brieven echt zijn en deze ver-

valst? Ik zou willen zeggen dat dat niets anders is dan uw eigen politieke vooroordeel.'
'Dan zou ik u precies hetzelfde willen zeggen. Goedendag.'
'Juffrouw Neville, dit is nog maar een eerste beleefdheidsbezoek, teneinde uw medewerking te verkrijgen. Het is zeker niet aan mij u te zeggen hoe de wet in elkaar zit, maar mag ik u erop wijzen dat u geen wettelijke gronden hebt deze kinderen tegen de wil van hun ouders vast te houden en het de plicht is van het repatriëringscomité om die wensen uit te voeren.'
'En als de kinderen zelf weigeren te gaan?'
'Ze zijn niet in de positie om te weigeren. Ze zijn hier met een tijdelijke verblijfsvergunning van Binnenlandse Zaken, als vluchtelingen, en het lijkt erop dat ze in hun eigen land niet langer gevaar lopen. Er heerst weer vrede in Bilbao en in Santander en het gezinsleven verloopt daar weer normaal. De vluchtelingenstatus zal uiteindelijk moeten worden ingetrokken en indien nodig zullen de kinderen worden gedeporteerd.'
'Vrede? U noemt bezetting door vijandelijke troepen vréde? Ik wou dat u had kunnen zien hoe deze kinderen reageerden toen ze hoorden dat Bilbao in fascistische handen was gevallen. Zíj zagen het níet als vrede, dat kan ik u wel zeggen.'
'Ik heb alles over hun reacties gehoord, beste juffrouw. Dat was vlak voor u deze charmante instelling opende, voor zover ik mij herinner. Ze hebben de luidsprekers vernield omdat er fascistische leugens werden uitgezonden, ze zijn uit het kamp gevlucht en in guerrillagroepen door het land gaan zwerven, waarbij ze voedsel stalen en nietsvermoedende dorpelingen lastig vielen.'
'Dat is schromelijk overdreven, en dat weet u,' zei Clara, haar armen over elkaar slaand. 'Maar daar heb ik het verder niet over, want het bewijst dat ik gelijk heb. Niets zal deze jongens ertoe brengen naar huis te gaan en voor Franco te vechten. Hun ouders zijn met een revolver op de borst gedwongen om die brieven te schrijven.'
'Juffrouw Neville, de kinderen zullen na verloop van tijd onder geleide naar hun familie worden teruggebracht. Als u hen niet vrijwillig laat gaan, krijgt u een gerechtelijk bevel. Een on-

nodige en onaangename procedure, die u zeker zult willen vermijden.'

'U bluft! Ik ben niet de enige die aan de betrouwbaarheid van deze brieven twijfelt. U zult op verzet stuiten, en niet alleen van mij. U zou het niet durven om deze kinderen met geweld weg te halen. Wij vragen om een volledig onderzoek naar de echtheid van deze brieven. En als Franco ons ervan wil overtuigen dat hij oprecht is, zal hij er geen bezwaar tegen hebben dat een onafhankelijke werkgroep de ouders bezoekt om alle betrokkenen ervan te kunnen overtuigen dat ze die brieven uit eigen vrije wil hebben geschreven.'

'Ik kan u verzekeren dat dienaangaande reeds een onderzoek wordt ingesteld. Maar het is duidelijk dat we moreel niet het recht hebben gezinnen langer te scheiden dan absoluut noodzakelijk is en evenmin om hun de rekening te laten betalen voor onze politieke overtuiging. De kinderen hebben er recht op te weten dat ze waarschijnlijk naar huis teruggaan zodra de noodzakelijke formaliteiten vervuld zijn.'

'O, ze krijgen het wel te horen, maakt u zich geen zorgen. En nu ben ik bang dat ik u moet vragen te vertrekken. Ik heb een hoop werk te doen.'

'Natuurlijk. Misschien kunnen we ons gesprek op een geschikter tijdstip voortzetten. Ik wil graag met een ander lid van het comité terugkomen en de kinderen in kwestie ondervragen. Ik weet zeker dat u het ermee eens bent dat het verkeerd zou zijn als u ze negatief zou beïnvloeden.'

'Wij proberen niet om hen te beïnvloeden. Dat is uw afdeling. Gelukkig zijn ze meer dan in staat voor zichzelf te denken.'

'Prachtig, prachtig. Met uw goedvinden wil ik graag een datum voor volgende week afspreken en terugkomen met mevrouw Jefferson-Smythe. Zoals u waarschijnlijk weet, is zij heel actief op het gebied van de welzijnszorg voor kinderen en u kunt ervan op aan dat zij de belangen van de kinderen voorop zal stellen. Welke dag zou u schikken?'

'Volgende week ben ik toevallig weg, en ik weet niet precies wanneer ik terugkom. Misschien wilt u me tegen het eind van de maand bellen. U zult overigens merken dat mijn medewerkers net zomin voor de gek te houden zijn als ik.'

'Ik begrijp het. Goed dan. Mevrouw Jefferson-Smythe is zeer onder de indruk van wat u hier doet en ze verheugde zich erop u te ontmoeten. Ze zal teleurgesteld zijn dat dat nog op zich laat wachten.'
'Brengt u mijn verontschuldigingen over. Als u me nu wilt excuseren...'
'Zeker. Dank u zeer voor uw tijd.'
Clara klemde haar kaken op elkaar en schudde de slappe, zachte hand. Ze was niet kwaad geworden. Niet écht.
'Tot ziens, meneer Jarratt. En dank u voor uw bezoek.'
'Het was me een genoegen. Tot ziens, juffrouw Neville. En *bon voyage*.'
'Pardon?'
'Ik heb gehoord dat het in deze tijd van het jaar heerlijk is in Catalonië.'
Clara glimlachte koeltjes en liet hem uit.

'Kom binnen,' zei Dolly. 'Tomás is nog niet thuis. De fabriek draait de hele week al overuren, voor het nieuwe offensief in Aragon.'
Jack aarzelde. Het was een vaste regel dat ze hem nooit alleen ontving, een lot dat hij over zichzelf had afgeroepen en waaraan zij stilzwijgend had meegewerkt. Maar toen ze de Engelse postzegel op de brief zag, was het kennelijk te veel voor haar.
Ze scheurde de brief open en las hem een paar keer door voor ze die aan hem gaf.

Lieve Dolly,
Briefjes van beide kinderen ingesloten. Ze waren dolblij met de foto die je hebt gestuurd. Het was fijn te zien dat je er zoveel beter uitziet. We hebben een speciale leraar gevonden, zodat ze niet al te veel problemen zullen hebben als ze volgende maand naar school moeten. Ze maken uitstekende vorderingen, hoewel het duidelijk is dat ze een bepaald persoon *erg missen, maar daar weid ik niet over uit.*
Alles gaat prima en je hoeft je nergens zorgen over te maken. Clara brengt binnenkort twee van haar protégés naar huis terug en komt een pak vol lekkers van ons brengen. Je begrijpt dat ik

niet alles kan zeggen wat ik zou willen, maar ik hoop dat zij dat namens mij zal doen.
Liefs en het allerbeste van ons allemaal,

Flora

Boven het krabbeltje van Andrés stond 'Lieve Dolly' en het bestond uit een aantal regels in het Engels, die onder toezicht van Flora keurig waren overgeschreven. Het briefje van Rafael beperkte zich tot een rij kusjes en zijn naam. Flora was altijd uiterst voorzichtig en schepte er genoegen in die akelige genieperds te dwarsbomen die het lef hadden de post van andere mensen open te maken. Zoals gewoonlijk verried Dolly geen emotie; ze was het fiasco in Valencia nog steeds niet vergeten. Wat vervloekte Jack zichzelf daar nu om! En toch, hoe kon hij er spijt van hebben?

Zodra de auto van Archie uit het zicht was, was ze volledig ingestort. Ze was op het trottoir gaan zitten en had gehuild alsof haar hart zou breken. Jack had geen andere keus gehad dan haar mee te nemen naar zijn hotel en een beetje te laten bijkomen voor ze weer teruggingen naar Madrid. Ze was ontroostbaar geweest. Bij zoveel verdriet had hij zich hulpeloos gevoeld. Hij was écht niet van plan geweest haar te kussen; het was een wanhopige poging geweest om te troosten, verder niets. Het was een voorzichtige, vriendelijke omhelzing geweest, zonder enige bijbedoeling. Hij had niets gedaan om die plotselinge, heftige beantwoording op te roepen, niets om de even plotselinge, heftige afwijzing te verdienen. Tien seconden lang was ze zwak geweest, had hem ondraaglijk in verleiding gebracht en hem toen boos van zich afgeslagen, alsof hij had geprobeerd haar te verkrachten. Maar die tien seconden waren genoeg geweest om hem hoop te geven.

'Blijf je eten?' vroeg ze, terwijl ze de brief opvouwde en in haar zak stopte.

'Ik heb al gegeten, dank je wel. Hoe voel je je vandaag?'

'Prima. Ik zal natuurlijk blij zijn als het allemaal voorbij is en verheug me erop Clara te zien en haar te bedanken omdat ze alles heeft geregeld. Jack... voor het geval de operatie mislukt...'

'Die mislukt niet.'

'Laat me uitspreken. Ik wil dat je iets voor me doet. Nee, niet voor mij.' Ze aarzelde voor ze langzaam zei: 'Voor onze zoon.' Het was voor het eerst dat ze zo over hem sprak en bij die woorden liep er een rilling over Jacks rug.
'Ik weet dat er goed voor hem zal worden gezorgd, dank zij Edmund en Flora. Ik ben blij dat hij financieel niet van jou afhankelijk is, dat ik je niet hoef te vragen hem te onderhouden, ook al weet ik dat je het zou doen, omdat het daar niet om gaat.' Ze wierp hem een van die trotse, koppige blikken toe, waardoor ze er weer uitzag als een jong meisje.
'Ik heb hier veel over nagedacht en het moet nu gezegd worden, voor het te laat is. Daarom heb ik je binnengelaten. Ik wil dat hij het weet, dat hij de waarheid weet. Ik wil dat jij het hem vertelt, voor iemand anders het doet.'
'Niemand zal het hem vertellen, Dolly.'
'Ook al is dat zo, komt hij er vroeg of laat toch achter. Maar dat is de reden niet. Het zou anders zijn als zijn vader – ik bedoel, als Lorenzo nog leefde. Zoals de zaken er nu voor staan, wil ik dat hij het weet, wat er ook met mij gebeurt. Ik wil dat je het hem vertelt. Beloof het me.'
Hij gaf even geen antwoord. 'We hebben het er volgende week nog wel een keer over.'
'Er is misschien geen volgende week.'
'Mag ik gaan zitten?'
Ze knikte afwezig. Ze geneerde zich nu de woorden waren uitgesproken, trok zich terug in haar gebruikelijke koele rust en ging zo ver mogelijk bij hem vandaan zitten.
'Voor het geval er geen volgende week is,' zei Jack, 'mag ik dan ook zeggen wat ik op mijn hart heb?'
'Liever niet.'
'Dan weet je wat ik wil zeggen.'
'Dan heeft het geen zin om het te zeggen.'
'Ik zeg het tóch. Ga in gedachten terug, Dolly. Herinner je hoe ik was. Op de een of andere manier ben je gaan denken dat ik veranderd ben. Nou, dat is niet zo. Ik was toen geen altruïst en ben dat ook nu niet. Ik was toen niet edelmoedig, onbaatzuchtig of achtenswaardig en ben dat ook nu niet. Alles wat ik voor jou heb gedaan, heb ik voor mezelf gedaan, er is geen ver-

schil. Dus verspil geen tijd met te appelleren aan mijn nietbestaande betere ik. Verwacht niet dat ik zomaar goede daden verricht. Als je hier levend doorheen komt, zul je de gevolgen moeten dragen.'
'Bedoel je dat je me een rekening stuurt? Me met dankbaarheid chanteert?'
'Je weet heel goed dat ik dat niet bedoel. Je bent me niets schuldig. Clara is degene met het geld en de medische contacten, niet ik. Het laatste dat ik van je wil, is dankbaarheid.'
'Ik kan je niet geven wat je wilt.'
'Ja, dat kun je wel. Tomás zou je vrijlaten. Dat heeft hij tegen jou gezegd en tegen mij ook. Hoe kun je hem zo laten lijden?'
Dolly keek hem vernietigend aan.
'Het is mijn beslissing en niet de zijne. Het gaat er niet om dat hij mij vrijlaat en dat ik overtuigd moet worden. Hoe denk je dat ik verder zou leven, laat staan met jou, als ik hem nu de rug toekeer? Bovendien is het niet alleen Tomás. Het is alles. Dit is mijn land, dit is mijn oorlog. Je vraagt me te deserteren, maar dat doe ik niet. Ik ga er niet vandoor en laat anderen niet voor me vechten. Je moet me toch beter kennen!'
'En laat je je zoon niet in de steek?'
'Daarom wil ik dat hij het weet, begrijp je dat niet? Hij heeft veel meer aan een vader dan aan een moeder. Zonder moeder redt hij het wel. Op zijn zesde is hij al een vrouwenhater. Hij zal me gauw genoeg vergeten zijn. Zul je doen wat ik vraag, of niet? Ik moet het weten. Ik moet het van tevoren weten.'
Zoals alles wat ze hem ooit had gevraagd, was het een uitdaging en geen verzoek. Jack knikte verslagen. Hij was niet in staat haar iets te weigeren en haatte de macht die haar ziekte haar gaf, de manier waarop hem daardoor het heft uit handen werd genomen. Haar rustige, koelbloedige manier van doen maakte hem kwaad en hij benijdde haar om haar gebrek aan angst.
'Dank je,' zei ze, weer kortaf en formeel. 'Nou, ik denk dat ik maar eens aan het eten moet beginnen. Het was aardig van je om de brief te brengen. Tot ziens.'
Hij werd kortaf en wreed weggestuurd en dat deed pijn en maakte hem boos. Misschien had hij trots moeten zijn omdat ze zoveel vertrouwen in hem stelde, trots dat hij vrij was om zijn

zoon te erkennen. Maar hij voelde zich bedrogen. Rafael was een kostbare gift geweest, een onverdiend legaat; Andrés was een poedelprijs, een cadeau waaraan je niets had. Als ze dacht dat ze hem met Andrés kon afkopen of straffen dan vergiste ze zich deerlijk...

Drie maanden geleden had hij gedacht dat haar leven het enige belangrijke was en hij had zichzelf bezworen daarmee tevreden te kunnen zijn en geweigerd er verder over na te denken. Maar het was een loos besluit geweest. Als ze een tweede keer stierf, zou hij het haar nooit vergeven. Deze keer zou hij het persoonlijk opvatten.

De man van Peabody was voorzichtig optimistisch geweest. Er waren voor hooggeplaatste leden van de partij uitstekende, hoewel beperkte, faciliteiten beschikbaar, zelfs in het oorlogvoerende Spanje, en Clara's aanzienlijke donatie had ervoor gezorgd dat Dolly voorrang kreeg om te worden behandeld in de particuliere vleugel van een militair hospitaal, die gereserveerd was voor belangrijke mensen. Clara had er een meedogenloos plezier in gehad haar geld te gebruiken om haar zin te krijgen in plaats van goedkeuring te kopen en het onderste uit de kan gehaald.

Peabody was dan ook met een Franse specialist gekomen die minstens even goed was als iemand die Flora in Harley Street zou hebben kunnen vinden, die een subduraal hematoom ten gevolge van een klap op de schedel had gediagnostiseerd. Een operatie was nodig om de prop te verwijderen, die op de hersens drukte, maar hij had geweigerd te opereren zonder een voorbereidend programma van rust, speciaal dieet en bloedtransfusies. Dolly had moeten stoppen met werken en elke dag vlees moeten eten en het was bijna pijnlijk geweest om te zien hoe haar wangen weer kleur kregen, haar figuur voller werd en de donkere kringen van vermoeidheid onder haar ogen verdwenen. Ze zag er zo al veel beter uit dat het overdreven leek dat ze onder het mes moest en het risico lopen alles te verliezen.

Maar aan Dolly zelf was niet te merken dat ze bang was. Ze had Tomás op het ergste voorbereid en zichzelf met onbevreesd pessimisme neergelegd bij haar lot. Dat was het wat Jack het meeste kwaad maakte. Angst zou een teken zijn geweest dat ze

wilde leven en iets had om voor te leven. Maar ze toonde geen angst; hij was het die bang was; Tomás was bang. Hun enige troost was dat ze hun angst konden delen.
'Als dit niet was gebeurd, zou ik haar verlaten hebben,' had Tomás tegen hem gezegd. 'Als dit niet was gebeurd, zou ik zijn weggegaan. Maar nu zal ik wachten; ik móet wachten. Ik kan haar niet verlaten zonder het te weten. Begrijp je dat?'
'Verlaat haar niet ter wille van mij,' zei Jack. 'Dat zou niets uithalen. Dan zou ze nog steeds niet met me meegaan. Probeer dus niet edelmoedig te zijn en laat mij ervoor opdraaien.'
Hij wilde niet bij verstek winnen. Maar hij wilde ook niet smadelijk verliezen. Het was beter haar met Tomás achter te laten dan zonder Tomás. Tomás zou in elk geval nog een zoethoudertje voor zijn trots zijn, een excuus voor zijn falen. Natuurlijk voelde ze loyaliteit ten opzichte van Tomás, een man die Jack zonder enige reserve bewonderde en natuurlijk kon ze hem niet zomaar in de steek laten. Hij kon het verdragen haar aan een echtgenoot te verliezen, maar niet aan patriottisme, principes en trots. Vooral niet aan trots.

Toen Ramón thuiskwam, sliep Marisa nog. Hij rammelde met de munten in zijn zak, waardoor ze meteen wakker werd en hem verwelkomde met een zonnige glimlach.
'Kom eruit,' zei hij knorrig, terwijl hij de opbrengst van die morgen naar haar toegooide. 'Ik heb de hele dag nog niets gegeten.'
Ze raapte de muntstukken op en begon iets op te warmen in de koekepan, intussen babbelend en wellustig geeuwend.
'Ik voelde me vandaag helemaal niet lekker,' zuchtte ze. 'Ik heb zoveel pijn gehad.'
'Pijn? Waar?'
Marisa klopte met een zielig gezicht op haar last.
'Je zoon bezorgt zijn arme mama een hoop last. Ik durfde mijn bed niet uit, maar nu jij weer thuis bent, voel ik me een stuk beter.'
Ze knielde en begon zijn been te masseren.
'Ben je vandaag helemaal de deur niet uit geweest?' vroeg Ramón. Marisa schudde haar hoofd.

'Natuurlijk niet. Je weet hoe gauw ik moe word. O, wat zou er van me worden als jij er niet zou zijn om me te onderhouden?'
Ramón gromde. Zijn bijdrage aan het gezinsbudget was gering, maar Marisa had het verstandig geacht hem niets te vertellen van het geld dat ze bleef krijgen, niet alleen van Jack, maar ook van andere klanten, die het gênant vonden haar in haar huidige opgezwollen staat op straat tegen te komen. Het deed Ramón goed een paar uur naar buiten te gaan en weer de straatschilder te spelen en doordat hij er niet was, kreeg zij de kans om hun levensstandaard te verbeteren.

Ze was het prettig gaan vinden zwanger te zijn en het speet haar alleen dat het geen toestand was die eindeloos kon worden gerekt. Een leven van geoorloofde luiheid kwam haar heel goed uit en ondanks Ramóns voortdurende prikkelbaarheid en jaloezie, bleef hij volledig in de ban van het idee vader te worden en maakte hij zich voortdurend zorgen over haar zogenaamd zwakke gestel. In werkelijkheid had ze zich nog nooit in haar leven zo goed gevoeld. Ze was goed doorvoed, goed uitgerust en werd goed behandeld, een combinatie die ze nog nooit eerder had meegemaakt.

Sinds haar zwangerschap had Ramón onophoudelijk over de naderende vrede gepraat en de bezittingen die hij dan weer in handen zou krijgen. Hij had plannen getekend voor een nieuw huis van paleisachtige afmetingen, dat in de plaats moest komen van het huis dat vernield was. Het had meer kamers dan Marisa kon tellen, allemaal toonbeelden van luxe en goede smaak. Elk meubelstuk, elk schilderij, elk gordijn of kleed werd tot in de kleinste details beschreven, een inventaris die Marisa uit het hoofd kende. Dit uitgebreide huiselijke scenario vond ze nog prachtiger dan de vroegere reisverhalen, waarin rijke buitenlanders in de rij stonden voor haar diensten. Het vooruitzicht te werken om de kost te verdienen had zijn charme verloren en ze vond nietsdoen nu veel aantrekkelijker.

Ze koesterde nog steeds de hoop naar Engeland te kunnen gaan, indien Ramón inderdaad zou overlijden, maar het was niet tactvol die gedachten uit te spreken. Volgens Marisa was het door de Voorzienigheid beschikt dat Jack Loles lang verloren gewaande neef bleek te zijn. Zij twijfelde er in elk geval niet aan dat Lole haar zoon binnenkort naar de veiligheid zou volgen, wat ze ook tegen die oen van Tomás zei. Als Ramón zou sterven, zou Lole haar vast laten overkomen en voor haar en de baby zorgen...

En toch, zelfs terwijl ze met haar dagdromerijen bezig was, was ze druk in de weer met haar naald en naaide haar spaargeld in haar bontjas, als een eekhoorn die noten hamstert voor een strenge winter. Alsof ze in haar hart wist dat Ramón in armoede zou sterven en ze nooit naar Engeland zou gaan, dat ze op een dag niet alleen zou zijn maar alleen met een kind, wat nog erger was. Ze moest er niet aan denken, en dus dacht ze aan prettiger dingen, terwijl ze tegenovergesteld handelde, uit instinct, alsof ze het ergste kon voorkomen door zich erop voor te bereiden.

Ramón nam een paar happen uit de pan en ging vervolgens uitgeput liggen, terwijl Marisa gretig de rest verslond.

'Lole is vandaag geweest,' zei ze, terwijl ze hem een glas whisky inschonk. Ze was er water bij gaan doen, elke dag een beetje meer. 'Ze heeft sigaretten meegebracht, van je neef.'

Marisa had geleerd Jack keurig 'je neef' te noemen in plaats van 'mijn Engelsman'. Ter wille van Ramóns vaderlijke trots had ze het nooit over haar vroegere activiteiten. In Ramóns nieuwe, patriarchale gedachtenwereld hadden die tijden nooit bestaan. Hij had haar uit de onbekendheid opgepikt en tot zijn gemalin verheven. Daardoor waren alle extraatjes die ze nu kregen van 'je Engelse neef'. Ramón toonde weinig belangstelling voor Jack, maar had hem zonder problemen aanvaard als familie. Net als Marisa ging hij te zeer in zichzelf op om nieuwsgierig te zijn.

Ramón sloeg zijn borrel achterover en hield zijn glas op om het te laten bijvullen.

'Lole ziet er een stuk beter uit sinds de jongen naar Engeland is gegaan. Hij bezorgde haar een hoop last,' vervolgde Marisa.

'Onzin! Dat kind was niet streng genoeg aangepakt, dat is alles. Zijn eigen vader was een slappeling en hij had geen respect voor die lummel van een García. Onze zoon wordt ouderwets opgevoed, Marisa, en zal respect tonen voor zijn ouders.'

Marisa knikte gedwee. 'Arme Lole,' zuchtte ze. 'Ik weet zeker

dat ze hem mist. Misschien gaat ze na de oorlog wel naar hem toe.'
Ramón snoof. 'Ze gaat nooit bij García weg. Ze is te teerhartig. Maar dank zij mij durft die bruut haar niet meer te slaan. Hij weet nu dat ik hem in stukken zou scheuren.' 'Hij krimpt in elkaar als hij je naam hoort,' stemde Marisa in. 'Wat een geluk voor Lole dat ze jou heeft om haar te beschermen!' Ze legde haar hoofd op zijn borst en geeuwde luid. 'Vertel me nog eens hoe het zal zijn als de oorlog voorbij is,' vroeg ze. 'Vertel me nog eens hoe het zal zijn als onze zoon geboren is.'
Ze deed graag haar ogen dicht terwijl hij sprak, wegzinkend in een trance, alsof ze in verbinding stond met het orakel. Het was even kalmerend als een slaapliedje en meestal vielen ze beiden in slaap.

'Ik kan dit onmogelijk allemaal meenemen,' zei Clara, terwijl ze de inhoud van Flora's enorme pak bekeek. 'En het brengt trouwens ongeluk. Als ik winterkleren meeneem, is de kans groter dat ze doodgaat. Het is net als babykleertjes kopen nog voor het kind geboren is.'
'Clara! Doe toch niet zo somber. Ik dacht dat je zei dat er een goede kans op succes was?'
'Ik heb gezegd dat ze de best mogelijke aandacht kreeg, verder niet.' Ze begon de doos uit te pakken en de spullen in twee stapels te verdelen. 'Als je die dingen echt niet nodig hebt, zal ik iemand sturen om ze bij je op te halen. Behalve Dolly zijn er nog veel meer mensen aan wie het goed besteed is.'
Flora keek hulpeloos toe. De meeste dingen waren gloednieuw, geen afdankertjes, het resultaat van een speciale expeditie naar Harrods. Het was een hele afleiding voor mammie geweest.
'Hier, laat mij dat doen,' kwam ze tussenbeide, toen Clara een misprijzende blik wierp op een blikje gerookte oesters. 'Ik dacht dat het eens iets anders zou zijn,' zei ze verdedigend. 'En ik wilde dingen sturen die haar zouden opvrolijken. Doe niet zo vervelend!'
'Je bent onverbeterlijk frivool, Flo. Maar je hebt gelijk. Ik ben vervelend.' Clara legde het blikje oesters weer terug en onder-

drukte een glimlach bij de pot met badzout. Dolly was waarschijnlijk in maanden niet in bad geweest.

'Niet zo vervelend als je vroeger was,' gaf Flora toe. 'En ik ben ook niet meer zo frivool.'

Flora schonk thee in en Clara trok Rafael op haar knie. Hij was een gehoorzaam kind en weer gaan praten, hoewel hij niet veel te zeggen had. Steven en Arabella zaten netjes rechtop, als twee soldaatjes, en gedroegen zich keurig, terwijl Andrés met een boos gezicht onderuitgezakt zat en kruimels morste. Volgens de instructies van Flora had Archie hem net een pak slaag moeten geven, omdat hij Steven weer op zijn kop had gezeten. Ondanks de opgewekte brieven die Flora aan Dolores stuurde, ging het helemaal niet goed tussen Andrés en de jonge Prendergasts en Flora begon spijt te krijgen van haar overhaaste besluit hem op te voeden als haar eigen kind. Zoals Archie steeds zei, was hij uiteindelijk Jacks verantwoordelijkheid.

'Hoe jong neem je delinquenten op?' vroeg Flora, met een zijdelingse blik naar de koekoek in haar nest. Andrés keek boos, alsof hij wist dat ze het over hem hadden.

'Is het zó erg?' Rafael nieste over Clara's kraag heen en ze gebruikte dat excuus om hem zachtjes van haar schoot te duwen.

'Ach, we hadden natuurlijk niet verwacht dat het gemakkelijk zou zijn. En het lag voor de hand dat hij zich erg ontheemd zou voelen. Maar ik moet toegeven dat het erger is dan we hadden gedacht.'

'Nu weet je wat Jacks moeder te verduren heeft gehad,' zei Clara droogjes. 'Geen wonder dat ze blij was toen hij vertrok.' Ze beantwoordde de boze blik van Andrés, stak haar tong naar hem uit en kreeg een aarzelend lachje los.

'Ik was nog veel erger,' zei Clara luchtig. 'Ik heb geprobeerd om het huis in brand te steken.'

'Allemachtig!' zei Flora geschrokken.

'Voor hem is het natuurlijk moeilijker,' vervolgde Clara, genietend van Flora's geschokte gezicht. 'Hij kan zich zijn ouders herinneren. Ik kan niet zeggen dat ik jaloers op je ben. Geef mij mijn pubers maar.'

'Zeg tegen Dolly dat hij haar mist. Ik wil haar in mijn brieven niet ongerust maken, maar denk dat ze wél moet weten dat hij

niet goed kan wennen. Rafael is een lieverdje en iedereen is dol op hem.' Haar stem zakte weg tot een gefluister. 'Jack zou hem niet moeten adopteren, maar Andrés. Dat is de meest voor de hand liggende oplossing.' 'Jack is totaal niet in staat een van beiden groot te brengen,' zei Clara. 'Hij zal zich wel bedenken als hij thuiskomt. Het is gemakkelijk je in Spanje te laten meeslepen.'
Flora knikte begrijpend. De bedwelmende opwinding van de reddingsactie leek heel lang geleden en nu wilde ze dat de volmaakte orde van haar leven weer zou worden hersteld.
Clara stond op om weg te gaan. 'We zullen je natuurlijk een telegram sturen om je te laten weten hoe de operatie is verlopen. Ik blijf minstens twee weken weg, misschien drie, en heb een heel druk programma. Sommige van de kinderen zouden graag terug willen naar Spanje, als ik pleeggezinnen voor hen in de republiek kan vinden.'
'Waarom in vredesnaam? Ze zijn in Engeland toch beter af?'
'Dat zien zij niet zo. De gemiddelde Baskische jongen van vijftien wil niets liever dan teruggaan en het leger in. Vooral nu er meer druk komt om hen te repatriëren naar fascistisch gebied. Indien mogelijk, wil ik dat voorkomen. Er is een organisatie van Basken in ballingschap in Catalonië die waarschijnlijk wel kan helpen.'
Ze praatte enthousiast over haar plan terwijl Flora deed of ze zeer geïnteresseerd was, omdat ze haar vertrek zo lang mogelijk wilde uitstellen. Niet dat Clara veel directe steun gaf, maar bij Clara hoefde ze in elk geval niet te doen alsof alles op rolletjes liep, bij Clara kon ze de façade van zelfvertrouwen laten varen, al was het alleen al omdat ze wist dat Clara erdoorheen zou kijken. Clara had de stoerheid van iemand die oog in oog met de hel heeft gestaan, een reis waardoor ze iets alwetends had gekregen, half spiritueel, half pragmatisch. Flora probeerde niet om de verandering in haar te analyseren, maar ze had er respect voor. Ze was een verschil van mening met Clara altijd uit de weg gegaan, maar nu was ze blij dat ze zich op haar kon verlaten. Het verschil was aan de oppervlakte niet te zien, maar het was fundamenteel. Wat ze voor haar voelde, benaderde heel dicht een gevoel van houden van.

Clara had gelijk, in Spanje zag alles er heel anders uit. Spanje was een andere wereld, de lucht was er vervuld van allerlei vreemde hartstochten. Alleen al door er te zijn, was het alsof je je gezonde verstand verloor. Het avontuur was kort en opwindend geweest, maar de nasleep leek oneindig lang te zullen duren.

Flora voelde zich erg terneergeslagen toen ze Clara uitzwaaide en gedurende wel vijf minuten gaf ze zich over aan een opwelling van zelfmedelijden. De kinderen waren in de tuin aan het spelen en door de openslaande deuren stond ze naar hen te kijken, somber wachtend op de problemen. Zoals gewoonlijk stond Andrés een stukje bij de anderen vandaan, bedenkend wat hij nu weer zou uithalen. Als ze hem van een afstandje gadesloeg, zoals nu, of als hij sliep, ging haar hart naar hem uit. Maar van dichtbij, als hij wakker was, haalde hij het bloed onder haar nagels vandaan. Niet dat hij er iets aan kon doen, natuurlijk. Het arme schaap was ongelukkig, dat was alles, en niet alleen ongelukkig, maar ook kwaad. In het geniep huilde hij om zijn moeder. Dan kwam hij met roodomrande ogen van het toilet, maar toch had hij het nooit over haar. Flora had de grootste moeite gehad hem zover te krijgen dat hij de kleine briefjes overschreef die ze insloot bij die van haar. De Spaanse lerares die elke dag kwam, had haar best gedaan hem op zijn gemak te stellen, maar Andrés voelde zich nog steeds ongewenst, verraden en in de steek gelaten. De enige warmte die hij toonde, was ten opzichte van Rafael, als beschermeling en medeslachtoffer. Hij weigerde hem uit het zicht te laten, doodsbang zijn enige bondgenoot in een vijandige, vreemde wereld te verliezen.

Flora zuchtte toen Steven een geschreeuw van protest aanhief en vermande zich om niet tussenbeide te komen. Ze kon alleen maar afwachten en er het beste van hopen. Intussen kon ze beter de lucifers verstoppen.

Tomás bleef staan, haalde een muntstuk uit zijn zak en gooide het in Ramóns open schoen.

'Lole gaat een poosje weg,' deelde hij zijn zwager mee. 'Haar neef neemt haar mee de stad uit, om uit te rusten. Ze heeft me gevraagd het tegen je te zeggen.'

Ramón pakte het muntstuk op en gooide het terug naar de gever, woedend omdat hij werd betrapt met zijn voet bloot en krijt in de hand.
'De stad uit? Het zit er dik in dat hij haar heeft overgehaald jou te verlaten. Wat een dwaas ben je, García! Hou je geld maar. Je zult het nodig hebben als je mijn Engelse familie niet meer hebt om je te onderhouden.'
'Ik werk voor de kost, zoals jij zou moeten doen als je enige trots had. Er is werk genoeg voor mensen zoals wij. Je zou munitie kunnen inpakken voor het front in plaats van te bedelen bij je medeburgers. Of misschien wil je de strijd niet steunen en ben je een vermomde fascist!'
Ramón kromp ineen en keek onwillekeurig naar links en naar rechts. 'Hoe durf je me zo te beschuldigen? Wat heb je voor bewijs? Ben ik niet arm? Je ziet dat ik in lompen gekleed ben. Hoe zou ik fascist kunnen zijn? Pas op, García, of ik klaag je aan wegens laster.'
Tomás gooide de munt weer naar hem terug. 'Van de ene arme voor de andere dan. En dood aan alle fascisten. Dood aan alle fascistische spionnen.' Hij spuwde op de grond, glimlachte dreigend en vervolgde zijn weg.
Zodra hij uit het zicht was, trok Ramón haastig zijn laars aan en kwam bevend overeind. Niet dat hij bang was. Fascistische spion nog wel! Het was niets anders dan een loos dreigement. García had gebluft, in de hoop dat Ramón zo bang zou worden dat hij zijn mond zou voorbijpraten. Hij handelde natuurlijk in opdracht van de vakbond, want zelf had hij geen hersens...
Kokend van woede hinkte hij naar huis, zijn hand diep in zijn zak om de koele geruststelling van de revolver te voelen. Sinds Tomás de plek had gevonden waar hij hem verstopt hield, droeg hij het wapen altijd bij zich, om voorbereid te zijn op een aanval. Hij was ernstig in de verleiding geweest García als een hond neer te schieten, maar dan zou hij zichzelf verdacht hebben gemaakt en de vijand in de kaart hebben gespeeld. Ze hadden geen bewijs, totaal geen bewijs. Al die vreselijke buren van hem waren doorgewinterde rooien en toch verdachten ze hem geen van allen omdat hij maar een arme invalide was. In het begin was hij zo onverstandig geweest hun te laten weten dat hij van goede fa-

milie was, dat hij een vermogend man was die bezwendeld was en aan lager wal geraakt. Ze hadden hem smadelijk uitgelachen en geweigerd hem serieus te nemen; de schoffies uit de buurt deden de manier na waarop hij liep en beschouwden hem als een dronken gek. Als dronken gek werd je niet verdacht. Het was inderdaad een meesterlijke vermomming.

Hij was meer dan opgewassen tegen een imbeciel als García. Maar die vent stelde zijn geduld wel vreselijk op de proef. Wat zou het prachtig zijn als Dolores hem verliet en haar zoon naar Engeland volgde. Dan hoefde niets hem er meer van te weerhouden om eindelijk wraak te nemen. García had de val van de familie beraamd, zijn vader vermoord, zijn zuster bezoedeld en zijn goede naam zwartgemaakt, ervoor gezorgd dat hij werd verbannen en onterfd. Hij zou niet rusten voor hij en zijn soortgenoten uitgeroeid waren.

Briesend van verontwaardiging kwam hij thuis en tekende het voorval meteen op in zijn dagboek, met de geëigende verfraaiingen. García was een handlanger van de rooien, die hem moest bespioneren. Gelukkig was García een stomme idioot, zoals alle rooien, en was het niet moeilijk geweest hem valse informatie te geven en zo te slim af te zijn. Maar bij de eerste de beste gelegenheid zou hij geëlimineerd moeten worden. Zijn naam stond al boven aan Ramóns dodenlijst, maar niettemin onderstreepte hij hem nog een paar keer. Daarna voelde hij zich een heel stuk beter en dronk op de overwinning. Dat deed hij een beetje te snel, waardoor hij een vreselijke hoestbui kreeg en de bladzijde besmeurde met felrode vlekken.

Tegen de tijd dat Marisa thuiskwam, ongerust omdat hij eerder thuis was dan zij, was zijn euforie veranderd in diepe wanhoop.

'Ik ben stervende, Marisa,' bracht hij haar zwakjes in herinnering en de volgende paar dagen zei hij dat hij te ziek was om de beslotenheid van zijn huis te verlaten.

Barcelona was veranderd. De opwindende sfeer van de revolutie had plaatsgemaakt voor burgerlijke netheid en de grote hotels deden weer zaken, even bereid als altijd om voor geld je laarzen af te likken. Clara was blij dat zij ze kon vermijden, want de gastvrijheid die haar begroette, was overweldigend. Elke nacht logeerde ze bij een ander gezin, om niemand te beledigen, en na haar bezoek aan Madrid wachtten haar talloze uitnodigingen. Het deed pijn om de kinderen op te geven, ondanks het feit dat ze blij was dat ze hen met hun ouders kon herenigen. Op haar eigen manier was ze van hen gaan houden, een nors, weinig demonstratief soort liefde, het soort liefde dat pubers prettig vonden, maar kleine kinderen of mannen niet. Ze wist nu wat ze na de oorlog zou doen. En ze wist dat ze het uit liefde zou doen, niet uit haat en dat Edmund het prachtig zou vinden.

Beide jongens die ze had teruggebracht, kwamen uit een katholiek gezin en Clara was verbaasd over de openheid waarmee ze hun geloof bleven belijden. Verscheidene religieuze voorwerpen sierden hun eenvoudige onderkomens en toen ze haar verbazing daarover uitsprak en vroeg of dat niet gevaarlijk was, was hun reactie snel en strijdvaardig.

'De republiek moet de Kerk weer toelaten,' zei een van de kinderen ernstig tegen haar, de felle woorden van zijn ouders vertalend. 'Wij, Basken in ballingschap, moeten druk uitoefenen op de Catalaanse regering om het voorbeeld te geven. Ze negeren alles wat er gebeurt, omdat ze weten dat ze er niets tegen kunnen doen. De rest van de republiek zal weldra volgen. Het is slechte propaganda om de Kerk te vervolgen. Dat helpt de fascisten.'

Om te laten zien wat ze bedoelden, namen ze Clara op zondag mee naar de mis in een aangrenzend appartement, waar zo'n twintigtal mensen waren die ook te communie gingen. De priester droeg geen kerkelijke gewaden en er was een wit laken over de keukentafel gelegd, zodat die als altaar dienst kon doen. Clara vond het een verfrissende ervaring. Ondanks haar technische herbekering tot het geloof had ze talloze bedenkingen – een gezond teken, had pater Spinks beweerd, met zijn gebruikelijke reserves ten opzichte van dogma's. Ze vond de sfeer in de Kerk nog steeds benauwend, behield een puriteins wantrouwen ten opzichte van overdadige versieringen en moest haar aversie tegen de geur van wierook nog overwinnen. De eenvoudige doelmatigheid van de plechtigheid beviel haar, want nu kon ze een keer aan de dienst deelnemen zonder dat ze het gevoel had dat men de zaak belazerde. Ondanks de luchtige bewering dat er geen gevaar was, bleef er iemand voor de deur en beneden op straat op de uitkijk staan, waardoor het speciale karakter van de mis nog werd vergroot.

Clara kon de preek niet volgen, maar haar afdwalende gedachten werden geboeid doordat ze plotseling haar naam hoorde noemen. Alle ogen richtten zich op haar en er werd geklapt. Naderhand gaf de priester haar een hand en bedankte haar in gebroken Engels voor al haar waardevolle werk.

'Veel van deze mensen zouden graag voor kinderen zorgen van wie de ouders zich achter de fascistische linies bevinden,' zei hij. 'Blijft u lang in Barcelona? Ze zouden u graag bij hen thuis ontvangen.'

Clara legde uit dat ze naar Madrid ging, maar binnenkort zou terugkomen. 'De nicht van mijn overleden man moet geopereerd worden. Ik moet daar blijven tot ze buiten gevaar is.' En in een opwelling voegde ze er aan toe: 'Ze is katholiek, maar wordt behandeld in een communistisch militair hospitaal. Misschien wil ze het Heilig Oliesel hebben voor ze geopereerd wordt. Zijn er priesters zoals u in Madrid die haar zouden willen bezoeken?'

'Er zijn overal priesters zoals ik. Ik zal zorgen dat iemand contact met u opneemt. Wilt u uw naam voor me opschrijven en uw adres in Madrid?'

Jack had een kamer voor haar besproken en Clara schreef alles op een stukje papier, dat de priester een paar keer moest lezen voor hij het vernietigde.

'Maakt u zich over mij geen zorgen,' zei Clara, die handeling juist interpreterend. 'Ik ben nog steeds lid van de communistische partij. Ze zouden me geen haar durven krenken.'

'Natuurlijk niet,' zei de priester met een glimlach, om haar gerust te stellen, waardoor ze zich een dwaas voelde.

'Kunnen we eerst naar jouw hotel gaan?' vroeg Dolly onverwacht. Het ziekenhuis was zo'n vijfenveertig kilometer ten oosten van Madrid en Jack had een taxi besteld om hen te brengen. 'Toen ik werkte,' vervolgde ze haastig, 'ging ik altijd op school onder de douche en ik weet heel goed dat ze me van top tot teen schoon zullen boenen als ik daar aankom. Maar zou je het erg vinden als ik een bad nam voor we gaan? Ik zou me zoveel beter

voelen als ik keurig schoon was. Nu zijn de rollen omgedraaid en moet ik jou om een bad vragen.'
Het was voor het eerst dat ze ooit een toespeling op het verleden had gemaakt, al was het slechts zijdelings. Jack zag dat ze een kleur had.
'Ga je gang,' zei hij luchtig, om haar zo weinig mogelijk in verlegenheid te brengen. 'Maar het water is niet altijd warm, ben ik bang.'
Hij zei tegen de chauffeur dat hij hen bij hotel Florida af moest zetten en moest wachten. Ze volgde hem bedeesd naar zijn kamer en ging meteen naar de badkamer. De jaren vielen weg toen hij zat te roken en naar het gespetter achter de deur luisterde. Deze keer zong ze niet en zou ze al het water laten weglopen. En deze keer zou hij haar met geen vinger durven aanraken, want ze was nu ontoegankelijker dan ze toen ooit was geweest. Misschien was dit wel de laatste keer dat hij ooit met haar alleen zou zijn. Over een paar dagen zou hij haar zelfs wel voorgoed kunnen verliezen, maar toch was hij desondanks, of misschien wel daarom, niet in staat de situatie uit te buiten, niet in staat een laatste, onherroepelijke afwijzing te riskeren. En dat wist ze.
Naderhand zou het anders zijn. Naderhand zou hij alles willen riskeren. Maar voorlopig was ze veilig, heel veilig, veilig genoeg om alleen met hem te durven zijn, naakt in de badkamer te treuzelen en hem te kwellen met haar nabijheid. De rollen waren inderdaad omgedraaid.
'Duurt het nog lang?' riep hij na een hele tijd. 'Ik heb tegen de chauffeur gezegd dat hij moest wachten.'
'Ik ben mijn haar aan het wassen,' riep ze terug. 'Stuur hem maar een uur weg.'
Hij ging naar beneden, gaf de man een fooi en zei dat hij later moest terugkomen. Hij was op weg terug naar zijn kamer, toen hij in de gang Thérèse tegenkwam. Ze was net terug uit New York, waar ze een onderscheiding had gekregen voor haar werk over weduwen en wezen.
'Jack!' begroette ze hem. 'Hoe is het met je?' Ze kuste hem op beide wangen.
'Prima. Heb je een goede reis gehad?' Normaal zou hij graag even zijn blijven praten, maar hij had haast en dat was te zien.

'Mooi. Je doet zo afwezig! Is er iets? Hoe is het met je boek?'
'Af,' zei Jack naar waarheid.
'Goed zo. Dan kun je nu misschien wat gezelliger worden. Ga vanavond met ons eten.'
'Sorry, Thérèse, ik ben vanavond bezet. Een andere keer misschien.'
Ze schonk hem haar ondeugende, katachtige glimlach. 'Je kunt haar meenemen, als je wilt,' zei ze. 'Ik zag haar daarnet uit de auto stappen. *Ravissante*. Wat is er met dat knappe verpleegstertje in Valencia gebeurd – die van die foto? Heb jij haar hart gebroken of zij het jouwe?'
Jack probeerde geheimzinnig te grijnzen, wat niet helemaal lukte. 'Dat zal ik je een andere keer wel vertellen,' zei hij.
'Je bent nog net zo gesloten als altijd en maakt me gek van nieuwsgierigheid. Hoe heet ze?'
Ze maakte een hoofdbeweging in de richting van de kamer en Jack vroeg zich af of Dolly hen kon horen.
'Ik moet gaan,' zei hij. 'Zeg tegen Laszlo dat we gauw een afspraak moeten maken.'
Thérèse bleef even met een wetende blik met haar sleutels staan rammelen voor ze terugging naar haar kamer. Jack was zo afgeleid door die ontmoeting dat hij nog minder dan anders erop voorbereid was om Dolly in handdoeken gewikkeld op zijn bed te zien zitten, terwijl ze bezig was een kam door de klitten in haar lange, natte haar te halen.
'Sorry,' zei hij. 'Ik ga wel even naar beneden terwijl jij je aankleedt.'
'Nee, doe dat niet,' zei Dolly zacht. Ze reikte hem de kam aan. 'Ik heb het al weken niet gewassen en het zit vol met klitten. Vind je het erg?' Ze deed heel gewoon. Hij aarzelde, ging naast haar op het bed zitten en begon de kam door de lange, geklitte strengen te halen, waardoor ze af en toe een lelijk gezicht trok.
'Herinner je je die dag nog dat ik alles had laten afknippen?' vroeg ze. 'Ik zag er vreselijk uit!'
'Je moet niet naar complimentjes vissen,' zei Jack.
'Ben ik erg veranderd?'
'Je bent ouder geworden, verder niet.'

'Ik ben nog pas vijfentwintig en zal er wel uitzien als een oud wijf. Het moet een hele schok zijn geweest toen je me weer zag!'
'Natuurlijk was het een schok. Maar je ziet er niet uit als een oud wijf, en dat weet je best.'
'Ik dacht altijd dat het me niet kon schelen hoe ik eruitzag. Maar dat kun je makkelijk zeggen als je er goed uitziet. Hoe lelijker je wordt, hoe ijdeler. Belachelijk, vind je niet? Alsof het hen iets zal kunnen schelen of ik schoon haar heb of niet. Ik neem aan dat ze het toch allemaal zullen afscheren.'
'Je haar is nog steeds heel nat. Je zult kouvatten. Ik kan beter beneden nog wat handdoeken gaan halen.'
'Nee, nee, ga niet weg, Jack...' Ze strekte haar hand naar hem uit en hij pakte hem vast. Hij was ijskoud. 'Ik ben bang.'
Het was voor het eerst dat ze toegaf bang te zijn; het leek een goed teken, een teken dat ze wilde leven.
'Dat is volkomen logisch. Dat zou iedereen zijn. Maar je bent in uiterst bekwame handen.'
'Dat is het niet. Ik ben niet bang dood te gaan. Dat wil zeggen, ik denk dat ik het wel zal zijn, maar heb ermee moeten leren leven. Elke keer dat ik bewusteloos raak, is het alsof je doodgaat. Het raakt je niet meer zo. Na een poosje begin je te denken dat je onsterfelijk bent. Ik denk dat het dat is waarvoor ik bang ben. Leven. Leven doet pijn.'
Jack gooide geërgerd de kam neer en greep haar bij de schouders. 'Ik word zo vreselijk kwaad als je zo praat! Je zult blijven leven en ervan genieten. Houden de mensen niet genoeg van je om het de moeite waard te maken? Wat wil je nog meer?'
Ze haalde diep adem en trok de handdoek omhoog. 'Je moet het niet verkeerd opvatten. Er is wel iets wat ik wil. Ik zou voor een keer willen zijn zoals we waren. Kun je dat begrijpen?'
Jack bleef stokstijf staan, ervan overtuigd dat hij haar verkeerd had begrepen. 'Zoals we waren?'
'Het kan me niet schelen als het allemaal een vreselijke teleurstelling is, dat zou ik eigenlijk liever hebben. Die dingen groeien in je herinnering, dat weet ik. Maar alles zou beter zijn dan dit doen alsof. Ik probeer niet om iets te beginnen, ik probeer er een eind aan te maken. Ik denk dat dat voor ons beiden gemakkelijker zou zijn.'

Jack schudde langzaam zijn hoofd en geloofde zijn oren niet. Ze vatte het negatieve gebaar letterlijk op.

'Rotzak. De eerste keer was het precies zo, of liever de laatste keer. Ik moest je nagenoeg smeken, herinner ik me. Ziezo!' Ze gooide de handdoek weg en tartte hem zijn blik af te wenden, niet in staat haar angst te verbergen dat hij haar niet zou willen. Jack sloot zijn ogen. 'Nee,' hoorde hij zichzelf zeggen. 'Nee.'

Ze kromp in elkaar, alsof hij haar een klap had gegeven en sloeg de handdoek weer om zich heen.

'Natuurlijk zal het een vreselijke teleurstelling zijn,' zei hij, zijn stem hard en koud. 'Dat kan ook niet anders. Maar daar gaat het toch om? Maar een keer, meer niet, om het uit de weg te ruimen, zodat ik geen kans heb. Een keer maar, zodat je jezelf ervan kunt overtuigen dat je geen spijt hebt. Nee.'

Ze wierp hem een blik vol venijn toe, liep met opgeheven hoofd de badkamer in en kwam er even later, helemaal aangekleed, weer uit.

'We kunnen nog niet weg,' zei Jack. 'Ik heb de chauffeur een uur weggestuurd. Kijk me toch niet zo aan!'

Hij trok haar op het bed en omhelsde haar stevig, terwijl zij tegensputterde, probeerde zich los te wurmen en hem in het Spaans uitschold. Haar woede was als een balsem; hij zou zich met genoegen bont en blauw door haar hebben laten slaan. En haar tranen waren nog beter.

Ze had altijd te veel gepraat, dat gaf ze zelf toe, en dat deed ze ook nu. Ze zei meer dan ze van plan was geweest, dingen die ze nooit zou hebben gezegd als hij haar haar zin had gegeven. Jack had altijd gedacht dat woorden tussen geliefden nutteloos waren, maar ze hadden hun plaats. Juist omdat ze ontoereikend waren, waren ze krachtig en veelzeggend.

En dus zei hij alle dingen die hij zeven jaar tevoren had moeten zeggen, duizelig wordend van de opluchting die het gaf. Hij liet zich door haar aansporen zich volledig bloot te geven en deed hetzelfde met haar. Alles werd uitgesproken, er werd niets ontkend en alles moest nog gebeuren.

Het was als een uitwisseling van geloften, hoewel die niet werden afgelegd. Eerder het tegenovergestelde. Er was niets veranderd, zei ze verdrietig tegen hem. Maar voor Jack was dat het mooie. Er was niets veranderd.

Clara schudde professioneel de kussens op en keek kritisch rond in de privé-kamer van Dolly.

'Het is hier vreselijk somber,' merkte ze knorrig op. 'Ze hadden je wel een vrolijker kamer kunnen geven. Ik heb aan de andere kant van de gang een lege kamer gezien met uitzicht op de tuin. Ik zal je daarheen laten brengen.'

'O, doe alsjeblieft geen moeite,' zei Dolly, terwijl ze nog bezig was de inhoud van Clara's pakket te bekijken. 'Het lijkt wel Kerstmis! Ik weet niet hoe ik jullie ooit kan terugbetalen voor alles wat jullie hebben gedaan. Badzout!'

'Ik heb tegen Flo gezegd dat ze praktisch moest zijn, maar ze wilde niet luisteren. Ik ben bang dat ik de helft thuis heb moeten laten. En, hoe behandelen ze je?'

'O, heel goed. Dokter Jannet denkt dat ik toch al zo ver ben. Ik was bang dat ze het zouden uitstellen.'

'Je bent nog steeds tamelijk mager. Heeft Jack je niet te eten gegeven?'

'Het vlees komt me mijn oren uit. Ik voel me zo schuldig. Iedereen heeft maar nauwelijks genoeg te eten en ik word vetgemest als een gans.'

'Je moet je niet schuldig voelen. De mensen die belangrijk zijn, komen niets te kort, tijdens de oorlog of wanneer dan ook. Geloof me.'

'Dat zei Jack ook al. Dat vond ik nog erger. Waarom zouden sommige mensen belangrijker zijn dan anderen? Geld en invloed zouden geen verschil moeten maken. Daar gaat de oorlog om. En nu...'

'Geld en invloed zullen altijd verschil maken en gelijkheid is allemaal onzin.'

Dolly keek verbluft, maar Clara glimlachte. 'Ik ben niet echt van mening veranderd en geloof nog steeds in gelijkheid als abstract begrip, maar ik geloof niet dat ze al bestaat, in de republiek of in Rusland of waar dan ook, en dat zal waarschijnlijk ook nooit gebeuren. Het ideaal is nog steeds de moeite waard om naar te streven, maar intussen is geld wel gemakkelijk. En hoe meer geld je hebt, hoe meer je voor elkaar krijgt. Die arme Richard Peabody is op het moment als was in mijn handen. Maar ik ben nogal boos over deze kamer en ik zal hem er danig over onder handen nemen.'

'Clara... zeg eens eerlijk. Hoe is het met de jongens?'

'Dat heb ik je al verteld. Prima.'

'Nee, dat is niet waar. Het is Andrés, nietwaar? Probeer alsjeblieft niet mijn gevoelens te sparen. Ik zal me alleen maar het ergste inbeelden.'

'Goed dan. Hij gedraagt zich als een monster en haalt iedereen het bloed onder de nagels vandaan, wat te verwachten was. Het is toch al vreselijk om kind te zijn, laat staan in een vreemd huis en in een vreemd land. Iedereen zegt wat je moet doen, je hebt zelf geen rechten en wordt overal maar heen gestuurd... Hoe voelde jij je toen ze jou naar Engeland stuurden?'

'Dat was anders.'

'Nee, dat was het niet. Je moeder had ook het beste met je voor.'

'En mijn vader was blij dat hij me zag vertrekken! O, ik begrijp wat je bedoelt.'

'Nou dan. En natuurlijk heeft hij de harde kop van Jack geërfd. Flora doet haar best, maar hij past zich niet aan. Hij zal nooit een Prendergast worden. Hij heeft jou nodig. Je moet naar huis gaan.'

'Dit is mijn thuis.'

'Onzin. Maak niet de vergissing die ik heb gemaakt, Dolly. Mensen komen op de eerste plaats, plaatsen niet, politiek niet noch principes. Mensen! De mensen van wie je houdt, alleen die zijn belangrijk.'

'Ik houd van mijn man,' zei ze zacht.

Clara sloeg haar armen over elkaar. 'Je houdt van je zoon. Je moet kiezen.'

'Ik weet het en heb al gekozen. Andrés heeft een vader en Tomás heeft niemand. Hij heeft al zijn vrouw, zijn kinderen en een deel van zichzelf verloren. Ik ben alles wat hij nog heeft.'

'Andrés heeft geen vader en Jack is niet geschikt om vader te zijn, zeker niet voor zo'n moeilijk kind. Je verzint alleen maar

excuses. Als Jack er niet was geweest, zou je zo bij Tomás weggaan. Je vertrouwt je eigen motieven niet, dat is alles.'
Dolly was zichtbaar niet op haar gemak. 'Dat is niet eerlijk.'
'Maar het is waar, hè? God, wat schuldgevoelens de mensen niet aandoen! Het draait in deze stomme wereld niet om liefde, maar om schuldgevoel, en ik kan het weten. Het leven is kort, Dolly. Je hebt genoeg geleden. En Jack, Tomás en Andrés ook. Wij allemaal. Denk erover na.'
'Ik zal erover nadenken. Na de operatie.'
'Dat is bedrog.'
'Dat is bijgeloof.'
Clara ging op het bed zitten. 'Nu we het er toch over hebben, wil je een priester?'
'Wat?'
'Voor het geval je doodgaat. Wil je een priester?'
'Een priester? Hier?'
'Maak je niet ongerust. Hij komt in burger. Er is een organisatie.'
'Een republikeinse priester?'
'Natuurlijk. Nou?'
Dolly dacht even na.
'Het zou een beetje hypocriet zijn,' zei ze. 'Ik weet niet zeker of ik nog geloof.'
'Het kan geen kwaad. Stel dat al dat gebazel over de hel waar is, dan kun je beter geen risico nemen.'
'Maar... is het niet gevaarlijk?'
'Alleen als een van ons hem aangeeft. Hij komt morgen bij me in het hotel en ik kan hem meenemen.'
Dolly haalde haar schouders op. 'Goed,' zei ze onzeker. 'Het was aardig van je om eraan te denken. Ik heb me nooit gerealiseerd dat jij...'
'O, ik ben niet bepaald een modelkatholiek. Ik rommel maar wat aan. Je moet iets hebben. Het is niet zo goed als liefde, maar het helpt. Flora is begonnen met koppelen, de arme schat. Alsof iemand ooit de plaats van Edmund zou kunnen innemen. O, Dolly, niet huilen. Ik wilde je niet van streek maken.' Ze sloeg even een arm om haar heen. 'Ik ben nooit erg goed geweest aan een ziekbed. Hou nu op met snikken, anders begin ik ook. Ik

kan beter gaan. Probeer wat te rusten. Morgen kom ik terug met die clandestiene padre. Probeer intussen wat sappige zonden te bedenken.'

Ze streek de sprei glad en zette de spulletjes op het nachtkastje recht. Vervolgens zei ze: 'Weet je, na verloop van tijd kom je overal overheen, behalve over spijt. Spijt ligt als een kille, donkere schaduw over alles wat je doet. Maak niet de vergissing die ik heb gemaakt, Dolly. Ga niet de rest van je leven zeggen: had ik maar.'

Dolores huiverde. De kamer was koud en donker, ondanks de heldere zomerzon buiten, en achter het bed was slechts een klein raam, dat uitkeek op een stenen muur. Zo was spijt, hij verduisterde de zon. Spijt was een verloren kans, onafgemaakte zaken, een onverbeterde fout, spijt was te laat zijn. Het had als een schaduw over haar leven gehangen en nu, tegen alle regels in, had ze een tweede kans gekregen. De prijs was hoog, maar dat kon ook niet anders. Niets wat de moeite waard was, kreeg je voor niks, geluk zeker niet. Geluk kostte je alles wat je had.

Eindelijk kwam Marisa naar buiten en liep met een boodschappenmand aan haar arm de straat af. Tomás wachtte tot ze uit het zicht was voor hij zich de trap ophees naar de kamer van Ramón. Hij klopte hard op de deur.

'Wie is daar?' riep een gesmoorde stem.

'Tomás. Ik moet met je praten.'

'Ga weg.' Ramón tastte naar zijn revolver en richtte hem op de gesloten deur.

'Ik ben alleen maar gekomen om je te waarschuwen. Mij maakt het niets uit. Ik doe het alleen maar voor Lole. Zoek het dan zelf maar uit.'

'Wacht.' Ramón kwam uit bed en drukte zijn oor tegen de deur. 'Me waarschuwen waarvoor?'

'Laat me erin, dan zal ik het je vertellen.'

'Je hoeft niet binnen te komen. Ik kan je zo ook horen.'

'En al je buren ook. Ik kom je waarschuwen voor gevaar. Wil je dat je buren horen over welk gevaar ik het heb?'

Ramón deed de deur een klein stukje open en stak de loop van de revolver door de kier.

'Ik ben gewapend,' zei hij, 'en zal niet aarzelen mezelf te verdedigen.'
'Ik ben ongewapend. Spaar je munitie. Die zul je spoedig nodig hebben. Mag ik binnenkomen?'
Bevend opende Ramón de deur, zijn revolver nog steeds op Tomás gericht houdend.
'Doe dat ding weg,' zei Tomás. 'Ik praat niet met een revolver tegen mijn hoofd.'
Ramón stopte de revolver onder het kussen en ging op het bed zitten. 'Vertel op. Ik luister.'
'Is het waar,' siste Tomás, 'dat je een spion bent? Dat je lid bent van de vijfde colonne? Is dat waar?'
Ramón voelde zijn keel dichtknijpen. 'Natuurlijk niet!' hijgde hij. 'Wat zou de vijfde colonne aan mij hebben? Ik ben maar een arme invalide en stervende.'
'Ik ben blij dat te horen. Maar kun je je onschuld bewijzen? Er zijn mensen die je graag zouden aangeven.'
'Wie? Wie durft dat over mij te zeggen? Dat wil ik weten!'
'Wat doet het ertoe? Ze houden je in de gaten. Ik zeg je dit als een broer, om je te waarschuwen. Het heeft geen zin om te vluchten, want ze zullen je volgen. Maar als je je onschuld kunt bewijzen, is er niets aan de hand.' Hij draaide zich om teneinde weg te gaan.
'Wacht. Hoe kan ik mijn onschuld bewijzen? Wat zeggen ze over me?'
'Dat er geheime documenten in deze kamer verborgen zijn of dat je die bij je draagt. Dat je informatie ontvangt en aan de vijand doorgeeft.'
'Hoe weten ze dat?'
'De geheime politie weet alles.'
'Maar het is niet waar!'
'Dan zullen ze niets vinden. Daar ben ik blij om. Want als ze iets zouden vinden, zouden Dolores en Marisa beslist in groot gevaar zijn. Ik geef niets om jou, maar zou niet graag zien dat zij gemarteld zouden worden of gevangen werden gezet omdat ze iets met jou te maken hebben. Ik ben opgelucht te weten dat de beschuldigingen niet waar zijn.'
'Natuurlijk zijn ze niet waar!' piepte Ramón, happend naar

adem. 'Ik ben patriot en houd van mijn land. Wie durft me zo te belasteren?'

'Wie? De hele buurt heeft het erover, beste vriend. Het verbaast me dat je het zelf nog niet hebt gehoord. Iedereen wacht er dagelijks op dat je wordt gearresteerd en weggevoerd. Ben je de laatste tijd de deur uit geweest?'

'Nee. Ik ben te ziek geweest.'

'Als je de deur uit was geweest, zou je gemerkt hebben dat de mensen de straat oversteken om je uit de weg te gaan en niet met je willen praten. Als je de deur uit was geweest, zou je merken dat je in geen enkel café wordt toegelaten en geen enkele winkelier je wil helpen, uit angst verdacht te worden.'

'Je liegt! Je probeert me bang te maken!'

'Als je denkt dat ik lieg, ga dan nu naar buiten en bewijs dat ik lieg. Je zult algauw merken dat ik de waarheid spreek.' Zijn stem zakte tot een gefluister. 'Een man bij ons in de straat is gisteravond weggevoerd. Ik hoorde hem om genade smeken. We wisten allemaal dat hij een spion was. Ik heb Lole langgeleden al verboden met hem te praten. De ellendeling is nu waarschijnlijk al dood. Daar zijn we mooi van af. Ik moet nu gaan, want ik loop groot gevaar door hier te komen. Ik doe het alleen voor Lole en het meisje. *Salud.*'

'Donder op!' schreeuwde Ramón. 'Donder op met je smerige leugens! Je probeert me erin te luizen! Ik beken niets!'

'Als je onschuldig bent, heb je niets te vrezen. Maar wees voorbereid. Ze zullen overal zoeken. Ze zullen de matras opensnijden, alle planken van de vloer optillen en de naden van je kleren losmaken. Misschien peuteren ze zelfs de zolen van je schoenen wel open! Ze zijn heel grondig. Ik ben blij dat je niets te verbergen hebt, broer. Ik ben blij dat je niets te vrezen hebt.'

Ramón pakte zijn revolver. 'Klootzak! Jij hebt het lef leugens over mij rond te strooien! Jij bent degene die me valselijk beschuldigd hebt! Jij! Jij! Ik zou je nu moeten vermoorden. Je bent een stuk ongedierte!'

'Schiet me dan dood, dan moet je terechtstaan wegens moord. Waarom zou ik de broer van mijn vrouw aangeven? Waarom zou ik haar gevaar laten lopen? We zouden allemaal besmet zijn door jouw misdaad. En waarom zou ik een onschuldige man aangeven? Je beoordeelt me verkeerd, zoals altijd. Nou, schiet je me nu dood of kan ik gaan?' Hij draaide Ramón de rug toe en trok de deur open. 'Nu kan ik weer rustig slapen. Ik was heel bang voor Lole en Marisa en zal je niet meer lastig vallen.' Ramón sloeg de deur dicht en deed hem op slot. Hij beefde van top tot teen en ademde moeizaam. Hij wist het! Ze wisten het allemaal! Wie had hem verraden? Had hij in die smerige gevangenis misschien in zijn slaap gepraat? Had een of andere schurk uit de cel ernaast hem gehoord en hem aangegeven om zo zijn eigen vrijheid te kopen? Hoe lang hielden ze hem al in de gaten? Het was waar, alle buren hadden hem de laatste tijd gemeden, vooral dat oude wijf op de tweede verdieping. Hij had allang vermoed dat ze door de geheime politie werd betaald en nu had hij het bewijs. Vorige week nog hadden schoffies uit de buurt hem op straat met stenen bekogeld. Ze wisten het allemaal! Waarom had García hem niet eerder gewaarschuwd? Ze zouden nu zelfs onderweg kunnen zijn om hem te arresteren en bewijsmateriaal te zoeken voor hun valse beschuldiging. Hij was onschuldig! Onschuldig! Hij had nooit informatie ontvangen of doorgegeven. Hij had alleen maar een dagboek bijgehouden, alleen voor zijn eigen ogen bestemd, en nu zou dat privé-document in beslag worden genomen en tegen hem worden gebruikt!

Het was te gek dat zijn persoonlijk bezit op die manier werd bedreigd, dat hij gedwongen zou worden afstand te doen van een erfstuk van de familie, een document waarin zijn leven voor toekomstige generaties werd beschreven. En toch had hij geen keus. Het laatste offer moest worden gebracht. Niet dat hij bang was voor de geheime politie of voor andere rooien, maar het was zijn plicht Marisa en Dolores te verdedigen. Als de rooien de waarheid over hun activiteiten te weten kwamen, zou hun leven ongetwijfeld op het spel staan. Wat had hij aan een dagboek? Als de dag van de bevrijding kwam, zou hij zijn testament uit zijn geheugen opnieuw weer kunnen opschrijven. Alle feiten stonden kristalhelder in zijn geest gegrift. De geheime informatie die Marisa van Russische adviseurs had losgekregen, de vernederingen die Dolores door García waren aangedaan in dienst van haar land, alles. Hij was maar een nederige schrijver; zij waren het die gevaar liepen, niet hij. Hij had geen andere keus dan hen te beschermen, wat het hem zelf ook kostte. Ze mochten zijn kamer van onder tot boven doorzoeken, dat konden ze met zijn geheugen niet doen! Tenzij... Hij huiverde. Nee. Ze zouden een invalide niet martelen. Hij was arm en stervende en ze zouden zoeken en niets vinden. Dan zouden ze hem met rust laten en ongetwijfeld wraak nemen op hun informant, omdat hij hen had misleid.

Met trillende vingers maakte hij de veters van zijn laars los en haalde de inhoud eruit. Hij gooide alles op het vuur in het fornuis en keek hoe de vlammen zijn epos verslonden. García had hem van zijn fortuin en zijn reputatie beroofd en daarmee niet tevreden, had hij hem nu gedwongen om het laatste te vernietigen wat hij nog bezat. Hij dacht dat hij de spot met hem kon drijven, maar eens op een dag zou hij de prijs moeten betalen dat hij hem zo dwars had gezeten!

Toen hij voetstappen op de gang hoorde, pookte Ramón ongeduldig in het vuur, waardoor een regen van gloeiende as op de grond terechtkwam. Hij brandde zijn handen toen hij ze oppakte en weer in het vuur teruggooide. En hij snikte van angst tegen de tijd dat ze de deur intrapten, een groep nors kijkende mannen met zwarte regenjassen, zware laarzen en Russische revolvers, die het kleine kamertje tot barstens toe vulden. Hij probeerde de woorden te vinden om te zeggen dat hij onschuldig was, maar kon geen lucht meer krijgen om ze uit te spreken. Zijn mond ging doelloos open en dicht, terwijl het zweet in zijn ogen liep.

God zij dank was Marisa er. Hij greep haar hand stevig vast terwijl ze zijn haar streelde en zijn voorhoofd afsponsde, alsof ze hem kon beschermen tegen die roofzuchtige bende. Hij zag met uitpuilende, wazige ogen hoe ze de meubels uit elkaar trokken, de vloer openbraken en Marisa's kleren in stukken scheurden. Meteen zouden ze zich op hem storten, het bed doorzoeken, zijn kleren van zijn lijf rukken, eisen dat hij zei waar hij datgene had verstopt wat ze zochten. Hij slaakte een dierlijke kreet van angst en verborg zich onder het beddegoed, zijn toevlucht in het duister zoekend. Het was Marisa die ze moesten hebben, Marisa!

Ze moesten Marisa maar meenemen, of Dolores, maar ze moesten hem met rust laten!
'Wat is er, liefje?' vroeg Marisa zacht, onder de dekens kijkend. 'Je hoeft nergens bang voor te zijn. Hier, drink hier wat van.' Ze hield de beker aan zijn lippen en hij sabbelde er blindelings aan, als een baby aan de tepel. Pas toen de warmte weer terugkwam in zijn ijskoude aderen durfde hij een oog open te doen. 'Zijn ze weg?' vroeg hij hees.
'Wie?'
'De mannen. De geheime politie. De mannen die García heeft gestuurd om me te halen.'
'Ik heb geen mannen gezien! Wanneer zijn die gekomen?' Ze keek afwezig de kamer rond. 'Je hebt vast en zeker gedroomd.'
'Stom kind!' barstte Ramón uit. 'Besef je niet dat we in vreselijk gevaar verkeren? Besef je niet dat onze dagen zijn geteld? Je moet alles ontkennen, alles. Ze hebben geen enkel bewijs!'
Marisa glimlachte en bleef zijn haar strelen. Er was geen gevaar, verzekerde ze hem. Natuurlijk zou ze alles ontkennen en natuurlijk hadden ze geen enkel bewijs. De mannen waren nu weg en zouden niet meer terugkomen.
'Ik ben hen te slim af geweest, Marisa!' bazelde hij. 'Ze hebben niets gevonden! Ik heb hun niets verteld en heb jou niet verraden!'
'Natuurlijk niet. Ga nu slapen. Ik ben bij je. Het is allemaal in orde.'
Hij huiverde opgelucht en langzaam verslapte de greep van zijn vingers toen hij in de vergetelheid wegzakte. Marisa was blij voor hem. Hij droomde veel rustiger als hij sliep.

'Het was aardig van u om te komen,' zei Clara, toen ze de deur opende voor haar bezoeker. Even was ze uit het veld geslagen. Pater J. – namen werden nooit gebruikt – was opvallend knap, op een typisch Spaanse, Dolly-achtige manier, en zag er helemaal niet uit als een geestelijke. Hij zag er precies zo uit als wat hij voorgaf te zijn – een gewone arbeider, met een stevige handdruk, een leerachtige, gebruinde huid en een stevige, gespierde bouw. Voorzover Clara wist, waren priesters altijd spichtig of dik. Net als de geïmproviseerde kerk in Barcelona was deze man een verfrissende ervaring.

'Ik ben blij kennis met u te maken, juffrouw Neville. Ik heb veel over uw werk met de Baskische kinderen gehoord.'

'U spreekt heel goed Engels.'

'Dank u. Dat heb ik als kind geleerd. Is uw nichtje Engelse?'

'Half Engelse, ja. Ik moet u vertellen dat het ziekenhuis door communisten wordt geleid en...'

'Dat is met de meeste ziekenhuizen zo. De communisten zijn erg efficiënt. Uw nichtje zal in goede handen zijn.'

'Ik dacht dat we zouden kunnen zeggen dat u familie was. Een broer, misschien.'

'Een neef. Dat is minder makkelijk na te gaan. Maakt u zich over mij geen zorgen. Ik heb papieren. En als er vragen worden gesteld, geef ik zelf wel antwoord. Ziekenhuizen bezorgen ons zelden problemen. Steeds meer verpleegsters zijn ex-nonnen, begrijpt u. De republiek is zo verstandig geweest om hen te "rehabiliteren" in plaats van hun medische opleiding verloren te laten gaan.'

Ze bood hem een stoel aan en hij ging volkomen ontspannen zitten. Hij had niets heimelijks, niets dat achterdocht wekte. Zijn vermomming was meer dan oppervlakkig en was kennelijk een tweede natuur geworden. Clara's nervositeit verdween, zijn zelfvertrouwen was tastbaar en werkte aanstekelijk.

'Wanneer verwacht uw nichtje ons?'

'Ik heb een taxi besteld. Die kan zo hier zijn. Dus... er is geen gevaar?'

Hij haalde achteloos de schouders op.

'Minder dan voorheen,' zei hij, met iets van spijt in zijn stem. 'De autoriteiten beginnen een oogje toe te knijpen. Men heeft het erover de Kerk weer toe te laten. Om politieke redenen, natuurlijk.'

'Dat zou het Vaticaan aardig op het verkeerde been zetten. Als de Kerk niet zo vervolgd was, weet ik zeker dat de republiek de oorlog nu wel gewonnen zou hebben. In Engeland en Frankrijk was men er zeer door geschokt en dat heeft de republiek bondgenoten gekost.'

'Misschien. Maar de Kerk moet zich voor vele zaken verant-

woorden. Laten we hopen dat ze van haar vergissingen heeft geleerd. Is het een ernstige operatie van uw nichtje?'
'Ze heeft een bloedstolsel dat op de hersenen drukt, het gevolg van een hoofdwond. Haar kansen zijn redelijk goed, maar het risico bestaat altijd dat ze het niet overleeft. Ze is heel filosofisch. Te filosofisch.'
'Heeft ze de wil om te leven verloren?'
'Dat niet precies. Maar de dood is een gemakkelijke uitweg uit je problemen, nietwaar? Ik hoop alleen dat ze zich niet met de dood verzoent doordat ze het Heilig Oliesel krijgt.'
'Het instinct om te overleven is sterk,' zei hij. 'Ik zal mijn best doen om het aan te moedigen. De laatste sacramenten zijn trouwens toch maar een formaliteit. De absolutie komt van God, priester of geen priester.'
'Gelooft u dat werkelijk?'
'Ik heb te veel doden gezien om iets anders te geloven. Priesters proberen hun eigen macht te overdrijven. Mijn functie is om gerust te stellen, verder niet.'
'Gelooft u niet in de hel?'
'Ik geloof absoluut in de hel. Ik heb hem gezien. De hel is hier, op aarde. De hel is wat de mensen elkaar aandoen, wat ze zichzelf aandoen, niet wat God met hen doet. De mensen schrijven God hun eigen wreedheid toe, hun eigen verlangen naar wraak en hun eigen onvermogen om te vergeven. En de Kerk schrijft Hem haar eigen kleinzieligheid toe, haar eigen onverdraagzaamheid.'
Clara knipperde tegen het plotselinge prikken in haar ogen. Bij het minste of geringste begon ze te huilen. Zich God voor te stellen als iemand zoals Edmund, of dat nu heiligschennis was of niet, was de grondslag van haar hervonden geloof. Zonder het te weten, had pater J. uiterst emotioneel terrein betreden.
'Vergeef me,' zei hij. 'Heb ik iets gezegd dat u van streek heeft gemaakt?'
'Nee,' zei Clara, terwijl ze haastig haar neus snoot. 'Wat u zei, was een troost. Het spijt me, ik...'
De telefoon rinkelde, om aan te kondigen dat de taxi was gekomen. Clara maakte met een gebaar duidelijk dat alles weer goed met haar was en ze ging hem snel voor naar beneden, zich generend over haar plotselinge inzinking. Ze verwachtte half en

half dat hij hun onderbroken gesprek in de auto zou hervatten, bemoeizuchtig als priesters vaak waren, maar hij bleef zwijgen, alsof hij haar recht respecteerde om dat ook te doen. Hij was verontrustend afstandelijk en in zichzelf gekeerd en toch gaf zijn aanwezigheid haar op een vreemde manier troost. Het was alsof hij het, zonder dat hem iets was verteld, had begrepen, alsof ook hij had geleden. Het was als een onuitgesproken band van gedeelde, innerlijke pijn.

Toen ze in het ziekenhuis kwamen, stelde Clara pater J. voor aan de dienstdoende zuster als de neef van Señora Garcia.

'Geen bezoek,' zei de verpleegster. 'De patiënte mag geen opwinding hebben voor de operatie.'

'Maar ze wordt vanmiddag pas geopereerd...' begon Clara, zich al voorbereidend op een professionele woordenwisseling. Pater J. legde zijn hand op haar arm.

'Alstublieft, zuster,' zei hij. 'Ik ben speciaal gekomen. Ze verwacht me. Als ze zou sterven...'

Hij glimlachte hartveroverend, waardoor de verpleegster verward begon te blozen, nog even tegensputterde en hem vervolgens meenam.

Clara trof Jack heen en weer lopend in de wachtkamer aan.

'Ze wilden me niet bij haar laten,' barstte hij uit. 'Er moet iets aan de hand zijn.'

'Ze hebben waarschijnlijk besloten haar al vroeg een kalmerend middel te geven, dat is alles. Het laatste dat ze nu kan gebruiken, is dat jij haar van streek maakt.'

'Wat is er met de priester gebeurd?'

'Ssst. Hem is het gelukt om zich naar binnen te praten. Jij hebt hen waarschijnlijk tegen je in het harnas gejaagd. Maar ga in vredesnaam zitten. Je maakt me nerveus.'

'Weet je zeker dat die dokter Jannet weet wat hij doet? Hij is de hele morgen al "niet te bereiken". Over een ivoren toren gesproken!'

'Wees nou redelijk, Jack. Hij kan verder niets zeggen. Strikt gesproken hoort hij niet met jou over de patiënt te spreken. Medische ethiek. Je bent niet eens familie.'

'De patiënt? We hebben het over Dolly, verdorie!'

'Jack, ik kan hier nauwelijks ademhalen. Jij moet de longen

hebben van een gerookte vis.' Clara gooide het raam open om de dichte walm van ongerustheid eruit te laten. Jack stak nog een sigaret op.
'Wat zeggen ze om ons zoet te houden, Clara? En wat zeggen ze om zichzelf in te dekken? "De kansen zijn goed, maar er bestaat altijd een zeker risico." Dat zegt niets. Waarom geven artsen nooit een rechtstreeks antwoord? Wat denk jij, eerlijk?'
Jacks gebruikelijke onverstoorbaarheid had hem verlaten; onder andere omstandigheden zou ze het prachtig hebben gevonden het masker zo volledig te zien vallen en de werkelijke mens daaronder te zien.
'Jack, ik ben geen dokter. Ik ben zelfs niet eens verpleegster meer. Ik kan onmogelijk een mening geven. En al kon ik het wel, dan zou die niet de moeite waard zijn. Hou nu een poosje je mond.'
Jack hield zijn mond. Maar het was moeilijk te breken met de gewoonte om informatie los te peuteren, alle feiten te vergaren en te analyseren. Kennis gaf je in elk geval de illusie dat je de zaak in de hand had. Onwetendheid en onbegrip waren zijn oudste vijanden en het frustreerde hem er weer mee geconfronteerd te worden, niet de mogelijkheid te hebben zelf te begrijpen en te oordelen en aan de genade van deskundigen te zijn overgeleverd. De medische professie gebruikte zelfs nog meer gemeenplaatsen dan politici. Ze hadden een universeel, dubbelzinnig antwoord op alle vragen en er werd nooit een antwoord gegeven dat hen later kon compromitteren. Hun vriendelijke, zorgvuldig gekozen geruststellende woorden vervulden hem met wantrouwen en zijn enige bondgenoten leken wel vijanden. Hij wist al precies hoe ze hem na de operatie oprecht hun deelneming zouden betuigen en zouden zeggen dat ze al het mogelijke hadden gedaan, terwijl hij zelf het tegendeel niet kon bewijzen, terwijl Clara beleefd knikte en hen bedankte voor niets.
Wat kon het hen schelen of ze leefde of doodging? Ze hadden al zo vaak met de dood te maken dat ze zich onmogelijk iets konden aantrekken van individuele patiënten. En als ze dat wel deden, zouden ze nerveuze wrakken worden. Ze waren ongetwijfeld even cynisch over hun beroep als hij over het zijne, even nuchter over het lichaam op de operatietafel als hij over de ge-

beurtenissen die hij beschreef. Ze moesten natuurlijk doen of ze geïnteresseerd waren, net zoals hij, ter wille van hun eigen geloofwaardigheid. Intussen maakte Clara's onverschilligheid zijn stemming er niet beter op, zij was immers een van hen. Ze maakte hem dol met haar bestudeerde nonchalance, maar wat een geluk dat ze er was.

Clara zat de kralen van haar rozenkrans te tellen, zonder te letten op het komen en gaan in de wachtkamer. Vervolgens sloeg ze ongehaast en uitdagend een kruis, als een schoolmeisje dat achter de rug van de schoolmeester een obsceen gebaar maakt.

'Helpt dat werkelijk?' vroeg Jack somber.

'Ja, het helpt. Zolang je niet verwacht dat het werkt.'

'En geloof dan?'

'Geloof verwacht niet dat het werkt. Als het elke keer werkte, zou jij het ook doen en zou het geloof geen bal meer waard zijn.'

'En wat vinden de kameraden ervan dat je weer bekeerd bent?'

'Ik ben niet weer "bekeerd", niet zoals jij bedoelt. En het enige waarin de kameraden geïnteresseerd zijn, is mijn geld. Ze vinden het prima om mijn kleine eigenaardigheden te tolereren zolang ik maar blijf ophoesten. Hoe is het jou overigens in Valencia vergaan?'

Jack haalde een Engels paspoort uit zijn zak, verlucht met de foto die hij van Dolly had gemaakt 'om naar de kinderen te sturen'. Het beweerde van ene Miss Angela Fraser te zijn, die onderwijzeres was en had de relevante stempels van binnenkomst en een Spaans visum dat in Londen was afgegeven. Clara bekeek het en floot.

'Lang niet slecht,' zei ze. 'Maar dat mag ook wel, gezien het geld dat het heeft gekost.'

'Ik zal het je terugbetalen,' zei Jack bits en stopte het weg.

'Doe niet zo belachelijk! Het was een koopje. Beter dan 's nachts over de Pyreneeën te moeten klimmen of je te verstoppen in de achterbak van Flora's auto. Lang leve de omkoperij en de corruptie.'

'Zeg niets tegen Dolly,' zei Jack kortaf. 'Ze zou me naar mijn keel vliegen als ze het wist. Ze zegt nog steeds dat ze niet weggaat bij Tomás.'

'Dat heeft ze me verteld. Wat is hij voor iemand?'

Jack gaf niet meteen antwoord. 'Hij is de enige man van wie ik het zou kunnen verdragen haar aan hem te verliezen.'
'Mmm. Flora was verbijsterd. Volgens haar is hij een soort King Kong.'
'Dat is precies wat Flora zou denken. Hij is inderdaad groot, in alle opzichten. Het is maar goed dat ik geen greintje fatsoen in mijn bast heb, anders zou ik misschien in de verleiding komen me eerzaam te gedragen en de beste man te laten winnen.'
'In liefde en oorlog is alles geoorloofd. Flora wil Andrés kwijt, weet je, maar dat lukt niet. Andrés zit Steven voortdurend vreselijk op zijn kop. Was jij een ontzettende pestkop op die leeftijd?'
'Dat zal wel.'
'Flo gelooft heilig in biologie en leeft in de hoop dat jij haar van hem zult bevrijden. Ik zie jou al met speelgoedtreinen spelen en die kleine rotzak meenemen om een ijsje te gaan eten. Nee, Dolly is degene die hij nodig heeft. Dat is je troefkaart die je moet uitspelen.'
'Ik wil niet dat ze vanwege Andrés gaat,' zei Jack. 'Ik wil dat ze vanwege mij gaat.'

Dolores voelde zich op een prettige manier doezelig. Ze was die morgen met een razendsnelle polsslag doodsbang wakker geworden en ze hadden haar prompt iets gegeven om haar te kalmeren. Ze hoorde een geluid, deed een oog open en besefte dat ze al sliep.
'Josep,' zei ze, genietend van de droom. 'Josep.'
Maar Josep gaf geen antwoord. Hij staarde haar aan alsof hij haar niet herkende. Geen wonder. Ze hadden al haar haren afgeschoren en ze zag er vreselijk uit, er zat geen haar meer op haar hoofd. In een verontschuldigend gebaar bracht ze een hand naar haar hoofd. Arme Josep. Hij keek zo geschokt...
'Josep,' zei ze. 'Het geeft niet. Het groeit wel weer aan, Josep. Josep, alsjeblieft, niet huilen...'
Ze stak haar armen naar hem uit en die van hem klemden zich om haar heen, drukten haar bijna fijn. En toen voelde ze iets tussen angst en opluchting, toen ze probeerde wakker te worden

695

en het niet kon. Het was dus geen droom. Ze moest dood zijn. Ze moest dood zijn en Josep ook. Ze moest in de hemel zijn. 'Dolores,' herhaalde hij telkens weer. 'O, God. O, God. Dolores.' Hij schudde haar zachtjes door elkaar. 'Wakker worden, zusje. Ik ben het. Wakker worden!'
Langzaam kwam ze weer bij haar positieven. Eerst was het onmogelijk om te praten, onmogelijk meer te doen dan zich aan elkaar vast te klemmen en te huilen. Het was alsof ze een andere wereld binnen waren gegaan, een waar geen vragen hoefden te worden gesteld, waar niets hoefde te worden uitgelegd en alleen maar blijdschap was.
Maar toen de woorden eenmaal begonnen te komen, waren ze niet meer te stuiten, in elk geval wat Dolores betreft. Josep bracht het laatste stormachtige jaar terug tot een paar zinnen, terwijl zijn zusje, spraakzaam als altijd, aan de langste biecht van haar leven begon.

'Maar kun je niet proberen haar over te halen?' vroeg Clara. 'Ter wille van Andrés?'
Josep schudde zijn hoofd. Jack zuchtte en keek op zijn horloge. De operatie duurde een eeuw. Er moest iets fout zijn gegaan.
'Dat zou tijdverspilling zijn,' zei de broer van Dolores. 'Dolores is heel koppig. Als je haar zegt wat ze moet doen, bereik je meestal het tegenovergestelde.'
'Ik wil niet dat je probeert haar over te halen,' zei Jack geïrriteerd, een boze blik op Clara werpend. Hij voelde dat de ogen van Josep weer op hem gericht waren en hem openhartig, kritisch en aandachtig opnamen. En weer voelde hij een golf van onvervalste, instinctmatige vijandigheid.
Hij had dolblij moeten zijn, ter wille van Dolly, dat ze herenigd was met de broer die ze zo aanbad en misschien zou hij dat ook wel zijn geweest als die aanbeden broer niet zo'n ellendige priester was geweest. Hij was urenlang bij haar geweest, tot aan het moment dat ze haar wegreden, en Jack twijfelde er niet in het minst aan dat hij haar de les had gelezen over de onschendbaarheid van het huwelijk en de verdorvenheid van een leven in zonde. Dolly zou hem natuurlijk alles verteld hebben. Die gedachte vond Jack vreselijk gênant en gaf hem het gevoel dat hij moreel

gesproken naakt was. En dan kwam daar nog eens bij dat die priesters allemaal verzot waren op het eeuwige leven en het belangrijk vonden zo snel mogelijk bij die met parels ingelegde poort aan te komen. Haar doodsverlangen was toch al groot genoeg, zonder dat er over beloningen in de hemel werd gepraat...
'Kan ik je onder vier ogen spreken?' vroeg Josep plotseling, terwijl hij opstond. Jack haalde zijn schouders op.
'Als je wilt,' zei hij bot, zich schrap zettend voor een preek. Hij wou dat die kerel een jurk aan had en een hondeband om, dan zou het makkelijker zijn hem te negeren. Het bracht hem van zijn stuk dat hij zo mannelijk was. Hij had het gevoel alsof hem was gevraagd even mee naar buiten te gaan.
'Blijven jullie maar hier,' zei Clara, opspringend. 'Ik wacht wel in de verpleegsterskamer.' Jack zag er defensief en krijgslustig uit. De uitdrukking op zijn gezicht leek zo sprekend op die van Andrés dat ze een glimlach moest onderdrukken.
'En?' zei Jack, de blik van Josep ontwijkend. 'Ze zal je wel alles over mij hebben verteld?'
'Helemaal niet. Dolores is heel loyaal ten opzichte van de mannen in haar leven. Ik weet net zo veel over jou als over Lorenzo of Tomás, en dat is heel weinig. Maar ik weet heel veel over mijn zuster, al was het alleen maar omdat we veel op elkaar lijken. Te veel. Ik zou me gecompromitteerd voelen als ik je over Dolores zou vertellen. Maar ik ben bereid je over mijzelf te vertellen, als je daar iets aan hebt.'
'Luister. Ik weet dat Dolly katholiek is, een trouwe echtgenote is en ik weet dat ze vol onwankelbare principes zit. Dat begrijp ik allemaal. Maar...'
'Laten we het niet over haar deugden hebben. Ondeugden zijn veel interessanter... en relevanter. Mijn ondeugden natuurlijk, niet de hare.'
Jack zweeg, nieuwsgierig nu.
'Ze... sorry, ik. Ik zal opnieuw beginnen. Om te beginnen, ben ik heel koppig. Zelfs als ik weet dat ik het bij het verkeerde eind heb, geef ik niet gemakkelijk toe. In plaats daarvan probeer ik mezelf ervan te overtuigen dat ik gelijk heb. Dat is een vorm van trots.'

'Ga door,' zei Jack.
'Verder ben ik vrij impulsief. Eigenlijk is dat de enige manier waarop ik kan handelen. Ik vind het moeilijk om plannen te maken en vooruit te denken. Dat is een vorm van luiheid. Maar gooi plotseling iets naar me toe en dan neem ik heel snel een besluit.'
'Wat bedoel je?'
'Ik kan ook geen weerstand bieden aan een uitdaging en kan niet tegen mijn verlies. Leg iets buiten mijn bereik, dreig me iets af te pakken en ik vecht ervoor. Dat is een vorm van begeerte. Ik gebruik gevaar als een soort geestelijk afrodisiacum en als ik geen celibatair was, zou ik houden van de soort vrouw die hetzelfde effect heeft – een vrouw van wie ik nooit zeker kon zijn, die het uiterste van me vergde en me zou dwingen alles wat ik had op het spel te zetten.'
Hij zweeg om zijn woorden te laten bezinken.
'Dat is alles,' zei hij. 'Nu weet je alles over... míj.'
Jack keek hem voor het eerst goed aan en herkende de blik in zijn ogen, de blik die hem deed denken aan Dolly op haar allerverleidelijkst. Het was een uitdaging.
'Nog een ding,' voegde Josep eraan toe, terwijl hij Jacks hand pakte en hem bijna fijnkneep. 'Ik ben ook heel sterk.'

Jack zat naast haar bed. Hij had een bos vuurrode bloemen in zijn hand en fluisterde: 'Ik houd van je, Dolly.' Ze was weer jong en het leven wees op eindeloze mogelijkheden. Toen knipperde ze met haar ogen en was Jack weer weg. De kamer was donker en somber en er viel slechts een dun straaltje licht op de muur tegenover haar bed. Ze was bang.
Het leven. Ze had het terug. Ze kon zien en doffe geluiden horen op de gang. En haar hoofd deed pijn.
En toen herinnerde ze zich ineens alles weer. Josep. Josep die zei dat ze oprecht moest zijn tegen zichzelf. Probeer niet te beslissen wat goed is of fout, Dolores. Wees alleen oprecht tegen jezelf. En ze had zo'n vrede gevoeld, zo'n overweldigende vrede. Ineens had het besluit zo eenvoudig geleken; het was als een openbaring zonder pijn tot haar gekomen, zonder dat ze er bewust over na hoefde te denken.

Ze had het besluit genomen Tomás te verlaten en Jack te volgen en had niet eens haar zoon als excuus gebruikt. Ze had niet eens geprobeerd haar overlopen als plicht te vermommen en gedacht eerlijk tegen zichzelf te zijn. De mystieke nabijheid van de dood had haar de ogen geopend en haar verblind voor de waarheid.
Omdat de waarheid niet absoluut was. De waarheid was complex, tegenstrijdig, veelzijdig. Vrede kwam wanneer je je ogen sloot voor de helft van de waarheid, als je slechts dat deel zag wat je wilde zien. De waarheid was vol conflicten, verdeelde je hart en je verstand, de waarheid was het embleem van de oorlog. Oprecht zijn tegen jezelf was helemaal niet eenvoudig, het was een levenslang gevecht, een onmogelijke poging het onoplosbare op te lossen.
Wat had Clara ook alweer gezegd? *Als Jack er niet was, zou je zo bij Tomás weggaan.* Ja. Dat was precies de spijker op de kop. Ze kon met Jack meegaan en oprecht zijn tegen zichzelf. Ze kon bij Tomás weggaan en oprecht zijn tegen zichzelf. Maar de centrale paradox was onontkoombaar: hoe verenigbaar die waarheden ook leken, *ze kon het niet allebei doen.*
'U hebt bezoek,' zeiden ze tegen haar en ze sloot haar ogen, omdat ze wist wat ze zou zien en er bang voor was.
Hij was het niet vergeten. Hij had de bos felrode bloemen meegebracht en zei het weer, heel duidelijk deze keer, zodat er geen twijfel aan kon bestaan: 'Ik houd van je, Dolly.'
En toen zei ze het tegen hem.

18

'Jack staat buiten te wachten,' zei Josep.
'Blijf alsjeblieft bij me.' Dolores deed haar sjaal van haar hoofd, waardoor het verband te zien was, dat door de stoppels van een week haargroei was omgeven.
'Dat heeft geen zin, weet je,' zei Josep vriendelijk.
'Wat heeft geen zin?'
'Proberen er lelijk uit te zien. Er is meer voor nodig om hem af te schrikken.'
Dolores zuchtte overdreven. 'Ik ben geen achttien meer, Josep, en weet nu wat ik wil. Je hebt me gezegd dat het iets was dat ik zelf moest beslissen en dat heb ik gedaan. Hoe dan ook, jij bent priester. Je kunt toch onmogelijk suggereren dat ik mijn man zou moeten verlaten.'
'Ik heb niets van dien aard gesuggereerd. Ik weet wel beter dan jou iets te suggereren.'
'Ik wou dat je met Jack praatte en dat je het hem kon uitleggen. Waar ga je heen? Josep, ik wil dat je blijft! Ik wil niet met hem alleen zijn.'
'Dolores, ik kan je niet eeuwig tegen Jack beschermen. En ik kan niet bij je op bezoek blijven komen, niet nu je buiten gevaar bent. Tot de regering officieel haar beleid wijzigt, ben ik een handlanger van de fascisten en als er iets met mij zou gebeuren, wil ik niet dat jij erbij betrokken raakt.'
Dolores knikte triest. 'Het spijt me, Josep. Ik ben vreselijk egoïstisch geweest. Natuurlijk moet je om mij geen risico's blijven nemen. Maar waar kan ik je bereiken?'
'Dat kun je beter niet weten. Bovendien kan ik plotseling in- eens moeten verhuizen. Het zou zelfs kunnen zijn dat ik Madrid

moet verlaten. Als er in een cel wordt geïnfiltreerd, verspreidt iedereen zich. Dat moet je accepteren en je moet je geen zorgen maken als je een poosje niets van me hoort.'
 'Josep...' Ze pakte de hand van haar broer. 'Ik heb zitten nadenken. Zou je niet willen overwegen ook naar Engeland te komen?'
 'Om jou tegen Jack te beschermen?'
 'Natuurlijk niet!' zei Dolores fel. 'Je loopt hier vreselijk veel gevaar, dat heb je net zelf gezegd. En...'
 'Luister naar me, Dolores. Ik haat wreedheid, dood en vernieling, ik haat wat ze met ons land doen. Maar de oorlog vervult een behoefte in me. In sommige opzichten ben ik bang voor vrede. Dat is vreselijk om te zeggen, ik weet het. Maar als ik eraan denk dat ik weer een habijt aan moet en weer een parochie heb... Ik vraag me af of ik daar ooit weer naar terug zou kunnen en of het ooit genoeg zou kunnen zijn. Na dit.'
 'Bedoel je dat je het priesterschap misschien wil opgeven?'
 'Ik weet het niet zeker. Het is een belangrijk besluit om te nemen. Net zoals jij vind ik het vreselijk om toe te geven dat ik een vergissing heb gemaakt en net als jij vind ik het moeilijk iets in koelen bloede te doen.'
 Hji schonk haar een van zijn alwetende blikken en Dolores bloosde. Josep had altijd dwars door haar heen kunnen kijken. Gelukkig kon Jack dat niet.
 'Ik moet nu gaan.' Hij boog zich vooruit om haar een kus te geven en sloeg zijn armen stevig om haar heen. 'Het kan even duren voor ik weer kan komen. Weet je zeker dat je niet wilt dat ik Ramón ga opzoeken?'
 Dolores schudde heftig haar hoofd. 'Hij is bezeten van het erven van het landgoed. Dat is het enige waaraan hij denkt. Hij heeft zichzelf ervan overtuigd dat jij dood bent en alles naar hem gaat. Als hij wist dat je leeft, zou hij razend zijn en meer dan in staat je te verraden. Beloof me dat je uit zijn buurt blijft!'
 'Wind je niet op, Dolores. Goed, ik beloof het.'
 'Pas goed op jezelf, Josep, ter wille van mij. Neem alsjeblieft geen dwaze risico's!'
 'Maak je over mij maar geen zorgen. En als je om de een of

andere reden van gedachten zou veranderen over naar Engeland gaan...'
'Dat zal niet gebeuren...'
'... Clara heeft contacten in Barcelona, die me via het netwerk kunnen opsporen. En als me iets zou overkomen' – Dolores klemde zich heftig aan hem vast – 'zal iemand het je laten weten en moet je geen verdriet hebben. Ik moet nu gaan, zusje.'
Hij maakte zich zacht uit haar omhelzing los, zegende haar en verliet snel de kamer.
Jack zat in de gang te wachten.
'Ik blijf een poosje weg,' zei Josep tegen hem. 'Ze heeft zich lang genoeg achter mij verstopt. Ik denk dat ze nu sterk genoeg is om het zonder mij af te kunnen. Vergeet niet wat ik gezegd heb.'
De twee mannen omarmden elkaar.
'Wees voorzichtig,' zei Jack. 'Het zou haar hart breken als er iets met je gebeurde.'
'Dat wilde ik nou net tegen jou zeggen,' zei Josep met een glimlach.

Jack voelde zich heel alleen, om niet te zeggen angstig, terwijl hij hem nakeek. Sinds Dolly hem haar besluit had verteld, een week geleden, had ze hem nooit alleen bij zich gelaten. Clara of Josep was er altijd bij geweest, zeer tot zijn ongenoegen. Maar nu wilde hij bijna dat ze er waren. Alles hing nu van hem af en hij was op zichzelf aangewezen.

Om haar voor zich te winnen, moest hij riskeren haar te verliezen; terwijl hij haar op de proef stelde, moest hij zichzelf bewijzen. De verleiding om eindeloos in Madrid rond te blijven hangen in de hoop dat ze haar verzet zou opgeven, was een laffe oplossing en zou Tomás op een oneerlijke manier onder druk zetten. Tomás, die zichzelf als de hinderpaal zag en er geen idee van had dat het veel, veel meer was dan dat...

'Ik wil naar huis,' deelde Dolly hem gemelijk mee, zodra hij binnenkwam. 'Tomás heeft me nodig. Ik voel me nu prima.'

'Alleen omdat je de afgelopen week verstandig bent geweest. Je moet nog een poosje langer verstandig blijven. En Tomás redt het prima zonder jou. Dat kun je zelf zien als ik hem morgen meebreng om je te bezoeken.'

'Ik verveel me,' vervolgde ze knorrig. 'Vooral nu Josep en Clara weg zijn. Ik neem aan dat jij je ook verveelt. Je hoeft me echt niet elke dag te komen opzoeken. Ik wou dat je naar Madrid terugging.'
'Goed. Dan ga ik morgenavond terug, met Tomás. Ik kom je natuurlijk ophalen als je het ziekenhuis uit mag. Intussen kun je altijd bericht naar mijn hotel sturen als je iets nodig hebt.'
'Ik heb niets nodig en heb je gezegd dat ik me prima voel. Wanneer... wanneer ga je naar Londen terug?'
Ze richtte de vraag aan het voeteneind en vermeed zoals gewoonlijk zijn blik.
'Zodra jij veilig thuis bent. Ik heb trouwens geen keus. Mijn geld begint op te raken en nu ik mijn boek af heb, wordt het tijd dat ik het probeer te slijten.'
'O. Ik heb me niet gerealiseerd dat je weer arm was.'
'Ik heb bijna een jaar niets verdiend terwijl ik aan het boek werkte.'
'Waar gaat het over?'
'Over de oorlog. Nou, eigenlijk niet precies. De oorlog was maar een voorwendsel.'
'Een voorwendsel waarvoor?'
'Om het te schrijven. Je moet een excuus hebben om over iets te schrijven. Het onderwerp is alleen maar iets om je achter te verbergen.'
'Bedoel je dat het over jou gaat?'
'Dat is onvermijdelijk. Onder andere.'
'Ik zou het graag willen lezen. Wil je me een exemplaar sturen, als het wordt uitgegeven?'
'Ik denk niet dat dat een goed idee is en ik zou niet graag willen dat je er last mee kreeg. Het zal in Spanje zeker verboden worden, wie de oorlog ook wint.'
'Waarom?'
'Omdat het de waarheid vertelt, hoop ik. Wat waarschijnlijk zal betekenen dat niemand het wil uitgeven en ik weer borden moet gaan wassen in het Empire Court.'
'Je kunt altijd weer journalist worden.'
'Ik denk liever borden te gaan wassen. Dat is eerlijker.'
'En het idee van de rijke vrouw?'

Ze vergat niet veel, dacht Jack. Hij deed alsof hij over die vraag ernstig nadacht.

'Ik weet niet of ze rijk moet zijn. Maar ik neem aan dat ik met iemand zal moeten trouwen, zodat ze me Rafael zullen laten adopteren.'

Ze begon aan de punt van het laken te friemelen. 'Ik wil niet dat de jongens gescheiden worden,' zei ze. 'Ik heb erover zitten piekeren. Clara zegt dat Andrés lastig is en dat Flora hem kwijt wil.'

Als het al een stille wenk was, dan had ze die goed verborgen. Haar toon was eerder beschuldigend dan klagend.

'Onzin. Toen ik Flora belde om te zeggen dat de operatie geslaagd was, zei ze dat het heel goed ging met Andrés. En met Rafael ook. En wat het scheiden van de jongens betreft, ze kunnen elkaar zo vaak zien als ze willen, dat spreekt vanzelf. Clara probeert alleen druk op je uit te oefenen naar Engeland te gaan. Ze bedoelt het natuurlijk goed, maar het is niet eerlijk ten opzichte van jou en Tomás. Denk er verder maar niet over na. Het komt allemaal goed met de jongens, dat beloof ik je.' Hij glimlachte geruststellend. 'Uiteindelijk is het niet voor eeuwig. Na de oorlog kunnen we hen altijd nog naar je terugsturen.'

Dolly schudde haar hoofd. 'Ik kan me geen "na de oorlog" voorstellen en kan niet zo ver vooruitdenken. Ik wil me niet aan een droom vasthouden en moet realistisch zijn. Hoe dan ook, het is niet eerlijk hen te laten wennen, aan mensen gehecht te laten raken en hen dan weer te verplaatsen. Het is beter voor hen als het permanent is.'

Ze snoot haastig haar neus. Jack vocht tegen de verleiding haar te troosten, het valse paspoort uit zijn zak te halen en het haar te laten zien, om haar te verleiden met plannen en mogelijkheden. Hij wilde haar ompraten, hier en nu, terwijl ze nog zwak en kwetsbaar was. En toch, als hij dat deed, zou het niets bewijzen, alleen dat ze van haar zoon hield.

In plaats daarvan knikte hij wijs. 'Mmm. Misschien heb je gelijk. Ik kan niet zeggen hoezeer ik je bewonder dat je zo'n moeilijk besluit hebt genomen, Dolly. Ik weet hoe hartverscheurend het voor je moet zijn. Dus zal ik het niet meer over de kinderen hebben en alleen zeggen er zeker van te zijn dat je doet wat goed is.'

'Dank je.' Haar stem klonk koel.

'Wat is er? Heb ik iets verkeerds gezegd?'

'Nee, natuurlijk niet. Dank je voor je begrip. Dank je dat je me niet lastig valt. Dank je voor alles. Heb je een adres van Clara, in Barcelona? Ik moet haar schrijven om haar voor alles te bedanken.'

Jack schreef het op in zijn agenda, scheurde het blaadje eruit en legde het onder haar waterkan.

'Als je verder niets nodig hebt, ga ik nu weg. Dolly... doe alsjeblieft niet zo stijf en vormelijk tegen me. Ik weet dat je mijn gevoelens niet wilt kwetsen, maar je hoeft je echt geen zorgen te maken. Ik respecteer je besluit, heb waardering voor Tomás en waardeer je trouw aan hem. Ik heb altijd geweten dat je hem niet in de steek zou laten. Hij verdient je, ik niet.'

Ze zei niets en had haar gezicht aardig in bedwang, maar niet echt goed genoeg, wat Jack een grimmige bevrediging gaf. Dit was helemaal niet wat ze wilde. Ze had erop gerekend dat hij zou gaan argumenteren, had verwacht dat hij haar zou chanteren en ze vond het vreselijk dat hij edelmoedig, fatsoenlijk en uiterst beheerst was. Ze had hem liever zoals hij werkelijk was, volhardend, zonder scrupules en hebzuchtig. Hij greep haar hand en gaf er een geruststellend kneepje in.

'De beste man heeft gewonnen,' zuchtte hij, het mes ronddraaiend en genietend van de strakke, weinig overtuigende glimlach. Hij glimlachte warm terug en verliet de kamer zonder om te kijken.

Josep had hem alles verteld wat hij weten moest. Dolly zou nooit weten wat ze werkelijk wilde, tot ze dacht dat ze op het punt stond het te verliezen. Ze moest bedreigd worden, tot het uiterste gedreven, gedwongen worden risico's te nemen. En ze was sterk genoeg om dat aan te kunnen.

'Het is wel zo goed dat Lole er niet is,' zei Tomás ernstig tegen Jack. 'Tegen de tijd dat ze weer thuis is, is het allemaal voorbij. Ze zal het vreselijk vinden. Het zou beter zijn voor haar als hij dood in de goot zou worden gevonden of als ik die ellendeling zelf om zeep bracht.'

'Weet je dit allemaal wel zeker?' zei Jack verbaasd.

'Er is geen twijfel aan. Twee mannen zijn me vanmorgen komen ondervragen. Ik heb hun gezegd dat ik niets wist. Maar het is duidelijk dat iemand hem heeft aangegeven en dat werd hoog tijd. Het gebeurt vast vanavond. Ze voeren mensen altijd 's avonds af. Doe daarom wat ik je heb gevraagd en neem het meisje mee om Lole te bezoeken Ze is een eenvoudige ziel en ik zou niet graag willen dat ze erbij was als ze hem komen weghalen. Wie weet? Misschien verdenken ze haar ook.'

'Haar meenemen? Ga jij dan niet mee?'

'Er is ons gevraagd dit weekend te werken om het leger in Aragon te bevoorraden. Bovendien, als Lole me zou zien, zou ze misschien aan mijn gezicht zien dat er iets was. Ik kan slecht liegen. Ze mag beslist niet weten dat Ramón in gevaar is. Ze zou naar de gevangenis willen gaan om voor hem te pleiten en zichzelf in gevaar brengen. Het is beter zo. Als haar broer er eenmaal niet meer is, zal het gemakkelijker voor je zijn haar over te halen weg te gaan. Wat mij betreft...'

Jack werd even ongerust. 'Je moet... je moet niet iets stoms doen. Wat ik bedoel, is...'

Tomás glimlachte en schudde zijn hoofd. 'Je denkt misschien dat ik een held ben? Laat je niet voor de gek houden door dit been. Als ik dapper genoeg was geweest mezelf van het leven te beroven, zou ik dat langgeleden al gedaan hebben. Bovendien zou ik Loles geweten nooit willen bezwaren met mijn dood. Ik wilde zeggen, dat wat mij betreft, mijn gezondheid een stuk is verbeterd. Ik heb geen verpleegster meer nodig. Het is uit medelijden dat ze bij me is gebleven en niet uit liefde. En binnenkort zal medelijden niet meer nodig zijn. Dus heb geduld en alles komt goed. Ga nu het meisje halen en breng haar niet eerder terug dan morgen. Ze zal nu nog wel thuis zijn, want ze slaapt tot twaalf uur.'

De sirene van de fabriek loeide voor de volgende ploeg. Tomás hees zichzelf overeind en gaf Jack een hand. 'Doe Lole mijn hartelijke groeten,' zei hij. 'Zeg haar dat het prima met me gaat. Ik moet nu gaan.'

Hij legde enkele muntstukken op het tafeltje, Jacks poging om te betalen wegwuivend, en verliet het café, energiek ondanks de krukken. Jack keek hem na door het raam, terwijl hij de straat overstak en door de poort van de fabriek verdween. Hij dacht na over deze nieuwste ontwikkeling. De geheime politie was inderdaad actiever geworden en er was een felle campagne op touw gezet om fascistische sympathisanten uit te roeien. Er was een nieuwe contraspionagedienst opgezet onder de deftige benaming *Servicio de Investigación Militar*, algemeen bekend als de SIM, en het gerucht ging dat ze alleen in Madrid al meer dan zesduizend man in dienst hadden om dissidenten op te sporen en korte metten met hen te maken.

Jack was alleen maar bezorgd om Marisa. Hij had geen medelijden met de onfortuinlijke Ramón, omdat hij wist dat hij een molensteen om Dolly's nek was. Volgens Tomás beweerden zijn aanklagers dat zijn appartement vol zat met fascistische propaganda en in dat geval was hij òf roekeloos dapper òf ongelofelijk stom...

Ongelofelijk stom was waarschijnlijker. Jacks gedachten gingen naar zijn roman. Nu de controle scherper werd, kon hij beter zorgen dat hij het manuscript zo snel mogelijk het land uit kreeg, voor het te laat was. Hij had niet aan een collega-journalist willen vragen het manuscript mee naar huis te nemen, omdat hij bang was dat hij misschien gefouilleerd en gearresteerd zou worden. En hij was al een paar weken bezig geweest met iemand van de ambassade aan te pappen, denkend aan de onschendbaarheid van de diplomatieke koffer.

Hij kon het manuscript maar beter meteen ophalen en naar zijn contactpersoon brengen voor hij Marisa ging halen. Dolly, of de kinderen, of wie dan ook, zou niets meer aan hem hebben als hij in een Spaanse gevangenis zou verdwijnen...

Hij haastte zich naar het hotel, plotseling bestormd door het afschuwelijke visioen van een kamer die volledig overhoop was gehaald en een welkomstcomité van heksenjagers. Met enige opluchting vond hij zijn volledige manuscript tussen zijn kleren, in een koffer die al gepakt was. Hij deed hem op slot, stak het sleuteltje in zijn zak en liep er het hotel mee uit, waarbij hij probeerde er zo nonchalant mogelijk uit te zien. Vervolgens ging hij rechtstreeks naar de ambassade en kwam tien minuten later weer buiten, met lege handen, een licht hart en een briljant idee...

Marisa deed wat nerveus omdat ze hem op haar eigen terrein zag, maar heette hem toch welkom, evenals Dolly's broer. Jack moest een uur lang naar zijn geraaskal luisteren, hem voortdurend royaal inschenkend, voor hij Marisa kon meekrijgen uit dat stinkende hol.

'Het was bijzonder aardig van je, neef, om mijn arme zuster mee te nemen de stad uit. Wie kan er zeggen welke beestachtigheden ze zich moet laten welgevallen van die smerige bruut die haar heeft verleid? Ik smeek je, neem haar mee naar Engeland. Als de oorlog voorbij is, zal ik in staat zijn haar te onderhouden. Ik zal nu een schuldbekentenis voor je uitschrijven voor eventuele kosten. Je hebt mijn woord als heer.'

Marisa zat stilletjes naar al die onzin te luisteren, zei alleen iets wanneer het woord tot haar werd gericht en staarde naar Ramón met een bewondering die duidelijk oprecht was.

'Je vindt het niet erg dat ik bij Lole op bezoek ga?' vroeg ze schuchter. 'Ik heb nog nooit in een auto gezeten.'

'Het spijt me alleen maar dat ik door mijn gezondheid niet in staat ben mee te gaan,' vervolgde Ramón, terwijl hij zich nog eens liet inschenken. 'De lucht op het platteland zou uiterst versterkend zijn. Helaas ben ik een stervende man.'

Jack mompelde iets passends en vroeg zich afwezig af waar Ramón zijn voorraad fascistische pamfletten zou hebben verborgen. Als hij bij zijn volle verstand was geweest, nuchter en Engelsman, zou Jack hem ongetwijfeld veracht hebben. Maar nu had hij onwillekeurig medelijden met hem, al was het alleen maar voor Marisa en omdat hij de broer van Dolly was. Ongetwijfeld zou hij zijn misdaad meteen 'bekennen', hoewel dat hem niet zou helpen.

'Nou, we moesten maar eens gaan,' zei Jack, opstaand. 'Ik hoop je nog eens te zien, neef, voor ik weer naar Londen terugga.'

'Ik sta tot je beschikking,' verklaarde Ramón, terwijl hij opstond uit zijn stoel en stijfjes boog. 'We moeten samen dineren voor je vertrekt. Doe mijn arme zuster de groeten.'

Marisa was zo verstandig te doen alsof ze niet graag bij hem wegging, maar hij wuifde haar protesten weg en noemde haar een dwaas kind. Jack hoopte dat hij voldoende Schotse moed had achtergelaten om hem de avond door te helpen.

'Heeft Lole écht naar me gevraagd?' vroeg ze. En genietend nu van het nieuwtje van de autorit, voegde ze er vrolijk aan toe: 'Is ze ziek?'

'Geweest. Ze ligt in het ziekenhuis, maar het gaat nu beter met haar. Tomás kan haar niet bezoeken want hij moet werken, maar hij dacht dat ze het prettig zou vinden als jij op bezoek kwam.'

'Ik kan niet te lang bij Ramón weg,' zei ze, en vervolgde treurig: 'Je kunt zien hoe ziek hij is. We zijn heel arm.'

Jack stopte wat geld in haar tas. 'Het spijt me dat ik je niet meer kan geven,' zei hij. 'Ik zal je wat sturen voor je baby, uit Engeland.'

'Ga je terug naar Engeland?'

'Binnenkort. Ja, ik moet wel.'

'En gaat Lole met je mee?'

'Ze zegt van niet.'

Marisa keek opgelucht. 'Ik zou met je meegaan als Ramón er niet was. Laat je me een keer overkomen? Als Ramón er niet meer is, ben ik helemaal alleen.'

'Misschien op een dag. Na de oorlog.'

Jack kreeg even een steek van schuldgevoel. Als de informatie van Tomás juist was, zou Ramón er morgen niet meer zijn en wat zou er dan van haar worden? Hij verdreef die vraag uit zijn gedachten.

'Wat zie jij er lelijk uit, Lole!' begroette Marisa haar tactloos, terwijl ze een aanval deed op Flora's *marrons glacés*. 'Wat heb je met je haar gedaan? Heb je koorts gehad?'

'Ik dacht dat je het wel leuk zou vinden Marisa te zien nu Tomás niet kon komen,' legde Jack uit. Het excuus klonk gemaakt, zelfs in zijn eigen oren. Dolly was ongerust, vroeg herhaaldelijk of het wel goed was met Tomás en toen dat onderwerp van gesprek uit en te na was behandeld, zakte ze weg in een achterdochtig stilzwijgen. Ze negeerde het gebabbel van Marisa en het gepraat over koetjes en kalfjes van Jack en zei ten slotte dat ze moe was en alleen gelaten wilde worden.

Jack nam Marisa mee naar een restaurant, te zeer in gedachten verzonken om de gefascineerde blikken op te merken van de anderen die daar zaten te eten. Ze was al enorm van omvang, hoewel ze volhield dat de baby nog lang niet kwam. De baby zou geboren worden als de oorlog voorbij was en Ramón beter was. De baby behoorde tot een vage toekomst en had niets met het heden te maken. Ze was sjofel gekleed – haar mooie spullen pasten haar nu niet meer – maar dat had ze gecompenseerd door overdadig veel lippenstift, rouge en goedkope sieraden en ze ging nooit ergens heen zonder haar bontjas, hoe warm het ook was. Tijdens het eten waren alle ogen op hen gericht, maar Jack ging te zeer op in zijn eigen gedachten om het te merken.

Ten slotte geeuwde Marisa en verklaarde dat ze heel moe was. Jack betaalde de rekening en nam haar mee terug naar zijn hotel, een kleine gelegenheid aan de rand van de stad, waar hij een kamer voor haar had besproken. Het grootste deel van de nacht lag hij wakker en werkte zijn plan uit. Over ongeveer een week zou Dolly uit het ziekenhuis ontslagen worden, dus had hij tijd genoeg om Thérèse zover te krijgen dat ze hem hielp. Een lang, openhartig gesprek tijdens een etentje zou ongetwijfeld tot het gewenste resultaat leiden. Ze was altijd vreselijk nieuwsgierig geweest naar zijn liefdeleven, dus zou het hem niet al te veel moeite kosten haar ertoe te verleiden mee te werken. Maar het moest precies op het juiste moment gebeuren. Als Dolly eenmaal weer thuis geïnstalleerd was, zou het veel en veel moeilijker zijn. Hij zou het natuurlijk tegen Tomás moeten zeggen, zoveel was hij hem wel verschuldigd...

Hij stond vroeg op, liet Marisa uitslapen en toen hij in het ziekenhuis kwam, zat Dolly al volledig aangekleed in een stoel.

'Wat doe jij uit bed?' zei Jack.

'Ik wil naar huis,' zei ze. 'Ik moet meteen naar huis en heb de hele nacht geen oog dichtgedaan. Er is iets aan de hand. Ik weet het. Er is iets met Tomás gebeurd.'

Ze was bleek van ongerustheid.

'Natuurlijk is er niets met Tomás gebeurd. Als je je zorgen maakt, ga ik nu meteen terug naar Madrid om te kijken of alles goed met hem is. Je kunt echt het ziekenhuis nog niet uit. Je bent nog heel zwak en...'

'Dat heb ik van de artsen allemaal al gehoord. Kunnen we nu gaan? Tomás heeft beloofd dat hij me zou komen opzoeken. Ik

geloof niet dat hij moet werken, dat is alleen maar een excuus. Ik ben bang... dat hij van plan is iets stoms te doen.'
'Iets stoms?'
'Om te zorgen dat ik met jou meega naar Engeland. Ik ben bang dat hij...' Haar stem stierf weg.
'Zelfmoord zal plegen? Dat doet hij niet, Dolly. Dat heeft hij tegen me gezegd. Hij zou niet willen dat jij je schuldig zou voelen aan zijn dood. Daarvoor houdt hij te veel van je.'
Jack werd in de verleiding gebracht haar de waarheid te vertellen, al was het maar om haar gerust te stellen, maar natuurlijk zou dat niet gebeuren. Ze zou alleen nog maar veel ongeruster worden en zich zorgen maken over Ramón... Zijn gedachten vlogen terug naar Marisa. Wat moest hij in vredesnaam met Marisa doen?
Jack liet Dolly alleen, terwijl hij op zoek ging naar de dienstdoende dokter, die geïrriteerd was en nauwelijks behulpzaam.
'Ik heb al het mogelijke al gedaan om haar tot andere gedachten te brengen,' zei hij. 'Ik heb haar gezegd dat we niet verantwoordelijk kunnen zijn voor eventuele postoperatieve complicaties. Maar nee, ik kan haar geen kalmerende middelen geven, zoals u suggereert. Als ze het ziekenhuis eerder wil verlaten, kan ik niets doen om haar tegen te houden. Ik heb met haar een afspraak gemaakt voor volgende week, voor controle, en...'
Maar Jack luisterde al niet meer, hij werd plotseling bestormd door een overweldigend gevoel van nu of nooit.
'Mag ik van uw telefoon gebruikmaken?' vroeg hij. 'Ik moet dringend naar Madrid bellen.'
Thérèse lag nog in bed.
'Jack!' begroette ze hem boos. 'Hoe laat is het? Je weet hoe vreselijk ik de pest heb aan de ochtend.'
'Je moet iets voor me doen,' zei Jack.
'Dat blijkt.' Ze geeuwde.
'Je moet naar de balie gaan en de sleutel van mijn kamer vragen. Ik zal hen bellen dat het goed is. Dan... luister je? Het is belangrijk!'
'Kan ik een kop koffie nemen en je terugbellen? Ik slaap nog half.'
'Hier word je wel wakker van.'

En dat was ook zo. Hij sprak heel snel en had geen tijd om het verhaal zo mooi te vertellen als hij van plan was geweest, want haast was nu geboden.
'En?' zei hij ten slotte.
- 'Ik ben met stomheid geslagen. Je bent een schoft, Jack. Je bent een leugenachtige, oneerlijke, manipulerende schoft.'
'Betekent dit dat je het doet?'
Er volgde een tergend lange stilte.
'Je houdt echt van haar, hè?'
'Genoeg om het risico te lopen haar te verliezen.'
'En dat verdien je ook.' Ze slaakte een lange, afkeurende zucht van aarzelende overgave. 'Goed, vreselijke kerel. Je kunt beter meteen de hoorn neerleggen voor ik van gedachten verander. En, Jack...'
'Ja?'
'*Bonne chance.*'
'Er zal meer voor nodig zijn dan geluk,' zei Jack.

Onder normale omstandigheden zou Tomás van de avond genoten hebben. Zijn maat had hem hartelijk welkom geheten en nog twee anderen waren bij hen komen zitten om een glas wijn te drinken en wat te kaarten, zodat de kleine kamer gevuld was met warmte en kameraadschap.

Ze waren allen invalide, ook Manuel, zijn gastheer, die bij Guadalajara een oog had verloren en zijn vroegere positie als leider van de plaatselijke afdeling van de UGT weer op zich had genomen. Hij had veel gedaan om het moreel te verbeteren van de andere veteranen die in de fabriek werkten, had campagnes gevoerd voor betere arbeidsvoorwaarden, had totaal geen medelijden met zichzelf of met anderen en was nog even strijdvaardig als altijd.

Als hij naar Manuel luisterde, kon Tomás bijna weer in de overwinning geloven. Als hij naar hem luisterde, kon hij zijn twijfels onderdrukken over de sinistere buitenlandse invloeden die in zijn land aan het werk waren en het verraad van de revolutie. Volgens Manuel moesten de Russen gebruikt worden en later worden afgedankt; als de oorlog eenmaal gewonnen was, zouden ze allen naar huis gaan en waren ze hen mooi kwijt.

Intussen waren ze een noodzakelijk kwaad, dat ervoor moest zorgen dat er voldoende wapens waren. Manuels haat ten opzichte van de fascisten was zo groot dat hij een verbond met de duivel zou hebben gesloten om hen te bestrijden.
'Drink nog een glas, Tomás,' spoorde hij hem aan. 'Wat is er met je? Hij mist zijn vrouw,' deelde hij zijn andere gasten mee. 'En geen wonder.' Hij liet zijn stem zakken tot een suggestief gefluister. 'Ik zou zelf ook graag een been inruilen voor een vrouw als Lole.'
Er klonk een bulderend gelach.
'Spreek vanavond niet over Lole tegen me,' zei Tomás ernstig. 'Want ik moet iets ondernemen wat haar veel verdriet zal doen. Daarom ben ik vanavond hierheen gekomen. Het is iets dat ik niet alleen kan ondernemen. Het is iets dat ik liever helemaal niet zou doen, maar mijn plicht ten opzichte van de republiek gaat voor de gevoelens voor mijn familie.'
Hij zweeg even om zijn woorden te laten bezinken en wachtte terwijl ze hem allen vol verwachting aankeken. Vervolgens stak hij een hand in zijn zak en legde iets op tafel. Ze hielden allemaal de adem in.
'Ja,' zei hij droevig. 'Het is van de broer van mijn vrouw. Nu begrijpen jullie waarom het mij zwaar te moede is.'
Manuel pakte met grote ogen de kaart op en zijn lip krulde bij het zien van het gehate embleem van de Falange.
'Maar je hebt geen keus!' riep hij, opvliegend als altijd. 'Je moet hem aangeven. Die lui van de vijfde colonne zijn overal; ze brengen de hele stad en de hele republiek in gevaar.'
'Ik kan hem niet aangeven. Lole zou die schande niet kunnen verdragen. Jullie weten dat ze heel ziek is geweest en ik ben bang dat zo'n schande haar dood zou betekenen. Ging die ellendeling maar dood! Dan zou ze niet om hem huilen maar het als een bevrijding zien. Hij is halfgek van de drank en de syfilis en het zou beter zijn om hem te doden dan aan te geven. Op die manier zou Lole de schande bespaard blijven te weten dat haar broer een verrader was.'
Er volgde een stilte.
'Dood hem dan!' siste een van zijn kameraden. 'Wat maakt het uit? De geheime politie vermoordt hem toch.'

'Je hebt gelijk,' zei Tomás triest. 'Maar het is moeilijk een man te doden die ziek is. Daarom heb ik het jullie verteld. Zodat ik niet zwak zou worden.'

'Als je er zo mee zit, hoef je het niet zelf te doen,' opperde een van de andere mannen. 'Laat het maar aan ons over.'

Manuel schudde het hoofd, automatisch de rol van leider op zich nemend.

'Hem doden zou te genadig zijn. Op die manier ontkomt hij eraan gemarteld te worden. Als hij werd gemarteld, zou hij de namen van zijn medeplichtigen prijsgeven. Wie weet hoeveel het er wel niet zijn? Nee, Tomás, je moet sterk zijn en hem aangeven.'

'Als het de broer van jouw vrouw was, wat zou jij dan doen?' vroeg Tomás.

'Denk eens aan de schande,' mompelde de derde man. 'En bovendien zou het Lole misschien onder verdenking plaatsen. We kunnen niet van Tomás verlangen dat hij zijn vrouw in gevaar brengt.'

Manuel liet zijn blik over de mannen gaan en keek vervolgens Tomás doordringend aan.

'Goed. Tomás hoefde ons dit niet te vertellen. Hij heeft ons vertrouwd door dat te doen en daarom moet hij zelf het besluit nemen. Zolang de fascist maar niet vrijuit gaat.'

Er klonk een instemmend gemompel.

'Dan moet ik het zelf doen,' zei Tomás. 'Maar Lole mag er niets van weten. Het is het beste als hij ergens in de goot wordt gevonden, zonder dat er iets aan zijn lichaam te zien is. Dan zal ze denken dat het is gekomen omdat hij dronken was. Kortgeleden nog werd hij bewusteloos thuisgebracht. Ze zou niets vermoeden.'

'Dat is dan geregeld,' zei Manuel goedkeurend. 'Laten we dan gaan en doen wat gedaan moet worden.'

'Wacht,' zei Tomás. 'Ik durf hem thuis niet te doden. Misschien ziet een van de buren ons het lichaam wegdragen. Er zou gepraat worden en misschien zou Lole het dan toch te horen krijgen. Nee, ik moet hem het huis uitlokken, de straat op en dan dood ik hem onder dekking van de duisternis en laat hem liggen, tot de politie hem vindt. Maar er mag geen bloed vloeien. Zo zal ik hem doden.'

Hij deed een klap achter in de nek voor.
'Goed. Waar breng je hem heen?'
'Wacht op me in de oude wasserij. Als je ons binnen ziet komen, grijp hem dan vast, dan doe ik de rest. Maar wacht tot we veilig binnen zijn, zodat hij ons niet kan ontsnappen.'
Dat plan werd met instemmend geknik en gegrom begroet. De vroegere wasserij was, samen met alle omliggende huizen, tijdens een luchtaanval in puin gebombardeerd en zou volledig verlaten zijn.
'Nog iets,' zei Tomás. 'Hij is misschien gewapend en heeft misschien een mes bij zich of zelfs een revolver. Het is niet zonder gevaar. Als jullie dat een probleem vinden, moet ik het alleen doen.'
Op die suggestie werd met minachting gereageerd.
'Hebben we niet allemaal gevochten?' vroeg Manuel. 'Zijn we niet allemaal gewond geraakt? Je beledigt ons, mijn vriend.'
'Toch moet ik jullie waarschuwen. Als een van ons wordt gedood of gewond raakt, mogen we nooit zeggen wat er werkelijk gebeurd is. We moeten allemaal zeggen dat de aanvaller ons vanuit het donker heeft overvallen en we niet weten wie het was. Anders komt de waarheid aan het licht, zal Lole er meer dan ooit onder lijden en worden we zelf misschien gearresteerd en berecht. Afgesproken?'
'Afgesproken.'
Ze voelden de krijgskoorts weer en hun verwondingen waren vergeten door hun vurige wens de vijand weer een slag toe te brengen.
'Je vrouw zal niet te schande worden gemaakt,' herhaalde Manuel plechtig. 'Haar eer en de jouwe zullen beschermd worden. Op ons woord van eer.'
Vier vuisten kwamen samen in het midden van de tafel.
'Goed,' zei Tomás. 'Laten we gaan.'
Zijn kameraden gingen op weg naar de afgesproken plaats, terwijl Tomás naar het appartement van Ramón ging. Hij draaide zacht de sleutel om in het slot, streek in het donker een lucifer af en stak de kaars bij de deur aan. Ramón lag half bewusteloos van de drank op bed. Tomás hoopte dat hij hem wakker zou kunnen krijgen.

715

Moeizaam bukte hij zich, pakte de laars die op de grond lag en keek of hij leeg was, opdat er niets zou kunnen achterblijven waardoor Lole of het meisje later last zou kunnen krijgen.

Hij keek neer op het gehate, ingevallen, knappe gezicht en gaf het een paar klappen, terwijl het vertrok en Ramón kreunde. Hij wilde er net koud water op gieten, toen Ramón plotseling overeind schoot en met grote, wakkere ogen voor zich uit staarde.

'Schiet op,' zei Tomás. 'Je moet je verbergen. Pak je revolver en kom mee.'

'Wat? Waarheen?' Ramón knipperde met zijn ogen in het vage licht en voelde onder het kussen naar zijn wapen. 'Is dit een valstrik? Ik ben onschuldig en zeg je dat ik niets te vrezen heb, niets te verbergen! Denk je dat ik gek ben? Ik laat me door jou niet in de val lokken! Donder op!'

'Goed,' zei Tomás. 'Maar ik ben niet gewapend, zoals je ziet. Ik had je revolver kunnen pakken terwijl je sliep en je zo kunnen doodschieten. Maar als je denkt dat het een valstrik is, blijf dan vooral in bed liggen wachten tot je bezoekers komen. Mijn geweten is zuiver. Voor de laatste keer dan, *salud*.'

'Wacht! Blijf waar je bent en verroer je niet.'

Ramón klauterde snuivend van angst uit bed en probeerde zonder succes zijn beugel vast te maken, terwijl hij zijn wapen op Tomás gericht hield.

'Idioot,' zei Tomás. 'Van mij heb je niets te vrezen. Maar misschien heb je je revolver nog nodig, voor het geval ze je achterna komen. Ze zijn minder dan vijf minuten hier vandaan en komen elke seconde naderbij. Ik tel tot twintig en ga dan weg, of je klaar bent of niet. Ik heb geen zin jouw lot te delen.'

Ramón gromde als een dolle hond, gooide de revolver op de grond en reeg verbazend snel zijn laars dicht. Hij was al helemaal aangekleed, want hij nam zelden de moeite zich uit te kleden.

'Spot niet met me, García,' spuwde hij. 'Of ik zal je met het grootste genoegen vermoorden en de vele wandaden wreken die je mijn familie hebt aangedaan.'

'Bid dan dat je raak schiet,' zei Tomás kalm. 'Bid dat je eerste kogel mijn hart raakt, want vergeet niet dat ik nog steeds sterk ben.' Hij hief een lange kruk op en zwaaide ermee. 'Wees gewaarschuwd. Ik ben een geduldig man, maar je stelt me te veel

op de proef met je beledigingen en je ondankbaarheid. Schiet op nu.'
Tomás ging voor hem de gammele trap af en bleef met veel omhaal beneden wachten om in het duister te turen voor hij zich op straat waagde.
'Het geluk is met je,' siste hij. 'Het lijkt erop dat ze er nog niet zijn.'
Ramón bleef in de deuropening staan. 'Houden ze de boel in de gaten? Je zei dat ze het huis in de gaten hielden.'
'Ze kunnen niet overal tegelijk zijn. Je moet ondergedoken blijven tot ze niet meer naar je zoeken. Dat kan dagen duren, misschien zelfs weken. Ik zal je eten en drinken brengen, maar alleen ter wille van je zuster. Ik vind het vreselijk om die ellendige huid van je te redden!'
Hij strompelde over de donkere straat, terwijl Ramón vlak bij hem bleef, alsof hij zich achter zijn grote lichaam probeerde te verbergen.
'Waar gaan we heen?'
'Naar de oude wasserij, waar de bommen zijn gevallen. Daar komt nooit iemand, wees maar niet bang. De hele straat is geëvacueerd en de gebouwen zijn er onveilig. Zelfs de politie komt daar niet controleren. Het is een ideale plek voor je om onder te duiken. Wacht.'
Tomás bleef plotseling staan. Ze waren nu dicht genoeg bij, anders zou het te dicht in de buurt zijn.
'Wacht. Ik geloof dat ik iets hoor.'
Hij draaide zich om naar Ramón, die stond te beven van angst. Zijn gezicht was spookachtig bleek in het maanlicht.
'Wat hoor je?'
'Ik hoor iemand lachen,' zei Tomás. 'Luister.'
Het was even stil en alleen de zware ademhaling van Ramón was te horen.
'Ik hoor niets.'
'Dan ben je gek! Ik hoor lachen, heel hard lachen. Ben je blind zowel als doof? Zie je dit?'
Hij leunde op een kruk en hield de lidmaatschapskaart van de Falange omhoog, terwijl Ramón als een vis zijn mond geluidloos opende en sloot.

'Ja, je bent een dwaas. Over een paar minuten komen ze je halen. Over een paar minuten zal ik mijn wraak hebben. Over een paar minuten zul je wensen dat je nooit mijn arme zuster had verkracht en zul je bidden dat je haar kind had erkend. Over een paar minuten ben je dood. Hoor je nog steeds geen gelach?'
Ramón begon heftig te beven en er liep speeksel uit zijn mond. Hij keek wild om zich heen, te bang om te blijven staan en te bang om te vluchten.
'Lafaard!' vervolgde Tomás. 'Wat ben ik blij je te zien sterven. Ze hebben me beloofd dat ik mag toekijken terwijl ze je martelen. Ze hebben beloofd dat ik mocht kijken terwijl ze je je tanden uittrekken, je verschrompelde ballen van je verrotte lijf afdraaien en je je eigen stront laten vreten. En al die tijd zal ik lachen. Het laatste wat je zult horen, fascist, is het lachen van een vrij man.'
De eerste kogel bracht een machtig gebulder van duivels gelach teweeg. De tweede maakte er geen eind aan. Zelfs toen de reus bewegingloos op de grond lag, hoorde Ramón hem nog lachen en tevergeefs schoot hij zijn pistool leeg op het uitgestrekte lichaam, in een poging zijn kwelgeest het zwijgen op te leggen.
Het eind was genadig en wreed. Hij zag niets toen de gestalten uit het donker naar hem toe renden en voelde niet de harde klap in zijn nek, maar tot in de hel hoorde hij het gelach.

Jack zei tegen de chauffeur dat hij langzaam moest rijden, opdat ze zo min mogelijk last zouden hebben van de gaten in de weg. Dolly was heel bleek. Haar gezicht stak wit af tegen de donkere hoofddoek die ze naar voren had getrokken over haar verdwenen haarlijn, hoewel ze volhield dat ze zich heel goed voelde en alleen ongerust was.
Halverwege de terugweg naar Madrid moesten ze stoppen om Marisa haar ontbijt eruit te laten gooien, maar niet voordat ze een groot gedeelte over Dolly heen had gespuugd. Jack stapte uit, liet Marisa voorin zitten op zijn plaats en de rest van de reis hing ze dramatisch kreunend met haar hoofd uit het raampje.
'Ik zet jullie alletwee in mijn hotel af,' zei Jack, terwijl hij Dolly's rok met zijn zakdoek bette. 'Dan kunnen jullie je wassen en wat uitrusten, terwijl ik naar de fabriek ga om te zien of alles goed is met Tomás. Ik heb een kennis van me gebeld om te vragen

voor jullie te zorgen terwijl ik weg ben. Als jullie iets nodig hebben, moet je het haar vragen.'

Toen ze in het hotel aankwamen, belde Jack Thérèse via de telefoon bij de receptie. De man aan de balie deed of hij Marisa niet herkende, die blij was op bekend terrein te zijn en haar nek uitrekte in de richting van de bar om te zien of er vroegere klanten waren. Even later kwam Thérèse. Ze groette Marisa als een oude bekende, gaf Dolores een hand en omhelsde Jack.

'Jullie zien er alletwee uitgeput uit,' zei ze, terwijl ze de sleutel van Jack aanpakte. 'Maak je geen zorgen, Jack, ik zorg wel voor hen.'

Maar het beviel Marisa helemaal niet de gast van Thérèse te zijn.

'Ik ga nu naar huis,' zei ze tegen Jack, met een zijdelingse blik naar haar rivale. 'Ramón rekent op me.' Ze gaf Dolores een kus en maakte aanstalten om weg te gaan.

Maar Jack stak een arm uit om haar tegen te houden. Als Tomás gelijk had, zou Ramón nu in de gevangenis zitten of dood zijn. Als Tomás gelijk had, zou het misschien niet veilig voor haar zijn naar huis te gaan.

'Blijf bij Lole en lunch in het hotel,' zei hij.

'Ik kan niet eten en ben nog misselijk. Ik loop een stukje met je mee.'

Jack aarzelde, bedenkend wat hij moest doen. 'Als je je misselijk voelt, kun je beter even gaan liggen. Je ziet er moe uit.'

'Ik kan thuis ook gaan liggen. Ramón zal ongerust zijn. Ik moet gaan.'

'Hij zal zich geen zorgen maken,' zei Jack wanhopig, haar en zijn betere ik vervloekend. 'Ik ga wel bij hem langs op weg naar de fabriek en zeg tegen hem dat je straks komt. Bovendien... Thérèse heeft een paar zijden kousen voor je.'

'Zijden kousen?'

'Zijden kousen,' zei Jack.

'Zijden kousen,' herhaalde Thérèse opgewekt, de hint begrijpend.

'En als je wacht tot ik terug ben, breng ik wat Engelse sigaretten voor je mee om aan Ramón te geven.'

Het werkte. Hij wachtte tot ze in de lift stonden voor hij het

719

hotel verliet en keek op zijn horloge. Van het ergste uitgaand, zou hij iets met Marisa moeten doen. Dus kon hij er beter achter zien te komen of dat inderdaad zou moeten.

'Laten we maar in de kamer van Jack wachten,' zei Thérèse in het Engels tegen Dolores. 'Ik gebruik de mijne als donkere kamer en ben bang dat die niet erg geriefelijk is.'

Ze liep vooruit door de gang, zwaaiend met de sleutel van Jack. Maar zijn deur stond al op een kier.

'Typerend,' zei ze, haar hoofd schuddend. 'De schoonmaaksters vergeten altijd de deur op slot te doen. De bewaking is hier heel slecht.'

Ze deed de deur wijdopen, sloeg een hand voor haar mond en slaakte in het Frans een verschrikte uitroep.

Het was een bende in de kamer. De vloer lag bezaaid met de spullen van Jack, de inhoud puilde uit de laden en zelfs de lakens en de dekens waren van het bed getrokken.

'O, jeetje,' zei Dolly vaag. 'Arme Jack. Ik hoop dat ze niets van waarde hebben gestolen. Moeten we de politie niet bellen? Of zullen we wachten tot hij terug is?'

Als een ekster begon Marisa dingen van de grond op te rapen. Maar Thérèse stond als aan de grond genageld en wees met een verschrikt gezicht naar de koffer van Jack, die open en leeg op zijn bed lag.

'Vlug,' zei ze. 'Naar mijn kamer.'
'Wat?'
'Doe wat ik zeg. Misschien komen ze terug. Opschieten!'
Ze duwde hen de gang op en bracht hen vlug naar haar kamer.
'Lole,' stamelde Marisa. 'Wat is er aan de hand?'
'Weet je waar Jack heen is?' vroeg Thérèse aan Dolores. 'We moeten hem waarschuwen dat hij niet naar het hotel terug moet komen.'
'Wat?'
'Dat was geen gewone diefstal, *chérie*. Ze wisten wat ze zochten en hebben dat gevonden. Ik heb hem gewaarschuwd voor de geheime politie. Ik heb hem gewaarschuwd dat dit zou gebeuren.'
'Lole,' drong Marisa aan. 'Wat zegt ze?'

Dolores pakte de hand van Thérèse en greep hem stevig vast om zelf niet zo te trillen.

'De geheime politie?' vroeg ze. 'Is Jack op de een of andere manier in gevaar?'

'Gevaar?' Thérèse lachte hol. 'Je wist toch dat hij een roman aan het schrijven was? Nou, kennelijk wisten zij dat ook. Ik heb hem gezegd dat hij te nonchalant werd, maar wilde niet naar me luisteren. We moeten hem laten weten dat hij weg moet blijven.'

Dolores ging zitten, want haar knieën knikten. Wat had hij over zijn boek gezegd? Dat het in Spanje verboden zou worden, wie de oorlog ook won, omdat het de waarheid vertelde...

'Als ze het eenmaal hebben gelezen, is hij er geweest,' vervolgde Thérèse. 'De vertalers van het SIM zullen er al aan bezig zijn. We hebben niet veel tijd. Waar is hij?'

Dolly sprong op. 'Ik zal je erheen brengen,' zei ze.

'Nee,' zei Thérèse ferm. 'Jij bent nog te zwak. Ik zal een paar vrienden vragen hem te zoeken.'

Met beverige stem gaf Dolores snel het adres waar Tomás werkte. Terwijl Marisa Dolores bestormde met vragen waarop ze geen antwoord kreeg, sprak Thérèse met iemand door de telefoon in rap Frans, wat Dolores niet kon volgen. Vervolgens gooide ze de hoorn op de haak en zei: 'Ze vertrekken meteen. Zodra ze hem gevonden hebben, brengen ze hem naar de Engelse ambassade. De NKVD kan hem daar niet arresteren... Voel je je wel goed?'

Dolores zat bewegingloos voor zich uit te staren. Marisa had haar armen om haar heen geslagen en probeerde tevergeefs in het Spaans aan haar te vragen wat er aan de hand was.

'En als ze hem buiten stonden op te wachten?' zei Dolores. 'Als ze hem volgen?' Ze sloeg haar handen voor haar gezicht.

Thérèse sloeg een arm om haar heen, gekweld door haar geweten. Als ze had geweten hoe ziek het arme kind was, zou ze er nooit mee hebben ingestemd dit te doen... maar nu was het te laat.

'Ik beloof je dat we hem zullen vinden,' zei ze vol vertrouwen. 'Ik beloof het je. De mensen van de ambassade zullen hem beschermen. Zij zullen ervoor zorgen dat hij het land uit komt en dan...'

'En dan kan hij nooit meer terugkomen,' zei Dolores. 'Dan kan hij nooit en te nimmer meer terugkomen.'

'Zoek je die kreupele?'
Jack draaide zich om naar de uitdagende, krakende stem. Een oude vrouw grijnsde tandeloos naar hem.
'Ja. Weet u wat er van hem is geworden?'
Er kwam nog een hoofd uit een deur ernaast en toen nog een. Ineens nam de hele gang deel aan het gesprek.
'Hij is dood,' vertelde de oude vrouw opgewekt. 'En dat werd tijd ook.'
'Dood? In de gevangenis?'
'In de goot. Hij stonk naar de drank. Ze zeggen dat hij bewusteloos is neergevallen en zijn hoofd heeft gestoten. De politie heeft hem naar het lijkenhuis gebracht. Aan hem is niets verloren.'

Dood in de goot. Dronken. *Het zou beter voor haar zijn als hij doodging,* had Tomás gezegd. *Beter voor haar als ik hem zou doden.* En nu had hij het gedaan, hij moest het gedaan hebben. Daarom was hij niet naar het ziekenhuis gekomen en daarom had hij Marisa uit de buurt willen hebben...

Zich ervan bewust dat alle ogen op hem waren gericht, liep Jack haastig naar beneden en de straat op. Hij had het moeten raden. Tomás had zijn oude vijand een goede dienst bewezen, al was het alleen maar voor Dolly. Tomás zou hem snel en genadig gedood hebben, hem de onuitsprekelijke martelingen door de geheime politie hebben bespaard, waardoor Dolly zorgen en verdriet bespaard waren gebleven. Arme Marisa. Arme, verdomde Marisa...

Jack liep in gedachten verdiept naar de fabriek. Hij moest Tomás zijn plan vertellen. Als het mislukte, zou Tomás hem eerlijk verslagen hebben; hij wilde dat hij dat wist. Dit zou de laatste keer zijn dat hij hem zou spreken, wat er ook gebeurde. Wat er ook gebeurde, de volgende dag om deze tijd zou hij in Frankrijk zijn, met of zonder Dolly...

Hij bleef buiten de fabriek wachten tot de sirene ging voor de siësta en keek hoe de arbeiders naar buiten stroomden. De stroom was bijna opgehouden, maar Tomás kwam niet te voor-

schijn. Jack sprak een van de laatste mannen aan en vroeg naar Tomás García.
'Wie bent u?' vroeg de man achterdochtig. 'Wat wilt u van hem?'
'Ik heb een boodschap van zijn vrouw,' zei Jack. 'Is hij er?' De man maakte een beweging met zijn hoofd.
'Komt u maar mee,' zei hij. 'U kunt beter met Manuel praten.'
Manuel bleek een sinister uitziend persoon te zijn met slechte tanden en een lapje voor zijn oog.
'De vrouw van Tomás, Lole, is ziek,' zei Jack tegen hem. 'Ik moet Tomás dringend spreken. Lole heeft naar hem gevraagd.'
'Tomás is er niet.'
Jack voelde een golf van ongerustheid. Misschien was de misdaad van Tomás ontdekt en was hij gearresteerd...
'Waar is hij dan? Thuis? Ik moet hem vinden. Wat is er gebeurd?'
Manuel keek hem lange tijd aan voor hij antwoord gaf, alsof hij wilde zien of hij te vertrouwen was.
'Kent u Tomás al lang?'
'Ik ben familie van zijn vrouw en werk in Madrid, als journalist.' Jack haalde zijn papieren te voorschijn en wachtte, terwijl Manuel deed alsof hij ze las.
'Het is goed dat u bent gekomen,' zei hij ten slotte. 'Beter dat Lole zulk droevig nieuws van een familielid hoort.'
'Droevig nieuws?' Jack hield geschrokken zijn adem in. O, nee. Dat toch zeker niet. Tomás had gezworen geen zelfmoord te zullen plegen, hij had gezworen haar dat nooit te zullen aandoen...
'Tomás heeft gisteravond bij mij gegeten en is tegen middernacht weggegaan. Twee andere kameraden zijn gebleven om te kaarten. Even later hoorden we beneden op straat schieten. We zijn meteen naar buiten gerend en vonden Tomás in een plas bloed, doorzeefd met kogels.'
Jack was vervuld van afgrijzen en opluchting, de egoïstische opluchting dat het geen zelfmoord was. Daarmee had hij nooit kunnen leven...
'Maar wie zou Tomás willen vermoorden?'
Manuel haalde zijn schouders op. 'Je begrijpt, beste vriend,

dat er vele verraders zijn in deze stad. Elke dag worden er onschuldige arbeiders vermoord door fascistische agenten. Elke dag worden er op eenzame plekken lijken gevonden, verminkt en aan stukken geschoten. Daarom wordt er intensiever gezocht naar leden van de vijfde colonne. Wie weet hoeveel van zulke schoften er zijn? Wees ervan overtuigd dat de dood van Tomás gewroken zal worden. Op dit moment ondervraagt de politie al mogelijke verdachten. Er zal iemand terecht moeten staan, wees maar niet bang. Zijn dood zal niet tevergeefs geweest zijn als er weer een fascist wordt ontmaskerd en aangehouden.'

'Maar... was Tomás de hele avond bij u?'

'Ja. Na het werk is hij met me mee naar huis gegaan. De afgelopen week was hij eenzaam zonder Lole. Zeg tegen haar dat de vakbond voor haar zal zorgen en geef haar dit alsjeblieft.'

Hij stopte Jack een gekreukelde envelop in zijn hand.

'We zijn vanmorgen met de pet rondgegaan, toen het nieuws werd aangekondigd. Het is maar een gebaar. Ze is een goede vrouw voor hem geweest en hij heeft dapper gevochten voor de republiek. Dat zullen we niet vergeten.'

'Weet u heel zeker dat Tomás de hele avond bij u is geweest?' herhaalde Jack, denkend aan Ramón in de goot. Hij voelde zich op een vreemde manier neutraal, alsof hij weer verslaggever was.

'Waarom vraag je dat?' Het ene oog keek hem achterdochtig aan.

'Waarom zouden leden van de vijfde colonne Tomás willen vermoorden? Zou het geweest kunnen zijn... om een van de eigen mensen te wreken?'

'Ik begrijp je niet.'

'Ik denk van wel. De broer van Lole is gisteravond ook dood aangetroffen. Heeft Tomás hem gedood?'

'Tomás was de hele dag en de hele avond bij mij. Je beledigt zijn herinnering. Wil je dat zijn vrouw denkt dat hij een moordenaar was?'

'Zeker niet,' zei Jack.

'Dan zeg je hier niets over tegen haar. Je moet niets tegen haar zeggen. Ze zou het vreselijk vinden te denken dat haar broer een verrader was.'

'Was haar broer een verrader?'

De man spuwde op de grond en liep weg. Het gebaar sprak voor zichzelf.

Met een zwaar gemoed ging Jack naar de ambassade. Tomás dood, Ramón dood. Ze zou toch wel met hem zijn meegegaan. Al die ingewikkelde plannen en listen, en ze zou toch met hem zijn meegegaan. Hij had het geriskeerd haar te verliezen, had haar gedwongen te kiezen en allemaal voor niets...

Hij haalde het valse paspoort uit zijn zak en keek ernaar. Hij kon niet zonder haar vertrekken, nu niet meer. Als ze niet op hem zat te wachten in de ambassade, zou hij gewoon moeten bekennen, zoete broodjes moeten bakken en toegeven dat hij haar voor de gek had gehouden. Hij zou tegen haar zeggen: 'Het spijt me dat ik heb geprobeerd je erin te laten lopen. Ga mee naar Engeland, ter wille van Andrés. Er is nu niets meer wat je hier bindt.' En ze zou meegaan. Hij was erop voorbereid geweest te zullen falen en nu kon hij niet falen. Ze zou toch met hem meegaan, om alle verkeerde redenen, en de overwinning zou smaken als een nederlaag...

En als ze er nu al eens was en op hem zat te wachten? Als ze de woorden zei waarnaar hij zo verlangde? Als ze eens zei: 'Ik weet dat je nooit meer naar Spanje terug kunt komen. Ik weet dat dit mijn laatste kans is. Neem me mee.'? Tomás zou blij zijn geweest. Tomás zou hun zijn zegen hebben gegeven en elk schuldgevoel hebben weggenomen. Tomás was dood. Hij zou dat glorierijke moment moeten bezoedelen door haar te vertellen dat Tomás dood was...

Ja, Tomás was dood. Maar niet tevergeefs. Niet tevergeefs.

'Geen nieuws is goed nieuws,' zei Thérèse, met een heimelijke blik op haar horloge. Jack had onderhand moeten opbellen, verdorie...

'Geen nieuws is slecht nieuws,' zei Dolores onverwacht bits. Het cliché ergerde haar zodanig dat ze uit haar trance was gekomen. Ze stond op en begon door de kamer heen en weer te lopen.

'Ik was zo met mezelf ingenomen,' mompelde ze boos. 'Zo'n lafaard. Ik wist dat Jack het niet zou opgeven. Wat ik ook zei, wat hij ook zei, ik wist dat hij een manier zou vinden. Maar ik wilde mijn handen schoonhouden, ik wilde niet hoeven kiezen. En nu is het te laat!'

'Kiezen?'

'Josep had gelijk. Alles wat ik in mijn leven heb gedaan, is impulsief geweest. Ik heb nooit nuchter over mijn beslissingen nagedacht. Ik heb er de pest aan toe te geven iets verkeerd te hebben gedaan en ik ben als lijm aan al mijn vergissingen blijven plakken. Als ik er maanden geleden al mee had ingestemd met hem mee te gaan, zou dit nooit gebeurd zijn! Als Jack doodgaat, is het mijn schuld...'

'Hij gaat niet dood,' herhaalde Thérèse, gefascineerd nu. Het was duidelijk dat Jack haar nog niet de helft had verteld. Ja, ja, Cupido spelen. Ze had een bijrol aanvaard in *une petite comédie*, maar het was helemaal geen komedie, maar een regelrecht melodrama...

'En als je vrienden hem vinden? Als ze hem naar de ambassade brengen, wat dan? Hoe krijgen ze hem dan het land uit?'

'Ik weet niet precies hoe. Ze zullen hem waarschijnlijk een of andere diplomatieke status geven om hem tot aan de grens te krijgen.'

'Dus dan is hij veilig?'

'Er is een oorlog aan de gang, weet je nog? Niemand is veilig. De geheime politie heeft haar eigen wetten. Er kan een ongeluk gebeuren tussen hier en de grens, een botsing, of hij kan een schietgrage politieman tegenkomen. Zulke dingen zijn weleens meer gebeurd. Het hangt er van af hoe gevaarlijk ze denken dat hij is.'

'Gevaarlijk? Maar wat is er zo vreselijk aan dat boek van hem? Het is toch niet pro-fascistisch?'

'Zeker niet. Het is anti-Stalin, wat een veel grotere misdaad is. Als er iets is wat de communisten meer haten dan fascisten, zijn het linkse romantici, zoals Jack.'

'Jack? Een romanticus?'

'Een romanticus,' herhaalde Thérèse met gevoel, net toen de telefoon rinkelde.

Dolores plofte met grote ogen in een stoel. Marisa, die opgekruld op het bed van Thérèse lag, bewoog in haar slaap. Thérèse nam de hoorn op, luisterde even en legde hem vervolgens zwijgend weer neer.

'Ze hebben hem gevonden,' zei ze, met een zucht van al te oprechte opluchting. Dit had lang genoeg geduurd. 'Hij is op de ambassade. Je hoeft je geen zorgen meer meer te maken. Hij is ongedeerd, Dolores.'

Dolores sloot haar ogen en drukte haar gezicht in haar handen. Haar schouders schokten. Thérèse hurkte naast haar neer en sloeg een arm om haar heen, geschokt, opgetogen, nog steeds niet zeker wetend of ze de goede fee of de boze heks had gespeeld.

'Ontspan je, *chérie*,' zei ze zacht. 'Je hoeft je geen zorgen meer te maken. Ontspan je nu maar.'

Maar ze ontspande zich niet. Haar lichaam was zo gespannen als een veer en het leek wel alsof ze nog nerveuzer was dan eerst.

'Ik ga nu naar de ambassade,' zei Thérèse voorzichtig. 'Ik moet zien of ik iets kan doen om te helpen. Zal ik hem een boodschap geven?'

'Nee,' zei Dolores en sprong op. 'Geen boodschap. Ik ga met je mee. Ik moet hem spreken voor hij gaat.'

Er klonk een plotseling, wellustig gesnurk.

'Je kunt het beter tegen Marisa zeggen,' zei Thérèse, op het meisje wijzend.

'O, God. Marisa.'

Dolores schudde haar wakker en sprak snel tegen haar in het Spaans. Marisa's ogen gingen wijdopen en ze begon haar hoofd te schudden. Dolores scheen te proberen haar ergens toe te krijgen, maar dat lukte niet. Het meisje begon te huilen en te smeken, terwijl Dolores steeds ongeduldiger werd. Ten slotte keerde ze zich naar Thérèse en zei geïrriteerd: 'We verdoen onze tijd. Ze wordt hysterisch als we haar niet meenemen. Ik had het niet tegen haar moeten zeggen. Maar ik heb er genoeg van te moeten liegen.'

'Wat heb je tegen haar gezegd?'

'Laat maar,' zei Dolores. 'Laten we gaan.'

Marisa klemde zich als een kind aan Dolores vast, alsof ze bang was haar los te laten. Het was niets voor Lole boos op haar te zijn, het was niets voor Lole onaardig te doen. Voor het eerst deed Lole haar denken aan Ramón tijdens een van zijn driftbuien, wanneer ze niets tegen hem durfde zeggen en bang van hem was.

Ze wist niet wat er aan de hand was, alleen dat het haar bedreigde. Ze kon niet begrijpen waarom Lole nu meteen weg moest, voorgoed, waarom zij namens haar Ramón en Tomás gedag moest zeggen, waarom ze niet met verontschuldigingen of beloften kwam en waarom ze het niet wilde uitleggen.

'Maar wat moet ik tegen Tomás zeggen?' had ze gemeekt, bang slecht nieuws te moeten brengen. Maar Lole had alleen gezegd dat Tomás het zou begrijpen. Er was geen intelligentie of analyseringsvermogen voor nodig om te begrijpen dat Lole haar kwijt wilde. Een paar uur geleden zou ze graag naar huis zijn gegaan, maar nu ze eenmaal gevaar en geheimzinnig gedoe had geroken, hadden haar primitiefste instincten de overhand genomen.

'Laat me niet alleen, Lole!' had ze als een kind gejammerd. 'Wat zal er van me worden?' En even had ze gedacht dat Lole haar een klap wilde geven. Haar ogen waren fel, vreemd en vreselijk, maar op het laatste moment had ze toegegeven, met dezelfde luide zucht die ze gebruikte voor haar ongehoorzame zoon.

Maar toen ze eenmaal bij de ambassade aankwamen, begon Marisa achteraf toch te wensen dat ze gedaan had wat haar was gezegd. De wachtkamer was donker en saai en Lole bleef tegen Thérèse in het Engels praten, als een buitenlandse. Marisa was gewend aan buitenlanders en had aan hen de kost verdiend, maar voor het eerst voelde ze zich een vreemde in haar eigen land, geïsoleerd tussen mensen van wie ze de taal nooit zou begrijpen.

Marisa werkte op haar gevoel, niet met haar verstand, en haar gevoelens waren strijdig. Deels wilde ze Lole volgen, Lole die dingen begreep en tegen haar zou zeggen wat ze moest doen, die voor haar en de baby zou zorgen. En deels wilde ze bij Ramón blijven, Ramón die in een wereld leefde waar zij een prinses was, Ramón die zou sterven in een wereld die niets om haar gaf, een wereld die toch haar thuis was. De harde werkelijkheid deed een beslissende aanval op al haar hoop en dromen, die in een waas van angst waren vervaagd.

'Stil maar,' zei Lole, nu weer aardig en sussend, waardoor haar wantrouwen werd aangewakkerd. 'Niet huilen. Het spijt me dat ik boos was. Maar als ik ga, kan ik je niet meenemen. Jij hebt Ramón en krijgt je baby. Denk aan hen. Maak dit niet moeilijk voor me. Ga alsjeblieft naar huis, Marisa. Alsjeblieft.'
Marisa keek in de smekende, verraderlijke ogen en toen schopte de baby ineens, waardoor haar antwoord werd bepaald.
'Nee,' zei ze.

'Hebt u alstublieft geduld, meneer Austin.' De beambte van de ambassade doopte zijn pen in de inktpot en schreef rustig door in zijn keurige, langzame, nauwgezette handschrift. 'Ik begrijp dat u ongerust bent, maar deze dingen hebben hun tijd nodig. Als u deze formulieren in drievoud wilt invullen...'
'Hebt u gehoord wat ik zei?' vroeg Jack. 'Ik zei dat het een kwestie van leven of dood was.'
'Beste kerel, dat is het altijd. Als de noodzakelijke formaliteiten eenmaal achter de rug zijn, dan...'
'Formaliteiten? Zal ik u vertellen wat er gebeurt, terwijl u met uw formaliteiten bezig bent? Dan gaat mijn verloofde dood, zo eenvoudig is dat. Ga naar de wachtkamer en vraag of ze haar hoofddoek afdoet. Toe maar. Ze konden niets voor haar doen. Haar enige hoop is een universiteitskliniek in Londen en op een andere manier kan ze niet veilig het land uit. Als ze om een reisvergunning vraagt, komt ze in de gevangenis terecht. Haar overleden echtgenoot is gevallen bij de verdediging van het Alcázar en haar broer was bij de vijfde colonne. Begrijpt u het dan niet? Dit is haar enige hoop, en elke minuut telt. Wat wilt u dat ik doe? Een vals paspoort voor de dame gaan kopen?'
'Een vals paspoort? Allemachtig, nee! Zo'n advies zouden we nooit geven.'
'Ik ben blij dat te horen. Ik neem aan dat u de plechtigheid mag voltrekken?'
'Meneer Austin, kalmeert u alstublieft. Ik voel erg mee met uw verloofde en zal alles doen om de zaak zo snel mogelijk voor elkaar te krijgen. Intussen...'
'Intussen ga ik telegrammen versturen,' zei Jack. 'Ik zal elke krant in Engeland het hele, droevige verhaal laten vertellen. Ik

zie de koppen al: "Harteloze bureaucraat houdt zich aan de regels." Ik zal hun een paar mooie foto's sturen van dat kaalgeschoren hoofd van haar en kopieën sturen van de medische rapporten. Ik denk dat ze wel geïnteresseerd zullen zijn, zelfs als ze niet voor de helft Engelse was. En natuurlijk doet het helemaal niet ter zake dat haar oom staatssecretaris is en Lady Clara Neville haar nicht. Zonder al die feiten is het verhaal al goed genoeg, vindt u niet? Wilt u nu alstublieft doen wat ik vraag, vandaag, nu, meteen, of komt er een *intussen*?'

Jack herkende de blik in zijn ogen, de blik van een vroegere student van Eton, die te maken kreeg met een parvenu, privilege tegenover bruut geweld, macht tegenover het volk. Lang leve de revolutie, dacht Jack, hoe eerder hoe beter.

'Ik kan vandaag, nu, meteen, niets beloven, zonder toestemming van hogerhand. En mag ik u eraan herinneren dat, als we een uitzondering maken op de regels, het uit medelijden zal zijn en niet wegens intimidatie.'

'Ik zal tegen de dame zeggen dat het niet lang meer duurt. Dit wachten doet haar geen goed, want ze moet elke vorm van spanning vermijden. Het zou er niet zo best uitzien als ze hier ter plekke stierf, denkt u niet? Hebt u een aparte kamer waar ik haar heen kan brengen, ergens waar het rustig is en ze kan gaan liggen?'

'Meneer Austin, voor het geval u het niet hebt gemerkt, net als elke andere ambassade in Madrid zit dit gebouw propvol mensen die allemaal politiek asiel willen. Nee, ik heb geen aparte kamer. Dit is geen herstellingsoord. Maar ik zal de dame toestaan hier te wachten, terwijl ik... eh... de formaliteiten afhandel.'

Dolly kwam binnen aan de arm van Thérèse. Haar gezicht was gespannen en bleek, het zei hem absoluut niets.

'Ik moet terug naar Marisa,' zei Thérèse. Ze schonk Jack een blik die het midden hield tussen diepe bewondering en regelrechte afkeuring en liet hen alleen.

'Wat gebeurt er?' vroeg Dolly onmiddellijk. 'Kunnen ze je uit het land krijgen?'

'Ze maken documenten in orde en regelen een auto van de ambassade. Kijk niet zo ongerust. Ik zal schrijven zodra ik thuis

ben en je op de hoogte houden over de jongens. Het spijt me allemaal. Het was aardig van je afscheid te komen nemen.'
'Ik ben niet gekomen om afscheid te nemen.'
Jack hield zijn gezicht volkomen uitdrukkingsloos.
'Ik wil met je mee. Dat wil zeggen, als ik het niet moeilijker voor je maak. Als je het nog steeds wilt en het mogelijk is.'
'Waarom wil je met me mee? Wat is er veranderd?'
'Niets. Er is niets veranderd. Wat is er? Wil je niet dat ik meega?'
'Natuurlijk wel. De kinderen hebben je nodig.'
'Hou op. Hou op. Je weet wat ik probeer te zeggen. Jij hebt gewonnen. Dwing me niet dat met zoveel woorden te zeggen. En heb het lef niet te zeggen "en Tomás?" Heb het lef niet om zijn naam ook maar te noemen of over Ramón en Marisa en Marisa's baby te beginnen. Ik waarschuw je, als je er een woord over zegt, loop ik hier meteen de kamer uit en kom er niet meer terug. Ik meen het.'
Hij werd overweldigd door een duizeligmakend gevoel van *déjà vu,* van Dolly die in die kleine kamer in Bayswater stond en zei: *Na alles wat het me heeft gekost om hier te komen, laat je me gewoon gaan? Nou, dan moet je niet verwachten dat ik terugkom, ellendeling!* Hij was toen bang van haar geweest en was dat nu ook. Ze had hem verboden over Tomás te praten en nu moest hij tegen haar ingaan.
'Er is maar één veilige manier waarop ik je uit het land kan krijgen,' zei hij. 'En dat is op een Engels paspoort.'
Hij stak zijn hand in zijn zak en voelde de valse pas tussen zijn vingers, terwijl hij zichzelf vermande een laatste risico te nemen, een laatste leugen te vertellen.
'Nou?' zei ze, ongeduldig nu. 'Kun je daarvoor zorgen?'
Jack haalde de hand uit zijn zak, leeg.
'Alleen door met je te trouwen,' zei hij. En toen: 'Wil je met me trouwen, Dolly?'
'Maar ik ben al getrouwd!'
Hij probeerde het haar te vertellen, maar kon het niet. Hij kon haar alleen maar aankijken tot ze het begreep en toen liet hij haar haar armen om hem heen slaan, terwijl hij zonder schaamte huilde.

731

'Ramón zou niet willen dat je om hem huilde,' zei Dolores zacht.
'Hij is vredig gestorven en heeft nu geen pijn meer.'

Maar Marisa huilde om zichzelf. De hele weg naar Barcelona huilde ze onafgebroken, zonder te letten op de luxe van de limousine van de ambassade. Van tijd tot tijd hield ze heel even op, veegde haar ogen af aan haar bontjas, keek dan even om zich heen en barstte dan weer in tranen uit, terwijl Dolly en Thérèse, hoofdzakelijk Thérèse, haar om beurten troostten.

Ze kwamen de volgende morgen in Barcelona aan. Clara logeerde bij een gezin in Barcelonetta, een arme wijk waar dokwerkers woonden. Jack had haar een telegram gestuurd dat ze eraan kwamen. Marisa protesteerde luid tegen het feit dat ze aan een vreemde zou worden overgelaten, maar Clara, die gewend was aan lastige pubers, vertrok geen spier.

'Ze is alleen maar bang, dat is alles,' zei ze boven het tumult uit. 'Geen wonder. Ze is zelf eigenlijk nog maar een kind. Het komt best in orde met haar als ik haar eenmaal bij een gezin heb ondergebracht. Gaan jullie nu maar. Hoe eerder je Dolly thuis hebt, hoe beter.'

Ze lieten een huilende, wuivende Marisa achter, met duizend beloften die ze niet konden houden en die ze hopelijk gauw zou vergeten. De hemel zij dank voor Clara, dacht Jack opgelucht. Ze zag er de laatste tijd bijna gelukkig uit. Misschien deed goeddoen haar eindelijk goed.

Toen de douane de CD-nummerplaten zag, werden ze doorgewuifd nadat de paspoorten vluchtig waren bekeken en in Perpignan stapten Jack en Dolly uit en draaide de auto weer om.

'Bedankt voor alles,' zei Jack zacht tegen Thérèse, terwijl hij haar een afscheidskus gaf. 'Je was briljant!'

'Je bent een heel slechte man, Jack Austin. Je verdient haar niet. Ik heb met haar te doen, echt waar. Stuur me een exemplaar van je roman, wil je?'

'Ik zal je een gebonden boek sturen van de afwijzingsbrieven. Maar het was toch niet helemaal tijdverspilling.'

'En wat zeg je tegen haar als het wordt uitgegeven?'

'Dan zal ik zeggen dat ze het moet lezen.'

Ze reisden met de trein naar Parijs, waar Dolores uitgeput in bed viel en sliep als een blok, terwijl Jack haar als een schildwacht in het oog hield. Ze werd vroeg wakker en zag hem nog helemaal aangekleed in een stoel hangen. Haar huwelijksnachten waren nooit gedenkwaardig geweest.

Ze deed even haar ogen dicht en dacht aan Lorenzo en Tomás. Daarna deed ze haar ogen weer open en dacht ze aan Jack. Ze kon aan Jack denken met haar ogen wijdopen en ze kon met haar ogen wijdopen van hem houden. Bij Jack was er niets te verbergen.

Ze pakte zijn hand, waardoor hij wakker schrok en haar glimlachend aankeek. Zijn ogen waren even helderblauw als altijd en even vol geheimen. Die zou ze langzaam ontdekken, een voor een. Met een beetje geluk zou dat eeuwig duren.